经典传家

经典回到生活　阅读从心开始

经典传家

『经典传家』丛书遴选了清代《四库全书》的精华，而且每一种书在注释、译文、解读等方面做了大量的、扎实的工作。

——傅璇琮

国学就是中国人的学问。『经典传家』是一套非常适合大众阅读的国学经典丛书。国学的传承和发展迫切需要好的大众读本。

——毛佩琦

《四库全书》浩如烟海，真正的必读经典就这百余部。

——任德山

国学是相互通融的，切忌断章或是割裂。今人只有从《周易》等原始经典入手，才能真正找到进入国学的门径。

——刘君祖

经典传家系列丛书

图解柳宗元集

柳宗元 著

崇贤书院 释译

黄山书社

《柳宗元集》阅读指南

反复注音，保证阅读

生僻字、多音字、古今异音字标注读音，一些难字重复出现重复注音，帮助读者识记生字，最大限度地方便读者，保证读者顺畅阅读。

版块丰富，普及经典

科学简明的体例、准确全面的解读、丰富精美的版画、新颖开放的版式有机结合，把经典以最容易理解的形式呈献给亿万普通大众。

题 解

- 对文章的艺术特色、思想内涵的精彩评论。
- 对文章核心思想的总结梳理。

注 释

- 解释难点、知识点。
- 准确、详尽，极具启发性。
- 提高古文素养，丰富文学基础知识。

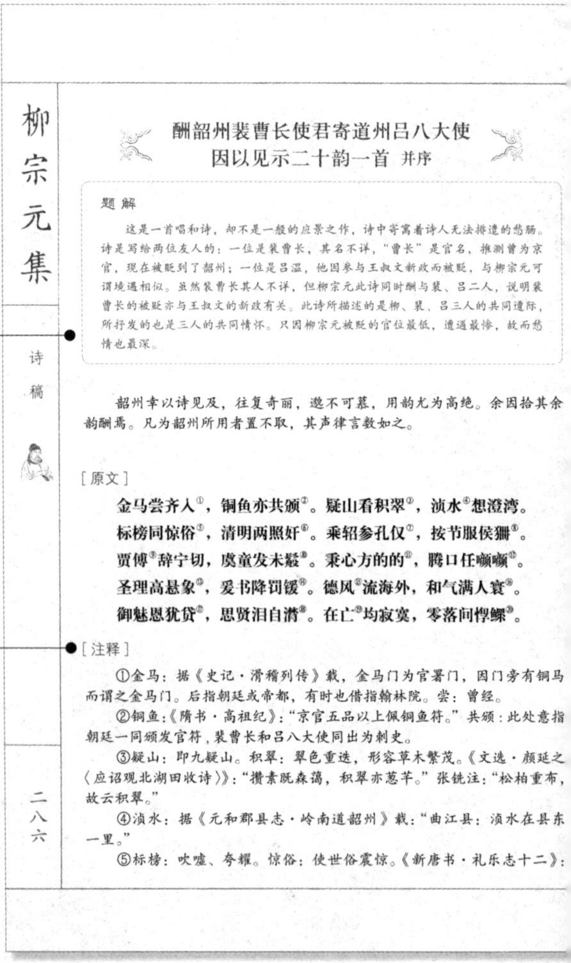

柳宗元集 诗稿

酬韶州裴曹长使君寄道州吕八大使因以见示二十韵一首 并序

题解

这是一首唱和诗，却不是一般的应景之作，诗中寄寓着诗人无法排遣的愁肠。诗是写给两位友人的：一位是裴曹长，其名不详，“曹长”是官名，推测曾为京官，现在被贬到了韶州；一位是吕温，他因参与王叔文新政而被贬，与柳宗元可谓境遇相似。虽然裴曹长其人不详，但柳宗元此诗同时酬与裴、吕二人，说明裴曹长的被贬亦与王叔文的新政有关。此诗所描述的是柳、裴、吕三人的共同遭际，所抒发的也是三人的共同情怀。只因柳宗元被贬的官位最低，遭遇最惨，故而愁情也最深。

韶州幸以诗见及，往复奇丽，邈不可慕，用韵尤为高绝。余因拾其余韵酬焉。凡为韶州所用者置不取，其声律言数如之。

[原文]

金马尝齐人[1]，铜鱼亦共颁[2]。疑山看积翠[3]，浈水[4]想澄湾。
标榜同惊俗[5]，清明两照奸[6]。乘轺参孔仪[7]，按节服侯狦[8]。
贾傅[9]辞宁切，虞童发未鬆[10]。秉心方的的[11]，腾口任嘲嘲[12]。
圣理高悬象[13]，爰书降罚锾[14]。德风[15]流海外，和气满人寰[16]。
御魅恩犹贷[17]，思贤泪自潸[18]。在亡[19]均寂寞，零落间惸鳏[20]。

[注释]

①金马：据《史记·滑稽列传》载，金马门为官署门，因门旁有铜马而谓之金马门。后指朝廷或帝都，有时也借指翰林院。尝：曾经。

②铜鱼：《隋书·高祖纪》：“京官五品以上佩铜鱼符。”共颁：此处意指朝廷一同颁发官符，裴曹长和吕八大使同出为刺史。

③疑山：即九疑山。积翠：翠色重迭，形容草木繁茂。《文选·颜延之〈应诏观北湖田收诗〉》：“攒素既森蔼，积翠亦葱芊。”张铣注：“松柏重布，故云积翠。”

④浈水：据《元和郡县志·岭南道韶州》载：“曲江县：浈水在县东一里。”

⑤标榜：吹嘘、夸耀。惊俗：使世俗震惊。《新唐书·礼乐志十二》：

二八六

《柳宗元集》阅读指南

版画古朴，生动丰富

清晰优美的古代版画，以图释文，营造阅读氛围，拓展想象空间，把本书打造成为一部文学性、艺术性与知识性相融合的文化精品。

内容全面，引领阅读

此书设计了丰富的辅助性栏目：作者简介、题解、注释、译文、诗解、诗评等，引导读者自主阅读，培养读者文言文阅读能力。

"天竺伎能自断手足，刺肠胃，高宗恶其惊俗，诏不令入中国。"

⑥照奸：查知奸邪。

⑦轺：由一匹马驾驶的轻便马车。参：旧指下级进见上级。孔仪：汉代官员，官至大司农，位列九卿。

⑧按节：持节。节，出使时所用的凭证。侯狮：即稽侯狮，匈奴王子，后即位为呼韩邪单于，称臣事汉。此处指吕八大使曾出使吐蕃，使吐蕃宾服。

⑨贾傅：即贾谊，曾为太子少傅，故称贾傅。

⑩䰇：发半白。

⑪秉心：持心。的的：清楚明白。

⑫腾口：张口放言。啾啾：争斗貌。

⑬圣理：即圣治，为避唐高宗李治的名讳而改称治为理。悬象：天象。多指日月星辰。《易·系辞上》作"县象"。

⑭爰书：古代记录囚犯的供词。罚锾：罚金。锾，六两曰锾，古代赎罪，用锾计算。

⑮德风：《论语·颜渊》："君子之德风，小人之德草。草上之风必偃。"邢昺疏："在上君子为政之德若风；在下小人从化之德如草。"后因称君子为政之德为德风。

⑯和气：和睦的感情。人寰：人间、人世。

⑰御魅：抵御魑魅之灾，这里指贬谪到边荒之地。贷：宽恕、饶恕。

⑱思贤：指思念同自己一样被贬的友人。潸：流泪。

⑲在亡：犹存殁，指生者和死者。

⑳零落：不景气，衰落。惸鳏：无兄弟为惸，老来无妻为鳏。

虞翻

诗句"虞童发未䰇"中的"虞童"指的是虞翻，三国时吴国人，少有才名，后触罪被贬，曾上书孙权说自己"形容枯悴，发白齿落"，此处是反用其意。

原文］

风志①随忧尽，残肌触瘴痹(bì)②。月光摇浅濑③，风韵碎枯菅(jiān)④。
海俗⑤衣犹卉，山夷髻不鬟⑥。泥沙潜虺(huǐ)蜮⑦，榛莽斗豺獂⑧。
循省诚知惧⑨，安排只自恫⑩。食贫甘荠卤⑪，被褐谢斓斒⑫。
远物裁青罽(jì)⑬，时珍馔白鹇(xián)⑭。长捐楚客珮⑮，未赐大夫环⑯。
异政⑰徒云仰，高踪不可攀。空劳慰憔悴，妍唱剧妖娴⑱。

柳宗元集　诗稿

二八七

精美古版画

- 精挑细选，清晰优美的古人原创版画。
- 营造阅读氛围，拓展想象空间。
- 以图释文，丰富经典的内容。

注　音

- 生僻字、多音字、古今异音字标注读音。
- 最大限度地方便读者阅读。

总 序

国学是什么？简单说，就是中国人之所以成为中国人的学问。因此，国学不仅包括数千年积累流传下来的经典，比如“四书五经”、《老子》《庄子》《孙子》《史记》《汉书》、唐诗、宋词，也包含研究中国人思维方式、生活方式、行为方式乃至娱乐方式的各种学问。广言之，国学研究的对象不仅包括文献，也包括实物；不仅包括物质文化遗产，也包括非物质文化遗产，如我国各民族的建筑、服饰、饮食、音乐、绘画、医药、戏曲等等。

国学是不断丰富、不断发展的学问。上面说的从“四书五经”到唐诗、宋词就是一个不断丰富发展的过程。近代以来，国学的研究范围还在不断地扩大，比如敦煌学、甲骨学，是随着有关文物的出土而兴起的；比如红学，是随着文学理论和学术风气的发展变化而兴起和发展的。随着时间的推移和学术的进步，必将有更多的学问被纳入国学研究的范围。

数千年来，中国人做学问形成了自己独特的理论和方法，比如思想理论、史学理论、文学理论，以及训诂学、考据学、音韵学等等。但这些理论和方法并不是一成不变的。比如，在史学研究领域，由于地下文物的出土，王国维等人提出了以地下文物与传世文献相补充互证的“二重证据法”。近代以来，西风劲吹。国人主动借鉴西方学术研究的理论和方法，研究中国学问。王国维借鉴尼采的哲学理论研究中国的文学戏剧，胡适以杜威的实验主义研究中国的“国故”。国学从来没有拒绝外国学问的融合，佛教传入中国后，经过改造，形成了中国独特的佛学、因明学；自明朝末年西学传入中国后，中国的天文学、数学等就已经融入了西学的因素。马克思主义传入中国后，不少人用马克思主义理论研究中国历史文化，它们自然也成为了国学的一部分。因此，国学又是开放的、随时代而进步的。那么，当今我们研究、振兴国学，不允许也不应该倒退，不允许也不应该僵化。

然而，国学又是与西学明显区分的。国学是西学的对应物，是与西学完全不同的学术体系。在近代，西学挟坚船利炮强势进入中国之后，中国人还视自我，对于中国固有之学问的称呼出现了中学、国故学、国粹、国学这样的名称。面对“帝国主义”的强大，中国人自愧不如，一方面拼命地学习、引进西学，另一方面拼命地贬低、抛弃国学。虽然也有一些人，如张之洞为保护中华文化之根本，提出“中学为体，西学为用”，如胡适，提出“整理国故”，以“再造文明”“建立民族自信心”，但其声音终被时代所淹没。国学一再被严重曲解和轻视，造成了中国历史文化的大断裂。也许，这一历史过程是必然的。但回顾过去，中国在走向独立富强的过程中，国学所付出的代价实在太大、太惨重了。

新中国成立后，饱受屈辱的中国人从此站立了起来，民族自信心大大加强，但没有能够及时认识到国学在新时代的重要性，甚至仅存的一点点国学遗产也进一步成为被抛弃的对象。改革开放三十年之后，走向富强的国人终于幡然醒悟，保护和振兴国学逐渐成为全民的共识。一个强大的自立于世界民族之林的国家，必然要有与之相匹配的伟大的民族文化。中国人，从领导者、学术界到普通百姓，都在重新发现国学的现代价值。同时，在走向全球化的进程中，东西方各国也把目光投向了中国。中国学问，中国的一切都在被重新评价。中国不仅为了自身的建设和发展需要从传统文化中汲取智慧，而且也面临着以优秀的中华文化向全人类贡献智慧的责任和挑战。

那么，这套经典传家丛书的编纂就是可喜的，编纂者的初衷和努力就是可敬的。希望这套丛书能发挥点滴作用，如同涓涓细水与千百万有志者的努力一道汇成大潮，去迎接中华民族的伟大复兴！

是为序。

毛佩琦

二〇一五年五月

前 言

古老原始、偏僻神秘的永州和柳州，是被绮丽繁华的大唐所遗忘的孤寂角落，但对于柳宗元来说，这两块土地应该是他一生中最重要，也最值得怀念的地方。出身名门、少有才名，早有大志的柳宗元，在风华正茂的时候被贬到这里，从此他就被当政者彻底遗忘，直到仙逝。

柳宗元（773 年—819 年），字子厚，世居河东（今山西永济市），故人称柳河东。曾贬官柳州，又称柳柳州，是我国唐代著名的文学家、思想家。他出身官宦世家，少时聪颖敏悟，二十一岁中进士，二十六岁第博学宏词科，授集贤殿书院正字，后又任蓝田尉，监察御史裹行。贞元二十一年（805 年），与刘禹锡等一起参加主张政治革新的王叔文集团，升任礼部员外郎。不久，革新失败，被贬为永州司马。十年后，改内贬为柳州刺史。又四年，病逝于柳州，年四十七岁。

柳宗元一生历经代宗、德宗、顺宗、宪宗四朝，但他的主要活动是在贞元、元和时期。安史之乱后的唐王朝，矛盾频发，风雨飘摇，“永贞革新”失败之后，柳宗元的处境愈发艰难，遭受诸多诬陷与毁谤。不过也恰是因为这些际遇，使得他创作出如此之多的优秀作品。这些作品大致可分为两种情绪：一部分冷峻、清晰，回荡着理性的光芒；另一部分抑郁、低迷，蕴含着一份难以排遣的压抑之情。

柳宗元为文作诗讲究的是“文以明道”。他所讲的“道”不是自然之道，也不是儒家道统，而是治世之道，是从社会需要出发，于国于民有利并且切实可行之“道”。他的诗文理论，代表着当时文学运动的进步倾向。一千多年过去了，他这种民本的、脚踏实地的思想仍值得我们学习和借鉴。他重“道”但并不轻“文”，他的“文”不是华丽词藻的卖弄，而是感情的真实流露，是大华大丽之后那游刃有余的精工密致。他的诗文是纷纭复杂的现实生活、广阔深厚的思想内容与绝高写作技巧的水乳交融，给人以思想、情感及技巧上的美妙享受，他带给我们的是一个深刻却又真实的精神世界，我们从中得到的不仅仅是传世名句，不仅仅是为文作诗的技巧方法，更是一种情感的感染和人格的熏陶。

为了使大众读者更轻松地欣赏经典诗文，我们在书中精心设计了作者简介、题解、注释、诗评、诗解和译文等项目。这些项目有对作者生平经历、主要著作、成就贡献的介绍；有对所选文章的艺术特色、思想内涵的精彩评论；有对文中难点、知识点的详细解释；还有对古代经典准确优美的翻译。这些项目使此书成为普通读者了解古代诗文的入门佳作。我们本着深入浅出的原则进行阐释，目的是使读者对柳宗元诗文的艺术特色和思想内容有全面而深入的理解，同时也有助于提高文言文阅读能力和古文鉴赏水平。

本书配有二百多幅精美古代版画，这些珍贵精美的插图不是装饰物。它们与图说相结合，有的是对正文哲理、思想的解释，有的是对文章涉及的历史人物和典故的介绍，从而形成正文以外的又一条阅读线索。在丰富读者文学知识的同时，也使读者的阅读变得生动有趣。

曾经写出绝代佳句“千山鸟飞绝，万径人踪灭。孤舟蓑笠翁，独钓寒江雪”的柳宗元，怀着一腔悲愤和千古寂寞离开了人间，但他并不是孤独的，是不是他自己也不曾想到：千年之后，他的文字仍然广为流传，人们仍然那么地喜欢他的诗文。千百年后的人们仍然能够在他的文字里得到享受、感染、熏陶和启迪。

崇賢書院

目录

文稿

诗稿

文稿

封建[1]论

题解

此篇是柳宗元哲学类作品的名篇，见解独特，一反对秦始皇的否定论调，对秦始皇的政绩以及革新进取的重大历史作用给予了肯定。指出秦始皇实行的一些措施对于维护统一、巩固政权具有很大的必要性，不但“谈古”，而且“论今”，柳宗元联系时局，发表了自己独特的见解。

［原文］

天地果无初乎？吾不得而知之也。生人果有初乎？吾不得而知之也。然则孰为近？曰：有初为近。孰明之？由封建而明之也。彼封建者，更古圣王尧、舜、禹、汤、文、武而莫能去之。盖非不欲去之也，势不可也。势之来，其生人之初乎？不初，无以有封建。封建，非圣人意也。

彼其初与万物皆生。草木榛(zhēn)榛[2]，鹿豕狉(pī)狉[3]。人不能搏噬[4]，而且无毛羽，莫克自奉自卫；荀卿[5]有言，必将假物以为用者也。夫假物者必争，争而不已，必就其能断曲直者而听命焉。其智而明者，所伏必众；告之以直而不改，必痛之而后畏；由是君长刑政生焉。

帝尧

传说中的上古帝王，施德政。柳宗元指出秦朝以前的众多圣贤之君，之所以没有废除“赏封国土、设立诸侯”的封建制，不是因为他们不想废除，而是因为客观的现实条件不准废除。柳宗元以“势”论封建，思维缜密，分析全面，推断合理，此文是中国古代政论文中很有影响力的一篇。

故近者聚而为群。群之分，其争必大，大而后有兵有德。又有大者，众群之长又就而听命焉，以安其属，于是有诸侯之列。则其争又有大者焉。德又大者，诸侯之列又就而听命焉，以安其封，于是有方伯、连帅之类[6]。则其争又有大者焉。德又大者，方伯、连帅之类，又就而听命，以安其人，

然后天下会于一。是故有里胥而后有县大夫，有县大夫而后有诸侯，有诸侯而后有方伯、连帅，有方伯、连帅而后有天子。自天子至于里胥，其德在人者，死必求其嗣（sì）而奉之。故封建非圣人意也，势也。

［注释］

①封建：君王把爵士授予臣子，称为封建，这种封赏制度在周得以完整地建立。爵分为公、侯、伯、子、男五等，封地也有百里、七十里、五十里之分。这种制度最终被秦始皇废除。

②榛榛：杂乱芜秽。

③狉狉：众貌。

④噬：啃噬、咬。

⑤荀卿：赵国人，名况。

⑥方伯：诸侯之长。连帅：十个国家合称为连，执掌连的称为连帅。

［译文］

难道天地真的没有最原始的阶段吗？我无法知道。人类真的有最原始的阶段吗？我也无法知道。那么，这两种说法哪种更符合事实呢？在我看来：有最原始的阶段这种说法比较与事实吻合。从何而知呢？从“赏封国土、设立诸侯”的封建制就能够知道。那种封建制，经历了古代圣贤的君王尧、舜、禹、商汤、周文王和周武王而没有一个人能够废止它。大概并非是不想废除它，而是形势不允许废除它吧。这种形势的产生，应该是在人类的最原始的阶段吧？没有最原始的阶段的那种形势，封建制就不可能诞生。封建制，并非是古代圣贤之人的本意。

人在最初的阶段是和万物生活在一起的。那时草木杂乱芜秽，野兽四处奔窜。人不能像野兽一样抓扑啃咬，并且也没有毛羽来御寒，不能自我供养、自我保护；荀卿说，人类必然要借外物为己用。然而借助外物必然会引起纷争，纷争不能停止，就肯定会找一个能够明辨是非的人，并且听从于他的命令。如果是既智慧又能明辨事理的人，那么必定会有很多人服从于他；把正确的告诉那些起纷争的人，他们却不悔改，就必定会遭受痛苦，之后产生畏惧；于是君王、刑法、政令就诞生了。

如此一来附近的人就会结成群体。分成各个群体之后，彼此间的纷争就会更大，争斗的规模变大了之后就会出现军队和威德。如此，就又会出现更有威德的人，各个部族的首领就又会听命于他，以此来使部属安定，于是就产生了诸侯。这样争斗就会更大，又有更具威德的人，诸侯们又会听从于他的命令，以此使自己的封国安定，于是就又产生了方伯、连帅这样的诸侯首领。他们的争斗当然也会更大。这样就又出现了更具威德的人，方伯、连帅们这样的首领也要听从他的命令，以此安定百姓，这之后天下就统治在天子一人之手了。所以说有了乡里的长官之后才产生了县大夫，有了县大夫之后才产生了诸侯，有了诸侯之后才产生了方伯、连帅，而有了方伯、连帅之后才产生了天子。从天子到乡官，那些造福于民的人死了之后，人们一定会遵奉他们的子孙担任他的职务。因此说封建制不是出于圣人之意，而是形势所迫。

［原文］

夫尧、舜、禹、汤之事远矣，及有周而甚详。周有天下，裂土田而瓜分之，设五等，邦群后，布履星罗，四周于天下，轮运而辐集。合为朝觐(jìn)会同，离为守臣扞[①]城。然而降于夷王[②]，害礼伤尊，下堂而迎觐者。历于宣王[③]，挟中兴复古之德，雄南征北伐之威，卒不能定鲁侯之嗣。陵夷迄于幽、厉[④]，王室东徙[⑤]，而自列为诸侯矣。厥后[⑥]，问鼎[⑦]之轻重者有之，射王中[⑧]肩者有之，伐凡伯、诛苌(cháng)弘者有之[⑨]。天下乖戾，无君君之心。余以为周之丧久矣，徒建空名于公侯之上耳。得非诸侯之盛强，末大不掉之咎欤？遂判为十二[⑩]，合为七国，威分于陪臣之邦[⑪]，国殄于后封之秦。则周之败端，其在乎此矣。

秦有天下，裂都会而为之郡邑，废侯卫而为之守宰[⑫]，据天下之雄图，都六合之上游，摄制四海，运于掌握之内，此其所以为得也。不数载而天下大坏，其有由矣。亟役万人，暴其威刑，竭其货贿。负锄梃谪戍之徒[⑬]，圜视而合从，大呼而成群。时则有叛人而无叛吏，人怨于下而吏畏于上，天下相合，杀守劫令而并起。咎在人怨，非郡邑之制失也。

汉有天下，矫秦之枉，徇周之制，剖海内而立宗子，封功臣。数年之间，奔命扶伤而不暇[⑭]。困平城[⑮]，病流矢，陵迟[⑯]不救者三代。后乃谋臣献画[⑰]，而离削自守矣。然而封建之始，郡邑居半，时则有叛国而无叛郡。秦制之得，亦以明矣。继汉而帝者，虽百代可知也。

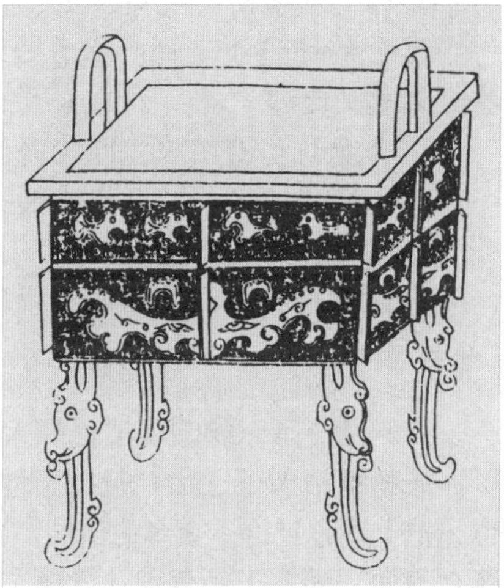

周文王鼎

鼎，是中国古代最常见和最神秘的礼器，也是天子权力的象征。“问鼎之轻重”代指各诸侯挑战天子权力，藐视王室。柳宗元认为这是分封诸侯和诸侯权力过于强大的必然结果。

唐兴，制州邑，立守宰，此其所以为宜也。然犹桀猾时起，虐害方域者，失不在于州而在于兵。时则有叛将而无叛州，州县之设，固不可革也。

［注释］

①扞：捍卫，守卫。

②夷王：周夷王名燮，周懿王之子。

③宣王：周宣王名靖，周厉王之子。

④幽、厉：周幽王、周厉王。幽王，宣王之子。厉王，夷王之子。

⑤王室东徙：指周平王迁都洛邑之事。

⑥厥后：从此以后。

⑦问鼎：鼎是指周王室的传国之宝鼎，问鼎含有藐视王室的意义。

⑧中：射中。

⑨凡伯、苌弘：分别为周王室的卿士和大夫。

⑩十二：鲁、齐、晋、秦、楚、宋、卫、陈、蔡、曹、郑、燕。

⑪陪臣之邦：指魏、韩、赵、齐，魏、韩、赵三家当时都是晋国的臣子，后来瓜分了晋国，所以称为陪臣之邦。

⑫“裂都会而为之郡邑”二句：秦始皇统一天下后，将国家分为三十六郡，郡下面设有守、卫、监。

⑬负锄梃谪戍之徒：扛着锄头木棍被责罚防守边境的人们，即指陈胜、吴广辈起义之事。

⑭奔命扶伤而不暇：指的是英布、陈豨、韩王信等诸侯反叛之事。

⑮平城：地名，位于今山西大同。

⑯陵迟：暗指日趋衰败。

⑰谋臣献画：指晁错向景帝进谏削弱诸侯国之事。

［译文］

尧、舜、禹、汤的事情已经太遥远了，到了周朝的时候记载得就十分详备了。周朝统治天下之后，就把土地分割开来，分为公、侯、伯、子、男五等爵位，把土地分封给了众多的诸侯，诸侯国就像天空的繁星一样多，遍布于国家的各个方向，围在天子周围，就像车轮的辐条一样集中在车毂上，围绕着中心旋转。诸侯集合的时候朝拜天子，分离的时候就要守卫疆土、捍卫城池。然而到了周夷王的时候，礼节就被破坏了，天子的尊严也受到损伤，天子只能下堂去迎接觐见的诸侯。到了周宣王的时候，他虽然有复兴周王朝的功德，具有南征北伐的威名，但是终究无法决定鲁王的继承人。从周夷王到后来的幽王、厉王，后来周平王东迁国都，也就把自己放在与诸侯一样的位置上去了。从此以后，向周天子询问九鼎轻重的事情出现了，射中天子肩膀的事情出现了，威逼天子讨伐凡伯、诛杀大夫苌弘的事情也出现了。天下一片混乱，再也没有尊重天子的心了。在我看来周王朝丧失实际的统治权已经很长了，只不过保留着一个在公侯之上的空名罢了。这难道不是由于诸侯过于强大，就像尾巴太大而摇不动所产生的过错吗？于是周王朝就分裂为十二个诸侯国，后来又合并为七个，国家的权威都分散到了陪臣的国家，最终被很晚才分封为诸侯的秦国所灭。周王朝衰败的开端，应该就在这里吧。

戏举烽火

周幽王，西周末代君主。柳宗元认为国家政权被分散到不同的诸侯国，为周王朝衰败的开端。周幽王是历史上有名的昏君，他在位期间，沉湎酒色，不理国事。图为周幽王为博取褒姒的一笑，烽火戏诸侯。

秦一统天下之后，分裂诸侯国，改设郡邑，废除诸侯而设置郡县长官，雄踞天下险要的地势，在上游建立国都，掌控全国，将国家掌握在自己手中，这是它做得对的地方。没过几年，天下就大乱，那是另有原因的。秦王朝多次紧急征集上万人的劳役，使严酷的刑法暴露无遗，钱财也被消耗殆尽。那些扛着锄头木棍被责罚戍守边境的百姓，彼此环视一下就联合起来了，呼号成群。当时只有造反的百姓却没有造反的官吏，处于下层的百姓仇恨秦朝，但是官吏却对朝廷十分畏惧，天下百姓互相配合，都在劫杀郡守县令。过失在于引起民怨，却不在于郡邑制度。

汉朝统一天下之后，矫正了秦朝的过失，遵循周朝的封建制，分割四海，分赏给宗子和功臣。几年之间，奔走平息镇压诸侯国的叛乱，以至连救死扶伤都顾不上。汉高祖刘邦被围困在平城，为箭射伤，国家日益衰落，三代都没能强盛。后来谋臣晁错进谏献策，削弱诸侯国，并由朝廷官员管理诸侯国。但是汉朝采用封建制之初，诸侯国和郡县的土地各占一半，那时有诸侯国叛乱却没有郡县叛乱。秦朝采用的郡县制是正确的，从这里也就可以看出来了。汉以后称帝的统治者，即使再过一百代，也可以知道这种郡县制的优越性。

唐朝建立以后，设立州邑，任命州县官员，这么做是对的。但有时还会有一些暴虐狡猾之人进行叛乱，侵州夺县，这样的过失不在于实行州县制度而在于军事制度。当时只有反叛的将领却没有叛乱的州县，因此州县制度的设立，的确是不能改变的。

［原文］

或者曰："封建者，必私其土，子其人，适其俗，修其理，施化易也。守宰者，苟其心，思迁其秩而已，何能理乎？"余又非之。周

黄霸

黄霸，字次公，淮阳阳夏（今河南太康）人。黄霸为人明察秋毫，心思敏捷，通晓文法，而又性情温良，懂得谦让，有智慧，善于组织调度下属。柳宗元讲用人之道时，以他为例。

之事迹，断可见矣。列侯骄盈，黩货事戎，大凡乱国多，理国寡。侯伯不得变其政，天子不得变其君。私土子人者，百不有一。失在于制，不在于政，周事然也。秦之事迹，亦断可见矣。有理人之制，而不委郡邑，是矣；有理人之臣，而不使守宰，是矣。郡邑不得正其制，守宰不得行其理，酷刑苦役，而万人侧目。失在于政，不在于制。秦事然也。汉兴，天子之政行于郡，不行于国；制其守宰，不制其侯王。侯王虽乱，不可变也；国人虽病，不可除也。及夫大逆不道，然后掩捕而迁之，勒兵而夷之耳。大逆未彰，奸利浚财，怙势[①]作威，大刻于民者，无如之何。及夫郡邑，可谓理且安矣。何以言之？且汉知孟舒于田叔[②]，得魏尚于冯唐[③]，闻黄霸[④]之明审，睹汲黯[⑤]之简靖，拜之可也，复其位可也，卧而委之以辑一方可也。有罪得以黜，有能得以赏。朝拜而不道，夕斥之矣；夕受而不法，朝斥之矣。设使汉室尽城邑而侯王之，纵令[⑥]其乱人，戚[⑦]之而已。孟舒、魏尚之术，莫得而施；黄霸、汲黯之化，莫得而行。明谴而导之，拜受而退已违矣。下令而削之，缔交合从之谋，周于同列，则相顾裂眦[⑧]，勃然而起。幸而不起，则削其半，削其半，民犹瘁矣，曷若举而移之以全其人乎？汉事然也。今国家尽制郡邑，连置守宰，其不可变也固矣。善制兵，谨择守，则理平矣。

［注释］

①怙势：凭借权势。

②且汉知孟舒于田叔：指汉文帝向汉中守田叔询问天下治国之士，田叔推荐云中守孟舒一事。

③得魏尚于冯唐：汉文帝向冯唐询问可用之士，冯唐推荐前云中守魏

尚，魏尚再次得到任用。

④黄霸：字次公，为颍川守，为官明察审慎，深得民心。

⑤汲黯：字长孺，汉武帝知道他是贤才，就封他为淮阳守，汲黯谢不受，于是汉武帝就准许他“卧而治之”。

⑥纵令：纵使、即使。

⑦戚：悲戚。

⑧裂眦：怒视。

［译文］

有的人说：“封建制分封的诸侯，必定会认真治理其封地，对待自己封地的百姓就像对待自己的儿女一样，适应那里的风俗，依照道德伦理来治理，比较便于施行教化。而郡县制的州县官员，抱着一种苟且的心理，只想着怎么升官而已，如何能够治理好州县呢？”我并不认同这种说法。从周朝的事情，可以很清楚地看到这一点。诸侯们骄奢淫逸，贪财好战，基本上是治理混乱的诸侯国多，而治理得好的诸侯国少。诸侯们无法改变混乱的政局，天子不能撤换诸侯国的君王。真正珍惜土地像爱护子女一样爱护人民的诸侯，一百个人之中还没有一个。弊病在于封建制，而不在于治理，周朝的事情就是这样。从秦朝的情况来看，也可以很清楚地看出这一点。国家有治理百姓的制度，不委权于郡县，这是对的；国家有管理百姓的大臣，不让郡县的官员自行其是，这也是对的。只是郡县未能很好地发挥郡县制的作用，郡县的官员不能很好地治理百姓，用严酷的刑罚、繁重的劳役，使百姓侧目而视。弊病在于治理，而不在于郡县制。秦朝的情况就是如此。汉朝兴建之时，天子的政令能够在郡县实行，却不能在诸侯国实施；天子只能掌控郡县官员，却不能掌控诸侯。即使诸侯胡作非为，天子也无权撤换；即使诸侯国的百姓生活困顿，国家也不能解救他们。只能等到诸侯发生叛乱之后才能将其逮捕、流放，或者率兵讨伐、灭掉他们。在他们的罪恶还没有完全暴露之时，即使他们搜刮钱财，凭借权势作威作福，给百姓造成很大的灾难，国家也不能将他们怎么样。而郡县，可以说是得到了很好的治理、社会安定。为什么这样说呢？汉王朝从汉中守田叔那里知道了孟舒，从冯唐那里知道了魏尚，听闻了黄霸善于明察审慎，目睹了汲黯为人从政简约，就可以授予他们官职或恢复他们原来的官职，甚至可以让汲黯躺着上任，委任他去安抚一方。官员触犯

汲黯

汲黯，汉朝名臣，性情耿直，多次诤谏，且刚正不阿。柳宗元指出了分封诸侯的种种弊端以及实行郡县制的益处。如果把土地和权力分封给诸侯，天子的权力减弱，就不能很容易地罢免有过失的臣子，任人唯贤就成为一句空话。

了法律可以被罢免，有才能的可以奖赏。早晨刚刚被任命，但是倘若发现他不行正道，晚上就可以罢免；晚上任命的官吏，倘若发现他违法乱纪，第二天早晨就能废除他。如果汉王朝把土地全部分封给了诸侯，纵使诸侯危害百姓，汉王朝也只能发愁而已。孟舒、魏尚治理国家的方法无法实施；黄霸、汲黯的教化也不能推行。公开地谴责劝导诸侯，他们当面即使接受了，但转身就又违反了。倘若下令削减他们的土地，诸侯国彼此之间就会互相串通联合谋划反叛，怒视天子，气势汹汹地反叛朝廷。即使很庆幸，他们没有联合反叛，那么就能削减他们一半的土地，可即使削减了他们一半的封地，百姓还是要受害，为什么不彻底废除封建制以保护那里的百姓呢？汉朝的情况便是如此。现在国家全部实行郡县制，接连不断地任命郡县官员，这种制度是一定不能改变的。只要妥善地治理军队，谨慎认真地选择官吏，国家就会太平了。

［原文］

或者又曰："夏、商、周、汉封建而延，秦郡邑(yì)而促[1]。"尤非所谓知理者也。魏之承汉也，封爵犹建。晋之承魏也，因循不革，而二姓陵替，不闻延祚。今矫而变之，垂二百祀，大业弥固，何系于诸侯哉？

或者又以为："殷、周，圣王也，而不革其制，固不当复议也。"是大不然。夫殷、周之不革者，是不得已也。盖以诸侯归殷者三千焉，资以黜(chù)夏[2]，汤不得而废；归周者八百焉，资以胜殷，武王不得而易。徇之以为安，仍之以为俗，汤、武之所不得已也。夫不得已，非公之大者也，私其力于己也，私其卫于子孙也。秦之所以革之者，其为制，公之大者也；其情，私也，私其一己之威也，私其尽臣畜于我也。然而公天下之端自秦始。

夫天下之道，理安斯得人者也。使贤者居上，不肖[3]者居下，而后可以理安。今夫封建者，继世而理。继世而理者，上果贤乎？下果不肖乎？则生人之理乱未可知也。将欲利其社稷，以一其人之视听，则又有世大夫世食禄邑，以尽其封略。圣贤生于其时，亦无以立于天下，封建者为之也。岂圣人之制使至于是乎？吾固曰："非圣人之意也，势也。"

［注释］

①促：短促。

②资以黜夏：借助于他们的力量才废黜了夏朝。资，力量，在此为

动词。

③不肖：没有才能。

［译文］

又有人说："夏、商、周、汉四代实行封建制而国家都统治了很久，而秦朝实行郡县制却很快就灭亡了。"说这种话的人更不是懂得治理国家的人。魏承袭汉朝，继续实行封爵的封建制。西晋延续魏代，承袭旧制不加变革，而这两个朝代都很快就灭亡了，没有听说过统治长久的。如今我们唐朝矫正魏晋的错误加以改变，国家已经统治了近二百年，国家基业更为稳固，这和分封诸侯有关系吗？

解网施仁

商汤王、周武王等都是历史上有名的贤君，柳宗元认为他们之所以没有废除诸侯，是因为客观条件不允许，而不是他们大公无私，他们只是借诸侯之力来保卫自己的子孙和权力。图为商汤王网解三面施仁于鸟类，诸侯见其仁义纷纷归附。

又有人认为："商、周二朝的君王，都是圣君，但是他们都未曾变革封建制，改变封建制这件事原本就不该再议论了。"这种说法十分错误。商、周二朝之所以没有变革封建制，是没有办法的事。归顺于商朝的诸侯国大概有三千个，商朝凭借他们的力量才灭掉了夏，因此商汤不能废除诸侯；归顺于周朝的诸侯有八百个，周朝也是依靠他们的力量才打败了商朝，因此周武王也无法废除诸侯。沿用它是为了安定，因袭它是为了习俗，这就是商汤王、周武王没有废除封建制的原因。他们这是没有办法，并不是大公无私，他们是要借诸侯之力为己用，借诸侯的力量保卫自己的子孙。秦朝的变革，所采用的郡县制，是最大的公；它的目的是为自己，是想要树立自己的权威，使天下所有的人都服从于自己。但是废除封建制，以天下为公，却是以秦朝为开端的。

天下的治国之道，是国家安定，得到百姓的拥护。有贤能的人居于上位，没有才能的人居于下位，之后国家才会安定。封建制的诸侯，是世代相袭的统治。世代相袭治理诸侯国，居于上位的真的会很贤明吗？居于下位的人就真的没有才能吗？如此一来，百姓究竟是享受太平还是遭受祸乱，也就不知道了。倘若想要有利于国家社稷，统一人民的思想，同时又世袭爵位俸禄，占尽诸侯国的封地，即使是圣贤之人，生活在那个时代，也将无法在天下立足，这都是源于封建制。难道是圣人想使事情发展到这种地步吗？因此我说："这并非是圣人的本意，而是形势所致。"

驳复仇议

题解

本文是针对陈子昂的《复仇议状》而作的。徐元庆为父报仇，杀死仇人后自首。对此，陈子昂认为杀人犯法，应判死罪，而为父报仇又合乎礼义，又应予表彰。柳宗元认为这种观点赏罚不明，自相矛盾，指出徐元庆为父报仇合于礼义和法律。此文强调了封建礼义和法律的一致性，这在吏治腐败的封建社会里，具有一定的进步意义。

[原文]

臣伏见天后时[1]，有同州下邽（guī）人徐元庆者，父爽为县吏赵师韫（yùn）所杀，卒能手刃父仇，束身归罪。当时谏臣陈子昂建议诛之而旌其闾（lǘ）[2]，且请编之于令[3]，永为国典。臣窃独过之[4]。

臣闻礼之大本[5]，以防乱也，若曰无为贼虐[6]，凡为子者杀无赦；刑之大本，亦以防乱也，若曰无为贼虐，凡为理者杀无赦[7]。其本则合，其用则异，旌（jīng）与诛莫得而并焉[8]。诛其可旌[9]，兹谓滥[10]，黩[11]刑甚矣；旌其可诛，兹谓僭（jiàn），坏礼甚矣。果以是示于天下，传于后代，趋义者[12]不知所以向，违害者[13]不知所以立，以是为典可乎？

[注释]

①伏见：看到。伏，和下文“窃”一样，是旧时下对上用来表示敬意的。天后：指武则天。

②旌其闾：在徐元庆家所在的里巷用立牌坊或赐匾额等方式来表扬。

③编之于令：把处置这案件的办法编为法令。

④窃独过之：个人认为陈子昂的建议是错误的。

⑤大本：根本作用。

⑥无为贼虐：不让杀人逞凶。

⑦凡为理者杀无赦：凡是治理人民的官吏，无故杀人也不可赦免。

⑧莫得而并焉：没有能同时并用的。

⑨诛其可旌：杀死那些该受表扬的人。

⑩兹谓滥：这叫作滥杀。

⑪黩：轻率。

⑫趋义者：寻求正义的人。

⑬违害者：躲避邪恶的人。

［译文］

据臣所知，则武后时，同州下邽县有个叫徐元庆的人，他的父亲徐爽被县吏赵师韫杀害，他最后亲手杀死仇人并自缚到官府领罪。当时的谏官陈子昂建议将他处死，同时在他家乡表彰他的孝行，并请朝廷将这一建议编入法令，永远作为国家的制度。我个人认为这是不对的。

我听说礼的根本作用是为了防乱，是说不可伤害他人，依礼凡是做儿子的为父报仇而杀了别人，就必须处死，决不赦免；刑法的根本作用也是为了防乱，是说不可伤害他人，凡是官吏胡乱杀人，也必须处死，决不赦免。礼和刑的根本作用是一致的，采取的方式则不同，表彰和处死是不能同时用于一人身上的。处死该受表彰的人，就叫乱杀，是亵渎刑法，非常过分；表彰应当处死的人，就是僭，破坏礼制也很过分。若将陈子昂的建议作为准则传给后代，追求正义的人就不知道前进的方向，想避开祸害的人就不清楚立身之道，以此作为准则行吗？

贾彪治道

东汉桓帝时，贾彪为新息县令。一次，新息城南有人抢劫杀人，城北也有个妇女杀了自己的儿子。贾彪认为盗贼杀人是常理，母杀子才是有违人伦，便判了那个妇女的罪。城南那个谋财害命的强盗听说此事，便让人把自己反绑，到贾彪那里去自首了。柳宗元在此文中对道德礼义和制度法律的关系进行了论述。

［原文］

盖圣人之制，穷理①以定赏罚，本情②以正褒贬，统于一而已矣。向使刺谳（yàn）③其诚伪，考正其曲直，原始而求其端④，则刑、礼之用，判然离矣⑤。何者？若元庆之父，不陷于公罪，师韫之诛，独以其私怨，奋其吏气，虐于非辜，州牧不知罪，刑官不知问，上下蒙冒⑥，吁号不闻；而元庆能以戴天为大耻，枕戈⑦为得礼，处心积虑，以冲仇人之胸，介然自克⑧，即死无憾，是守礼而行义也。执事者宜有惭色，将谢之不暇，而又何诛焉？其或元庆之父，不免于罪，师韫之诛，不愆⑨于法，是非死于吏也，是死于法也。法其可仇乎？仇天子之法，而戕奉法之吏，是悖骜（áo）而凌上也。执而诛之，所以正邦典⑩，而又何旌焉？

且其议曰："人必有子，子必有亲，亲亲相仇，其乱谁救？"是惑于礼也甚矣。礼之所谓仇者，盖以冤抑沉痛而号无告也，非谓抵罪触法，陷于大戮。而曰"彼杀之，我乃杀之"，不议曲直，暴寡胁弱而已[11]，其非经背圣，不以甚哉！《周礼》："调人[12]掌司万人之仇"，"凡杀人而义者，令勿仇，仇之则死"，"有反杀者，邦国交仇之[13]"。又安得亲亲相仇也？《春秋公羊传》曰："父不受诛，子复仇可也。父受诛，子复仇，此推刃[14]之道，复仇不除害。"今若取此以断两下相杀[15]，则合于礼矣。

且夫不忘仇，孝也；不爱死[16]，义也。元庆能不越于礼，服孝死义，是必达理而闻道者也。夫达理闻道之人，岂其以王法为敌仇者哉？议者反以为戮，黩刑坏礼，其不可以为典，明矣！

请下臣议[17]，附于令[18]。有断斯狱者，不宜以前议从事。谨议。

千金不易父仇 一死曲伸国法

《型世言》中所载王世名为父报仇的故事。王世名为报杀父之仇，隐忍数年，不贪仇家所赠钱财，待娶妻生子，寡母有所养之后，终报父仇。知县怜惜其孝，欲尸检为其开脱，但王世名执意不从，为免父尸被检，最终解阶绝食而亡。柳宗元对徐元庆为父报仇之事发表了自己的看法，他认为徐元庆为父报仇合于礼义和法律，不应被杀。

［注释］

①穷理：据理。
②本情：根据人情。
③刺谳：审讯议罪。
④原：推究。端：原因。
⑤判然离矣：明显地区别开了。
⑥蒙冒：蒙蔽、包庇。
⑦枕戈：睡觉时头枕着兵器。
⑧介然：坚贞。自克：下定决心。
⑨愆：失误、过错。
⑩正邦典：正国法。
⑪暴寡：侵害孤寡。胁弱：威胁弱者。
⑫调人：周朝官名。
⑬邦国交仇之：举国共同惩处他。
⑭推刃：往来相杀。
⑮取此：根据这个标准。两下相杀：指师韫杀元庆的父亲，元庆又杀师韫。
⑯爱死：怕死。爱，吝惜。

⑰请下臣议：请求发下我这篇驳议。

⑱附于令：附在法令之后。

［译文］

圣人制定礼法，是悟透了道理来规定赏罚，根据人情来定奖惩，不过是把礼、刑二者相结合来考察罢了。当时如能弄清案情的真伪，查明是非，推究其起因，那么用刑或依礼，就能明显地区分开了。为什么呢？如果徐元庆的父亲，不曾犯法获罪，赵师韫杀他，全是出于他个人的私怨，施展他当官的威风，残杀无罪之人，州官又不治赵师韫的罪，执法的官员也不予过问，上下互相蒙骗包庇，对冤屈之声充耳不闻；而徐元庆却与杀父仇人不共戴天，把时刻准备报仇看作是合乎礼制的，想尽办法，用武器刺进仇人的胸膛，然后正直地捆缚自己，即使死了也不遗憾，这是守礼行义的行为啊！执法的官员本应感到惭愧，自愧不如还来不及，还有什么理由要处死徐元庆呢？如果徐元庆的父亲确有不赦之罪，赵师韫杀他就不违法，他就不是死在官吏的手中，而是因为犯法被杀。法律难道可以被仇视吗？仇视天子的法律，又杀害执法的官吏，就是悖逆犯上的行为了。将其抓获处死，严正国法，又为什么要表彰徐元庆呢？

孝德升闻

舜的母亲去世之后，他的父亲瞽叟娶了后妻，生了儿子叫象。瞽叟愚顽不讲道理，后妻嚣恶不贤，象又凶狠无状。象经常想杀舜，舜只是设法躲避，却始终不怨其父母，只尽自家的孝道。帝尧闻之便把两个女儿都嫁与他为妻。自古圣贤，皆以孝行为本。文中徐元庆为了父仇而杀人，于情于礼都会得到人们的同情，但是在讲究法制的国家，法是不能给礼让步的。现在看来，柳宗元认同为报父仇杀人的做法有一定的局限性。

陈子昂的奏议还说：“每个人都有儿子，每个子女都一定会有父母，人们因亲人而互相仇杀，这种混乱的局面谁来解救呢？”这是对礼的认识太模糊了。礼法上说的仇，是指被冤枉、悲伤呼号而又无法申告，并不是指犯法获罪而被处死的情况。若说“他杀了人，我就杀他”，不问是非曲直，不过是欺凌孤寡弱者而已，这种违背经书和圣人的教诲的做法，不是太过分了吗？《周礼》上说：“周官调人，负责调解众人的怨仇”，“凡是杀人而合乎礼义的，就不要将其当作仇人，如要报仇，则把报仇之人处死刑”，“有重复杀人的，全国的人就都要把他当作仇人”。这样，又怎么会因亲人而互相为仇呢？《春秋公羊传》说：“父亲无辜被杀，儿子复仇是可以的。父亲因罪被杀，儿子报仇，这就是互相报私仇，这样的行为是不能除去互相仇杀之害的。”现在如果用这个标准来判断互相仇杀之案，就合乎礼制了。

而且，不忘父仇，这是孝；不怕死，这是义。徐元庆能不越出礼的范围，守孝道为义而死，这一定是个通达事理、懂得圣贤之道的人啊！通达事理、懂得圣贤之道的人，难道会视王法为仇敌吗？但上奏议的人反而认为应将其处死，这种滥用刑法、败坏礼制的建议，不能作为定法，这是很明显的。

请将臣此议附在法令之后颁发下去。今后有审理这类案件的，不应再按以前的意见处理。谨议。

桐叶封弟辩

题解

本文论述了大臣应如何辅佐君主这一问题。通过桐叶封弟的典故，作者批评了君主随便的一句玩笑话臣子也要绝对服从的荒唐现象，主张不要盲从统治者的言行，要看它的客观效果。在封建社会，发表这样的观点需要非同一般的胆识。

[原文]

古之传者[①]有言：成王以桐叶与小弱弟[②]，戏曰："以封汝。"周公入贺。王曰："戏也。"周公曰："天子不可戏。"乃封小弱弟于唐[③]。

吾意不然。王之弟当封耶，周公宜以时言于王，不待其戏而贺以成之也。不当封耶，周公乃成其不中之戏，以地以人与小弱者为之主，其得为圣乎？且周公以王之言，不可苟焉而已，必从而成之耶？设有不幸，王以桐叶戏妇寺[④]，亦将举而从之乎？

周公旦

周公旦，古代圣人，周武王的弟弟，辅助武王得天下，代理成王治理天下，参与制定周礼，并且还没有野心。柳宗元在文中指出了"桐叶封虞"之事中周公的不当之处。

凡王者之德，在行之何若。设未得其当，虽十易之不为病。要于其当，不可使易也，而况以其戏乎？若戏而必行之，是周公教王遂过也。

吾意周公辅成王，宜以道，从容优乐，要归之大中而已。必不逢其失

而为之辞，又不当束缚之，驰骤之，使若牛马然，急则败矣。且家人父子尚不能以此自克，况号为君臣者耶？是直小丈夫䟡䟡[5]者之事，非周公所宜用，故不可信。或曰：封唐叔[6]，史佚[7]成之。

桐叶封虞

周公认为君无戏言，促成成王封唐地于幼弟。一直以来人们对此事抱有赞成的态度，但柳宗元从另一个新的视角对此事进行了论述。他反对臣子对君主之言无论对否都绝对服从，并对大臣应如何辅佐君主表达了自己的看法。

［注释］

①古之传者：指《吕氏春秋》的编者吕不韦和《说苑》的作者刘向。

②成王以桐叶与小弱弟：周成王姬诵用桐叶当圭（帝王用作凭证的玉制品）送给幼弟叔虞。

③唐：古地名，在今山西翼城一带。成王封叔虞于此，后来改称晋。

④妇寺：指妇人和宦官。

⑤䟡䟡：小聪明的样子。

⑥唐叔：即叔虞，因封于唐，故称唐叔。

⑦史佚：即尹佚，周朝太史。

［译文］

古时的著述说：周成王拿着一片桐树叶子和年幼的弟弟开玩笑，说：“凭这个封藩给你。”周公入宫祝贺。成王说：“这是玩笑呀。”周公说：“天子不可以随便开玩笑。”于是成王便把唐地封给了年幼的弟弟。

我认为事情不应该这样。成王的弟弟若理应受封，周公就应及时地告诉成王，而不必等他开了玩笑之后再去庆贺并促成这件事。若不当受封，周公就让一句不恰当的戏言变成了事实，把土地和百姓交给年幼的唐叔做主宰，周公这么做还算是圣人吗？并且周公只是认为君王说话不可随便罢了，难道一定要听从玩笑并促成它吗？如果不幸，成王拿桐叶与妃嫔和太监开玩笑，也要依照这种玩笑办理吗？

大凡君王的恩德，在于如何实行。如果不恰当，即使改变十次也不为过。关键要处理得当，使事情不再更改，更何况是用它来开玩笑呢？如果玩笑也要奉行，就是周公在教唆成王顺从过错了。

我认为周公辅佐成王，应当用正确的原则去引导他，要使他的行动从容自得并恰如其分，归于中道。必然不会去迎合他的过错并替他找借口，又不应当对他管束太严，使他像牛马那样奔忙，急于使他成长反会坏事。并且家人、父子之间，尚不能用这种方式来约束，何况还有君臣名分之不同呢？这不过是缺

少见识而又自作聪明的人所干的事，不是周公所应该采用的做法，所以不可信。有人说：封唐叔这件事，是太史尹佚促成的。

箕子[1]碑

题解

箕子是殷纣王的叔父，因劝谏纣王被囚禁。商被灭后，不愿仕周，武王将朝鲜封给了他。柳宗元因参加王叔文集团的政治革新获罪，被贬谪到边远地区为官，其遭遇与古代贤者箕子有相似的地方，他写此文也是为了寄托自身的感慨。

[原文]

凡大人之道有三：一曰正蒙难，二曰法授圣，三曰化及民。殷有仁人曰箕子，实具兹(zī)道以立于世。故孔子述立经之旨，尤殷勤焉。

当纣之时，大道悖乱，天威之动不能戒，圣人之言无所用。进死以并命，诚仁矣，无益吾祀，故不为。委身以存祀，诚仁矣，与去吾国，故不忍。具是二道，有行之者矣。是用保其明哲，与之俯仰；晦是谟(mó)范[2]，辱于囚奴。昏而无邪，陨[3]而不息。故在《易》曰："箕子之明夷[4]。"正蒙难也。及天命既改，生人以正，乃出大法，用为圣师，周人得以序彝(yí)伦[5]而立大典。故在《书》曰："以箕子归，作《洪范》[6]。"法授圣也。及封朝鲜，推道训俗，惟德无陋，惟人无远，用广殷祀，俾夷为华。化及民也。率是大道，藂于厥躬。天地变化，我得其正。其大人欤？

箕子

箕子，名胥余，因封国于箕（今山西太谷县东北），爵为子，故称箕子。箕子为古代贤者，后人多推崇仰慕之。柳宗元的遭遇与箕子相似，故写文抒怀。

于乎！当其周时未至，殷祀未殄[7]，比干已死，微子已去，向使纣恶未稔(rěn)而自

毙[8]，武庚[9]念乱以图存，国无其人，谁与兴理？是固人事之或然者也。然则先生隐忍而为此，其有志于斯乎？

唐某年，作庙汲郡，岁时致祀。嘉先生独列于《易》象，作是颂云[10]。

［注释］

①箕子：名胥余，商纣王叔父，因封在箕地，故称箕子。

②谟：谋划。范：法、原则。

③隤：跌倒。

④明夷：卦名，象征暗君在上、明臣在下，明臣隐藏起自己的智慧。

⑤彝：常规。伦：人伦。

⑥《洪范》：相传为禹时的文献，箕子增订并献给周武王。

⑦殄：灭绝。

⑧向使：如果。未稔：没成熟，没达到顶点。

⑨武庚：名禄父，纣王子。周武王灭商，封武庚以存殷祀。武王死，武庚与管叔、蔡叔反叛被杀。

⑩文后原附颂文近百字，此处未录。

王访箕子图

纣王无道，比干因谏而死，箕子曰：“知不用而言，愚也；杀身以彰君之恶，不忠也；二者不可，然且为之，不祥莫大焉。”无奈之下，箕子佯狂被囚禁。周武王灭商之后，箕子宁死不降。周武王敬佩箕子的操行，封他为朝鲜侯，并免行君臣之礼。箕子也很感念武王的恩德，临行前写了一篇《洪范》给武王。文章中详细总结了殷商王朝灭亡的经验教训，奉劝武王一定要实行仁政。图为周武王向箕子请教治理天下之道。

［译文］

一般来说，伟人的原则有三条：一是在危难中保持正直的品德；二是将规范传授给圣明的君主；三是施教化给人民。殷朝有位贤人叫箕子，确实具备这三方面的德行而立身于世。因此孔子在概述六经的宗旨时，对他特别重视。

在殷纣王统治时，整个法度和政治陷于混乱，天威显示不能予以制止，圣人的话也不起作用。不顾性命进谏以维护天命国运，确实是一种“仁”，但不利于家族的延续，因此箕子不这样做。委身降顺以求自家宗庙的留存，也是一种“仁”，只是参与灭亡自己的国家，他也不忍心去做。这两种方法，已经有实行的人了。因此他便保持自己清醒的头脑，随着混乱的世道沉浮；隐藏自己的主张，在被囚的奴隶中受屈辱。表面糊涂却不去做邪恶之事，看似柔弱却自强不息。因此《易》中说："箕子能做到韬晦。"这就是危难中保持正直的品德。等到朝代更替后，人民得到了公正和安定，箕子便献出治国的大法，成为圣王的老师，而周人也能据此调整伦理道德，创立典章制度。因此《尚书》说："因召回了箕子而作《洪范》。"这便是将法规传授给圣明的君主。等到受封于朝鲜，在那里推行道义，训化民俗，崇尚德行，不再鄙陋，人民不再被疏远，用以显扬殷朝的祭祀，使外夷变为华夏，这就是将教化施于民众啊！所有这些崇高的品德，集于他一人之身。天地变化发展，箕子独得其中的正"道"。难道不是伟人吗？

啊！当那周朝尚未建立，殷朝尚未灭亡，比干已死，微子也已离去，假如纣尚未恶贯满盈而自己死去，武庚能忧于祸乱并力图保存社稷，国中如没有箕子这样的人，谁和武庚一起治理国家呢？这也是人事发展的一种可能性啊！那么，箕子能忍辱含屈到这种程度，是否在这方面有所考虑呢？

唐朝的某年，在汲郡修建箕子庙，逢年遇节便祭祀他。我敬慕先生独列名于《易经》的卦象，便写了这篇颂。

梓人传

题解

本文借梓人建造房屋的方法来阐述宰相的治国之道。作者认为，作为辅佐君主、治理国家的宰相，应该懂得治理国家的道理，不需要事必躬亲，而应掌握全局，统领百官。若君主犯了错误，宰相也应坚持原则，宁可辞官也不能贪恋权位而迎合上意。

[原文]

裴封叔[①]之第，在光德里。有梓人款其门，愿佣隙宇而处焉。所职寻引、规矩、绳墨[②]。家不居砻斫(lóngzhuó)之器[③]。问其能，曰："吾善度材，视栋宇之制，高深、圆方、短长之宜，吾指使而群工役焉。舍我，众莫能就一宇。故食于官府，吾受禄三倍；作于私家，吾收其直太半焉。"他日，入其室，其床阙足而不能理，曰："将求他工。"余甚笑之，谓其无能而贪禄嗜(shì)货者。

[注释]

①裴封叔：名瑾，柳宗元的姊夫。一说名玮，闻喜人，曾任长安县令。

②寻引：计量长度的器具。寻，八尺。引，十丈。规：圆规。矩：矩尺。绳墨：木匠画直线用的工具。

③砻：磨刀石。斫：刀、锯、斧之类的工具。

［译文］

梓人架屋

柳宗元借一个不会木工活的木匠，阐述了宰相的治国之道。

裴封叔的住所位于京城光德里。一天，来了一位木匠求见，想在裴家租一间空屋居住。他工作的用具只有量尺寸的寻引、画方圆的规矩和弹墨线的墨斗等。家中没有磨刀石和刀斧之类的用具。问他会做什么，他说："我善于测算材料，根据房子的规模、高深、圆方、长短选用合适的木料，指挥工匠们干活。如果没有我的指挥，他们连一间房子也建不成。所以我在官府干活，工钱相当于一般木匠的三倍；给私人干活，我的工钱要占所有人工钱的一大半。"有一天，我来到他的卧室，看见他的床坏了一条腿，他自己不会修，他说："我准备请别的木匠来修。"我觉得这很好笑，认为他是一个并无真实本领而只是贪钱爱财的人。

［原文］

其后，京兆尹[①]将饰官署，余往过焉。委[②]群材，会众工，或执斧斤，或执刀锯，皆环立向之。梓人左持引、右执杖而中处焉。量栋宇之任，视木之能举[③]，挥其杖曰："斧！"彼执斧者奔而右。顾而指曰："锯！"彼执锯者趋而左。俄而斤者斫，刀者削，皆视其色，俟其言，莫敢自断者。其不胜任者，怒而退之，亦莫敢愠焉。画宫[④]于堵，盈尺而曲尽其制。计其毫厘而构大厦，无进退焉。既成，书于上栋，曰"某年某月某日某建"，则其姓字也，凡执用之工不在列。余圜(huán)视大骇(hài)，然后知其术之工大矣。

木匠

文中的木匠放弃了具体的手艺，运用智慧谋划指挥，却建成了高楼，他没有动手建楼却是建楼的核心人物。本文借木匠建造房屋，阐述了宰相不用从事具体工作，而以用人为本，就能起到把握关键的作用。

［注释］

①京兆尹：官名，管理京都及其附近属县的地方长官。唐改雍州为京兆府，以亲王担任雍州牧，雍州长史称京兆尹，治所在长安。

②委：集聚、堆积。

③举：适用、承当。

④宫：这里指宫室图样。

［译文］

后来，京兆尹的官署要修理，我到那里看了看。那儿已堆放好了许多建筑材料，聚集了许多工匠，有的拿着斧子，有的拿着刀锯，都围着那木匠听候指挥。那木匠左手拿着引绳，右手拿着一根木杖，在中间站立。他测量好栋梁的尺寸，又看准木料合适与否，然后挥起木杖说："斧子！"拿着斧子的工匠立刻奔向右边。他转过头说："锯子！"拿着锯子的就立刻奔向左边。一会儿众工匠刀砍斧削地开始工作，全部都按照他的眼色号令行事，没有谁敢自作主张。有些做得不好的工匠，被他喝退在一旁，也不敢抱怨生气。他把房子的图样画在了墙上，虽然只有一尺见方却全面详尽。根据图上缩小的尺寸比例建的高楼，与设计完全相符而且不增减分毫。房子建好后，他在大梁上写上"某年某月某日某某造"，"某某"就是他的名字，而那些执斧锯操作的工匠的名字却一个也不写上。我在房子四周观察一番以后大吃一惊，才知道这木匠的技艺确实太高明了。

［原文］

继而叹曰：彼将舍其手艺，专其心智，而能知体要者欤？吾闻劳心者役人，劳力者役于人，彼其劳心者欤？能者用而智者谋，彼其智者欤？是足为佐天子、相天下法矣，物莫近乎此也。彼为天下者本于人。其执役者，为徒隶[1]，为乡师、里胥[2]；其上为下士[3]；又其上为中士，为上士；又其上为大夫[4]、为卿、为公[5]。离而为六职[6]，判而为百役[7]。外薄四海，有方伯、连率[8]，郡有守，邑有宰，皆有佐政。其下有胥吏[9]，又其下皆有啬(sè)夫、版尹[10]，以就役焉，犹众工之各

有执伎以食力也。彼佐天子相天下者，举而加焉，指而使焉，条其纲纪[11]而盈缩焉，齐其法制而整顿焉。犹梓人之有规矩、绳墨以定制也。择天下之士，使称其职；居天下之人，使安其业。视都知野，视野知国，视国知天下，其远迩细大，可手据其图而究焉。犹梓人画宫于堵而绩于成也。能者进而由之，使无所德；不能者退而休之，亦莫敢愠。不炫能，不矜名，不亲小劳，不侵众官，日与天下之英才，讨论其大经[12]。犹梓人之善运众工而不伐艺也。夫然后相道得而万国理矣。相道既得，万国既理，天下举首而望曰："吾相之功也！"后之人循迹而慕曰："彼相之才也。"士或谈殷、周之理者，曰伊、傅、周、召[13]，其百执事[14]之勤劳而不得纪焉。犹梓人自名其功而执用者不列也。大哉，相乎！通是道者，所谓相而已矣。

[注释]

①徒隶：差役。

②乡师：一乡之长。里胥：一里之长。

③士：周时最低一级的贵族。

④大夫：地位在士之上的官员，再上为卿。

⑤公：公侯。

⑥六职：指吏、户、礼、兵、刑、工六部。

⑦百役：即百官。

⑧方伯、连率：指地方上的封疆大吏。据《礼记·王制》：十国为连，设连帅；二百一十国为州，设方伯。

⑨胥吏：办理公文的小吏。

⑩啬夫：汉时小乡设啬夫一人，管理诉讼和赋税。版尹：乡中掌管户籍的小吏。

⑪纲纪：法制、典章。

⑫大经：根本的法则、措施。

⑬伊：即伊尹，商初大臣。曾辅佐商汤灭夏。傅：傅说，殷王武丁大臣。周：周公，武王之弟，佐助武王灭商，后辅佐成王治理天下。召：即召公，周武王之弟，名奭，辅佐武王灭殷，周成王时，与周公旦一起辅佐成王管理国家。

⑭百执事：百官。

[译文]

后来我感慨地说：那个木匠必定是个放弃了手艺，专心于智力的运用，能够把握关键的人吗？我听说用心智的人指挥别人，用体力的人被人指挥，那个木匠该是个用心智的人吧？有技能的负责操作，有智慧的只管谋划，那个木匠该是个有智慧的人吧？这足可以为辅佐天子治国的人仿效，因为没有比这与治国更相似的事了。治国应以人为根本。从事具体工作的，是徒隶，是乡师、里胥；他们的上面是下士；下士之上是中士、上士；再往上是大夫、卿、公。可分成六种职别，再细分为各种差事。从京城外到边境四方，有方伯、连率这样的地方大员，郡有郡守，县有县令，都有辅助的僚属。下面有胥吏，再往下还有啬夫、版尹，这些都是担当职役的人。这和工匠们都有各自的技能，靠劳动生活一样。那辅佐天子、治国的人，推荐提拔，然后指挥使用他们，整顿纲纪而予以增减，使法制规范而加以整顿。如同那位木匠使用规矩、绳墨来测量格局、规模。他鉴别天下的人才，使之称职，他安顿天下的百姓，使之安居乐业。他看了京城便知道了乡野的情况，看了乡野便能了解封地，看了封地便能判断全国，远近大小之地，都可以按照地图考究出来。就像那位木匠把房屋的图纸画在墙上，按图修建便可成功一样。有才能的人，按一般的程序推荐他，使他不必感恩戴德；无能的人，就予以辞退，他也不会有怨恨。辅佐天子的人不自己显耀才能，夸大名声，不亲自处理费力的小事，不侵犯各级官员的职权。每天与豪杰贤士探讨治国的重大方针。这与那位木匠善于指挥众工匠而不夸耀自己的手艺是一样的。这样，就懂得了宰相之道，国家也就得到了治理。懂得了宰相之道，国家得到治理后，全国百姓都会敬佩地说：“这是我们宰相做的啊！”后世之人遵循他的足迹而仰慕地说：“那宰相的才能真高啊！”谈论殷、周之治的读书人只称赞伊尹、傅说、周公、召公，而从事各种具体事务的官员们，虽然勤劳却不能被记载。就像那位木匠在房屋建好后把自己的名字书写在屋梁上，而干活的工匠们的名字却不能被书写一样。伟大啊宰相！明白这道理的，也只有宰相了。

傅说

傅说，商代奴隶出身的宰相。他勤学好问，对国家大事颇有见解。武丁即位后，拜他为宰相。傅说不负众望，极尽文韬武略之才华，朝廷内外秩序井然。

[原文]

其不知体要者反此。以恪勤为公，以簿书为尊。炫能矜名，亲小劳，侵众官，窃取六职百役之事，听听[1]于府廷，而遗其大者远者焉，所谓不通是道者也。犹梓人而不知绳墨之曲直、规矩之方圆、寻引之短长，姑夺众工之斧斤刀锯以佐

其艺，又不能备其工，以至败绩用而无所成也。不亦谬欤？

或曰：“彼主为室者，傥或发其私智，牵制梓人之虑，夺其世守而道谋②是用，虽不能成功，岂其罪耶？亦在任之而已。”余曰：不然。夫绳墨诚陈，规矩诚设，高者不可抑而下也，狭者不可张而广也。由我则固，不由我则圮③。彼将乐去固而就圮也，则卷其术，默其智，悠尔而去，不屈吾道，是诚良梓人耳。其或嗜其货利，忍而不能舍也，丧其制量，屈而不能守也。栋挠④屋坏，则曰：“非我罪也。”可乎哉？可乎哉？

余谓梓人之道类于相，故书而藏之。梓人盖古之审曲面势者，今谓之都料匠⑤云。余所遇者，杨氏，潜其名。

[注释]

①听听：笑的样子。一说，为争辩之貌。

②道谋：行路之人的主意，意即不负责任的议论。

③圮：倒塌。

④挠：弱、摧折。

⑤都料匠：即总管材料和施工的匠人。都，总。

[译文]

那些不能把握关键的人与此相反。他们将勤劳刻苦作为功业，以处理公文作为大事。自己炫耀能力，夸大声名，亲自处理费力的小事，侵犯官员们的职权，把各种差事都抢过来，还在朝廷上为此争辩，忽略了远大的事业，这就是不懂得宰相之道的人啊！就好像木匠不懂得绳墨的曲直，规矩的方圆，寻引的短长，姑且夺过工匠们的斧锯来辅助他们工作，又做得不好，以至失败而不能取得成就。这岂不是很荒谬吗？

有人说：“如果主持建房的那个人，仅凭借自己的聪明而干涉木匠的思考，剥夺他的职权，却与路人商量并采纳他们的意见，那么如果建不成房子，难道要算成是木匠的过失吗？能否成功，不过在于是否信任而已。”我说：不是这样的。经过绳墨规矩确定，高处就不能压低，窄处就不能扩大。按我的方法房子就能坚固，不按我的方法房子就会倒塌。要是主持建房的人乐于放弃坚固而选择倒塌，那么就该收回自己的方法，隐藏自己的智慧，悠然地离开，坚持主张而不屈服，这才是真正的好木匠啊！如果他贪图财物，忍耐主人的干涉而不离去，丧失了原则，屈服而不能忠于职守。屋梁、房屋歪了或倒塌了，却说：“不是我的错。”能这样吗？能这样吗？

我认为做木匠与做宰相的方法相似，所以写下来留存。木匠大概就是古时所说的“审曲面势”，现在叫作“都料匠”的人。我遇到的那位木匠，姓杨，名字叫潜。

段太尉逸事状[①]

题解

此篇选取段太尉勇服郭晞、仁愧焦令谌、节显治事堂这三件典型的逸事，从不同侧面进行勾勒，使得段太尉外柔内刚、仁爱谦和却又刚毅有节的形象跃然纸上。本文虽对段太尉充满赞扬之情，但是全文却没有一处议论，而是寄赞颂于冷静从容的写实之中，手法颇为独特。

[原文]

太尉始为泾州刺史时，汾阳王以副元帅居蒲[②]。王子晞(xī)[③]为尚书，领行营节度使[④]，寓军邠(bīn)州[⑤]，纵[⑥]士卒无赖。邠人偷嗜暴恶者，卒以货[⑦]窜名军伍中，则肆志，吏不得问。日群行丐取于市，不嗛[⑧]，辄奋击折人手足，椎釜鬲瓮盎[⑨]盈道上，袒臂徐去，至撞杀孕妇人。邠宁节度使白孝德以王故，戚不敢言。

太尉自州以状白府[⑩]，愿计事。至则曰：“天子以生人付公理[⑪]，公见人被暴害，因恬然且大乱，若何？”孝德曰：“愿奉教。”太尉曰：“某为泾州，甚适，少事，今不忍人无寇暴死，以乱天子边事。公诚以都虞侯[⑫]命某者，能为公已乱，使公之人不得害。”孝德曰：“幸甚！”如太尉请。

[注释]

①段太尉：名秀实，字成公。783年泾原士兵在京发生哗变，唐德宗仓皇出逃，叛军拥立叛贼朱泚称帝，段太尉在朝中痛斥他们的叛逆行径，并用朝笏投向朱泚，于是被叛贼杀害，后被追封为太尉。逸事状：古代专门记述人物逸事的一种文体。

②汾阳王：即郭子仪，762年郭子仪因平定安史之乱有功被封为汾阳王。蒲：州名，唐为河中府，位于今山西永济县。

③王子晞：即郭晞，汾阳王的三子，跟随郭子仪出征，屡立战功，时

为左常侍，不为尚书。恐误。

④领：兼任。节度使：官职名，主要掌军事。

⑤寓军：把军队驻扎在辖管区域以外。邠州：州名，位于今陕西彬县。

⑥纵：纵容。

⑦货：钱财。

⑧嗛：满足。

⑨椎釜鬲瓮盎：泛指一切器皿。釜，锅。鬲，古时一种用于烹饪的三脚器皿。瓮，一种盛酒的容器。盎，腹大口小的瓦盆。

⑩状：古时用于陈述事实的一种文书。白：禀报、报告。

⑪生人：平民、百姓。理：治理。

⑫都虞侯：官职名，军中执法的官员。

［译文］

段太尉出任泾州刺史之时，汾阳王凭借副元帅的身份将军队驻扎在蒲州。当时汾阳王的三子郭晞任职左常侍，兼任行营节度使，把军队驻扎在他辖管区域以外的邠州，纵容士兵胡作非为。邠州那些狡猾贪婪、暴戾凶恶的人，都用钱财进行贿赂，使自己的名字出现在军队中，他们肆无忌惮，官吏们都不敢过问。他们每天成群结队地在街市上强取豪夺，不能满足的时候，就大打出手，折断别人的手脚，街道上到处都是被棍棒打烂的器皿，然后裸露着臂膀扬长而去，甚至还撞杀过孕妇。邠宁节度使白孝德由于汾阳王的原因，心中虽然悲戚却不敢说。

段太尉在泾州用文书向节度使府禀报，希望能够管制此事。段太尉到了节度使府就说：“天子把百姓托付给你来治理，而你看到百姓遭到残害，却无动于衷。将要发生大乱了，你打算怎么办啊？”白孝德说：“我愿意听从你的赐教。”段太尉说：“我治理泾州，十分闲适，事务很少，如今看到百姓没有敌寇却要身遭残害心中十分不忍，这也是扰乱天子的边防。倘若你能够任命我为都虞侯，我就能为你制止暴乱，使你的百姓不再受到残害。”白孝德说：“太好了！”于是就应许了段太尉的请求。

［原文］

既署一月，晞军士十七人入市取酒，又以刃刺酒翁，坏酿器，酒流沟中。太尉列卒取十七人，皆断头注槊（shuò）上，植市门外。晞一营大噪，尽甲。孝德震恐，召太尉曰：“将奈何？”太尉曰：“无伤也！请辞于军。”孝德使数十人从太尉，太尉尽辞去。解佩刀，选老躄①者一人持马。至晞门下，甲者出，太尉笑且入曰：“杀一老卒，何甲也？

吾戴吾头来矣！”甲者愕。因谕曰：“尚书固负若属耶？副元帅固负若属耶？奈何欲以乱败郭氏？为白尚书，出听我言。”

晞出，见太尉。太尉曰：“副元帅勋塞天地，当务始终。今尚书恣卒为暴，暴且乱，乱天子边，欲谁归罪？罪且及副元帅。今邠人恶子弟以货窜名军籍中，杀害人，如是不止，几日不大乱？大乱由尚书出，人皆曰尚书倚副元帅，不戢[2]士。然则郭氏功名，其与存者几何？”言未毕，晞再拜曰：“公幸教晞以道，恩甚大，愿奉军以从。”顾叱左右曰：“皆解甲散还火伍中，敢哗者死！”太尉曰：“吾未晡(bū)食[3]，请假设草具。”既食，曰：“吾疾作，愿留宿门下。”命持马者去，且日来。遂卧军中。晞不解衣，戒候卒击柝[4]卫太尉。旦，俱至孝德所，谢不能，请改过。邠州由是无祸。

［注释］

①躄：跛脚。
②戢：管束、管制。
③晡：晚饭。
④柝：古代巡夜打更用的梆子。

［译文］

段太尉出任都虞侯之职一个月，郭晞部下有十七个人到街市上拿酒，又用刀刃刺伤卖酒的老翁，砸坏了酿酒的器皿，酒都流到了沟中。段太尉让士兵捉拿了这十七人，把他们全都砍了头，并且把头挂在长矛上，立在城门外。郭晞的整个军营大为骚动，全都穿上了盔甲。白孝德十分恐惧，就把段太尉召过来问：“这可怎么办啊？”段太尉说：“没事！你让我到军中去和他们讲理。”白孝德想派几十名士兵跟着段太尉，可太尉都谢绝了。他解下佩刀，选了一个又老又跛的士兵为他牵马。到了郭晞军营门下，身披盔甲的士兵都冲了出来，段太尉笑着走进营门，说道：“杀一个老兵，用得着身披战甲吗？我顶着我的头颅来了！”身着战甲的士兵很惊讶。于是段太尉乘机劝解说：“难道郭左常侍有负于你们吗？难道副元帅有负于你们吗？为何要用暴乱的行径败坏郭家的威名呢？请替我禀报郭左常侍，请他出来听我一言。”

郭晞出来会见太尉。段太尉说：“副元帅的功勋卓著，应该力求善始善终。如今你纵容士兵胡作非为，就会发生变乱，祸乱边境，打算归罪于谁？这罪行将会累及到副元帅。如今邠州这些恶霸子弟用钱财在军名册上冒充挂名，残害

百姓，倘若不加制止，还能有几天不造成大乱啊？大乱从你这里产生，人们都会说你是仰仗着副元帅，才对部下不加管束的。如此一来郭氏一门的英名，还能保存下多少呢？”太尉话还没说完，郭晞就再拜道：“承蒙你对我的教诲，你的恩情如此之大，我愿意让全军听命于你。”郭晞回头训斥部下说：“全都脱了盔甲，解散回到队伍之中，有胆敢滋事者，杀无赦！”段太尉说：“我还没有吃晚饭，请你为我简单准备些吃的。”吃完之后，又说：“我的病又犯了，想在你的军中留宿。”于是就让牵马的人先回去，第二天早上再来。于是段太尉就在军中睡下了。郭晞衣服都不脱，命令侍卫敲打着梆子以保护段太尉。第二天早上，郭晞就同段太尉一起到节度使白孝德那里，向他道歉说自己不才，请求改正错误。邠州从此以后再也没有祸乱了。

[原文]

先是太尉在泾州为营田官[1]。泾大将焦令谌取人田，自占数十顷，给与农，曰：“且熟，归我半。”是岁大旱，野无草，农以告谌。谌曰：“我知入数而已，不知旱也。”督责益急。且饥死，无以偿，即告太尉。

太尉判状辞甚巽(xùn)[2]，使人求谕谌。谌盛怒，召农者曰：“我畏段某耶？何敢言我！”取判铺背上，以大杖击二十，垂死，舆来庭中。太尉大泣曰：“乃我困汝！”即自取水洗去血，裂裳衣疮，手注善药，旦夕自哺农者，然后食。取骑马卖，市谷代偿，使勿知。

淮西[3]寓军帅尹少荣，刚直士也。入见谌，大骂曰：“汝诚人耶？泾州野如赭(zhě)[4]，人且饥死，而必得谷，又用大杖击无罪者。段公，仁信大人也，而汝不知敬。今段公唯一马，贱卖市谷入汝，汝又取不耻。凡为人傲天灾、犯大人、击无罪者，又取仁者谷，使主人出无马，汝将何以视天地，尚不愧奴隶耶！”谌虽暴抗，然闻言则大愧流汗，不能食，曰：“吾终不可以见段公！”一夕，自恨死。

[注释]

①营田官：掌管军中田地的官员。

②巽：通“逊”，委婉、婉转。

③淮西：位于今河南南部许昌、信阳一带。

④赭：赤褐色。

郭汾阳七夕拜织女

汾阳王郭子仪在从军途经沙漠时，七夕见空中现美女，自天而下，郭子仪以为是织女，乃拜。女笑曰："大富贵亦寿考。"郭子仪在平定"安史之乱"中因功封爵汾阳郡王，世称郭汾阳。郭子仪精于谋略，用兵持重，治军宽严得当，深得部下敬服。他的儿子郭晞却收受贿赂，纵容士兵胡作非为，没有大将风范。

[译文]

在此之前，段太尉在泾州担任营田官。泾州大将焦令谌霸占他人土地，自己一人就占有土地几十顷，他把地租给农民耕种，并说："作物熟了的时候，一半的粮食要归我。"这一年天大旱，地里寸草不生，农民把情况禀报给焦令谌。焦令谌却说："我只知道我要收取多少，不知道天旱不旱。"他还更加紧急地催逼讨要粮食。农民都要饿死了，没有粮食偿还，于是只好禀报段太尉。

段太尉言辞很温和地写了判决书，派人拜见并告知焦令谌。焦令谌非常愤怒，就把农民叫来说道："难道我会怕那姓段的吗？你胆敢去告我！"他拿出判决书平铺在农民背上，打了农民二十大杖，农民都快被打死了，才被扛到太尉府上。太尉见了大哭道："是我害了你啊！"赶紧亲自取水来为农民洗去身上的血，撕下衣服给农民包扎伤口，亲手为他敷上好药，早晚亲自先喂农民吃饭，然后自己才吃。段太尉卖掉自己的马，换来谷子替农民偿还粮食，还瞒着农民不让他知道。

驻扎在淮西的军队主帅尹少荣，为人刚直。前来会见焦令谌，大骂道："你还是不是人？泾州土地干旱，百姓都要饿死了，你还必须要得到谷子，又杖打没有犯罪的人。段太尉是个十分仁义守信的人，但是你却不知道要尊敬他。如今段太尉只剩下一匹马了，还把它贱卖了，买了谷子交给你，你竟然还收下了，一点也不觉得羞耻。大凡不顾及天灾、冒犯长者、杖打没有罪过的人，又收取仁者的谷子，使主人外出没有马匹，你有何颜面面对天地啊，难道你不为作为奴仆的感到羞愧吗！"虽然焦令谌为人骄横暴戾，但听了之后，还是惭愧得流了一身的汗，吃不下东西，说道："我真没有颜面见段公啊！"当天晚上，他竟然怨恨而死。

[原文]

及太尉自泾州以司农征[1]，戒其族："过岐[2]，朱泚幸致货币[3]，慎

勿纳。”及过，泚固致大绫三百匹。太尉壻韦晤坚拒，不得命。至都，太尉怒曰：“果不用吾言！”晤谢曰：“处贱无以拒也。”太尉曰：“然终不以在吾第。”以如司农治事堂，栖之梁木上。泚反，太尉终，吏以告泚，泚(zǐ)取视，其故封识[4]具存。

太尉逸事如右[5]。

元和九年[6]月日，永州司马员外置同正员柳宗元谨上史馆[7]。今之称太尉大节者，出入[8]以为武人一时奋不虑死，以取名天下，不知太尉之所立如是。宗元尝出入岐、周、邠(bīn)、斄间，过真定，北上马岭[9]，历亭鄣堡戍，窃好问老校[10]退卒，能言其事。太尉为人，姁姁[11]，常低首拱手行步，言气卑弱，未尝以色待物[12]，人视之，儒者也。遇不可，必达其志，决非偶然者。会州刺史崔公来，言信行直，备得太尉遗事，复校无疑，或恐尚逸坠，未集太史氏，敢以状私于执事[13]。谨状。

［注释］

①司农征：掌管国家储粮用粮之事的官职。

②岐：山名，位于今陕西凤翔县南。

③货币：物品和钱财。

④识：标记。

⑤太尉逸事如石：表示正文到此结束。

⑥元和九年：即814年。元和，唐宪宗的年号。

⑦永州司马员外置同正员：柳宗元此时官职名的全称，即永州司马。史馆：编纂史书的机构。

⑧出入：大抵。

⑨马岭：山名，位于今甘肃庆阳县西北方向。

⑩校：中下级军官。

⑪姁姁：谦和、谦逊。

⑫以色待物：给人脸色。

⑬执事：专门管理某方面事务的官员。

［译文］

等到段太尉从泾州被召为司农卿的时候，他警诫他的家人道：“路过岐山的时候，朱泚可能会送给你们钱财，一定不能收啊！”段太尉的家人经过岐山之时，朱泚坚持要送给他们三百匹大绫。太尉的女婿韦晤坚决拒绝，最终还是没有推辞掉。到了京城，段太尉知道之后非常愤怒地说：“居然不听我的话！”韦

唔道歉说：“我出身卑微，不能拒绝啊！”太尉说：“无论如何不能把东西放在我家。”于是就将绫绢送往司农办公的地方，存放在了梁木上。朱泚叛乱，段太尉死后，官吏们把此事禀报给了朱泚，朱泚把绫绢取下来看了看，原来的封存标记还完整无损。

段太尉逸事如上。

元和九年（814年）某月某日，永州司马员外置同正员柳宗元恭谨地将此文献给史馆。如今赞扬段太尉有大节的人，基本上是认为其是武夫，一时冲动不畏惧死亡，从此才成名于天下，却不知道太尉是像上面所讲述的那样安身立命。我曾经出入于岐、周、邠、斄诸州之间，经过真定，北上马岭山，游历了亭台、屏障、堡垒和戍所等军事建筑，私下里喜欢访问年迈和退役的将士，他们都给我讲述了一些段太尉的事迹。太尉为人谦逊，经常低着头、拱着手走路，说话语气卑微，从来不给人脸色看，人们都把他视作一个儒者。遇到不认可的事情，他必须实现自己的主张，绝不是偶尔这样做。永州刺史崔能前来，他言而有信、做事正直，比较全面地了解了段太尉的逸事，反复核对没有可疑之处，我还是担心有的被遗漏，没有被史官搜集到，因此要将这篇逸事状私下呈送给执事。谨为此状。

蝜蝂[1]传

作者逸事

柳州以前总是被认为是蛮夷之地，经济文化都比较落后，民风剽悍，烧杀抢掠的恶习严重，而且“董之以礼则顽，束之以刑则逃”，这种恶习长期以来都未能得到大的改善。柳宗元到任之后，针对这种民风，开始大力修复孔庙，极力宣扬儒家思想，他认为宣扬孔子思想对于国家政令的推行有着很好的促进作用。要使国家政令得到很好的贯彻实施，就必须从教育开导百姓的思想着手，所以他大力提倡儒家思想的学习，改变当地愚昧落后的观念，对百姓“动以礼法”。不仅如此，在孔庙修好之后，柳宗元还亲自撰写了《柳州文宣王新修庙碑》，倡导百姓永远尊重孔子。三年之后，百姓的道德品行得到了很大的提高。

[原文]

蝜蝂（fù bǎn）者，善负小虫也。行遇物，辄[2]持取，卬[3]其首负之。背愈重，虽困剧[4]不止也，其背甚涩，物积因不散，卒踬（zhì）仆[5]不能起。人或[6]怜之，为去其负。苟能行，又持取如故[7]。又好上高，极其力不

已，至坠地死。

今世之嗜取者[⑧]，遇货[⑨]不避，以厚其室，不知为己累也，唯恐其不积。及其怠[⑩]而踬也，黜弃之，迁徙之，亦已病矣。苟能起，又不艾[⑪]。日思高其位，大其禄，而贪取滋甚，以近于危坠，观前之死亡不知戒。虽其形魁然大者也，其名人也，而智则小虫也，亦足哀夫！

［注释］

①蝜蝂：一种喜好负重的黑色小虫子。
②辄：就。
③卬：同“昂”，仰头、抬头。
④困剧：极为疲惫。剧，十分。
⑤踬仆：压倒、摔倒。
⑥或：有的人。
⑦如故：与以前一样。
⑧嗜取者：贪取财物的人。嗜，贪婪。
⑨货：财物。
⑩怠：懈怠、疏忽。
⑪艾：悔恨。

警谕贪顽

传说东晋永和年间的官吏王仔、马谔搜刮民脂民膏，文昌帝君分别将其变为牛、马，以示惩处。贪婪的人，不知道钱财已经成为自己的负累，总是不停地积攒。

［译文］

蝜蝂，一种喜欢负载东西的小虫。前行的时候无论碰到什么东西，都会抓过来，仰着头背上这些东西。背的东西越来越重，即使极为疲惫也不会停止，它的背很涩，不光滑，所以那些东西就会积聚在背上不散落，以致最终被压倒爬不起来。有些人怜悯它，把它背上的东西弄下来。倘若蝜蝂还能爬行，他就会像之前一样再把东西驮到背上。而且蝜蝂还喜欢向高处爬，用尽所有的力气也不愿停下来，最终掉到地上摔死。

如今世间那些贪婪的人，碰到钱财绝不会避开，以此使自己的家产更为丰厚，不知道这些钱财已经成为自己的累赘了，还担心无法积攒更多的钱财。等到由于疏忽懈怠而垮下来的时候，被废黜、贬谪迁徙到边远之地，也算吃了苦头了。倘若还能够东山再起，他们就又会不思悔改。整天想着升官晋爵，更为贪婪，以至于就快要被摔死了，看到以前那些已经被摔死的人还不知以之为戒。虽然表面看来他们很庞大，人比蝜蝂大了许多，但想法却和蝜蝂一样，实在是太可悲了！

鞭贾

作者逸事

柳宗元出任柳州刺史时，柳州一带盛行用子女作抵押偿还债务的恶俗。百姓们交不起地租或者是借了高利贷还不起的时候，就要用自己的子女作抵押。未能及时赎回，就会利滚利，最终这些还不起债的穷家子女就会沦为奴婢，终身任人驱使，没有一点人身自由，以至于“豪家婢妾百余，男仆数百”，而贫穷之家的支离破碎，对生产以及国家税收的缴纳产生了很大的负面影响。柳宗元到任之后，认真遵行朝廷颁布的“不许典贴良人男女作奴婢驱使”的政策，让债主给穷家子女按时间计算工钱，以工钱偿还债务，数目相当的时候，债主就必须把人放回家。不仅如此，柳宗元还尽自己的能力出资帮助穷人赎回子女。他的这一改革措施，极大地造福了穷苦百姓，同时也受到了上级官员裴行立的赞赏，并在其所管辖的区域内大力推行。

[原文]

市之鬻（yù）[1]鞭者，人问之，其贾[2]宜五十，必曰五万。复[3]之以五十，则伏[4]而笑，以五百，则小怒，五千，则大怒，必以五万而后可。有富者子，适[5]市买鞭，出五万，持以夸余。视其首，则拳蹙（cù）而不遂[6]；视其握，则蹇仄而不植[7]：其行水[8]者，一去一来不相承；其节朽墨而无文[9]，掐之灭爪，而不得其所穷；举之翲然[10]若挥虚焉。余曰：“子何取于是而不爱五万？”曰：“吾爱其黄而泽，且贾云者。”余乃召僮爚汤[11]以濯之。则遬[12]然枯，苍然白，向之黄者栀（zhī）[13]也，泽者蜡也。富者不悦，然犹持之三年。后出东郊，争道长乐坂下，马相踶（dì）[14]，因大击。鞭折而为五六，马踶不已，坠于地，伤焉。视其内则空空然，其理若粪壤，无所赖者。

今之栀其貌，蜡其言，以求贾技于朝，当其分则善。一误而过其分，则喜；当其分，则反怒，曰：“余曷不至于公卿？”然而至焉者亦良多矣。居无事，虽过三年不害。当其有事，驱之于陈力之列以御乎物[15]，以夫空空之内，粪壤之理，而责其大击之效，恶有不折其用而获坠伤之患者乎？

［注释］

①鬻：卖。

②贾：价值。

③复：回复，引申为还价。

④伏：弯腰。

⑤适：到、去。

⑥拳蹙：卷曲。遂：舒展。

⑦蹇仄：歪斜。植：通“直”。

⑧行水：行。

⑨朽墨而无文：朽败晦暗没有纹理。

⑩翲然：轻飘飘的。

⑪爚汤：烧开的热水。爚，火光，在此作动词，烧。

⑫遬：收缩。

⑬栀：栀子用作黄色染料。

⑭踶：踢踏。

⑮陈力：出力、效力。御：治理。

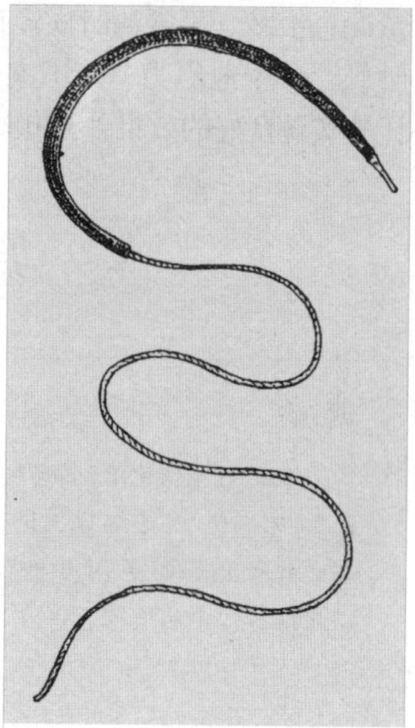

鞭

鞭子不能只看外表，而更应看它的质地。柳宗元借徒有其表的鞭子，讽刺了那些金玉其表、败絮其中的人。柳宗元指出，这些没有真才实学却居高位的人，会在关键时刻误国误民。

［译文］

集市上卖鞭子的人，倘若有人问鞭子的价格，价值五十的时候，必定要说五万。还价还到五十的时候，他就假装笑弯了腰，出价五百，他就会稍微有些愤怒，出价五千，他就会十分愤怒，一定要出到五万才答应。有个富家子弟，到市场上去买鞭，花了五万，拿着它来向我夸耀。看看鞭梢，很卷、不舒展；看它的鞭柄，歪歪斜斜不正；看它的鞭缨，一去一来连接得也不好；看它的鞭节，朽败晦暗没有纹理，用手掐鞭子，指甲都陷进去了，不知道究竟有多深；举起来轻飘飘的，好像手里没拿东西一样。我说：“你不惜花了五万，可是你得到了什么呢？”他回答说：“我喜欢它的黄色并且十分有光泽，这是卖鞭子的人说的。”我叫来童仆用烧热的水浇在鞭子上。很快鞭子就干枯了，变得十分苍白，原来之前的黄色是用栀子染的，而光泽是用蜡打出来的。这个富家子弟很不高兴，但是依然坚持用了三年。后来外出到东郊去，在长乐坂下争道，马互相踢踏，于是狠狠地抽了一鞭子。鞭子就折了五六节，而马依然踢踏不停，这位富家子弟就坠落到地上，受了伤。看看鞭子里面，空空的，纹理就像粪土一样，十分空疏，没有可依赖的。

如今那些粉饰容貌，雕琢言语，以此谋求向朝廷献技的人，倘若职位和他的才能相当还好。可一旦出错，所给的职位在其能力之上，就会十分高兴；倘若职位的安排恰如其分，反而会很愤怒，说：“我为什么没有当上公卿？”但是这样的

情况也很多。平常的时候没什么事，即使混上三年也没什么危害。可赶上有事的时候，命令他出力，为国家处理大事，以他那空空之腹，如同粪土一样的纹理，让他实现良好的效果，承担大任，怎么会不出现被折断而导致摔伤这样的灾祸呢？

始得西山宴游记

题解

本文与《钴鉧潭记》《钴鉧潭西小丘记》《至小丘西小石潭记》《袁家渴记》《石渠记》《石涧记》《小石城山记》并称为“永州八记”，是柳宗元颇具代表性的游记作品。本文作于元和四年(809年)作者被贬谪到永州之后，这段时间作者经常游览山水，以此排解心中的苦闷，并在写景中抒发了自己政治失意的痛苦。

［原文］

自予为僇人[1]，居是州[2]，恒惴栗。其隙[3]也，则施施[4]而行，漫漫[5]而游。日与其徒上高山，入深林，穷回溪[6]，幽泉怪石，无远不到。到则披草而坐，倾壶而醉。醉则更相枕[7]而卧，卧而梦。意有所极，梦亦同趣[8]。觉而起，起而归。以为凡是州之山水有异态者，皆我有也。而未始知西山之怪特。

［注释］

①僇人：罪人。僇，同“戮”。
②是州：这个州，即永州。
③隙：空闲、闲暇。
④施施：慢慢。
⑤漫漫：随意，没有目的。
⑥回溪：弯弯曲曲的溪流。
⑦相枕：互相依靠着。
⑧“意有所极”二句：心中想什么，做梦就会梦到什么。

［译文］

自从我成为罪人，就贬居到这个永州，常常惴惴不安。闲暇的时候，就慢慢地行走，随意地游览。每天与我的朋友们上高山，入深林，走遍了那些曲曲折折的小溪，只要是有幽静的泉水和怪异的石头，再远也会走到那儿。到了那

儿就拨开草坐下，将壶里的酒全部喝完以致喝醉。喝醉了就相互依靠着睡觉，睡着了就会做梦。心中想什么，做梦就会梦到什么。睡醒之后就起来，起来就回去。以为这个永州所有的有奇特之态的山水，我都已经游览过了。但是却还不知道西山的怪异。

［原文］

今年九月二十八日，因坐法华西亭[1]，望西山，始指异之[2]。遂命仆人过湘江，缘染溪[3]，斫榛莽[4]，焚茅茷[5]，穷山之高而止。攀援而登，箕踞[6]而遨，则凡数州之土壤，皆在衽席[7]之下。其高下之势，岈然洼然[8]，若垤[9]若穴，尺寸千里[10]，攒蹙累积[11]，莫得遁[12]隐。萦青缭白，外与天际[13]，四望如一。然后知是山之特立，不与培塿[14]为类。

悠悠乎与颢(hào)气[15]俱，而莫得其涯[16]；洋洋乎[17]与造物者游，而不知其所穷[18]。引觞(shāng)满酌，颓然就醉，不知日之入。苍然暮色，自远而至，至无所见，而犹不欲归。心凝形释[19]，与万化冥合，然后知吾向[20]之未始游，游于是乎始，故为之文以志。

是岁元和四年也。

［注释］

①法华：即法华寺，位于永州地势最高之处。西亭：位于法华寺西，为作者所筑，他经常与朋友一起在此宴游赋诗。

②始指异之：方才指点西山，发现它的不同寻常之处。

③缘：沿着。染溪：即柳宗元所谓的“愚溪”，潇水的支流。

④斫：砍伐。榛莽：丛生的灌木杂草。

⑤茅茷：泛指干枯的茅草。

⑥箕踞：两脚伸直席地而坐，这原本是一种很放肆的举动，此处用以显示自由和不拘。

⑦衽席：睡席。

⑧岈：大谷。洼：深池。

⑨垤：土丘。

⑩尺寸千里：那些远在千里之外的景物现在却近在眼前。

⑪攒蹙累积：那些景物像是聚拢、积聚、重叠在了一起。攒，聚集。蹙，紧缩。

⑫遁：逃遁、逃避。

⑬外与天际：视野之外的景物与天连接在一起。

⑭培塿：小土丘。

⑮颢气：浩气，指大自然的元气。

⑯涯：边崖、边际。

⑰洋洋乎：完美的样子。

⑱穷：穷尽。

⑲心凝形释：心灵平静得像是凝结了一样，身体也不再受束缚。

⑳向：之前、以往。

［译文］

今年九月二十八日，因为坐在法华西亭，向西山望去，方才指点西山，才发现它很奇特。于是就命令仆人，过湘江，沿着染溪，一路砍伐灌木杂草，焚烧干枯的茅草，一直走到高处才停下来。然后，攀援着爬上山，两腿伸开、席地而坐，欣赏美景，而后发现所有这几个州的土地，都在自己所坐的这块地方的下面。这些高高低低的地形，山谷、深池，看起来就像是小土堆，像洞穴；那些远在千里之外的景物现在却近在眼前，那些景物像是聚拢、重叠在了一起，没有什么能逃离视线。青山白水萦绕在一起，视野之外的景物与天相连接，四周都是这个样子。这之后才发现这座山的卓然耸立，与那些小丘迥然不同。

悠悠地与大自然融为一体，没有人会知道它们的边际在哪里。完美啊，与造物的天地一起游览，不知道尽头所在。拿起酒杯斟满酒，很快就喝醉了，不知太阳已经下山了。暮色昏暗，暮色从远处一步步逼近，直到天黑得什么也看不见了，但却依然不想回去。心灵平静得像是凝结了一样，与世间万物融化在一起，之后才明白我以前等于什么都没有游览过，这次才是真正的游览，因此为这次游览写下这篇游记以此记述。

这年是元和四年（809 年）。

至小丘西小石潭记

题解

本篇是《永州八记》中的第四篇，又名《小石潭记》。本文细腻地勾勒了小石潭及其周围的美景，以及其幽寂的气氛，富有诗情画意，从中透露出作者贬居生活中清高孤傲的心境，情景交融。其中尤以对潭中游鱼的刻画见佳，虽只寥寥几句却甚为准确传神地勾勒出了潭水的空明澄净以及游鱼的形神姿态。

［原文］

从小丘西行百二十步，隔篁（huáng）竹[1]，闻水声，如鸣珮环[2]，心乐之。

伐竹取道，下见小潭，水尤清冽。全石以为底，近[3]岸，卷石底以出，为坻为屿[4]，为嵁为岩。青树翠蔓，蒙络摇缀[5]，参差披拂[6]。潭中鱼可百许头，皆若空游无所依。日光下澈，影布石上，佁然不动[7]，俶（chù）尔[8]远逝，往来翕忽[9]，似与游者相乐。

潭西南而望，斗折蛇行[10]，明灭可见。其岸势犬牙差互，不可知其源。坐潭上，四面竹树环合，寂寥无人，凄神寒骨，悄怆幽邃。以其境过清，不可久居，乃记之而去。

同游者吴武陵、龚古，余弟宗玄。隶而从者，崔氏二小生，曰恕己，曰奉壹。

竹林

作者用细腻的笔触勾勒出小石潭的美景，同时融情于景，字里行间透露着作者清高、孤傲又愉悦的心境。

［注释］

①篁竹：竹林。

②如鸣珮环：如同玉珮、玉环相互碰撞发出的声音。

③近：靠近、临近。

④坻：水中高地。屿：水中的小岛。

⑤蒙络摇缀：覆盖、纠结、摇摆、连缀。

⑥披拂：随风摇摆。

⑦佁然不动：一动不动。

⑧俶尔：突然、忽然。

⑨翕忽：轻快敏捷。

⑩斗折蛇行：像北斗七星和蛇爬行一样曲曲折折。

［译文］

从小丘向西走一百二十步，隔着竹林，就能听到水声，好像玉珮、玉环碰撞发出的声音一样清脆，我的心情十分愉悦。砍伐竹林，从中开辟一条小道，在下面发现了一个小水潭，潭水十分清冽。一块完整的石头作为潭底，临近岸边，有些石头从潭底突出，成为形状各异的坻、屿、嵁、岩。青翠的树木和茎蔓，互相遮蔽，参差错落，随风摇摆。潭中的鱼大概有百十来条，都好像是在空中游动，没有任何可依托的。阳光直照到清澈的潭水上，鱼的影子映在石头上，一动不动，忽然间又游了很远，来回游动得很快，好似是与游人一起欢乐。

从小石潭向西南望去，溪流弯弯曲曲，忽明忽暗，若隐若现。溪岸的地势就像狗的牙齿一样参差交错，无法知道它的源头所在。坐在小石潭上，四面竹林树木环绕，空静寂寥，不见一人，忽然感觉很是凄凉，寒意逼骨，寂静得使人忧伤。由于此地的环境太过凄清，不可久留，于是写下此文就走了。

同游的人有吴武陵、龚古、我的弟弟宗玄。跟随而来的还有两个姓崔的少年，一个叫恕己，一个叫奉壹。

石涧记

题解

本文为《永州八记》之一。本文最大的写作特色是运用了大量的比喻，石与涧之美相得益彰，涧以石名，石以涧美。水中石“若床若堂，若陈筵席，若限阃奥”，石上涧“流若织纹，响若操琴”，泉上又有“翠羽之木，龙鳞之石”，充满了生趣。

［原文］

石渠之事既穷①，上由桥西北，下土山之阴②，民又桥焉。其水之大，倍石渠三之一。亘③石为底，达于两涯。若床若堂，若陈筵席，若限阃(kǔn)奥④。水平布其上，流若织纹，响若操琴。揭跣(xiǎn)⑤而往，折竹箭，扫陈叶，排腐木，可罗胡床十八九居之。交络之流，触激之音，皆在床下；翠羽之木，龙鳞之石，均荫其上。古之人其有乐乎此耶？后之来者有能追予之践履耶？得之日，与石渠同。

由渴⑥而来者，先石渠，后石涧；由百家濑⑦上而来者，先石涧，后石渠。涧之可穷者，皆出石城村东南，其间可乐者数⑧焉。其上深山幽林，逾峭险，道狭不可穷也。

［注释］

①穷：完毕。
②阴：山南为阳，山北为阴。
③亘：横着。
④限：隔开。阃奥：内室。
⑤揭跣：挽着衣服，光着脚。
⑥渴：地名，袁家渴。

⑦百家濑：地名。

⑧数：很多。

［译文］

游赏、整治石渠的事已经结束，从桥上向西北方向走，一直走到土山的北坡，百姓们又修了一座桥。这儿的水比石渠的水量还要大三倍。横着的石头连接两端，构成涧底。有的像床，有的像门堂，有的像摆满了菜肴的宴席，有的像用门槛分隔开的内外屋。水平铺在这些石头之上，水流的纹理就像纺织物上的花纹，泉水叮咚作响就像是弹奏的琴声。光着脚走过去，折竹箭，扫陈叶，排腐木，清理出的这块空地可以罗列十八九张交椅。交织的流水，水流激撞的声音，都在交椅下；如同翠鸟羽毛一样苍翠的树木，像鱼龙麟片一样的石块，都遮蔽在泉上。古代的人有谁能有这样的乐趣呢？后人会有人追寻我的足迹来到此地吗？找到石涧的这一天，和发现石渠的那天是同一天。

从袁家渴这个地方过来的人，会先找到石渠，后发现石涧；而从百家濑过来的人，会先找到石涧，后发现石渠。要穷究石涧的源头，要一直走出石城村，源头就在其东南方向，在这路上可以使人愉悦的地方有很多处。上游的深山幽林，更加陡峭险峻，道路十分狭窄不能走到头。

憎王孙文

题解

本文是一篇类似于寓言的文章，分为序文和骚体诗两部分。作者在此借用对猿和猢狲善恶的描写，影射以王叔文为代表的革新势力和以宦官、藩镇为主体的顽固、保守势力之间的斗争。柳宗元对革新集团的美好品德进行了高度的赞扬，同时也对顽固、保守势力进行了尖锐的批判和猛烈的抨击，昭示了他们竭力排斥异己、危害百姓和国家的恶行，并且还对黑白不分、善恶不明、纵恶为非的统治者进行了责难。

［原文］

猿、王孙居异山，德异性，不能相容。猿之德静以恒，类[①]仁让孝慈。居相爱，食相先，行有列，饮有序。不幸乖离，则其鸣哀。有难，则内其柔弱者。不践稼蔬。木实未熟，相与视之谨；既熟，啸呼群萃，然后食，衎衎[②]焉。山之小草木，必环而行遂其植，故猿之居山恒郁然。王孙之德躁以嚣，勃诤号呶（náo）[③]，唶唶彊彊[④]，虽群不相

善也。食相噬啮（shì niè），行无列，饮无序。乖离而不思。有难，推其柔弱者以免。好践稼蔬，所过狼藉披攘。木实未熟，辄龁（hé）⑤咬投注。窃取人食，皆知自实其嗛⑥。山之小草木，必凌挫折挽，使之瘁然后已。故王孙之居山恒蒿然。以是猿群众则逐王孙，王孙群众亦龇⑦猿。猿弃去，终不与抗。然则物之甚可憎，莫王孙若也。余弃山间久，见其趣如是，作《憎王孙》云。

［注释］

①类：大都、基本上。

②衎衎：温馨快乐。

③勃诤号呶：争斗号叫。

④唶唶：大声呼号。彊彊：相随。

⑤龁：咬。

⑥嗛：猴类储藏食物的皮囊。

⑦龇：撕咬。

［译文］

猿和猢狲居住在不同的山上，二者的品行有很大差异，彼此不能相容。猿的德行安静稳重，大部分都很仁爱谦让、孝顺慈爱。猿群居生活，互相关爱，吃东西相互退让，让别的猿为先，走路时排成行列，喝水时也井然有序。倘若某只猿不幸离群走失，就会哀伤地呼叫。倘若遭遇灾难，就会把柔弱的猿圈在内侧保护起来。猿不会践踏庄稼、蔬菜。果实还没有熟的时候，会彼此共同谨慎地看护着果子；等到果实熟了的时候，它们就会呼叫同伴聚齐到一起，这之后才会吃果子，十分温馨欢乐。在山上碰到幼小的草木，必定会绕道而行，使草木能够顺利生长，因此猿居住的山头，常常是郁郁葱葱。而猢狲的德行却很暴躁、爱吵闹，喜欢争吵嚎叫，十分喧嚣，虽然群居，但彼此却很不友善。进食的时候互相撕咬，走路时也不成行列，喝水的时候没有顺序。离群走失了也不会有思念之情。倘若遭遇灾难，就会把柔弱的推出来以使自己免遭其害。喜好践踏庄稼、蔬菜，走过的地方都一片狼藉。树上的果实还没长熟，就被它们咬过扔了。从人类那儿偷了食物，都只知道往自己腮囊里塞。在山上碰到幼小的草木，必定会摧残攀折，不把草木全部毁坏决不罢休。因此猢狲居住的山头，常常十分荒芜。所以猿群众多的时候就会把猢狲驱逐出去，而猢狲多的时候也会撕咬猿。猿遇到这种情况就会离去，始终不和猢狲对抗。这样，动物中没有什么比猢狲更可憎。我被贬谪到这山间已经很长时间了，看到猢狲的品行这样，就写了这篇《憎王孙文》。

[原文]

湘水之悠悠兮，其上群山。胡兹郁而彼瘁兮，善恶异居其间。恶者王孙兮善者猿，环行遂植兮止暴残。王孙兮甚可憎！噫，山之灵兮，胡不贼旃（zhān）①？

跳踉叫嚣兮，冲目宣龂②。外以败物兮，内以争群。排斗善类兮，哗骇披纷。盗取民食兮，私己不分。充嗛果腹兮，骄傲欢欣。嘉华美木兮硕而繁，群披竞啮兮枯株根。毁成败实兮更怒喧，居民怨苦兮号穹旻③。王孙兮甚可憎！噫，山之灵兮，胡独不闻？

猿之仁兮，受逐不校。退优游兮，惟德是效。廉、来同兮圣囚④，禹、稷合兮凶诛⑤。群小遂⑥兮君子违，大人聚兮孽无余。善与恶不同乡兮，否泰既兆其盈虚⑦。伊细大之固然兮，乃祸福之攸趋。王孙兮甚可憎！噫，山之灵兮，胡逸而居？

[注释]

①贼旃：诛杀了它。

②冲目宣龂：瞪着眼，龇着牙。

③穹旻：苍天。

④廉、来：指殷纣王的佞臣飞廉和恶来。圣囚：指周文王被囚禁之事。

⑤禹、稷：指贤士夏禹、后稷。凶：指被舜放逐的四个恶兽浑沌、穷奇、梼杌、饕餮。

⑥遂：得逞。

⑦否：厄运。泰：好运。

后稷

后稷，古代周族的始祖。作者认为善恶是不共戴天的仇敌，所处的时代却是恶人当道，他对此十分无奈和不满，便进行了猛烈的抨击。

[译文]

湘江水悠悠，两岸是连绵起伏的群山。为何此山郁郁葱葱而彼山却光秃荒芜，原因在于善恶两类动物分别聚居在这两座山上。凶狠的是猢狲啊，善良的是猿，绕道而行以使草木能够好好地生长而制止暴残的行为。猢狲啊真是可恨！咳，山上的神灵啊，怎么不将猢狲斩尽杀绝呢？

猢狲又蹦又跳，瞪着眼，龇着牙，叫嚣

得厉害啊！在外面四处毁坏东西啊，在内部互相争斗打架。排挤打击善良的猿类啊，喧嚣惊骇地乱作一团。从百姓那里偷取了食物，只知道自己享用，不会分一些给别的动物。吃饱之后啊，狂妄自大得意洋洋。美丽的花和树啊，肥硕繁盛，猢狲们竞相攀折啃咬啊，使之变成死树枯根。毁坏了果实啊，更加愤怒喧闹，百姓叫苦连天啊！猢狲啊真是可憎！咳，山上的神灵啊，难道就听不见吗？

猿的仁慈啊，被驱逐也不与之计较。从容不迫地退避啊，只仿效好的品行。飞廉和恶来一旦勾结啊，圣人周文王就被幽禁起来了；大禹与后稷联手啊，四大恶兽就被诛杀了。小人得志啊，君子就会遭殃，贤德之人携手啊，孽障就会毁灭殆尽。善与恶不能共处啊，是好是坏要视双方的力量而定。弱肉强食，原本就是这个道理，弱者得祸强者得福，这是必然趋势。猢狲啊真是可憎！咳，山上的神灵呀，为何你还能安逸地闲居？

捕蛇者说

题解

本文通过对以捕蛇为业的蒋家三代遭遇的描述，记录了在苛捐杂税的压迫下百姓难以生存纷纷逃亡的社会现实，揭露了唐朝社会政治的黑暗和统治阶级的贪婪，体现了孔子所说的“苛政猛于虎”的思想。

[原文]

永州之野产异蛇，黑质而白章①，触草木，尽死，以啮人，无御之者。然得而腊②之以为饵，可以已大风、挛踠、瘘（lòu）、疠（lì）③，去死肌，杀三虫。其始，太医以王命聚之④，岁赋其二⑤。募有能捕之者，当其租入。永之人争奔走焉⑥。

[注释]

①黑质而白章：黑底上白的花纹。

②腊：做成干肉。

③已：治疗。大风：麻风病。挛踠：手脚弯曲不能伸展的病。瘘：脖子肿。疠：恶疮。

④以王命聚之：拿皇帝的命令来征集这种蛇。

⑤岁赋其二：一年征缴两次。赋，征取。

⑥争奔走焉：抢着做这件事。奔走，忙着做某件事。

［译文］

永州的野外出产一种奇异的蛇，黑色身体白色花纹，接触到草木，草木全都枯死，咬到人，没有能抵抗过它的。但是捕杀它，然后风干做成药物，可以治麻风、屈肢、颈部脓肿、毒疮，除去坏死的肌肉，杀死危害人体的三尸虫。当初，太医奉皇帝的命令征集这种蛇，每年征收两次。招募能捕捉它的人，可用来充抵应纳的租税。永州的人都争着去做这件事。

乌蛇

乌蛇，可入药。苛捐杂税逼迫百姓每天都在冒生命危险捕蛇。柳宗元对社会的黑暗进行了揭露，对苛政进行了强烈地批判。

［原文］

有蒋氏者，专其利三世矣。问之，则曰："吾祖死于是，吾父死于是，今吾嗣为之十二年，几死者数矣。"言之，貌若甚戚者。

余悲之，且曰："若毒之乎[1]？余将告于莅(lì)事者[2]，更若役，复若赋[3]，则何如？"

蒋氏大戚，汪然出涕曰："君将哀而生之乎？则吾斯役之不幸，未若复吾赋不幸之甚也[4]。向吾不为斯役，则久已病矣。自吾氏三世居是乡，积于今[5]六十岁矣，而乡邻之生日蹙[6]。殚其地之出[7]，竭其庐之入[8]，号呼而转徙，饥渴而顿踣[9]，触风雨，犯寒暑，呼嘘毒疠，往往而死者相藉[10]也。曩(nǎng)[11]与吾祖居者，今其室十无一焉；与吾父居者，今其室十无二三焉；与吾居十二年者，今其室十无四五焉。非死则徙尔，而吾以捕蛇独存。

"悍吏之来吾乡，叫嚣乎东西，隳(huī)突乎南北[12]，哗然而骇者，虽鸡狗不得宁焉。吾恂恂而起[13]，视其缶，而吾蛇尚存，则弛然而卧。谨食之，时而献焉[14]。退而甘食其土之有[15]，以尽吾齿[16]，盖一岁之犯死者二焉[17]，其余则熙熙而乐，岂若吾乡邻之旦旦有是[18]哉？今虽死乎此，比吾乡邻之死，则已后矣，又安敢毒耶？"

余闻而愈悲。孔子曰："苛政猛于虎也。"吾尝疑乎是。今以蒋氏观之，犹信[19]。呜呼！孰知赋敛之毒有甚是蛇者乎[20]？故为之说[21]，以

俟夫观人风者得焉[22]。

[注释]

①若：你。毒之乎：怨恨这件事吗？

②莅事者：指地方官。莅，临、视。

③复若赋：恢复要你纳税。赋，给官府出财物。

④未若：比不上。不幸之甚：更为痛苦。

⑤积于今：累计到现在。

⑥生：生活。日蹙：一天比一天困苦。

⑦殚其地之出：完全缴出他们土地的全部产出。

⑧竭其庐之入：用尽他们家庭的全部收入。

⑨顿踣：劳累得倒下去。

⑩相藉：横一个竖一个地压着，极言死人之多。

⑪曩：从前。

⑫隳突乎南北：到处骚扰。

⑬恂恂而起：恐惧地起来。

⑭时而献焉：到时候把蛇献上去。

⑮退而甘食其土之有：回家就很有味地吃着田地上产的东西。

⑯以尽吾齿：过完我的余年。齿，指年龄。

⑰盖一岁之犯死者二焉：原来一年中冒死亡危险只有两次。

⑱旦旦有是：天天有死亡的威胁。

⑲犹信：还是可信的。

⑳赋敛之毒：搜刮钱粮的毒害。有甚是蛇：比这毒蛇更厉害。

㉑故为之说：因此写这篇“说”。

㉒俟：等待。夫：那。观人风者：视察民情的人。

泰山问政

孔子到齐国去，路过泰山，听到一个妇女哭得很伤心，便派子路去问。妇人说：“以前我公爹被老虎吃了，现在丈夫和儿子也被老虎吃了。”子路问为什么不搬走呢？妇女说：“此地没有苛捐杂税。”子路告诉了孔子，孔子说：“苛捐杂税比老虎还凶猛呀！”柳宗元遇到了与孔子相似的事情，于是发出了横征暴敛对百姓的毒害比毒蛇更厉害的感慨。

[译文]

有家姓蒋的，独享这个差使的好处已有三代了。我问起这件事，他说：“我祖父死在这差事上，我父亲死在这差事上，如今我继承这差事已经十二年，好几次也差点死掉。”说着，表情变得很悲伤。

我替他难过，就说：“你怨恨这差事吗？我去向管事的人诉说，让他更换你的差事，恢复你的赋税，你看怎样？”

姓蒋的听了更为伤心，眼泪汪汪地说：“你是哀怜我想让我活下去吗？那么我这个差事的不幸，远比不上恢复我的纳税厉害呀！若当初我不干这捕蛇的差事，早就困苦不堪了。自从我家三代居住在此地，到如今已经六十年了，而乡邻们的生活却一天比一天困难。他们拿出地里的全部产出，交出家里的所有收入，哭哭啼啼地迁离故乡，饥渴交加而倒毙在地，一路上被风吹雨淋，冒严寒酷暑，呼吸毒雾、瘴气，因此死掉的人常成堆地躺在路边。从前和我祖父同居于此地，现今十家中只剩不到一家了；和我父亲同居于此的，现在十家中只剩不到两三家了；和我一起住了十二年的，如今十家中也只剩不到四五家了。不是死了，就是搬走了，我却因为捕蛇而能幸存。

“凶狠的差役来到我们村里时，到处吵闹，吓得人们乱叫乱嚷，连鸡狗也不得安宁。我只要小心翼翼地起来，看看那只瓦罐，见我捕的蛇还在里面，就安然睡下。平时小心地喂养，到规定的时间就去上交。回来后就能自在地享用地里的产出，以安度天年，因此我一年之中只有两次冒生命危险，其他的时候都过着心情舒畅的生活，哪像我的乡邻们那样天天经历危险呢？现在即使我死在捉蛇上面，比起我乡邻们的死亡已经很晚了，又怎么敢怨恨呢？”

我听了愈发难过。孔子说过：“暴政比老虎更凶猛。”我曾经怀疑过这句话。现在拿姓蒋的遭遇来看，这话是真的啊！唉！谁知道横征暴敛对百姓的毒害竟比毒蛇更厉害呢？因此我才将此事记下，留待考察民情风俗的官吏参考。

罴[1] 说

作者逸事

柳宗元不仅是很有名的文学家，还十分关心百姓疾苦。他鼓励发展生产，做了很多有益于百姓的好事。他在柳州任职之时，柳州城内的百姓用水都是用瓦罐从柳江中取出来的，但是当时江岸很高，陡坡很不好走，尤其是下雨的时候，道路很滑，容易跌倒，于是柳宗元就组织了人力，在城北挖了一口深深的水井。这口井水源十分充足，不仅解决了百姓们的饮水问题，还大大方便了农民灌溉菜地，造福了当地百姓。

[原文]

鹿畏貙[2]，貙畏虎，虎畏罴(pí)。罴之状，被发人立，绝[3]有力而甚害

人焉。楚之南有猎者，能吹竹为百兽之音。寂寂持弓矢罂（yīng）火[4]，而即之山，为鹿鸣以感[5]其类，伺其至，发火而射之。貙闻其鹿也，趋[6]而至。其人恐，因为虎而骇之。貙走而虎至，愈恐，则又为罴，虎亦亡去。罴闻而求其类，至则人也，捽搏挽裂而食之[7]。今夫不善内而恃外者，未有不为罴之食也。

[注释]

①罴：一种比熊还要凶猛的野兽。

②貙：一种类似于狐狸，但大于狐狸的野兽。

③绝：极度、非常。

④寂寂：悄悄。罂火：火种。

⑤感：召唤。

⑥趋：快走、小跑。

⑦捽：揪住、抓住。挽：厮打。

[译文]

鹿害怕貙，貙害怕老虎，而虎又害怕罴。罴的样子，披着长发，能够像人一样站着，力气很大并且经常吃人。在楚的南部有个猎人，用竹笛能模仿很多野兽的声音。有一次，他悄悄地拿着弓箭和火种上了山，他先模仿鹿的声音召唤鹿的同类，等到鹿出来的时候，他就点燃火种射向鹿。之后貙听到了鹿的声音，就赶快跑出来。猎人有些恐惧，于是就模仿虎的声音吓唬貙。貙跑了，但是老虎听到同类的声音就跑出来了，猎人更为害怕，于是又模仿罴的叫声，老虎也被吓跑了。但是罴听到声音之后也出来寻找自己的同类，出来后却发现是人，罴就揪住他，跟他搏击，厮打他，最后吃了他。如今那些自己没有真本领，却倚仗外在力量的人，没有不被罴吃掉的。

罴

罴，传说比熊还要凶猛的野兽。文中会模仿各种动物叫声的猎人，最后被罴吃掉了。此寓言故事揭示了只靠外在力量却没有真才实学的人，终不会长久获益的道理。

种树郭橐驼传

题解

这是一篇具有寓言性质的传记文章，通过为郭橐驼立传，记述了郭橐驼“顺木之天，以致其性”的养树之道。将养树与养民相比较，对中唐时有损百姓的吏治进行了批评，表达了作者希望改革弊政和同情下层百姓的思想。

[原文]

郭橐(tuó)驼[1]，不知始自何名。病偻[2]，隆然伏行[3]，有类橐驼者，故乡人号之[4]“驼”。驼闻之曰：“甚善，名我固当[5]。”因舍其名，亦自谓“橐驼”云。其乡曰丰乐乡，在长安西。

驼业种树，凡长安豪富人为观游及卖果者，皆争迎取养[6]。视驼所种树，或移徙，无不活，且硕茂早实以蕃[7]。他植者虽窥伺效慕[8]，莫能如也。

[注释]

①郭橐驼：种树者郭姓，因貌似骆驼，故人称为郭橐陀。
②偻：曲背。
③隆然：高耸着(指的是脊背)。伏行：身体俯下去走路。
④号之：称他为。
⑤名我固当：这样叫我实在很恰当。
⑥争迎取养：争着(把郭橐驼)迎来，养在家中。
⑦硕茂：高大茂盛。早实：早结果实。蕃：繁多。
⑧效慕：模仿。

[译文]

郭橐驼，不知原名是什么。他患有佝偻病，脊背高高隆起，低着头走路，像骆驼一样，所以乡里人称他为“驼”。橐驼听到后，说：“很好啊，这样称呼我很恰当。”于是放弃原名，也自称“橐骆”了。他的家乡叫丰乐乡，在长安城西。

橐骆以种树为职业，长安城中那些喜欢观赏游览的豪绅人家以及卖水果的商人，都争相迎请他。橐骆所种植或者移植的树木，没有不成活的，而且高大繁茂，果实结得又早又多。其他种树的人即使暗中察看仿效，也比不上他。

［原文］

有问之，对曰："橐驼非能使木寿且孳也[1]，能顺木之天，以致其性焉耳[2]。凡植木之性：其本欲舒，其培欲平[3]，其土欲故，其筑[4]欲密。既然已[5]，勿动勿虑，去不复顾。其莳[6]也若子，其置也若弃，则其天者全而其性得矣。故吾不害其长而已，非有能硕茂之[7]也；不抑耗其实[8]而已，非有能早而蕃之[9]也。

"他植者则不然。根拳而土易[10]，其培之也，若不过焉则不及。苟有能反是者，则又爱之太恩[11]，忧之太勤，旦视而暮抚[12]，已去而复顾。甚者爪其肤以验其生枯[13]，摇其本以观其疏密，而木之性日以离[14]矣。虽曰爱之，其实害之；虽曰忧之，其实仇之。故不我若[15]也，吾又何能为哉？"

问者曰："以子之道，移之官理[16]，可乎？"驼曰："我知种树而已，理，非吾业也。然吾居乡，见长人者好烦其令[17]，若甚怜焉[18]，而卒以祸。旦暮吏来而呼曰：'官命促尔耕[19]，勖（xù）[20]尔植，督尔获，早缫而绪[21]，早织而缕，字[22]而幼孩，遂[23]而鸡豚（tún）。'鸣鼓而聚之，击木[24]而召之。吾小人辍飧饔（yōng）以劳吏者[25]，且不得暇，又何以蕃吾生而安吾性耶？故病且怠。若是，则与吾业者其亦有类乎[26]？"

问者曰："嘻，不亦善夫？吾问养树，得养人术。"传其事以为官戒也。

［注释］

①寿：活得长久。孳：滋生得快。
②致其性：让它尽性发展。
③培：培土。平：平均。
④筑：捣土。
⑤既然已：这样做了以后。
⑥莳：栽种。
⑦硕茂之：使它高大茂盛。
⑧抑耗其实：遏制、减少它的果实。
⑨早而蕃之：使它早结实而且果实繁多。
⑩根拳：树根拳曲不能伸展。土易：泥土被更换。
⑪恩：情深。

⑫旦视而暮抚：早上来看看，晚上又来摸摸。

⑬爪：用指爪划破。肤：树皮。

⑭日以离：一天比一天差。

⑮不我若：不如我。

⑯官理：做官治理政事。

⑰长人者：当官长的人。好烦其令：喜欢不断向百姓发命令。

⑱若甚怜焉：好像很哀怜百姓。

⑲官命促尔耕：官长命令、催促你们耕田。

⑳勖：勉励。

㉑缫：抽茧出丝。绪：丝头。

㉒字：养育。

㉓遂：生长，引申为喂大的意思。

㉔击木：敲木梆。

㉕辍：停止。飧：晚饭。饔：早饭。劳：慰劳。

㉖吾业者：我的同行。其：大概。亦有类乎：也相类似吧。

养树得养人术

图为种树人郭橐驼为众人讲述自己种树的诀窍。郭橐驼顺应植物的自然本性进行照顾和培育，柳宗元认为养人正如养树，也应如此，应顺自然本性，发展优点，而不能一味地按自己的意志去控制。

[译文]

有人问他原因，他答道："我郭橐驼并不能使树木活得久且长得快，只不过能够顺应树木的本性，使它尽性成长罢了。一般说来，树木的习性是：树根要舒展，培土要均匀，根部要带旧土，捣土要细密。这样做了以后，不要再去动它，也不必再担心它，离开后就不必再管它了。移栽时要像养育子女一样精心，栽好后丢弃它置于一旁，那么树木的本性就不受破坏，而能按照它的本性生长。所以我只是不妨害它生长罢了，并没有使它长得高大茂盛的诀窍；我只是不抑制、减少它的果实罢了，并没有使它的果实结得又早又多的诀窍。

"其他种树的人却不这么做。树根拳曲，又换了新土，培土不是过多就是不够。如果有与此不同的做法，又对树木爱得过深，担心得太多，早晨看看，晚上摸摸，离开后还要回头看。更严重的是用手指抓破树皮来检验它的死活，摇动树根来察看土的松紧，这样就背离树木的本性了。虽然说是爱护树，实际上是在害它；虽说是担心树，实际上却是仇恨它。所以都比不上我，我又有什么特别的本领呢？"

问的人说："将你种树的方法，转用到为官治民上，可以吗？"橐驼说："我只知道种树罢了，为官治民并非我的专业啊！然而我住在乡里，看到那些官吏喜欢不断地发布命令，好像很爱惜百姓，却给百姓带来灾害。每天早晚，差吏

跑到村中叫喊：'官长命令催促你们耕地，勉励你们播种，督促你们收割，早些缫你们的丝，早点纺你们的线，抚育好你们的小孩，喂大你们的鸡、猪。'一会儿击鼓聚集人们，一会儿敲木梆召集大家。我们小百姓顾不上吃饭来应酬、慰劳差吏尚且都没有空暇，又怎能人口兴旺、生活安定呢？所以百姓都非常困苦而且疲乏。如果是这样，那就与我们种树这一行也有相似之处吧？"

问的人叹道："这说得不是很好吗？我问养树，却得到了治民的办法。"我记下此事，将其作为官吏的借鉴。

童区寄[1]传

作者逸事

柳宗元在柳州为官之时，柳州一带盛行巫术。每当人生病的时候，不找大夫看病，却请巫师进行占卜，并且要滥杀牲畜。最初的时候是宰杀鸡鸭等来祭神，倘若病情未能好转，就得宰杀猪羊之类的；倘若病情还未见好，就要宰杀牛马这样的"大牲"；还没有奏效，病人就会认为自己马上就要死了，于是就会和亲人诀别，用布遮面，不再进食等待死亡。这种不求医只求巫的陋习，给生活和农业生产带来了恶劣的影响。为了改善这种情况，柳宗元修复了曾被大火焚毁了的大云佛寺，让僧徒们大力宣扬佛教不杀生的思想，教化百姓，引导百姓保护牲畜，发展生产，破除迷信，治病要求医而非巫术，最终取得了很好的效果。

［原文］

柳先生曰：越人少恩，生男女必货视之。自毁齿[2]以上，父兄鬻(yù)卖，以觊[3]其利。不足，则取他室[4]，束缚钳梏之。至有须鬣[5]者，力不胜，皆屈为僮[6]。当道相贼杀以为俗，幸得壮大，则缚取幺弱[7]者。汉官因以为己利，苟得僮，恣所为不问。以是越中户口滋耗[8]。少得自脱，惟童区寄以十一岁胜，斯亦奇矣。桂部从事杜周士为余言之[9]。

童寄者，郴州荛(ráo)牧[10]儿也。行牧且荛，二豪贼劫持反接，布囊其口，去逾四十里之虚所卖之[11]。寄伪[12]儿啼，恐慄为儿恒[13]状。贼易之，对饮，酒醉。一人去为市，一人卧，植刃道上。童微伺其睡，以缚背刃，力下上，得绝，因取刃杀之。

[注释]

①童区寄：叫区寄的儿童。童，童子。区，姓。寄，名。

②毁齿：换乳牙，儿童大概在七岁左右时换牙。

③觊：觊觎、贪图。

④他室：别人家。

⑤鬣：长须。

⑥僮：随从、仆人。

⑦幺弱：幼小柔弱。

⑧滋耗：更为减少。

⑨从事：官职名。杜周士：人名。

⑩荛牧：打柴放牧。

⑪逾：超过。虚所：集市。

⑫伪：假装。

⑬恒：通常。

荆轲刺秦王

秦武阳，燕国勇士，十三岁杀人，后随荆轲一同行刺秦王。童子区寄十一岁便杀了人，勇猛可敌燕国勇士秦武阳。

[译文]

柳先生说：越人很少有恩情，生了孩子，必定会把他们视作货物。七岁以上的孩子，父亲、兄长就会把他们卖了，以贪图利益。孩子不到七岁的，就去偷别人家的孩子，捆绑住孩子。至于那些年老的人，不能以力取胜了，就都会屈服作为仆人。在大道上贼寇厮杀已经习以为常了，如果有幸比较强大，就束缚捆绑幼小柔弱的。汉官为了自己的利益，倘若能够得到仆人，就会放纵他们的行为不加过问。由于这样的原因，越中这个地方人口越来越少。很少有能脱逃这些的，只有儿童区寄十一岁时顺利脱身，这就更加奇特了。桂部从事杜周士对我言说了此事。

儿童区寄，是郴州一个砍柴放牧的孩子。一次，他正在放牧砍柴，两个蛮横的强盗劫持捆绑了他，把他的手反捆起来，用布塞住他的嘴，把他带到四十多里以外的集市上要把他卖了。区寄故意假装像小孩一样啼哭，吓得浑身发抖，像常见的小孩那样。这两个强盗就觉得他很好对付，互相对饮，后来就喝醉了。一个强盗到市场上去找买主，另一个强盗卧躺着，把刀插在了路上。孩子偷偷地观察着，等他睡着了，就把捆绑着手的绳子凑到刀刃上，用劲地上下摩擦，绳子割断了，于是他拿起刀就把那个人给杀了。

[原文]

逃未及远，市者还，得童大骇。将杀童，遽[1]曰："为两郎[2]僮，

孰若为一郎僮耶？彼不我恩也。郎诚见完与恩，无所不可。”市者良久计，曰：“与其杀是童，孰若卖之；与其卖而分，孰若吾得专焉。幸而杀彼，甚善。”即藏其尸，持童抵主人所，愈束缚牢甚。夜半，童自转，以缚即炉火烧绝之，虽疮手勿惮，复取刃杀市者。因大号，一墟皆惊。童曰：“我区氏儿也，不当为僮。贼二人得我，我幸皆杀之矣，愿以闻于官。”

墟吏白③州，州白大府，大府召视，儿幼愿④耳。刺史颜证⑤奇之，留为小吏，不肯。与衣裳，吏护还之乡。乡之行劫缚者，侧目莫敢过其门，皆曰：“是儿少秦武阳⑥二岁，而讨杀二豪，岂可近耶？”

[注释]

①遽：急忙、赶快。
②郎：仆人称主人为郎。
③白：告诉、禀报。
④愿：老实。
⑤颜证：人名。
⑥秦武阳：战国时期燕国的勇士，十三岁时就杀了人。

[译文]

区寄还没来得及跑远，到市场上去的那个强盗就回来并抓住了他，区寄十分惊恐。强盗将要杀区寄的时候，区寄赶紧说：“给两个人当随从，哪里能和给一个人当仆人相比呢？他对我不好。你倘若真的能保全我的性命，好好待我，什么我都能替你做。”这个强盗考虑了很久，心想：“与其杀了这个孩子，不如卖了他；与其把他卖了钱两个人分，不如我独自占有。幸好这个孩子把他杀了，很好。”于是就把那个贼寇的尸体掩藏起来，带着孩子到主人家，当然他把孩子捆绑得更加结实了。半夜的时候，区寄自己转过身，把捆着手的绳子靠近炉火，烧断了绳子，虽然手也被烧伤了但却不害怕，然后他又拿起刀把那个到市场上卖他的强盗杀了。而后大声哭号，集市上的人都十分吃惊。孩子说：“我是区家的儿子，不应该成为别人的奴仆。有两个强盗抓了我，很幸运地我把他们都杀了，希望能让官府知道这件事情。”

管理集市的小吏向州官禀报，州官又向太府禀报，太府召见这个孩子，他是个年幼老实的孩子。刺史颜证觉得他很奇特，就想把区寄留下来当作小吏，区寄不肯。于是刺史赠给他些衣服，让小吏护送他回乡。乡里那些抢劫绑架的人，都不敢正视他，不敢从他家门前经过，都说：“这孩子比秦武阳当时还要小两岁呢，却已经杀了两个强盗了，怎能接近他呢？”

愚溪诗序

题解

本篇是柳宗元贬谪到永州之时为其《八愚诗》而写的序文。《八愚诗》现已遗失，只剩下这篇序。作者在此借溪水自喻，溪水虽美，但处于偏远之地，于世无用。作者虽很有才能，但终被贬黜，触景生情，情景交融，抒发了自己遭受排挤、不能施展伟大抱负的激愤之情。

[原文]

灌水之阳有溪焉①，东流入于潇水②。或曰：冉氏尝居也，故姓是溪为冉溪。或曰：可以染也，名之以其能，故谓之染溪。余以愚触罪，谪潇水上，爱是溪，入二三里，得其尤绝者家焉。古有愚公谷③，今予家是溪，而名莫能定，土之居者犹龂龂然④，不可以不更也，故更之为愚溪。

愚溪之上，买小丘为愚丘。自愚丘东北行六十步，得泉焉，又买居之为愚泉。愚泉凡六穴，皆出山下平地，盖上出也。合流屈曲而南，为愚沟。遂负土累石，塞其隘（ài）为愚池。愚池之东为愚堂，其南为愚亭。池之中为愚岛。嘉木异石错置，皆山水之奇者，以余故，咸以愚辱焉。

[注释]

①灌水：水名，湘江的支流。阳：水的北面称为阳，南面称为阴。

②潇水：湘江的一个支流，因为源头在潇山，因此得名潇水。

③愚公谷：位于今山东淄博西。相传齐桓公外出打猎，在山中发现一谷，就向山间老翁询问是何谷，老翁回答说是“愚公之谷”，桓公又问名字的由来，老翁说是因自己的名字而得名。

④龂龂然：争论不休的样子。

[译文]

在灌水的北边有条溪流，向东流入潇水。有人说：以前有个姓冉的人曾经在这里住过，因此借用这个人的姓将这条溪流命名为冉溪。有人说：这溪水能够染色，以它的功能进行命名，称之为染溪。我因为愚蠢犯了罪，被贬谪到了潇水，非常喜欢这条溪流，沿着它走了二三里，发现一个风景十分优美的地方，就在此地安家了。古时候有个愚公谷，现在我的家就在这条溪流旁边，但是没有人能定下这条溪流的名字，此地的居民依然还在争论，看来不能不给它改名了，因此把它改名为愚溪。

我在愚溪上面买了个小丘，取名为愚丘。从愚丘往东北方向走六十步，又找到了一汪泉水，又把它买下来，取名为愚泉。愚泉一共有六个泉眼，都处于山下的平地，泉水都是自下而上喷涌。各个泉眼中的泉水合流之后弯曲着向南流去，我就把它命名为愚沟。于是我又运土堆石，在狭窄的地方堵住隘口，筑成了愚池。愚池的东面是愚堂，南面是愚亭。池子中央是愚岛。嘉木、异石参差错落，这些都是奇特美丽的山水，因为我的原因，都选用了“愚”字，使它们受到了玷污。

溪

作者以溪水自喻，溪水虽美，但地处偏远，于世无用。

[原文]

夫水，智者乐①也。今是溪独见辱于愚，何哉？盖其流甚下，不可以灌溉；又峻急，多坻(chí)②石，大舟不可入也；幽邃(suì)浅狭，蛟龙不屑，不能兴云雨。无以利世，而适类于余，然则虽辱而愚之，可也。宁武子③“邦无道则愚”，智而为愚者也；颜子④“终日不违如愚”，睿而为愚者也，皆不得为真愚。今余遭有道⑤，而违于理，悖于事，故凡为愚者莫我若也。夫然则天下莫能争是溪，余得专而名焉。

溪虽莫利于世，而善鉴⑥万类。清莹秀澈，锵鸣金石，能使愚者喜笑眷慕，乐而不能去也。余虽不合于俗，亦颇以文墨自慰，漱涤(dí)⑦万物，牢笼⑧百态，而无所避之。以愚辞歌愚溪，则茫然而不违，昏然而同归，超鸿蒙⑨，混希夷⑩，寂寥而莫我知也。于是作《八愚诗》，纪于溪石上。

[注释]

①乐：喜欢、喜爱。
②坻：水中的高地。

③宁武子：即宁俞，“武”是其谥号，春秋时期卫国的大夫。宁武子身处战乱无道之时，就佯装愚笨，然而实际上却是大智之人。《论语·公冶长》有云：“子曰：‘宁武子，邦有道则智，邦无道则愚。其智可及也，其愚不可及也。’”

④颜子：即孔子的学生颜回，字子渊。颜回求学于孔子，但是从不发表与孔子不同的言论，貌似愚笨，实际上他能将孔子的话付诸实际，并能有所发挥。《论语·为政》有云：“子曰：‘吾与回言终日，不违如愚。退而省其私，亦足以发，回也不愚。’”

⑤有道：指国家政治清明，治国有道。

⑥鉴：映照。

⑦漱涤：洗涤。

⑧牢笼：在此为动词，即包罗。

⑨鸿蒙：指世界尚未形成之时的混沌状态。

⑩希夷：取义于《老子》中“视之不见名曰夷，听之不闻名曰希”一句，指玄虚静寂、无法感知的一种状态。

［译文］

水，是智者所喜爱的。但如今这条溪流却因愚字而蒙受羞辱，这是为何呢？大概是因为它的水道太低，不可以用于灌溉吧；水流很急，中间又多浅滩和石头，大船无法入内；溪流幽邃浅狭，蛟龙也不屑于屈居在此，不能制造云雨。不能造福于世人，恰恰与我十分相似，既然这样，那么即使是蒙受耻辱，用愚字来称呼它，也是可以的。宁武子“在国家昏庸无道的时候就表现得很愚蠢”，这是聪慧之人假装糊涂；颜子“整天也没有发表过不同于老师的见解，好像很愚笨一样”，这是睿智之人假装得很愚笨，他们都并非是真愚。现在我身处政治清明之时，却违背常理，行事有悖世道，因此我是所有愚人之中最为愚笨的人了。但是天下没人能与我争夺此溪，独有我能够给它命名。

颜回

颜回，字子渊，春秋末期鲁国人，是孔子最得意的学生。颜子“终日不违如愚”，其实他是大智若愚。本文对智和愚进行了精辟地论述。

溪流虽然没有造福于世人，但是它却善于映照世间万物。清莹透彻，能铿锵作响发出金石般的声音，让愚蠢之人喜笑颜开，对它产生眷恋爱慕之情，十分快乐不忍离去。我虽然与俗世不合，也还很能用文章聊以自慰，洗涤世间事物，囊括百态，没有什么避讳。我用这愚笨之辞咏唱愚溪，觉得茫然却

不违背情理，昏昏然却与我有着同样的归宿，超越混沌的尘世，融入虚寂缥缈之中，处于寂寞清静之中没有人能了解我。因此写下《八愚诗》，记在溪石上。

钴鉧潭西小丘记

题解

本文是《永州八记》的第三篇，以工巧生动的笔触为我们勾勒了钴鉧潭上小丘的美丽景色，并借小丘喻自己相似的境遇。小丘是“唐氏之弃地”，而作者也身遭朝廷的贬谪，抒发了自己怀才不遇、遭人排挤的抑郁之情。

[原文]

得西山[1]后八日，寻[2]山口西北道二百步，又得钴(gǔ)鉧潭。潭西二十五步，当湍而浚者为鱼梁[3]。梁之上有丘焉，生竹树。其石之突怒偃蹇[4]，负土而出，争为奇状者，殆不可数。其嵚然[5]相累而下者，若牛马之饮于溪；其冲然角列而上者[6]，若熊罴[7]之登于山。丘之小不能一亩，可以笼[8]而有之。问其主，曰：“唐氏之弃地，货[9]而不售。”问其价，曰：“止四百。”予怜而售之。李深源、元克己[10]时同游，皆大喜，出自意外。

即更取器用，铲刈[11]秽草，伐去恶木，烈火而焚之。嘉木立，美竹露，奇石显。由其中以望，则山之高，云之浮，溪之流，鸟兽之遨游，举熙熙然回巧献技，以效兹丘之下。枕席而卧，则清泠之状[12]与目谋，瀯瀯[13]之声与耳谋，悠然而虚者与神谋，渊然而静者与心谋。不匝旬[14]而得异地者二，虽古好事之士，或未能至焉。

噫！以兹丘之胜，致之沣(fēng)、镐(hào)、鄠(hù)、杜[15]，则贵游之士争买者，日增千金而愈不可得。今弃是州也，农夫渔父过而陋之，贾四百，连岁不能售。而我与深源、克己独喜得之，是其果有遭乎！书于石，所以贺兹丘之遭也。

[注释]

①西山：山名，位于永州城西五里，今位于湖南零陵县附近。

②寻：探寻。

③浚：水深。鱼梁：用于阻拦水流的坝，中间有缺口，可放置竹篓捕鱼。

④突：突起。怒：像发怒了一样。偃蹇：高耸、上翘。

⑤嵚然：山石高耸的样子。

⑥其冲然角列而上者：有的石头直往上冲，好像要争着向前。

⑦罴：熊的一种，体形很大，又称“人熊”。

⑧笼：包括、笼罩。

⑨货：买。

⑩李深源、元克己：柳宗元的朋友。二人原本分别为太府卿、侍御史，此时也正贬居永州。

⑪刈：割。

⑫清泠之状：清澈明净。

⑬潆潆：流水声。

⑭不匝旬：不满十天。

⑮沣：地名，位于今陕西户县之东，周文王建都之处。镐：地名，位于今陕西西安西南方向，周武王时的都城。鄠：地名，位于今陕西户县。杜：即杜陵，位于今陕西西安东南方向。当时的许多豪门望族都聚居在这四个地方。

[译文]

发现西山的奇异之后的第八天，沿着山口往西北方向探寻着走了二百步，又发现了钴鉧潭。钴鉧潭往西再走二十五步，在急流水深的地方修建的堤坝上的缺口处，张开了一张渔网。堤坝上有个小土丘，长了一些竹子树木。小丘上的石头像发怒一样高耸着，破土而起，竞相展示着奇形怪状，几乎都数不过来。有的石头互相推挤着向下倾斜，如同牛马在溪边饮水一样；有的石头往上冲，好像要争着向前冲锋，就好像熊罴在攀山一样。这个土丘面积很小，还不到一亩地，好像可以把它装在袖子里独自占有一般。我向小丘的主人询问，主人说：“这是唐氏废弃的土地，想要卖却没卖出去。”我又问小丘的价钱，主人说：“只要四百两。”我很怜悯小丘的遭遇就把它买下来了。当时李深源、元克己和我一起游览，大家都很高兴，觉得是意外的惊喜。

于是就又拿来器具，铲割荒草，砍去杂树，点了把烈火把那些荒秽烧了。佳木挺立起来了，秀竹也显露出来了，奇石也更为显突。从这些竹木山石间远望，高山耸峙，云气飘浮，溪水流淙，鸟兽遨游，万物其乐融融地轮流呈献技巧，一切都展现在这小丘之下。铺开枕席躺下，清澈明净的景状呈现在眼前，淙淙的流水声传入耳内，悠远空阔的境界与精神相通，深沉恬静的境界与心灵相合。还不到十天我就得到了两处奇景，即使是古代那些嗜好风景的人，也未必有我这么幸运！

唉！以这小丘的美景，倘若是处在长安附近沣、镐、鄠、杜这些地方，那些喜欢游览的贵族人士必定会竞相购买，地价每天增加一千两，也会愈发地买不到。如今小丘被人遗弃在永州，从此路过的农人渔夫轻视它，出价只有四百两，却多年都未能售出，而唯独我和深源、克己很喜爱它并买下了它，难道这就是所谓的时运吗？我把这篇文章写在石头上，以此来庆贺这个小丘的时运。

小石城山记

题解

本文是《永州八记》的最后一篇。文章先对小石城山奇异的景色进行了描述，以这种景色的不为人知来借景抒情，概叹自己虽有才学却无用武之地，隐约地含有对统治者在任用贤才方面的质疑。

［原文］

自西山道口径北，逾黄茅岭[①]而下，有二道。其一西出，寻之无所得；其一少北而东，不过四十丈，土断而川分，有积石横当其垠。其上，为睥(pì)睨(nì)梁欐之形[②]；其旁，出堡坞[③]，有若门焉。窥之正黑，投以小石，洞然有水声，其响之激越，良久乃已。环之可上，望甚远。无土壤而生嘉树美箭，益奇而坚，其疏数[④]偃(yǎn)仰，类智者所施设也。

噫！吾疑造物者[⑤]之有无久矣。及是，愈以为诚有。又怪其不为之中州，而列是夷狄[⑥]，更千百年不得一售其伎[⑦]，是固劳而无用。神者傥不宜如是，则其果无乎？或曰：“以慰夫贤而辱于此者。”或曰：“其气之灵，不为伟人而独为是物，故楚之南少人而多石。”是二者，余未信之。

［注释］

①黄茅岭：在今湖南永州零陵区西南。
②睥睨：同“埤堄”，城上的矮墙。梁欐：屋的正梁。
③堡坞：小城堡。
④数：密。
⑤造物者：古人指创造万物的上帝。

⑥列是夷狄：生在偏远的地区。

⑦伎：同“技”，技巧，指小石城山的奇景。

［译文］

从西山路口一直向北走，越过黄茅岭再向下，有两条路。一条向西，走过去寻找风景却一无所获；另一条稍微偏北朝东，只走了四十丈，泥土断裂川河分流，许多石块堆在这条路的尽头。石山顶部，天然生成城墙栋梁之状；旁边有堡垒，好像有个洞门。向里面望一片漆黑，丢一块小石子进去，咚的一下有水响声，清彻洪亮，好久才消失。环绕着登到山顶，站在上面望得很远。这里没有土壤却长着很好的树木和竹子，更显得形状奇特坚挺，竹木分布疏密高低、错落有致，好像是智者特意布置的。

啊！我怀疑造物主的有无已很久了。到了这儿，更相信造物主确实是有的。但又奇怪他不生在中原，却生在这荒远的蛮夷之地，即使经过千百年也没有显示技艺的机会，这简直是费力却无用。神明的造物主似乎是不会这样做的，那么造物主真的不存在吗？有人说：“这安排是用来安慰被贬于此的贤人的。”也有人说：“山川的灵气不孕育伟人，而唯独凝聚成奇景，所以楚地的南部少人才而多奇石。”这两种说法，我都不信。

三　戒

题解

《三戒》是柳宗元的代表作，是其贬谪到永州之时写下的三篇寓言。“三戒”据说是取意于《论语》中的“君子有三戒”。这三篇文章虽然篇幅短小，但却寓意深刻，主题彼此独立却又内在相连。正文前的小序交代了文章写作的主旨，文章借麋、驴、鼠这三种动物辛辣地讽刺了现实社会中那些倚仗人势、色厉内荏、作威作福的人，具有很强烈的现实针对性和普遍性。其语言简洁凝练，形象刻画生动细致，具有很高的艺术性。

序

［原文］

吾恒①恶世之人，不知推己之本②，而乘物以逞(chěng)。或依势以干③非其类，出技④以怒强。窃时⑤以肆暴，然卒迨⑥于祸。有客谈麋(mí)、驴、鼠三物，似其事，作《三戒》。

[注释]

①恒：常常。

②推己之本：从自己出发考虑问题。

③干：干预。

④出技：实施权术伎俩。

⑤窃时：利用时机。

⑥迨：及、至。

[译文]

我常常痛恨世人，不知道要从自己的实际情况出发来考虑问题，而是仰仗外物逞强。有的人倚仗权势侵犯他人的利益，实施权术伎俩激怒强者。利用时机肆意猖狂，这样终至招来祸患。有位客人谈论麋、驴、鼠这三种动物，与此十分相似，因此写下了《三戒》。

临江之麋

题解

本文是《三戒》里的第一篇。按照“序”中所讲，“临江之麋”讽刺的是“依势以干非其类”，就是那些倚仗他人势力讨得对方好处的那类人。“至死不悟”四字，作者的厌恶之情溢于言表，同时刻画出了麋的可怜与可悲。本篇寓言的细节和心理描写十分丰富，例如“群犬垂涎，扬尾皆来”，揭示了犬食弱者的本性，“外犬见而喜且怒”，用拟人的笔法将犬的心理活动展示了出来。

[原文]

临江[1]之人，畋（tián）得麋麑[2]，畜之。入门，群犬垂涎，扬尾皆来。其人怒，怛（dá）[3]之。自是日抱就[4]犬，习示之，使勿动，稍使与之戏。积久，犬皆如人意。麋麑稍大，忘己之麋也，以为犬良[5]我友，抵触偃仆[6]，益狎（xiá）。犬畏主人，与之俯仰甚善，然时啖（dàn）[7]其舌。

三年，麋出门外，见外犬在道甚众，走欲与为戏。外犬见而喜且怒，共杀食之，狼藉道上。麋至死终不悟。

[注释]

①临江：地名，位于今江西清江县。

②畋：打猎。麑：幼鹿。

③怛：恐吓、吓唬。

④就：接近、靠近。

⑤良：的确、真的。

⑥抵触：用头角相抵相触。偃仆：仰面卧倒，俯面卧倒，即翻滚之意。

⑦啖：吃，在此为舔的意思。

鹿群

依仗人势得以在狗群中生存的鹿，最终还是被狗咬死了。作者讽刺了那些倚仗他人势力讨好别人的人。

[译文]

临江有个人，猎到一只小鹿仔，就想饲养它。刚进家门，群狗就对小鹿仔垂涎三尺，都摇着尾巴跑过来了。猎人十分愤怒，把那些狗吓走了。从这天起猎人每天都抱着这只小鹿仔去和狗亲近，让狗看习惯它，不再伤害它，并慢慢地让狗和小鹿仔一起嬉戏。时间长了，狗都知道了主人的心意了。小鹿仔稍微长大些之后，就忘了自己是麋鹿了，以为狗真的是它的朋友，与狗一起头角相抵，在地上翻滚，与狗更加地亲近了。狗因为畏惧主人，也就很温顺地和小鹿仔一起嬉戏，但是有时候仍然舔着自己的舌头，馋得发慌。

三年之后，有一次麋鹿自己出门，看到路上有许多别人家的狗，就跑过去想要和它们一起玩耍。别人家的狗看到麋鹿，既高兴又愤怒，一起把它吃了，路上一片狼藉。可是麋鹿到死也不明白这究竟是为什么。

黔[1]之驴

题解

本篇寓言是《三戒》中第二篇，写的是一头驴被一只虎吃掉的故事。“黔之驴”是外强中干小人的写照，他们虽然“形之庞也类有德，声之宏也类有能”，其实是德才全无。本寓言尖锐地讽刺了这类人物，具有鲜明的针对性、现实性。

[原文]

黔无驴，有好事者船载以入。至则无可用，放之山下。虎见之，庞然大物也，以为神。蔽林间窥之，稍出近之，慭慭（yìn yìn）然[2]莫相知。

驴

驴形体庞大、声音洪亮。它的外形把老虎都吓着了，但驴其实是个色厉内荏的动物。本文尖锐地讽刺了这类徒有其表、德才全无的人。

他日，驴一鸣，虎大骇远遁[③]，以为且噬己也，甚恐。然往来视之，觉无异能者。益习其声，又近出前后，终不敢搏。稍近，益狎，荡倚冲冒[④]。驴不胜怒，蹄之。虎因喜，计之曰："技止此耳！"因跳踉(liáng)大㘎(hǎn)[⑤]，断其喉，尽其肉，乃去。

噫！形之庞也类有德[⑥]，声之宏也类有能。向不出其技，虎虽猛，疑畏，卒不敢取。今若是焉，悲夫！

[注释]

①黔：地名，位于今四川彭水、酉阳、秀山以及贵州北部一带，因其地在唐代属黔中道，故名。

②慭慭然：小心谨慎的样子。

③遁：逃遁。

④荡倚冲冒：碰撞、接近、冲撞、冒犯。

⑤㘎：吼叫。

⑥德：道行。

[译文]

黔中道这个地方没有驴子，有个好事者就用船载了头驴运进去。到了以后，觉得驴子没什么用处，于是就把驴放到了山下。老虎看到它那么庞大，就以为它是神。于是就躲避到树林中偷偷地观察，逐渐靠近它，十分小心谨慎，不知驴子是什么东西。

有一天，驴子长鸣了一声，老虎十分害怕，逃遁得远远的，以为驴子要吃了它，十分恐惧。但是来回观察驴子，也没有发现它有什么独特的本领。后来老虎习惯了驴子的叫声，又开始靠近驴子，在它周围出没，但始终不敢与之搏斗。老虎渐渐地越发接近驴子，就越发轻视它，并开始冲撞冒犯它。驴子不禁大怒，就用脚踢老虎。老虎因此十分高兴，心中盘算道："原来本领不过如此啊！"于是老虎就跳跃起来，大声怒吼，一下子就咬断了驴子的喉咙，吃完了驴子的肉，然后就走了。

唉！驴子形体如此庞大，好像很有能耐的样子，声音那么洪亮，也好像本领很高。倘若起初不露出自己的本领的话，那么虽然老虎十分凶猛，但由于疑虑恐惧，也终究不敢进攻。如今驴子却是这个下场，实在是可悲啊！

永[1]某氏之鼠

题解

本篇寓言是《三戒》中的第三篇，将那些自以为“饱食而无祸”的人比作老鼠，描述他们“为态如故”，以“饱食无祸为可恒”，终将遭到毁灭的下场。这则寓言极力讽刺了封建剥削阶级丑恶的人情世态和官僚猖獗的现实。告诉人们这样的道理：但凡是丑恶之物，即使会得到暂时的保护，但终究还是没有好下场的。作者要求我们对待那些坏人坏事，不能姑息，要敢于面对，给予严厉的打击。

［原文］

永有某氏者，畏日[2]，拘忌特甚。以为己生岁直子[3]，鼠，子神[4]也，因爱鼠，不畜猫犬，禁僮勿击鼠。仓廪(lǐn)庖厨[5]，悉以恣[6]鼠，不问。

由是鼠相告，皆来某氏，饱食而无祸。某氏室无完器，椸(yí)[7]无完衣，饮食大率鼠之余也。昼累累与人兼行[8]，夜则窃啮斗暴，其声万状，不可以寝，终不厌。

数岁，某氏徙居他州。后人来居，鼠为态如故。其人曰：“是阴类[9]恶物也，盗暴尤甚，且何以至是乎哉？”假五六猫，阖(hé)[10]门撤瓦灌穴，购僮罗捕之。杀鼠如丘，弃之隐处，臭数月乃已。

呜呼！彼以其饱食无祸为可恒也哉？

［注释］

①永：即永州，位于今湖南零陵区。

②畏日：怕犯日忌。古时认为日子有吉凶，某些日子忌讳做某些事情，否则就会不祥。

③生岁：出生的年份。直子：正值农历子年。直，通“值”。

④子神：在此指生肖。

⑤仓廪：粮仓。庖厨：厨房。

⑥恣：放纵、纵容。

⑦椸：衣架。

鼠

作威作福的老鼠不能长久地猖獗下去。文中的老鼠就是那些暂时得到保护的丑恶之物的写照。

⑧累累：形容很多。兼行：并行。

⑨阴类：因老鼠居于洞穴，在夜间活动，故称阴类。

⑩阖：关闭、合上。

[译文]

永州有个人，害怕犯了日忌，做事十分拘谨、忌讳。认为自己出生之年正是子年，而鼠，是子年的生肖，所以就喜欢老鼠，不畜养猫和狗，也禁止仆人伤害老鼠。粮仓、厨房，都纵容老鼠肆意横行，不加管制。

因此老鼠互相转告，都来到了这个人家里，既能吃得饱又不会有什么灾祸。所以这个人家里没有一件完好的器皿，衣架上也没有一件完好的衣服，吃的东西也差不多都是老鼠吃剩下的。白天成群的老鼠和人一起并行，夜里就会偷偷地咬东西，互相争斗打闹，什么样的声音都有，人都没法睡觉，但是这个人始终不厌恶老鼠。

几年之后，这个人搬到了其他州。后来的人居住在这里，老鼠仍然像以前一样猖獗。之后住进来的人就说："老鼠是偷偷活动的十分可憎的动物，这里的老鼠偷吃东西、吵闹得尤其严重，是什么原因使它这么猖獗呢？"于是就借了几只猫，关上屋门，翻开瓦片，往老鼠洞里灌水，出钱雇用仆人扑杀。杀的老鼠都堆积成了小山，然后把它们扔在隐蔽的地方，臭味几个月才散去。

唉！那些老鼠认为既能吃饱又不会有灾祸，但怎能一直这样？

观八骏[①]图说

题解

本文与柳宗元的其他散文相比，特殊之处是显而易见的。首先，这是一篇评画文章，这种题材在他的作品中很少见。其次，本文写于柳宗元在长安出仕时期，与被贬永州、柳州之时的心境是不一样的，立意方面和后期作品呈现出明显的不同。文章品评的是一幅从六朝起就很流行的名画《八骏图》，其他相关《八骏图》的诗文中都将"八骏"描绘成神物，甚至变成是怪物。柳宗元在本文中却用自己独到的眼光，认为八骏与普通马是一样的，"毛物尾鬣，四足而蹄，龁草饮水"，要求给马以其真实的形象，从而论及到如何看待"圣人"的问题。本文通过"人"与"马"，"圣"与"骏"的对比，将客观唯物的观点体现出来。

[原文]

古之书有记周穆王驰八骏升昆仑之墟[②]者，后之好事者为之图，宋、齐以下传之。观其状甚怪，咸若骞(qiān)[③]若翔，若龙凤、麒麟(qí lín)[④]，若

螳螂然。其书尤不经。世多有，然不足采。世闻其骏也，因以异形求之。则其言圣人者，亦类是矣。故传伏羲曰牛首，女娲曰其形类蛇，孔子如倛头[5]，若是者甚众。孟子曰：“何以异于人哉？尧、舜与人同耳！”

今夫马者，驾而乘之，或一里而汗，或十里而汗，或千百里而不汗者，视之，毛物尾鬣[6]，四足而蹄，龁(hé)[7]草饮水，一也。推是而至于骏，亦类也。今夫人，有不足为负贩者，有不足为吏者，有不足为士大夫者，有足为者，视之圆首横目，食谷而饱肉，絺而清[8]，裘而燠(yù)[9]，一也。推是而至于圣，亦类也。然则伏羲氏、女娲氏、孔子氏，是亦人而已矣。骅骝(huá liú)、白義、山子[10]之类，若果有之，是亦马而已矣。又乌得为牛，为蛇，为倛头，为龙、凤、麒麟、螳螂然也哉？

八骏巡游

图为周穆王驾着八匹骏马登游昆仑山。

［注释］

①八骏：骏，指的是良马。王嘉《拾遗记》对八骏的名称是这样规定的：一绝地，二翻羽，三奔霄，四越影，五逾晖，六超光，七腾雾，八挟翼。

②周穆王驰八骏升昆仑之墟：《列子》中说，周穆王不关心国家大事，纵情游玩，命驾八骏之乘。右服骅骝而左绿耳，右骖赤骥而左白義。次车之乘，右服渠黄而左逾轮，左骖盗骊而右山子。驱车奔驰，至于巨鬼氏之国，遂宿昆仑之阿，赤水之阳。以上八匹骏马应该就是周穆王的八骏。墟，这里是山岭之意。

③骞：飞起之意。

④龙凤、麒麟：都是比喻骏马的形状，后“螳螂”同。

⑤倛头：古代打鬼驱疫时所用的一种面具，一般是用熊皮做成的，面部表情十分凶恶，以此来驱散鬼神。荀子曾说：“仲尼之状，面如蒙倛。”《周礼·夏官·方相氏》：“方相氏掌熊皮”，后来就称方相为倛头。

⑥鬣：指的是马脖子上的长毛。

⑦龁：是咬的意思。

⑧绨：指细葛布。清：凉的意思。

⑨燠：暖的意思。

⑩骅骝、白羲、山子：这里都是指周穆王的骏马名。

[译文]

古书上有记载周穆王驾着八匹骏马登上昆仑山的故事，后来那些好事之徒把这个传记画成图，宋齐以后一直流传下来。看到画上那些马的形态，十分离奇古怪，都好像在飞腾翱翔，好像龙、凤、麒麟、螳螂的样子。那些书上所记载的就更加离奇荒诞。这类书在世上有很多，但是都没有可取的地方。世俗的人听说这是骏马，因此就按奇怪的形状去想象它。那么他们所说的圣人的形状，也大多与此情况相似。所以传说伏羲氏长着牛头，女娲的身体像蛇，孔子面部好像戴着面具倛头，还有很多类似的情况。孟子说："我与常人有什么不同的地方呢？尧、舜也和普通人一样嘛！"

现在的马，驾着车行走，有的走上一里路就出汗了，有的走上十里路才出汗，有的走上千百里路却还不出汗，但从外表上看，都是满身长着毛，有尾有鬃，四脚有蹄，吃草饮水，全都一样。由此类推到骏马，自然样子也相同。现在的人，有的当不了小商贩，有的不能当小吏，有的当不了大官，然而有的人就能胜任，从外表上看，他们的脑袋都是圆的，眼睛都横长着，都吃五谷，喜欢吃肉，穿上细麻布衣裳就感到凉爽，穿上皮袄就感到暖和，全都一样。由此类推到圣人，自然也是一个样子。那么，伏羲氏、女娲氏、孔子，他们也都是人罢了。骅骝、白羲、山子之类的骏马，如果真的存在，它们也不过是马罢了。又怎么能成为牛头、成为蛇身，成为倛头，成为龙、凤、麒麟、螳螂的样子呢？

相马

发掘人才如同相马，不能按图索骥。

[原文]

然而世之慕[①]骏者，不求之马，而必是图之似[②]，故终不能有得于骏也。慕圣人者，不求之人，而必若牛、若蛇、若倛头之问[③]，故终不能有得于圣人也。诚使天下有是图者，举而焚之，则骏马与圣人出[④]矣。

[注释]

①慕：羡慕、渴望之意。

②是图之似：像图上画的那种样子的马。

③问：访问、寻求之意。

④出：被发现的意思。

［译文］

可是世上那些寻求骏马的人，不是到马群中里去找寻，而是一定要找像图上画的那种样子的马，所以终究得不到骏马。仰慕圣人的人，不从人群中去寻求，而一定要去寻求像牛头、蛇身或倛头那样的人，所以终究找不到圣人。如果天下藏有这样图画的人，都拿出来统统烧掉，那么就会出现圣人和骏马了。

六逆论

题解

本文从表面上看是对《左传·隐公三年》中所载的卫国大夫石碏提出的“六逆”做出的评论。事实上并不是这样的，文章是从针砭实事的角度上论述的。虽然唐代开始实行了科举制度，但是魏晋以来门第血统观念的影响根深蒂固，豪门贵族把持着朝中的高位，真正的有识之士没有机会登上政治舞台。柳宗元所处的中唐时期，这种风气更是盛行。所以有章士钊称“子厚之《六逆论》，明明为王叔文而发”的说法。

［原文］

《春秋左氏》言卫州吁（wū）之事[1]，因载六逆[2]之说曰：贱妨贵、少陵长、远间亲、新间旧、小加大、淫破义[3]，六者，乱之本[4]也。余谓“少陵长、小加大、淫破义”，是三者，固诚为乱矣。然其所谓“贱妨贵、远间亲、新间旧”，虽为理之本[5]可也，何必曰乱？

夫所谓“贱妨贵”者，盖斥言[6]择嗣（sì）之道，子以母贵者也。若贵而愚，贱而圣且贤，以是而妨之，其为理本大矣，而可舍之以从斯言乎？此其不可，固[7]也。夫所谓“远间（jiàn）亲，新间旧”者，盖言任用之道也。使亲而旧者愚，远而新者圣且贤，以是而间之，其为理本亦大矣，又可舍之以从斯言乎？必从斯言而乱天下，谓之师[8]古训可乎？此又不可者也。

卫庄姜

卫庄姜，即卫庄公的夫人姜氏。柳宗元借姜氏和石碏提出的“六逆”之说针砭时弊。

[注释]

①《春秋左氏》：指的就是《春秋左氏传》，即《左传》，通常被认为是春秋时期鲁国官员左丘明的作品。卫州吁之事：卫庄公的夫人姜氏不能生育，就认公子完为养子。但是庄公对宠妾的儿子州吁特别喜爱，由于姜氏害怕庄公将州吁立为太子，大夫石碏也害怕因此引起内乱，所以提出“六逆”的说法来劝阻庄公。

②六逆：指的就是下文说的六种违背常规原理的事情。

③贱：这里指州吁，由于他的母亲是庄公的妾，所以出身低贱。贵：这里指公子完，虽然是庄公的养子，但是他的母亲戴嬀是夫人历嬀的妹妹。所以出身是尊贵的。陵：高居上位的意思。间：干预之意。加：凌驾。淫：超出规范的行为。

④本：根源、根本。

⑤理之本：指的是治理国家的根本原则和制度。

⑥斥言：指责之意。

⑦固：当然，就是这样的意思。

⑧师：遵从、跟从之意。

[译文]

《春秋左氏传》讲到卫国公子州吁的事，于是记载了“六逆”之说，说：出身低贱的妨害出身高贵的、年纪小的凌犯年纪大的、关系疏远的取代关系亲近的、新提拔的取代资历深的、小国凌犯大国、邪恶的破坏正义的，这六种情况，是乱国的根源。我认为“年纪小的凌犯年纪大的、小国凌犯大国、邪恶的破坏正义的”，这三种情况确实算是乱。但是所谓“出身低贱的取代出身高贵的、关系疏远的取代关系亲近的、新提拔的取代资历深的”，这三种情况即使作为治理国家的根本原则也是可以的，为什么一定要说它是乱呢？

所谓“出身低贱的妨害出身高贵的”，是指选择国君继承人应遵循子以母贵的原则而言。假如出身高贵却很愚蠢，出身低贱却既圣明又贤能，因此而后者妨害前者，这是治理国家的重大原则，可以舍弃它而去听从“贱妨贵”这种话吗？这样做当然是不可以的。所谓“关系疏远的取代关系亲近的，新提拔的取代资历深的”，说的是任用官员的原则。假如关系亲近或资历深的官员愚蠢，关系疏远或新提拔的官员才德兼备，超乎常人，因此用后者取代前者，这也是治理国家的重大原则，也可舍弃它而去听从“远间亲，新间旧”这种话吗？盲从这种话而使天下混乱，说这样做是取法古代的遗训，可以吗？这也是不可以的。

［原文］

呜呼！是三者，择君置臣[①]之道，天下理乱之大本也。为书者[②]，执斯[③]言，著一定之论，以遗后代，上智之人固不惑于是矣[④]。自中人而降[⑤]，守是为大据而以致败乱者，固不乏焉。晋厉死而悼公人[⑥]，乃理；宋襄嗣而子鱼退[⑦]，乃乱：贵不足尚也。秦用张禄而黜穰（ráng）侯[⑧]，乃安；魏相成、璜而疏吴起[⑨]，乃危：亲不足与也。苻氏进王猛而杀樊世[⑩]，乃兴；胡亥任赵高而族李斯[⑪]，乃灭：旧不足恃也。顾[⑫]所信何如耳！然则斯言殆可以废矣。

噫，古之言理者，罕能尽其说。建一言，立一辞，则𩨷𩨨（niè wù）[⑬]而不安，谓之是可也，谓之非亦可也，混然而已。教于后世，莫知其所以去就[⑭]。明者慨然将定其是非，则拘儒瞽（gǔ）生相与群而咻之[⑮]，以为狂为怪，而欲世之多有知者可乎？夫中人可以及化者，天下为不少矣，然而罕有知圣人之道，则固为书者之罪也。

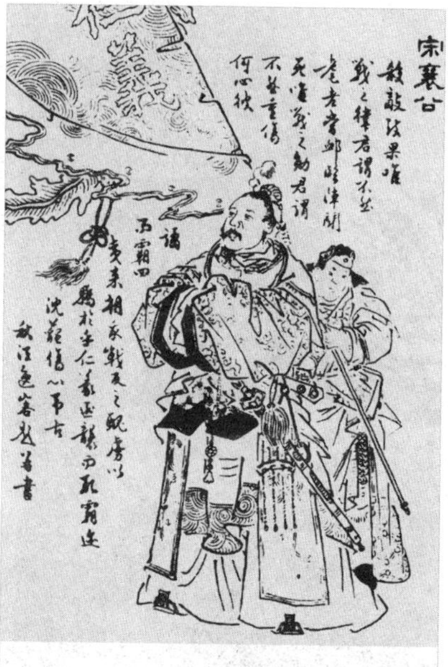

宋襄公

柳宗元认为应任人唯贤，而不应看出身的高贵低贱。宋襄公是桓公的嫡子，子鱼是桓公的庶子，但襄公不如子鱼有能力，柳宗元认为在这种情况下就“贵不足尚也”，子鱼应该接受襄公的让贤。

［注释］

①置臣：指的是安排选择官员。

②为书者：撰写《左传》的作者。

③斯：这里指石碏。

④上智之人：具有极高智慧的人。是：指六逆说。

⑤中人：指平常人。而降：之下。

⑥晋厉死而悼公入：春秋时晋国的国君厉公，在位时大逆不道，民不聊生，大臣将其囚禁，立公子周为王，就是悼公，

后成为霸主。

⑦宋襄嗣而子鱼退：宋襄公是桓公的太子，子鱼是桓公的庶子，即为襄公的庶兄。襄公在即位前，曾欲让位于子鱼，子鱼因为自己是庶子而退居为相。后来襄公在和郑、楚交战的时候，在困境之时，不听子鱼的，最终兵败于泓受伤而死。

⑧秦用张禄而黜穰侯：战国时期，秦昭王的母亲宣太后和弟弟穰侯魏冉在国家中专权。魏人范雎因为惹怒了子魏逃到秦国，将名字改成张禄。在进谏时，对昭王说他过去曾听说秦国有太后、穰侯等人，没有听说过秦王。秦王听后，立即废太后，黜穰侯，并立范雎为相，秦国变得强大。

⑨魏相成、璜而疏吴起：成、璜，指的是魏文侯弟弟魏成和魏国大臣翟璜。吴起，战国时的卫国人，开始在鲁国，后侍奉魏文侯。本句的意思是，魏国在选相时，考虑魏成、翟璜两人，最终立魏成为相。虽然吴起曾屡建战功，但没能成相，在魏文侯过世之后，吴起投奔楚国，楚悼王拜他为相，随后魏国屡败。

⑩苻氏进王猛而杀樊世：秦王苻坚是氐族人，立汉人王猛为相。王猛内外用权，引来了氐族贵族的不满。苻坚怒斩贵族樊世，王猛的地位得以保全，前秦遂强盛。

⑪胡亥任赵高而族李斯：胡亥即秦二世，是秦始皇的儿子。秦始皇在东巡途中过世，胡亥与宦官赵高合谋夺权，赵高谋害丞相李斯，使其遭受腰斩灭族之灾。后来赵高为相，独揽大权，没多久刘邦攻入咸阳，秦国灭亡。

⑫顾：看。

⑬鵕鵕：不安稳的样子。

⑭去就：抛弃和留存。

⑮拘儒：指的是固守旧学说的书生。瞽生：原指盲人，这里指的是不明事理的人。咻：乱说话的意思。

吴起吮卒病疽

国家的治理，不应固守门第血统的规矩，应任人唯贤，而不是任人唯亲。魏文侯任人唯亲，疏远吴起，导致了魏国的危机。图为名将吴起为士兵吮吸病疽。

［译文］

唉！这三种情况，是选择国君、任用臣下的原则，是关系到整个国家是治还是乱的根本问题。著书的人死守这种说法，把它记载下来，当成固定不变的理论留传给后世，有大智慧的人固然不会被这种言论迷惑。但中等智慧以下的人，则抱定此说认为是论人

处事的重要依据，而历史上因此造成国家败亡天下大乱的，实在是不乏其例。晋厉公死后，悼公以旁支继位为君，晋国于是大治；宋襄公以嫡子的资格继位，子鱼则因为自己是庶子而退让，宋国于是大乱：可见出身高贵的人未必就值得尊崇。秦昭王任用魏国人张禄（范雎）为丞相而罢免了他的舅舅穰侯，秦国就安定了；魏文侯在他的弟弟魏成和大臣翟璜两人中挑选国相而疏远吴起，魏国就出现了危机：可见关系亲近的未必就值得推许。前秦国君苻坚擢用王猛而杀了旧臣樊世，国家就兴旺了；秦二世胡亥任用赵高处死了李斯及其族属，国家就灭亡了：可见资历深的故旧老臣未必就值得依靠。只要看所任用的人德行如何、才能怎样就够了。既然如此，那么所谓“贱妨贵、远间亲、新间旧”这种会招致祸乱的说法，大概是可以废弃了。

唉，古代那些谈论如何治理国家的人，少有能把道理说得详尽透彻的。他们创立一种学说，提出一种主张，总是摇摆不定，模棱两可。说它对可以，说它不对也可以，模糊不清而已。把它传授给后世，人们不知道怎样取舍。明白事理的人对此感慨不已，想要评定它的是非，那些拘泥不通、无知盲从的儒生就成群结伙地跟他大吵大闹，加以指责，认为他是狂人、怪物，在这种情况下，希望世间多有一些通达事理的人，可能吗？天下人中能够受到教化的为数不少，但是很少有人懂得圣人治国的道理，这确实是那些著书立说者的罪过了。

师友箴并序

题解

韩愈、柳宗元生活的时代，有这样的一种怪现象，就是人们以相师为耻。有谁要是拜某人为师的话，就会受到人们的嘲笑和攻击。当世的韦中立想要拜柳宗元为师，柳宗元以被贬为由，不希望惹麻烦上身。但这只是柳宗元的遁词，“不师如之何？吾何以成！”，柳宗元虽然没答应韦中立的拜师请求，但在文章中却详细地讲了为文的道理，事实上已经做了他的老师。虽无师之名，但已尽师之责。

[原文]

今之世，为人师者众笑之，举世不师，故道益离；为人友者，不以道而以利，举世无友，故道益弃。呜呼！生于是病矣，歌以为箴（zhēn）。既以儆（jǐng）己①，又以诫人。

不师如之何②？吾何以成！不友如之何？吾何以增！吾欲从师，可从者谁？借③有可从，举世笑之。吾欲取友，谁可取者？借有可取，

李郭同舟

李郭同舟讲的是郭太与李膺同舟而济的故事，寓意知己相处，不分贵贱，亲密无间。柳宗元求师交友的标准就是：言行合乎道的就可以作为老师，耻于唯利是图的就可以交朋友。他对社会上人们耻于相师并且无友可交的现状进行了抨击。

中道或舍。仲尼不生，牙[④]也久死，二人可作，惧吾不似。

中[⑤]焉可师，耻焉可友，谨是二物，用惕尔后。道苟在焉，佣、丐为偶；道之反是，公、侯以走[⑥]。内考诸古，外考诸物，师乎友乎，敬尔毋忽[⑦]！

[注释]

①儆己：告诫自己。

②如之何：怎么能行。

③借：假使、假如。

④牙：即鲍叔牙，是春秋时期齐国人，与管仲交往很深，管仲曾说过："生我者父母，知我者鲍子也。"

⑤中：中庸之道，无过不及，是儒家遵循的道德标准。

⑥走：离开。

⑦毋忽：不要忽视。

[译文]

在当今的社会上，当老师的人常常被大家讥笑，整个社会都不求师，所以离开正道越来越远；与别人交朋友，不是因为志同道合，完全是由于利益的关系，以致整个社会上没有真正的朋友，所以正道也就更被人抛弃了。唉！我对这种现状实在痛心疾首，于是就写下了这篇文章作为箴言。既用来警戒自己，又用来规劝别人。

没有老师怎么行？我怎么能有所成就！没有真正的朋友怎么成？我怎么会有所进步！我想跟从老师学习正道，然而又不知究竟跟从谁好？如果确有可以跟从的，却又会被所有世人讥笑。我很想交个朋友，但是真正可交的又有谁呢？如果有个人可以交往，又怕在半道中被舍弃。仲尼不会再生，鲍叔牙也早已死亡，即使二人在世，恐怕我的道也与他们的不相同。

言行合乎中庸之道的可以作为老师，耻于唯利是图的可以交朋友，谨慎地用这两条规范为标准，时时提醒你以后的求师交友。如果能坚持中道的，即使是佣人、乞丐也能够作为良师高朋；如果背弃中道的，就是公侯、卿相也应远离他们。内要考察历史事件，外要考察社会现实，对于从师交友，一定不要疏忽大意！

吊屈原[1]文

题解

永贞革新失败后，柳宗元先被贬为邵州刺史，后又二次接到被贬为永州司马的诏令，受到沉重的打击。途中，他怀着悲愤的心情从洞庭湖一直上溯湘江，到汨罗江畔写下这篇《吊屈原文》，以此来悼念屈原。作者对忠良之士遭谗有很深刻的认识，对打击迫害屈原的守旧贵族势力进行了猛烈抨击，将美丑颠倒的丑恶世界勾勒了出来，讽刺了世人不分清浊、背道趋恶的现状，烘托出屈原不流俗、不背道的高尚气节，同时也表达了对屈原的怀念之情。这是一篇借古讽今的作品，“吾哀今之为仕兮，庸有虑时之否臧”，表达了作者对现实黑暗的谴责，其写作形式采用了屈原辞赋的形式，悼念屈原，感慨自身，是柳宗元辞赋作品中的杰作。

［原文］

后先生盖千祀兮[2]，余再逐而浮湘[3]。求先生之汨罗兮，揽蘅(héng)若[4]以荐芳。愿荒忽[5]之顾怀兮，冀陈辞而有光。先生之不从世兮，惟道是就。支离抢攘[6]兮，遭世孔疚[7]。华虫荐壤[8]兮，进御羔袖[9]。牝(pìn)鸡咿(yī)嗄兮[10]，孤雄束味[11]。哇咬环观兮[12]，蒙耳大吕[13]。堇(jǐn)喙以为羞兮[14]，焚弃稷黍。犴(àn)狱[15]之不知避兮，宫庭之不处。陷涂藉(jiè)秽兮[16]，荣若绣黼(fǔ)[17]。榱(cuī)[18]折火烈兮，娱娱[19]笑舞。谗巧之哓哓兮，惑以为《咸池》[20]。便媚鞠恧(nù)兮[21]，美逾西施。谓谟言[22]之怪诞兮，反寘填[23]而远违。匿重痼(gù)[24]以讳避兮，进俞、缓[25]之不可为。

［注释］

①屈原：名平，字原，又名正则，字灵均，战国时期的楚国人，在楚怀王执政时，任左徒、三闾大夫。后遭到小人谗言诋毁，被放逐，写成了千古名篇《离骚》，最终投汨罗江而亡。

②后：晚。祀：年。

③浮湘：漂泊在湘水间的意思。

④蘅若：杜蘅、杜若两种香草名。

⑤荒忽：同恍惚。

⑥抢攘：纷繁杂乱的样子。

⑦遭世：遭遇乱世的意思。孔疚：特别害怕。

屈原

屈原，战国时期楚国人，他是爱国诗人的典范。柳宗元通过此文表达了对屈原的怀念，对他所处黑暗社会的愤慨以及自己的无奈之情。

⑧华虫荐壤：美丽的冕服被委屈地弃置在地上。

⑨羔袖：用小羊皮做成的衣服，比较低贱。

⑩牝：指的是雌性的鸟类。咿嚘：拟声词，是鸟的声音。

⑪咮：鸟的嘴。

⑫哇咬：指的是民间歌谣，多指淫歌。环观：指的是听到淫歌，就四处张望。

⑬蒙耳：将耳朵蒙起来。大吕：是古代的一种乐调，是高级的庙堂音乐，是和淫声相对的正声。

⑭堇：一种药用的植物，有剧毒。喙：乌喙，毒药名。羞：同“馐”，美味。

⑮犴狱：指的是古代的监狱。犴，一种猛兽，古时候画在监狱的门上。

⑯涂：泥。藉：坐在……之上的意思。

⑰绣黼：指的是绣着花纹的衣服。

⑱榱：屋椽屋桷的总称。

⑲娭娭：快乐的样子。

⑳《咸池》：周代六舞之一，相传为尧时的乐舞。

㉑便媚：阿谀奉承。忸：惭愧的意思。

㉒谍言：没有信用的言语。

㉓瑱：用玉堵住耳朵，不乱听声音。

㉔痼：久治不愈的顽疾。

㉕俞、缓：古代的两位名医生，俞跗和秦缓。

[译文]

先生逝世后约一千年的今天啊，我又被放逐乘船来到湘江。为访求先生的遗迹我来到汨罗江畔啊，手捧杜蘅、杜若向先生敬献芳香。愿先生在幽冥中能顾念到我啊，我希望能荣幸地向你倾诉衷肠。先生不肯随波逐流啊，只遵循正确的政治主张。当时国家是那样的残破纷乱啊，你生活的时代实在令人忧伤。华贵的衣服被抛弃在地上啊，换上了羊皮做的粗劣衣裳。母鸡呱呱的乱叫啊，昂立的公鸡却不能放声高唱。低级庸俗的曲调人们围住欣赏啊，对高雅美妙的音乐反而捂住耳朵尽力遮挡。把毒药当成美好的食物啊，真正的粮食却被抛弃、烧光。明明是牢狱却不知躲避啊，丢下美丽的宫殿远去异国他乡。陷进泥坑坐在污秽的地方啊，还自以为美得像披上锦绣服装。房屋已被烈火烧毁啊，却还歌舞欢笑、喜气洋洋。喋喋不休的谗言巧语啊，却糊糊涂涂地当成悦耳的歌唱。

本是阿谀奉承、厚颜无耻的小丑啊，却把他看成比西施还要漂亮。把治国图强的言论视为怪诞啊，反而塞住耳朵把它抛到远方。患了不治之症还要讳疾忌医啊，其实就是请来名医俞跗和秦缓也苦无治病良方。

［原文］

何先生之凛凛[1]兮，厉针石而从之[2]。但仲尼之去鲁兮，曰吾行之迟迟[3]。柳下惠之直道兮，又焉往而可施[4]。今夫世之议夫子兮，曰胡隐忍而怀斯[5]？惟达人之卓轨[6]兮，固僻陋[7]之所疑。委[8]故都以从利兮，吾知先生之不忍；立而视其覆坠[9]兮，又非先生之所志。穷与达固不渝兮，夫惟服道以守义。矧(shěn)先生之悃愊(kǔn bì)兮[10]，滔大故而不贰。沉璜瘗(yì)佩兮[11]，孰幽而不光？荃蕙[12]蔽匿兮，胡久而不芳？

［注释］

①凛凛：心中畏惧的意思。

②厉：与“砺”通假，磨砺。针石：古代治病用的金针和石针。

③“但仲尼之去鲁兮”二句：出自于《孟子·万章下》：“孔子之去齐国，接淅而行；去鲁，曰：‘迟迟吾行也。’去父母国之道也。”

④“柳下惠之直道兮”二句：出自于《论语·微子》：“枉道而事人，何必去父母之邦？”仲尼、柳下惠的例子是用来比喻屈原对自己国土十分依恋，不愿意另投他主，但没有得到楚王的理解。

⑤怀斯：心里怀有忠诚和苦闷的情感。

⑥卓轨：超凡不群的准则。

⑦僻陋：偏执鄙俗的人。

⑧委：抛弃的意思。

⑨覆坠：颠覆、灭亡。

⑩矧：况且。悃愊：十分忠诚。

⑪璜、佩：指的都是美玉。瘗：埋葬。

⑫荃蕙：两种香草的名字。

［译文］

为什么像先生这样高风亮节的人啊，还偏要磨砺针石去医治那不能治愈的创伤。但从前孔子离开鲁国的时候啊，曾说：“我走得很慢，步履踉跄。”柳下惠奉行“直道”啊，也曾说过到哪里去都不能实现这种主张。现在世上的人都在议论先生啊，说你为什么那样忍受打击还要关怀楚国的兴亡？见识高远的人的卓越行为啊，本来是知识浅薄的人无法想象。抛弃自己的祖国去谋求个人的利益啊，我知道先生决不忍心干这样的勾当；袖手旁观坐视自己国家灭亡啊，这更不是先生的志向。无论处境好坏都不改变自己的志向啊，你始终坚守自己的节操和理想。何况先生一直对祖国忠心耿耿啊，即使牺牲生命也决不改变立场。美玉无论沉在水底还是埋进土里啊，怎么会变得幽暗无光？荃、蕙两种香草被隐藏起来啊，怎么会因时间久了就失去芳香？

［原文］

先生之貌不可得兮，犹仿佛其文章。托遗编[1]而叹喟兮，涣[2]余涕之盈眶。呵星辰而驱诡怪兮[3]，夫孰救于崩亡？何挥霍[4]夫雷电兮，苟为是之荒茫。耀姱辞之曭朗兮[5]，世果以是之为狂。哀余衷之坎坎[6]兮，独蕴愤而增伤。谅先生之不言兮，后之人又何望？忠诚之既内激[7]兮，抑衔忍而不长。芈（mǐ）为屈之几何兮[8]，胡独焚其中肠？

吾哀今之为仕兮，庸[9]有虑时之否臧？食君之禄畏不厚兮，悼得位之不昌。退自服[10]以默默兮，曰吾言之不行。既媮[11]风之不可去兮，怀先生之可忘！

折琼枝以继佩

屈原《离骚》中诗句“溘吾游此春宫兮，折琼枝以继佩”的诗意图。

［注释］

①遗编：遗留于世的著作。

②涣：本指水多，这里代指眼泪。

③呵星辰而驱诡怪兮：讲的是屈原写作《天问》时的情景。

④挥霍：指挥。

⑤姱：美好的意思。曭朗：光线昏暗。曭，日不明亮的样子。

⑥坎坎：不平。

⑦内激：内心感到激动的意思。

⑧芈：楚国的祖姓，屈姓包含在其中。为：帮助的意思。

⑨庸：难道之意。

⑩自服：自己的习惯。

⑪媮：与“偷”通假，暂且。

［译文］

先生的容貌已经无法看见了啊，但从你的文章里却仿佛看到了你一样。捧读先生的遗著而感慨叹息啊，我止不住热泪盈眶。你呵斥星辰而驱遣各种怪异啊，那样又怎能挽救国家的危亡？你为什么那样指挥雷霆闪电啊，姑且浸沉于那荒诞渺茫的幻想。你写下了那些辞藻华美而又朦胧难明的文章啊，世上的一般人果真以为你在发狂。唯独我为你的遗

遇深怀不平啊，内心充满了悲愤和哀伤。如果先生不写下这些文章啊，后世的人又如何对你仰望？你那爱国的赤诚既然在胸中激荡啊，就是想忍耐在心中也不能久长。芈姓的楚国同你姓屈的能有多大关系啊，为什么你独自忧心如焚地为它着想？

我对现在的那些当官的感到痛心疾首啊，他们中有哪一个关心国家的治乱兴亡？他们只担心自己的俸禄不多啊，又发愁不能立刻飞黄腾达。我只好退身自守默不作声啊，因为我也难以实现我的主张。既然这苟且偷安的恶劣世风难以去掉啊，我只有长怀先生永不遗忘！

送元秀才下第东归序

题解

本文用理论与事例相结合的方法论述了教育目的如何实现的问题。作者从当时的政治需要出发，提出了选拔人才的问题。文章开篇就指出“周乎志者，穷踬不能变其操；周乎艺者，屈抑不能贬其名。其或处心定气，居斯二者，虽有穷屈之患，则君子不患矣”，“周乎志”讲的是有志，“周乎艺”讲的是有才，才志双全的人才能称之为是德才兼备的，像这样的“君子”是不必担心会被埋没的。本文说理精辟，易于理解。

[原文]

周[1]乎志者，穷踬（zhì）[2]不能变其操；周乎艺者，屈抑[3]不能贬其名。其或处心定气，居斯二者[4]，虽有穷屈之患，则君子[5]不患矣。

元氏之子，其殆庶[6]周乎。言恭而信，行端而静，勇于讲学，急于进业。既游京师，寓居侧陋[7]，无使令之童阙[8]交易之财，可谓穷踬[9]矣。而操逾厉，志之周也。才濬[10]而清，词简而备，工于言理，长于应卒[11]。从计京师，受丙科[12]之荐。献艺春卿[13]，当三黜[14]之辱，可谓屈抑矣。而名益茂，艺之周也。苟非处心定气，则曷[15]能如此哉？

余闻其欲退家殷墟[16]，修志增艺。惧其沉郁伤气，怀愤而不达[17]，乃往送而谕[18]焉。夫有湛卢、豪曹[19]之器者，患不得犀兕（sì）而剸（tuán）之，不患其不利也。今子有其器，宜[20]其利，乘其时，夫何患焉？磨砺而坐待之可也。遂欣欣而去。

[注释]

①周：至也。

②穷踬：穷困受挫的意思。

③屈抑：贬低压抑之意。

④斯二者：指的是原文讲到的“志向坚定”和“饱学多才”两方面。

⑤君子：名词用作动词，成为君子的意思。

⑥殆庶：指的是像圣人的样子。

⑦侧陋：偏僻简陋的意思。

⑧阙：与“缺”同，缺少的意思。

⑨踬：比喻事情不顺利。

⑩濬：深邃、悠远的意思。

⑪应卒：记事名篇之类的文章。

⑫丙科：指的是第三等的文士。

⑬春卿：《周礼》以春官宗伯掌典礼，后世因以春卿为礼部尚书习称。这里指古代考试的礼部。

⑭三黜：连考三场都失败。

⑮曷：与“何”通假，怎样。

⑯殷墟：古都名，位于今河南安阳。

⑰达：通达、明白。

⑱谕：指引开导的意思。

⑲湛卢、豪曹：两种宝剑的名字。

⑳宣：显示、张扬之意。

[译文]

立志坚定的人，困顿挫折不能改变他的节操；饱学多才的人，压抑屈辱不能贬低他的名声。至于那些心气和平宁静，兼具志向坚定和饱学多才这两方面的人，虽然遭到挫折屈辱的不幸，仍然无碍于他成为君子。

元家的儿子，大概可以算是才志双绝的人了吧！他说话恭敬而守信，行为正直而文静，勇于论艺讲学，急于进德修业。到了京师以后，居处偏僻简陋，在家无三尺使唤之童，出外无分文购物之财，可以说是穷困之极了。可是他的操守更加严格，说明他的意志确实是非常坚定的。他才气深湛而清峻，文辞简练而赅博，善于议论说理，长于记事名篇。随从计吏入京，以三等资格推荐给朝廷。受试于礼部，连遭三场失利的屈辱，可以说是备受压抑了。然而他的名声反而更加盛大，说明他的才能是非常卓越的。如果不是心气和平宁静，那怎么能这样呢？

我听说他打算回安阳老家去，进一步磨砺意志、增加学问。怕他内心郁闷伤神，满怀怨愤而想不开，所以就前去给他送行并开导他。那些拥有湛卢、豪曹之类宝剑的人，只愁找不到犀牛、兕象之类来刺杀，而不愁自己的宝剑不锋利。如今你拥有进身扬名的利器，一旦时机到来，就可以显示出它的锋利，又何必发愁呢？只要不断磨炼坐等时机就可以了。元秀才听了，就高高兴兴地走了。

与杨京兆凭[1]书

题解

本篇文章是在杨凭流放临贺时柳宗元所作，其实也是另外的一种劝慰方式。这篇文章主要谈论的是关于“荐举之道”的问题，同时还对自己有许多总结，抒发了自己郁郁不得志的情感，还有一部分涉及到为文和现实的问题。“宗元自小学为文章，中间幸联得甲乙科第，至尚书郎，专百官章奏，然未能究知为文之道。自贬官来无事，读百家书，上下驰骋，乃少得知文章利病”，即为此意思。

柳宗元持有文以载道的观点，即文章中反映的是作者自己的思想，其他的人可以通过读文章来了解作者。他还指出，古人的文章成就未必能够胜过今人，忽视当代人的成就是不合事理的。在柳宗元看来，现在文人写文章都是根据社会现实而写出来的，即“直趣尧舜之道、孔氏之志”，而且，当代的人并不认可的当代有成就的作家，在后世却能受到很高的评价。

以上观点，都具有很强的现实意义，同时也揭示出了文学史、文学创作、文学批评的特定规律。本篇行文流畅，情真意切，是为佳作。

[原文]

月日，宗元再拜，献书丈人[2]座前：

役人胡要返命[3]，奉教诲[4]，壮厉感发[5]，铺陈广大。上言推延贤隽之道[6]，难于今之世，次及文章，末以愚蒙剥丧顿瘁[7]，无以守宗族复田亩为念[8]，忧悯备极[9]。不唯其亲密旧故是与[10]，复有公言显赏[11]，许其素尚[12]，而激其忠诚者。是用[13]踊跃敬惧，类向时所被简牍[14]，万万有加焉。故敢悉[15]其愚，以献左右。

大凡[16]荐举之道，古人之所谓难者，其难非苟一而已也。知之难，言[17]之难，听信之难。夫人有有之而耻言之者，有有之而乐言之者，有无之而工言之者，有无之而不言似有之者。有之而耻言之者，上也。虽舜犹难于知之[18]。孔子亦曰“失之子羽[19]”，下斯[20]而言知而不失者，妄矣。有之而言之者，次也。德如汉光武[21]，冯衍[22]不用；才如

王景略[23]，以尹纬[24]为令史。是皆终日号鸣大吒[25]，而卒莫之省(xǐng)[26]。无之而工言者，贼也。赵括[27]得以代廉颇，马谡(sù)[28]得以惑孔明也。今之若此类者，不乏于世。将相大臣闻其言，而必能辨之者，亦妄矣。无之而不言者，土木类也。周仁[29]以重臣为二千石，许靖以人誉而致位三公[30]。近世尤好此类，以为长者[31]，最得荐宠。夫言朴愚无害者，其于田野乡闾[32]为匹夫，虽称为长者可也。自抱关击柝(tuò)[33]以往，则必敬其事[34]，愈上则及物[35]者愈大，何事[36]无用之朴哉？今之言曰：“某子长者，可以为大官”，类非古之所谓长者也，则必土木而已矣。夫捧土揭木而致之岩廊之上[37]，蒙以绂冕(fú miǎn)[38]，翼以徒隶[39]，而趋走其左右，岂有补于万民之劳苦哉？圣人之道，不益于世用，凡以此也，故曰知之难。

澹台灭明

澹台灭明长相丑陋，孔子以貌取人，颇为嫌弃。澹台灭明受冷遇后，毅然退出孔子的弟子行列，更加发奋求学。后来，他游学到吴地，跟从他学习的有三百多人，成为当时儒家在南方的一个很有影响的学派。孔子知道后感慨地说：“我看错了子羽。”

［注释］

①杨京兆凭：指的就是杨凭，字虚受，一字嗣仁，弘农人。元和四年（809年）初，从江西入朝当了京兆尹，因为他和当时的御史中丞李夷简关系比较紧张，因事被贬为贺州临贺尉。“杨京兆”是对他官职的称呼。

②丈人：对长辈的尊称。由于杨凭是柳宗元的岳父，因此用这个词。

③役人：指的是仆人。胡要：人名。返命：复命，接受命令完成后回来报告。

④教诲：来信的意思。

⑤壮厉感发：慷慨，使人奋发。

⑥推延：推荐选拔。贤隽：品行、学识很高的贤德之人。道：原则和方法的意思。

⑦愚蒙：蒙昧无知，自称之词。剥丧：破坏、伤害之意。顿瘁：困顿忧愁。

⑧守宗族：保留本宗族的传统。复田亩：重建家园的意思。

⑨备极：没有不周到的地方。

⑩旧故：一指亲戚关系，二指杨凭与柳宗元父亲间的关系。与：赞同的意思。

⑪复有：另外更有。公言：公开的言论。

显赏：能够看得见的奖励。

⑫素尚：生平志趣、爱好。

⑬是用：所以。

⑭向时：之前、以前。被：与“披”同，增删、查阅之意。简牍：古代将字写在竹片、木板上，称为简或是腰，简牍就成为后来书信的称呼。

⑮悉：所有的、全部的。

⑯大凡：大概、笼统的来说。

⑰言：向人推荐的意思。

⑱虽舜犹难于知之：古人皋陶曾经和夏禹谈论为人之道时讲到“做人君的就要做到知人，安民”，夏禹称“这是连‘帝’都难以达到的”。这里的“帝”，柳宗元认为是指帝舜。

⑲失之子羽：孔丘的门徒子羽相貌丑陋，孔子颇为嫌弃，但是后来子羽成为儒家学派中很有影响的人物。孔子便感叹说：“以貌取人，失之子羽。”

⑳下斯：在这之下，比不过他们的。

㉑汉光武：指的是东汉开国之君光武帝刘秀。

㉒冯衍：西汉末年东汉初年很有名气的人，曾跟随刘玄。刘玄被赤眉军杀后，投降刘秀，但没有受到刘秀的重用，后来又因为他和外戚勾结的原因，被免去官职。

㉓王景略：指的就是王猛，今山东寿光县人，是有名的地主阶级政治家，曾经当过五胡十六国时前秦苻坚的宰相。

㉔尹纬：后秦时期的天水人，在前秦时期做吏部令史；后来侍奉后秦开国君主姚苌，成为开国元老。姚苌打败苻坚，派尹纬去劝苻坚，苻坚问尹纬：“你在这里时当的是什么官？”尹纬说：“尚书令史。”苻坚说：“你有当宰相的能力，和王景略是一样重要的人物，被我埋没了，今天亡国，是命中注定的啊！”

㉕号呜大吒：大呼小叫的意思。这样说的原因在于，冯衍在王莽时有文采，在刘玄时立战功，投降刘秀之后也不断地发表自己的见解。尹纬在当尚书令史时就很有锋芒。

㉖省：发现、觉察之意。

㉗赵括：战国时赵国名将赵奢的儿子，没有真正领兵的本领。赵孝成王六年（前260年），赵国中了秦国的反间计，让他取代廉颇的位置做统帅。他一出兵即被秦国的军队包围，所带领的部队全军覆灭。

㉘马谡：三国时蜀国的官员，是诸葛亮十分看重的军事将领，但是他有爱说大话，言过其实的毛病。诸葛亮率兵进攻魏国，让马谡开道，驻扎军事重地街亭。打仗时他不听诸葛亮的安排，败给了魏国的军队。

㉙周仁：西汉景帝时期的郎中令，没有任何的政治头脑，但因为他做事小心，生活俭朴，深得景帝的喜爱。汉武帝继位之后，由于周仁是父亲的臣子，很是尊重他。他很是知道自己的处境，就托病罢官，接受二千石

孔明挥泪斩马谡

马谡，少时素有才名，言过其实，不可大用，失街亭后，被诸葛亮按军法处死。柳宗元在文中对人才进行了分类，马谡属于那种稍有才学便爱大吹大擂的人。

的俸禄还乡休养。在古代，俸禄的多少是按照官职的等级来划分的，二千石大约相当于一百二十斛。

㉚许靖：三国时蜀国官员，东汉末年就开始显露声名，入蜀之后，依附于刘璋，当了广汉太守。刘备攻打成都，许靖投降，因此刘备没有重用他。但是有这样的说法："许靖的虚名，各地都知道了，如果不重用他，所有的人都会说你是不重视贤才了。"出于这样的原因，刘备让他当了司徒。三公：指的是东汉司徒、太尉、司空三个最高长官，实际事务他们不去处理。刘备这样的安排，实际上是没有重用他。

㉛长者：指的是德高望重的人。

㉜乡闾：乡间之意。

㉝抱关击柝：指的是地位低下的小官吏。抱关，把守城门、确保安全的人。击柝，巡夜打更的人，柝在这里指的是打更用的梆子。

㉞敬其事：严格地履行他的义务。

㉟及物：影响到社会和人的意思。

㊱何事：哪里用得着。

㊲捧土揭木：手中托着泥雕木刻的东西。揭，举起。岩廊：这里是指朝廷。

㊳绂冕：本是一种祭服，也指礼服。

㊴翼：身边保护的人，护卫。徒隶：下级小官吏的意思。

［译文］

某月某日，宗元恭恭敬敬地把这封信呈献给您：

仆人胡要返回来复命，捧读你教诲我的书信，词义慷慨激昂，内容丰富，使我十分感动，受益匪浅。你首先讲到推荐选拔贤才的原则和方法，很难在现在推行，其次讲到文章，最后对于我遭到贬斥，困顿愁苦，不能保持宗族的传统和重整家园表示关切，忧伤怜惜，无微不至。你不仅把我当作亲密的亲戚和世交加以称赞，还用公正的言论明显地赞誉我，称许我的平生志向，激励我的忠诚之心。因此，我欢欣鼓舞，敬仰畏惧，比读你以前写给我的书信，又超过了万万倍。所以我大胆地把我的想法全都讲出来，呈献给您的左右。

大体上举荐人才的原则和方法，古人说它难，它的难处并非只是一种而已。

了解人才难，向人推荐人才难，听信别人的推荐也难。有的人确有真才实学却以向别人说为耻，有的人既有真才实学又乐于向别人讲，有的人并无真才实学却善于自我吹嘘，有的人没有真才实学也不随便吹嘘自己好像确有才学似的。有真才实学而耻于向别人说的，这是上等人才。即使虞舜那样的圣贤还会感到难于了解他。孔子也说过“如果以貌取人，就会错过像子羽这样有才德的人。”不如舜和孔子的人，却说自己有知人之明而没有差错，那是不可信的。有真才实学而又向别人讲的，这属于次一等。像汉光武帝那样有德行的君主，不能任用冯衍；尹纬的才能比得上王景略，苻坚却只让他当个令史这样的小官。这些人都是终日大喊大叫，却始终没有被察觉。没有真才实学却善于自我吹嘘的人，那是祸国殃民的家伙。赵括借此代替廉颇为将，马谡借此迷惑了孔明。现在像这种人，在社会上确实不少。认为将相、大臣们听到他们的话必定能分辨出来，那也是不可信的。没有真才实学而默不作声，像土块木头一样。周仁只因为是前朝的重臣，就享受二千石的厚禄，许靖只因为有人称誉，就位至三公。近世这种人极受欢迎，认为他们是“长者”，因而最容易得到举荐、宠幸。人们说老实愚笨的人没有害处，如果他们只在乡村里作为一个平平常常的人，即使称他们为“长者”，也是可以的。但从那些地位低微的小吏开始，都必须认认真真办好自己分内的事，地位越高对社会的影响就越大，又何必非要任用那些愚笨没有能力的人呢？现在人们常说：“某人是长者，能够当大官”，大抵都不是古人所说的“长者”，都一定是一些跟土块木头差不多的人物罢了。捧着泥塑木雕的东西放在朝廷上，给他们穿上礼服，配给仆从、护卫在他们的身边奔走，这难道有利于解救百姓的劳苦吗？圣人之道，不能对社会的实用有益，都是因为这个缘故，所以说了解人才是件难事。

［原文］

孔子曰：“仁者其言也讱[1]”，孟子病未同而言[2]。然则彼未吾信，而吾告之以士[3]，必有三间[4]。是[5]将曰：“彼诚知士欤？知文欤？”疑之而未重，一间也。又曰：“彼无乃私好欤？交以利欤？”二间也。又曰：“彼不足我而惎[6]我哉？兹咈[7]吾事。”三间也。畏是而不言，故曰言之难。言而有是患，故曰听信之难。唯明者为能得其所以荐，得其所以言，得其所以听，一不至则不可冀[8]矣。然而君子不以言听之难，而不务取士[9]。士，理之本也，苟有司[10]之不吾信，吾知之而不舍，其必有信吾者矣。苟知之，虽无有司，而士可以显[11]。则吾一旦操用人之柄[12]，其必有施[13]矣。故公卿[14]之大任，莫若索士[15]。士不预备而熟讲之，卒然[16]君有问焉，宰相有咨[17]焉，有司有求焉，其无所以应

之。则大臣之道或阙⑱，故不可惮烦⑲。

［注释］

①讱：与“刃”通假，讲话谨慎小心。在《论语·颜渊》中有“仁者，其言也讱”。

②病：不正当的评论和议论。同：指的是志趣相投，所追求的目标是相同的。

③士：地主阶级中有学识智慧的人。

④间：疑问、生疏之处。

⑤是：指代的是他们。

⑥惎：与“忌”同，毒害之意。

⑦咈：与“服”同，违背、破坏。

⑧冀：希望的意思。

⑨务：从事。取：挑选、选拔。

⑩有司：官员。

⑪可以显：才能过人，能够彰显。

⑫操：把持、掌握的意思。柄：权势、权力。

赵将括母

图为赵括之母，在秦攻赵之时，上书孝成王说：“括不可使将。”

⑬施：指的是施展才能。

⑭公卿：古代国家中的高级官员。

⑮索士：探求、访问人才。

⑯卒然：突然的意思。

⑰咨：询问。

⑱或阙：有所缺失。

⑲惮烦：害怕引来不必要的麻烦。

［译文］

孔子说：“仁人，他们说话是很慎重的”，孟子反对向跟自己思想不一致的人进言。既然别人不相信我，我却向他推荐人才，一定会产生三种隔阂。他会说：“那个人果真了解人才吗？懂得文章吗？”怀疑我的话而不重视我的推荐，这是一种隔阂。还会说：“他是不是出于个人的爱好？是不是由于利害关系而互相勾结呢？”这是第二种隔阂。还甚至会说：“他是对我不满而在陷害我的吧？这会破坏我的事业。”这是第三种隔阂。因为畏惧这三种隔阂而不敢说话，所以说向别人推荐人才是件难

事。虽然有人推荐了，但听的人有这些担心，所以说能听信别人的推荐是件难事。只有通达道理的人才懂得怎样举荐人，懂得怎样向人进言，懂得怎样听信别人的推荐，如果这三项中有一项办不到那就不会有希望。但是君子并不因为推荐和听信别人推荐的困难，而不努力选拔人才。人才，是治理国家的根本啊，如果这个官吏不相信我的推荐，我对了解的这个人才也不因此放弃不管，那么一定会有相信我的人。如果了解那个人才，就是没有官吏能相信，那个人也可以闻名于世。假如我一旦掌握了用人的权力，那他一定会有施展才能的机会。所以朝廷的公卿大臣的最大职责，无过于访求人才了。如果对人才不事先精心考虑好，突然之间君主有所询问，宰相有所咨询，官吏有所要求，那岂不是没有应付的办法了。那样大臣的职责就有所欠缺，所以不能怕麻烦。

[原文]

今之世言士者，先文章。文章，士之末也，然立言[1]存乎其中，即末而操其本[2]，可十七八，未易忽也。自古文士之多莫如今，今之后生为文，希屈、马者[3]，可得数人；希王褒、刘向之徒者[4]又可得十人；至陆机、潘岳之比[5]，累累[6]相望。若皆为之不已，则文章之大盛，古未有也。后代乃可知之。今之俗耳庸目[7]，无所取信[8]，杰然[9]特异者，乃见此耳。丈人以文律通流当世[10]，叔仲鼎列[11]，天下号为文章家。今又生敬之。敬之[12]，希屈、马者之一也[13]。天下方理平，今之文士咸能先理。理不一断于古书老生，直趣尧舜大道、孔氏之志，明而出之，又古之所难有也。然则文章未必为士之末，独采取何如耳！

宗元自小学为文章，中间幸联得甲乙科第[14]，至尚书郎，专百官章奏，然未能究知为文之道。自贬官来无事，读百家书，上下驰骋，乃少得知文章利病。去年吴武陵[15]来，美其齿少，才气壮健，可以兴西汉之文章，日与之言，因为之出数十篇书。庶几铿锵(kēngqiāng)陶冶，时时得见古人情状。然彼古人亦人耳，夫何远哉？凡人可以言古，不可以言今。桓谭亦云：亲见扬子云，容貌不能动人，安肯传其书[16]？诚使博如庄周[17]，哀如屈原[18]，奥如孟轲，壮如李斯[19]，峻如马迁，富如相如[20]，明如贾谊[21]，专如扬雄[22]，犹为今之人[23]，则世之高者至少矣。由此观之，古之人未必不薄于当世，而荣于后世也。若吴子之文，非丈人无以知之。独恐世人之才高者，不肯久学，无以尽训诂风雅之道，

以为一世甚盛。若宗元者，才力缺败，不能远骋高厉，与诸生摩九霄，抚四海，夸耀于后之人矣。何也？凡为文，以神志为主。

[注释]

①立言：将自己的言论写成文章或书，这里指言论见解。

②本：指政治思想。

③希：跟踪、追随。屈：指的是屈原。马：指的是司马迁，我国西汉伟大的史学家、文学家。

④王褒：西汉的辞赋大家。他在《圣主得贤臣颂》一文中，对人们求仙问道的行为提出了质疑。刘向：西汉后期著名学者。柳宗元曾在《贞符》等文中，对他有一些批判，之所以认为是第二等，是因为《新序》《说苑》等书还是有很大价值的。

⑤陆机：西晋时期的文学家。潘岳：西晋时期的文学家，和陆机并称为“潘陆”。

⑥累累：数量很多的样子。在西晋时期，形式主义文风盛行，潘陆二人都很讲究对偶和辞藻，掩盖内容上的空虚。骈文在这时开始形成。唐中期，也盛行此种文体，因此，从柳宗元看陆机、潘岳之类的人会出现“累累相望”的说法。

⑦俗耳庸目：指的是见闻很少、目光很短浅的人。

⑧无所取信：不足以作为凭证。

⑨杰然：特殊的样子。

⑩文律：指的是文章的规则和尺度。通流当世：和当世的人交流。

⑪叔仲：兄弟排行里，老大是伯，老二是仲，老三是叔。“叔仲”连用，指的即是兄弟的意思。鼎列：因为鼎有三足，所以用它来比喻三方并峙的状况，这里指杨凭和杨凝、杨凌兄弟是并列的。

⑫敬之：杨凌的儿子，在当时很有名望。

⑬希：仰慕、追求。屈、马：这里指的是屈原、司马迁两人。

⑭甲乙科第：指的是柳宗元在贞元九年（793 年）中进士，又在贞元十四年（798 年）考取了博学宏词科。

刘向

刘向，字子政，本名更生，汉沛县人。汉高祖弟楚元王刘交的第四代孙。汉元帝时为中垒校尉，后因权臣专政，被废十多年。汉成帝时，改名为向，任光禄大夫，校阅经传诸子诗赋等书籍，撰成《别录》一书，为我国最早的分类目录。另著有《新序》《说苑》《列女传》等。

⑮吴武陵：柳宗元的朋友，元和二年（807年）考中进士，元和三年（808年）被流放永州。

⑯“桓谭亦云”四句：在《汉书·扬雄传》中记载了这样一段对话。在扬雄死后，某人对桓谭说：“你总是称赞扬雄所写的书，这样的话能够传给后世吗？”桓谭说：“流传后世是一定的，只是我看不到而已。一般的人都是轻视近世的，尊重远古的。由于他们知道扬雄的官位和长相都很一般，因而近世之人对他写的书也以一种不屑一顾的态度来对待。”桓谭，字君山，今安徽淮北人。扬子云，指的就是扬雄，今四川成都人。

⑰庄周：我国战国时期著名的思想家，擅写文章，擅辩驳。

⑱哀如屈原：指的是屈原在被流放后成就的《离骚》《九歌》《九章》等作品，哀伤之情是很浓烈的。

⑲李斯：秦始皇时期任丞相，他写的文章道理精辟，气势宏大。

庄周梦蝶

庄子，名周，字子休，战国时期人。其故里在今民权县顺河乡青莲寺村。庄子一生贫穷，楚威王曾聘他做相，被他拒绝了。他的思想集中体现在《庄子》一书中。

⑳相如：就是司马相如，西汉著名的辞赋大家，字长卿，今四川成都人。

㉑贾谊：西汉的政论家、文学家。

㉒专如扬雄：扬雄仿《论语》著成了《法言》，仿《周易》著成了《太玄》，有过人的能力。

㉓犹为今之人：后面应该加一个“笑”字。

[译文]

当前世人评论士人，先从文章着眼。文章本来是士人的末技，然而在文章中有作者提出的观点，通过末技却能把握他思想的本质，能掌握十分之七八，因此不能轻易忽视。自古以来文士数量之多没有超过今天的，现在的年轻人中，写文章追随屈原、司马迁的可以找出几个来；追随王褒、刘向的可以找出十几个来；至于追随陆机、潘岳之类的人，那就为数众多。如果大家都坚持这样去做，那么就会出现文章大盛的情况，这是从未有过的。这一点要到后代才能了解。如今那些孤陋寡闻、目光短浅的人的看法，是不足为凭的，只有那些杰出不平凡的人，才能看到这些。您因为精通文律与当代的士人交往，跟您的两个弟弟鼎足而立，天下人都称赞你们是文章大家。现在

司马迁

司马迁，字子长，西汉史学家，文学家。他撰写的《史记》是中国第一部纪传体通史，对后世史学影响深远。《史记》语言生动，形象鲜明，也是一部相当优秀的文学作品。

您的弟弟又生了个敬之。敬之就是追随屈原、司马迁那些人中的一个。天下正值太平无事的时候，当前的文士都能首先探讨治理国家的大道理。他们所讲的道理并不完全按照古书上和前辈学者的说法来判断，而是直接寻找尧舜之道和孔氏之志，把它阐明出来，这又是古代所难以做到的事。然而文章未必就是士人的末技，只看选取对象的方法罢了！

我从小就学作文章，中间有幸连续中了进士和博学宏词科，及至做了礼部尚书郎，专门掌管百官的章奏，然而没有能够深刻懂得写好文章的方法。我自从贬官以后，闲居无事，阅读诸子百家著作，纵览古今，才稍稍懂得文章的好坏。去年吴武陵来到这里，我看重他年纪轻、才气足，能够复兴西汉时那样的文章，每天跟他交谈，于是为他选出了数十篇文章。希望他反复诵读、揣摩，经常发现古人的才情。那些古人也是人，跟我们哪会有多远的距离呢？一般说来跟别人可以谈论古人古事，但不能谈论今人今事。桓谭也说过：人们亲眼见过扬雄，他的容貌没有什么动人的地方，怎么愿意传授他的书呢？即使是思想像庄周一样开阔，哀时伤国像屈原，文思奥妙像孟轲，文势雄壮像李斯，风格峻峭像司马迁，文辞富丽像司马相如，明达事理像贾谊，学有专长像扬雄，如果他们都是现在的人，那么世上认为他们文章高明的人也很少。由此看来，古代人也未尝不被世人所轻视，然而为后世的人所尊重。像吴武陵的文章，不是您，别人是不会了解他的。我只是担心世上那些才高的人，不肯坚持学习，不能完全懂得解释古籍的原理和文学创作的规范，形成一代文学的繁荣。至于我自己，才力欠缺亏损，不能远驰高飞，像那些后生那样，直冲飞霄，抚临四海，向后代夸耀自己的才能了。这是什么原因呢？大凡能写好文章，精神与意志起着支配作用。

［原文］

自遭责逐，继以大故，荒乱耗竭，又常积忧恐，神志少矣，所读书随又遗忘。一二年来，痞[1]气尤甚，加以众疾，动作不常。眊(mào)眊然[2]骚扰内生，霾雾填拥惨沮，虽有意穷文章，而病夺其志矣。每闻人大言，则蹶气震怖，抚心按胆，不能自止。又永州多火灾，五年之间，

四为天火所迫。徒跣走出，坏墙穴牖，仅免燔灼[③]。书籍散乱毁裂，不知所往。一遇火恐，累日茫洋，不能出言，又安能尽意于笔砚，矻（kū）矻[④]自苦，以危伤败之魂哉？

中心之悃愊[⑤]郁结，具载所献《许京兆丈人书》[⑥]，不能重烦于陈列。凡人之黜弃，皆望望思得效用，而宗元独以无有是念。自以罪大不可解，才质无所入，苟焉以叙忧栗为幸，敢有他志？伏以先君禀孝德，秉直道，高于天下。仕再登朝，至六品官[⑦]。宗元无似，亦尝再登朝至六品矣！何以堪此？且柳氏号为大族，五六从[⑧]以来无为朝士者，岂愚蒙独出数百人右哉？以是自忖，官已过矣，宠已厚矣。夫知足与知止异，宗元知足矣。若便止不受禄位，亦所未能。今复得好官，犹不辞让，何也？以人望人，尚足自进。如其不至，则故无憾，进取之志息矣。

身世孑然，无可以为家，虽甚崇宠之，孰与为荣？独恨不幸获托姻好，而早凋落，寡居十余年。尝有一男子，然无一日之命，至今无以托嗣续，恨痛常在心目。孟子称："不孝有三，无后为大。"今之汲汲于世者，唯惧此而已矣！天若不弃先君之德，所有世嗣，或者犹望延寿命，以及大宥，得归乡闾，立家室，则子道毕矣。过是而犹竞于宠利者，天厌之！天厌之！丈人旦夕归朝廷，复为大僚，伏惟以此为念。流涕顿颡（sǎng），布之座右，不任感激之至。

宗元再拜。

［注释］

①痞：一种病的名称，症状是脾脏肿大硬化，从外面摸的时候，像是气结成块，又叫作痞块。

②眊眊然：眼睛看到的东西很模糊。

③燔灼：烧毁、焚烧。

④矻矻：不懈努力的样子。

⑤悃愊：朴素、真诚。

⑥《许京兆丈人书》：指的就是前《寄许京兆孟容书》。

⑦六品官：柳镇做官最高做到了侍御史，是六品官。柳镇，即前一句中的"先君"，是柳宗元的父亲。

⑧五六从：指同五六代祖的伯叔兄弟辈。

[译文]

我自从遭到贬斥放逐后，又碰上母亲病故的事，意志慌乱，精神耗竭，又常常积聚着忧虑恐惧，神志已经不足了，读过的书随即忘记。近一两年来，腹部的痞块更加肿大，加上其他的疾病，行动举止已不如往常。眼前模糊，感到眼内有什么东西在骚扰，如同充满尘霾的天空一般浑浊不清，内心郁闷凄楚，虽然有意探求文章的奥秘，但是疾病已夺走我的意志了。每当听到别人谈话声大一点，就感到血气上冲，内心震恐，即使用手抚摸胸口按着胆区，还是不能止住。再加上永州多火灾，五年之内，我家四次遭到大火。我光着双脚从火中逃走，毁墙破窗，才得以不被烧死。书籍散乱毁坏，不知去向。因此一遇火就害怕，整天心绪茫茫，连话都说不出来，又怎能专心写作，劳苦不休，自讨苦吃，以危害我这被摧残的灵魂呢？

我心中那种至诚郁结的情况，已经详细地写在我献给许孟容前辈的信中了，不再在你面前啰嗦陈述。一般人遭到贬斥放逐后，都迫切希望有为国效力的机会，然而唯独我却没有这种念头。我自认为罪过重大，难以赦免，才学、资质又没有特殊的地方，能苟且生活着，把自己忧伤恐惧的心情畅快地倾吐一番，已经十分幸运了，哪敢还有其他的念头？我想先父禀性孝顺，遵行直道，在这两方面都高出天下之人。他两度入朝当官，官阶只到六品。我这个不孝的儿子，也曾两度入朝当官，也达到六品了，我哪有资格承受这种地位呢？况且柳氏号称是个大族，跟我五六代前同一祖先的堂兄弟们都没有入朝当官的，难道我独自超出几百人之上吗？因此我自己思量了一下，从官阶来说，已超过我的才能了，从恩宠来说，已是很优厚了。知足和知止是不同的，我已经知足了。假如就此为止，不再进取，不再接受朝廷的禄位，我也无法办到。今后如能得到好的官职，我还是不会推让的，这是为什么呢？因为跟别人比较一下，我还是有条件去求进取的。如果得不到好官职，那本也没有什么值得遗憾的，因为我求进取的志向已经消磨尽了。

我身世凄凉，孤独无依，没有能够栖息的家室，即使朝廷有朝一日能重用我，谁来与我共享这种荣誉呢？只恨自己不幸，虽然蒙承见爱，和你的女儿结婚，但她早已去世，我现在已寡居十多年了。她曾经生过一个男孩，只是生下不久就死了，直到现在，我还没有可寄托的后嗣，怨恨痛惜之情，常常积恨在心中。孟子说：“不孝有三，无后为大。”我现在还忙忙碌碌生活在世上，就是只怕没有后嗣罢了。如果老天爷不忘先父的德行，使我不绝后嗣，或者还有希望延长我的寿命，赶上大赦，能返回故乡，成立家室，那么做儿子的职责也就算完成了。除此之外，如果还想争取什么恩宠利禄，天也不会容我！天也不会容我！您不久会回到朝中，再当大官，我希望你把我的心事记在心中。我流泪叩头对您说出心里话，内心对您感激不尽。

我流泪叩头再拜岳父大人。

答韦中立[1]论师道书

题解

柳宗元多次给人写信，为的是让自己的师道惠之于人。他一向遵守的师道原则是“取其实而去其名”。在孟子“人之患在好为人师”的指引下，柳宗元的怨愤来自于那些不事师、不尊教的社会风气。韩愈坚持“抗颜而为师”的理论观点，最后落得仓皇的困境；蜀之日和越之雪没有过错而受到不公平的待遇。孙昌胤行使成年礼反而受到讥讽。文章中运用了许多引证之词、精到的喻言，对韦中立表明世俗的风气对他正确思想造成的桎梏。而且文章又是作于被贬之时，舆论的影响力是很大的，“平居望外，遭齿舌不少，独欠为人师耳”，文辞中可以看出作者沉痛和激愤的心情。在书中，柳宗元向韦中立说出了全部如何为文的方法，是后人研究柳宗元及其写作必读的名篇。明末清初的林云铭称道：“虽不为师而为师过半矣。”

[原文]

二十一日，宗元白：辱[2]书云欲相师，仆道不笃，业甚浅近，环顾其中，未见可师者。虽尝好言论，为文章，甚不自是[3]也。不意吾子自京师来蛮夷间[4]，乃幸见取[5]。仆自卜[6]固无取，假令有取，亦不敢为人师。为众人师且不敢，况敢为吾子师乎？

孟子称：“人之患在好为人师。”由魏、晋氏[7]以下，人益不事师。今之世，不闻有师。有辄哗笑之，以为狂人。独韩愈奋不顾流俗，犯笑侮，收召后学，作《师说》，因抗颜[8]而为师。世果群怪聚骂，指目牵引[9]，而增与为言辞[10]。愈以是得狂名，居长安，炊不暇熟[11]，又挈挈而东[12]，如是者数矣。屈子赋曰：“邑犬群吠，吠所怪也[13]。”仆往闻庸蜀[14]之南，恒雨少日，日出则犬吠，余以为过言。前六七年，仆来南，二年冬[15]，幸大雪，逾岭被南越中数州[16]，数州之犬，皆苍黄吠噬狂走者累日[17]，至无雪乃已，然后始信前所闻者。今韩愈既自以为蜀之日，而吾子又欲使吾为越之雪，不以病[18]乎？非独见病，亦以病吾子[19]。然雪与日岂有过哉？顾吠者犬耳。度今天下不吠者几人，而谁敢衒[20]怪于群目、以召闹取怒乎？

[注释]

①韦中立：唐州刺史韦彪的孙子，今陕西西安人，元和十四年（819年）中进士。韦中立曾自京赴永州时认识柳宗元，回到京城之后给柳宗元写信，向他求教，这篇文章是柳宗元给韦中立的回信。

②辱：表达恭敬的意思。

③自是：指的是自以为是的样子。

韩愈

韩愈，字退之，河阳（今河南孟州）人，祖籍河北昌黎，世称韩昌黎。唐代文学家、哲学家。晚年任吏部侍郎，又称韩吏部。谥号“文”，又称韩文公。他是唐代古文运动的倡导者。由魏晋氏以下，人们耻于相师。唐代有敢为人师的，都被人称为狂人。只有韩愈不顾流俗，收招后学，作《师说》，抗颜而为师。

④吾子：对人一种亲切的称呼。蛮夷：对边远地区少数民族的称呼，在这里指的是被贬之地永州。

⑤见取：指的是有所取，即韦中立想要拜柳宗元为师这件事情。

⑥自卜：自己估计的意思。

⑦魏、晋氏：指魏晋时代。

⑧抗颜：指的是态度刚强、不屈服。

⑨指目牵引：在一旁指手画脚，牵连、干预之意。

⑩而增与为言辞：添加一些语言来诋毁韩愈。

⑪炊不暇熟：做的饭还没来得及熟，指的是韩愈不可能久居长安。

⑫挈挈：与“切”通假，急迫的样子。东：离开京城往东走的意思，韩愈被贬的地方都在京城的东边。

⑬“邑犬群吠”二句：本句出自于屈原的《楚辞·九章·怀沙》一文。原文是：“邑犬之群吠兮，吠所怪也。”

⑭庸蜀：指今湖北、四川一带。庸，是古代的国名，位于今湖北付山县东南。

⑮二年冬：指的是元和二年（807年）的冬天。

⑯逾岭：穿过五岭，即越城、都庞、萌渚、骑田、大庾等山岭。被：覆盖、掩盖。南越：指的是广东、广西一带。

⑰苍黄：与“仓皇”同，慌慌张张的样子。噬：吸。

⑱病：指的是困苦。

⑲“非独见病”二句：指的是不仅让自己在为人师这件事情上感到困苦受辱，而且会让你也有这样的感觉。

⑳衒：与“炫”通假，炫耀、夸耀的意思。

[译文]

二十一日，宗元陈述如下：承蒙来信说要拜我为师，我的道德修养不深，学业也很浅薄，从各方面衡量自己，看不到可以为师的地方。虽然我经常喜欢发表议论，写文章，但很不自以为是。想不到你从京师长安来到这偏远的永州，就荣幸地被你认为我尚有可取之处。我自忖确实没有可取之处，即使尚有可取之处，也不敢当别人的老师。我当一般人的老师尚且不敢，难道还敢作你的老师吗？

孟子说："人的毛病就在于喜欢当别人的老师。"从魏、晋以后，人们愈加不敬重老师。当今之世，没有听说还有什么老师。如果有个老师，大家就七嘴八舌讥笑他，把他说成是狂妄之人。只有韩愈奋勇敢为，不顾社会上的坏风气，敢冒别人的讥笑轻侮，招收后生学子为徒，还写了一篇《师说》，从而态度严正地当起老师来了。社会上果真群起责怪谩骂，他们挤眉弄眼拉扯示意，给韩愈身上增添诽谤的言辞。韩愈因此得到了狂人的名称，居住在京城长安，连饭都来不及煮熟，又匆匆忙忙被贬东去，这样的情况不只一次。屈原的赋《九章·怀沙》中说："县城里的狗成群结队，看到不常见的就狂吠不止。"我以往听说庸国、蜀国之南，经常下雨，很少见到太阳，有时太阳出来狗就对日狂吠，我认为这是夸大其词。六七年前，我来到南方的永州，第二年冬天恰逢下大雪，越过五岭，覆盖南越（今两广）的几个州，这几个州的狗都惊慌失措又叫又咬，到处狂奔，一连好几天，直到雪化尽了才停止狂叫。从此以后，我才相信以前听到的蜀犬吠日的传闻。现在韩愈既然已经使自己成为蜀地之日，你又想让我成为南越之雪，不是太令人为难了吗？这不仅使我为难，也会因此让你难堪。然而雪与日难道有什么错误吗？只是狗狂吠不止啊！推测如今世上见蜀地之日和南越之雪而不吠的能有几人，那么又有谁敢以不同凡响的行动招引群人的侧目而视，招来大家取闹，惹来别人恼怒？

[原文]

仆自谪过[1]以来，益少志虑。居南中九年，增脚气病，渐不喜闹，岂可使呶呶[2]者，早暮咈[3]吾耳，骚[4]吾心？则固僵仆烦愦[5]，愈不可过矣。平居望外，遭齿舌不少，独欠为人师耳。

抑又闻之，古者重冠礼[6]，将以责成人之道，是圣人所尤用心者也。数百年来，人不复行。近有孙昌胤[7]者，独发愤行之。既成礼，明日造朝[8]，至外廷[9]，荐笏(hù)[10]言于卿士曰："某子冠毕。"应之者咸怃(wǔ)然[11]。京兆尹郑叔则怫然曳笏却立[12]，曰："何预我耶？"廷中皆大笑，天下不以非郑尹而快孙子[13]，何哉？独为所不为也。今之命师者[14]大类此。

[注释]

①谪过：贬官之意。谪，本意降职。过，指的是错。

②呶呶：指的是不停地喧闹。

③咈：逆背。

④骚：搅乱之意。

⑤固：势必要的意思。僵仆：扑倒、卧倒的意思。烦愦：心情烦闷。

⑥冠礼：在古代，二十岁的青年男子要施行冠礼，以此来表示他已经成人。在唐代冠礼已经不太盛行了。

⑦孙昌胤：古代人名，资料不清。

⑧造朝：指上朝。

⑨外廷：大臣在朝拜前后，商议事务的厅堂。

⑩荐笏：指的是古代的官员把笏板插在腰带上。

⑪怃然：不明原因，莫名其妙。

⑫京兆尹：古代的官职名，掌管京城周围中央直属的京兆地区，在唐代，主要有京兆、左冯翊、右扶风三个行政区域。怫然：指的是怒气冲冲的样子。

⑬快孙子：以孙子的行动为快，是意动用法。

⑭命师者：指当老师的人。

[译文]

我自从因罪遭贬谪以来，更加志短没有什么打算。在南方居住了九年，增添了脚气病，渐渐不喜欢热闹，哪里经受得了喧闹的声音，早晚在耳边聒噪，骚扰我的思想？这样一来，本来困顿烦恼的日子就更加无法过下去了。平时在这里经常发生意外，遭到别人非难的事不少，就欠好为人师一事了。

我又听说，古代很看重成人加冠仪式，表示将要用成年人的标准来要求他，这是圣人所特别认真思考的问题。近几百年来，人们不再举行成人仪式了。近来有个叫孙昌胤的人，独自发愤举行成人礼仪。仪式完毕后，第二天上朝去，到达等候朝见的地方时，把笏板插在衣服上，对在等候朝见的同僚们说："我的儿子举行完加冠仪式了。"跟他交谈的人都茫然不知如何回答。京兆尹郑叔则生气地提着笏板退后一步站稳了说："这关我什么事啊？"在场的人都哄然大笑，世上没有人认为郑尹的行动不对，反而取笑孙昌胤，这是为什么？因为孙昌胤独自做了别人不做的事。如今认为当老师的人跟这事非常相似。

[原文]

吾子行厚而辞深[1]，凡所作皆恢恢然[2]有古人形貌，虽仆敢为师，亦何所增加[3]也？假而以仆年先吾子，闻道著书之日不后，诚欲往来言所闻，则仆固愿悉陈中[4]所得者。吾子苟自择之，取某事去某事，则可矣。若定是非以教吾子，仆材不足，而又畏前所陈者[5]，其为不敢也决矣。吾子前所欲见吾文，既悉以陈之[6]，非以耀明于子，聊欲以观子气色诚好恶何如也。今书来，言者皆大过[7]。吾子诚非佞誉[8]

诬谀之徒，直见爱甚故然耳。

始吾幼且少，为文章，以辞为工[9]。及长，乃知文者以明道，是固不苟为炳炳烺烺，务采色、夸声音而以为能也[10]。凡吾所陈，皆自谓近道，而不知道之果近乎，远乎[11]？吾子好道而可[12]吾文，或者其于道不远矣。故吾每为文章，未尝敢以轻心掉之，惧其剽[13]而不留也；未尝敢以怠心易之[14]，惧其弛而不严[15]也；未尝敢以昏气出之[16]，惧其昧没而杂[17]也；未尝敢以矜气作之[18]，惧其偃蹇而骄也[19]。抑之欲其奥，扬之欲其明[20]，疏之欲其通，廉之欲其节[21]，激而发之欲其清[22]，固而存之欲其重[23]，此吾所以羽翼[24]夫道也。本之《书》以求其质[25]，本之《诗》以求其恒[26]，本之《礼》[27]以求其宜，本之《春秋》以求其断[28]，本之《易》[29]以求其动，此吾所以取道之原也。参之穀梁氏以厉其气[30]，参之《孟》《荀》以畅其支[31]，参之《庄》《老》以肆[32]其端，参之《国语》以博其趣，参之《离骚》以致其幽[33]，参之太史公[34]以著其洁，此吾所以旁推交通而以为之文也[35]。

凡若此者，果是耶，非耶？有取乎，抑其无取乎？吾子幸观焉，择焉，有余以告焉[36]。苟亟来以广是道[37]，子不有得焉，则我得矣[38]，又何以师云尔哉？取其实而去其名，无招越、蜀吠怪[39]，而为外廷所笑，则幸矣！宗元复白。

［注释］

①行厚而辞深：指的是品行端厚、文辞精深的意思。

②恢恢然：指文章气势恢弘。

③何所增加：添加什么有利的东西。

④陈中：陈述心中的事情。

⑤畏前所陈者：害怕前面所讲的那些被世俗嘲笑的事情。

⑥陈之：将它摆出来的意思。

⑦大过：太过的意思。大，与“太”通假。

⑧佞誉：指流于形式的赞誉。

⑨以辞为工：指的是在评判文章的时候，以文辞是否优美为标准。

⑩“是固不苟为炳炳烺烺”二句：于是我不再去追求文章辞藻的华美，不以声韵之美而炫耀了。炳炳烺烺，明亮光彩的意思。务采色，指的是追求辞藻的华美。

⑪“凡吾所陈”四句：所有我文章中讲到的，自己认为是接近儒道的，但是不知道距离是近还是远。

⑫可：适合、满意。

⑬惧其剽：担心自己的文章轻佻没有厚度。剽，轻浮。

⑭怠心易之：指的是用轻浮的心态来写作。易，草率、不重视。

⑮弛而不严：写作的规矩松弛、不严谨。

⑯以昏气出之：进行创作的时候，没有清晰的写作思路。

⑰昧没而杂：脑子里的构思模糊而不纯正。

⑱以矜气作之：怀有傲气去写作。

⑲偃蹇而骄也：用词傲慢、有气势。偃蹇，指的是傲慢倔强。

⑳“抑之欲其奥”二句：指的是在写文章的时候，不仅要抑制情感，不要让情感尽情地发挥，要让文章写得深奥；更要让它欢畅的舒展情感，能让文章具有鲜明的内容。

㉑“疏之欲其通”二句：写作的时候要力求通畅，在词句上要做到避繁就简，做到简洁凝练。

㉒激而发之欲其清：抛弃污秽的东西，让文章散发清新的味道。

㉓固而存之欲其重：极力保存文章庄重典雅的格调。

㉔羽翼：本意是翅膀，在这里是辅助之意。

㉕本之《书》以求其质：以《尚书》做模范，以此追求文章的质朴。本，本源、原型。《书》，这里指的是《尚书》。质，质朴、朴实。

㉖恒：经常的、持久的，指的是永恒的道理、情理。

㉗《礼》：指的是《三礼》，包括《仪礼》《周礼》《礼记》。

㉘求其断：看中的是它在判断是非问题上的论断。

㉙《易》：在这里指的是《周易》。

㉚参之穀梁氏以厉其气：参考春秋《穀梁传》来将自己的文气增强。厉，加强之意。

㉛支：与“技”同，指的是文章有条有理。

㉜肆：豪迈、无拘束。

真学师众

东汉光武帝时，张酺为皇太子授业，他学识渊博，辅导得体。后太子即位，为汉章帝，张酺出拜东郡太守。元和二年，章帝到东郡巡狩，章帝先对张酺行师生之礼，让张酺讲解《尚书》一篇，而后才修君臣之礼。中国自古就有尊师重道的传统。柳宗元对当时不事师不尊教的社会风气感到十分怨愤。

㉝幽：指的是文章中深幽之处。

㉞太史公：在这里指代的是司马迁著成的《史记》。

㉟旁：广泛。推：探知。交通：纵横交错，在这里指各家的优秀著作。

㊱有余以告焉：有时间的话，把你的想法告诉我。余，指的是休闲、空闲的时候。

㊲苟亟来以广是道：假如你能经常地来这里，探讨和增长为文之道。苟，假如。亟，经常的、屡次的。

㊳“子不有得焉”二句：这对你也许没有什么收获，对我而言这样的探讨是一定会有收获的。

㊴无招越、蜀吠怪：就不会像蜀犬吠日、越犬怪雪一样招致师道反对者的嘲笑讥讽了。

［译文］

你品行纯厚，文辞修养很深，所有的作品恢弘博大有古人作品的形态面貌，即使我敢于当你的老师，对你又能有什么益处呢？如果因为我比你年长几岁，闻道著书的时间比你早一些，真的想往来交谈学习写作的心得体会，那么我一定愿意把我心中知道的东西全部告诉你。你可以任意自行选择，决定取舍哪些就可以了。如果要我来判定是非来教导你，我的才能不够，而且又怕前边所说的难以为师的情况，所以我不敢为师的主意已下定。你以前说想看我的文章，也就全部陈列到你的面前，这不是用来在你面前夸耀自己，只是姑且想借此观察你的表情态度来鉴别我的文章的好坏。如今你来信，把我的文章说得实在太言过其实了。我知道你确实不是花言巧语、阿谀奉承的一类人，只是过分看重我的文章的缘故。

起初我年轻幼稚，写文章认为讲究辞藻才算巧妙。到了长大以后，才明白文章是用来明道的，这本来就不该一味追求辞采丰富、声韵和谐，不能着意于华丽的辞藻、夸耀于声韵的悠扬，把这认为是能事。凡是我所陈列在你面前的，都是我自认为接近圣人之道的，然而我并不真正明白这些究竟离圣人之道是近还是远。你熟悉圣人之道而又赞许我的文章，也许我的那些文章离圣人之道不远了。因此我每次写文章，从不敢掉以轻心，担心太轻率不深刻；从不敢以懈怠的态度来进行写作，担心文章结构松散不严密；从不敢糊里糊涂地写出来，担心内容不明、条理不清；从不敢以傲气的态度写出来，担心文章盛气凌人，不平易。我写文章，不任意挥洒，想要文章表现得深刻；尽情发挥，想要文章显得明快；理顺语气，想要文章通畅；严格遣词造句，想要文章精练有力；反复修改，剔除陈言旧语，想要使文章清新不落俗套；凝聚保存文章的气势，想要使文章凝重不浮，这就是我们来阐明圣人之道的写作态度。根据《尚书》设法做到文章质朴，根据《诗经》设法做到艺术感染力强，根据《三礼》设法做到分寸适宜，根据《春秋》设法做到观点明确，根据《周易》设法做到变化发展，这就是我学习圣人之道的源泉。参考《穀梁传》锻炼文气通畅，参考《孟子》《荀子》使文章内容博大、条理通顺，参考《老子》《庄子》开拓思路，参

考《国语》扩大意趣，参考《离骚》达到含义幽深，参考《史记》使文章的语言简洁，这就是我广泛推崇吸取并融会贯通从而作为写文章的准则。

凡是像这样做的，果真是对还是不对？可取，还是不可取？希望你看后作出抉择，抽空把你的选择告诉我。希望常来信推广这些写文章的方法和态度，这样，你虽然没有什么收获，我却很有收获，又还说什么拜我为师呢？我们取交流写文章之道的实质，去掉拜师的虚名，不要招来越犬吠雪、蜀犬吠日的事，而被朝野的人所讥笑，那么实在是万幸！宗元禀告。

愚溪对

题解

柳宗元被贬永州之后，一直坚定地坚持自己的政治革新路线，和保守派的界限很清楚。在这篇文章中，柳宗元以“愚”者自居，将自己居住地的冉溪改名为“愚溪”，很多文章都是由此产生的，作者与保守派的斗争也以这种方式在继续进行。

《愚溪对》一文，用自己和“溪神”对话的形式，说明了“愚溪”名字的由来，并且以恶溪、弱水、浊泾、黑水、贪泉等水名，隐喻当时黑暗、腐朽的社会，还以坎井、榛棘、毒蛇指代当时的贪官污吏，将当朝的反动势力抨击得淋漓尽致。文章深刻表达了作者对革新派遭到的打击和迫害的不满情绪，展示了柳宗元不畏强暴、革新到底的斗争精神。

[原文]

柳子名[1]愚溪而居。五日，溪之神夜见（xiàn）梦[2]曰：“子何辱予，使予为愚耶？有其实者，名固[3]从之，今予固若是耶[4]？予闻闽有水，生毒雾厉气[5]，中之者[6]，温屯（zhūn）呕泄[7]；藏石走濑（lài）[8]，连舻糜解[9]；有鱼[10]焉，锯齿锋尾而兽蹄，是[11]食人，必断而跃之，乃仰噬焉[12]。故其名曰恶溪[13]。西海[14]有水，散涣而无力，不能负芥[15]，投之则委靡垫没[16]，及底而后止，故其名曰弱水[17]。秦[18]有水，掎汩泥淖（nào）[19]，挠[20]混沙砾，视之分寸，眙若睨壁[21]，浅深险易，昧昧不觌（dí）[22]，乃合清渭[23]，以自彰秽迹[24]，故其名曰浊泾。雍[25]之西有水，幽险若漆[26]，不知其所出，故其名曰黑水[27]。夫恶、弱，六极[28]也；浊、黑，贱名也。彼得之而不辞，穷万世而不变者，有其实也。今予甚清与美，为子所喜，而又功可以

及圃畦[29]，力可以载方舟，朝夕者济焉[30]。子幸择而居予，而辱以无实之名以为愚，卒不见德而肆其诬[31]，岂终不可革[32]耶？”

［注释］

①名：命名。

②见梦：指的是在梦中出现的意思。见，与“现”同。

③固：当然、本来就是。

④今予固若是耶：今天我的确是这样的吗。

⑤厉气：瘴气。

⑥中：遭受到的意思。之：指的是有毒害的气体。

⑦温：身上发热，指的是发烧。屯：本意是艰难，这里指的是不舒服。

⑧走濑：指的是经过水流很急的地方。

⑨连舻糜解：指的是很多船都被破坏掉了。

⑩鱼：这里指的是鳄鱼。

⑪是：这东西，指鳄鱼。

⑫“必断而跃之”二句：这句是在讲鳄鱼捕食的样子。断，瞄准、看准的意思。乃，才。噬，咬。

⑬恶溪：指的是韩江和它上游的梅江。

⑭西海：古人在称呼西方的湖泊、海洋时，名字都是西海，这里指的是众多西海中的青海湖。

⑮负芥：身体很轻、漂浮的小草。

⑯投之则委靡垫没：把小草扔出去，它就开始慢慢地沉没下去。之，芥，即小草。委靡，柔然、无力支持。垫，沉下去。

⑰弱水：古人将那些因河道失水浅得都没有办法载船的河都称之为弱水，这里指的是今甘肃省的张掖河。

⑱秦：春秋战国的时候，秦国曾占有过陕西、甘肃一带，因此这一带地区也称之为是秦。

⑲掎：拖、拉之意。汩：水不断流动的样子。淖：泥潭。

⑳挠：搅动。

㉑眙若睨壁：看见河水就好像是一堵墙似的，指水特别浑浊。眙，从正对面看。

观溪

柳宗元以溪为喻，通过自己与“溪神”的对话，表达了对时世的不满与批判之情。

睨，斜着眼睛看。

㉒昧昧：昏暗的样子。觌：见。

㉓渭：渭水，从甘肃乌鼠山发源，向东流经陕西潼关县注入黄河。

㉔以自彰秽迹：传说中是泾水浑浊、渭水清澈，两条水系混合之后，泾水污浊的痕迹更加凸现出来。实际上正好相反，是泾水清、渭水浊。彰，显著、明显的意思。

㉕雍：古代的州名，位于今陕西中部及北部、甘肃、宁夏和青海一带。

㉖若漆：颜色好像油漆。

㉗黑水：即怒江上游，位于西藏东北部。

㉘六极：在古代人们认为有六种事情是最不好的，疾、忧、贫、恶、弱、短命。

㉙圃：用来栽培蔬菜、水果的土地。畦：田地中划分出来的小的区域。

㉚朝夕者：早晚路过这里的人。济：渡河。

㉛卒：竟然。肆：肆意、任意。

㉜革：改变、革新。

[译文]

我给冉溪起名字叫作愚溪，并且在那里住了下来。在第五天之后的一个晚上，溪神托梦与我，对我说："你侮辱我的原因是什么，为什么给了我愚的名称呢？如果实实在在有愚的，加上这样的名字也是可以的，但是我现在真的是愚吗？我听说闽地有这样的一条河，产生一种有害的气体，闻到这种毒气的人，身体就会发热高烧，上吐下泻；这水里面有暗礁，奔腾不息，南来北往的船只都被撞坏了；这水里有一种鱼，牙齿像锯一样，尾巴像刀剑的刃，身上还长了四只兽蹄，在吃人的时候，这种鱼一定是要把人咬断后抛起来，之后面向天空吃下去。鉴于此，这条河得了一个恶溪的名字。在西海有这样的一条河，水浅无力，连根草芥都不能浮起，将芥草扔到水里，慢慢地就沉下去了，一直到河底，弱水的名字就是由此产生的。在秦地有这样一条河，水中搅着很多的烂泥，还有沙子和碎石夹杂着，从近处看的话，就好像是一堵墙壁一样，深浅缓急都分不清楚，在和渭水汇合之后，它的污浊就更加地明显了，叫作浊泾是有一定道理的。在雍州的西面有这样一条河，幽暗险峻，有着像漆一样的颜色，至于它发源于哪里，无从得知，黑水就是这样得来的。恶、弱，属于六极之一；浊、黑，又是很低俗的名称。它们没有拒绝接受这些名字，世世代代能够流传下来而不改变其名的原因，就是因为它们有这种实际情况。现在我十分清澈而且优美，得到了你的喜爱，还可以浇灌园圃，能够承载船只，早来晚走的人们都要从这里渡过。你让我感到荣幸，能在这里居住，然而却毫无根据的用这样的名字来侮辱我，把我叫作愚溪，对我非但没有一点感激反而肆意诬蔑我，这个名称难道一直就是这样了吗？"

［原文］

柳子对曰："汝诚无其实，然以吾之愚而独好汝[1]，汝恶得避是名耶[2]？且汝不见贪泉[3]乎？有饮而南者，见交趾[4]宝货之多，光溢[5]于目，思以两手左右攫而怀之[6]，岂泉之实耶？过而往贪焉犹以为名[7]，今汝独招愚者居焉，久留而不去。虽欲革其名不可得矣。夫明王之时，智者用，愚者伏[8]。用者宜迩[9]，伏者宜远。今汝之托也，远王都三千余里，侧僻回隐[10]，蒸郁之与曹[11]，螺蚌之与居[12]，唯触罪摈辱愚陋黜伏者[13]，日侵侵以游汝[14]，阖阖以守汝[15]。汝欲为智乎？胡不呼今之聪明皎厉，握天子有司之柄以生育天下者，使一经于汝[16]，而唯我独处？汝既不能得彼而见获于我[17]，是则汝之实也。当汝为愚而犹以为诬，宁有说耶[18]？"

曰："是则然矣。敢问子之愚何如而可以及我[19]？"

柳子曰："汝欲穷我之愚说耶[20]？虽极汝之所往，不足以申吾喙（huì）[21]；涸汝之所流，不足以濡吾翰[22]。姑示子其略[23]：吾茫洋乎无知，冰雪之交，众裘我絺[24]；溽暑之铄（shuò）[25]，众从之风，而我从之火。吾荡而趋，不知太行之异乎九衢（qú）[26]，以败[27]吾车；吾放而游，不知吕梁之异乎安流[28]，以没吾舟。吾足蹈坎井[29]，头抵木石，冲冒榛棘[30]，僵仆虺蜴（huǐ yì）[31]，而不知怵惕[32]。何丧何得？进不为盈[33]，退不为抑[34]，荒凉昏默，卒不自克[35]。此其大凡[36]者也。愿以是污汝可乎？"

于是溪神深思而叹曰："嘻！有余矣，是及我也。"因俯而羞，仰而吁[37]，涕泣交流，举手而辞。一晦[38]一明，觉而莫知所之[39]。遂书其对。

［注释］

①以吾之愚而独好汝：因为我愚并且只喜欢你。

②汝恶得避是名耶：这个名字你怎么能够回避呢？恶，怎么。

③贪泉：泉水的名字，在广州石门，相传有这样一眼泉水，喝了这个泉的水，廉洁之人就变得贪婪了。

④交趾：古代的地名，治所在今越南河内西北，西汉时交趾郡曾治于此，因以为名。

⑤溢：满。

⑥攫：争抢、夺取。怀：据为己有，占有。

⑦过而往贪焉犹以为名：因为路过的人都很贪婪，所以又有人称之为“贪泉”。

⑧伏：隐藏、不被用。

⑨迩：近。

⑩侧僻回隐：地方偏僻又闭塞。

⑪蒸郁之与曹：周围充斥着的雾气和你相伴。

⑫螺蚌之与居：田螺、河蚌和你在一起住。

⑬唯触罪摈辱愚陋黜伏者：只有犯了罪遭到抛弃、因愚受到贬谪的人。摈，抛弃的意思。

⑭日侵侵以游汝：每天都到你的身边玩耍。侵侵，日渐的。

⑮闯闯以守汝：一出门就守护着你。闯闯，无所顾忌，无所阻拦。

⑯“胡不呼今之聪明皎厉”三句：为什么不让世间聪明、清廉、威武、管理国家、治理天下的官员，来这里一下呢。胡，为什么。皎，清廉。厉，威武。有司，官员。柄，指的是权力。

⑰见获于我：被我得到。

⑱宁有说耶：难道还有什么要说的吗？宁，难道，表反问。

⑲敢问子之愚何如而可以及我：想问一下，你的愚法是什么样的，能把我涉及。

⑳汝欲穷我之愚说耶：你想穷尽的知道我对“愚”的认识么？穷，穷尽、完全的意思。

㉑“虽极汝之所往”二句：尽管河水都流到了尽头，我的话也还没有终结。申，讲话、陈述。喙，嘴，这里指持有的观点、言论。

㉒濡：润湿的意思。翰：指毛笔。

㉓姑示子其略：姑且向你简单地讲一下。示，说明、讲解。

㉔绨：原指细葛布，这里指的是单衣。

㉕溽暑：湿热的环境。铄：炽热之意。

㉖九衢：指的是四面畅通之意。

㉗败：破坏。

㉘吕梁：吕梁洪，共有两处，古代泗水上的瀑布和黄河的龙门瀑布。安流：水流速度平稳的河流。

㉙坎井：陷阱之意。

㉚榛棘：生长在一起的荆棘。

㉛僵仆：跌倒。虺蜴：两者分别指毒蛇和蜥蜴。

㉜怵惕：恐惧谨慎。

㉝进不为盈：进步了也不感到满足和高兴。

㉞退不为抑：退步了不觉得压抑。

㉟卒不自克：最终还是不能克制自己。

㊱大凡：大部分、大概的意思。

㊲吁：叹气的声音。
㊳晦：光线暗的意思。
㊴觉而莫知所之：醒来的时候就不知道溪神到哪里去了。

[译文]

柳子这样回答："愚的情况你确实是没有的，但是像我这样愚的人就偏偏看中了你，这个名称你有什么办法来回避呢？那个贪泉你难道忘了吗？有的人在喝了这个泉的水之后就向南方去了，看到交趾有很多的奇珍异宝，闪耀着光芒，就想用两手抓取，收入自己的怀里，难道贪泉的实际情况就是这样的吗？只要从那里经过的人就变得贪财，所以把它命名为贪泉，如今你偏让愚人居住在这里，长时间不离去。尽管你有想要改变愚溪名称的想法，但这是不可能的了。贤明的君王当政的时候，聪明的人受到提拔重用，愚蠢的人就会隐藏起来。受到重用的人要留在君王的身边，隐藏的人就应该远离京城。如今你所居住的这个地方，离京城有三千多里的路程，偏远闭塞，和迷雾为伴，和螺蚌为友，只有当人在犯罪受辱之后，或是愚蠢的人受到了贬谪，才能经常在你这里玩耍，无拘无束地共同生活。那个智的名称你想要拥有吗？为什么不让那聪明尊贵、控制国家、主宰天下的人们从这里经过一次，而只是让我一个人待在这里呢？你得不到他们的顾念，却得到我的喜爱，你愚的实际情况就是这样的。我说你愚是很有道理的。而你却认为是受了冤枉，难道还有其他的什么理由要说吗？"

溪神说："你说的有道理。那我想要问你，你愚的程度怎样，竟然能够影响到我呢？"

柳子这样说："你想要透彻地了解我愚的情况吗？尽管经过你所流经的一切地方，也比不上我所要讲的话长；将你的水全部用干，都不够将我的笔润湿来写它。姑且就给你讲个大概：我混沌没有知识，在寒冬腊月，人们都穿皮袄，只有我在穿单衣；在暑热夏季，人们都到外面去吹风，只有我独自去烤火。我随心所欲地驾车奔驰，对太行山不同于四面通达的道路一无所知，我的车因此就被撞坏了；我畅快地乘船遨游，对吕梁水澎湃的特点一无所知，我的船就因此沉没了。我脚底下就是陷阱，头上面就是木石，在荆棘丛中到处乱撞，在毒蛇身边摔倒，这种状况都不能让我感到害怕。什么是失去和得到？受到重用的时候不因此感到满足，受到贬谪的时候不会因此感到委屈，孤寂昏暗，以至难以自拔。我愚的大概情况就是这样。希望能用这种愚来把你玷污，你允许吗？"

溪神这时沉思又感叹地说："唉，你愚的太多了，无形地影响到了我。"所以溪神惭愧地把头低了下来，又抬起头来叹了一口气，痛哭流泪，挥手告别。人与神处在一明一暗的位置上，醒来之后溪神不知了去向。于是我就写出了上面的这段对话。

宋清传

题解

本文用简练的语言将宋清的形象进行了深入的刻画。在记叙事件的同时，采用夹叙夹议的手法，深沉的抒情色彩及人生感慨蕴含其中。在文章最后一段的议论中，渗透了作者对世态炎凉的剖析，让读者能够体会到作者没有虚妄一字的写作功力，同时也能启发人们深层的思考。文章的中心在这里得到了升华，同时也一定的现实借鉴价值。

在这篇人物传记中，柳宗元歌颂的是一位平凡的市井药商。在商人地位极其底下的古代社会，官与商的地位悬殊更是显而易见的。作者在文章中大胆地对世俗观念进行了抗衡，将市井中的人物作为正面描写的形象，让他们和那些行径卑劣的官僚士大夫进行比照。这样一来，位高权重的统治者，他们罪恶的行为就被无情地揭露出来了。还可以将本篇文章理解成是用唐代新兴的市民意识来对自己的政治改革理想进行宣扬。文章中对商人进行了正面描写和赞扬，这一点在其他作品中是不多见的。本文从宋清的经商情景中，推及出了买卖交易要以诚信相待，药商的经商目的是治病救人。这种做法和买卖假药发财致富的人相比起来，高尚得多了。从买卖交易上升到了对“道”的认识高度。这些在当时具有很强的社会意义，也给现在的我们带来一些借鉴和思考。

[原文]

宋清，长安西部药市人也[1]。居[2]善药。有自山泽来者，必归宋清氏，清优主之[3]。长安医工得清药辅其方，辄易雠(chóu)[4]，咸誉清。疾病疕疡(bǐ yáng)者[5]，亦皆乐就清求药，冀速已[6]。清皆乐然响应，虽不持钱者，皆与善药，积券[7]如山，未尝诣取直[8]。或不识，遥与券，清不为辞。岁终，度不能报[9]，辄焚券，终不复言。市人以其异[10]，皆笑之，曰：“清，蚩妄人[11]也。”或曰：“清其有道者欤！”清闻之曰：“清逐利以活妻子耳，非有道也，然谓我蚩妄者亦谬。”

清居药四十年，所焚券者百数十人，或至大官，或连数州，受俸博[12]，其馈遗[13]清者，相属[14]于户。虽不能立报而以赊死者千百，不害清之为富也。清之取利远，远故大，岂若小市人[15]哉？一不得直，则怫然[16]怒，再则骂而仇耳。彼之为利，不亦翦翦[17]乎？吾见蚩之有在也。清诚以是得大利，又不为妄，执其道不废，卒以富。求者益众，其应

益广。或斥弃沉废[18]，亲与交视之落然者[19]，清不以怠，遇其人，必与善药如故。一旦复柄用[20]，益厚报清。其远取利皆类此。

吾观今之交乎人者，炎而附[21]，寒而弃[22]，鲜[23]有能类清之为者。世之言徒曰“市道交[24]”。呜呼！清，市人也，今之交有能望报如清之远者乎？幸而庶几[25]，则天下之穷困废辱得不死亡者众矣，“市道交”岂可少耶？或曰：“清，非市道人也。”柳先生曰：清居市[26]不为市之道，然而居朝廷、居官府、居庠塾[27]乡党以士大夫自名者，反争为之不已，悲夫！然则清非独异于市人也。

［注释］

①西部：唐朝时的长安商业区分东部的市场和西部的市场，这里指的是西部的市场。药市人：在市场上卖药的商人。

②居：囤积、储藏。

③优主之：给他们优惠。主，名词活用为动词，是主持、对待的意思。

④雠：销售、售出的意思。

⑤疕：指的是头疮，这里是疮肿产生的疼痛。疡：痈疮。

⑥冀速已：希望能够早日康复。已，消除伤痛、康复。

⑦券：债券、借据。

⑧诣取直：前去讨取药钱。

⑨度：推断、认为、估计。报：偿还。

⑩异：不同于常人的意思。

⑪蚩妄人：痴傻蠢笨的人。

⑫博：多。

⑬馈遗：馈赠、赠送。

⑭相属：一个接着一个的样子。

⑮小市人：没有道德、利欲熏心的庸俗商人。

⑯怫然：变色愤怒的样子。

⑰翦翦：心中容不下事情、狭隘的样子。

⑱斥弃沉废：指被罢官贬斥的官吏。

⑲落然者：流落、破落的人。

⑳柄用：受到重用，掌管大权。

㉑炎而附：趋炎附势地巴结上层官员。

㉒寒而弃：背叛离弃原来的亲朋。

㉓鲜：很少的意思。

㉔市道交：势力上的交往，以有利可图为标准。

㉕庶几：差不多、几乎接近。

㉖居市：在街市上开店。

㉗庠塾：指的是古代学校。

［译文］

宋清是在长安商街西部药市的商人。他储藏了许多好的药材。有从山地、湖河等地来的药农，一定要把药送到宋清的药店让他去卖，宋清对他们是很优厚的。长安的医生用宋清那里的良药来制成自己的药方，很容易就能卖得出去，所以他们都称赞宋清。有生各种疮病的人，也都爱去宋清开的药店买药，希望能够迅速康复。宋清总是很热情地接待客人，尽管有的人没有带钱，宋清也会把良药先赊给他们，欠钱债券就在家里积攒了很多，上门索取药钱的事情他从来不做。有些素不相识的人，从很远的地方来打欠条买药，宋清也同样把药卖给他。每到年末的时候，估计账是没法还上了，他就把债券全部烧光，再也不说这些事情。其他的商人都觉得宋清的这种举动很是令人费解，就嘲讽他："宋清是个蠢人。"同时也有人认为："宋清大概是那种有高尚道德的人吧！"宋清听过了这些议论，说："我经商赚钱养活妻子和儿女，道德高尚还谈不上，但要说我是蠢人，也是不对的。"

宋清从事卖药的生意四十年，焚烧的债券有一百多人的，其中有后来做大官的，有管辖州郡的，享受着丰厚的俸禄待遇，他们派人给宋清送礼物，一个接一个快把门槛都踏破了。尽管有些人当时没有足够的钱去偿还药费，甚至赊欠至死的也有上千人，但是这些都没有阻碍宋清最终成为一个富翁。宋清获得的利益并不是立竿见影的，正是因为他经过了长时间的等待，因此才有巨大的收益，哪像那些眼光短浅的小商人呢？只要有一次没有拿到药钱，立即就会勃然大怒，甚至会破口大骂与人为敌。这些小的商人唯利是图，心胸不也太狭隘了吗？在他们的身上，我才真正看到了愚人傻瓜的样子。宋清凭借着诚实守信最终得到了巨大的利益，从不胡乱做事，始终如一地坚守着自己的经商之道，最终得以致富。需要购买药的人越多，他满足别人需求的面也就越广。遇到遭贬谪的官员，他也同样地以诚相待；遇到生活极其贫困的，宋清也同样地热情接待，及时地给予良药。受到他恩惠的人来日只要重新获得重用，带给宋清的报答就会十分丰厚。宋清有长远的赚钱眼光，和上面讲的都是一样的。

现在这些和人交往的人们，趋附有权有势的贵人，抛弃穷困潦倒的亲朋，能够像宋清这样与人交往的实在是少之又少。世俗的人们只讲"市侩手段之下的交往"。哎！宋清只是一个普通的商人，而今天的人们与人交往都要求回报，有像宋清这样具有长远目标的吗？假如有人能够像宋清一样，那么天下穷困潦倒的人能够免于死亡的就会很多了，那些"市侩手段之下的交往"能够减少吗？有人这样说："宋清不是市侩一类的人。"我这样说道：宋清作为商人却不去运用那些市侩的手段，而那些居庙堂之高或者官衙和学校，并且以士大夫自居的人，反而争先恐后地去使用那些市侩的手段，真是让人感到可悲可叹啊！如此说来，宋清并不只是有别于一般的商人了。

献平淮夷雅表[1]

题解

这篇文章写于唐元和十三年（818年）。《平淮夷雅》是柳宗元在柳州时所作的颂扬大唐帝国平定淮西镇叛乱胜利的两篇仿古诗歌。柳宗元在诗歌中将唐王朝平定淮西镇叛乱和《诗经·大雅·江汉》一诗中所赞颂的西周召虎奉周宣王之命平定淮夷的战绩相比，写成了两篇《平淮夷雅》。“雅”是《诗经》中为统治者歌功颂德的诗歌形式。柳宗元为了将这样的两首诗献给宪宗皇帝，专门又写了《献平淮夷雅表》一文。“表”在古代是臣子向皇帝上书言事的一种文体。《献平淮夷雅表》就是这两首诗歌的总序。

唐朝进入中后期，各地叛乱四起。宪宗时开始全力讨伐。在刚开始讨伐的前几年，由于人事任命的问题，唐王朝屡次战败。后调整军中用人，元和十二年（817年）冬，死战攻克蔡州，获得艰难的胜利。这有效地鼓舞了唐王朝平定割据的士气，振奋了人心。“平淮夷”是中唐历史上的重要事件，除柳宗元外，韩愈也曾写过《平淮西碑》一文。

章表这种文体，由于中间有着君臣地位的悬殊，要力求雅实庄重，要严守《文心雕龙·章表》中“对扬王庭，昭明心曲”的写作规律。在写作技巧和文辞修饰方面要求不是很高，只要做到语言平实、态度谦恭就可以了。颂扬时要掌握好分寸，自谦之词要有尺度，切勿弄巧成拙。文章将宪宗和周宣王相比较，谈到了宪宗的八项功绩，列出了很多事实，都很准确，值得去悉心研读，而且文章语言凝重真挚、情感深刻感人，是章表作品中不可多得的上品。

[原文]

臣宗元言：臣负罪窜伏[2]，违尚书笺奏十有四年[3]。圣恩宽宥[4]，命守遐壤[5]，怀印曳绂[6]，有社有人[7]。臣宗元诚感诚荷(hè)[8]，顿首顿首。

伏惟睿圣文武皇帝陛下[9]，天造神断，克清大憝(duì)[10]，金鼓[11]一动，万方毕臣。太平之功，中兴之德，推校千古，无所与让[12]。臣伏自忖度[13]：有方刚[14]之力，不得备戎行，致死命，况今已无事，思报国恩，独惟文章。

伏见周宣王[15]时称中兴，其道彰大，于后罕及。然征[16]于《诗》大小雅：其选徒出狩，则《车攻》《吉日》[17]；命官分土，则《嵩高》《韩奕》《烝人》[18]；南征北伐，则《六月》《采芑》[19]；平淮夷，则《江汉》《常武》[20]。铿锵炳耀，荡人耳目[21]。故宣王之形容[22]与其辅佐，由今望之，若神人然。此无他，以《雅》故也。

臣伏见陛下自即位以来，平夏州[23]，夷剑南[24]，取江东[25]，定河北[26]。今又发自天衷[27]，克翦淮右，而《大雅》不作[28]。臣诚不佞[29]，然不胜愤懑(mèn)。伏以朝多文臣，不敢尽专数事，谨撰《平淮夷雅》二篇。虽不及尹吉甫、召穆公等[30]，庶施诸后代，有以佐唐之光明[31]。谨昧死[32]再拜以献。臣宗元诚恐诚惧，顿首顿首，谨言。

［注释］

①平淮夷雅表：宪宗元和九年（814年），淮西彰义军节度使吴少阳死后，他的儿子吴元济自立为王。宪宗出兵征讨，但是屡遭失败。之后宪宗任命主战派裴度为宰相，并令前线督师，又命李愬向西领兵作战，唐王朝最终在元和十二年（817年）取得胜利。当时诗人在柳州，就以诗歌作为抒发感情的工具，比拟《诗经》中的《江汉》而作《平淮夷雅》二篇。这篇《献平淮夷雅表》是全诗总序。

②窜伏：在这里指的是柳宗元受贬放逐。

③违尚书笺奏十有四年：尚书，指的是柳宗元远离尚书省笺奏的职务已经有十四个年头了。唐代的尚书省，是由汉代皇帝的秘书机关尚书演变而成的。唐代的尚书省是国家政治的最高行政机构，下设有吏、户、礼、兵、刑、工六部。违，离开、违背。笺奏，在这里指的是下对上，臣对君所写的公文名称，即草拟章奏一类的事情。作者于永贞元年（805年）曾任礼部员外郎，掌尚书笺奏。同年被贬为邵州刺史，又被贬为永州司马。元和十年（815年）返京，同年三月又出朝当了柳州刺史。写此文的时候离自己做尚书笺奏已经有十四个年头了。

周宣王

周朝第十一位王，姬姓，名静，周厉王之子，死后被追谥为世宗。宣王即位后，整顿朝政，使已衰落的周朝一时复兴。宣王中兴，为时短暂，到了晚年，周王朝重新出现了衰象。

④宽宥：赦免、宽恕。

⑤遐壤：指的是偏远的地方，这里指的是柳州。

⑥曳绂：佩戴者系印用的丝带。

⑦有社有人：出自于《论语·先进》："有民人焉，有社稷焉。"社，指的是土地神。人，指民众。唐代为了避唐太宗李世民讳，所以将"民"改为了"人"。诗人治理的柳州，有土地、人民，能够行使自己管理的权力。

⑧诚感诚荷：古代的章奏书信中常用来表示感激之情的词语。荷，接受恩赐的意思。

⑨伏惟：下对上尊敬之词，经常在奏疏或是信函中使用。睿圣文武皇帝陛下：臣民对唐宪宗李纯一种尊敬的称呼。

⑩“天造神断”二句：此句是在歌颂宪宗皇帝以其天赋的睿智决断力，将叛乱之人加以惩治。克，克敌制胜。大憝，恶人之首，指的是吴元济。

⑪金鼓：在古代战争中，击鼓进攻，鸣金收兵是军队交战的规定。

⑫“推校千古”二句：指的是宪宗皇帝在和千古帝王相比时，没有逊色之处。

⑬忖度：推测、估量之意。

⑭方刚：精神体力都处于最佳的状态。

⑮周宣王：周厉王的儿子，名静。在周王朝濒于衰败的时候，周宣王为振兴周室，曾征讨各方蛮夷部落，取得过一些胜利，古代的历史中称之为是“中兴”之主。

⑯征：从……中考察。

⑰《车攻》《吉日》：都是《诗经·小雅》中的篇名，是用来记录颂扬周宣王出田打猎事情的。天子的这些活动，有安抚民心的用处。

⑱《嵩高》《韩奕》《烝人》：这三篇都是《诗经·大雅》中的篇名，都是用来赞颂周宣王任人唯贤的美好之事的。

⑲《六月》《采芑》：这两篇都是《诗经·小雅》中的篇名，都是用来颂扬周宣王南征北战功绩的。

⑳《江汉》《常武》：这两篇都是《诗经·大雅》中的篇名，都是用来颂扬周宣王平定淮夷并获胜的功劳。

㉑“铿锵炳耀”二句：这些诗歌音韵铿锵，光芒四射，震人耳目。铿锵，本是钟鼓之声，这里用来形容诗歌的韵律。

㉒形容：指的是神态、容貌。

㉓平夏州：永贞元年（805年），宪宗即位。这年冬天，夏绥银节度使留后杨惠琳造反。元和元年（806年）三月，平息此叛乱。

㉔夷剑南：夷，平定。永贞元年（805年）八月，剑南西川节度使韦皋卒，行军司马刘辟诡称留后，造反叛乱。元和元年（806年）宪宗命左神策行营节度使高崇文、神策京西行营兵马使李元奕、山南西道节度使严砺等人率兵平叛，十月诛刘辟，平息造反。

㉕取江东：元和二年（807年）十月，镇海军节度使李锜造反。宪宗命淮南节度使王锷前去平定叛乱，没有到达之际，镇海军兵马使张子良等擒获李锜。由于镇海军节度使驻扎地在今杭州一带，在唐朝的时候，是江南东道，所以称这次出兵为“取江东”。

㉖定河北：魏博节度使驻军魏州，唐朝时属于河北道。元和七年（812年）八月，魏博节度使田季安卒，十月其军中内乱，让田兴参与军事，田

延英忘倦

唐宪宗李纯，唐代中兴君主。柳宗元以真挚的感情写了两首诗及此表，来为唐宪宗歌功颂德。图为唐宪宗延英忘倦的故事：唐宪宗励精图治，于延英殿与宰相讲论治天下的理论，直到日暮尚未还宫，天气闷热，汗湿透了皇上的袍服。宰相李绛、裴度恐上御体劳倦，请求退出。唐宪宗却道自己并没感到疲倦。

兴管辖的六州都归顺了朝廷，十一月皇帝任命田兴为魏博节度使。

㉗天衷：天子心中所想的事情，这里指的是宪宗想要平定淮西。

㉘《大雅》不作：指的是像《诗经·大雅》中用来歌功颂德的诗篇，在宪宗有如此功德的时候还没有见谁写过。

㉙不佞：指的是自己无能，是自谦的说法。佞，才能。

㉚尹吉甫、召穆公等：这些都是辅佐周宣王南征北伐，平定叛乱、兴国安邦的大臣。

㉛“庶施诸后代”二句：也许可以流传到后世，能更好彰显大唐的明德。

㉜昧死：冒着判死罪的风险。昧，冒着。

[译文]

下臣柳宗元说：我负罪流落在地方之上，远离尚书省笺奏的职务已经有十四个年头了。有了圣明君主的宽恕，派我到远方去保卫国土，佩戴着赐予的系印丝带，去保护百姓的安危。下臣柳宗元至今心存无限的感激，一拜再拜。

睿圣文武皇帝陛下，就像是生于天地造化拥有过人的思辨能力，铲除一切的恶事，只要用金鼓之声发号施令，全国各地都俯首听命。太平的功劳和中兴的大德，放在历史的长河中相比，也都是无需谦让的。我是这样认为自己的：即使有平定割据的谋事之才，也不可能有加入平叛的队伍中的途径了，而且现在国家又已经进入太平时期了，要表达对君王国家的感恩之情，也只能是靠文章了。

中兴的盛世在周宣王的时代也有出现，那时的道义的大度彰显，是后代人难以企及的。在《诗经》之《大雅》《小雅》中就能够看到很多：要知道选徒出狩时的情形，就到《车攻》《吉日》中去找；看官员的任命、诸侯的分封，就到《嵩高》、《韩奕》《烝人》中去找；要看各地征战，就到《六月》《采芑》中去找；要看平定淮夷的记载，就到《江汉》《常武》中去找。这些文章读了之后都会觉得周宣王光辉照人，令人耳目一新。因此，周宣王和那个时候的大臣们，在今人眼里，和神的地位是一样的。其中只有一个原因，就是由于《诗经》中的《大雅》《小雅》流传下来的缘故。

下臣我看到陛下从即位之日起，就接连平定了夏州、剑南、江东、河北等地。现在不断奋发，一举平定了淮右的叛乱，然而《大雅》这样的作品还没有人创作出来。下臣我虽然才智平平，但也为此感到遗憾。由于朝廷中有很多文臣，所以不敢独干所有的事情，只有谨慎地在这里写《平淮夷雅》两篇诗歌。尽管不能和周代的尹吉甫、召穆公之辈相比，就算只是流于后代，还是能够显示唐王朝的光明的。谨冒昧以死再拜敬献此文。下臣柳宗元诚惶诚恐，一拜再拜，谨慎向上敬献言论。

辩《晏子春秋》[1]

题解

柳宗元被贬谪永州之后，经常做的事情就是“读百家书”，曾写出了七篇评论古代政治哲学论著的文章。对那些论著的成书年代、内容思想等方面提出了自己的一些看法，对后人有一定的指导和借鉴意义。本文就是七篇中的一篇。

《晏子春秋》自汉代以来，一直都是儒家经典著作之一。本篇文章通过作者对《晏子春秋》内容的分析，解读出其中有许多的观点是和墨家思想一脉相承的，应该是墨子门徒所作，所以，列入墨家经典著作才是对的。这种判断，用我们今天的眼光来看，还是很有说服力的。他对前人的见解敢于提出自己的不同看法，这种执著追求真理的精神和认真研究的态度非常值得我们学习。

[原文]

司马迁读《晏子春秋》，高之，而莫知其所以为书[2]。或曰：晏子为之，而人接焉。或曰：晏子之后为之。皆非也。

吾疑其墨子[3]之徒有齐人者为之。墨好俭，晏子以俭名于世[4]，故墨子之徒尊著其事，以增高为己术者。且其旨多尚同、兼爱、非乐、节用、非厚葬久丧者，是皆出墨子。又非孔子，好言鬼事；非儒、明鬼，又出墨子。其言问枣及古冶子等尤怪诞[5]。又往往言墨子闻其道而称之，此甚显白[6]者。自刘向、歆（xīn）、班彪、固父子[7]，皆录之儒家中。甚矣！数子之不详[8]也。盖非齐人不能具其事，非墨子之徒则其言不若是[9]。

后之录诸子书者，宜列之墨家。非晏子为墨也，为是书者，墨之道也[10]。

晏子

晏子，名婴，字平仲，春秋后期齐国的国相，曾在齐灵公、庄公和景公三朝任事，是著名的政治家和外交家。《晏子春秋》是一部记叙其思想、言行、事迹的书，也是我国最早的一部短篇小说集，一般认为是后人集其言行轶事而成。

［注释］

①《晏子春秋》：又名《晏子》，《汉书·艺文志》中说是春秋齐晏婴撰。唐代之后，有很多人认为是后人截取晏子的言论编著而成的，也有人认为今人看到的并非是《汉书》中的内容。柳宗元则认为该文是齐国墨子门徒写成的。晏子，原名晏婴，字平仲，夷维人，是春秋时期齐国的大夫，著名政治家。曾经辅佐灵公、庄公、景公三代帝王。一生提倡节俭、薄敛、省刑，建议君臣之间要“和”而不“同”，君主要听取下层的意见，坚守“礼之可以治国”。

②“司马迁读《晏子春秋》”三句：《史记·管晏列传》中记载：“吾读管氏《牧民》《山高》《乘马》《轻重》《九府》，及《晏子春秋》，详哉其言之也。既见其著书，欲观其行事，故次其传。至其书，世多有之，是以不论，论其轶事……方晏子伏庄公尸，哭之成礼然后去，岂所谓见义不为无勇者邪？至其谏说，犯君之颜，此所谓进思尽忠，退思补过者哉！假令晏子而在，余虽为之执鞭，所忻慕焉。”高之，在这里指的是给予了很高的评价。

③墨子：原名墨翟，是墨家学派的创始人。宋公族目夷氏的后代，出身贫寒。主要倡导的思想有“兼爱”“非攻”“尚贤”“非命”“节用”“非乐”等。现今流传的《墨子》五十三篇，是研究墨子和墨家学派的基本依据。

④晏子以俭名于世：《史记·管晏列传》中这样记载：“晏平仲婴者，莱之夷维人也。事齐灵公、庄公、景公，以节俭力行重于齐。既相齐，食不重肉，妾不衣帛。”由此得来的这句话。

⑤问枣：《晏子春秋》中有这样一个小故事：齐景公问晏子说：“东海里的水是红色的，其中还有枣华而不实，是什么原因呢？”晏子是这样回答的：“古代秦缪公驾着祥龙巡游天下的时候，用黄色的布子裹着蒸枣，到了东海的上方，黄布破掉枣掉在了海里，所以水就变成了红色，蒸枣也就变得华而不实了。”“问枣”指的就是这件事情。古冶子：指的是齐国勇士，和公孙接、田开疆共同在齐景公身边做事，勇敢过人，但不讲礼数，晏子设计让这三位争食两个桃子，争抢激烈，最后都自杀了。

⑥显白：显著、明确的意思。

⑦歆：刘歆，字子骏，是刘向的儿子，西汉古文经学家、目录学家。他写成的《七略》，是我国第一部图书分类目录的书目。班彪：东汉文学家，

留下《史记后传》数十余篇，他的儿子班固、女儿班昭续著成书，即中国第一部断代史巨著《汉书》。

⑧详：认真、谨慎。

⑨“盖非齐人不能具其事”二句：不是齐国的话也不会有人能够全面记载这些事，不是墨子之徒的话他的言论也不会流传至今的。

⑩“非晏子为墨也”三句：并不是说晏子是墨家学派的，而是编写此书的人十分信服墨家。

［译文］

司马迁在读过《晏子春秋》之后，对晏子给予了很高的评价，但对于这本书的成书过程就不大知道了。有的人说：是晏子自己所写，其他人续编的。有的说：是晏子的后代写成的。这些说法都没有什么根据和道理。

在我看来，有可能是墨子的门徒中齐国的某个人写成的。墨子崇尚节俭，也是依靠节俭而闻名天下的，因此墨子的门徒对晏子怀有尊敬之感，所以就开始记述他的事迹，以此来提高奉行本派学说之人的地位。同时又因为《晏子春秋》中有很多内容都是在讲“尚同”“兼爱”“非乐”“节用”，反对繁重的葬礼，同时提倡长时间的守孝，这些论断在《墨子》中都是可以见到的。其中又反对孔子，善谈鬼神的事情；“非儒”“明鬼”，这些又是在《墨子》中可以见到的。其中出现的问枣和古冶子这些故事，古怪难测至极。又经常地提到墨子听说了晏子的学说夸奖他的事情，这些就更明显地证明了这一点。自从刘向、刘歆父子和班彪、班固父子之后，就都将《晏子春秋》排放在了儒家经典的行列。这些人的这一举动也过于鲁莽了。大概如果不是齐人的话，就不会对晏子的事迹记录得如此详尽。如果不是墨子门徒的话，那么书里也不会像这样去说。

以后再有整理诸子百家书目的人，应该将它编入墨家。之所以这样做，并不是因为晏子是墨家的，而是编写这本书的人，是在讲墨家的观点。

同气清忠

《晏子春秋》记载：“齐，晏子相景公。食脱粟之饭，炙三弋，五卵菜耳。公曰：‘嘻！夫子家如此甚贫乎？而寡人之罪。’对曰：‘脱粟之食饱，士之一足也；炙三弋，士之二足也；菜五卵，士之三足也。婴无倍人之行，而有三士之食，君之赐厚矣！婴之家不贫。’再拜而辞。”晏子因其节俭而闻名天下。

唐故万年令裴府君墓碣

题解

本文是在裴墐将与妻子合葬时柳宗元所作的墓碣文。文章中有很大的篇幅是在记述裴墐的家事、官职和功绩。虽然是墓碣文，但字里行间都可以看出裴墐的为人之道和处事原则，这些大致可以总结出以下几点：首先，在他任崇文馆校书郎时就显示出了不凡的办事才能，在不断提升的过程中，对事物的考察渐渐地走向深入，努力探求事实的真相。在做到太常寺官员时，解决了许多的疑难问题。在后来做了比部员外郎，雷厉风行地处理各种事情，短短一年时间就审计完所有的簿籍，为之后的事业打下了良好的基础。其次，由于唐代葬礼在当时已经将近失传，国葬没有了可以依据的礼法，又正巧碰上德宗、顺宗的两桩丧事，裴墐由此着手制定了完善的丧葬礼仪，之后编纂成书，即《崇丰二陵集礼》，其丰厚的学识由此可见一斑。第三，在他任金州刺史时，大兴水利工程，垫低平高，让人民安居乐业。他关心民众疾苦、认真办实事的品质由此彰显。最后要讲的就是他在金州时，当地的小吏无理纠缠，让裴墐遭受误会，还被贬官，他的正直由此可见。

文章最为出彩的地方是第二部分。作者满怀感情，将一个重义轻财、正直豪爽、好学乐知的高尚之人形象地刻画了出来。

读者读过文章之后，会对裴墐的为人做出肯定，但这也和柳宗元的笔法有很大关系，如果不是柳宗元的文章，或许不会给人如此大的鼓舞。文章里充满了作者充沛的感情，感染力由此得以增强。除了感情的真实饱满外，文章中所用的语句长短不一，错落有致，缓急自如，显示出文章大家的风范。

[原文]

公讳墐，字封叔，河东闻喜[1]人。太尉公讳行俭，实高祖。侍中公讳光庭[2]，实曾祖。刑部员外郎府君讳稹，实祖。大理卿府君讳儆，实父。公由进士上第，校书崇文馆[3]。饬馆事，修整左春坊，由是立署局。后参京兆军事，按覆校巡，大尹恒得以取直。为太常主簿，搜逖(tì)疑互，探抉遁隐，宿工老师，不得伏匿，皆来会堂下。耆[4]股肱(gōng)，役喉喙，以集乐事。作坐立二部伎图。卿奇其绩，奏超以为丞。司空杜公联奉崇陵、丰陵礼仪，再以为佐。离纷龙[5]，导滞塞，关百执事，条直显遂，司空拱手以成。自开元制礼，讳去《国恤》章，累圣陵寝，皆因事揽缀，取一切乃已，有司卒无所征，

公乃撰《二陵集礼》，藏之南阁。转殿中侍御史，仍拜尚书比部员外郎，会校成要，期岁毕具。刺金州，决高弛[6]隙，去人水祸，渚茭原茅，辟成稻粱。陟万年令，从剧辨肃，谈宴终日，人视之若居冗官然。会金州猾吏来，扬言恐喝，以烦亵(xiè)事，曰：“不得三十万，吾能为祸。”公大怒，召骂之，恣所为。吏巧以闻，御史按章具狱，再谪道州、循州为佐掾。会赦，量移吉州长史。元和十二年秋七月日，病痁泄卒。

始公以唯诺闻长安中，奔人危急，轻出财力，如索水火。性开荡，进交大官，不视齿类[7]；挟同列，收下辈，细大毕欢。喜博奕，知声音，饮酒甚少，而工于纠谪。谣舞击咢，纤屑促密，皆曲中节度，而终身不以酒气加人。昼接人事，夜读书考礼，收捃(jùn)[8]策牍，未尝释手，以是重诸公间。初娶范阳卢氏，无子。后夫人柳氏，德为九族冠。生三男子，丧其二焉。贞元十六年某月日卒，祔[9]于长安御宿之北原。冢子铣，奉柩以明年月日克葬于墓。铣以文书来柳州，告其叔舅宗元，愿碣于墓左。则涕为之铭。其辞曰：

有郁其馨，惟裴之卿[10]。世服大僚，仍耀烈名。封叔申[11]之，实惟其英。雠书宫闱，佐职于京。太常命吏，以能增秩。相仪考礼，大弁[12]斯毕。鸠工展伎，爰备声律。或图或书，藏之府室。史于柱下，郎于会司。徽循以周，大比是宜。作牧于金，金人允怀。沟防汉浒[13]，垫沃卒移。增我岁食，易其芋魁。游手闲民[14]，相顾聚来。征为万年，治剧于都。百务叙成，谈宴以娱。谁恤谁恃？不忍悍吏。胡巧其辞？按章以遂。由道斥循，施施[15]三年。更赦进资，庐陵是迁。人曰世德，宜庆于延。又曰良能，宜力之宣。朝有大赉[16]，期赐其还。鬼神不享，命殒在前[17]。长原有墓，高曾祖父，淑灵是祔，封叔爰归，左右惟具。孤铣磨石，祈辞海陬。遂升其跌，于道之周。

［注释］

①闻喜：指的是绛州县。

②光庭：字连城，是唐玄宗的侍中。

③崇文馆：其中有两个校书郎，掌管书籍整理之事。

④耆：致。

⑤尨：繁杂的样子。

⑥弛：松解，这里指疏导。

⑦齿类：同僚之意。

⑧收捃：整理。捃，拾取。

⑨祔：安葬之意。

⑩卿：墐的父亲是大理卿。

⑪申：重。

⑫大弁：指的是大法。弁，与“卞”同。

⑬汉浒：指的是汉水之浒。浒，水边。

⑭闲民：无职事者。

⑮施施：喜悦的样子。

⑯赍：赏赐。

⑰命殒在前：元和十二年（817 年）十月平定了吴元济叛乱，十三年（818 年）正月天下大赦，墐是十二年（817 年）七月去世，所以这样说。

［译文］

裴公讳墐，字封叔，是河东闻喜人。太尉公讳行俭，是他的高祖。侍中公讳光庭，是他的曾祖父。刑部员外郎府君讳稹，是他的祖父。大理卿府君讳儆，是他的父亲。裴公考取进士得中，在崇文馆校书。管理馆中的事务，进行左春坊的修整，就因为这些，设立了署局。后来被任命为京兆参军，依照着覆校巡，敬业奉公，大尹总能由于他的存在得到好处。在担任太常主簿时，尽搜玄疑，探查遁隐，宿工老师，没有什么是要藏掖的，所有的事情都要聚集在公堂下。他锻炼身体的四肢，运动自己的喉舌，来完成那些让自己感到高兴的事情。他制成了坐着和站立技巧的两部图。太常寺卿看到了他突出的成绩，奏请皇上提拔他担当太常寺丞。司空杜公曾两次被任命为崇陵、丰陵的礼仪使，他就两次作为副手出行。他缓解杂乱的事理，疏通河流阻塞的问题，很多的办事员都不用多去，就把事情都很有条理地办好了，并且很是圆满，司空垂着双手而完成任务。开元年间他制定了礼制，将《国恤》一章删减掉了，之后当有皇帝驾崩的时候，都会依据具体情况延揽、取缀，备取一切礼仪才终止，有司则没有逐条可以依据的条文，裴公就撰写了《二陵集礼》，在南阁收藏。担任殿中侍御史时，仍然拜尚书比部员外郎，审查、比对账目，这项公事每个月、每年都必须全都完成。做了金州刺史，带领当地的人民开挖高地，疏导低渠，消减了人们对水祸的畏惧，将河渚上的杂草、原野上的荆茅都去除掉，把它们开辟成良田，种上水稻和高粱。迁为万年县令的时候，整日谈笑娱乐，宴请高谈，当地的人们都觉得他像是一个冗官。当时正好赶上金州有狡猾的官吏前来巡查，威胁恐吓他说：“不交出三十万钱，祸患就要降临在你的身上。”这事激怒了裴公，

把那个州吏招来，一顿斥骂，十分畅快。那个州吏歪曲了事实向上级汇报情况，御史按章法核查这件事，裴公因此两次遭贬，到道州、循州当了佐掾。正巧遇上皇帝大赦，又封为吉州长史。元和十二年（817 年）秋天七月某日，因发作急性痁泄病而亡。

早年裴公之所以闻名于长安是凭借着他慷慨、信实的品行，想人之所想，急人之所急，排解危难，自己的钱财经常随意奉献出来，毫不计较。裴公有着开阔的性格、坦荡的心胸，在结交高官的时候，又没有看不起同僚；和同地位的人相处很好，能笼络好下属的人心，各类人等都很高兴。裴公喜欢下棋，精通音律，没有太大的兴趣去喝酒，纠正错误是他擅长的东西。唱歌跳舞，纡屑促密，都能控制得很好，但他的一辈子都没有凭借酒这个东西给他人带来祸害。白天他忙于处理政事，晚上认真研读书籍，研修礼仪，整理简策版牍，每天都是如此，所以是诸公中最被器重的人物。裴公先是娶了范阳人卢氏，没有儿女。后来柳氏当了他的夫人，她的德行是九族中最为优秀的。他们生有三个儿子，有两个夭折了。他的妻子死于贞元十六年（800 年）某月某日，安葬在长安御宿北原。大儿子裴铣扶着裴君的灵柩在第二年某月某日将他安葬在祖先墓地。裴铣写书信到柳州，把这件事情告诉他的叔舅柳宗元，希望在裴公的墓左立碣石来纪念。我是流着泪来写他的铭文的。铭文这样说：

大理卿裴儆享有无人能及的美名。裴家世代都是做大官的，光耀而且名气很大。裴君又将这种光芒扩大了，光耀四处。在崇文馆校雠书籍，在京师担任京兆府参军。在太常寺任职，他不断地升到高位是由于他有着耀人的光辉。考察仪礼制度的实施，将法律不断地完善。画图著书，所有的成就都收藏于官府书阁。任殿中侍御史，在比部担任员外郎。进行周全审核，大比合套。担任金州刺史，金州百姓永远难忘他的恩情。疏通沟渠，防止洪水的泛滥，被淹没的土地得到了重新的开垦。让百姓每年的口粮都得到增加，不再将芋魁一类的东西当成饭食。常闲无事、百无聊赖的百姓，相互聚集劳作。在担任万年县令时，在城中安排设置适当的娱乐。把所有的事情都处理得很好，谈笑宴请，以此自娱。是谁体恤百姓，是谁压迫民众？他很是厌恨无理的州吏。那些州吏进谗的原因是什么呢？御史依法查处，裴君遭到贬谪。从道州斥到循州，一共有三载。刚好碰到皇上大赦天下，转移到了庐陵。人们都称颂他美好的德行，认为应该延享福祉。还称颂他过人的才华，认为应该受到很好的任用。朝廷将会给他更大的赏赐，他期待着再次为朝廷效力。可是鬼神不通融他以年寿，他在大赦之前就不幸逝世。祖先的墓地在长原，高祖、曾祖父、祖父、父亲，还有妻子都埋葬在那里。裴君最后安葬在了祖先旧地，所有的礼法都具备。他的儿子裴铣将碣石磨好，写信告诉我并祈求给写墓志铭。因此就将这些置于石座之上，刻在碣石上，做到礼法上的周全完备。

说车赠杨诲之

题解

这篇文章写于元和四年（809年）。柳宗元以“说车”之名，其实是在详尽地向人们讲解做人的道理，就是文中所讲的“材良而器攻，圆其外而方其中”的道理。杨诲之，是杨凭的儿子，即柳宗元的妻弟。杨凭从京兆尹一职被贬为临贺县尉，杨诲之前去看望父亲的时候，顺路经过永州，柳宗元再送他走的时候写了这篇文章。但是在杨诲之看来，外柔内刚的车子并非不是破车，外柔内刚的并非不是常人，对圣人所奉行的中庸之道并不认同。因此柳宗元又在此基础上写了《杨诲之第二书》，再次重申自己的观点。

以车比人是这篇文章的方法所在。劝勉杨诲之要遵循“方其中”“圆其外”的原则，从文中可以看出，这“方其中”“圆其外”的思想包含着柳宗元本人官场失利的沉痛教训，希望杨诲之能够引以为鉴。可惜柳宗元的苦心杨诲之并不理解，这就使得“方其中”“圆其外”成为当时一种庸俗的思想。实际上，柳宗元说的“方其中”“圆其外”指的是一个整体，方是内部的根本所在，圆是外部存在的必要条件。这里的圆并不是在贬斥圆滑，相反是教人要善待礼让、融洽相处。从文章结构来看，前半部分是写“车”的，讲其中各部分的功能和作用，有点说明文的味道，后面就开始以车喻人，希望杨诲之能够依从他的道义，有着深刻的含义。总而言之，这篇文章能够当成一篇很好的论说文来研读。

［原文］

杨诲之将行，柳子起而送之门，有车过焉，指焉而告之曰：“若知是之所以任重而行于世乎？材良而器攻[1]，圆其外而方其中然也。材而不良，则速坏；工之为功也，不攻，则速败。中不方则不能以载，外不圆则窒拒[2]而滞。方之所谓者箱也，圆之所谓者轮也。匪箱不居，匪轮不途[3]。吾子其务法焉者乎？”曰：“然。”

曰：“是一车之说也，非众车之说也，吾将告子乎众车之说。泽而杼[4]，山而侔[5]，上而轾(zhì)[6]，下而轩且曳[7]。祥而旷左[8]，革而长毂(gǔ)以戟[9]，巢[10]焉而以望，安[11]以爱老，辎[12]以蔽内，垂绥而以畋(tián)[13]，载十二旒(liú)[14]，而以庙以郊以陈于庭[15]，其类众也。然而其要，存乎材良而器攻，圆其外而方其中也。是故任而安之者箱，达而行之者轮，恒中者轴，

揭而固者蚤[16]，长而桡[17]，进不罪乎马，退不罪乎人者辕，却暑与雨者盖，敬而可伏者轼[18]，服而制者马若牛，然后众车之用具。

"今杨氏，仁义之林也，其产材良。诲之学古道，为古辞，冲然而有光，其为工也攻。果能恢[19]其量若箱，周而通之若轮，守大中[20]以动乎外而不变乎内若轴，摄[21]之以刚健若蚤，引焉而宜、御乎物若辕，高以远乎污若盖，下以成乎礼若轼，险而安，易而利，动而法，则庶乎车之全也。《诗》之言曰：'四牡骓骓，六辔如琴[22]。'孔氏语曰：'左为六官，右为执法[23]。'此其以达于大政也。凡人之质之良，莫能方且恒。质良矣，用不周，莫能以圆遂。孔子于乡党，恂（xún）恂如也[24]，遇阳虎必曰诺[25]，而其在夹谷也，视叱齐侯[26]类畜狗，不震乎其内。后之学孔子者，不志于是，则吾无望焉耳矣。"

南方独推车

柳宗元在此文以车为喻，阐述了做人的道理。

诲之，吾戚也，长而益良，方其中矣。吾固欲其任重而行于世，惧圆其外者未至，故说车以赠。

［注释］

①攻：牢靠、结实。

②窒拒：车轮和地面相分离。

③途：移动、走动。

④杼：把车轮削薄，让它变轻。

⑤侔：指的是车轮上下高低一致。

⑥上而轾：上坡的时候，车子要向前倾。

⑦下而轩：下坡的时候，车子要向后仰。曳：用力拉着缰辔。

⑧祥而旷左：祥指丧葬时候所用的车子，送葬的仆人坐在右边，左边空出来表示给神留的位置，所以称为"旷左"。旷，空出的意思。

⑨革：打仗时候用的车，即革车。毂：车轮中心的圆木，中间留有一个小孔来插车轴。戟：古代的一种兵器。

⑩巢：古代一种垫高的兵车，像鸟在树上安置的巢穴，观察敌人的动向。

⑪安：安车，是古代专让老人乘坐的车子。

⑫辎：前后都遮挡着的用来承载衣物的车子。

⑬垂绥：指作战用的车子，威武有气势。绥，指的是旌旗。畋：指的是出巡打猎。

⑭旒：古代旗边上吊着的装饰物。

⑮庙：代指祭祀。郊：出去郊游。

⑯揭：把持、握着。蚤：当成是爪。

⑰长而桡：长而弯曲的样子。

⑱轼：在古代指的是车前横木。

⑲恢：放大、扩大之意。

⑳大中：正行的道路。

㉑摄：控制。

㉒“四牡骓骓”二句：这两句诗出自于《诗经·小雅·车辇》。骓骓，马一直向前走的意思。如琴，协调的声音像是琴弦发出来的一样。

㉓“左为六官”二句：讲的是在君主的左边有执政的六官，右边有监督的执法相互配合着。六官，在这里指的是天官大（与“太”同）宰、地官大司徒、春官大司伯、夏官大司马、秋官大司寇、冬官大司空。

㉔“孔子于乡党”二句：这两句出自于《论语·乡党》。乡党，指的是同乡人。恂恂，恭敬顺从的样子。

㉕阳虎：指的是阳货，春秋时期鲁国季氏家臣，季氏家族的大权都由他掌握着。必曰诺：孔子对阳货这样有不同政见的人，只就口头敷衍而已。

㉖视叱齐侯：在鲁定公十年（前500年）夏，鲁定公在夹谷与齐景公会见，孔子当时是宰相。在会见之前，齐国想要劫持鲁定公，中间又想方设法地占鲁国的便宜。孔子对他怒斥一番，将鲁定公和鲁国的尊严都保护了。

[译文]

在杨诲之就要离开永州的时候，柳宗元起身将他送到门口，这时有一辆车子从门口经过，柳宗元手指着车子对杨诲之说道：“你能明白车子之所以能够承载着重物在道路上行走的原因吗？是因为车子用了精良的质地和精巧的器具，外面是圆形的、里面是方形的。假如质地不好的话，就会很容易坏掉；假如工匠没有精湛的造车工艺的话，车子也会很快地坏掉。假如车子中间不是方形的，想要载重物显然就是不可能的了，外面如果不是圆形的，车就会艰难前行。这里所说的方形，就是指车厢，说的圆形，就是指车轮。没有了车厢就不能承载

货物，没有了车轮就不能前行。你能够很贴切地模仿车子吗？”杨诲之回答说：“可以。”

柳宗元这时接着又说：“刚才所讲的车子只是一部，并非所有车子的共同道理，至于所有车子的道理，我这就告诉你。当车子经过沼泽地的时候就要把轮圈削薄，当车子经过山路的时候就要保持上下高低一致，向上走的时候要向下倾斜，向下走的时候要向上倾斜，并且要用力拽着。丧葬时候用的车子要把左边留出一些空来。打仗时候用的车子则要在车上盖上皮革，加上武器，同时垫高车身，还要在上面加上瞭望台来查看敌人的动向。安车子是用来安抚老人用的。上面有帷盖的车子可以用来挡住车里的人。外出打猎时候用的车子四个角都要挂满旗帜。车边所插旗帜上有十二条旒垂着的车子，是贵族们在祭祀、巡游、出门访友的时候用的，诸如此类的车子是很多的。这些车子最为主要的地方就是要有精良的质地和精巧的器具，此外，外面要是圆形的，中间要是方形的。因此，车厢是能够让货物安全装卸的地方，车轮能够让车子不断前进到达目的地的地方。车轴是用来平衡轮子中间重量的，蚤是用来把车牙楔紧的，它比较长而且有些弯曲。当车在前进或后退的过程中，车辕是不会产生干扰的，车盖可以用来遮阳挡雨，车轼可以用来手扶同时表达对人的尊敬，马和牛始终是受到约束和限制的，如此说来，所有车子的功能和作用就都讲明白了。

“如今杨氏这个家族，对仁义都是很遵从的，因此从那里出来的人都是品行很好的。杨诲之能够习得古人留下的经典之道，古文中所用到的文辞，很有光芒，有着十分过人的才能。假如能有像车厢一样开阔的胸怀，有车轮一样通变的能力，并且能够坚守着大同的道路指导自己的方向，而且又不改变内心的道德准则，有车蚤一样的很强的拖拽能力，有着车辕一样的套马驾车的能力，有车盖那样用高尚的品行遮盖污浊的能力，有车轼那样谦恭有礼的品德，历经各种的险境还能安全生存下来，轻松向前行走没有阻塞的感觉，自己的每个举动都合情合理。如果能够达到这种境界的话，那就是一部完备的车子了。《诗经》中曾经这样写道：‘有四匹健壮的烈马，六条缰绳在驾马时就会像琴弦那样自在跳跃。’孔子这样说过：‘六官坐在车子的左边，执法之人坐在车子的右边。’这样的安排能够带来清明的政治局面。假如人没有好的品行，要想做事方正是不可能的。有了好的品行，没有很好地把它的作用发挥出来，也就不会达到通达的境地。孔子恭敬地对待自己乡中的百姓和邻里，谦恭谨慎，见到阳虎就一定会敷衍地表示同意，而当他在夹谷的时候，看见齐国无耻的行为，像是面对一只家狗一样，心里没有任何的恐惧。后代但凡学习孔子的人，如果没有立此志向的话，我就不会对他抱有任何希望了。”

杨诲之，是我的亲戚，随着年龄不断增长，具有越来越优秀的品德，因为

他的心里面是呈方形的。先前我就打算让他来担负起周游列国的重任，只是担心他外在的圆柔还没有做到位，因此，用车子的道理来让他明白。

谪[1]龙说

题 解

“龙游浅滩遭虾戏，虎落平阳受犬欺”，这是一条大家都默认的道理。但是，假如是一条好龙，是一只好虎，不论在什么情况之下，不论身受怎样的屈辱和不公平，自己的意志力是不会被摧毁的，自己的思想和行动不会改变过去的样子，更不会和外物同流合污。是龙的话，凌云之志就不会被磨灭；是虎的话，呼啸山林的气势就不会消散。文章中写到的这位奇异美丽的女子在身陷困境的时候仍然能够坚守自己生命的尊严，不流于世俗之态，在她身上能够看到真龙虎的本性。人在世上安身立命，傲气固不可有，但是傲骨永远都不能丢。

［原文］

扶风马孺子言[2]：年十五六时，在泽州[3]，与群儿戏郊亭上。顷然，有奇女坠地，有光晔(yè)[4]然，被缁裘，白纹之里[5]，首步摇[6]之冠。贵游少年[7]骇且悦之，稍狎焉。奇女頩尔[8]怒曰：“不可。吾故居钧天帝宫[9]，下上星辰[10]，呼嘘阴阳[11]，薄蓬莱、羞昆仑而不即者[12]。帝以吾心侈[13]大，怒而谪来，七日当复。今吾虽辱尘土中，非若俪也。吾复，且害若[14]。”众恐而退。遂入居佛寺讲室[15]焉。及期，进取杯水饮之，嘘成云气，五色翛翛[16]也。因取裘反之[17]，化为白龙，徊翔登天，莫知其所终。亦怪甚矣。

呜呼！非其类而狎其谪，不可哉[18]！孺子不妄人也，故记其说。

［注释］

①谪：贬官之意。

②扶风：唐朝的县名，指的是今陕西扶风县。马孺子：是人名。

③泽州：唐朝的州名，指的是今山西晋城市。

④晔：光彩耀眼。

⑤“被缁裘”二句：穿着的皮衣是青色的面、白花纹的里子。被，与“披”同，身穿的意思。缁，青色。

⑥步摇：古代妇女佩戴的一种首饰，上面连着珠子，在走动的时候会来回晃动。

⑦贵游少年：贵族、富豪家的公子。

⑧頩尔：一脸严肃的样子。

⑨钧天：天空中。帝宫：天帝的宫殿。

⑩下上星辰：在星宿之间自由地穿梭。

⑪呼嘘阴阳：呼吸阴阳二气。

⑫蓬莱、昆仑：二者都是传说中的神山名。薄，轻视、轻看的意思。不即：不愿意去靠近的意思。

⑬侈：傲慢的样子。

⑭“吾复”二句：我回到天宫中之后，会把灾害降临到你们头上的。

⑮讲室：指的是寺院的讲经堂。

⑯五色翛翛：色彩斑斓的云雾飘荡在空中。翛，自在没有约束的样子。

⑰反之：反穿上皮衣。

⑱“非其类而狎其谪”二句：尽管不是一类的，但是当她被贬之后调戏她是不对的。

[译文]

扶风有一个马姓的年轻人这样说：他十五六岁的时候，住在泽州，一次和一群同伴在郊外的凉亭里玩游戏。忽然之间，不知道从哪里出现了一个十分奇妙的女子，十分有光彩，这个女子身上穿着青色的皮衣，皮衣里衬上有白色的花纹，头上戴着配有步摇的花冠。所有见了她的富豪公子们都对她产生爱慕之情，不时地走到她身边挑逗她。这个奇异的女子这时突然将脸色沉了下来，愤怒地说道：“不可以这样。我原先是住在玉皇大帝天宫的，经常往来于各大星宿之间，阴阳二气供我呼吸，我鄙视小小的蓬莱，看不起远处的昆仑，没有兴趣到那些地方。玉皇大帝觉得我过于心高气傲，一气之下就把我贬到了人间，七天以后才把我招到天宫去。现在我虽含辱屈居在人世间，但是成为你们的配偶是完全没有可能的。当我有一天再回到天宫，会把灾害降临到你们头上的。”这些富豪公子听到这些话，一时间都被吓跑了。那个奇异的女子就住在了一个佛庙的讲经堂。七天之后，她喝下了一杯水，将水喷成了色彩绚烂的云雾。这时，她就把衣服反过来穿在身上，变成了一条白龙，不停地向上飞，冲向了天宫的方向。人们从此再也没有见到过她。只是觉得这是一件很奇怪的事情。

哎！和她并不是同类，但是在她被贬下凡的时候，去调戏她，这样做真是不应该啊！那个年轻人从来不胡言乱语，所以这件事被我记了下来。

鹘[1]说

题解

很多人认为这篇文章是反映知恩图报的，确实如此。这篇文章有着很明确的旨意，这得益于柳宗元强烈的愤世之情和出色的文学才能。一只在寺院房屋下面的鹘鸟，每到冬天的晚上，就会捉一只小鸟为自己温暖手掌，到天亮了就放飞，而且要到远离那鸟所在的地方去捕食。这则故事是作者展开议论的引子。枭被看成了“善人”，鹘被看成了“暴徒”，如此一说，阴暗与阳刚的两种形象就呈现出来了，作者对阳刚形象的推崇是显而易见的，同时也对世人反对的情绪表示了憎恶的情感。

[原文]

有鸷(zhì)曰鹘者，穴于长安荐福浮图有年矣。浮图之人，室宇于其下者，伺之甚熟。为余说之曰：“冬日之夕，是鹘也，必取鸟之盈握者完而致之，以燠(yù)[2]其爪掌，左右而易之。旦则执而上浮图之跂焉，纵之。延其首以望，极其所行往，必背而去焉。苟东矣，则是日也不东逐，南北西亦然。”

鸣呼！孰谓爪吻毛翮(hé)[3]之物而不为仁义器耶？是固无号位爵禄之欲，里闾亲戚朋友之爱也。出乎彀(kòu)[4]卵，而知攫食决裂之事尔，不为其他。凡食类之饥，唯旦为甚，今忍而释之，以有报也。是不亦卓然有立者乎？用其力而爱其死以忘其饥，又远而违之，非仁义之道耶？恒其道，一其志，不欺其心，斯固世之所难得也。

余又疾夫今之说曰：“以煦(xù)煦而嘿[5]，徐徐而俯者善之徒；以翘翘而厉，炳炳而白者暴之徒。”今夫枭鸺(xiū)[6]，晦于昼而神于夜，鼠不穴寝庙，循墙而走，是不近于煦煦者耶？今夫鹘，其立趯[7]然，其动砉(huā)然[8]，其视的然，其鸣革然[9]，是不近于翘翘者耶？由是而观其所为，则今之说为未得也。

孰若鹘者，吾愿从之。毛耶翮耶，胡不我施？寂寥泰清，乐以忘饥。

[注释]

①鹘：一种凶猛的鸟。

②燠：温暖的意思。

③翮：指的是鸟的翅膀。

④彀：指的是刚出生的小鸟。

⑤嘿：与“默”同，不出声的意思。

⑥枭鸺：指的是猫头鹰，善于捕鼠。

⑦趯：跳跃的意思。

⑧砉然：象声词。常用以形容破裂声、折断声、高呼声等。

⑨革然：声音洪亮的样子。

鹘

鹘，古书上说的一种鸟，短尾，青黑色。柳宗元以鹘喻人，对那些有着激烈言辞，却胸怀坦荡的人进行了赞扬，对那些看似温顺谦和的伪君子进行了批判。

[译文]

有这样一种凶猛异常的鸟叫作鹘，在长安荐福寺的佛塔上筑巢已经有很长时间了。在佛塔下僧房中居住的僧人，能够十分精细地观察鹘鸟的活动。向我解释到：“在冬天的晚上，这只鹘鸟必定会抓上一只完好无损的小鸟带回自己的巢里，用这只小鸟来温暖自己的爪子，左右的爪子来回倒换地抓着它。早上，它就会抓小鸟向着佛塔的方向飞去，到了最高处，就把小鸟放掉。伸着脖子向远处看，当小鸟飞到自己想要让它飞到的地方之后，自己就背对小鸟飞行的方向飞走了。当小鸟往东飞，那么一天之内自己就不去东方去捕食，其他三个方向也是一样的。”

哎！谁说长着爪子和羽毛的鸟类是蛮不讲理的动物呢？从本身来讲，鸟类是没有地位、俸禄和欲望的，也没有亲友间的情感。从它们刚刚破壳的那一刻起，就只知道用自己的爪子去获取食物、撕扯猎物，其他的事情就都不会做了。只要是食肉动物，它们的每一天早上都是饿得最厉害的时候，现在的鹘鸟能够忍着自己的饥饿放走了小鸟，原因在于它是为了回报小鸟给它手掌带来的温暖。这难道不也是光明坦荡的一种动物吗？从小鸟身上获得了温暖，就不忍心将它吃掉，仿佛当时饥饿的痛苦也忘记了，远远地将它放走，自己却向着与此相反的方向飞去，这难道不是仁义之所在吗？时刻坚持自己的道义，让自己的心志坚定，不去蒙蔽自己心中的本愿，这一直就是世间最难能可贵的品德。

我很是讨厌现在人们的这种说法：“认为那些温顺谦和并且默默不语、埋头走路的人是最善良的；赫然独立同时有着激烈言辞、行为坦荡的人是最凶残的。”现在的那些枭鸺，白天不能明辨事物，晚上却能做得很好，老鼠不在自己应该在

的庙里打洞，却顺着墙边跑，叫声还很是洪亮，这些特征不是和那些温和谦顺的人很相像吗？然而现在的这只鹘鸟，站着的时候不停地跳动，飞动的时候又发出巨大的响声，而且能够将东西辨别得很是清楚，这些特征不是和那些赫然独立的人很相像吗？观察了鹘鸟的所有行为，用这样的论断来说明事理是要埋没真相的。

假如谁能像鹘鸟一样的话，我就会主动地向他学习。鸟身上有羽毛，为什么我的身上没有呢？有的话，我就会纵情翱翔在天空中，在快乐中忘记饥饿。

设渔者对智伯①

题解

这是一篇寓言故事，作者实际上是在抨击唐朝时期藩镇割据的罪恶行径。在这篇文章中，柳宗元以历史上春秋末年所发生的事情为背景和引子，假想出了智伯和渔夫的对话情节，揭示出现实中贪婪不知退让的藩镇必然会像智伯一样最终走向灭亡。文章将实际存在的智伯和虚构的渔夫同放在一处，将他们之间的对话清晰地勾勒出来，依靠寓言的影射力量，依靠动物比人的奇妙效果，并且又以史实为依据，指出了过分贪婪必然会引来灭亡的灾难。此文条理清晰，道理精辟，其中还有很深的寓意，融社会、哲学和自然法则为一体。

文中讲到的智伯指的就是智襄子，名瑶。在春秋战国交界时期，智伯是晋国世袭大臣六家世卿中最为强大的一家，曾联合韩、赵、魏三国灭掉了五家世卿中的范氏和中行氏，最后又反过来被韩、赵、魏所灭。

[原文]

智氏既灭范、中行，志益大，合韩、魏围赵，水晋阳②。智伯瑶乘舟以临赵，且又往来观水之所自，务速取焉。群渔者有一人坐渔，智伯怪之，问焉，曰："若渔几何？"曰："臣始渔于河中，今渔于海，今主③大兹水，臣是以来。"曰："若之渔何如？"曰："臣幼而好渔。始臣之渔于河，有鲂、鲔、鳣、鰋者，不能自食，以好臣之饵，日收者百焉。臣以为小，去而之龙门之下，伺大鲔焉。夫鲔之来也，从鲂鲤数万，垂涎流沫，后者得食焉。然其饥也，亦返吞其后。愈肆其力，逆流而上，慕为螭龙。及夫抵大石，乱飞涛，折鳍秃翼，颠倒顿踣(bó)，顺流而下，宛委冒懵，环坻溆而不能出。向之从鱼之大者，幸而啄食之，臣亦徒手得焉。犹以为小，闻古之渔有任公子者，其得益大。

于是去而之海上，北浮于碣石[4]，求大鲸焉。臣之具未及施，见大鲸驱群鲛(jiāo)，逐肥鱼于渤澥[5]之尾，震动大海，簸掉巨岛，一啜而食若舟者数十，勇而未已，贪而不能止，北蹙于碣石，槁焉。向之以为食者，反相与食之，臣亦徒手得焉。犹以为小，闻古之渔有太公[6]者，其得益大，钓而得文王，于是舍而来。”

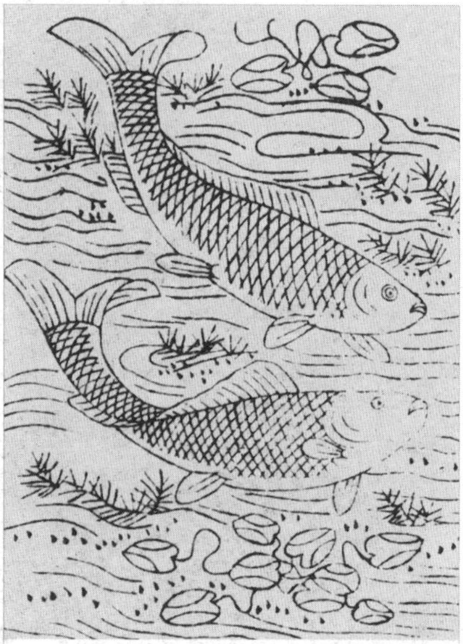

鳂

鳂，《康熙字典》释说鲇即是鳂鱼，近代《辞源》《辞海》均说是鳍。作者认为自然界中的大鱼吃小鱼的现象，其实就是社会政治斗争中各势力团体相互吞并的写照。智伯如此贪婪不知退让，最终必然会走向灭亡。

智伯曰：“今若遇我也如何？”渔者曰：“向者臣已言其端矣。始晋之侈家[7]，若栾氏、祁氏、郤氏、羊舌氏以十数，不能自保，以贪晋国之利，而不见其害。主之家与五卿[8]，尝裂而食之矣，是无异鲂、鲔、鳣、鳂也。脑流骨腐于主之故鼎，可以惩矣，然而犹不肯寤。又有大者焉，若范氏、中行氏，食人之土田，侵人之势力，慕为诸侯，而不见其害。主与三卿又裂而食之矣。脱其鳞，鲙其肉，刳其肠，断其首而弃之，鲲鲕遗胤(yìn)[9]，莫不备俎豆，是无异夫大鲔也。可以惩矣，然而犹不肯寤。又有大者焉，吞范、中行以益其肥，犹以为不足。力愈大而求夫愈无餍，驱韩魏以为群鲛，以逐赵之肥鱼，而不见其害。贪肥之势，将不止于赵。臣见韩、魏惧其将及也，亦幸主之蹙于晋阳。其目动矣，而主乃傲然，以为咸在机俎之上，方磨其舌。抑臣有恐焉，今辅果舍族而退，不肯同祸，段规深怨而造谋。主之不寤，臣恐主为大鲸，首解于邯郸，鬣(liè)摧于安邑，胸披于上党，尾断于中山之外，而肠流于大陆，为鱻薨[10]，以充三家子孙之腹。臣所以大惧。不然，主之勇力强大，于文王何有？”

智伯不悦，然终以不寤(wù)。于是韩魏与赵合灭智氏，其地三分。

吕尚磻溪垂钓

吕尚，即姜子牙。传说姜子牙直勾吊鱼，后来得遇周文王并得到重用。柳宗元笔下的钓者是以姜子牙自许的，他希望遇到周文王这样怀柔天下、普施仁政的人，实现自己造福于民的理想。

[注释]

①智伯：指的就是智襄子，名瑶，春秋时期是晋国的世卿。

②“智氏既灭范、中行”四句：指的是在公元前458年的时候，智伯将韩、赵、魏三国联合起来将范氏、中行氏灭掉，在公元前403年的时候，韩、赵、魏三家分晋，晋国由此灭亡。

③主：这里是对智伯的尊称。

④碣石：山的名字，在渤海边上。

⑤渤澥：渤海的别名。

⑥太公：姜太公，即姜子牙。

⑦侈家：贵族、大家族。

⑧五卿：指的是范、中行、韩、赵、魏。

⑨鲲鲕遗胤：比喻范、中行他们的后代子孙像小鱼。

⑩鱻薧：鲜鱼和干鱼的意思。鱻，即古“鲜”字。

[译文]

智伯将范氏、中行氏灭掉了之后，有了更为远大的志向，将韩氏、魏氏都联合起来去围攻赵氏，放水冲灌了晋阳。智伯瑶乘着船到赵境巡查，同时不停地观察大水到来的方向，想着务必要快速占领晋阳。一群渔夫中，有这样一个坐着钓鱼的人，智伯觉得很是奇怪，就向他问道：“你钓鱼已经多久了？”这个钓鱼的人这样回答：“开始我是钓黄河里面的鱼，后来钓海里的鱼，如今，你把汾河掘开了，水的流量很大，我就来到这里钓鱼了。”智伯又说：“你的钓鱼本领如何呢？”这个钓鱼的人回答到：“从小我就爱好钓鱼。刚开始在黄河钓鱼的时候，那里有魦、鮬、鳣、鰋等各类的鱼，它们没有能力来自己寻找食物，只能以我的鱼饵为食，我在那里每天都能钓到上百条的鱼。当我觉得那里的鱼变小的时候，我就离开并来到龙门的下面，等待着来钓大鲔鱼。鲔鱼所在之处，它的身后会有几万条的鲂鱼、鲤鱼在垂涎，就这样鲂鱼、鲤鱼就有了可吃的东西。但是当鲔鱼饿了的时候，也会掉过头去将鲂鱼、鲤鱼吞食掉。不仅如此，还想更多施展自己的本领，逆着水流一路穿梭，想要跃过龙门变成螭龙。当撞上大石块的时候，在汹涌澎湃的波涛中鲁莽地冲撞着，把自己脊背上的鳍折断了，把自己身体两侧的翼也折断了，浑身无力地从上面翻滚跌落下来，又开始顺着水流的方向，依着蜿蜒的水势，跌跌撞撞、冒冒失失、晕晕乎乎，围绕着水里的暗礁石转来转去，要想逃脱出来实在

是太难了。在这时，之前跟在它后面的那些鱼，其中比较大的就开始兴奋地啄食它，我也就很轻易地将它捉到了。我还觉得鲔鱼小了，听人们讲，在过去钓鱼的人里面有一个任公子，他能够钓到更大的鱼。于是我离开了龙门，到大海那边去了，乘着船一直向北走，到了碣石山，希望能在那里钓到大的鲸鱼。我还没有来得及张开自己的渔具，就看到大鲸鱼在渤海岸边，把成群的鲛鱼赶走，向前追逐肥鱼，波涛声响震天，岛屿都跟着颤抖了，大鲸鱼一下子就将船那么大的几十条鱼吞食掉了，吃得过猛，它太贪心而不能停下来，最终在北边的碣石山上被搁置了，落得窘迫不已直至死亡。之前那些作为它食物的鱼儿，反过来开始争抢啄食它，我也就很轻松地捉到了它。我还觉得鲸鱼小了，听人们说，在古代有个叫姜太公的钓鱼者，他能够得到更大的，在钓鱼的时候钓到了周文王，这就是我之所以离开大海而来到这里的原因。”

智伯接着说道：“今天你碰到我这情况又是怎样的呢？”钓鱼的人这样说：“刚才我已经说了我为什么要来到这里。起先晋国像栾氏、祁氏、郤氏、羊舌氏这些大家族们，不能给自己提供安身立命之地，原因就在于他们一味地贪求晋国的好处，不去理会即将到来的灾难。你之前就和五家世卿一起，把他们吞并了，这和鲂、鲔、鳣、鳂之类鱼的结果是一样的。他们脑浆外溢、浑身腐烂在你的鼎镬里，是可以用来吸取教训的，但是其中还是有人不愿意醒悟。像范氏、中行氏这些更有野心的人，贪恋别人的丰厚土地，不断地扩张自己的地盘，只是一心想当诸侯，从来看不到将要来临的灾难。你和韩、赵、魏三卿就将他们给吞噬掉了。你们将他们的鳞片揭掉，将他们的肉剁碎，挖出内脏，砍掉并丢弃他们的脑袋，这样一来，他们的后世子孙也就变得像那些身边的小鱼一样，成了你们碟中的餐食，这种结果和大鲔鱼是一样的。可以作为前车之鉴，但是在这时还是有人不能幡然醒悟。就又出现了野心更大的，在吞食了范氏、中行氏之后，认为不满足，还要向外扩张地盘，不断增长自身的力量，让贪吃的欲望就更加扩大，让韩氏、魏氏作为一群鲛鱼，一味地去追讨赵氏这条大鱼，并不知道即将来临的灾难。只知道不断的扩张，对赵氏的吞食一步都不停止。这时，韩氏和魏氏担心灾难会降临到自己的头上，盼望着你能和大鲸鱼那样在晋阳身处窘境。他们已经开始转动自己的眼珠，你还在那里傲然自大，觉得他们都已经控制在了你安排的机关中和切菜用的案板上，正在舔舌头。我现在还觉得不安的是，智果现在已经不属于智氏而改姓了辅，主动脱离和你共受灾难的险境，段规在这时也怀抱着满腔的怨愤，伺机报复。你却还执迷不悟，我害怕你变成那条大鲸鱼，脑袋被割到邯郸，两翅被肢解在安邑，胸腔搁置在了上党，尾巴遗失在了中山之外，肠子流到了大陆之中，被制成鲜鱼或是干鱼，给韩、赵、魏三家奉献上一顿美餐。我对这些是很担心的。不是这样的话，你勇猛善战，哪有比周文王差的地方呢？”

智伯听了这些话，不高兴了，一直都没有觉悟过来。后来智氏被韩、赵、魏三国所灭，领地也被分割成三部分。

牛 赋

题解

这篇小赋是用来抒情言志的。本篇小赋中用大量笔墨赞扬了牛的精神，同时对羸驴的生存态度予以了批判和指责。牛每天辛苦地耕地，为天下人造福，最后还落得“功用不有”“肩尻莫保”的地步；羸驴则是“不耕不驾”，依靠趋炎附势来得到“腾踏康庄，出入轻举”的生活。在两者的比较之下，作者发出了“牛虽有功，于己何益”的感叹，其悲愤的心情很容易理解。

文章中，作者对牛的赞扬、感慨牛的命运，时时带着悲愤之情。实际是在以牛指人，主张革新的王叔文，为国家社稷考虑，利国利民，做着对天下人有功的事情，最后却落得一败涂地的下场。作者是在为和自己志同道合的人打抱不平。还有人认为，文章中的牛即是柳宗元自己的化身，以牛的命运来比照自己的命运。羸驴指的是那些反对革新的旧势力，对它的讽刺即是对朝廷中趋炎附势之人的批判。对于作品中的“牛”究竟指的是谁，可能无需作具体的规定，实际上“牛”的象征性已经远远地超出具体的人物范围。文章表现出的是对像“牛”那样踏实勤奋不求回报之人的赞扬，以及对浮躁趋势的“羸驴”一类人的斥责。

[原文]

若[1]知牛乎？牛之为物，魁形巨首。垂耳抱角[2]，毛革疏厚。牟然[3]而鸣，黄钟满脰[4]。抵触隆曦（xī）[5]，日耕百亩。往来修直[6]，植乃禾黍。自种自敛，服箱[7]以走。输入官仓，己不适口[8]。富穷饱饥，功用不有。陷泥蹶块[9]，常在草野。人不惭愧，利满天下。皮角见用，肩尻（kāo）[10]莫保。或穿缄縢（jiān）[11]，或实俎豆[12]。由是观之，物无逾者。

不如羸驴[13]。服逐驽马[14]，曲意随势[15]，不择处所。不耕不驾，藿菽[16]自与。腾踏康庄，出入轻举。喜则齐鼻[17]，怒则奋踯（zhí）[18]。当道长鸣，闻者惊辟[19]。善识门户，终身不惕。

牛虽有功，于己何益？命有好丑，非若能力[20]。慎勿怨尤[21]，以受多福[22]！

[注释]

①若：你。
②抱角：弯曲的牛角。

③牟然：牛叫的声音。

④黄钟：古代音乐十二律中阳律的第一律，这里指的是庄严的声音。脰：脖子。

⑤抵触：顶着。隆曦：烈日。

⑥往来修直：来来回回地在田地里耕地，耕出的土沟很长很细。修，长的意思。

⑦服箱：驾车之意。服，驾着。箱，车厢。

⑧适口：食用的意思。

⑨蹶块：在土块前面摔倒。

⑩肩尻：这里代表的是牛的全身。尻，指的是家畜的臀部。

⑪缄縢：绑东西的时候用的绳索。

⑫俎豆：古时候祭祀用的器具。

⑬羸驴：瘦驴。

⑭服逐：驾着车追随。驽马：劣马。

⑮曲意随势：压着自己的意愿去顺应有势力的人。

⑯藿菽：本是豆类的植物，这里指的是粮食。

⑰齐鼻：鼻子相对。

⑱奋踯：奋力蹬踹。

⑲辟：与“避”通假。

⑳非若能力：不是你能力所及的。

㉑怨尤：怨恨的意思。

㉒以受多福：等着老天降福给你。

牛耕图

牛勤勤恳恳下地干活，死后皮肉还让人们享用，自己却得不到什么好处。瘦驴只是想尽一切办法来趋附权势，却得到了主人的喜爱。作者的悲愤之情溢于言表。

［译文］

你了解牛吗？作为一种动物，牛有着魁梧的体格和硕大的头部。两只耳朵直直地竖立着，两只角却弯着，全身的毛不是很多，皮质很厚实。哞哞的叫声，就好像是从脖子里发出来的，像钟鸣一样。它能够在烈日之下，一天耕种上百亩的土地。翻出的土沟很长很直，能够在那里面种庄稼。耕种的时候有它的身影，收获的时候同样也有它的身影，有的时候还能够拉着车走。牛能把粮食一直运送到官府的粮仓中，自己在整个过程中是吃不到任何东西的。它的努力能够让贫穷的人变得富足，让饥饿的人把肚子填饱，自己从来不邀功。有的时候陷在泥潭里面，有的时候摔倒在地上，时常地在土地上忙碌着。它对人类已经尽到应尽的义务了，同时给了人们很多的收获。它的皮和角还可以让人继续使用，死去后自己身上的骨肉还要被分割掉。有的被做成绳子，有的用它来做祭祀时的贡品。从这些可以看得出来，再没有其他东西能够超过牛做出的贡献了。

即使是这样，牛所遭遇到的待遇远不及瘦驴。瘦驴只是一味地跟在劣马的后面，想尽一切办法违背它的意愿来趋附权势，不加选择地去依从于主人。瘦驴对于耕地、驾车都是不精通的，然而每天还有上好的饲料喂养着它。在平坦的大路上奔跑，出入都很是轻松自在。高兴的时候，把鼻子扬起来互相地对嗅，发怒的时候，又将蹄子扬起来互相地踢打。站在大道上抬起头来长时间地鸣叫，所有听到的人都被它吓得发抖。因为它总是能够找到合适的主人，永远不用担心害怕。

牛对人的功劳虽然是很大的，但反过来对它自己又有什么好处呢？命运有好坏之分，你的能力是不能将它改变的。一味地怨天尤人是不行的，还是好好地享受老天给你的福分吧！

瓶[①]赋

题解

这是柳宗元在被贬到永州之后所写的文章。他在文章中将那些只顾自己私利的官宦贵族和那些守旧的儒生看作是鸱夷，将他们祸害朝中政事、掌握重权、危害人民的罪恶行径给予了抨击。作者用“瓶”自喻，认为自己虽然没有很高的地位和权势，但是能够洁身自好，装上很纯净的水，对人们是有利的。所有这些，都显示出了柳宗元被贬之后革新主张依然不变、对保守势力的态度仍相当坚决的决心。

[原文]

昔有智人，善学鸱(chī)夷[②]。鸱夷蒙鸿[③]，罍罂(léi yīng)[④]相追。谄诱吉士[⑤]，喜悦依随。开喙[⑥]倒腹，斟酌更持。味不苦口，昏至莫知。颓然纵傲[⑦]，与乱为期[⑧]。视白成黑，颠倒妍媸(yán chī)[⑨]。己[⑩]虽自售，人或以危。败众亡国[⑪]，流连不归。谁主斯罪？鸱夷之为。不知为瓶，居井之眉[⑫]。钩深挹(yì)[⑬]洁，淡泊是师。和齐[⑭]五味，宁除渴饥。不甘不坏，久而莫遗[⑮]。清白可鉴，终不媚私。利泽广大，孰能去之？绠绝身破，何足怨咨[⑯]！功成事遂，复于土泥。归根反[⑰]初，无虑无思。何必巧曲，徼觊[⑱]一时？子无我愚，我智如斯。

[注释]

①瓶：指的是汲水器，这里是以瓶自喻。

②鸱夷：用皮革等材质做成的口袋，这里指的是装酒用的革囊。
③蒙鸿：广阔的样子。
④罍罃：一种铜质的酒具。
⑤谄诱：阿谀奉承的样子。吉士：古代对贵族子弟的美称。
⑥喙：指鸱夷的嘴部。
⑦颓然：委靡、落寞的样子。纵傲：放纵、孤傲。
⑧为期：吻合。
⑨妍媸：美与丑。
⑩己：指鸱夷。
⑪败众亡国：让众人都败坏掉，指国家灭亡。
⑫眉：边、旁。
⑬挹：汲取的意思。
⑭和齐：指的是调配好。齐，与“剂”通假，调味品。
⑮“不甘不坏”二句：它不甜也不难喝，时间久了也不会被抛弃。
⑯怨咎：怪罪、怨恨。
⑰反：与“返”通假。
⑱徼觊：企图侥幸的意思。

[译文]

很久以前有个很聪明的人，能够惟妙惟肖地模仿鸱夷的样子。鸱夷是有很大容积的，因此，大小的酒杯都在后面跟随着它。它吸引着那些善良的贵族子弟，让他们能够心甘情愿地跟从着它。它把口张开，将腹中的酒倒出来，一杯杯接替斟酌。酒的味道十分香甜、毫无苦涩，以致一直喝到连太阳落山了也没有察觉。喝得东倒西歪，显露出十足的醉态，不到达迷乱的状态是不会停止的。将黑白混淆，好的和坏的根本分不清。虽然自己达到了目的，但是他人却由此陷入困境。使得军事大败，国家不断衰退，如此还是不知道醒悟。这样的罪恶源自于谁呢？都是鸱夷做的错事。根本不像盛水用的瓶子，安静地呆在井边。能够将井底的清水取出，把井水淡泊的情操当成是自己处事的原则。以此将酸、甜、苦、辣、咸五味调和起来，就不单单有解渴的作用了。味道虽然不十分甘美，但是也不令人厌恶，相伴的时间长了也不会被人丢弃。它的清白能够作为人生的一面镜子，向人去献媚讨好的事情是从来都不会做的。它能给人很多的好处，有谁是能离开它

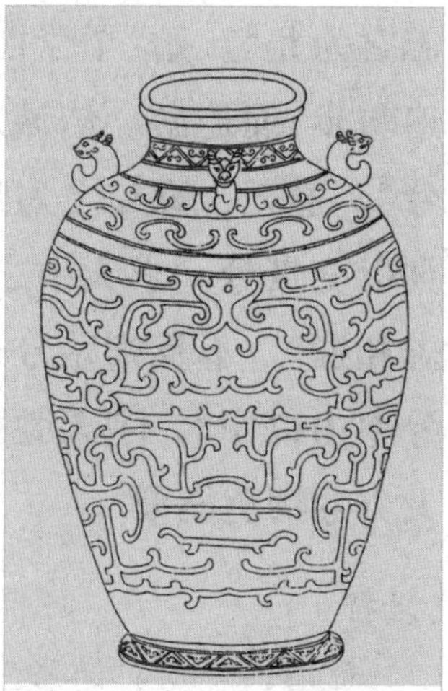

周父巳罍

罍，大型盛酒器和礼器。流行于商晚期至春秋中期，体量略小于彝。只顾私利的官宦贵族和那些守旧儒生，就像盛酒的容器，用香甜的酒颠倒是非、混淆黑白。

的呢？即使是井绳被磨断了，瓶子被摔碎了，也不必去感到惋惜！功德已经存在了，任务也已经完成，最后重新回到泥土中。返璞归真，回归到开始的地方，没有什么可忧虑的。为什么不去走正路，只是希求一时的快乐呢？你认为我愚蠢的话就错了，因为这才是我认为的聪明。

惩咎赋

题 解

这篇抒情小赋写于永贞革新失败后，当时的柳宗元被贬为了永州司马。这篇赋在写法上传承了屈原、贾谊的手法，将自己遵守大中之道的人生信条传达出来，赋中体现了作者对天命的抗争精神和完善自我的认识。

[原文]

惩咎愆（qiān）以本始兮[1]，孰非余心之所求？处卑污以闵世兮[2]，固前志之为尤[3]。始[4]予学而观古兮，怪今昔之异谋[5]。惟聪明为可考兮[6]，追骏步[7]而遐游。洁诚之既信直兮[8]，仁友蔼而萃之[9]。日施陈以系縻（mí）兮[10]，邀尧、舜与之为师[11]。上睢盱而混茫兮[12]，下驳诡而怀私[13]。旁罗列以交贯兮，求大中之所宜[14]。曰道有象兮而无其形，推变乘时兮与志相迎[15]。不及则殆兮过则失贞[16]，谨守[17]而中兮与时偕行。万类芸芸兮率由以宁[18]，刚柔弛张兮出入绐经[19]。登能抑枉兮白黑浊清[20]，蹈乎大方兮物莫能婴[21]。

[注释]

①咎愆：所犯的罪。本始：追寻事物的本源。
②卑污：地势低洼、污浊。闵世：感伤时事。
③为尤：遭到不满和厌恶。
④始：过去、当初。
⑤怪：惊奇。异谋：不同的想法和追求。
⑥惟：只有、仅仅。考：检验、考察。
⑦骏步：指的是骏马的步伐。
⑧洁诚：高洁诚信的操守。信直：相信正直的人。
⑨蔼：果实繁盛，引申为树木茂密。萃：汇集。

⑩施陈：安排、设置。系縻：联系、联络，指的是在政治上有共同见解的人们经常在一起讨论。

⑪与之为师：将尧、舜尊奉为老师。与，赞同。

⑫上：上古时期。睢盱：开辟天地时的淳朴状态。混茫：与“混芒”同，开天辟地时的混沌状态。

⑬下：古时候。驳：毛色不纯的马，这里指颠倒黑白是非的意思。怀私：心中怀着私心。

⑭“旁罗列以交贯兮”二句：各种事情掺杂在一起，寻求合适的大中之道。交贯，穿插的意思。大中，指的就是大中之道，关于伦理、政治的最高原则。

⑮推变乘时：大体地掌握了大中之道，顺应时事的变化。与志相迎：和自己要达到的目的相吻合。

⑯不及：不能够赶上时事的变化。殆：危难、危险。失贞：丢掉自己的目标。贞，与“正”通假。

⑰谨守：谨慎地遵循。

⑱率由以宁：顺应时势的变化得到安宁的生活。

⑲刚柔弛张：文武之道，有张有弛。纶经：指的是治理国家的方法。

⑳登能抑枉：任用有贤德的人，压抑邪恶的人。白黑浊清：分明是非。

㉑蹈乎大方：按照大中之道来处理事情。婴：与“撄”通假，阻碍、牵制。

［译文］

追述过去犯的错，寻求导致犯错的本源，什么不是我最先的追求呢？我的身份和地位很是卑微，但是还是要慨叹时事，这些就是我从前的志向受到谴责的原因。当时我在学习的时候是以古代优秀的人作为榜样的，对今昔差别如此之大感到很是诧异。只剩下聪明来追随了，因此我就赶着健壮的骏马周游各地。清新又那么真诚，还有仁德的朋友相伴。每天我都在锤炼自己的品格，想要让尧、舜来做我的老师。老天爷是淳朴、混沌而难以确定的，生存的土壤又是杂乱无章、充满心机的。我只能是左右平衡，让它们互相地交错着，寻求最适合的中庸原则，才能够跟得上时事的步伐。人世间万千事物都十分繁盛，都是由中庸达到平和的。刚柔相生有张有弛，做所有的事情都不会把事理违背。推举有贤能的人来压抑邪恶的人，黑白就不可能混淆了，清浊也就显现出来了。如果能够在这样的规律中穿梭，就没有什么事情能够牵制我了。

［原文］

奉讦谟以植内兮①，欣余志之有获②。再征信乎策书兮③，谓炯然

而不惑。愚者果于自用兮[4]，惟惧夫诚之不一[5]。不顾虑以周图兮[6]，专兹道[7]以为服。谗妒构而不戒兮，犹断断于所执[8]。哀吾党之不淑兮[9]，遭任遇之卒迫[10]。势危疑[11]而多诈兮，逢天地之否隔[12]。欲图退而保己兮，悼乖[13]期乎曩（nǎng）昔。欲操术[14]以致忠兮，众呀然而互吓[15]。进与退吾无归[16]兮，甘脂润乎鼎镬（huò）[17]。幸皇鉴之明宥兮[18]，累郡印而南适[19]。惟罪大而宠厚[20]兮，宜夫重仍乎祸谪[21]。既明惧乎天讨兮[22]，又幽栗乎鬼责。惶惶乎夜寤而昼骇兮，类麏麚（jiā）之不息[23]。

［注释］

①奉：接受、认可。讦谟：伟大的计谋、重大的国家决策。植内：执掌朝廷政治。

②欣余志之有获：自己的政治理想有了实现的希望，感到很是高兴。

③征信：考证确实。策书：书简书牍之类的。

④愚者果于自用兮：作者讲的是自己，一认定目标就勇往直前。

⑤诚之不一：用心不够专注。

⑥不顾虑以周图兮：不对自己过于顾虑，就能够得到成功。

⑦兹道：就是大中之道。

⑧“谗妒构而不戒兮”二句：在遭到嫉妒之人陷害的时候不知道存有戒备之心，依然专心推行革新主张。断断，专心不变的样子。所执，他们所主张的革新。

⑨吾党：以王叔文为首的永贞革新集团。不淑：政治处境很是困难。

⑩任：与“壬”通假。卒迫：仓促、急切。

⑪势危疑：当时的时事状况危机四伏。

⑫天地之否隔：指的就是《周易》中讲到的“天地不交而万物不通”。

⑬乖：违反、违背。

⑭操术：运用各种手段、方法。

⑮众：这里指的是反对革新的保守派。呀然：张口的样子。吓：怒斥的意思。

⑯无归：没有安身立命之处。

⑰甘脂润乎鼎镬：愿意用自己的油脂来滋养鼎镬。鼎镬，古代的一种酷刑，指的是将人放在鼎镬中蒸煮。

⑱幸：多亏的意思。皇鉴：君主明察。明宥：宽赦罪过。

⑲累郡印而南适：永贞元年（805 年）九月时，柳宗元被贬为邵州刺史，接着就带着刺史的印信去南边上任。

⑳宠厚：爱戴、关爱、宠爱。

㉑重仍乎祸谪：永贞元年（805 年）十一月，柳宗元在去往邵州途中被贬为了永州司马。重仍，再一次的意思。

㉒明：指的是在人世间。天讨：上天用五种刑法来惩罚有罪的人。

㉓麐：獐。麖：牡鹿。不息：得不到安息。

［译文］

遵循这些精到的教训，用来修养身心，我对自己的收获感到非常高兴。在这之后，再从古代的著作中去搜集证据，我就更加地觉得自己通达了许多。曾经愚昧的我能够自己担当责任了，担心的只是这种忠诚不能够长期存在。我不去顾及任何的东西，周全的思考也是不去做的，只是一味地专心这种道义不停地走下去。流言和嫉妒根本威胁不到我，我不去防备那些，因为我自己心中的目标是永远存在的。最令我悲哀的是没有赶上很好的时机，被贤人用的时间太过短暂。形势严峻，到处都是阴险之人，天地相隔如此之远，没有办法连接起来。想要隐退来保全自己，又不愿意去背离自己曾有的愿望。想要用自己的能力来把自己的一片忠心奉献，所有的人却挡住了我前进的道路。进退之路都被封锁了，我只能心甘情愿地作鼎镬中的食物。最令人高兴的是我受到了皇上的宽恕，将郡印赐给了我，让我到南方去。只是由于我的罪恶太过深重，受到的宠信太丰厚，因此在去往邵州的途中又被贬到了永州。心里害怕的不仅是要遭受上天的惩罚，还有是鬼神的斥责。整天惶惶恐恐不得安宁，晚上睡不好觉，白天醒来又接着害怕，像雄鹿似的一刻都不得安息。

洞庭雨山图

永贞革新失败后，柳宗元被贬，他漂流过江，来到遥远的蛮夷之地。虽然作者说，生命得以保存，自己觉得很庆幸，并且说自己为了志向情愿死在这荒无人烟的地方，但是，此文字中渗透着深深的无奈和哀怨。

［原文］

凌[1]洞庭之洋洋兮，溯湘流之沄沄[2]。飘风击以扬波兮[3]，舟摧抑而回邅[4]。日霾曀以昧幽兮[5]，黝云涌而上屯[6]。暮屑窣(sū)以淫雨兮[7]，听嗷嗷之哀猿。众鸟萃[8]而啾号兮，沸洲渚以连山[9]。漂遥逐其讵止兮[10]，逝莫属余之形魂[11]。攒峦奔以纡委兮，束汹涌之崩湍[12]。畔尺进而寻退兮，荡回汩乎沦涟。际穷冬而止居兮[13]，羁累棼(fén)以萦缠[14]。

过洞庭

作者用细腻的笔触，描绘了自己在洞庭湖漂流的经历及心情。

［注释］

①凌：渡水。

②溯：逆流而上的意思。湘：湘江。沄沄：水势浩大的样子。

③飘风：起旋风。扬波：扬起波涛。

④摧抑：指的是船在受到袭击时行驶受阻。回邅：徘徊不前。

⑤霾曀：空中有风雨时昏暗的天气。昧幽：昏暗。

⑥黝云：乌黑的云彩。屯：集中在一起。

⑦屑窣：雨的声音。淫雨：连绵不断的雨。

⑧萃：指成群的鸟聚集在一起。

⑨沸洲渚以连山：指鸟的叫声从洲渚到山间到处都是。沸，喧闹、沸腾。

⑩漂遥逐：在船上迅速向前行驶。讵止：怎么能够停下来。

⑪逝莫属余之形魂：灵魂和身体不再受到自己的控制，是一种在江中漂流的感受。

⑫“攒峦奔以纡委兮”二句：两边都是连绵的山脉，澎湃的江水被束缚在山谷中。攒峦，形容山势连绵不断。纡委，曲折迂回。

⑬际：刚好碰上。穷冬：古代对冬季的别称。

⑭羁累：束缚、牵制。棼：纷乱、凌乱的样子。

［译文］

我泛舟渡过了浩瀚的洞庭湖，又沿着湘水的方向漂游。风卷起了浪花，小舟被击打得四处盘旋。太阳的光辉被遮盖了，黑云直上九霄。傍晚的时候，淅淅沥沥的小雨下个不停，嗷嗷的猿声在远处响起。有很多的乌云集在天空中，喳喳乱叫的声音响彻江渚和山间。我四处漂流着不知道会在哪里停下来，不知道哪里又会是我身体和灵魂的归宿。两边山势连绵不断，澎湃的江水被束缚在山谷里，水流不断地奔流回旋着。前进一尺就要退回八尺，循环荡漾形成了层层的涟漪。直到冬天来了，我才有了可以住的地方，很多事情都缠绕在心头却没有停止。

［原文］

哀吾生之孔艰兮，循《凯风》之悲诗①。罪通天而降酷②兮，不殛死③而生为。逾再岁④之寒暑兮，犹贸贸而自持⑤。将沉渊而殒命

兮[6]，讵蔽罪以塞祸[7]？惟灭身而无后兮[8]，顾前志犹未可[9]。进路呀以划绝兮[10]，退伏匿又不果[11]。为孤囚[12]以终世兮，长拘挛而坎坷[13]。曩余志之修蹇[14]兮，今何为此戾[15]也？夫岂贪食[16]而盗名兮，不混同于世也。将显身以直遂[17]兮，众之所宜蔽也[18]。不择言以危肆[19]兮，固群祸之际也。御长辕之无桡兮，行九折之峨峨[20]。却惊棹以横江兮[21]，溯凌天之腾波[22]。幸[23]余死之已缓兮，完形躯[24]之既多。苟余齿之有惩兮[25]，蹈前烈而不颇[26]。死蛮夷固吾所兮[27]，虽显宠其焉加[28]？配大中以为偶兮，谅天命之谓何。

［注释］

①“哀吾生之孔艰兮”二句：我慨叹自己人生的艰难，犯有如此之多的罪过，没能尽到一个做儿子的责任（柳宗元被贬永州的时候，母亲和他在一起）。孔，尤其。

②罪通天而降酷：自己犯了滔天大罪，上天进行了残酷的惩罚，指的是柳宗元的母亲死于永州。

③殛死：自杀。

④逾再岁：过了两年。

⑤贸贸：混沌不明的精神状态。自持：坚持自己的理想，不与世俗同流。

⑥将：将要，打算。沉渊：像屈原一样投江自尽。殒命：死掉。

⑦讵蔽罪以塞祸：怎么能寻找这样的方法来抵消自己的罪过呢？

⑧惟：想要。无后：指的是柳宗元自己没有后代子嗣。

⑨顾：念。前志：先前的志向。未可：没有实现。

⑩进路：通向前方的道路。呀：空空的山谷。划绝：绝断。

⑪退：隐退。伏匿：隐藏起来。

⑫孤囚：孤单的囚犯。

⑬拘挛：控制、束缚。坎坷：人生境遇不好。

⑭修蹇：秀美而正直。蹇，忠诚正直的样子。

⑮戾：罪过的意思。

⑯贪食：贪婪的意思。

⑰直遂：仕途顺利。遂，进。

⑱众：世间的俗人。宜蔽：理应遮挡的意思。

⑲不择言以危肆：自己在讲话的时候不用脑子来选择言辞。危肆，直言，无所畏惧。

⑳“御长辕之无桡兮”二句：自己驾着直辕的小车在陡峭曲折的山路

上行走，意味着自己处境艰难。长辕之无桡，古代的车是单辕车，弯曲前端用以驾马，没有弯曲之处则不好驾驭。峨峨，山路高而险。

㉑却惊棹：把船桨去掉。却，去掉、除去。横江：横向穿越江水。

㉒凌天之腾波：波浪滔天的样子。

㉓幸：庆幸。

㉔完形躯：完整地保存着自己的身体，没有受到惩罚。

㉕余齿：余下的那段生命。有惩：指从失败中吸取经验。

㉖蹈：踏。前烈：前代的仁人志士。不颇：没有偏斜。

㉗蛮夷：这里是指永州。所：归宿之地。

㉘显宠：在位当权的人。焉加：怎么能将我超过。

［译文］

慨叹我的生命多艰难啊，还遭受到了《凯风》所讲到的没有尽到儿子责任的伤痛。有通天的罪行，受到了严酷的惩罚，偏偏不让我死去，却让我这么活着。已经经过了两年的寒暑，我仍处在混沌不明的精神状态，但是我依旧坚持自己的理想，不与世俗同流。就要落入深渊丢掉自己的性命，如何才能够将罪恶和灾祸掩盖住呢？想一想自己没有子嗣就这样离开人世间，过去立下的志向还没有来得及实现。我的一生将要在囚禁中生活，这种生活注定了我必将遭受坎坷的命运。过去我把自己的品德修养得是多么好啊！可是如今为什么会遭受到如此的厄运呢？难道我是那种贪图虚名的人吗？真是不愿意和世上的人们同流啊！为了让自己的志向能够实现，遭受众人的排挤就是不可避免的。说话时不去认真地挑选言辞，心直口快，这些就是让我遭受到祸害的原因。自己驾着没有桡的长车，在曲折危险的山路上前行。这就又像是丢掉船桨，翻越着高高的波浪过江。所幸的是我的死期已经得到了延迟，身体完好地存在了很长的时间。假使我这一生还有什么悔恨的，也绝对不是继承前代意愿而行。就算是为了自己心中的志向而死在荒芜的地方，我也觉得此生值得。就算是给我显赫的地位和宠爱又有什么好的呢？让中庸之道作为我的准则，天命又能把我怎么样！

闵生赋

题解

这篇赋是柳宗元在被贬永州之后不久所写的。文章首先表达了作者被贬之后的痛苦之情，有条不紊地写下自己的心境，笔法十分细腻、传神。在这之后又抒发了自己被贬之后悼古抚今的无畏精神，从自己思想不断变化的过程写起，虽然没有明确地将自己的情感表达出来，但是字里行间却显示出无限的感慨和不平。在抒发完

这两方面情感之后，又将自己对唐王朝的钟爱之情表达了出来。因为作者之所以要参加革新运动，就是为了唐王朝的兴盛，因为这些，他才对那些误国的奸佞之臣十分地厌恶。作者的这种情感，和屈原在《离骚》中表达的对楚王和他身边小人的态度是很相似的，再加上柳宗元本人对屈原作品的敬仰，所以在文章中时常会出现一些屈原作品中的言辞和意义，让人读来觉得自然亲切。

[原文]

闵吾生之险阨兮[1]，纷丧志以逢尤[2]。气沉郁以杳(yǎo)眇兮[3]，涕浪浪[4]而常流。膏液竭而枯居兮[5]，魄离散而远游。言不信而莫余白兮，虽遑(huáng)遑欲焉求[6]？合喙[7]而隐志兮，幽默以待尽[8]。为与世而斥谬[9]兮，固离披[10]以颠陨。骐骥[11]之弃辱兮，驽骀[12]以为骋。玄虬蹶(jué)泥兮[13]，畏避蛙黾[14]。行不容之峥嵘[15]兮，质魁垒[16]而无所隐。鳞介槁以横陆兮[17]，鸱啸群而厉吻[18]。心沉抑以不舒兮，形低摧而自愍(mǐn)[19]。

[注释]

①闵：与“悯”通假，怜悯、念惜的意思。险阨：艰难困厄。

②丧志：丧失志气，这里是说作者在参与王叔文改革后遭到贬谪，自己心中的志向没有办法实现。逢尤：遭到谴责。

③沉郁：深沉忧郁。杳眇：幽深辽远。

④浪浪：泪不停地流淌。屈原在《离骚》中曾写过“揽茹蕙以掩涕兮，沾余襟之浪浪”。柳宗元参加政治改革，本意是要让当时的社会矛盾得以缓解，维护唐王朝的统治，但遭到顽固派的攻击，使得改革失败，被贬之后抑郁而亡。他和屈原的人生经历很相似。

⑤膏液：膏血，人身上最为精华的部分。竭：枯竭、枯槁。因为膏血枯竭所以显得面容憔悴。枯居：只剩下枯瘦的身形。

⑥“言不信而莫余白兮”二句：因为身处在困顿之中，有言而不能够表达出来，虽然善于辩论，也没有半点用处了，仍然很穷困。信，申辩。白，辩白。遑遑，慌忙的样子。焉求，追求什么。

⑦喙：本指鸟兽的嘴，这里借指人的嘴。

⑧幽默：沉默不语的样子。待尽：等待生命的终结。

⑨斥谬：斥责损毁。

⑩离披：纷繁散乱的样子。屈原在《天问》中曾写道：“何少康逐犬而颠陨厥首？”

⑪骐骥：健壮的骏马，在这里指的是贤德之人。

⑫驽骀：劣质的马，在这里指的是庸俗低劣的人。

⑬虬：传说中的一种没有长角的龙。屈原在《离骚》曾写过“驷玉虬以乘鹥兮，溘埃风余上征”。蹶：跌倒的意思。

⑭黾：指的是金线蛙。

⑮峥嵘：不平凡的意思。

⑯魁垒：雄壮高大的样子。

⑰鳞介：水族动物，指的是蛟龙之类。横陆：在地面上纵横交错着，没有什么要做的事情。

⑱鸱：鹞鹰。厉吻：磨砺鸟喙，跃跃欲试的样子。

⑲愍：怜悯、哀怜。

［译文］

我十分哀悯自己坎坷的人生遭遇，自己心中的志向难以实现，到头来却要遭受如此的罪行。心情很是忧郁又没有什么可以依附的，眼泪不停地往下流。油灯耗完的时候只能一个人在黑暗中呆呆地坐着，魂魄向远方漂流着。我所讲的都不被人们信任，难以找到倾诉的地方，尽管一味地着急又有什么用呢？只能是把嘴闭上掩埋自己的志向，在幽静的住所默默地等待生命的终结。本来想要为世界斥责错误，最终却遭到批判是能够理解的。骐骥这样的骏马受到屈辱，劣质的马却能够四处纵横驰骋。虬龙在泥潭中深陷着，蛙类也因此害怕得到处逃散。正直高大的身躯不能够容纳进去，健壮的仁人志士竟然找不到适合隐居的地方。水中的鳞介在陆地上变得干枯，一群群的鹞鹰鸣叫着前来吞食。郁闷的心情难以舒展开来，我只能弯下我的身躯默默自怜。

［原文］

肆余目[1]于湘流兮，望九嶷[2]之垠垠。波淫溢[3]以不返兮，苍梧郁其蜚[4]云。重华幽而野死兮[5]，世莫得其伪真[6]。屈子之悁微兮[7]，抗危辞以赴渊[8]。古固有此极愤兮，矧(shěn)吾生之藐艰[9]。列往则以考己兮[10]，指斗极以自陈[11]。登高岩而企踵[12]兮，瞻故邦之殷辚[13]。山水浩以蔽亏[14]兮，路蓊勃以扬氛[15]。空庐颓而不理兮[16]，翳丘木之榛榛[17]。块穷老以沦放兮[18]，匪魑魅(chī mèi)吾谁邻[19]。

［注释］

①肆余目：放开我的眼界。

②九嶷：山名，也有写成是九疑的。由于此山连绵不绝，九座山峰相连，而且形态相似，人们都感到很疑惑，就称之为“九疑”。

③淫溢：水势盛大的样子。

④蜚：与“飞”同。

⑤重华：虞舜名，重华是名，谥号为舜。幽而野死：南巡的时候死在苍梧之野。幽，本意僻远，这里指舜南巡。

⑥世莫得其伪真：后人对舜的死和葬地，存有疑惑。

⑦屈子：即为屈原。悁微：忧愤而衰微。

⑧抗：违反、违背之意。屈原忠心于楚国的社稷，但这违背了楚王的心愿。危辞：屈原积极的政治主张。赴渊：指屈原投江殉国。

⑨矧：何况、况且的意思。藐：渺小、微不足道。

⑩往则：以往的法则。考：考证、考察。

指九天以为正兮

屈原《离骚》中诗句“指九天以为正兮”的诗意图。

⑪指斗极以自陈：向着北斗星陈述自己的忠心。屈原在《离骚》中写道：“指九天以为正兮，夫唯灵修之故也”，“跪敷衽以陈词兮，耿吾既得此中正”。斗极，指北斗星，这里是苍天的意思。

⑫企踵：踮起脚尖的意思。

⑬殷辚：指的是繁盛的样子。

⑭蔽亏：遮挡住不能看到原来的样子。亏，毁坏、减损。

⑮蓊勃：朝气蓬勃的样子。扬氛：雾气缭绕。

⑯空庐：在朝廷任官时居住的地方。不理：没有整理、打理的人，指家园零落的样子。

⑰翳：遮挡。丘木：山丘上的树木，意寓为小山上也能长出大树，突出与众不同。榛榛：草木茂盛的样子。

⑱块：孤独、孤单。沦放：流放、人没落的意思。

⑲匪：与“非”通假。魑魅：山中的妖怪。

［译文］

我放开眼界来看湘水上的景象，指认那高远连绵的九嶷山。清澈的江水不停地流淌，没有停歇的时候，苍梧山上的云彩成群结队地飞过。虞舜就是死在这旷野之中，至于是真是假谁都无从得知。忧郁愤懑的屈原，留下了经典的辞赋作品，自己却愤然投江。自古以来像这样极度悲愤的事情就有很多，我的遭遇就不用再多说了。铺陈过去的事情来审视自己的情况，我面对北斗星表达衷肠。攀登到高高的山峰上踮起自己的脚，去眺望远在天边的故乡。重重的山水阻挡了我的视线，绵远的道路上也扬起了阵阵烟尘。我闲置的茅屋至今还没有人去管理，高山上的树木将它完全遮住。穷困年迈的我又遭到了流放，除了和魑魅鬼怪为伴我又能如何呢？

［原文］

仲尼之不惑[1]兮，有垂训之谟言[2]。孟轲四十乃始持心[3]兮，犹希勇乎黝、贲[4]。顾余质愚而齿减[5]兮，宜触祸以阽(diàn)身[6]。知徙善而革非[7]兮，又何惧乎今之人。噫！禹绩之勤备兮[8]，曾莫理夫兹川[9]。殷、周之廓[10]大兮，南不尽夫衡山[11]。余囚楚、越之交极[12]兮，邈[13]离绝乎中原。壤污潦以坟洳(rù)兮[14]，蒸沸热而恒昏[15]。戏凫鹳(fú guàn)[16]乎中庭兮，蒹葭[17]生于堂筵。雄虺(huǐ)蓄形于木杪兮[18]，短狐伺景[19]于深渊。仰矜危而俯栗兮[20]，弭(mǐ)日夜之拳挛[21]。虑吾生之莫保兮，忝代德之元醇[22]。孰眇躯[23]之敢爱兮，窃有继乎古先[24]。明神之不欺余兮，庶激烈而有闻。冀后害之无辱兮[25]，匪徒盖乎曩愆[26]。

［注释］

①不惑：《论语·为政》中讲到子曰："吾十有五志于学，三十而立，四十而不惑，五十而知天命，六十而耳顺，七十而从心所欲，不逾矩。""不惑"指的就是四十岁的人。

②垂训：留给后人借鉴的训诫之言。谟言："圣谟洋洋，嘉言孔彰"的省略语，指的是计谋、谋略。

③持心：心志坚定，从不动摇。

④黝、贲：北宫黝和孟贲两个人。一个是齐人，一个是卫人，都是骁勇善战的勇士。

⑤齿减：年龄还不够大，指的是还没有到四十岁。齿，指的是年龄。

⑥阽身：身临险境。屈原在《离骚》中曾写道："阽余身而危死兮，览余初其犹未悔。"

⑦徙善而革非：追求善的，放弃错误的。这里指的是作者曾经参加过的改革运动。

⑧禹绩：大禹治水所取得的成果。这里指的就是大禹治水。禹，相传是古代的帝王，是鲧的儿子，因为奉命治水有功，就成了舜的继承人。勤备：努力去做。

⑨莫理夫兹川：没有治理湘水这条河。

⑩廓：外部轮廓。

⑪南不尽夫衡山：虽然殷周国土辽阔，但是到南也没有把衡山包括在

内。不尽，没有到达。

⑫楚、越之交极：作者被贬的永州，是古代楚越之地的交界处，指的是今长江中下游一带。

⑬邈：遥远。

⑭污潦：低洼的沼泽地。洳：水边低湿地。

⑮恒昏：一直到晚上。恒，与“亘”通假，连续不断的意思。

⑯凫鹳：野鸭和鹳鸟。

⑰蒹葭：芦苇。

⑱雄虺：巨型的毒蛇。屈原在《天问》中写道：“雄虺九首，倏忽焉在？”蓄形：将身体藏匿起来。木杪：树梢之意。

⑲景：与“影”通假。

⑳矜危：耽于风险。栗：恐惧之意。

㉑弭：止息，中断。拳挛：郁结不舒。

夏禹

禹，因治水有方，被后人尊称大禹。相传夏禹治水，足迹遍于九州，后因称中国的疆域为“禹迹”。柳宗元慨叹自己被贬得偏僻遥远，以至于当年大禹治水都没有来到这里。

㉒忝：有愧的意思，是谦辞。代德：古代王朝更迭的时候，新的君王都称有馨德替换旧王朝，这里指的是作者所在的朝代。元醇：完美醇香。

㉓眇躯：自己渺小的身躯。

㉔古先：古代的圣贤。

㉕冀：希冀、希望。后害：以后对自己的伤害。无辱：指的就是“无辱于己、无损于己”的意思。

㉖匪徒：不仅仅。匪，与“非”通假。襄愆：用功劳来代受惩罚，将功补过。

［译文］

孔子到了四十多岁的不惑之年，训诫后人的箴言才流传于世。孟子到了四十岁的时候才开始将自己的心平静下来，但是仍然愿意让自己像北宫黝和孟贲一样勇猛。至于我这样的愚蠢之人，没有多大年纪，遭遇到大的祸患危及自己的生命也是应该的。既然我已经知道了要改正自己的错误来从善，那么对现在的人就没有什么可畏惧的了。哎！大禹如此辛劳地来治水，但是没有来治理这条湘水。殷、周的领土可以称之为是辽阔了，向南的地方竟然没有将衡山包括进去。我所困的地方正在楚、越交界的地方，距离中原是何等遥远。这里到处是汪洋一片，炎热的天气能够让人混沌迷惑。有野鸭和鹳在自己的庭院中玩耍，芦苇也会在你的屋前生长。害人的雄虺在树梢上藏匿着，短狐在深渊里窥视人们的行踪。俯仰之间所看到的景象总是令人感到惊悚、颤抖，每天每夜都让人感到不安。我担心自己的性命难以在这里得到保

全，忠实地继承着世世代代的崇高道德。但是我又怎么能看重自己微不足道的身体呢？只是在私底下希望自己能向古代的圣王看齐。我明白神灵是会真心对待我的，你看那激烈的天地运动，仿佛已经明白了我所倾诉的情感。希望以后不会再有灾害来侵袭我了，我真诚地祈祷不单单是为了弥补自己过去的罪行。

梦归赋

题解

自从柳宗元被贬为永州司马以后，他的仕途之路就从此断绝了。他一生政治命运极其坎坷，但是在文学方面却有很大的成就。他所有优秀的作品，几乎都是在被贬之后写成的。赋体作品中，这篇是很有代表性的。本篇文章和屈原的《离骚》在精神境界上有很大的相似之处，其中主人公飞到天上遨游的情景也很相像。赋中的梦境描写，迷离、多变，很是形象。梦中的家乡，一片惨景，田园荒芜、屋舍残破，无疑是中唐社会残破景象的真实写照。“山嵎嵎以岩立兮，水汩汩以漂激”，山河在现实的状况下也变得那样严肃。这篇作品想象力丰富，奇异的想象与李白等浪漫主义诗人有很相似的地方，然而柳宗元又能在开阔的想象空间当中蕴含深沉的愤懑之情，这一点是很难能可贵的，他将自己对理想的执着追求、强烈的爱国主义精神都体现了出来。整篇赋的前半部分写升天梦游的情景，与《离骚》的写法很相像，结尾则和《哀郢》又有相似的地方，可以说是楚辞这种体裁在唐王朝的完美体现，柳宗元之后很少出现类似的骚体作品了。

[原文]

罹摈(bìn)斥以窘束兮[1]，予惟梦之为归。精气注以凝冱(hù)兮[2]，循旧乡而顾怀。夕余寐于荒陬[3]兮，心慊(qiè)慊而莫违[4]。质舒解以自恣兮[5]，息愔翳[6]而愈微。欻腾涌而上浮兮[7]，俄滉瀁之无依[8]。圆方[9]混而不形兮，颢醇白之霏霏[10]。上茫茫而无星辰兮，下不见夫水陆。若有钵[11]余以往路兮，驭儗儗[12]以回复。浮云纵以直度兮[13]，云济予乎西北[14]。风缅缅以经耳兮[15]，类行舟迅而不息。洞然于以弥漫兮[16]，虹蜺[17]罗列而倾侧。横冲飙以荡击兮[18]，忽中断而迷惑。灵幽漠以泲汨兮[19]，进怊怅(chāochàng)[20]而不得。白日邈其中出兮，阴霾披离以泮释[21]。施岳

渎(dú)以定位兮[22]，互参差之白黑[23]。忽崩[24]骞上下兮，聊按行而自抑。指故都以委坠[25]兮，瞰乡闾之修直[26]。原田[27]芜秽兮，峥嵘棒棘[28]。乔木摧解[29]兮，垣庐不饰[30]。山嵎(yú)嵎以岩立兮[31]，水汩汩以漂激[32]。魂恍惘[33]若有亡兮，涕汪浪以陨轼[34]。类曛黄之黯漠兮[35]，欲周流而无所极[36]。纷若喜而佁儗兮[37]，心回互以壅(yōng)塞[38]。钟鼓喤(huáng)以戒旦兮，陶去幽而开寤。罾(zēng)罻蒙其复体兮[39]，孰云桎梏之不固。精诚之不可再兮，余无蹈夫归路。

[注释]

①罹：遭受。摈斥：排挤放逐。窘束：窘迫拘束。

②精气：精神气息。凝沍：凝结的样子。

③荒陬：荒凉僻静的地方，这里指的是永州。

④慊慊：心中不满足的样子。莫违：不能停止对故乡的思念。

⑤舒解：舒展放松的样子。涤：放纵。

⑥愔翳：安闲舒适之态。

⑦欻：忽然。腾涌：飞腾、跃起。

⑧混瀁：广阔无边的意思。之：与“而”同。

⑨圆方：指的是天地，因为古人认为天圆地方，所以用它来指称天地。

⑩颢：白色的状态。醇白：雾茫茫的样子。霏霏：云气笼罩的样子。

⑪銶：长针，由于针能够将线引出来，所以有引导的意思。

⑫儗儗：迟疑、犹豫的样子。

⑬纵：放纵的样子。直度：直直地渡过去。

⑭西北：这里指的是唐王朝的都城长安和自己家乡的方向。

⑮缅缅：风的声音。经耳：与“惊耳”同。

⑯洞然：空空的状态。于：云卷云舒的样子。弥漫：充满的样子。

⑰虹蜺：彩虹，虹蜺常有内外二环，内环称虹，外环称蜺。

⑱冲飙：冲天而起的强风。飙，速度很快的风，指的是疾风。荡击：涤荡击打。

⑲灵：在古代是指雨。幽漠：幽暗的样子。滞汩：水流的样子，指雨下得很急。

⑳怊怅：彷徨的样子。

㉑阴霾：黑沉的云雾。披离：分散开来。泮释：消失、不见。

㉒施：布置。岳渎：高大的山川。

㉓白黑：从上面往下面看，水是白色的，山是黑色的。

㉔崩：从上面坠落下来。

㉕委坠：落下来。

㉖瞰：俯视。乡闾：乡间闾舍。修：修长。
㉗原田：原野田地的意思。
㉘峥嵘：这里指的是榛棘飞快地生长。榛棘：杂乱的荆棘。
㉙摧解：摧毁破损。
㉚垣庐：墙垣房屋之意。不饰：荒芜、未曾修葺的意思。
㉛嵎嵎：形容山势很高。岩立：耸立的意思。
㉜汩汩：水流湍急的样子。漂激：水翻腾着急流的样子。
㉝恍惘：恍惚、心神不宁的样子。
㉞涕：眼泪。汪浪：水流的样子。陨：落下。轼：车前面的横木。
㉟曛黄：指黄昏。黯漠：昏暗的样子。
㊱周流：周游之意。极：指目标。
㊲纷若：心情烦乱的样子。佁儗：似喜似悲的样子。
㊳回互：来回地转动。壅塞：堵塞。
㊴罾罻：罗网的意思。蒙：罩着。复：与“覆”通假。

[译文]

受到贬谪从而被拘束在了遥远的南方，我的家乡只有在梦中才能出现。我心中想的只有一件事情，就是沿着故乡的道路开始畅想。每当晚上来临的时候，我睡在异乡的荒野，心中一直挂念着自己的家乡从来没有离开过。在我坦然地躺着时，心却变得不是十分地明了。忽然间就觉得自己的身体飘到了半空中，天空悠远而无所依靠。四周都混同在一起分不清什么形状，眼前所有的东西都是白花花的。向上看很茫然，看不到星辰，向下看难以分辨哪里是陆地哪里是河水。这个时候，就好像有人在前方指引着我，我驾车的手勉勉强强地让车子回转了过来。浮云向前滚动着把我送向前方，说是要将我送往西北。风声嗖嗖地在我耳边响起，好像坐在不停向前的船上一样。无边无际的大水在我的身边汹涌奔流，霓虹排成两列在身边穿梭。受到风的冲撞而开始晃动，我的行程忽然被中断了，不知该去向哪里。睡梦中的灵魂在黑暗的世界里游走，犹豫着想要往前走但是没有办法办到。光艳的太阳突然间出现在了天空，厚重的乌云纷纷地消散开来。依照岳、渎判定自己所在的位置，从上面往下面看，水是白色的，山是黑色的，会让你看得清清楚楚。忽然间觉得天地一片奔腾，马上停止了游荡，止住了自己的脚步。我指着故乡的方向慢慢下来，去看那村中的小道。平原上的田地早已经荒芜，荆棘在那里杂乱地生长着。高大的树木都已经倒下了，我们家的庐屋早已年久失修。山峰高高地耸立着，水汹涌地流动着。我的灵魂感到怅然若失，眼泪止不住地落到了车轼的下边。好像是在黄昏时候，想去到处走走却找不到方向。喜悦的心情忽然间又变得悲伤了起来，满腹的愁绪堵在了胸口。声声钟鼓的声音告诉人们新的一天的到来，黑暗将要离开，梦境就要结束了。好像是被渔网套住的身体，人生的桎梏有谁会认为不牢呢？全心至诚难以再次想象成梦的样子，想要回到故乡的路上是再也不可能的。

［原文］

伟仲尼之圣德兮[1]，谓九夷之可居。惟道大而无所入兮，犹流游乎旷野。老聃[2]遁而适戎兮，指淳茫以纵步。蒙庄之恢怪兮[3]，寓大鹏之远去[4]。苟远适之若兹兮[5]，胡为故国之为慕[6]？首丘[7]之仁类兮，斯君子之所誉[8]。鸟兽之鸣号[9]兮，有动心而曲顾[10]。胶[11]予衷之莫能舍兮，虽判折[12]而不悟。列兹梦以三复[13]兮，极明昏而告诉。

鹏

大鹏为庄子《逍遥游》中的形象。大鹏鸟能飞到很远很远的地方，但它仍那么热烈地思恋自己的故乡！此文中蕴含着柳宗元浓浓的思乡之情。

［注释］

①伟：赞美之词。仲尼：指孔子，字仲尼。

②老聃：老子，姓李，名耳，字聃。

③蒙庄：指庄子，名周，宋国蒙人，所以又称他为蒙庄。恢怪：恢弘奇特的样子。

④大鹏之远去：借用庄子《逍遥游》篇中的形象，在柳宗元看来，这一形象表示着远离人间。

⑤苟：假如、如果。远适：远去之意。若兹：像这个样子。

⑥慕：羡慕。

⑦首丘：从屈原“狐死必首丘”得来。

⑧誉：美誉、赞誉。

⑨鸟兽之鸣号：鸟在路过自己家乡的时候会发出叫声。

⑩曲顾：回环往复的样子。

⑪胶：粘住、执著。

⑫判折：分开。

⑬三复：往复的意思。

［译文］

伟大的孔子有着过人的优秀品德，在他看来即使身处九夷也能够安稳的生活。原因就在于他有高尚的道德没有什么东西可以侵犯，因此任何旷野都可以当成是居住的地方。老子远远地离开喧嚣之地来到边远的世界，大踏步地走到那遥远的地方。庄子豁达超脱、充满奇思妙想，他假想了一个大鹏鸟向远方飞去。假使到远方没有什么可怕的话，那为什么要热烈地思念自己的故乡呢？狐死在外面，一定要把头朝着它的洞穴，是为了不忘本或者怀念故乡，如此执著的道义，是君子所赞誉的品德。鸟兽悲切地鸣叫，是眷恋故土的缘故。我心中也有如此对故土的怀恋之情，不自觉地难以舍弃，即使很明白其中的道理还是要对此执着。我有过好多次这样的故乡之梦，在天明和黑暗交界的时刻写下了这篇文章。

囚山[1]赋

题解

柳宗元无罪被贬永州，而且一待就是十年。这里群山环绕，没有和他进行交流和沟通的人，所以写了这篇《囚山赋》。将此地山中的荒芜景像写得极其到位，抓住了地形、空气、耕作、丛林、鸟兽等景物给人带来的厌恶情绪，从而把这里当成了囚牢。文章采用两句说一事的方法，一层一层地推进，“兮”字加在中间，感情得到更充分地表达，楚辞的悲怆之感油然而生。文章后半部分直抒胸臆，放声号哭，让人感到悲不忍闻。

[原文]

楚越之郊环万山兮[2]，势腾涌夫波涛[3]。纷对回合仰伏以离迾兮[4]，若重墉(yōng)之相褒[5]。争生角逐上轶[6]旁出兮，其下坼(chè)裂而为壕[7]。欣下颓以就顺兮[8]，曾不亩平而又高[9]。沓云雨而渍厚土兮[10]，蒸郁勃其腥臊[11]。阳不舒以拥隔兮[12]，群阴沍而为曹[13]。侧耕危获苟以食兮[14]，哀斯民之增劳。攒(cuán)林麓以为丛棘兮[15]，虎豹咆㘎(hǎn)代狴(bì)牢之吠嗥[16]。胡井眢(yuān)以管视兮[17]？穷坎险其焉逃[18]。顾幽昧之罪加兮[19]，虽圣犹病夫嗷嗷[20]。匪兕(sì)吾为柙兮[21]，匪豕(shǐ)吾为牢[22]。积十年莫吾省者兮[23]，增蔽吾以蓬蒿[24]。圣日以理兮，贤日以进，谁使吾山之囚吾兮滔滔？

[注释]

①囚山：指作者被囚禁在山上，这是一种形象的说法，长时间地被山包围，好像是被囚禁了似的。

②楚越之郊：指的是楚地和越地的边郊处。这里作者用来借指自己被

贬之地永州。环：围绕的意思。

③势：山势之意。腾涌：奔腾的样子。

④纷：特别多的样子。对：是。回合：围绕之意。离迾：有的离散，有的遮挡。

⑤重：重重叠叠。墉：指的是城墙。褒：赞美、拔高之意。

⑥轶：超出、超过。

⑦圻：迸开，出现裂痕。壕：沟壑。

⑧颓：平坦的样子。就：趋向、趋从。

⑨曾：可是、但是。不亩平：不到一亩地是平的。

兕

兕，与犀牛相当类似的生物。柳宗元无罪却被贬到群山环绕的永州，就犹如兕被关到了木笼里。

⑩沓：集合、聚合。渍：润泽的意思。厚土：指土地。

⑪郁：变得强烈。腥臊：很是难闻的气味。

⑫阳：指的是阳气。舒：舒展、顺畅。拥隔：堵塞的意思。

⑬阴：指的是阴气。沍：冻裂。曹：相照应、掩映。

⑭侧：指的是土地不平坦。苟：苟且的意思。

⑮麓：指山脚。丛棘：指的是古代囚禁犯人的地方，为了防止犯人逃跑，周围都用荆棘堵上。

⑯咆㘎：动物吼叫的声音。狴牢：在这里指的是监狱。狴，古代的一种野兽，叫作狴犴，是用来看护监狱门的。

⑰胡：为什么。井眢以管视：坐井观天的意思。

⑱穷：指尽头。坎险：地势上高低错落。

⑲幽昧之罪：没有名目的罪过。

⑳病：忧虑、忧患。嗷嗷：杂乱的声音。

㉑匪：与“非”同。兕：像犀牛一样的野兽。吾为柙：指的是将我关在木笼中，即“柙吾”。

㉒豕：猪。吾为牢：将我关在牢圈中，即“牢吾”。

㉓积：一共的意思。省：问起、问候。

㉔蔽：遮蔽。蓬蒿：这里指的是蓬草和蒿草。

［译文］

在永州城的远郊之外环绕着很多的山，山峰好像波浪一样向前奔腾着。高低错落的群山互相掩映，就好像是重重叠叠的墙壁在比试各自的高度。它们都争抢着往上面冲、往外面跑，山峰的下面，仿佛是断裂了的壕沟一样。

人们都还在为平坦的地势而高兴呢，还没有高兴完一亩地的地方，就又开始变高了。每当山里面有云雾的时候就会被打湿，蒸腾出的味道十分腥臊。阳气在这里淤积不前，许多冰凉的阴气就和它开始结合。劳苦大众们都在危险的山上劳动才能够获得生存所需要的食物，我对他们所遭受的这些辛劳十分同情，也很心疼！山峰下面茂密的森林就像是将我束缚住的荆棘一样，老虎、豹子的吼声就像是看管监牢的野兽的叫声。我为什么要在这里呆着像青蛙一样坐井观天呢？原因在于即使是到了险阻的群山外面也没有可以逃往的地方！所以在自己受到莫名的冤屈的时候，就算是圣人也是害怕恶语中伤的啊！我本来不是兕，但是被关到了木笼里面，我本来不是猪，但是被关进了牢圈！足足十年过去了，没有人来问过我，在我身边好像只有那些遍野的蓬草和蒿草！只有世事得到不断的治理，贤德的人才能被重用啊，是谁把我困在这无边无涯的深渊里的啊？

敌 戒

题 解

这篇短文语言简洁，但是有着深远的意义。“戒”在这里指的是一种文体，主要是以告诫为内容。柳宗元从历史的经验中总结出“敌存灭祸、敌去召过”的道理，将事物之间的矛盾斗争看成是推动事物向前发展的动力。

[原文]

皆知敌之仇，而不知为益之尤[1]；皆知敌之害，而不知为利之大。秦有六国，兢兢以强[2]；六国既除，訑訑[3]乃亡。晋败楚鄢(yān)[4]，范文为患[5]；厉之不图[6]，举国造怨。孟孙恶臧[7]，孟死臧恤[8]；药石[9]去矣，吾亡无日[10]。智能知之，犹卒以危[11]；矧[12]今之人，曾不是思[13]！敌存而惧，敌去而舞，废备自盈[14]，祗[15]益为痡。敌存灭祸，敌去召过[16]。有能知此，道大名播[17]。惩[18]病克寿，矜壮死暴[19]。纵欲不戒，匪愚伊耄(mào)[20]。我作戒诗，思者无咎[21]。

[注释]

①为益：带来益处。尤：非常、特别。

②兢兢：谨慎小心的样子。以：而、从而。

③诡诡：骄傲自大的样子。

④鄢：鄢陵，春秋时郑国的地名，晋军曾在那里打败楚军。

⑤范文：指的是晋国的大夫范文子。为患：担心之意。

⑥厉：指的是晋厉公。图：谋划、想法。

⑦孟孙：孟孙速。臧：臧孙纥。孟、臧二人都是春秋时鲁国的大夫。

⑧恤：忧虑、忧伤。

⑨药石：古人用来刺穴位用的砭石。

⑩无日：指的是没有几天。

⑪犹：仍旧。卒：最后、终于。

⑫矧：何况之意。

⑬曾：竟。是思：就是“思是”的意思。

⑭废备：戒备。盈：满，骄傲自大。

⑮祇：与“只”同。

⑯召：招致。过：犯的错误。

⑰播：播扬。

⑱惩：警戒。

⑲矜：自负的样子。死暴：突然间的死亡。

⑳匪：与“非”同。伊：是。耄：指的是八九十岁的老人，这里指糊涂。

㉑咎：过错。

［译文］

人们都懂得敌人是多么可恨，但是至于说敌人能够带来的诸多好处不会有太多的人知道；敌人所造成的危害谁都知道，但是对于敌人能够带来多大的利益不会有太多人知道。秦国在六国存在的时候，不断努力使自己变得强大起来；当六国都覆灭了之后，骄傲自大的秦国最终灭亡了。晋国的军队在鄢陵把楚国的军队打败了，范文子却为此事感到担心；厉公心里面不再装有国家大事了，致使全国的百姓群起而怨恨。孟孙速一向对臧孙纥没有好感，在孟孙速死去之后，臧孙纥却感到很是悲痛，说是“没有了治病的药物，我所剩的日子也不会太长了。”聪明贤达的人能够及早地认识这一点，他们都免不了后来的危难；更不用说现在的那些人了，竟然从来都不去想这一点。有敌人在面前的时候就觉得惶恐不安，没有敌人存在了就欣喜若狂，原有的戒备之心放松了，开始骄傲自大，这样做只能给自己带来灾难。有敌人在能够减少祸害的产生，没有了敌人相反会带来祸患。这个道理有的人是能够懂得的，但一定要是那些有很高见识、有很大名气的人。主动地来预防疾病的人就能够长寿，自以为身体强壮的人却偏偏会突然地死去。一味地纵情于享乐之中不能自拔，要么是愚蠢，要么是太糊涂了。我写了这样一首告诫人的诗，如果能够认真地感悟其中的道理，就不会犯错误了。

杨评事[1]文集后序

题解

柳宗元的这篇文章重点论述的是文采和文体方面的问题。他在文章中指出，不去考虑文采的问题也能够把文章写成，但它的缺点是“不足以竦动时听，夸示后学。立言而朽，君子不由也”。柳宗元在这里强调的文采，用今天的话讲就是文学作品的艺术美。该篇从作品的社会功用方面谈起，推及到了思想和艺术统一的问题上，体现出了作者推崇文质并重的思想，在当时社会一派复古思潮中，是很有特点的。在这之外，他将广义的文学体裁分成了古文论著和古代诗词两大类，还有对各自特点分别进行阐述。这就使文学作品走出了一般性文章的框架，独立门户，这和作者鲜明的文艺观是有很大关系的。此外，他对这两种文学体裁上的精辟分析，至今都是很有借鉴价值的。

[原文]

赞曰：文之用，辞令[2]褒贬，导扬讽谕而已[3]。虽其言鄙野[4]，足以备[5]于用。然而阙[6]其文采，固不足以竦(sǒng)[7]动时听，夸示后学。立言[8]而朽，君子不由[9]也。故作者抱其根源，而必由是假道[10]焉。作于圣，故曰经；述于才，故曰文。文有二道：辞令褒贬，本乎著述者也；导扬讽谕，本乎比兴[11]者也。著述者流，盖出于《书》之谟、训[12]，《易》之象、系[13]。《春秋》之笔削[14]，其要在于高壮广厚，词正而理备[15]，谓宜藏于简册[16]也。比兴者流，盖出于虞、夏之咏歌[17]，殷、周之风雅，其要在于丽则清越[18]，言畅而意美，谓宜流于谣诵也。兹二者，考其旨义，乖离不合。故秉笔之士，恒偏胜独得，而罕有兼者焉。厥有能而专美，命之曰艺成。虽古文雅之盛世，不能并肩而生。

[注释]

①杨评事：杨凌，柳宗元的岳父之弟。
②辞令：文章的文辞。
③导扬：引导、宣扬。讽谕：用文学语言来劝谏人。
④鄙野：轻卑、粗野的意思。
⑤备：满足、够。

⑥阙：与“缺”同。

⑦竦：与“耸”同音，震惊的意思。

⑧立言：著书立传。

⑨不由：不为之意。

⑩假道：借道、借路的意思。

⑪比兴：这里指的是古代的诗词创作。

⑫《书》：指《尚书》。谟、训：指两种文体。谟，指的是君臣之间商议国事的文体。训，指的是记叙训诫之类的文体。

⑬《易》：指《周易》，古代著名的占卜书籍。象：是《周易》中的专用术语，一般是指卦象。系：指《周易》中的《系辞》，其中主要是在讲《周易》有哪些意义和功用。

刻烛赋诗

南北朝时，齐竟陵王子良常夜集学士刻烛为诗，他们作诗讲究声韵、格律、文采，被称为“永明体”。柳宗元在此篇文章中重点论述了文体与文采方面的问题，他认为文采和文质应该并重。

⑭《春秋》：鲁国的编年史，孔子曾加以修订。本著作言辞褒贬明确，有“春秋笔法、微言大义”之说。笔削：创作修改的意思，后来用它指历史著作。

⑮理备：有着完备的道理。

⑯简册：指书籍。

⑰虞、夏之咏歌：指的是在古书中保存的上古民间歌谣。虞、夏，指的是上古的虞舜和夏禹统治的时代。

⑱丽则清越：美丽雅致、清新挺拔。

[译文]

有评论这样说：文章的功用，是用来交际应酬和扬抑美丑的，是用来指引称颂和告诫劝谏的。即使是有的文章语言粗俗无奇，也是可以发挥它实际的效用。但假使文章缺乏文采，就不能震撼当时人们的心灵，同时也不能达到让后世学者称赞的程度。著书立传的人被社会埋没，这不是有高尚道德的人做的事情。因此，作者要坚守文章的根本，要依照着这一点去写文章。圣人的论著，称为经；才人的论著，叫作文。文章的源起无非就是两类：交际应酬和扬抑美丑之类，源于古文论著；指引称颂和告诫劝谏之类，源于古代诗词。前者又源于《尚书》中的谟、训，《周易》中的象辞、系辞。《春秋》创作修改的主要特点是气势恢宏、内涵丰富、言语正统、理论充足，很适合在典籍中来存留。后者则是源于虞、夏之际的歌谣，殷、周之际的风雅，主要特点是俊美而又不失章法，音韵明亮高昂，言辞优美又富有意境，很适合在吟诵中来留存。以上两

种作品，研究它们各自的主旨，是很不相同的。因此那些爱好写作的人们，经常是只擅长于其中的一个方面，两方面都很擅长的人是很少见的。那些本身很有才华，又善于这两种文章的，就可以称之为艺术上有所成的人了。尽管是在古代文化发展的顶峰时期，要想产生这样两种文章都很擅长的作家也是不可能的。

［原文］

唐兴以来，称是选而不怍(zuò)者[1]，梓潼陈拾遗[2]。其后，燕文贞[3]以著述之余，攻比兴而莫能极[4]；张曲江[5]以比兴之隙，穷著述而不克备。其余各探一隅(yú)，相与背驰于道者，其去弥远。文之难兼，斯亦甚矣。

若杨君者，少以篇什著声于时，其炳(bǐng)耀尤异之词[6]，讽诵于文人，盈满于江湖，达于京师。晚节[7]遍悟文体，尤邃叙述。学富识远，才涌未已，其雄杰老成之风，与时增加。既获是，不数年而夭。其季年[8]所作尤善，其为《鄂州新城颂》《诸葛武侯传论》、饯送梓潼陈众甫、汝南周愿、河东裴泰、武都符义府、太山羊士谔、陇西李炼凡六《序》，《庐山禅居记》《辞李常侍启》《远游赋》《七夕赋》，皆人文之选已。用是陪陈君之后[9]，其可谓具体[10]者欤？

呜呼！公既悟文而疾，既即功[11]而废，废不逾年，大病及之，卒不得穷其工、竟其才[12]，遗文未克流于世，休声[13]未克充于时。凡我从事于文者，所宜追惜而悼慕也！宗元以通家[14]修好，幼获省谒[15]，故得奉公元兄[16]命，论次篇简[17]。遂述其制作之所诣[18]，以系于后。

［注释］

①称：与……相称。怍：惭愧之意。

②梓潼陈拾遗：指的是陈子昂，字伯玉，梓州射洪人，曾经官任右拾遗。他在诗文创作上主张向建安风骨看齐。

③燕文贞：原名张说，曾经官任宰相，被封为燕国公，谥号文贞，朝廷中的许多文书都是由他完成的，堪称一代文宗。

④极：达到极点。

⑤张曲江：即张九龄，韶州曲江人，曾任过开国宰相，他的作品格调雅致清新。

⑥炳耀：富有文采，发出耀眼的光芒。尤异：特别突出。

⑦晚节：晚年的时候。

⑧季年：指晚年。

⑨陪：陪伴。陈君：即陈子昂。

⑩具体：具有完备的体裁。

⑪即功：即将成功，接近成功。

⑫工：精美之意。

⑬休声：美好的名声。

⑭通家：世家、有姻亲关系。

⑮省谒：探望之意。

⑯元兄：长兄之意，这里指杨凌的长兄杨凭。

⑰论次：选定编次。篇简：书籍著作之类的。

⑱诣：指学术、技术达到的程度。

张九龄

张九龄诗歌成就颇高，独具“雅正冲淡”的神韵。他也想要在古文论著方面有所成就，但是最终没有达到目的。柳宗元认为能够在古文论著、诗歌创作两方面都取得优秀成果的人不多。

［译文］

从有唐一代以来，能够称为上面那种优秀人物的，只能是陈子昂了。之后，张说精于古文论著的同时，一心想要在诗歌上面有所成就，但是最终没有达到目的；张九龄精于诗歌创作的同时，一心想要在古文论著方面有所成就，但是最终没有达到目的。除此之外，在某方面有所探索的人们，同时又能和作文的道理相背离的，差距就更大了。文章不能两者兼得，这就更厉害了。

至于说是像杨凌这类作家，早间时候是以诗歌闻名天下的，他所创作的那些富有文辞的诗句，在文人间不断吟诵，并广为流传，一直传到京城。到了晚年，对各种文体都有了自己的看法和感悟，记叙文是最为擅长的。他学问深厚，志存高远，才华横溢，文风刚劲有力，在时光的磨砺中不断加以完善。有了如此之高的成就，没多久就辞世了。他在最后几年中所写的作品尤其值得称颂，《鄂州新城颂》《诸葛武侯传论》、饯送梓潼陈众甫、汝南周愿、河东裴泰、武都符义府、泰山羊士谔、陇西李炼凡六《序》，《庐山禅居记》《辞李常侍启》《远游赋》《七夕赋》，所有这些都是世间罕见的佳作。凭着这些和陈子昂相比，能被称为是古文论著、诗歌创作两方面才能都具备的人物了吗？

哎！前辈杨凌实际上已经领悟到了各种文章的精要，但却患上了重病，功力已经达到一定程度却停止了自己的写作，如此不到一年的时间，病魔缠身，无法将艺术上的造诣达到极致，胸中的才能不能全部地施展出来。遗留下来的文章没有在社会上得到广泛地流传，名声也没有得到远播。对于我们这些工于写作的人来说，都应该对这件事情产生回忆、哀婉、景仰的情感啊！宗元小时侯曾以世交的关系和他有往来，现在受到前辈长兄即我的岳父的托付，将前辈的文稿按照次序编排成册。讲述了前辈创作中取得的成就，在文集之后另外附上。

与萧翰林[1]俛书

题解

这篇文章是柳宗元在永州写给友人萧俛的信，旨意在于讲谈仁义。全文大部分篇幅是在承认自己的过错，同时申诉自己的无端冤情，将久居牢笼中的孤寂无聊之情表达了出来，借此信希望思谦能够行义通达。文章开篇从“当官”之事说起，点出了“助太平”的功用。之后开始叙述自己的事情，主要包括仕途和贬谪之事。“向者”一词领起，开始讲述自己的仕途之事。过后又开始叙述自己冤屈的贬谪之事，其激愤之情是显而易见的，在此过程之中，对那些无事生非的庸俗之人进行了深入地分析。叙述过自己的遭遇之后，文章又将“人生”的主题添加了进去，从而写到自己超脱的心态，其悲凉之感真实可见。

这封书信饱含作者的愤懑之情，情急而辞缓，旨意高妙。从这篇文章中，能够较为详细地了解柳宗元被贬之后的生活和精神状况。

[原文]

思谦兄足下：昨祁县王师范过永州，为仆言得张左司书，道思谦蹇然[2]有当官之心，乃诚助太平者也。仆闻之喜甚，然徵王生之说[3]，仆岂不素知耶？所喜者耳与心叶[4]，果于不谬焉尔。

仆不幸，向者进当臲卼不安之势[5]，平居闭门，口舌无数，况又有久与游者，乃岌岌[6]而造其门哉。其求进而退者，皆聚为仇怨，造作粉饰，蔓延益肆。非的然昭晰[7]自断于内，则孰能了仆于冥冥之间哉？然仆当时年三十三，甚少，自御史里行得礼部员外郎，超取显美，欲免世之求进者怪怒媢[8]嫉，其可得乎？凡人皆欲自达，仆先得显处，才不能逾同列，名不能压当世，世之怒仆宜也。与罪人交十年，官又以是进，辱在附会。圣朝宏大，贬黜甚薄，不能塞众人之怒，谤语转移，嚣嚣嗷嗷[9]，渐成怪民。饰智求仕者，更詈[10]仆以悦仇人之心，日为新奇，务相喜可，自以速援引之路。而仆辈坐益困辱，

万罪横生，不知其端。伏自思念，过大恩甚，乃以致此。悲夫！人生少得六七十者，今已三十七矣。长来觉日月益促，岁岁更甚，大都不过数十寒暑，则无此身矣。是非荣辱，又何足道？云云不已，只益为罪。兄知之，勿为他人言也。

居蛮夷[11]中久，惯习炎毒，昏眊(mào)重膇[12]，意以为常。忽遇北风晨起，薄寒中体，则肌革瘆(shèn)懔[13]，毛发萧条，瞿然[14]注视，怵惕以为异候，意绪殆非中国[15]人。楚、越间声音特异，鴂舌啅(zhuó)噪[16]，今听之怡然不怪，已与为类矣。家生小童，皆自然哓哓(xiāo)[17]，昼夜满耳，闻北人言，则啼呼走匿，虽病夫亦怛(dá)然[18]骇之。出门见适州闾市井者，其十有八九，杖而后兴。自料居此尚复几何，岂可更不知止，言说长短，重为一世非笑[19]哉？读《周易·困卦》至“有言不信，尚口乃穷[20]”也，往复益喜曰：“嗟乎！余虽家置一喙[21]以自称道，诟益甚耳。”用是更乐喑(yīn)默[22]，思与木石为徒，不复致意。

今天子兴教化，定邪正，海内皆欣欣怡愉，而仆与四五子者独沦陷如此，岂非命欤？命乃天也，非云云者所制，余又何恨？独喜思谦之徒，遭时言道。道之行，物得其利。仆诚有罪，然岂不在一物之数耶？身被之，目睹之，足矣。何必攘袂(mèi)[23]用力，而矜自我出耶？果矜之，又非道也。事诚如此。然居理平之世，终身为顽人之类，犹有少耻，未能尽忘，倘因贼平庆赏之际，得以见白，使受天泽余润，虽朽枿[24]腐败，不能生植，犹足蒸出芝菌，以为瑞物。一释废痼，移数县之地，则世必曰罪稍解矣。然后收召魂魄，买土一廛(chán)为耕甿[25]，朝夕歌谣，使成文章。庶木铎[26]者采取，献之法

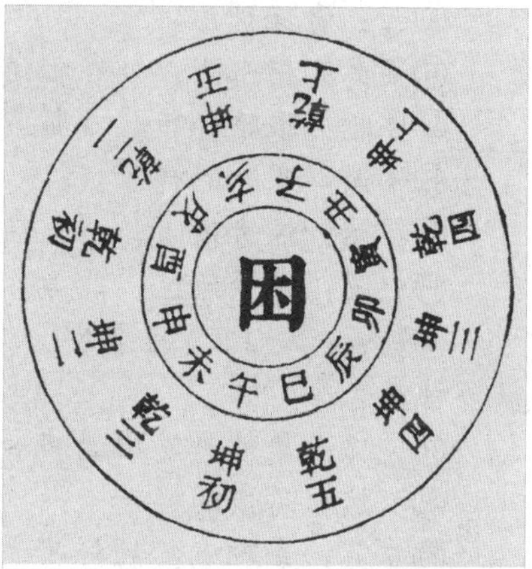

困卦

困卦从卦形上看，上卦兑为静水，下卦坎为流水。上方水静不动，下方水流不止。这是水库的形象，水库为困水之所，所以此卦命名为“困”。困卦告诉我们在困难面前要有勇气。作者遭受了无端的冤情，但他希望自己能以超脱的心态和足够的勇气来面对自己的处境。

宫[27]，增圣唐大雅之什，虽不得位，亦不虚为太平之人矣。此在望外，然终欲为兄一言焉。宗元再拜。

[注释]

①萧翰林：萧俛，字思谦，于贞元七年（791年）中进士，后官拜右拾遗。元和四年（809年），柳宗元写此信，萧俛任谏官右补阙。元和六年（811年），被召为翰林学士，元和九年（814年），因为和张仲方驳斥李吉甫等人遭到贬官，降为太仆少卿。后来又在皇甫谧的推荐之下做了御史中丞。穆宗时候，又被授中书侍郎，后卒。

②蹇然：正直的样子。蹇，与“謇”通假。

③微：没有之意。王生：这里指王师范。

④叶：相和谐、相协调。

⑤向者：从前、过去的意思。鯱鯱：动摇不安定。

⑥岌岌：危险的样子。此处应该是“汲汲”两字。

⑦昭晰：清楚明白。

⑧媢：妒忌之意。

⑨嚣嚣嗷嗷：喧哗、嘈杂的声音。

⑩詈：责怪训斥。

⑪蛮夷：指永州，处在偏远荒凉的地方。

⑫昏眊：眼睛昏花。重腿：脚部肿起来。

⑬瘆懔：寒冷的样子。

⑭瞿然：惊奇地看。

⑮中国：中原地区、北方。

⑯鸠舌：一种鸟的名字，又名伯劳，这里指的是南方的语音。啴噪：很多种声音。

⑰哓哓：争吵时发出的声音。

⑱怛然：恐惧的样子。

⑲非笑：责难嘲笑的样子。

⑳“有言不信”二句：我有言他人不相信。卜辞中讲到当人处在困境的时候，有美德和良好的品行，则大人吉而无咎；不要多讲话，有言他人不相信。

㉑置一喙：插上一句，讲一句话。

㉒用是：因此上。喑默：沉默不言。

㉓攘袂：将袖子挽起来，奋力做事的样子。

㉔栫：树木在被砍伐之后，重新生长出来的枝叶。

㉕廛：一亩半地，指古代一户平民居住的房屋所占土地。甿：与“氓”同，农民。

㉖木铎：以木为舌的大铃铛。

㉗法宫：国君处理国事的地方。

［译文］

尊敬的思谦兄：昨天，祁县的王师范在经过永州的时候，告诉我说他收到了张左司的信，说到你忽然间要去当官了，这的确是一件有益于太平盛世的事情啊！我听到这样的事，感到很高兴，假使不是王生说起，莫不成我就一直不知道吗？当我听到的和我心中所想的事情合拍的时候，我很高兴，没有发生任何错误。

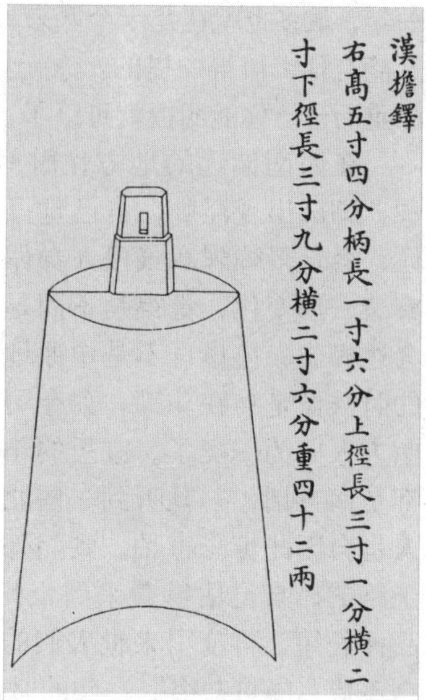

汉檐铎

铎，古代宣布政教法令时，或有战事时用的大木铃。“庶木铎者”，指采风者，即古代收集民歌的人。柳宗元希望自己的文章能够被采风者收集，然后被送到朝廷。读到此处，一种悲凉之感油然而生。

我的经历很不幸，在过去当官的时候，正好赶上慌乱不安的局势，平时就把门关上待在家里，就这样还有很多的人在谈论是非，更何况还有许多曾和我有交情的人们，很危险地从中操纵呢。所有那些想要当官又当不成的人们，都把怨恨积聚在胸中，火上浇油，以至于对我的仇恨很快地蔓延开来。假如没有那些心知肚明、自己判断不被误导的人，还有谁能知道我是处在无尽的深渊中呢？当时的我才三十三岁，很是年轻，从御史里行提升到了礼部员外郎一职，拥有了显赫的地位，我这时想把那些希望进入仕途之人心中的怨恨都免除，能做得到吗？所有的人都想要升迁当官，我是因为先拥有了显赫的地位，才不得不把同僚们超过了，名望不能躲避过当世，所以那些世上怨恨我的人也就显得无可厚非了。我和现在的罪人王叔文有十年的交情，我的官位升迁和这是有关系的，所以因为附会受到了辱没。圣明的君主洪恩远播，对我贬谪的惩罚应该算作是轻微的，世人怨恨的情绪不能完全排解，污蔑的言语就会不断出现，纷乱的谈论中，慢慢地把我变成了一个奇怪的人。那些凭着投机取巧的手段得到官位的人，更加严酷地辱骂我，以此博得我仇人的欢愉，多变新鲜的谣言每天都不一样，相互之间都能达成共识，沿着这样的途径让自己得到提升。这就使得我这样的人生活得更加屈辱痛苦，无数的罪行强加在我的身上，所有罪行都是莫名其妙来到的。我默默地思考过这个问题，可能是由于我有很重的罪行，同时又承蒙了很多的恩宠，因此就造成了现在这样的结果。真是令人感到悲哀啊！人的一生短暂仓促，年纪到了六七十就非常少了，现在的我已经逝去了三十七个年头。长大成人之后，经常慨叹光阴匆匆而过，这样的感觉一年强于

一年，最多也就在几十个寒来暑往之后，现在的身体就不复存在了。功过是非，又能有什么值得一提的？永无休止地申辩，只能让我身上已有的罪孽变得更加深重而已。你能明白就可以了，不要和其他的人再说了。

在西南偏远的地方住时间长了，渐渐习惯了那里炎热的气候，目光恍惚，脚部出现浮肿，自己觉得是经常出现的事情。突然出现早上刮北风的时候，会觉得阵阵寒气侵入身体，有种身体颤动、毛骨微怵的感觉，担心地观察着一切变化，觉得是不同寻常的一种天气情况，同时感到很害怕，心中也会这样想，应该再不是中原地区的人了。楚、越地区的声音十分特别，说话的时候像是鸟在斗嘴，如今习惯了，就不觉得奇怪了，觉得挺喜欢，已经和南方人归为一类了。家里的小奴仆，都会自觉地去讲南方方言，天天听到的都是南方话，一旦听到一些北方话，会哭喊着躲起来，像我这样身体有病的人也会因此惊恐害怕。到门外看那些进城的人们，十有八九就都是拄着拐杖走路的。自己估摸着来到永州这个地方还能活多久，难道还要不懂得满足，品评长短，再度引来世人们的讥讽和嘲笑吗？在读到《周易·困卦》中“有言不信，尚口乃穷”一句的时候，一再地读这一句，就变得更高兴了，说道：“哎！假使我在家中还用一张嘴来为自己辩解的话，只能是让世人对我的谩骂更快地增加罢了。”所以，我开始习惯于沉默寡言，想和木石来交朋友，不再留意世人的辱骂了。

现如今，国君主张实施教化，树立优劣的标准，满天下的人都为此高兴，单单只有我们四五个人，被贬沦落，难道这不是命运吗？人的命运是上天注定的，并非是那些谈论是非的人造成的，我又能怨恨什么呢？只能在这里祝福像你思谦一样的人，赶上了好时候，能在正确道义的指引下一展宏图。正确道义的实施，天下万物都能够享受到福分。我有罪，这一点是事实，但是我难道不是芸芸众生中的一员吗？能够亲自感受到正确的道义，看到正确的道义，就很知足了。又何必要卷起袖子，争辩得面红耳赤，来彰显自己呢？如果只知道显耀自己的话，又是和正确的道义相违背的。事情就是这样。但是身处政治开明的社会时，一辈子都被认为是凶残的人，还应该认为是可耻的，不能全部都把它忽略，假使能够在平定王承宗庆赏功勋的时候，能为我喊冤说情，让我能够蒙受到一点点皇帝的恩泽，就算我是一棵腐朽败坏的树根，没有能力再长出茁壮的枝条来，但培养一些菌类兰芝还是可以的，同时这些还可以成为国家兴盛的祥瑞之物。只要是将我的贬谪命令废止了，转移到其他的州县，世人就会以为我的罪行受到了宽恕。之后，我就会集中全部的精力，购置一亩多的田地来耕种，整天地歌颂大好的形势，著书成文。采风行者还有可能收集到了我的文章，送到朝廷里，把唐代的大雅诗篇得以扩容，这样，就算与做官无缘，也不白白地做一回盛世中的平民百姓了。这都是希望之外的事情，最终还是想要和你倾诉一下。宗元拜谢。

永州韦使君新堂记

题解

永州刺史韦使君在永州建立自己的新房，当新的院落建成时，宴请官绅，由柳宗元来撰写碑文，以示纪念。在这篇文章中，作者描述了韦使君新庭院周围的环境和景观，并以此为依托表达了自己对韦使君的政治希望和建议。文章在叙事之时加入适当的议论，文辞生动简洁，论述精辟入理。

[原文]

将为穹谷嵁岩渊池于郊邑之中[1]，则必辇(niǎn)[2]山石，沟涧壑，凌绝险阻，疲极人力，乃可以有为也。然而求天作地生之状，咸无得焉。逸其人，因其地，全其天，昔之所难，今于是乎在。

永州实惟九疑[3]之麓，其始度土者，环山为城。有石焉翳(yì)于奥草[4]，有泉焉伏于土涂[5]，蛇虺之所蟠[6]，狸鼠之所游，茂树恶木，嘉葩(pā)[7]毒卉，乱杂而争植，号为秽墟。韦公之来既逾月，理甚无事，望其地，且异之。始命芟(shān)其芜[8]，行其涂，积之丘如，蠲(juān)之浏如[9]。既焚既酾(shī)[10]，奇势迭出，清浊辨质，美恶异位。视其植，则清秀敷舒；视其蓄，则溶漾纡(yū)馀[11]。怪石森然，周于四隅，或列或跪，或立或仆。窍穴逶(wēi)邃[12]，堆阜突怒。乃作栋宇，以为观游。凡其物类，无不合形辅势效伎于堂庑[13]之下。处之连山高原林麓(lù)之崖，间厕隐显。迩延野绿，远混天碧，咸会于谯门[14]之外。

已乃延客入观，继以宴娱。或赞且贺，曰："见公之作，知公之志。公之因土而得胜，岂不欲因俗以成化？公之择恶而取美，岂不欲除残而佑仁？公之蠲浊而流清，岂不欲废贪而立廉？公之居高以望远，岂不欲家抚而户饶？夫然，则是堂也，岂独草木土石水泉之适欤？山原林麓之观欤？将使继公之理者，视其细，知其大也。"宗元请志[15]诸石，措诸屋漏，以为二千石[16]楷法。

[注释]

①穹谷：深幽的峡谷。嵁岩：高山绝壁。

②辇：用车装载、拉运的意思。

③九疑：指的是九疑山，位于今湖南南部地区。

④翳：遮挡。奥草：茂密繁杂的草丛。

⑤涂：与“塗”同，泥土。

⑥虺：一种毒蛇的名字。蟠：弯曲状俯卧着。

⑦葩：花朵。

⑧芜：多而杂乱的草。

⑨蠲：清理、处理。浏：清澈见底的样子。

⑩酾：疏导、疏通。

⑪纡馀：蜿蜒曲折的样子。

⑫逶邃：曲折幽深。

⑬庑：指的是正屋对面或是旁边的屋子。

⑭谯门：本意是指城门上的瞭望口，这里指的是新房的门楼。

⑮志：记录、记载。

⑯二千石：在汉代，郡守、相国的俸禄是二千石，以此来代指州郡长官。

[译文]

假如要是在郊外和城里修建深谷、高岩、深深的池水，就一定要用车来把山石搬来，挖掘沟谷，克服许多艰难险阻，费神费力，这才能建造成。假如要让这些和自然天成的一样的话，是不可能的。不让人们受累，依照着当地的地形，保持自然的形态，在以前看来是很难完成的，但是现在的人就能把这做得很好。

永州城位于九疑山脚下，最早丈量当地的土地、构筑城池的人们，是围绕着山来建造的。永州城有这样的一个地方，石头被深厚的草体遮盖住了，泉水暗暗地藏在河流的泥污之中，毒蛇盘旋出没着，貉和老鼠随处都是，茁壮的树木和干损的树木、美丽的花卉和有毒的野草，相互交错地生长着，这就是人们所讲的荒芜之地的景象。韦先生来到永州刚刚一个月，没有什么公干，就去看了这片土地，认为这块地是不寻常的。接下来他就让人们开始将那些野草除去，将污泥清理干净，将这里的泥土堆积起来，形成山丘的样子，把泉水的道路疏通，让它变得清澈可人。将野草烧掉，将水流疏通，奇特的景象就在眼前呈现出来了，清澈的泉水和污泥不再混杂在一起，茁壮的树木、美丽的花卉不再和那些干损的树木、有毒的野草共同生长。所有的树木，都变得清新秀丽；清澈的水塘，波光粼粼，弯折曲回。怪石赫然耸立，充斥着四周，有自然排成行列的，有直直站立着的，有向前倾斜着的。洞穴都是蜿蜒深邃的，小丘在这里显得突兀可见。在这里建一座庭院，用来赏玩。所有的景观，都十分符合自然的情状，和地势密切地配合着，在庭院和长廊前面看，优美的身姿就呈现在眼前了。庭院外侧的两座山丘是紧密相连的，树林边的山崖和小丘交错着，若隐若现。近处看到的田野和远处看到的蓝天交相辉映，它们最终汇集凝固在瞭望楼的外面。

庭院落成之后，就开始邀请客人们到这里观看风景，同时还要举行宴会、进行赏玩。有人称赞而且恭贺着说道："从先生修建的庭院中，就能够看到先生的品质风范。你能够顺着天然的地形来获得美丽的景致，难道不愿意顺应民意来实行你的政治理想吗？你能够将腐恶的树木和杂草铲除，难道不愿意铲除强暴之徒来保护忠良的民众吗？你能够清除掉污泥让水变得清澈明亮，难道不愿意清除掉社会上的贪官污吏，从而让清廉的官员执掌大权吗？你处在很高的位置上，很有远见卓识，难道不愿意用它来教化善良的民众吗？假如真是这样的话，那这庭院的建造，能仅仅是让自然的草木石水得到了自己应有的位置吗？难道庭院坐落于此仅仅是为了赏玩这山野、丘石的风景吗？它将会让那些在你之后治理永州的人们，从这一小的细节去探知更深、更大的道理。"我让人把这篇文章刻在石碑上，安放在屋漏里，编写进史书，成为以后州府官员借鉴的楷模。

永州龙兴寺[1]东丘记

题解

本篇文章写于柳宗元被贬永州之后。作者在龙兴寺的西厢房住下，于东丘之处自己修整出了一片田园净土，以此来宽慰自己遭到贬谪的忧郁心情。美丽柔和的大自然的气息，是能够让他感到舒心的良药。文章清新自然，读后令人欣然神往。

［原文］

游之适[2]，大率[3]有二：旷如[4]也，奥如[5]也，如斯而已。其地之凌阻峭，出幽郁，寥廓悠长，则于旷宜；抵丘垤[6]，伏灌莽[7]，迫遽回合[8]，则于奥宜。因其旷，虽增以崇台延阁，回环日星临瞰风雨，不可病其敞[9]也；因其奥，虽增以茂树石，穹若洞谷，蓊[10]若林麓，不可病其邃也。

今所谓东丘者，奥之宜者也。其始龛（kān）[11]之外弃地，余得而合焉，以属于堂之北垂。凡坳洼[12]坻岸之状，无废其故。屏以密竹，联以曲梁。桂、桧、松、杉、楩、柟之植，几三百本，嘉卉美石，又经纬之。俯绿缛（rù）[13]，幽荫会蔚[14]。步武错迕，不知所出。温风不烁[15]，清气

自至，水亭狭室，曲有奥趣。然而至焉者，往往以邃为病。

噫！龙兴，永之佳寺也。登高殿可以望南极，辟大门可以瞰湘流，若是其旷也。而于是小丘，又将披而攘之，则吾所谓游有二者，无乃阙焉而丧其地之宜乎？丘之幽幽，可以处休。丘之窅窅，可以观妙。溽(rù)暑[16]遁去，兹丘之下。大和[17]不迁，兹丘之巅。奥乎兹丘，孰从我游？余无召公[18]之德，惧翦伐之及也，故书以祈后之君子。

［注释］

①龙兴寺：位于零陵城东南潇水东岸，柳宗元被贬永州之时，曾经在此寺的西厢房居住过。

②适：惬意舒适。

③大率：大概。

④旷如：空旷辽远。

⑤奥如：清幽偏僻。

⑥垤：蚂蚁洞外面隆起的小鼓包、小土丘。

⑦灌莽：灌木和草。

⑧迫遽回合：蜿蜒曲折的样子。

⑨不可病其敞：指的是不能损害它的开阔。

⑩蓊：草木茂盛。

⑪龛：放置佛像的地方。

⑫坳洼：低凹深陷的地方。

⑬绿缛：绿地。

⑭会蔚：繁盛之貌。

⑮烁：热。

⑯溽署：酷暑之意。

⑰大和：阴阳调和的气息。

⑱召公：本姓姬，因为封地在召，就被称为召公或是召伯。

［译文］

最适合游览的地方，大致说来也就两种：第一就是空旷辽远的地方，第二就是清幽偏僻的地方，如此而已。地势之危都高过了最陡的山崖，超出那些清幽又草木茂密之处，开阔而又高远，就适合称为是空旷辽远的地方；走过小的山丘，就进入一片灌木丛中，土地面积很小，周围有山体环绕着，就适合称为是清幽偏僻的地方。沿着空旷辽远的道路前进，就算是再盖些很高的亭台楼阁，仰观日月之形，俯察风雨之态，它的开阔一点都不会被损坏；沿着清幽偏僻的道路前进，就算是再多种一些浓密的树木，放一些杂乱的石块，有着洞穴深谷

那样的清幽，有着丛林密布那样的姿态，它的清幽就不能被认为是缺点。

现在所讲的东丘，就是一个清幽偏僻的地方。先前它是在安置佛像的小阁外面的一块废弃土地，我发现了这个地方，开始修整它，让它与龙兴寺堂北边的屋子相连接。凡是遇到存有清水的低洼之处，或者是遇到水中的小渊，我都不改变它们的形状。水塘的四周围满了茂密的竹林，和曲折的小桥相连着。这里种植了桂、桧、松、杉、楩、柟等各类的树木，大约有三百株，美丽的花草和石头，在其中错落安放着。当你低下头来进入茂盛的丛林中，暗暗的林荫，繁茂的草木，没走几步就迷路了，找不到能够出来的道路。在这里，即使是热风吹来，也不会感到灼烧，清凉的气息一直在身边吹拂着。水里面很小的亭子和房子，蜿蜒又不失幽远的味道。但是只要是来过这里的人，都会觉得清幽是这里最大的缺点。

哎！龙兴寺应该是永州最好的寺院了。登到高殿之上，就能够看到很远的南面，打开院门就能够欣赏到浩瀚的湘江，它就是这样的空旷辽远。但是，有人打算要把这个小丘铲除掉，那我刚才讲到的两处最佳的游览地，不就因缺少了小丘而丢掉了许多优美的景致吗？清幽的小丘，可以供人游玩休息。深远的小丘，可以让人们参观美景。在小丘下休息，夏天湿热的空气会突然离你而去，站在小丘的山顶上，阴阳调和的气息永远不变。这个小丘如此清幽偏僻，谁和我一起来游玩呢？我还不具备召公一样的德行，害怕后人把小丘中的树木砍倒，因此写这篇文章来祈求后世的君王。

永州铁炉步志[1]

题解

从魏晋之后，古代社会的封建世袭制度逐步稳固，许多的权贵门第掌握着重要的政治权力，即使没有什么学识品行，也能够荣升高位。时至中唐，虽然有了一些变化，但是这种现象在现实生活中还是很严重的。柳宗元的这篇文章就是针对这一问题展开分析的。本篇是他在被贬之后所作的讽刺意味很浓的小品文。

在这篇文章当中，作者选取了名不副实的铁炉步作喻，借用当地人的言论，讽刺了当时那些位高权重、无才无德的官僚们，同时对一味遵从门第的社会陋俗进行了批判，表明了柳宗元“任人唯贤”的进步思想和价值观。文章构思巧妙，言辞犀利，笔法精练，在讽刺小品文中堪称佳作。

［原文］

江之浒，凡舟可縻（mí）[2]而上下者曰步。永州北郭有步，曰铁炉步。

余乘舟来，居九年，往来求其所以为铁炉者无有。问之，人曰："盖尝有锻者[3]居，其人去而炉毁者不知年矣，独有其号冒[4]而存。"

余曰："嘻！世固有事去名存而冒焉若是耶？"步之人曰："子何独怪是？今世有负[5]其姓而立于天下者，曰：'吾门大[6]，他不我敌[7]也。'问其位与德[8]，曰：'久矣其先也。'然而彼犹曰'我大'，世亦曰'某氏大'。其冒于号有以异于兹步者乎？向使有闻兹步之号，而不足釜锜、钱镈(bó)、刀鈇者[9]，怀价[10]而来，能有得其欲乎？则求位与德于彼，其不可得亦犹是也。位存焉而德无有，犹不足大其门，然世且乐为之下。子胡[11]不怪彼而独怪于是？大者桀冒禹[12]，纣冒汤[13]，幽、厉冒文、武[14]，以傲[15]天下。由不知推其本而姑大其故号，以至于败，为世笑僇(lù)[16]，斯可以甚惧[17]。若求兹步之实，而不得釜锜、钱镈、刀鈇者，则去而之他，又何害乎？子之惊于是，末矣？"

余以为古有太史，观民风，采民言。若是者，则有得矣。嘉[18]其言可采，书以为志。

[注释]

①步：即为"埠"，是南方人对水边停船的码头的称呼。志：记录、记载。

②縻：困住、束缚住。

③锻者：指的是锻铁者，打铁匠。

④冒：假代、假扮。

⑤负：依靠、凭借。

⑥门大：名门的意思。

⑦不我敌：比不过我，即"不敌我"。

⑧位与德：地位、政绩和功德。

⑨釜：指的是有两个耳朵的铁锅。锜：有三足的锅。钱：铁铲。镈：用来除草的一种农具。鈇：铡刀，用于切草。也要指斧头。

⑩怀价：拿着钱。

⑪胡：为什么。

⑫桀冒禹：夏桀假代夏禹的名望。

⑬纣冒汤：商纣假代商汤的名望。

⑭幽、厉冒文、武：周幽王、周厉王假代周文王、周武王的名望。

⑮傲：傲然、傲视。

⑯僇：侮辱之意。

⑰惧：警戒、警惕。

⑱嘉：赞赏的意思。

［译文］

妲己害政

世界上已经不存在的事物，它的名号却能流传下来。他们的后人虽然没有政绩和功劳，但是还是有人愿意恭敬地在他的门下跪拜。比如：夏桀假代了夏禹的名望，商纣王假代了商汤的名望……柳宗元认为这种奇怪的现象是不合理的。图为商纣王宠信妲己、残害忠良。

在江边上，但凡是可以供人们系住船只，同时能够提供人们上下船的地方称为步。永州城的北边就有一个步，名字是铁炉步。我乘着船来到这里，一住就是九年，一直在探求之所以称其为铁炉步的原因，但一直没有得到答案。向别人询问这件事的时候，有人回答道：“或许是因为曾经有打铁匠在这里住过，在他走后，炉子被毁坏已经很多年了，只有铁炉步的名称还一直被借用保存下来。”

我说道：“啊！世界上还真有已经不存在的事物，却将它的名号保留下来，假代原有情况的吗？”铁炉步当地的人这样回答：“你为什么独独为这件事感到困惑呢？现在就有那些依靠着家族地位而在天下立足的人，说：‘我出身名门之第，没有人能和我们相比。’在查问他们的政绩、功劳的时候，人们会这样解释：‘那是他们祖先的事情，已经过去很久了啊！’可是他又说‘我出身名门之第’，人们也都这样说‘某人是出身名门，有高贵的血统’。他单单有一个好听的名字，这和铁炉步有什么区别吗？假如让一个听过铁炉步的人，在自己缺乏铁锤刀斧之类东西时，来到这里能用钱买到他想要的东西吗？假如有人向那些出身名门的人问及政绩、功劳的时候，也同样会像那个来铁炉步买铁具的人一样空手而归的。一直保持着很高的官位，但没有政绩和功劳传于天下，他的门第得不到光大，但还是有人愿意恭敬地在他的门下跪拜。你为何没有觉得这是一种奇怪的现象而只是单单对这个铁炉步感到奇怪呢？从大处来看，夏桀假代了夏禹的名望，商纣王假代了商汤的名望，周幽王、周厉王假代了周文王、周武王的名望，凭借着这些傲然面对天下人。因为不知道该如何追溯祖先名望的缘由，只是用这一称号来扩大自己的声势，以致于落得名声扫地，让世人耻笑，这是应该引以为戒的。假如说有人来到这个铁炉步却没有得到自己想要的铁具，就立刻离开去往别处，害处又有哪些呢？令你吃惊的是这件事的话，见识未免太少了吧？”

在我看来，古代有太史，主要负责体察民风民俗，收集民间言论。如果有的话，就会很有益处。我认为上面的话很精彩、值得采集，记下来整理成这篇志。

游黄溪[1]记

题解

本文和“永州八记”算在一起，是柳宗元所作的九篇游记，都是记录自己在被贬之后对山水的感受。山水的秀美，尽在其中。文章开篇运用了由大到小的引见法，突出了黄溪的山水之美，与宋玉的《登徒子好色赋》中“天下之佳人，莫若楚国；楚国之丽者，莫若臣里；臣里之美者，莫若城东家之子”对东邻女子美貌的描写有异曲同工之妙。随后开始介绍黄溪的位置和美丽风景，作者爱惜笔墨，每笔都有神来的韵味。在描写初潭的时候，虽然说“最奇丽，殆不可状”，但是对它的描写还是很生动的。在文章最后，作者将黄神的来历介绍了一番，并称之为是对“后之好游者”做向导。认真咀嚼之后，别有味道。

黄溪并非名山大川，但是在作者眼中被看成是最善之处。黄神的逃亡经历和人们认为他是有道之人，所有这些，作者都独辟蹊径，用史笔写山水，以景夺人。由此可以理解山水不以偏僻而不善，人不为逆境而无道的内涵。黄溪和黄神在此为证，作者的情怀含蕴其中。

[原文]

北之晋，西适豳(bīn)[2]，东极吴，南至楚越之交，其间名山水而州者以百数，永最善。环永之治百里，北至于浯(wú)溪[3]，西至于湘之源，南至于泷(shuāng)泉[4]，东至于黄溪东屯，其间名山水而村者以百数，黄溪最善。

黄溪距州治七十里，由东屯南行六百步，至黄神祠。祠之上，两山墙立，丹碧之华叶骈[5]植，与山升降。其缺者为崖峭岩窟，水之中，皆小石平布。黄神之上，揭水[6]八十步，至初潭，最奇丽，殆不可状。其略若剖大瓮，侧立千尺，溪水积焉。黛蓄膏渟[7]，来若白虹，沉沉无声，有鱼数百尾，方来会石下。南去又行百步，至第二潭。石皆巍然，临峻流，若颏颔龂腭(è)。其下大石杂列，可坐饮食。有鸟赤首乌翼，大如鹄(hú)[8]，方东向立。自是又南数里，地皆一状，树益壮，石益瘦，水鸣皆锵然。又南一里，至大冥之川，山舒水缓，有土田。始黄神为人时，居其地。

传者曰：“黄神王姓，莽之世也。莽既死，神更号黄氏，逃来，

择其深峭者潜焉。”始莽尝曰：“余黄虞之后也。”故号其女曰黄皇室主。黄与王声相迩，而又有本，其所以传言者益验。神既居是，民咸安焉。以为有道，死乃俎豆之⑨，为立祠。后稍徙近乎民，今祠在山阴溪水上。元和八年五月十六日，既归为记，以启⑩后之好游者。

［注释］

①黄溪：水名，发源于湖南宁远县，向西奔流，后又折向北方，最后和祁阳县的白江水一起汇入湘江。

②适：到、前往。豳：位于今陕西旬邑和彬县一带。

③浯溪：水名，位于湘水的南边，在今湖南祁阳县西南一带。

④泷泉：水名。

⑤骈：并排、并列。

⑥揭水：浅水。

⑦黛：古代女子画眉用的青黑色颜料，代指水的颜色。膏：油脂。渟：水静止不动的样子。

⑧鹄：天鹅。

⑨俎：盛放肉类的盆儿，祭祀用品。豆：盛放干肉的器具，也是祭祀用品。

⑩启：引导之意。

［译文］

向北直到晋，向西直到豳，向东直到吴，向南直到楚越交界处，这中间，在以山水闻名的地方建立州治的不下几百个，永州是其中风景最好的地方。围绕着永州州治方圆百里的地方，向北直到浯溪，向西直到湘江的发源地，向南直到泷泉，向东直到黄溪东屯，这中间，在山水游览胜地建造村庄的不下几百个，黄溪是其中风景最好的。

黄溪到永州的州治有七十里的路程，从东屯往南走上六百步，就到了黄神祠。在这座祠的上面，屹立着两座像墙壁一样的山峰，各种颜色的花朵和树叶互相掩映着，跟随着山势一同起伏。没有美丽花朵的地方就是悬崖绝壁、山石洞穴、高山流水，到处都布满了小石头。从黄神祠再往南走，把衣服要撩起来蹚水走大约八十步，看到的初潭，是景色最宜人的地方，它的美是无法描摹的。大概的形状像是一个剖开的大坛子，两侧都是悬崖绝壁，溪水在潭中汇集在一起。一坛墨绿静止在那里，流过来的水就好像是白色的虹霓，安静得没有声音，里面有数百条的鱼，游过来汇聚到石头的下面。再向南走上一百来步，就到了第二潭。潭边的石头都是高高矗立的，在湍流不息的水流边，高低错落。潭水中也有几块大石头，人们可以坐在它的上面吃东西。这里有一鸟，头是红色的，翅膀是黑色的，体积大得像天鹅一样，面向东伫立着。从这里出发再往南走大

约几里地的样子，地形没有什么变化，树变得越来越粗了，石头却变得越来越瘦了，流水的声音清晰可闻。再向南一里地的时候，就看到了视野开阔的平地、河水，山变得平缓了许多，水也开始流动得慢了，出现了广阔的田地。当初黄神还没有成仙的时候，就在这里住着。

据人们说："黄神开始是姓王的，在王莽时代生活。王莽死后，改姓黄，逃到了永州这个僻静的地方，隐居在山水柔美深邃之处。"王莽曾这样说："我是黄帝、虞舜的后代。"因此将他女儿叫成黄皇室主。黄王由于发音极其相似，又有前后关系，所以人们的传说就逐渐地被信以为真了。神在这里住下以后，人民在这里过着安定的生活。觉得黄神是有道义的，在他死后就立了祠庙来专门地祭祀他。之后又将这个祠庙搬迁到了离人们聚居地较近的地方，如今的黄神祠在山的北面，溪水之上。元和八年（813年）五月十六日，我在游览黄溪后，回到家中写下了这篇游记，给后世那些爱好游历的人们一点指引。

石渠①记

题解

本篇是柳宗元"永州八记"的第六篇，主要描写对象是石渠中的泉水。在描写中，作者突出了泉水细微舒缓的状态，在写到渠周围景致时，主要关注的是风吹动树木之时发出的声音，这种声音响彻山谷，直到风停止后，回响还不停止。这种静态和动态情景的描写，和"永州八记"中的其他游记有很大的区别。如此精细的刻画，不经意间就带我们进入了一个充满自然奥秘的世界中。

［原文］

自渴西南行不能百步，得石渠，民桥②其上。有泉幽幽然，其鸣乍大乍细。渠之广或咫③尺，或倍尺④，其长可十许步。其流抵大石，伏出其下。逾⑤石而往，有石泓，昌蒲⑥被之，青鲜⑦环周。又折西行，旁陷岩石下，北堕小潭。潭幅员减百尺⑧，清深多鲦（tiáo）鱼。又北曲行纡馀⑨，睨⑩若无穷，然卒入于渴。其侧皆诡石、怪木、奇卉、美箭⑪，可列坐而庥⑫焉。风摇其巅，韵动崖谷。视之既静，其听始远。

予从州牧得之。揽去翳朽，决疏土石，既崇而焚，既酾⑬而盈。惜其未始有传焉者，故累记其所属，遗之其人，书之其阳，俾后好事者求之得以易。

元和七年正月八日，蠲（juān）[14]渠至大石。十月十九日，逾石得石泓小潭。渠之美于是始穷也。

鲦鱼

潭水清幽，鲦鱼悠然嬉戏；竹林青葱，小花点缀其间；轻风吹拂着树梢，声音婉转悦耳。柳宗元细腻的笔触，不经意间把我们带回了大自然。

［注释］

①石渠：位于零陵县袁家渴西南处。

②桥：名词用作动词，建桥。

③咫：八寸。

④倍尺：两尺。

⑤逾：跨过、跃过。

⑥昌蒲：草名，长在水边，有香味，根部可以入药。

⑦鲜：这里指的是苔藓。

⑧幅员：宽度。减：少于、不够。

⑨纡馀：蜿蜒曲折的样子。

⑩睨：斜着眼睛看，也指广义的看。

⑪箭：小竹。

⑫庥：乘荫、庇荫。

⑬酾：疏通、疏导。

⑭蠲：清理、疏通。

［译文］

从袁家渴向西南方向走，还没有百步，就会看到一个石渠，那里的老百姓架了一座桥在上面。桥下的泉水清澈见底，水声时而大时而小。石渠的宽度是不均匀的，有的地方大概八寸宽，有的地方却有两尺，石渠大概有十几步那么长。流水在遇到大石块的阻挡时，就会自然地从石头底下穿过去。穿过大石头继续前进，有石头环绕着的小水洼地，水面长满了昌蒲，周围还有青苔包围着。再拐个弯往西走，水流从旁边向岩石里流去，向北跌落到小潭中。小潭大概方圆一百尺，潭水清澈，里面有不少的鲦鱼。水流又开始向北蜿蜒前行，看不到尽头在哪里，最后还是流入了袁家渴里。水流的两边，生有各种奇怪的石头和树、奇异的花朵、美丽的竹子，可以在树荫下坐着纳凉。轻风吹拂着树梢，声音回旋在山谷之中。看着好像没有任何的动静，声音婉转悦耳好像从很远的地方传来。

我从永州刺史手上把石渠买了下来。清理掉渠边庞杂的野草，把渠底的石头进行疏通整理，把野草收集起来焚烧掉，使得渠里的水能够畅快地流动。但还没有谁曾经记载过石渠，因此我在这里记载了所到之处，留给后人，把这刻在山南，让后人中有爱好游览的人们能够很容易地找到石渠。

元和七年（812年）正月初八，疏通石渠遇到大石头。十月十九日，绕过大石头后，就出现了小水洼和小潭。到这里，石渠的景色就尽收眼底了。

袁家渴记

题解

本篇是柳宗元“永州八记”的第五篇。开篇作者运用比较的方法将袁家渴奇丽的景致展现了出来，随后紧扣山水的形态特征，用精致的语言加以描写，突出了袁家渴深浅不一的水貌和缓急有致的水流，同时将袁家渴小溪、澄潭、小洲渚、水中绿荫覆盖的小山、满山的花草等美景做了细致描写。“振动”“掩苒”“纷红骇绿”等词汇的运用，使美景富有感情。柳宗元清新秀美的文笔在这里得到充分展示，文中展示的深邃优美的自然境界令人神往。

［原文］

由冉溪西南，水行十里，山水之可取者五，莫若钴鉧潭；由溪口而西，陆行，可取者八、九，莫若西山；由朝阳岩东南，水行至芜江[1]，可取者三，莫若袁家渴；皆永中幽丽奇处也。

楚、越之间方言，谓水之反流者为“渴”，音若“衣褐”之“褐”。渴上与南馆高嶂[2]合，下与百家濑[3]合。其中重洲、小溪、澄潭、浅渚[4]，间厕[5]曲折。平者[6]深黑，峻者[7]沸白。舟行若穷[8]，忽又无际。有小山出水中。山皆美石，上生青丛，冬夏常蔚然。其旁多岩洞，其下多白砾[9]，其树多枫、柟、石楠、楩、槠、樟、柚；草则兰、芷，又有异卉，类合欢而蔓生，轇轕(xiǎo gé)水石。每风自四山而下，振动大木，掩苒众草，纷红骇绿，蓊葧香气[10]，冲涛旋濑[11]，退贮溪谷，摇扬葳蕤[12]，与时推移。其大都如此。余无以穷其状。

永之人未尝游焉，余得之，不敢专也。出而传于世。其地主[13]袁氏，故以名焉。

［注释］

①芜江：永州的地名。

②南馆高嶂：指袁家渴发源地的高峰。

③百家濑：水名。

④重洲：溪水中能够看到的很多小洲。浅渚：突出于水面的小洲。

⑤间厕：穿插、夹杂。

⑥平者：平静的潭水。

⑦峻者：湍急的水流。

⑧穷：尽头的意思。

⑨白砾：白色的石子。

⑩蓊葧香气：香味浓郁、厚重。

⑪旋濑：溪水回旋的样子。

⑫葳蕤：草木繁盛，枝叶低垂的样子。

⑬地主：地盘的主人。

白芷

白芷味香色白。袁家渴有着浓密的草木，如枫、石楠、楩、槠、樟、柚、兰草、白芷等，甚至还有叫不出名字的奇异花草。作者笔下的袁家渴深邃优美，可在此文的字里行间感受到。

[译文]

沿着冉溪坐船向西南大约十里的样子，一路上就有五处十分令人称道的好地方，但是没有哪个是能和钴鉧潭相媲美的；从冉溪口处步行向西，能够令人称道的地方有八九个，但是没有哪个能和西山相媲美了；沿着朝阳岩坐船向着东南方向，到了芜江，能够令人称道的好地方有三个，但是没有哪个能和袁家渴相媲美的；上面所讲到的地方，都是永州极其清秀的美景。

楚越之地的语言中，把倒着流的水称为是“渴”，读音和“衣褐”的“褐”字相似。袁家渴上面和南馆山峰相接，下面则和百家濑相汇。中间有很多的沙洲、小溪、清澈的水潭和刚探出水面的小洲，它们交错出现，时隐时现。静逸的潭水泛出一种深黑的颜色，奔流的河水不停吞吐着白色的泡沫。船在行使的时候像是就要走到尽头了，但是忽然间的弯路又打开了辽阔无边的画面。这里有一座小山像是从溪水中冒出来似的。满山上都是美妙的石头，那里绿树繁杂，不论冬夏，都很茂盛。旁边有许多大大小小的洞穴，下面有不计其数的白色碎石，这里的树木多半是些枫、柟、石楠、楩、槠、樟、柚等；草就是兰草和白芷之类的，这里还有一种奇特的花草，长得很像合欢树，但它是蔓生的，纵横交错地在水中石头上缠绕着。当风没有阻碍地从四面吹下来的时候，大树被摇动着，杂草被吹弯了腰，彩色的花瓣在空中飞舞，叶子也夹杂在其间掉落，浓浓的香味不断地散发出来，风又卷起一层层的波浪，把急流的气势压了下去，回到了溪谷中间，风摇动着浓密的草木，跟随着时间的不同而变化着。这里的景致大概就是如此，至于它全部的景色我不可能全都记录下来。

由于永州的人从来不到那里游览，这个地方是我发现的，不敢独自享受。就想要呈现出来，让大家都知道这个地方。由于这块土地的主人一直是姓袁的，所以，我就称它为袁家渴。

柳州山水近治可游者记

题解

这篇文章和作者所作的“永州八记”里集中笔墨写一个点是不一样的，它采用的是散点描写的方法，把柳州州治附近几乎所有的奇异山水都云集到了这里，并且很有条理地将它们写了出来，形散而神聚，全部都是记叙，没有任何议论。全篇山水点面结合铺排得很广，细腻和粗犷的特点相得益彰。此文被后人称为是柳州山水的精致导游词。

［原文］

古之州治[1]，在浔水南山石间。今徙在水北，直平四十里，南北东西皆水汇。

北有双山，夹道崭然，曰背石山。有支川，东流入于浔水[2]。浔水因是北而东，尽大壁下。其壁曰龙壁。其下多秀石，可砚[3]。

南绝水，有山无麓[4]，广百寻，高五丈，下上若一，曰甑(zèng)山。山之南，皆大山，多奇。又南且西曰驾鹤山，壮耸环立，古州治负[5]焉。有泉在坎下，恒盈而不流。南有山，方正而崇，类屏者，曰屏山。其西曰四姥山，皆独立不倚，北沉浔水濑下。

又西曰仙奕之山。山之西可上，其上有穴，穴有屏，有室，有宇。其宇下有流石成形，如肺肝，如茄房[6]，或积于下，如人，如禽，如器物，甚众。东西九十尺，南北少半。东登入小穴，常[7]有四尺，则廓然甚大。无窍，正黑，烛之，高仅见其宇，皆流石怪状。由屏南室中入小穴，倍常而上，始黑，已而大明，为上室。由上室而上，有穴，北出之，乃临大野，飞鸟皆视其背。其始登者，得石枰[8]于上，黑肌而赤脉，十有八道，可弈，故以云。其山多柽，多槠，多篔筜(yúndāng)[9]之竹，多橐(tuó)吾[10]。其鸟多秭归[11]。

石鱼之山，全石，无大草木，山小而高，其形如立鱼，尤多秭归。西有穴，类仙奕。入其穴，东出，其西北灵泉在东趾下，有麓环之。泉大类毂⑫，雷鸣，西奔二十尺，有洄⑬，在石涧，因伏无所见，多绿青之鱼，多石鲫⑭，多鲦。

雷山，两崖皆东西，雷水出焉。蓄崖中曰雷塘，能出云气，作雷雨，变见有光。祷用俎鱼、豆彘、修形、糈稌(xǔ tú)、阴酒⑮，虔则应。在立鱼南，其间多美山，无名而深。峨山在野中，无麓，峨水出焉，东流入于浔水。

[注释]

①治：州郡官署所在的地方。

②浔水：指浔江，位于广西桂平。

③可砚：可以制成砚台。

④麓：山脚。

⑤负：靠着。

⑥茄房：莲蓬。

⑦常：一常是十六尺。

⑧枰：棋盘。

⑨筼筜：竹子名，节长、竿高、皮薄。

⑩橐吾：一种草的名字，多年生草本常绿植物。

⑪秭归：即子规，杜鹃鸟。

⑫毂：指的是车轮中间插车轴处的部分，代指车轮。

⑬洄：漩涡。

⑭石鲫：生长在山涧石穴中的一种鱼。

⑮修：干肉。糈：祭神用的精米。稌：稻米。阴酒：指水酒。

岩洞

"仙奕之山"的山顶上有洞穴，洞穴里面有屏风、房子、房檐，房檐下有各式各样的钟乳石。作者用散点描写的方法，把柳州州治附近的奇异山水展现在我们面前。

[译文]

古代柳州州治所在地，处于浔水南面的山石中间。如今搬迁到了浔水的北面，方圆四十里的地方，四周都有河流包围着。

柳州城的北面有两座山峰互相对峙着，这两座山峰是那样高大陡峭，人们称之为背石山。有条河是浔水的支流，从这

里向东一直流向浔水的方向。因此浔水也就由北向转成了东向，沿着悬崖绝壁流淌着。这座绝壁称之为龙壁。在它的下面，可以看到好多精美的石头，都可以用来做砚台。

柳州城南，过了浔水的地方，有一座山峰挺拔地矗立在那里，在山脚下见不到舒缓的山坡和树木，宽度有八百尺的样子，有五丈高，上下形状很匀称，人们都叫它甑山。在山南，到处都是连绵的山脉，很是奇特。从甑山出发向南，然后向西，有座山叫作驾鹤山，拥有挺拔的身姿，在古代，柳州的州治就在它的身后。在深谷中有一条泉水，那里的水总是满的，而且很少流动。从驾鹤山向南看，有这样的一座山，是正方形的，高耸入云，像一道屏风，因此它的名字就叫作屏山。它的西边有一座叫作四姥山的山峰，也是孤单单地矗立在那里，没有任何的依靠，北面流过来的水都被浔水的急流卷走了。

在四姥山的西面，就是那座能够用来下棋的山峰。山峰的西边有可以登上去的路，山顶上有洞穴，里面有屏风，房子，房檐。房檐下有各式各样的钟乳石，有像肺片的，有像莲蓬的，有一堆堆在地下的，像人，像禽，像器物等等，非常之多。宽度有九十尺，南北各约占一半。从东边进了小洞穴，大概有二十尺宽窄的样子，宽敞空阔。没有洞，黑黑的，用蜡烛照亮后，从高处来看，只有屋檐是能够看到的，满眼都是各式的钟乳石。从屏风南向而行，到了小洞穴里面，大概宽度有三丈二尺的样子，刚开始的地方很黑，走着走着就渐渐亮了起来，这个是上面的石室。从这里再往上走，会看到一个洞穴，向北一直走出了洞穴，一片广阔的原野就呈现在你的面前了，鸟自在地在下面飞翔着，能看到的只是它们的背部。最早上到这座仙人下棋的山峰的人，在这上面见过棋盘，黑色的石头上刻着红色的线条，一共十八条，刚好够下棋，因此就把这山叫作是仙奕山。仙奕山的树木里有很多柽柳，很多槠，很多篔筜之竹，很多橐吾。山上还有很多的杜鹃鸟。

还有叫作石鱼山的，它完全是石头拼成的，上面没有长草，也没有高的树木，山虽然很小但很高，样子就好像是一条站立着的鱼儿，这里的杜鹃鸟就更多了。在这座山的西边有洞穴，和仙奕山差不多。进入山中的洞穴，从东边出来，在西北方向的位置上，灵泉沿着东面山脚流出，周围有很多的树木，水流很急，水流动的声音像是车轮滚动时发出的好似打雷的声音，这泉水往西二十尺的地方，汇成了一个漩涡，到了石涧这个地方，潜伏起来看不见了，水中有好多鱼是青绿色的，有很多石鲫、鲦鱼等。

还有就是雷山了，整个两座山体是东西走向的，雷水从它们中间流出。两座山中间的水聚集成的水池，那里云雾缭绕，雷雨很容易在这里产生，忽明忽暗地闪着光。有不少的人会来这里祈祷降雨，假使用器皿装上鱼、肉、干肉、米、酒，并且能够很虔诚地对待的话，就会应验。在石鱼山南，有很多美丽的山峰还没有名字，它们都十分深幽。峨山坐落在原野中，上面没有树木植被，峨水从山体中流出，直至向东和浔水汇合。

哀溺文序

题解

这篇文章是一篇寓言小品，对那些视财如命的愚人形象给予了抨击。一般的人，在自己将要沉溺的时候，没有谁会舍不得丢弃缠在腰里的那千枚铜钱，在柳宗元的这篇文章中，就出现了这样一位为了贪图钱财毫不顾忌自己生命的愚人。这则寓言对我们现在的人也还是很有教育意义的。本文通篇先设悬念，给读者读下去的兴趣，再开始解释，本篇有着扣人心弦的故事情节、凝练的语言和深刻的内涵。

[原文]

永之氓(máng)咸善游①。一日，水暴甚，有五六氓乘小船，绝②湘水。中济③船破，皆游。其一氓尽力而不能寻常④。其侣曰："汝善游最⑤也，今何后为⑥？"曰："吾腰⑦千钱，重！是以后。"曰："何不去之？"不应，摇其首。有顷，益怠⑧。已济者立岸上，呼且号曰："汝愚之甚，蔽⑨之甚！身且死，何以货为？"又摇其首，遂溺死。吾哀之。且若是，得不有⑩大货之溺大氓者乎？于是作《哀溺》。

[注释]

①氓：民、百姓。咸：全部、都。
②绝：横渡、穿越。
③中济：船行到河水的中间。
④寻常：原指古代的计量单位，这里指的是游不远。
⑤善游最：指的就是最善游的。
⑥何后为：为何落到后面。
⑦腰：名词用作动词，腰里缠着的意思。
⑧益怠：更加疲劳。
⑨蔽：不明、不精明。
⑩得不有：能没有，引领反问句。

[译文]

永州当地的百姓天生就很擅长游泳。忽然有一天，河水比平日上涨了很多，这时正有五六个人乘船渡湘江。船行驶到江心的时候破裂了，于是他们就开始游泳渡水。他们中间有这样的一个人，尽管十分用力，但总是落在后面。

和他一起的那几个人说："你的游泳技术在平日来说是最好的，现如今怎么落后了呢？"这个人说："我腰里缠的一千钱，拖得我身体太重了，只能落到后面。"其他人问道："为什么你不把腰上的钱丢掉呢？"他避而不答，只是摇了摇头。没过多久，他开始变得更加得疲惫不堪。那些已经到岸边的人们都在冲着他喊："你太愚昧了，太不精明了！自己的命都保不住了，留着钱能有什么用呢？"他依然摇头，最终在水中淹死了。我为这人感到悲哀。如果是这样的话，大的利益不就能将那些大人物淹死了吗？因为这些原因我写了这篇《哀溺》文。

贺进士王参元[1]失火书

题解

这是一篇奇文，之所以这样说，是因为柳宗元在朋友家中失火的时候，不去慰问，反而前去祝贺。但是就是这样的怪事情，在作者的笔下却写成了一件让人颇为理解的事情，读时刚开始有困惑之感，后来就变得赞同佩服了。

柳宗元在表达他对朋友王参元家中失火一事的看法时，貌似轻松而谈，实则十分沉重。当作者在谈到和王参元十年的交情的时候，并非不想正面表达，但是由于考虑到"私一身"而不能"奋其舌"，使得两人"十年之相知，不若兹火一夕之为足下誉也"。两人十年之久的交情到头来还没有一把大火带来的帮助大呢，这种有深刻含义的自责之中，同样带着对"公道难明，而世之多嫌"这一类陋习的批判。从这个意义上讲，这篇书信之文看似轻松诙谐，实则很压抑愤懑。本文立意奇巧，现实感强烈。

[原文]

得杨八[2]书，知足下遇火灾，家无余储[3]。仆始闻而骇，中而疑，终乃大喜，盖将吊而更以贺也[4]。道远言略，犹未能究知其状[5]，若果荡焉泯焉而悉无有[6]，乃吾所以尤贺者也。

足下勤奉养[7]，乐朝夕，唯恬安[8]无事是望也。今乃有焚炀(yáng)赫烈之虞[9]，以震骇(hài)左右[10]，而脂膏滫(xiǔ)瀡[11]之具，或以不给，吾是以始而骇也。

凡人之言，皆曰盈虚倚伏[12]，去来之不可常。或将大有为也，乃始厄困震悸，于是有水火之孽，有群小之愠，劳苦变动，而后能光明，古之人皆然。斯道辽阔诞漫，虽圣人不能以是必信，是故中而疑也。

［注释］

①王参元：作者柳宗元的朋友。

②杨八：柳宗元岳父杨凭之弟杨凌的儿子，和王参元是朋友，名敬之，字茂孝。

③余储：留存下来的积蓄、财物。

④吊：慰问的意思。更：改成。

⑤究知：详细、穷尽地知道。

⑥荡：破坏、毁坏。泯：灭亡。

⑦奉养：供养的意思。

⑧惟恬安：只是想过没有是非的恬静生活。

⑨炀：火很炽热地烧着。赫：火光红艳的样子。虞：顾虑、忧虑的样子。

⑩左右：在这里指的是王参元，是尊敬的称呼。

⑪脂膏滫瀡之具：用来调拌饮食的东西。脂膏，凝固的称为脂，稀释的称为膏。滫瀡，古代一种将淀粉拌在食物上的烹饪方法。

⑫盈虚：指的是满空，或是祸福的意思。倚伏：依托藏匿。

［译文］

收到了杨八给我写的信，他在信中提起了你家失火的事情，家里所有的积蓄都被一烧殆尽了。我刚刚听说的时候很是惊讶，后来又开始怀疑，到了最后就又开始感到高兴了，因此，起初想要向你表示慰问的想法，到如今改成祝贺了。因为我们距离相隔太远了，杨八又没有很详细地说明情况，假使家产真的荡然无存的话，那就更要向你表达我的恭贺之情了。

你总是很用心地赡养你的父母，每天享受着天伦之乐，希望的只是过恬淡的生活，不去招惹是非。现如今受到了火灾的侵袭，让你受到了惊吓，调和饮食的工具，也许因此得不到供应，我刚一听到消息便大吃一惊。

人们都说，盈虚二事都是互相依存、互相转变的，两者来来回回经常地变化。在一个人将有大作为之前，尝到苦难和惊吓的滋味是很正常的，这样的话，水火之类的灾难就要在他的头上降临，小人就会群起来怨恨他，在这苦难的磨练之后，才能光耀门第，从古到今，贤达之人都是如此。这里所讲的道理太宽泛、太空洞了，无边无际，就算是圣人也不一定会信以为真的，这又让我在心中拿不准了。

［原文］

以足下读古人书，为文章，善小学[1]，其为多能若是，而进不能出群士之上以取显贵者，无他故焉。京城人多言足下家有积货，士之好廉名者，皆畏忌，不敢道足下之善，独自得之，心蓄之，衔忍而不出诸口[2]，以公道之难明，而世之多嫌[3]也。一出口，则嗤（chī）嗤者以为

得重赂。

仆自贞元十五年见足下之文章，蓄之者盖六七年未尝言。是仆私一身[4]而负公道久矣，非特[5]负足下也。及为御史、尚书郎，自以幸为天子近臣，得奋其舌[6]，思以发明足下之郁塞[7]。然时称道于行列[8]，犹有顾视而窃笑者，仆良恨修己[9]之不亮，素誉[10]之不立，而为世嫌之所加，常与孟几道[11]言而痛之。

乃今幸为天火之所涤荡，凡众之疑虑，举为灰埃。黔[12]其庐，赭(zhě)其垣(yuán)[13]，以示其无有，而足下之才能，乃可显白而不污。其实出矣，是祝融、回禄之相吾子也[14]。则仆与几道十年之相知，不若兹火一夕之为足下誉也。宥[15]而彰之，使夫蓄于心者，咸得开其喙[16]，发策决科者，授子而不慄，虽欲如向[17]之蓄缩受侮，其可得乎？于兹吾有望乎尔！是以终乃大喜也。

[注释]

①小学：指的是研究文辞、训诂、音韵等方面的学问。
②衔忍而不出诸口：藏在心里不说出来。
③嫌：疑惑不解的意思。
④私一身：偏爱、爱护自己。
⑤非特：不仅仅是。
⑥奋其舌：尽情地发表自己的言论。
⑦发明：开拓、开导。郁塞：抑郁、不通。
⑧行列：同僚。
⑨修己：修养自己的德行。
⑩素誉：清白的名誉。
⑪孟几道：柳宗元的朋友。
⑫黔：烧成黑色。
⑬赭：烧成红褐色。垣：泛指墙壁。
⑭祝融、回禄：都是指传说中的火神。相：辅助、帮助。
⑮宥：原谅、谅解。
⑯喙：原指鸟兽的嘴，这里是说人的嘴。
⑰向：从前、过去。

[译文]

你读了许多古人的书，写一手好文章，精于文辞、训诂、音韵等方面的学问，这样多才多艺的人，虽然做了官，但是地位却远远地落在一般读书人的后面，没有其他的原因。只是由于京城里的人都说你家有大量的钱财，那些爱好清廉的读书人，都对这些避而不谈，只是藏在心中，自己心知肚明，不往外说，因为公道不是很容易说明白，再加上世人中有很多有疑心。一旦说出来，那些肤浅的人就一定会觉得他是收取了你很多的贿赂。

自从我贞元十五年（799 年）读过你的文章之后，心中一直有推崇你的文章，但是六七年都没有说出来。这是我自己的打算，我知道这是不公道的，不仅仅是对你个人不好。在我当上了监察御史和礼部员外郎职务之后，觉得自己是天子身边的臣子了，能够想说什么就说什么了，就试着想要说明你郁郁不得志的情况。但是我偶尔在同僚中夸奖你几句的时候，人们就会不停地递眼色、发笑，我自己没有很好的品德修养，良好的名声还没能够树立起来，从而引来众多世俗之人的怀疑，这些事情，我经常和孟几道谈起，而且感到十分痛心。

如今好了，你的家产付之一炬了，人们的猜疑和不解都随之荡然无存了。大火将房屋烧焦，将墙壁烧红，就说明你一无所有了，你的才能也就得以显示，再不会有随意辱没你的人了。真正的学识由此得以展现，这些是火神祝融、回禄在为你帮忙啊！这么说来，我和孟几道这十几年来对你的了解，还没有这一夜大火给你带来的好处多呢！大火给你送来了世人对你的宽容，你的才能由此可以显现出来了，那些对你持有褒扬态度很久的人，也开始发表自己的言论了。那些主考官们，即使是在授予你官职的时候，也不会露出害怕的样子了。像过去一样忍着心中的话不说，害怕蒙受耻辱的事情，再也不会有了吧？现在看来，你前途一片光明，归根到底还是为你感到高兴。

［原文］

古者列国有灾，同位者[1]皆相吊。许不吊灾，君子恶之[2]。今吾之所陈若是，有以异乎古，故将吊而更以贺也。颜、曾[3]之养，其为乐也大矣，又何阙(què)[4]焉？

足下前要仆文章古书，极不忘，候得数十幅乃并往耳。吴二十一武陵[5]来，言足下为《醉赋》及《对问》，大善，可寄一本。仆近亦好作文，与在京城时颇异。思与足下辈言之，桎梏甚固，未可得也。因人南来，致书访[6]死生。不悉。宗元白。

［注释］

①同位者：指的是相同地位的诸侯国。

②“许不吊灾”二句：在古代，宋、卫、陈、郑四国发生了火灾，

曾参

曾参，字子舆，孔门七十二贤之一，十分清贫。柳宗元的朋友王参元家中失火，他不悲反喜。原因是，王参元一贫如洗之后，人们再也不用避嫌，他很有可能得到重用，此文看似轻松诙谐，但实则是暗含柳宗元的愤怒之情。

周围的诸侯国家都去慰问，只有许国不这样做，当时人们就认为许国会很快遭到灭亡的。

③颜、曾：指的是颜回、曾参两人，这两个人都是孔子的弟子。他们生活都很清贫，但觉得乐在其中。

④阙：与“缺”同。

⑤吴二十一武陵：指的是吴武陵，因为排行二十一，所以称他为吴二十一。

⑥访：探寻、询问。

[译文]

在古时候，一旦诸侯国有了灾难，同一级别的国家都要向他表示慰问。之前宋、卫、陈、郑四个国家发生了大火，单单只有许国没有前去慰问，导致贤明的君主都对他感到厌恶。今天我讲了这么多，是由于现在的情况大不如前的缘故，所以自己将慰问换作祝贺。就和颜回、曾参这些人一样，安守自己清贫的生活方式，有着无穷的乐趣，你又有什么缺少的呢？

上次你来信说要我的文章和书法作品，我一直记着，等到积攒到十篇的时候就一起给你寄过去。吴武陵来我这里的时候曾说，你的《醉赋》和《对问》写得非常好，可以给我寄过来一本。最近我也十分喜欢写文章，和在京城时的状态大有不同。早想和你交谈一下，因为束缚过严，没能去做。正好趁有人到南边来的时候，给我带封信。不多说了。宗元启。

贞符

题解

“贞符”指的是君王用来建立功业和维护统治地位的凭据。本篇文章是一篇逆天命、重人事的哲学论著。“永贞革新”失败之后，革新和保守两派的斗争一直没有消解。柳宗元进一步继承了法家反天命的思想，对有神论的批判直接涉及政治领域。他在总结国家兴衰的原因后，用事实论据提出了君权是“受命不于天，于其人”的

观点，为继续改革提供依据。同时，针对当时藩镇割据势力，他还运用了历史进化论的观点，将人类社会发展状况进行了阐释。本篇勾勒出了唐王朝初期统一的局面，对当时的政治路线予以了歌颂，指出了要坚持革新的主张，当然其中还没有完全地脱离儒家思想的局限，有一些看法还是值得商榷的。

［原文］

於(wū)穆敬德[1]，黎人皇[2]之。惟贞厥符，浩浩将之[3]。仁函[4]于肤，刃[5]莫毕屠。泽熯于爨(cuàn)[6]，沸炎以浣[7]。殄厥凶德[8]，乃驱乃夷。懿其休风[9]，是煦是吹。父子熙熙[10]，相宁以嬉[11]。赋彻[12]而藏，厚我糗粻(qiǔ zhāng)[13]。刑轻以清，我肌靡伤。贻[14]我子孙，百代是康。十圣嗣于理，仁后[15]之子。子思孝父，易[16]患于己。拱之戴之，神具尔宜。载扬于雅，承天之嘏[17]。天之诚神，宜鉴于仁。神之曷[18]依，宜仁之归。濮沿[19]于北，祝栗[20]于南，幅员[21]西东，祗一乃心。祝唐之纪，后天罔坠。祝皇之寿，与地咸久。曷徒祝之，心诚笃[22]之。神协人同，道以告之。俾弥忆万年，不震不危。我代之延，永永毗[23]之。仁增以崇，曷不尔思？有号于天，佥(qiān)[24]曰呜呼。咨[25]尔皇灵，无替厥符。

［注释］

①於：感叹词。穆：美好。
②皇：名词用作动词，指拥立某人当君王的意思。
③浩浩：广大，指整个天下。将：帮助、扶持。
④函：盔甲的意思。
⑤刃：刀剑之器。
⑥泽：沼泽。熯：变干、烘干。爨：烧火做饭。
⑦沸炎：指的是烈焰。浣：浇。
⑧殄厥：消灭。凶德：反叛的势力。
⑨休风：好的德行教化。
⑩熙熙：和谐快乐的样子。
⑪嬉：玩耍、快乐的意思。
⑫彻：古代的一种赋役制度。
⑬糗粻：所吃的粮食。

夜渔

人们都希望过安居乐业的幸福生活。作者认为人们的幸福与君主的贤德有着很大的关系，而不仅仅是天命。此文中含有作者逆天命、重人事的思想。

⑭贻：与“遗”同，留下、留给。
⑮后：君王。
⑯易：遗留。
⑰嘏：福分。
⑱曷：与“何”同。
⑲濮沿：极南边的地方。
⑳祝栗：极北边的地方。
㉑幅员：地域、统治面积。
㉒笃：诚心、忠实。
㉓毗：相毗邻、临近。
㉕佥：都、全部。
㉖咨：句首发语词。

［译文］

受到敬仰、同时具有美好品德的人，天下百姓就都会拥立他当皇帝。只要他的符命是真的，天下百姓就来辅助他。美好的品德就像是盔甲一样在身上披着，即使是锋利的刀剑也没有办法把他伤害。他用火把沼泽地烘干了，用水把熊熊的烈火熄灭了。把那些凶险的德行消灭掉，把那些灾害和祸患都赶走了。这样，让天下的百姓都能够享受安宁，和煦的春风把大地吹拂。男女老少都能够和睦相处，欢笑过着安闲的生活。把收来的赋税都积攒在一起，把百姓的粮食都备齐了。减少刑法，让自己不受伤害。美好的品德传给世世代代的子孙，每一代的人都十分安康。十位圣明的君王就是这样做的，他们都是很有仁慈之心的君王的后代。当儿子的就要对父母孝敬，把危难的事情都留在自己这里。所有的人都拥护你，包括神也在呵护着你。用雅颂诗词来颂扬你，让你得到天的保佑。假使天真的有神示的话，就应该鉴别君王是否真的仁义。神的判断依据到底是什么呢？它依据的也应该是仁义。在濮沿往北，祝栗往南和东西辽阔的地方，人们的心愿只有一个。希望唐王朝的盛世，永远繁荣康宁。希望君王的寿命，和天地一样长久。这不仅仅是口头上的祝福，在内心也是这样祝福的。神和人的力量凝结起来，用正确的道义来告诉他。让唐王朝长存万年，没有动乱发生，没有危机存在。我们的唐王朝世代更替，后世继承前世。拥有美好的品德，人们能不想念你吗？所有的人都会对天呼喊：啊！天地之灵，一定不要将唐王朝真正的符命改变！

非《国语》序

题解

在这篇序中，柳宗元对自己所写的《非〈国语〉》一文的目的进行了阐述，文章中对那些“诬淫”的言论进行深刻地揭露和批驳，为的是让人们能够辨别清楚，不要被骗。

[原文]

左氏《国语》[①]，其文深闳(hóng)杰异[②]，固世之所耽嗜[③]而不已也。而其说多诬淫[④]，不概于圣[⑤]。余惧世之学者溺[⑥]其文采，而沦[⑦]于是非，是不得由中庸以入尧、舜之道[⑧]。本[⑨]诸理，作《非〈国语〉》。

[注释]

①左氏《国语》：指的是春秋时期鲁国太史左丘明所作的《国语》。这是我国较早的一部史书，记载的是西周末年和春秋时期各个国家的历史事件，其中包括周、鲁、齐、晋、郑、楚、吴、越等国，大部分都是贵族统治者的言论。该书推崇儒家“克己复礼”的统治思想。柳宗元的这篇《非〈国语〉》就是对《国语》的批判性论著。

②深闳杰异：深奥博大、奇异独特。闳，博大、广大。

③耽嗜：溺爱、宠爱。这里指的是《国语》受到的礼遇。

④诬淫：荒诞歪斜。

⑤不概于圣：与圣人之道不相吻合。概，平、齐之意。

⑥溺：爱，着迷于。

⑦沦：丧失。

⑧中庸：柳宗元在作品中经常提到的“中道”、“大中之道”的意思，是他不断宣扬的一种朴素的唯物主义和法治思想，它和儒家提倡的反对社会变革，企图倒退的“中庸”是相互对立的。尧、

左丘明

左丘明，中国春秋时期史学家，相传曾著《春秋左氏传》《国语》。

舜之道：尧、舜是儒家尊奉的圣君形象，是用来推行复古思想的表率。在这里，柳宗元则把他们作为符合自己理想的先驱，以此来宣传自己的理想。

⑨本：依据。

[译文]

左丘明的《国语》，文辞博大精深、奇异杰出，的确是世人所特别喜爱而不忍释手的一部书。可是它的说法很多是荒谬的，不符合圣贤的观点。我担心世上的读书人沉迷于它的文采而分不清是非，这就不能通过中庸之道达到尧、舜之道。于是根据这个道理，写了《非〈国语〉》。

非《国语》上

不藉

题解

这篇文章是柳宗元反对礼治的重要作品。柳宗元在文章中严肃地对左丘明将周宣王的军事失败加罪于不藉千亩的谬论予以了抨击。他将儒家颂扬的“敬天祀祖”的藉田大礼斥责成是华而不实的修饰物，将礼治的欺骗性暴露无疑，同时还提出了农业生产要适合农时，并且配有相应的政策实施，平均赋税，注重物资间的交流，改善生产条件等方面的观点。他认为只有具备了这些，才能达到“三推之道存乎亡乎，皆可以为国”的境界。这一思想明显地继承了法家重农、同时要求强本以富国的政治策略。

在这篇文章中，我们可以看到“藉田”这一奴隶社会的迹象，中唐之后，仍然有想要复活它的人，从这一问题上能够看出一切历史的前进和倒退都是既长期又复杂的。这样的政治思想终究还是逃不过灭亡的下场。

[原文]

宣王不藉千亩[①]。虢(guó)文公谏曰：“……将何以求福用人[②]？”王不听。三十九年，战于千亩[③]，王师败绩于姜氏之戎[④]。

非曰：古之必藉千亩者，礼之饰也。其道若曰：吾犹耕云尔。又曰：吾以奉天地宗庙。则存其礼诚善矣。然而存其礼之为劝乎农也，则未若时使而不夺其力，节用而不殚其财，通其有无，和其乡闾，则食固人之大急，不劝而劝矣。启蛰[⑤]也得其耕，时雨[⑥]也得其种，苗

之猥⑦（wěi）大也得其耘，实之坚好也得其获，京庾⑧（yǔ）得其贮，老幼得其养，取之也均以薄，藏之也优以固，则三推之道存乎亡乎，皆可以为国矣。彼之不图，而曰我特以是劝，则固不可。

今为书者⑨曰："将何以求福用人？"夫福之求，不若行吾言之大德也；人之用，不若行吾言之和乐以死也。败于戎，而引是以合焉，夫何怪而不属也？又曰"战于千亩"者，吾益羞之。

耕获图

柳宗元对左丘明将周宣王的军事失败加罪于不藉千亩的谬论给予了抨击。柳宗元认为藉田仪式，只不过是装饰罢了。真正要重视农业，就应该采取相应的政策实施。

[注释]

①宣王：周宣王，西周时期的君王。不藉：就是不藉田的意思。在周礼的规定中，周代天子要在自己的都城附近规划出一千亩地，让奴隶耕种，这块地上收获的粮食都在祭祀的时候用，这就叫作"藉田"。春天的时候，天子在"藉田"上扶犁三下，代表亲自耕种的意思，劝慰民众加强农事，这也就是俗称的"三推之道"。之所以不藉，是由于当时奴隶进行反抗，政治体系崩溃，这种制度才没有得以恢复。

②人：指的是奴隶。在《国语》中写成是"民"，唐代因避讳李世民的"民"，所以改成"人"。

③千亩：位于今山西介休县。

④姜氏之戎：古代的少数民族之一。

⑤启蛰：惊蛰。

⑥时雨：谷雨。

⑦猥：繁茂、茂盛。

⑧京庾：放粮食用的粮仓。

⑨为书者：指写《国语》的左丘明。

[译文]

周宣王不在他直属领地千亩"公田"上举行藉田仪式。虢文公进谏说："……不藉田，以后凭什么求神降福和役使民众呢？"宣王不采纳。三十九年

(前 789 年)，在千亩这个地方打了一仗，周室的军队被姜氏部落打得大败。

批驳说：古代帝王一定要在千亩“公田”上举行藉田仪式，这不过是当作礼制的装饰罢了。那意思好像说：我还亲自耕田呢！又好像说：我是用亲手耕种的产品供奉天地祖宗的。那么保存这种礼仪似乎的确很好。但是与其用保存这种礼仪来鼓励农业生产，那还不如使农民能适时耕种而不去侵占劳力，节约开支而不竭尽民财，帮助人们互通有无，使乡闾和睦相处，那么，种田、吃饭本来是人们最迫切的要求，就是不用这种礼仪去鼓励，他们也会自发地努力去耕种。如果在惊蛰以后及时耕田，谷雨一下就及时播种，禾苗茂盛壮大的时候能够及时除草，庄稼饱满成熟后也能及时收获，大囤小仓里装满了粮食，老老少少都有吃有穿，租税摊派合适均衡，财物收藏保管得妥善牢靠，那么藉田这种仪式，有也好，没有也好，都可以把国家治理好。如果不考虑上面所说的那些，却说什么我就凭这种仪式去鼓励农业生产，那么必定是没有用处的。

如今写《国语》的人说：“不举行藉田仪式，以后凭什么求神降福和役使民众呢？”其实要想求福，不如按照我说的去做，会得到很大福气的；要役使百姓，不如按照我说的去做，可以使人民乐于为你拼命效劳。至于周宣王被姜戎打败，却拿不藉田来附会，那么还有什么曲折离奇的事不能牵强附会到一起呢？又说什么“因为不在千亩举行藉田仪式，所以就在千亩这个地方打了败仗”，我更替他感到害臊。

三川震

题解

在柳宗元看来，山川之类是自然界的事物，它们有着自己的规律，即“自动自休，自峙自流”，“自斗自竭，自崩自缺”，如此种种。这些自然界的变化过程，人是不能进行主宰和干预的，同时和治世、乱世也是没有关系的。文章中批判了儒家的思想，他们将地震和国家灭亡联系起来，认为地震是一个国家将要灭亡的先兆。柳宗元对这种人予以尖锐的抨击，他从自然运动规律的角度阐释了地震的成因，这种朴素的辩证思想产生在当时的环境当中，是极其难能可贵的。

[原文]

幽王[1]二年，西周三川皆震。伯阳父[2]曰：“周将亡矣！夫天地之气，不失其序；若过[3]其序，民乱之也。阳伏而不能出，阴迫[4]而不能蒸，于是有地震。今三川实震，是阳失其所而镇阴也，阳失而在阴，

川源必塞。源塞，国必亡。若国亡，不过十年，数之纪[⑤]也。夫天之所弃，不过其纪。”是岁也，三川竭，岐(qí)山[⑥]崩。幽王乃灭，周乃东迁。

非曰：山川者，特[⑦]天地之物也。阴与阳者，气而游乎其间者也。自动自休，自峙[⑧]自流，是恶乎与我谋？自斗自竭，自崩自缺，是恶乎为我设？彼固有所逼引，而认之者不塞则惑。夫釜(fǔ)鬲(lì)而爨(cuàn)者[⑨]，必涌溢蒸郁[⑩]以糜百物；畦汲而灌者，必冲荡濆激[⑪]以败土石。是特老妇、老圃者之为也，犹足动乎物，又况天地之无倪[⑫]，阴阳之无穷，以澒洞轇轕乎其中[⑬]，或会或离，或吸或吹，如轮如机，其孰能知之？且曰：“源塞，国必亡”，“人乏财用，不亡何待[⑭]”，则又吾所不识也。且所谓者天事乎？抑人事乎？若曰天者，则吾既陈于前矣；人也，则乏财用而取亡者，不有他术[⑮]乎？而曰是川之为尤！又曰“天之所弃，不过其纪”，愈甚乎哉！吾无取乎尔也。

地震

一般来说，古人认为天象与政治是有关的。天有灾异就意味着政权的变更，但是柳宗元却认为这种观点是错误的，他认为自然界有自己的规律，自然界的变化与社会的治乱是没有关系的，他的这种思想非常难能可贵。

［注释］

①幽王：周幽王，西周时期的君王。

②伯阳父：周幽王时期的大夫。

③过：过错。

④迫：压抑、压制。

⑤纪：在《国语》韦昭的注中讲：“数起于一，终于十，十则更，古曰纪也。”

⑥岐山：位于今陕西岐山县东北方向六十里处的箭括山。

⑦特：只是、仅仅。

⑧峙：立着。

⑨釜鬲：古代做饭时的用具。爨：烧火做饭。

⑩蒸郁：蒸气弥漫的样子。

⑪冲荡濆激：水流急促的样子。

⑫无倪：没有边际的样子。

⑬澒洞：弥漫无边的样子。轇轕：纵横错落。

⑭“人乏财用”二句：将国家灭亡的原因归之于地震。

⑮他术：其他的原因。这里指国家灭亡的原因并不在于自然界的灾异，而是其他的政治原因。

［译文］

周幽王二年（前780年），西周地方的泾水、渭水和洛水流域都发生了地震。周朝的大夫伯阳父说：“周朝将要灭亡了！天地之间的阴阳二气，不能离开它原来的位置；如果位置错乱，那是因为下面的百姓干扰了它。阳气受到阴气的压抑而不能对外释放，阴气受到阳气的阻碍不能蒸腾上升，于是发生了地震。现在三川一带发生了地震，这是因为阳气失去了自己的位置而把阴气抑止了，阳气离开了自己的位置而处在阴气的位置上，水源一定会被堵塞。水源堵塞了，国家就一定灭亡。国家灭亡的期限不会超过十年，因为十是数的一个极限。天要抛弃一个国家，不会超过这个极限。”在这一年，三川的水干枯，岐山崩塌。十一年（前771年），幽王被西戎所杀，周朝从镐京迁都到洛阳。

批驳说：山、河，只是天地间的自然物。阴和阳是游动在天地之间的元气。阴阳两气自己运动自己停止，自行聚合自行流散，这哪里是跟我们相互感应的呢？山川自行激荡自行干枯，自己崩塌自己决裂，这哪里是为我们设置的呢？自然界的物体本来就有互相吸引和互相排斥的现象，那些牵强附会的人，不是耳目闭塞，就是思想糊涂。用锅烹煮食物，汤水一定会沸腾蒸汽弥漫，把食物煮烂；从井里打水浇灌园地，水一定会冲击喷射，冲坏土石。这只是老妇人、老农民干的事，尚且足以改变物体的形态，又何况天地没有边际，阴阳二气没有穷尽，弥漫无际纵横交错在天地之间，有时聚会有时离散，有时互相吸引有时互相排斥，像车轮像机械那样不停地运转，谁知道将有什么情况发生呢？伯阳父曾说：“水源堵塞了，国家一定灭亡”，“人们缺乏财物，不灭亡还有什么指望”，这是我所不能理解的。况且他所说的现象，究竟是天意造成的呢，还是人为的原因造成的？如果说天意造成的，我已经在前面陈述了。如果是人为的原因造成的，那么缺乏财物而招致灭亡，除了自然灾害外不是还有其他原因吗？他却偏说全是三川变异的罪过！他又说“天要抛弃一个国家，不超过十年”，这就更加荒唐了！我不赞成这种说法。

大钱

题解

这篇文章中，柳宗元批驳的对象是“一旦铸造大钱就有灾祸来临”的谬论，指出了钱币重量和价值的确定，依据的是每个时代的具体情况，运用统一的规范是不合理的，这里流露出了朴素的辩证法思想。他还特别指出，在“钱重物轻”的状态下，要“赋不以钱”，他这种“不害农”的思想，是根植于法家“重农”思想的，同时也表达了永贞革新中关于在征收正税之外不再征杂税的治国思想。文章针对的是那些反对铸造大钱的人们，以此来揭示出唐王朝日渐恶化的经济状态，显示出自己改革的思想。柳宗元提倡铸造大的钱币，以此来减轻农民的负担，施行实物缴税，调整币值，这无疑是针对“两税法”的弊病提出的改革方案。

［原文］

景王将铸大钱[1]。单(shàn)穆公[2]曰：“不可。可先而不备，谓之怠；可后而先之，谓之召灾[3]。”

非曰：古今之言泉币者多矣[4]。是不可一贯，以其时之升降轻重也。币轻则物价腾踊[5]，物价腾踊则农无所售[6]，皆害也。就而言之[7]，孰为利？曰：币重则利。曰：奈[8]害农何？曰：赋不以钱[9]，而制其布帛之数，则农不害；以钱，则多出布帛而贾[10]，则害矣。今夫病[11]大钱者，吾不知周之时何如哉？其曰“召灾”，则未之闻也。左氏又于《内传》[12]曰：“王其心疾死乎[13]？”其为书皆类此[14]矣。

［注释］

①大钱：重量轻、有很高价值的钱。
②单穆公：周景王的卿相。
③召灾：招致灾害。
④言：谈论。泉币：古时候有人将钱称为是泉。
⑤币轻：指的是重量轻、价值比较低的钱。腾踊：暴涨。
⑥农无所售：农民没有什么可以卖的东西。
⑦就而言之：这么一说的意思。
⑧奈：怎么办。
⑨赋不以钱：指征收赋税的时候不用钱。

⑩贾：做生意、交换。

⑪病：指责之意。

⑫《内传》：在这里指的是《左传》，古人将《左传》又称为《内传》，《国语》又称为《外传》。

⑬王其心疾死乎：在《左传》中记载，景公想要铸造一口无射钟，乐官州鸠认为这样会带来灾难的，就说：“景王会因为得心病而死掉的。”

⑭类此：指的是像这样的荒唐。

［译文］

周景王将要铸造一种大钱。单穆公说：“不行。可以提前办的事却拖着不办，这叫作懈怠；应该在以后办的事却提前办了，这是在招致灾祸。”

批驳说：从古至今论说钱币的意见多得很。对钱币不能一概而论、一成不变，要根据当时的时势而定，或轻或重。币值低，物价就飞涨，（币值高），农民没有那么多东西拿出来卖，这两者都是有害的。就这两种情况而论，究竟哪一种算好呢？我说：币值高的好。有人会说：币值高损害农民的利益怎么办？我说：纳税不用交钱，规定应交布帛的数目，那么农民就不受损害了；如果用钱币交税，那么农民就要拿出更多的布帛来换钱，就受到损害了。现在有人认为铸大钱有害，我不知道周朝当时的情况怎样。至于说“铸大钱要招灾”，我可是从来没有听说过。左丘明又在《内传》里说：“周景王恐怕要死于心病吧？”他编写的书大致都是这样的荒唐。

无射[1]

题解

在这篇文章中，柳宗元批判了单穆公和伶州鸠反对周景王派人铸造无射钟的观点，很好地阐释了他自己的音乐观。在柳宗元看来，不能将音乐看得过于神秘，指出音乐是“象政令之美”，是反映政治生活的。同时，他还认为音乐是用来反映人情的，对那些认为圣人创造音乐的论断予以了批判，指出“其始非圣人作也”。这些看法是值得借鉴的。但是由于柳宗元本人对音乐了解的局限性，对艺术产生于人类生产实践的观点还没有探求到，同时对于音乐的阶级性问题也没有很全面的认识，而且对于音乐移风易俗的教育作用没有给予正面的支持，这些又不得不承认是其认识上的不足造成的。

［原文］

王将铸无射，单穆公曰：“不可。”

非曰：钟之大不和于律[2]，乐之所无用，则王妄作矣。单子[3]词

曰：“口内味，耳内[4]声，声味生气。气在口为言，在目为明[5]。言以信名[6]，明以时动[7]。名以成政，动以殖生。政成生殖[8]，乐之至[9]也。若视听不和，而有震眩[10]，则味人不精[11]。不精则气佚，气佚则不和[12]。于是有狂悖[13]之言，有眩惑之明，有转易[14]之名，有过慝(tè)[15]之度。出令不信[16]，刑政放纷[17]。”而伶州鸠又曰：“乐以殖财[18]。”又曰：“离人怒神[19]。”呜呼！是何取于钟之备也[20]？吾以是怪而不信。或曰：移风易俗则何如？曰：圣人既理定[21]，知风俗和恒而由吾教，于是乎作乐以象之。后之学者述焉，则移风易俗之象可见，非乐能移风易俗也。曰：乐之不能化人也，则圣人何作焉？曰：乐之来，由人情出者也，其始非圣人作也。圣人以为人情之所不能免，因而象政令之美，使之存乎其中，是圣人饰乎乐也。所以明乎物无非道[22]，而政之不可忘耳。孟子曰：“今之乐犹古之乐也。”“与人同乐，则王(wàng)[23]矣。”吾独以孟子为知乐。

朝会中和韶乐麾镈钟第十一无射

柳宗元批判了单穆公和伶州鸠反对周景王派人铸造无射钟的观点，但是他认为音乐对移风易俗没有用处的观点，也还是有局限性的。

［注释］

①无射：本来是指古代十二律的名称之一，可以叫作无射律。在这里指的是一种用金属铸造而成的乐器，由于它发出的声音和无射律所规定的音高很一致，因此这样称呼它。

②律：指的就是定音的竹管。在古代，是用十二根长度不同的竹管所发出的十二个高度不一样的声音来作为标准音，所以将这十二个标准音称为是十二律。

③单子：即单穆公。

④内：与“纳”通假，是接受的意思。

⑤明：视觉，观察事物的能力。

⑥信：正确的表达。名：命令。

⑦时动：适当地进行活动。

⑧政成生殖：政治上取得成绩，财富得到增长。

⑨乐之至：指的是音乐的最大效果。

⑩震眩：头晕目眩的样子。

⑪味入不精：由于头晕目眩而不知味道。

⑫佚：放纵、散漫的样子。不和：身体各个部位都不舒服。

⑬狂悖：违背道理。

⑭转易：混乱不安。

⑮过慝：错误，不对的意思。

⑯出令不信：发出了号令却不能够实施。

⑰刑政放纷：刑政法令松散紊乱。

⑱伶：古代掌管音乐的人，乐官。州鸠：是一人名。殖财：增长财富。

⑲离人怒神：人心变得离散，鬼神变得发怒，是认为音乐可以通神的表现。

⑳取：求、要。备：全面、完备。

㉑理定：指的是将国家治理好。

㉒物无非道：世间万物没有不遵守道的。

㉓王：动词，统治天下的意思。

［译文］

周景王预备铸造一种合乎音律的大钟，单穆公说："不行。"

批驳说：如果铸造的钟大得不能合于乐律，在演奏中没有实际用处，那么景王是在胡乱制造。单穆公提出的反对理由说："口接纳味道，耳感受声音，声音和味道产生精气。精气在口中表现为言语，在眼里表现为观察事物的能力。言语是用来正确地发号施令的，观察能力是引导人适时进行活动的。号令是为了把政治搞好，活动是为了增加财富。政治清明，财富丰厚，这是音乐的最大效果。如果视觉与听觉不和谐，感到耳鸣眼花，那么就辨不出精美的味道。味道不精美就会使人的精气涣散，精气涣散就会使人感到浑身不舒服。于是就会产生违背道理的言论，糊涂混乱的看法，错乱多变的政令，错误邪乱的法度。发出的命令不能实行，刑法政治松弛混乱。"乐官州鸠还说："音乐可以用来增加财富。"又说："（音乐不和谐）就会使人心离散，鬼神发怒。"唉，钟作为一种乐器，怎么能要求它具备这么多的功效呢？因此我认为这是一种奇谈怪论，不可相信。有人说：(《乐记》上说音乐）可以移风易俗，你对此有什么看法？我说：圣人已经治理好了国家，知道风俗的和谐，社会的安定，都是因自己的教化形成的，于是就创作乐曲来表现这种教化的成果。后代的学者记述下来，就可以从中看到社会上移风易俗的情况，并不是音乐本身有移风易俗的功能。有人又说：既然音乐不能感化人，那么圣人为什么要创作它呢？我说：音乐起源于人们的思想感情和愿望，起初并不是圣人创作的。圣人看到人们不可避免地抒发感情，以此形象地表现政令的完美，把它寄托在音乐之中，这是圣人用音乐来美化政治。圣人这样做的目

的，只是为了说明任何事物没有不可以寄托一定的政治内容的，并且表明政治不能忽视罢了。孟子说："当今的音乐和古时的音乐一个样子。""只要做到与民同乐，就可以管理天下了。"我倒认为孟子才是真正懂得音乐的人。

问战

题解

这篇文章集中反映了柳宗元军事方面的思想。长勺之战，作为我国历史上以弱胜强的典型实例，在本文中成为了关注的核心。作者主要是从曹刿问战这件事的论说出发，对求神助战的思想进行了批判，肯定要取信于民，强调做好军事和物资方面的准备的作战思想，要拥有睿智的将领、勇猛的士兵、强大的武器、有利的作战条件，所有这些才是取得战争胜利的必要条件。通过这些论述，对"去兵去食""以礼治军"的思想进行了强烈的批判。

［原文］

长勺之役[1]，曹刿(guì)问所以战于严公[2]。公曰："小大之狱[3]，必以情断之。"刿曰："可以一战。"

非曰：刿之问洎(jì)[4]严公之对，皆庶[5]乎知战之本矣。而曰夫"神求优裕于飨[6]"，"不优，神不福也[7]"，是大不可。方斗二国之存亡，以决民命[8]，不务乎实，而神道焉是问，则事机殆矣[9]。既问公之言狱也，则率然[10]曰："可以一战。"亦问略之尤[11]也。苟公之德可怀[12]诸侯，而不事乎战则已耳；既至于战矣，徒以断狱为战之具，则吾未之信也。刿之辞宜曰：君之臣谋而可制敌者谁也？将而死国难者几何人？士卒之熟练者众寡？器械之坚利者何若？趋地形得上游以延敌者何所[13]？然后可以言战。若独用公之言而恃[14]以战，则其不误国之社稷无几矣[15]，申包胥之言战得之，语在《吴篇》中。

［注释］

①长勺之役：鲁庄公十年（前684年），齐国攻打鲁国，交战于长勺这个地方，鲁军打败齐军，这是我国历史上典型的以弱胜强的战例。

②曹刿：春秋时期的鲁国人。严公：指的是鲁庄公，东汉时候，因为

要避明帝刘庄的名讳，所以改成严。

③狱：案件。

④洎：和。

⑤庶：接近、差不多。

⑥优裕：充足之意。飨：用酒食等东西来祭祀。

⑦“不优”二句：如果祭祀的东西不够丰厚的话，神灵是不会把福降临下来的。

⑧以：连词，相当于“而”。民命：这里指的是百姓的命运。

⑨“不务乎实”三句：不讲实际的而只是追求神道的，这样的战事就凶多吉少了。殆，危险之意。

⑩率然：冲动地、贸然地。

⑪问略之尤：问的太过简单了。

⑫怀：顺服。

⑬趋：占领、抢占。延：引进、引入。

⑭恃：靠。

⑮社稷：古代帝王祭祀谷神土神的地方，后来指代国家。无几：差不多都没了。

申包胥

申包胥，春秋时期楚国的大夫，主张打仗的策略是“智为本，仁次之，勇次之”。作者从曹刿问战这件事出发，对曹刿的作战思想进行了批评，他认为民众、物资和军事准备才是战争的要点。

[译文]

长勺战役的前夕，曹刿问鲁庄公凭什么条件来打这一仗。鲁庄公说：“大大小小的诉讼案件，一定根据实际情况作出判决。”曹刿听了说：“凭这一条可以打一仗。”

批驳说：从曹刿的问语和鲁公的回答来看，他们大概都懂得什么是打仗凭借的根本条件。然而说什么“神要求享受丰盛的祭品”，“不丰盛，神就不会保佑”，这是非常错误的。正当两国进行决定生死存亡的战斗的时候，决定人民命运的关键时刻，不注重与实际相符的现实问题，而大谈所谓神道，那事情就危险了。在庄公谈及处理案件时，就轻率地回答说：“凭借这条件可以打这一仗。”曹刿问的也实在是太粗略了。如果鲁庄公的德行可以使诸侯归服，而不用去打仗也就罢了；既然到了要进行战争的地步，只以处理好诉讼案件作为作战的条件，那是我不能相信的。曹刿的问话应该这样说：你的臣子能够出谋划策战胜敌人的有谁？将领中能勇于为国牺牲的有多少人？士兵中技术熟练的有多少人？武器装备是否精良？可以抢占迎击敌人的有利地形在哪里？然后才可以谈论战争。如果单凭鲁庄公说的那一条来作战，那么几乎没有不危及国家的，申包胥关于战争的言论是有道理的，他的这番话记载在《吴篇》中。

骨节专车楛①矢

题解

《国语》中有这样的记载，吴王在会稽山得到了一个有车那么长的骨节，孔子看了认为是防风氏的骨节。在陈侯的院子里，看到了一只身上穿着箭的鸷鸟，箭头有一尺八寸那么长，孔子就能认出这箭是北方肃慎氏的箭，鸟是从北方飞来的。正是由于左丘明讲到了一些关于孔子的奇怪言论，柳宗元才写了这篇文章。他以唯物主义的思想为出发点进行批驳，认为左丘明是在玷污圣人的名誉。

［原文］

吴伐越，隳会稽(kuài jī)②，获骨节专车。吴子使好来聘③，且问之仲尼。仲尼曰："丘闻之，昔禹致群臣于会稽之山，防风氏④后至，禹杀而戮之。其骨节专车，此为大矣。"仲尼在陈，有隼⑤集于陈侯之庭而死，楛矢贯之，石砮(nǔ)⑥，其长尺有咫(chǐ)⑦。陈惠公使人以隼如仲尼之馆问之⑧。仲尼曰："隼之来也远矣，此肃慎氏之矢也⑨。"

非曰：左氏⑩，鲁人也。或言事孔子，宜乎闻圣人之嘉言⑪，为⑫《鲁语》也，盍(hé)⑬亦征其大者，书以为世法⑭？今乃⑮取辩大骨、石砮以为异，其知圣人也亦外矣。言固圣人之耻也。孔子曰："丘少也贱，故多能鄙事⑯。"

［注释］

①楛：一种坚硬的木头，可以用做箭杆。

②隳：毁坏。会稽：古地名，在今浙江一带。

③吴子：指的就是吴王夫差，吴国的君主原来是被封为子爵的，所以称为"子"。使好来聘：为了搞好关系，派使者来访问鲁国。

④防风氏：古代部落中汪芒氏的首领，漆姓。

⑤隼：鸷鸟，一种很凶猛的鸟，和鹰很相似。

⑥砮：箭头。
⑦咫：指箭有一尺八寸长。
⑧陈惠公：陈哀公的孙子。如：往。馆：住处。
⑨肃慎：古代北方的一个种族名。矢：箭。
⑩左氏：指的是左丘明。
⑪宜：应当。嘉言：美言的意思。
⑫为：作、写。
⑬盍：何不之意。
⑭书：记载。法：仿效。
⑮乃：竟然、居然。
⑯鄙事：低劣卑贱的事情。

［译文］

吴国打败了越国以后，摧毁了越国的京都会稽城，得到了一节很大的骨头，装满了一车。吴王派使者来鲁国进行友好访问，问孔丘这件事。孔丘说："我听说从前大禹在会稽山召见诸侯，防风氏来晚了，禹杀了他，陈尸示众。他的一节骨头可以装满一车，这是最大的骨节啊！"孔丘在陈国时，有一只隼落在陈侯的庭院里死了，有一支楛木做的箭贯穿在它身上，箭头是磨尖的石头做的，足有一尺八寸长。陈惠公派人带着这只隼跑到孔丘的寓所去询问。孔丘说："这只隼飞了很远啊，那是北方肃慎氏的箭！"

批驳说：左丘明是鲁国人。有人说他曾拜孔丘为师，按理说，他应该听到过圣人的精辟言论，但他在编写《鲁语》时，为什么不引用圣人的那些高见让世人效法？如今却拿辨识大骨节、石箭头这样一些事来说明孔丘与众不同，可见左丘明对圣人的理解也太肤浅了。左丘明所记载的言行，就是连圣人自己也认为是一种耻辱。孔丘说过："我年轻时很贫贱，所以知道不少鄙俗的事。"

楛矢贯隼

孔丘在陈国时，一只隼落在陈侯的庭院里死了，它身上穿有一支楛木做的箭，孔子就能认出这箭是北方肃慎氏的箭。左丘明的《国语·鲁语》中记载了此事。柳宗元认为左丘明记载圣人这些毫无意义的言行，只能显得圣人很鄙俗，认为左丘明对圣人的理解过于肤浅。

卜[1]

题解

柳宗元在这篇文章中，对古人们凡事必要占卜的行为进行了批判。在柳宗元看来，圣人们的占卜是用来愚弄百姓的，自己并不是用它来征信的，这从客观上揭示了古代统治者愚人的政治策略，其中的欺骗性不言而喻。占卜作为一种迷信活动，在盛唐的时候尤其盛行，统治者带头热衷于此。在文章中所说的“尔后之昏邪者神之，恒用而征信焉，反以阻大事”等，都是柳宗元对当时现状的客观批判。

［原文］

献公卜伐骊戎[2]，史苏[3]占之曰：“胜而不吉。”

非曰：卜者，世之余伎[4]也，道[5]之所无用也。圣人[6]用之，吾未之敢非[7]。然而圣人之用也，盖以驱陋民[8]也，非恒用而征信矣。尔后之昏邪者神之[9]，恒用而征信焉[10]，反以阻大事。要言[11]，卜史之害于道也多，而益于道也少，虽勿用之可也。左氏惑于巫而尤神怪之，乃始迁就附益以成其说，虽勿信之可也。

大事卜吉图

古人遇到大事常常要先占卜。柳宗元认为占卜是世上一种微不足道的末技，对于治国、立身的大道是毫无用处的。他认为迷信是胡言乱语，不足为信。他的思想在当时是相当先进的。

［注释］

①卜：占卜，指古人们用火将乌龟壳和兽骨焚烧之后，来观察它上面的裂纹，以此来判断是福是祸，这是古人对鬼神敬畏表现的一种迷信活动。

②献公：指晋献公。骊戎：古代的部落名，位于今陕西临潼往东一带。

③史苏：名字叫苏的一位史官。在周代，史官主要负责的是占卜、祭祀之类的事情。

④余伎：末流的小技。

⑤道：在这里指的是治国之道。

⑥圣人：指的是周文王、孔子。

⑦吾未之敢非：我没有胆量认为它不对，实际是觉得不对的。

⑧陋民：见识短浅的平民百姓，是统治阶级对劳动人民的轻蔑称呼。

⑨尔后：之后的意思。昏邪者：昏庸邪恶的统治者。神之：将占卜神化。

⑩恒用：经常不断的使用。征信：取得验证。

⑪要言：总而言之。

［译文］

晋献公要名为苏的史官占卜攻打骊戎的吉凶，史官占卜后说："能打胜仗，但不吉利。"

批驳说：占卜，本是世上一种微不足道的末技，对于治国、立身的大道是毫无用处的。圣人曾用过它，我不敢认为它不对。但是圣人所以用它，只不过是为了驱使无知的百姓顺从他们，实际上并没有经常用它，也没有真正根据占卜来决定他们的行动。后来那些昏庸邪恶的统治者把占卜神化了，经常使用它，对它深信不疑并根据它采取行动，反而因此误了大事。总之，史官占卜对大道为害不浅，好处实在太少，即使不用它也完全可以。左丘明沉迷于巫术占卜，把它吹得神乎其神，开始牵强附会，添枝加叶，然后用来证实这种迷信胡言乱语，不要去相信它才是。

非《国语》下

命官

题解

在《国语》中，晋文公按照亲戚的远近来任命官员，柳宗元以此批判了儒家"任人为亲"的选人原则，认为必须要把这种不正确的观念转变过来，要实行"任人唯贤"的选人原则，选人所凭借的是贤德而不是姓氏家族。只有这样，国家才能越来越强大，由此，革新派改革的强烈愿望得到了很好的表达。

［原文］

胥、籍、狐、箕、栾、郤（xì）、柏、先、羊舌、董、韩[①]，实掌近官[②]。诸姬[③]之良，掌其中官[④]。异姓[⑤]之能，掌其远官[⑥]。

非曰：官之命，宜以材耶？抑以姓乎？文公将行霸，而不知变是弊俗[⑦]，以登[⑧]天下之士，而举族以命乎远近，则陋[⑨]矣。若将军大夫必出旧族，或无可[⑩]焉，犹用之耶？必不出乎异族，或有可焉，犹弃之耶？则晋国之政可见矣。

［注释］

①胥、籍、狐、箕、栾、郄、柏、先、羊舌、董、韩：春秋时期晋国的十一个世袭奴隶主贵族的姓氏。

②近官：指的是国君身边的官员。

③诸姬：指的是所有姓姬的，这里指的是和晋国国君同一姓氏的奴隶主贵族。

④中官：朝廷内的官员。

⑤异姓：除了姬姓之外的其他姓氏。

⑥远官：指的是朝廷外的地方官员。

⑦弊俗：坏的、浅俗的习俗。

⑧登：提拔之意。

⑨陋：不好的。

⑩无可：没有适合的。

［译文］

（晋文公任用）胥、籍、狐、箕、栾、郄、柏、先、羊舌、董、韩等大贵族出身的人，担任在国君身边参与国家机密的高官。姬姓中有才能的人担任管理宫廷内务的官，异姓中有才干的人担任边远地方的官。

批驳说：任命官员，究竟是应该根据才能呢？还是根据姓氏？晋文公想要建立霸业，却不知道改变坏传统从而提拔天下有才能的人，反而按照族姓的亲疏来决定官员职务的高低，那么也就显得太浅薄了。如果将军、大夫必须从世袭的旧贵族中选拔，要是不能胜任，还要任用他们吗？将军、大夫一定不从异姓中选拔，要是其中有完全可以胜任的，难道仍然弃之不用吗？那么，晋国的政治情况也就可想而知了。

晋文公

晋文公，名重耳，春秋时期著名的政治家、晋国国君，春秋五霸之一。柳宗元对晋文公“任人唯亲”的做法进行了批评，他主张“任人唯贤”。

戮仆

题解

文章源起于魏绛不杀犯罪的贵族子弟，但是对于犯同样罪的平民百姓却严加惩治这件事情，柳宗元批判了孔孟儒家关于“刑不上大夫，礼不下庶人”的观点，认为在惩治罪犯的时候要一视同仁，提倡“法不阿贵”“刑无等级”的思想，这和当时的反动势力奉行的信条是完全相悖的，可以说是有着过人的胆量和真知灼见。

[原文]

晋悼公四年，会诸侯于鸡丘[1]。魏绛为中军司马[2]。公子扬干乱行于曲梁[3]，魏绛斩其仆。

非曰：仆，禀[4]命者也。乱行之罪在公子。公子贵，不能讨[5]，而禀命者死，非能刑[6]也。使后世多为是以害无罪[7]，问之，则曰魏绛故事[8]，不亦甚乎！然则绛宜[9]奈何？止[10]公子以请君之命。

[注释]

①会：会见、盟会。鸡丘：古时候是晋国的领地，在今河北永年县西南一带。

②中军司马：中军里的执法人员。

③扬干：晋悼公的弟弟。乱行：扰乱军队秩序。曲梁：古代的地名，位于今河北永年县东北一带。

④禀：承受。

⑤讨：定罪的意思。

⑥非能刑：不能严格地按照刑法施行。

⑦使：假如、假使的意思。多为是：经常地这样做。

⑧故事：旧事、过去的事。

⑨宜：应该。

⑩止：拘留、关押。

[译文]

在晋悼公四年（前569年），召集诸侯在鸡丘地方会盟。魏绛任中军的司法官。悼公弟公子扬干在梁曲扰乱了部队的行列，魏绛杀了他的随从。

批驳说：侍从是听命令行事的人。扰乱队列的罪过在公子。公子地位高贵，不能定罪，却把执行命令的侍从杀了，这不能算是善于用刑。假使后代的人都因此去杀害无辜，问他这样做的原因，回答说魏绛已经开了先河，这个影响不是太坏了吗？那么魏绛在当时应该怎么办才对？应该先把公子拘留起来，然后再请示国君下令处理。

叔鱼①生

题解

《国语》中讲道，叔鱼的母亲是根据婴儿出生时候的哭声和相貌来确定他此生祸福的，这里渗透着一种“死生有命，富贵在天”的宿命论思想。柳宗元在这篇文章中对这种观点给予了很直接的驳斥，提出人的祸福是由自己的言行和遭遇来决定的，这在当时来说是很新颖深刻的观点。但是在封建社会中，人的旦夕祸福是受到统治阶级制约的，这是柳宗元在认识上所欠缺的地方。

[原文]

叔鱼生，其母视之曰：“必以贿死[2]。”杨食(yì)我(é)生[3]，叔向[4]之母闻其号也，曰：“终灭羊舌氏之宗[5]。”

非曰：君子之于人也[6]，听其言而观其行，犹不足以言其祸福，以其有幸有不幸也。今取赤子之形声[7]，以命其死亡，则何耶[8]？或者以其鬼事[9]知之乎？则知之未必贤[10]也。是不足书以示后世。

晋羊叔姬

叔姬者，羊舌子之妻，叔向、叔鱼之母，她根据婴儿的哭声及相貌来决定自己的喜恶，柳宗元认为她此举很荒谬。

[注释]

①叔鱼：姓羊舌，名鲋，叔鱼是他的字，春秋时期的晋国大夫。

②必以贿死：一定因为贪恋钱财而陷于绝路。

③杨：姓氏。食我：叔向的儿子，名伯石。

④叔向：叔鱼的哥哥。
⑤终灭羊舌氏之宗：一定要灭掉羊舌氏的宗族。
⑥君子之于人也：君子看待别人。
⑦赤子：刚刚生下来的孩子。形声：相貌和哭声。
⑧则何耶：依据的是什么道理呢？
⑨鬼事：荒诞的事情。
⑩贤：贤能、优秀。

［译文］

叔鱼一生下来，他母亲审视他一番说道："这小子将来一定会死于贪污受贿。"杨食我刚生下来，叔向的母亲听到他的哭声说："这小子终究要毁灭羊舌氏一族。"

批驳说：有见识的人判断一个人，只是听他的言论看他的行动，还是不能完全断定他一生中的祸福，因为他们的遭遇有好有坏。现在只凭婴儿的相貌和发声来判断他的生死祸福，这有什么依据吗？这大概是根据一些装神弄鬼荒诞无稽的事情来猜测的吧？如果是这样，那么即使碰巧猜测中了，也未必高明。这样的事实在不值得写出来传给后代。

吊乐毅[1]文

题解

这篇文章是柳宗元被贬之后在永州所作的，表达了自己浓郁的借古伤今之情。乐毅曾在燕昭王时期受到任用，在太子继位后被赶出了燕国，这段历史虽然发生在战国时期，但是和王叔文集团革新的遭遇是极其相似的，同样是在新的国君继位后，革新集团惨遭迫害。这篇文章在哀悼忠良之士、赞扬乐毅高尚的道德品质的同时，适时地表达了作者对"道德不可常"的黑暗社会现实的愤懑之情，用古人之事来抒当世之情，读来情深意浓，言辞精湛。

［原文］

许纵自燕来，曰：燕之南有墓焉，其志曰"乐生之墓"[2]。余闻而哀之。其返[3]也，与之文使吊焉。

大厦之骞[4]兮，风雨萃[5]之。车亡其轴兮，乘者弃之。呜呼夫子[6]兮，不幸类之[7]。尚何为哉？昭[8]不可留兮，道不可常[9]。畏死疾走兮，狂顾傍徨[10]。燕复为齐兮，东海洋洋[11]。嗟夫子之专直兮[12]，不虑后而为

防。胡去规而就矩兮⑬，卒陷滞⑭以流亡。惜功美⑮之不就兮，俾愚昧之周章⑯。岂夫子之不能⑰兮，无亦恶是之遑遑⑱。仁夫对赵之悃款⑲兮，诚不忍其故邦。君子之容与⑳兮，弥亿载而愈光。谅遭时之不然兮，匪谋虑之不长。

跽（jì）陈辞以陨涕兮㉑，仰视天之茫茫。苟偷世之谓何兮㉒，言余心之不臧㉓！

济上劳军

乐毅，魏国名将乐羊之后。柳宗元赞扬乐毅高尚的道德品质，表达了自己浓郁的借古伤今之情。图为乐毅破齐后，燕昭王亲至济水慰劳燕军，封乐毅为昌国君。

［注释］

①乐毅：战国时期，燕昭王任命乐毅为上将，燕惠王继位之后，将其流放，最后卒于赵。

②志：这里指的是碑志。乐生：乐毅。

③其返：许纵返回到燕国。

④骞：破坏、损坏。

⑤萃：聚集。

⑥夫子：对人的尊称，指乐毅。

⑦类之：和上面所讲的情况类似。

⑧昭：燕昭王。

⑨道：指燕昭王在位时任用贤人的政策。常：固定不变的意思。

⑩狂顾：十分惊慌的意思。傍徨：即彷徨，犹豫不决的意思。

⑪东海：这里指的是齐国，位于东边，毗邻大海。洋洋：广阔的样子。

⑫嗟：感叹词。专直：专一、正直。

⑬去：离开。规：指代圆滑的处世态度。就：靠近。矩：正方，代指耿直方正的态度。

⑭陷滞：陷入滞泥之地。

⑮功美：功高美德，这里代指乐毅。

⑯周章：身穿画有等级标志图案的朝服。

⑰不能：没有能力。

⑱无亦：语气词，无意义。遑遑：匆匆忙忙的样子。

⑲悃款：诚恳。

⑳容与：依恋。

㉑跽：长跪的意思。陨涕：挥洒泪水。

㉒苟：假使、如果。偷世：在世上偷生。

㉓臧：善。

[译文]

许纵从燕地那个方向来，说：燕地的南边有一座墓碑，上面刻着“乐生之墓”。我听过之后顿时感到十分悲哀。在他返回的时候，让他带上这篇文章，请他在回去之后到乐毅的墓碑前表达哀悼之情。

大厦被摧毁了啊，风卷着雨从天而降。车子上的轴也被弄丢了啊，坐车的人就把它丢弃了。哎，在燕昭王死后，先生所遭受的磨难，不幸的情况同这些十分相似。还能怎么办呢？想要燕昭王长生不老是不可能的，他的治国思想也就不可能被长久地留存下来。你为了躲避灾难的到来只能选择逃跑，显得那样惊慌失措而犹豫不决。曾经那些属于燕国的土地，现如今都归属在了齐国的名下，东海的样子仍然宽广无边。你最可惜的就是只用那一种正直的态度来对待君王，不懂得为自己的前途和命运做些谋划。你为什么如此地摒弃世故圆滑一味地坚持正义的主张，到头来只能落得遭受流亡的下场呢？你光辉的事业最大的不幸就是落得半途而废，给了那些愚昧之人成功的机会。莫非你是一个不会为自己构想的人吗，你其实是厌恶那些钻营之人。你在答对昭王时表现的一片赤诚之心真能算得上是仁至义尽了，对自己的国家满怀不忍的情绪。你这种依恋故国的情感，即使是经过千万年的磨砺仍然会熠熠生辉的。你真是因为没有赶上好的时世啊，并非你没有深远的谋略。

我在这里长跪着，满含泪水向你表达我的哀悼之情，眼睛注视着渺茫的苍天。像我这样苟且于世的人，世人会如何议论呢，很可能会说我内心是不好的吧！

送宁国范明府诗序[1]

题解

这篇文章是柳宗元在出任监察御史时所作的，此时包括作者在内的王叔文集团已经初具规模了。这篇序文的写作，是在为吏治改革做舆论准备的。文章不但近距离揭露了唐王朝选官任命制度上的腐败，同时还借范传真的话，提出了自己“吏者人役”的主张。这种思想和主张在他后期所作的文章中有更加深入的发展。这种思想对儒家传统的“官为民牧”主张提出了正面的抨击。“吏者人役”作为柳宗元为文为人的核心思想，从根本上反叛了儒家的天命论，也成为批判黑暗现实的有力武器。本序说理透彻，语言流畅。

[原文]

近制，凡得仕于王者，岁登名于吏部[2]，吏部则必参其等列[3]，

分而合之[4]，率三十人以为曹[5]，谓之甲。名书为三[6]，其一藏之有司，其二藏之中书洎门下[7]。每大选置大考绩[8]，必关决会验而视其成[9]。有不合者，下有司，罢去甚众。由是吏得为奸以立威，贼知[10]以弄权，诡窃窜易[11]，而莫示其实。必求端悫(què)[12]而习于事、辩达而勤其务者，命之官而掌之。居三年，则又益[13]其官，而后去其职。

有范氏传真者，始来京师，近臣多言其美。宰相闻之，用以为是职。在门下，甚获休问[14]。初命京兆武功尉[15]。既有成绩，复[16]于有司，为宣州宁国令。人咸曰：由邦畿(jī)[17]而调者，命东西部尉[18]以为美仕。范生曰："不然。夫仕之为美，利乎人之谓也。与其给(jǐ)[19]于供备，孰若安于化导[20]。故求发吾所学者，施于物而已矣。夫为吏者，人役[21]也。役于人而食其力，可无报耶？今吾将致其慈爱礼节，而去其欺伪凌暴，以惠斯人，而后有其禄，庶可[22]平吾心而不愧于色。苟获是焉，足矣。"季弟[23]为殿中侍御史，以是言也告于其僚，咸悦而尚之。故为诗以重其去[24]，而使余为序。

［注释］

①宁国：县名，位于今安徽宁国市。明府：唐朝人对县令这一官职的别称。

②吏部：指的是尚书省六部之一，主要负责官吏的任命和选拔。

③等列：等级和位置。

④分而合之：按照不同等级、年资等条件分别归类。

⑤曹：组。

⑥三：一式三份。

⑦中书洎门下：指的是中书省和门下省，这两个和尚书省为唐代三个最高的行政机关。洎，及。

⑧大选：选拔官员。考绩：考核官员的政绩。

⑨关决：上报决定。会验：共同检验。成：统计文簿。

⑩贼知：出坏主意。

⑪诡窃：欺诈。窜易：改动。

⑫端悫：正直敦厚。

⑬益：升迁。

⑭休问：好的名声、声誉。

⑮京兆：府名，位于今长安、万年一带。武功尉：指武功县的县尉。

⑯复：上呈、上报。
⑰邦畿：京城所属的周围地带的州县。
⑱东西部尉：指的是长安、万年两县的尉职。
⑲给：充裕、满足。
⑳化导：教化、开导。
㉑人役：百姓的仆人。
㉒庶可：幸好可以。
㉓季弟：指最小的弟弟。
㉔重：慎重。去：离开，指范传真就职上任。

［译文］

现如今的制度是，只要是有做官资格的人，每年都会将名字在吏部上予以登记，吏部就会根据所登记之人的年龄、级别等方面的条件，分门别类，大概一组有三十个人，称之为是一甲。将名单写三份，一份保存在吏部的办事官员那里，另外的两份由中书省和门下省各持一份。每当遇到大规模的官员选拔和官员考核政绩的时候，一定要让三省共同检验，来考核官员候选人的成绩。考察时发现不合格的情况，就会受到相关部门的处理，因为这样被取消资格和罢免官职的人很多。所以办事的官员就会从中徇私舞弊、任意操作，想尽各种办法来滥用自己的权力，故意虚假地改动文字，呈现出一种不真实的情况。一定要让那些正直又有经验、吃苦又敬业的人来完成这项任务。三年任期一满，就要将他的官职提升，接着就免去他原来的官职。

有这样一个姓范名传真的人，刚来到京城，朝廷之中皇上身边的臣子们大都说他有很好的品行。当朝的宰相听说之后，就任命他来担任主持官吏考核的职务。就职于门下省，传出了很好的声誉。范传真从门下省调离之后，首次被任命为京兆武功尉。在这一职位上取得了成绩之后，经上报有关部门，就又被提升为宣州宁国县令。人们中间流传着这样的说法，从京城周围调来的人，再去长安、万年当县尉是好差事。范先生却讲道："不是的。如果说这个职位是美差的话，那应该是对老百姓有利的。如果仅仅是用来满足物质方面的欲望的话，那还不如一心来推行教化。因此要探求发挥我所学到的东西，只是流于形式而已。所谓当官，就是要做老百姓的仆人，给百姓做仆人，享受他们的劳动成果，能没有报答吗？假使如今我让他们达到相互敬爱、知书达理，去除他们身上欺骗虚假、恃强凌弱的坏习性，给百姓好处，这之后我才能去享受俸禄。只有这样做，我的心才能够获得安宁，脸上没有羞愧的颜色，能够做到这些我就觉得心满意足了。"他最小的弟弟在朝廷中任殿中侍御史一职，将他哥哥说的这些话和众官员讲了，大家都很推崇范传真。因此就纷纷作诗送行，慎重地对待范传真离京赴宁国任县令这件事，让我在这里作序。

同吴武陵赠李睦州[1]诗序

题解

诗歌有鸣不平之功效，这篇序文也是用来叙述不平之气的。李睦州是润州节度使李锜的部下，李锜蓄意谋反，首先排除异己，李睦州被贬到南海上。李锜阴谋没有得逞，终被杀害，天下大赦后，李睦州被酌情流放到了永州。柳宗元和吴武陵对李睦州被诬陷而遭贬一事深感不平。吴武陵作诗相送，柳宗元写这篇文章，表达了对藩镇割据乱国的行径强烈不满。从这篇序文中能够看到柳宗元刚健的笔法，以及激扬的行文风格。

［原文］

润[2]之盗锜（qí），窃货财，聚徒党，为反谋十年。今天子[3]即位三年，大立制度。于是盗恐且奋，将遂其不善。视部中良守不为己用者，诬陷去之，睦州由是得罪。天子使御史按问[4]，馆于睦。自门及堂，皆其私卒为卫。天子之卫不得摇手，辞卒致具。有间[5]，盗遂作。而庭[6]臣犹用其文，斥睦州南海上。既上道，盗以徒百人遮于楚、越之郊，战且走，乃得完为左官吏[7]。无几，盗就擒，斩之于社垣之外。论者谓宜还[8]睦州，以明其诬。既更大赦，始移永州，去长安尚四千里，睦州未尝自言。

吴武陵，则健士也。怀不能忍，于是踊跃其诚，铿锵其声，出而为之诗，然后慊（qiàn）[9]于内。余固知睦州之道也熟，衔匿[10]而未发且久，闻吴之先焉者，激于心，若钟鼓之考[11]，不知声之发也，遂系之而重以序。

［注释］

①李睦州：名幼清，字深源，曾经做过睦州刺史。

②润：位于今江苏镇江一带。

③今天子：指的是唐宪宗李纯。

④按问：查办。

⑤有间：没有间隔多长时间。

⑥庭：与“廷”通假，朝廷的意思。

⑦左官吏：左迁的官员。

⑧还：复还官位。

⑨慊：恨。

⑩衔匿：藏于心中。

⑪考：敲击的意思。

［译文］

润州的盗贼李锜，专爱盗取财物，集结朋党，进行叛乱活动已经十多年了。如今圣明的君王继位三年多来，制定出来大量的制度和法令。这使得盗贼十分惶恐，急切地要谋反。诬陷那些自己不能利用的将领，李睦州因此遭到诬陷。皇上派御史前来核查此事，住在了睦州。从大门口到公堂，都由私人严守着。皇上派来的兵卒都不能插手，全部在那里闲置着。一段时间之后，盗贼开始叛乱了。然而朝廷中的大臣们还坚持上书污蔑李睦州，皇上一怒之下将李睦州贬到了南海上。在李睦州被贬谪的路上，上百名的盗贼在楚、越的交界处准备将他拦截，李睦州奋战逃脱，幸免于难，保全了自己，成为了被贬的官员。没过多久，盗贼之首李锜被擒，在社垣外被斩首。当时有人认为应该把他押送回睦州进行处置，以此来显示李睦州的清白。之后正好赶上了天下大赦，李睦州迁往永州，这里距离长安还是有四千里的路途，李睦州没有一句怨言。

吴武陵，他是一个刚正不阿之人。对于这种不公平的事情，他心中是不能忍受的，在这种情况之下，就开始行动起来，为李睦州鸣不平，他起身为李睦州写诗抒怀，此后，朝中的大臣们就对吴武陵心怀愤恨。本来我是很熟悉李睦州的，并且了解他的为人，深知他所受到的冤屈，这种情感一直藏在心里，从来没有表现出来，今天，听到有吴武陵先生出来为他抒愤，我心中的义愤之情也被激发了起来，就好像是钟鼓在击打一样，声音不知不觉地就发了出来，于是就迅速、郑重地写下了这篇序言。

送澥[1]序

题解

此篇序文写于作者被贬永州之时。在这期间，同族兄弟柳澥来到这里看望他。他的到来，使得柳宗元产生了对家族兴衰的感慨，特写下这篇序言相赠。文章中，作者认为自身的高尚修养难与多变难揣的命运相争。第一部分交代了对宗族兴衰历程的回顾。开头结尾运用了寓言性质的文字，将家族的兴旺和“德”“仁义”等因素相联系，这种认同感是潜在的。中间对世事的描述，指出了外力对宗族发展的决定作用。这和自己认同的理念是有冲突的，加之身处荒僻之地，苍凉的感觉更加浓重。后辈柳澥的造访，重新点燃了他心中理想的灯塔。柳宗元从柳澥淳厚的性情中看到了希望，寄托了自己的希望，提出了许多的勉励之词。在情真意切的劝告中，能够感到作者对“德”怀有的坚定信念。最后的“吾去子，终老于夷矣”一句，让人感到命运的强大，命运带给作者的只能是一声叹息。序言情感真切，言语细腻。

[原文]

人咸言吾宗宜硕大，有积德焉。在高宗时，并居尚书省二十二人。遭诸武[②]，以故衰耗。武氏败，犹不能兴。为尚书吏者，间数十岁乃一人。永贞年，吾与族兄登并为礼部属。吾黜[③]，而季父公绰[④]更为刑部郎，则加稠焉。又观宗中为文雅者，炳(bǐng)炳然[⑤]以十数，仁义固其素也。意者其复兴乎？

自吾为僇(lù)人[⑥]，居南乡[⑦]，后之颖然出者，吾不见之也。其在道路幸而过余者，独得澥(xiè)。澥质厚不谄，敦朴有裕，若器焉，必隆然大而后可以有受，择所以人之者而已矣。其文蓄积甚富，好慕甚正，若墙焉，必基之广而后可以有蔽，择其所以出之者而已矣。勤圣人之道，辅以孝悌[⑧]，复向时之美，吾于澥焉是望。汝往哉！见诸宗人，为我谢而勉焉。无若太山之麓(lù)，止而不得升也，其唯川之不已乎！吾去子，终老于夷矣！

武后

武则天，中国历史上唯一的女皇帝。此文第一部分叙述了柳宗元宗族的兴衰历程。柳宗元的家族是在遭武则天暗害之后，开始衰落的。

[注释]

①澥：指的是柳澥，是柳宗元宗族中的兄弟。
②诸武：指的是武则天和其同党。
③吾黜：柳宗元因为“永贞革新”被贬为永州司马。
④公绰：字起之，以吏部员外郎为西川武无衡判官，复入为吏部郎中。
⑤炳炳然：光艳照人，光彩夺目。
⑥僇人：因为罪名而遭受辱没的人。
⑦南乡：永州。
⑧悌：尊敬、爱戴兄长。

[译文]

人们都称我们家族是很兴盛的，原因在于我们的祖先从古时候就积累了很多功德。在唐高宗皇帝在位的时候，我们家族就有二十二人同时在尚书省任职。之后遭到武后的暗害，开始走向了衰落。武则天的统治结束之后，我们家族仍然没有兴盛起来。在尚书省做官的人，要隔好几十年才能有一个。在永贞年间，我和族兄柳登一同任职于礼部。虽然我遭到了贬谪，但我的叔父却当上了吏部郎中，这时我们家族逐渐地有了点起色。此外，我们家族中有十几个文风雅丽、光艳照人、引人注目的人，他们身上体现了我们家族固有的仁义本质。这么说来，我们家族是不是可以算是又复兴了呢？

自从我当了罪人，在这南蛮之地居住之后，我们家族中成长起来的人才，我就不曾知道了。路过这里顺便看望我的，也就只有柳澥了。柳澥是一个品质纯正的人，假使让他受到重用、提拔，那他一定会很有出息的，只是现在急需的是要找个合适的突破口。他有很扎实的文学功底，有着正确的兴趣和爱好，就好像筑墙一样，选择一块好的地基是很重要的，坚实有力的根基是必不可少的，之后才有可能建好房屋。勤于遵循圣人的道义，加上孝悌的美德，重现我们家族过去的辉煌时光才能有希望，我将这一美好的愿望寄托在了柳澥身上。你快去吧！如果看到我们家族的人，代我向他们问好，并且要勉励他们。不应该像泰山的山麓一样，就像静止一样，向上升得非常慢，应该效仿的是像大河一样奔腾不息的样子啊！在和你分别之后，我只能在这蛮夷之地终了我的余生了。

陪永州崔使君[1]游宴南池序

题解

这篇文章写于元和三年（808年）。文章中柳宗元对自己“为憔悴客”的状态表示十分感慨，认识到“乐之不可常”“会之不可必”的规律，悲伤的情感油然而生。山水的美色满目皆是，但是他还是抑制不住自己内心的悲伤情绪。

［原文］

零陵城南，环以群山，延以林麓。其崖谷之委会，则泓然为池，湾然为溪。其上多枫楠竹箭、哀鸣之禽；其下多芡芰蒲蕖、腾波之鱼[2]，韬涵太虚，澹滟里闾，诚游观之佳丽者已。

崔公既来，其政宽以肆，其风和以廉，既乐其人，又乐其身。于暮之春，征贤合姻，登舟于兹水之津。连山倒垂，万象在下，浮空泛景，荡若无外。横碧落以中贯，陵太虚而径度。羽觞（shāng）飞翔，匏（páo）竹[3]激

越，熙然而歌，婆然[4]而舞，持颐[5]而笑，瞪目而倨[6]，不知日之将暮，则于向之物者可谓无负矣。

昔之人知乐之不可常，会之不可必也，当欢而悲者有之。况公之理行，宜去受厚锡[7]，而席之贤者，率皆左官[8]蒙泽，方将脱鳞介，生羽翮，夫岂趑趄湘中为憔悴客耶[9]？余既委废[10]于世，恒得与是山水为伍，而悼兹会不可再也，故为文志之。

［注释］

①崔使君：崔敏，当时是永州刺史，两年之后卒，柳宗元为他写过墓志铭和祭文。

②芡：一年生的草本植物，在水中生长，花托的形状很像鸡头，种子可以食用。芰：一年生的草本植物，在水中生长，果实有硬壳，有角，果肉可以食用。蒲蕖：指荷花。

③匏竹：一种丝竹类的乐器。

④婆然：跳舞的样子。

⑤颐：下颌。

⑥倨：古同“踞”，伸开脚坐着。

⑦锡：与“赐”同。

⑧左官：左迁的官员，被贬之意。

⑨湘中：指湖南。憔悴：神情恍惚，面目消瘦。

⑩委废：革除、废弃的意思。

［译文］

在零陵城的南边，周围有很多的山围绕着，长满林木的山头无限延伸着。众山崖山谷聚集的地方，水深的就逐渐形成了池，水浅的就逐渐形成了溪。南池上面有很多枫香树、楠树、竹子和呦呦鸣叫的鸟儿；南池里有很多的鸡豆、菱角、荷花和蹦跳的鱼儿，倒影中盛满了天空的样子，村庄在水中摇荡，真不愧是游览赏玩的上好去处。

崔公到了永州之后，政策十分宽松，作风和顺清廉，老百姓都感到十分快乐，他自己也很是欢愉。暮春时候，相约几位贤德之

游山乐水

作者记述了和友人们一起宴游的欢乐场景，对山水的美景也进行了细致的描绘，但是宴游的欢乐和独特的风光还是不能抑制住他内心的悲伤情绪。

人，召集亲朋，在南池的码头处乘船游览。峰峦叠嶂的群山倒映在水中，万物的样子都在水中呈现，天空也漂浮在水面上，日光在水面上漂流，一切都在水中蕴含着。坐着船从水上横渡过去，感觉就好像从天空中穿过一样。大家都在畅快地饮酒，音乐高远，伴着音乐唱歌，欢快地跳舞，有托着下巴微笑的，有瞪着眼睛伸开脚坐着的，天快要黑了都全然不知，真是没有辜负这里独特的风光啊！

以前的人们认为快乐是不能长时间存在的，聚集在一起是没有必要的，感受快乐和哀伤的人是很多的。更不用说崔公在自己政策、方法施行后，就应该离开永州去享受丰厚的待遇。这些座中的贤人，大部分都是降职被贬的官员蒙受了恩惠，正准备脱掉束缚，展开羽毛和翅膀，难不成还在湘中徘徊，让自己变成憔悴的过客吗？我已经是一个被社会废弃没有用的人了，经常和山水在一起相互陪伴，而感叹这样的聚会不会再有了，因此特意写了这篇文章来记录这次聚会的经过。

邕州马退山茅亭记

题解

这篇文章是应邕州刺史柳宽的请求而作的。因为柳宗元并没有到过邕州，只能根据介绍来写作。由于此种原因，此文和“永州八记”呈现出不同的风格。当时的社会中，在南方做官的人，一般在政治失意的时候就会寄情于山水。本文写得含而不露，运用了大量的典故和隽秀的辞藻，值得仔细地推敲。

［原文］

冬十月，作新亭于马退山之阳。因高丘之阻以面势，无欂栌(lú)节棁之华[1]。不斫椽，不翦茨，不列墙，以白云为藩篱，碧山为屏风，昭其俭也。

是山崒然起于莽苍之中，驰奔云矗，亘数十百里，尾蟠荒陬(zōu)，首注大溪，诸山来朝，势若星拱，苍翠诡状，绮绾绣错。盖天钟秀于是，不限于遐裔[2]也。然以壤接荒服[3]，俗参夷徼，周王之马[4]迹不至，谢公[5]之屐齿不及，岩径萧条，登探者以为叹。

岁在辛卯，我仲兄以方牧[6]之命，试于是邦。夫其德及故信孚(fú)，信孚故人和，人和故政多暇。由是尝徘徊此山，以寄胜概。乃塈[7]乃

涂，作我攸宇，于是不崇朝[8]而木工告成。每风止雨收，烟霞澄鲜，辄角巾鹿裘[9]，率昆弟友生冠者五六人，步山椒[10]而登焉。于是手挥丝桐，目送还云，西山爽气，在我襟袖，八极[11]万类，揽不盈掌。

夫美不自美，因人而彰。兰亭也，不遭右军，则清湍修竹，芜没于空山矣。是亭也，僻介闽[12]岭，佳境罕到，不书所作，使盛迹郁堙(yīn)，是贻林涧之愧。故志之。

［注释］

①欂栌：斗拱。节：房屋中顶住横梁的方木。棁：梁上的短小柱子。

②遐裔：边远的意思。

③荒服：荒远之地。古人曾有“五百里荒服”之说。

④周王之马：指周穆王所驾的八匹骏马，用来周游各地。

⑤谢公：谢灵运。

⑥方牧：指州刺史。

⑦塈：涂刷屋顶。

⑧崇朝：一个早上，喻指时间很短。

⑨角巾：古时候隐士们戴的有棱有角的头巾。鹿裘：指鹿皮。

⑩山椒：山的顶端。

⑪八极：最为边远的地方。

⑫闽：南蛮，这里指的是南方。

［译文］

冬季十月，在马退山的南边建造了一座新的亭子。亭子是借助高山阻隔的态势而建造的，里面没有精心雕刻的柱子作为装饰。没有椽檐、房顶、墙壁，有的只是用白云做成的藩篱，青山做成的屏风，这样做可以显示节俭的作风。

马退山在原野上高高地耸立着，横向延伸了好几百里的距离，山尾的地方占据荒野的一角，山的头部傲然面对着大江，其他的山都折服在了它的脚下，好像群星在它面前汇聚着一样。山上松柏翠绿，异常缤纷。或许上天单单对它情有独钟，对其他的山峰则是不闻不问。由于邕州这个地方十分偏远，

谢灵运

谢灵运，晋宋之际的著名诗人，出身江南大族，在政治上屡有沉浮，因此“常怀愤愤”，遂寄情山水，开创了山水诗派。柳宗元在政治上失意之后，也是寄情于山水，并写了很多优美的游记。

和南方的少数民族相接壤，先前的周穆王乘坐宝车远游都不会到这个地方。纵情于山水的谢灵运，云游四海，也不来这里。道路太过崎岖险阻，登山冒险的人也常常会对着它感叹。

元和六年（811 年），我的二哥做了州刺史，到了这里。他来了之后，大施恩泽，老百姓对他都很信服。百姓对他信服了，就变得很顺从了，顺从后就会因为政事少了而腾出来许多空闲的时间。所以他会经常在这座山下面徘徊，在此寄托心中的感受。他搭建涂刷，在这里建了一座亭子，还没用一上午就建好了。每当风驻雨停的时候，云雾蒸腾着霞光，他就戴上头巾，穿上鹿皮做成的裘衣，和兄弟、朋友、弟子五六个人，沿着山路向着这座亭子攀登。这时候会用手将树叶上的露水接住，真真切切地看着云卷云舒，浑身上下充满了山中清凉的气息，天地间的万物好像尽收于眼底了。

实际上那些美好的事物，并不是由于它自身的美好而美好的，真正的原因是人将它变得美好了。兰亭假使没有被王羲之看中，即使那里有清澈的泉水、整齐的竹林，也只能被掩埋在空山之中，一直荒芜下去而无人能够知晓。这座亭子坐落南方偏僻的崇山峻岭之间，尽管它有绝妙的景致，但还是少有人烟，如果不写下一点东西为它做宣传的话，那么这美好的景致一定会被埋没的，那样就有愧于山水。因此写了这篇记。

与吕道州温论《非国语》书

题解

这篇文章集中阐释了柳宗元对“道”的认识。《非国语》是中国哲学史上无神论方面的重要著作。在柳宗元看来，“道”是一个复杂的概念，近代论述者大多以儒家思想为本源，没有将细小的问题分析透彻。作者将《国语》一书的欺骗性暴露无遗，将孔孟之道的“儒术”定性为产生奇怪言论的祸根。不仅如此，作品中强调了自己虽然遭到贬谪，但是仍坚持变法革新的信念，这种积极的状态难能可贵。

[原文]

四月三日，宗元白化光①足下：近世之言理道者众矣，率由②大中而出者咸无焉。其言本儒术，则迂回茫洋③，而不知其适；其或切于事，则苛峭刻核④，不能从容，卒泥乎大道；甚者好怪而妄言，推天引神，以为灵奇，恍惚若化，而终不可逐。故道不明于天下，而学者之至少也。

吾自得友君子，而后知中庸之门户阶室[5]。渐染[6]砥砺(dǐ lì)，几乎道真。然而常欲立言垂文，则恐而不敢。今动作悖谬[7]，以为僇于世，身编[8]夷人，名列囚籍[9]。以道之穷也，而施乎事者无日，故乃挽引[10]，强为小书，以志乎中[11]之所得焉。

尝读《国语》，病其文胜而言尨[12]，好诡以反伦，其道舛逆[13]。而学者以其文也，咸嗜悦焉。伏膺[14]呻吟者，至比六经。则溺其文必信其实，是圣人之道翳[15]也。余勇不自制，以当后世之讪怒，辄乃黜其不臧[16]，救世之谬。凡为六十七篇，命之曰《非国语》。既就，累日怏(yàng)怏然不喜，以道之难明而习俗之不可变也。如其知我者果谁欤？凡今之及道者，果可知也已。后之来者，则吾未之见，其可忽耶？故思欲尽其瑕纇[17]，以别白中正。度成吾书者，非化光而谁？辄令往一通，惟少留视役虑以卒相之也。

往时致用[18]作《孟子评》，有韦词[19]者告余曰："吾以致用书示路子，路子曰：'善则善矣，然昔人为书者，岂若是摭[20]前人耶？'"韦子贤斯言也。余曰："致用之志以明道也，非以摭(zhí)《孟子》，盖求诸中而表乎世焉尔！"今余为是书，非左氏尤甚。若二子者，固世之好言者也，而犹出乎是，况不及是者滋众，则余之望乎世也愈狭矣！卒如之何？苟不悖于圣道，而有以启明者之虑，则用是[21]罪余者，虽累百世滋不憾而恧(nù)[22]焉。于化光何如哉？激乎中必厉乎外，想不思而得也。宗元白。

［注释］

①化光：吕温，字和叔，又字化光，柳宗元的好友，曾参加永贞革新，失败后被贬为道州刺史，所以也有称他为吕道州的。

②率由：遵循之意。

③迂回茫洋：迂回蜿蜒、不着边际。

④苛峭刻核：刻薄严肃的意思。

⑤中庸：儒家的中庸之道，也就是柳宗元所讲的大中之道。门户阶室：学术的不同境界、阶段，先入门后入室。

⑥渐染：熏陶、感染。

⑦悖谬：荒谬。

⑧编：编户，列入户口的意思。
⑨囚籍：囚犯的名册。
⑩挽引：牵引、集结之意。
⑪中：自己的内心。
⑫病：责怪、怨恨之意。尨：繁杂。
⑬舛逆：错误、乖谬。
⑭伏膺：牢记在心。
⑮翳：遮蔽、蒙蔽之意。
⑯臧：善。
⑰颣：指的是缺点或毛病。
⑱致用：李景俭，字致用，是柳宗元的好友，曾经参加永贞革新。
⑲韦词：和柳宗元同时的人，曾有过一些改革的建议。
⑳摭：挑剔、挑拣之意。
㉑用是：借用写《非国语》一事。
㉒恧：惭愧之意。

［译文］

四月三日，柳宗元寄语化光足下：最近有很多人在谈论治国之道，但是却没有一个人是在遵循大中之道的条件下谈论的。他们的观点都是以儒术为本源的，迂回蜿蜒，不着边际，所云难辨；有些是比较接近现实的，但不免过于苛刻严肃，没有回旋的余地，最终还是和大道不合；更有甚者，有的人十分热衷于发表怪癖的言论，呼唤天神，自以为很是奇妙，仿佛要脱离人世了，但结果还是无法捉摸。所以说，大道不能够彰显在人们面前，那认真探讨研究它的人就更少了。

我自从结交了你这样的朋友之后，对中庸的知识才略微地知道了一点。在你的感染和我的探究之下，才一步步接近了大道的真谛。经常想要将自己的想法著书成文，但总是心存疑虑，一直不敢动笔。现在我忽然间遭到了贬谪，让天下人耻笑，住在这荒芜的地方，名字被写在了囚册之上。如此看来大道是无法行通了，要想用它来治理国家显然是不可能的了，因此，就将前人的论说，集结写成一本小书，以便将我自己的内心想法记述下来。

过去读《国语》，总是怨恨它文辞华丽，内容繁杂，颇多怪论，违背正常的道理，所以它讲的道理都不是十分正确。然而，那些学者们却偏偏因为它华丽的文辞而喜欢它。牢记在心，不断地吟诵，甚至列入了四书五经的行列。这样一来，沉浸于华丽的文辞中，自然地就会接受其中的道理，就是因为这些，圣人的大道也就只能隐藏起来不能彰显了。我胆大狂放，不能自己克制自己，宁愿被人讥笑，也要将其谬误指出来，把世人的偏见纠正过来。我一共写了六十七篇文章，起了一个《非国语》的名字。完成之后，每天我都不是很开心，因为大道是很不容易讲明白的，而且人心和流传的习俗是很难改变的。真正能

够了解我的人在哪里呢？现在所有探求大道的人应该是能够了解我的。但是在后世的学者中，我还没有看到，莫非就能够把他们忽视掉吗？因此，在我看来，能够真正把我的毛病指出来，让它和圣人之道区分开来，并且帮助我将全书完成的人，不是你化光还能是谁呢？我现在就派人把文章给你送过去，希望你能够稍加留心，帮我把它全部完成。

以前李致用曾写过《孟子评》这本书，一个叫韦词的人对我讲："我把致用的书拿去给路先生看，他说：'好是好，难道古人写书的时候也都是像这样挑前人的弊病吗？'"韦先生觉得他讲的话很有见地。我这样回答他："致用之所以著书，原因在于他要将道义解释清楚，并不是要挑《孟子》的弊病，他只是想要探求其中的道义来告诉世人罢了。"现如今我所写的这本书，对左丘明的批评就更加厉害了。韦、路他们两个人，本来就是当时善于发表议论的人，他们都是如此，而实际上世间不如他们的人有很多，我要想得到世人同情的可能性就更小了！应该如何去做呢？只要我没有违背圣人之道，从而能给那些通达事理的人以启发，就算我遭受罪祸，遭到千代的唾骂，都是没有遗憾的。不知道在你那里是如何理解的？由于我内心处于激动状态，言辞表述过于激烈，希望你不用多想就能够理解。柳宗元敬上。

读韩愈所著《毛颖传》后题

题解

韩愈的《毛颖传》是一篇以寓言笔调写成的传记文。文中将毛颖拟人化，借助为他立传扬名的书写过程，来发泄自己对朝政的不满，对当时的统治者和执政大臣进行讽刺。韩愈模仿了司马迁撰写《史记》的方法，运用诙谐的风格描写庄重的人物，艺术成就很高。但是《毛颖传》在问世之后，引来了世人大大小小的议论，从内容到形式都有人在反对。柳宗元在读过之后，认为他们所讲的是没有道理的，所以写了这篇读后记，对韩愈《毛颖传》做出了很高的评价，对那些攻击嘲讽之人进行了严厉地驳斥。此文言辞简练，立场鲜明。

[原文]

自吾居夷，不与中州[1]人通书。有来南者，时言韩愈为《毛颖传》，不能举其辞，而独大笑以为怪，而吾久不克见。杨子诲之来，始持其书，索而读之，若捕龙蛇，搏虎豹，急与之角而力不敢暇，信韩子之怪于文也。世之模拟窜窃，取青媲[2]白，肥皮厚肉，柔筋脆骨，而以

为辞者之读之也，其大笑固宜。

且世人笑之也，不以其俳乎？而俳又非圣人之所弃者。《诗》曰："善戏谑兮，不为虐兮[3]。"《太史公书》[4]有《滑稽列传》，皆取乎有益于世者也。故学者终日讨说答问，呻吟习复，应对进退，掬溜播洒[5]，则罢[6]惫而废乱，故有"息焉游焉[7]"之说。不学操缦[8]，不能安弦。有所拘者，有所纵也。大羹玄酒[9]，体节之荐，味之至者。而又设以奇异小虫、水草、楂梨、橘柚，苦咸酸辛，虽蜇[10]吻裂鼻，缩舌涩齿，而咸有笃好之者。文王之昌蒲菹[11]，屈到之芰[12]，曾皙[13]之羊枣，然后尽天下之奇味以足于口。独文异乎？韩子之为也，亦将弛焉而不为虐欤！息焉游焉而有所纵欤！尽六艺之奇味以足其口欤！而不若是，则韩子之辞，若壅[14]大川焉，其必决而放诸陆，不可以不陈也。

曾皙

曾点，字子皙，亦称曾皙，孔子的学生。他敢说敢为，不拘小节，属于狂者。周文王爱吃昌蒲，屈到爱吃菱角，曾皙爱吃羊枣，对食物每个人都有不同的口味。人们对文章的爱憎正如对食物的爱憎一样，每个人都是不同的。

且凡古今是非六艺百家[15]，大细穿穴用而不遗者，毛颖之功也。韩子穷古书，好斯文，嘉颖之能尽其意，故奋而为之传，以发其郁积，而学者得以励，其有益于世欤！是其言也，固与异世者语，而贪常嗜琐者，犹呫呫[16]然动其喙（huì）。彼亦甚劳矣乎！

［注释］

①中州：指中原地区。

②媲：相比美、相匹配。

③"善戏谑兮"二句：本句诗出自于《诗经·卫风·淇奥》。

④《太史公书》：西汉司马迁撰写的《史记》。

⑤掬溜播洒：指的是各种应酬的礼节术语。

⑥罢：十分疲倦困乏。

⑦息焉游焉：出自于《礼记·学记》，意思是勤奋学习之余还应该注意休息娱乐，劳逸结合。

⑧操缦：操弄琴弦。

⑨大羹：不加调味料的肉汁，祭祀时用。玄酒：作祭品的清水。

⑩蜇：刺激皮肤黏膜产生的微痛。

⑪文王之昌蒲菹：相传周文王很爱吃昌蒲菹，孔子听了之后，也去学吃，开始一直觉得很难吃，三年后，才能够勉强食用。昌蒲，一种水生植物。菹，酢菜、腌菜。

⑫屈到之芰：在《国语》中有这样的记载，楚人屈到喜欢吃芰，在他病危的时候，吩咐他的宗族们说："我死后，祭祀时一定要用芰。"芰，菱角。

⑬曾皙：孔子的弟子。

⑭壅：堵塞之意。

⑮六艺：指《诗》《书》《礼》《易》《乐》《春秋》。百家：指诸子百家。

⑯咕咕：一直不停地说。

［译文］

从我被贬谪到永州之后，和中原地区人们的联系基本上就中断了。有人从中原来到南方，曾偶然间谈起韩愈写的《毛颖传》，非但不能列举出文章的文辞，还大声耻笑觉得很是奇怪，而我有很长时间没有看《毛颖传》。直到杨诲之来到永州，才带来了一本《毛颖传》，拿过来读它，就像是捉捕龙蛇，搏击猛虎恶豹，一刻不停而和它比试，没敢有半点怠慢，韩愈的文章确实是非同一般啊！世间有人精于模仿、删改、抄袭，追求工整的对仗，极尽华美的辞藻，柔然的筋骨，认为像这样的就是好文章，所以他们在读到《毛颖传》时，大声耻笑就很容易理解了。

而且但凡世上耻笑《毛颖传》的人，不都是认为它是滑稽取笑的文章吗？然而滑稽取笑类的文章并非是圣人排斥的。《诗经》中讲："善于逗乐，不伤害人。"《史记》中的《滑稽列传》，十分肯定滑稽取笑的社会功用。学者们每天诵读经典，互相讨论问题，反复地练习，文明地接待宾客，在各种应酬中运用礼节术语，本来就会觉得有些疲倦困顿，精神迷乱，鉴于此，出现了"勤奋学习之余还注意休息娱乐"的说法。弹琴的时候，如果不先把调弦学会，就不能够依弦弹曲。有了限制的东西，就要同时有所放纵。在祭祀的时候，用不加调料的肉汤和清水，全牲和牲畜肢体的某一部分，制成进献物品，它的味道是最好的。而且摆出奇异的小虫、水草、梨、橘、柚，酸甜苦涩，各种味道在一起，尽管感到嘴唇很刺激，味道扑鼻，真正喜欢的人还是有的。周文王十分爱吃用昌蒲腌制的菜，屈到爱吃的是菱角，曾皙爱吃的是羊枣，各人有各人的口味，正是因为这样，才要用天下各种奇怪的味道来满足不同人们的需求。文章难道就特别吗？韩愈所写的这些文章，也应该是会给读者带来快乐而毫无恶意的吧？也应该是悠然自在而略显放纵的吧！也应该是极尽各种味道来满足不同人们需

求的吧！假使上面的道理说不通的话，那么韩愈所写的文章，就像是将河流堵塞一样，结果就一定会水位暴涨，河堤崩溃，淹没陆地，这些是不能不说的。

何况古往今来所有论说六经和诸子百家的，能将大小各异的问题钻研透彻，没有疏漏的，功劳都要归于毛颖。韩愈把古人的文章读得穷尽，喜欢撰写文章，褒扬毛颖是能够充分地将自己的意愿表达出来，因此一副振作的样子来为毛颖写传，以此来抒发心中郁结已久的不平。之后的学者读过这篇文章受到激励，难道这不是对社会有好处的吗？如此说来，本就是要和不同世俗的人来说的，但那些眷恋常规和细节的人，还在不停地发表自己的看法。这太令人伤脑筋了！

送豆卢膺秀才南游序

题解

这篇序文是柳宗元在送豆卢膺南游启程时所作的。文章中讲到了文学内容和形式等方面的问题。在柳宗元看来，好的作品不论内容还是形式都是要极其重视的，不能有所偏废。从另一个方面来说，文章要想有好的形式和内容，和作者自身的品行和修养是分不开的，并由此提出了内外兼修的思想，反映了作者对内外修养的重视。文章条理清晰，言辞中肯。

［原文］

君子病无乎内而饰乎外[1]，有乎内而不饰乎外者。无乎内而饰乎外，则是设覆为阱[2]也，祸孰大焉；有乎内而不饰乎外，则是焚梓毁璞也，诟[3]孰甚焉！于是有切磋琢磨、镞(zú)砺栝羽之道[4]，圣人以为重。豆卢生，内之有者也，余是以好之，而欲其遂[5]焉。而恒以幼孤羸馁为惧[6]，恤恤焉[7]游诸侯求给乎是，是固所以有乎内者也。然而不克[8]专志于学，饰乎外者未大，吾愿子以《诗》《礼》为冠屦，以《春秋》为襟带，以图史为佩服，琅乎璆(qiú)璜冲牙之响发焉[9]，煌乎山龙华虫之采列焉，则揖让周旋乎宗庙朝廷斯可也[10]。惜乎余无禄食于世，不克称[11]其欲，成其志，而姑欲其速反[12]也，故诗而序云。

［注释］

①病：担心、担忧。内：内在的修养。饰：外在的装饰。

②设覆为阱：在陷阱上放置遮盖的东西。

③诟：耻辱、羞耻。

④镞砺：在磨刀石上面磨箭头。栝羽：在箭的尾巴上加上羽毛。两个词都是刻苦磨炼的意思。

⑤遂：成功、成就。

⑥幼孤：年龄很小的孩子。羸馁：瘦弱饥渴的样子。

⑦恤恤焉：忧郁的样子。

⑧克：能。

⑨琅乎：象声词，珠玉等撞击后发出的声音。璆璜：都指的是美玉。冲牙：的是古代玉饰上的配件。

⑩揖让：古时候宾客之间的礼节。周旋：行礼时进退之礼。

⑪称：满足。

⑫反：与“返”通假。

野雉

柳宗元把豆卢膺比喻成为美玉碰撞时的美妙声音，比喻成野雉身上炫美的羽毛，柳宗元希望他能把自己的德才显露出来。

［译文］

德才兼备的人经常地担忧没有一点内在的本事却一味地炫耀，或是自己很有本事，但是外表却不华美。本来没有本事还到处炫耀，这是为自己布下了一个陷阱，灾害真的是太大了；有本事而不外露，不把它发挥出来，就好像是把好的木材烧掉，把美丽的玉石毁坏，真是太可惜了！因此就要用锻炼磨砺的方法，让自己变得既有真才实学，又善于将它显露出来，这一点是很被古代圣贤之人看好的。豆卢先生，是一个内在很有本事的人，这是我之所以喜欢他的原因，而且很想让他把才能发挥出来，取得成功。但是由于从小就成了孤儿，经常担心疾病和饥渴的来临，寒酸辛苦地在各个诸侯国之间游走，以此寻求一点生活的资助，他真的是有本事的人啊！但是，这样的话，就没有办法专心致志于自己的学业，内心拥有的才能不能够得到很好地展示发挥，我多么希望你能将《诗经》《礼记》当成人生行事的根本，将《春秋》当成是连接的纽带，将那些历史的书籍当成是协助的东西，这样的话，你内在的才华就会像美玉碰撞时发出的声音一样迸发出来，也会像山林中野雉身上炫美的羽毛一样展示出来，到那时，你就能够在各种朝廷政事之间自由地周旋，成为国家的中坚力量。然而遗憾的是我没有俸禄，你的需求我没有办法满足你，从而来完成你的志愿，只能是希望你能尽早地回来，所以写了这篇序文。

法华寺西亭夜饮赋诗序

题解

这篇序文包括两个部分：一是叙述在西亭中夜晚畅饮，赋诗作序的缘由；二是展现由赋诗作序产生的联想。叙事和抒怀相得益彰，赋诗作序是两者之间的桥梁和纽带。叙事由远及近，抒怀有因有果，很少的文辞就将所有涉及的人物交代清晰，言简意赅，读来简洁明快。

[原文]

余既谪永州，以法华浮图之西临陂池丘陵，大江连山，其高可以上，其远可以望，遂伐木为亭，以临风雨，观物初，而游乎颢气①之始。间岁，元克己由柱下史亦谪焉而来。无几何，以文从余者多萃焉。是夜，会兹亭者凡八人。既醉，克己欲志是会以贻于后，咸命为诗，而授余序。

昔赵孟至于郑，赋七子以观郑志，克己其慕②赵者欤？卜子夏为《诗序》，使后世知风雅③之道，余其慕卜者欤？诚使斯文也而传于世，庶④乎其近于古矣。

卜商

卜商，字子夏，卫人，孔门七十二贤之一，传说卜商撰《诗序》。《诗序》原来分置各篇之首，说明各篇作者及作诗的意图，首篇《关雎》之序特别长，故《诗序》又有“大序”“小序”之分。

[注释]

①颢气：山间的云雾之气。

②慕：追慕、效仿之意。

③风雅：《诗经》中的组成部分，这里指的是作诗。

④庶：最终。

[译文]

我被贬谪到了永州，住在法华寺的西方，那里临近池塘和山丘，大江和高山紧密相连着，那里可以登高望远，因为这个原因，就在那里开始伐取树木建

造亭子，以此来沐浴风雨，欣赏万物，让自己的思想在山间景色中游荡。几年之后，元克己从柱下史的职位被贬谪到了永州。没过多久，因为文章和我在一起的人就越来越多了。有一天晚上，我们有八个人在这里聚会。当时每个人都喝醉了，克己有记录下这次聚会的想法，以此留给后人，让我们都要赋诗，由我来作序。

从前赵孟来到郑国，就曾经让七人作赋，以此来探知他们七个人的志向，莫非克己是在效仿赵孟吗？卜子夏作《诗序》，后代的人由此了解到了风雅之道，莫非我这样做是在效仿卜子夏吗？如果这篇序文真的能够在世上流传下去，那我就真的和古人很相近了。

送娄图南秀才游淮南将入道序

题 解

柳宗元在零陵曾经见过当时名满京城的娄图南，三年后，又为娄图南送行写下这篇序文，将心中的感喟之情深深隐藏，在理性和情感之间，仍然是儒道占据了上风。柳宗元在知道了娄图南的境遇和选择之后，有两种不同悖离感在激荡着自己，这两处就是在文章两次出现的“异”上。娄图南以一介草民的形象出现在这荒凉的地方，而这几年间境遇变化之快让作者感到深为诧异。由这些引出了娄图南对官场科举制度丑态的披露。娄图南不能在其中同流合污，而选择了求仙问道。柳宗元对他放弃功名的做法又一次感到了惊异，其中带有对现实深深的不满情绪。序文用多变的手法进行了详尽的表述。

虽然柳宗元和娄图南有着不同的人生观，但是他们深厚的友情是不能因时间的流逝而消散的，因为这一点，使得这篇序文既蕴含深刻的义理，又不乏真挚的情感。

[原文]

仆未冠[1]，求进士，闻娄君名甚熟。其所为歌诗，传咏都中。通数经及群书。当时为文章，若崔比部、于卫尉[2]，相与称其文。众皆曰纳言曾孙也，而又有是，咸推让为先登[3]。后十余年，仆自尚书郎谪来零陵[4]，觏(gòu)[5]娄君，犹为白衣[6]，居于室宇，出无僮御。仆深异而讯之，乃曰：“今夫取科者，交贵势，倚亲戚，合则插羽翮，生风涛，沛焉而有余，吾无有也。不则餍(yàn)[7]饮食，驰坚良[8]，以观于朋徒，相贸为资，相易为名，有不诺者，以气排之，吾无有也。不则多筋力，善造请，朝夕屈折于恒人之前，走高门，邀大车，矫笑而伪言，卑陬(zōu)而

媮婾[9]，偷一旦之容以售其伎，吾无有也。自度卒不能堪其劳，故舍之而游，逾湖、江，出豫章，至南海，复由桂而下也。少好道士言，饵(ěr)药为寿，未尽其术，故往且求之。”仆闻而愈疑。往时观得进士者，不必若娄君之言，又少能类娄君之文学，又无纳言之大德以为之祖，无比部、卫尉以为之知，而升名者百数十人。今娄君非不足也，顾不乐而遁耳。因为余留三年。他日又曰：“吾所以求于心者未克，今其行也。”余既异其遁[10]于名，而又德其久留于我也，故为之言。

夫君子之出，以行道也；其处，以独善其身也。今天下理平，主上亟[11]下求士之诏，娄君智可以任职用事，文可以宣风歌德，行于世，必有合其道而进荐之者。遽[12]而为处士，吾以为非时。将日老而就休耶？则甚少且锐；羸(léi)而自养耶？则甚硕且武。问其所以处，咸无名焉。若苟焉以图寿为道，又非吾之所谓道也。夫形躯之寓于土，非吾能私之。幸而好求尧、舜、孔子之志，唯恐不得；幸而遇行尧、舜、孔子之道，唯恐不慊(qiè)[13]，若是而寿可也。求之而得，行之而慊，虽夭其谁悲？今将以呼嘘[14]为食，咀嚼为神，无事为闲，不死为生，则深山之木石，大泽之龟蛇，皆老而久，其于道何如也？

仆尝学于儒，持之不得，以陷于是。以出则穷，以处则乖[15]，其不宜言道也审[16]矣。以吾子见私于[17]仆，而又重其去，故窃言而书之而密授焉。

［注释］

①未冠：不足二十岁。古人年满二十岁的男子要施冠礼，表示成年。柳宗元在德宗贞元六年（790年）求进士时候是十八岁。

②崔比部：崔鹏，字无翰，在德宗建中二年（781年）考中状元，文章出名。于卫尉：于邵，字相门，天宝十四年（755年）的时候中进士。

③先登：比别人先中进士。

④零陵：唐朝永州治所，柳宗元被贬之地。

⑤觏：遇见、见到。

⑥白衣：没有做官的人，一介草民。

⑦餍：满足、饱足。

⑧坚良：马车。

⑨卑陬：卑微。陬，角落。媮婾：柔媚的样子。

⑩遁：逃、隐藏。

⑪亟：经常、屡次之意。

⑫遽：急急忙忙。

⑬慊：惬意。

⑭呼嘘：道家用来修身养性的方法，呼吸阴阳，吐故纳新，保持身体的正常运转。

⑮乖：违背常理。

⑯审：确定之意。

⑰私于：偏爱于。

［译文］

在我还没有成年的时候，就去参加了进士的科举考试，那个时候娄先生的大名就已经听说过了，现在已经是很熟悉了。他写的诗歌，传遍了京城的大街小巷。他对很多的经书和典籍都很精通。他的文章，像崔比部、于卫尉一样，三人并驾齐驱，都以文章著称于世。人们都认为他是被称为长者的娄师德的曾孙，因为多了这样的名分，人们就又把他的文章推举在前面。十多年以后，我从尚书郎被贬到了零陵，在这里和娄先生相遇了，看到面前的娄先生竟然还是一介草民，没有住在高大宽敞的房子里，外出的时候没有仆童的跟随。我很奇怪地询问，他这样说："现在那些参加进士考试得中的人，都是在结交权贵，依仗权势，要么就展翅飞翔，要么就乘风远航，做这些时他们精神充沛，好像还有用不完的精力，我没有这些。要不然他们就大摆筵席，驾良马四处游荡，在很多人面前炫耀，互相之间贿赂吹嘘，假使发现有和他们意见不一样的，就会去排挤，我没有这些。除此之外，就是四处游走活动，不时地造访设宴，天天在有权有势的人那里低头哈腰，攀结权贵之门，虚情假意的微笑，言语都不是发自内心，卑劣猥琐，吹捧阿谀，抓住所有的机会来兜售自己的技艺，我也没有这些。我估计自己最终还是忍受不了那种劳累，因此就放弃了进入仕途的想法，四处云游，穿过洞庭湖、长江，向南穿过豫章，到达南海，再从桂林向北走。从小我就钟情于道家的教义，想要炼造丹石来让自己变得长生不老，因为炼丹的方法我还没能够完全地掌握好，所以现在到处云游来寻求合适的方术。"我听过之后感到十分疑惑。过去我接触到的那些进士，并非都像娄先生说的那样，并且他们中间，很少有像娄先生一样的才华，也没有像娄先生那样大的家族背景，也没有像娄先生那样和崔比部、于卫尉并驾的文法，能够取得进士之名的有一百多人。娄先生并非没有被录取的才华，只是他不愿意从事此道而已。由于我的缘故，他在这里居住了三年。其中有一天，他对我说："我心中一直苦苦寻求的东西到现在还没有得到，今天我又要开始远行了。"我不仅对他如此逃避名利而感到奇怪，而且对他能在这里居住这么长时间很是感怀，因此为他写下这些文字。

君子出来当官的原因，就在于要成就一番大的事业；君子隐居起来独处，就是要让自己独善其身。现在天下太平，有着开明的政治，皇上多次颁下诏书，搜寻有贤能的人，娄先生具备了当官从政的才能和智慧，拥有能够宣扬风雅、歌颂政绩的才学，这个世界上，一定会有喜欢他这种风格并愿意推举他的人。假设娄先生要这么着急地去做隐士，我觉得还不是时候。难道是觉得自己老了，想要偃旗息鼓？还是觉得尽管自己还年轻、还有从政的锐气，但由于身体的瘦弱想要安心保养？这样的两种想法都是很顽固而且很武断的。我曾问过他之所以隐居独处的原因，他没有给我一个很好的答案。假使真的只是为了追求长生不老而寻求“道”，但这又不是我所讲的“道”。人的肉体在这个世界上生存着，并不是我们自己能够左右的。所幸的是娄先生善于探求尧、舜、孔子的志趣所在，唯恐自己探求不到；所幸的是娄先生正好遇上了施行尧、舜、孔子之道的时代，唯恐不能够彻底地将其施行，假使是这样，来寻求长寿，就是可以的了。寻求圣人之道并且能够获得，推行圣人之道并且能够达成，这样的话，即使是半路夭折了，又有谁会为之感到悲伤呢？今天娄先生将要以阴阳之气作为呼吸之物，不食五谷，吸风饮露，追求神的境界，没有任何要做的事情称为是清闲，不死就称之为是生，那么深山中的木石，大泽中的龟蛇，都很老了，活了很长的时间，他们和“道”有什么关系呢？难道它们已经得“道”了吗？

我曾经研究过儒道，没有参透它的精髓，所以就陷入了这样的困惑之中。在外做官却落得穷困潦倒，独居于此又违背了常理，看来还真是没有谈论“道”的资格啊！因为您对我的偏爱，在这里住了这么久，现在又要离开，所以暗地里将这些话记录下来，封装好了送给您。

送徐从事北游序

题解

本篇文章开篇就以徐生“声名不闻传于世”的现实状况为题，假设了四种理由，先对其中的两种做出否定，随即就为第二段的论说文字做好了铺垫。“生北游”三字提领第二段，和前段一样，同样运用设问句的方式立论。如此写来，足以欣赏到柳宗元缜密的文笔，滴水不漏的言辞。

［原文］

读《诗》《礼》《春秋》，莫能言说，其容貌充充然[①]，而声名不闻传于世，岂天下广大多儒而使然欤？将晦[②]其说，讳其读，不使世得

闻传其名欤？抑[3]处于远，仕于远，不与通都大邑豪杰角其伎而至于是欤(yú)[4]？不然，无显者为之倡，以振动其声欤？今之世，不能多儒可以盖生者，观生亦非晦讳其说读者，然则余二者为之决矣。

生北游，必至通都大邑，通都大邑，必有显者，由是其果闻传于世欤？苟闻传必得位，得位而以《诗》《礼》《春秋》之道施于事，及于物，思不负孔子之笔舌[5]。能如是，然后可以为儒。儒可以说读为哉！

［注释］

①充充然：神情饱满的样子。

②晦：隐晦。

③抑：或者、还是。

④通都：大的都市。角：竞争、争斗。

⑤笔舌：主旨、旨意。

孔子乘辂图

孔子，名丘，字仲尼，春秋末期鲁国人，儒家学派创始人。曾修《诗》《书》，定《礼》《乐》，序《周易》，作《春秋》。徐生是很有学识的儒生，但他的声名并没有被宣扬出去。单单读儒经是不能成就他的名声的，他需要的是京城之中显达之人的帮助。

［译文］

熟读《诗》《礼》《春秋》的人，没有听人说起过，他面貌十分不俗，但是名声没有在社会上流传，莫非是由于普天之大而儒生众多的原因，才导致这样的结果吗？还是要将他们的学说隐没，将他们的读法掩藏，不让世上的人听到并且传播他们的名字？或者就是因为他们居住在偏远的地方，不与那些京城里的杰出人士比拼技艺才这样的呢？再不然，就是因为没有显达的人给他们宣扬、远播他们的名声？如今这个世界上，没有哪些儒生是可以超过徐生的，徐生一看就不是隐藏自己学说的人，这样的话，那就应该是后面的两种原因了。

徐生来北方游玩，一定要来京城，京城之中一定有显达的人，这样一来他的名声必定能够让世人听到并得以传播了吧？如果让世人听说又能得以传播的话，就一定能够得到官位；得到了官职，就可以把《诗》《礼》《春秋》的学说来运用到做事上，推及到万物之中，才能不违背孔子的言论。这样做了，就会成为儒者。儒者难道是单单靠着对经书的阅读来成就的吗？

晋文公问守原议

题解

本篇文章写于作者贬谪永州期间，借助对晋文公失误的论述，讽刺了当时朝廷中的宦官之乱。全文立足于对晋文公问守原一事中的“失问”及“失问”造成的后果，对君主用什么人和如何用人进行了论述。文章最为精妙的地方在于，作者能够在关心时事的前提下，迅速切中要害，掌握事物发展的机关，柳宗元机敏的观察力由此可见一斑。除此之外，这篇文章短小精悍、不蔓不枝，突显出作者过人的散文功底。

[原文]

晋文公既受原于王，难其守。问寺人勃鞮[①]，以畀赵衰[②]。余谓守原，政之大者也。所以承天子，树霸功，致命诸侯。不宜谋及媟[③]近，以忝[④]王命。而晋君择大任，不公议于朝，而私议于宫；不博谋于卿相，而独谋于寺人。虽或衰之贤足以守，国之政不为败，而贼贤失政之端，由是滋矣。况当其时不乏言议之臣乎！狐偃[⑤]为谋臣，先轸[⑥]将中军，晋君疏而不咨，外而不求，乃卒定于内竖，其可以为法乎？且晋君将袭齐桓[⑦]之业，以翼天子，乃大志也。然而齐桓任管仲以兴，进竖刁[⑧]以败。则获原启疆，适其始政，所以观视诸侯也；而乃背其所以兴，迹其所以败。然而能霸诸侯者，以土则大，以力则强，以义则天子之册也。诚畏之矣，乌能得其心服哉？其后景监得以相卫鞅[⑨]，弘、石得以杀望之[⑩]，误之者，晋文公也。

齐桓公

齐桓公，春秋时齐国国君，姜姓，名小白。

呜呼！得贤臣以守大邑，则问非失举也，盖失问也。然犹羞当时，陷后代若此；况于问与举又两失者，其何以救之哉？余故著晋君之罪，以附

《春秋》许世子止、赵盾之义[11]。

［注释］

①寺人：指的是在宫中服侍国君的人，后来特指宦官。勃鞮：人名。

②赵衰：晋文公身边的谋臣。

③嬖：国君身边的宦官。

④忝：侮辱、辱没。

⑤狐偃：字子犯，晋文公的舅舅，同时也是他的谋臣。

⑥先轸：也称为原轸，晋国的大夫，和狐偃一起战胜过楚军。

⑦齐桓：齐桓公，名小白，春秋时期第一位霸主。

⑧竖刁：齐桓公的宦官，受到桓公宠爱。

⑨景监：秦孝公身边的宦官。卫鞅：战国时候的卫国人，后到秦国，受到孝公重用。

⑩弘、石：弘恭、石显，是汉元帝时候的宦官。望之：姓萧，字长倩，汉元帝时的丞相，受宦官的迫害入狱自杀。

⑪许世子止：春秋时候许悼公的嫡子，名止。据《左传》记载，许悼公得了疟疾，吃了世子止的药就死了，世子止就逃到了晋国。赵盾：晋国大臣。

［译文］

晋文公从周襄王那里得到原地之后，一直没有确定下来治理那里的长官。他问过宦官勃鞮之后，就将这个职位分给了赵衰。在我看来，治理原地是一件政治上的大事，涉及侍奉君王，促成霸业，向诸侯国传送君王的命令。这样的事情本来是不应该和宦官商量的，以至于这样将周天子的封赏都玷污了。但是晋文公选拔的担负重任的官吏们，并不是在朝廷中议论，而是在内宫中商议；没有广泛地征求大臣们的意见，只是独自向宦官询问。虽然说赵衰的才干足以管理好原地，国家的政治不会因此遭到破坏，但是贤良人士受到残害、政事渐渐地被耽误，所有这些都是从这里生长出来的。更何况当时的晋国并不是没有善于提建议的大臣啊！狐偃作为谋臣，先轸作为中军主帅，晋文公却把他们疏远了，有事情却不和他们商议，排斥他们，不去征求他们的意见，最后却让宦官来决定事情，这难道是可以效仿的榜样

管仲

管仲，经鲍叔牙力荐，为齐国上卿（即丞相），被称为“春秋第一相”，辅佐齐桓公成为春秋时期的第一霸主。

吗？而且这时的晋文公即将继承齐桓公的霸业，来辅佐周天子，这是大志向。可是齐桓公重用管仲，霸业才得以兴盛，用了竖刁就衰败了。晋文公得到了原地，正是开创霸业、为诸侯树立风标的时候，他却放弃了齐桓公的成功经验，重蹈桓公衰败的覆辙。然而晋文公之所以成为霸主，靠的是辽阔的疆域，强大的军队，还有就是天子的册封。诸侯太畏惧他了，怎么能够让诸侯国都恭然臣服呢？之后之所以景监能够让卫鞅当了丞相，弘恭、石显之所以能够将萧望之杀掉，恶果的源头就在晋文公。

哎！晋文公让十分贤良的大臣来治理原地这个大地方，可以看出并不是没有好的人物去治理原地，而是推举的时候问错了人。但这还是让当时的人们耻笑了，还危害到了后代；到了现在，何况又在推举的人和所问之人都错了，那又有什么挽救的办法呢？因此，我在这里揭示晋文公的错误，实际上和《春秋》贬斥许世子止和赵盾的情况是一样的。

天　说

题解

柳宗元在这篇文章中提出了“天人不相预”的观点，并且极力传达此观点。在他看来，天是和人的意志毫无关联的存在。开篇先引用了韩愈的“天说”，然后表明自己的看法。在韩愈看来，“元气阴阳之坏，人由之生”，人对于自然，破坏了元气阴阳，这样人就成了天的敌人，让人遭遇各种的灾难。这反应了柳宗元在唯物论方面的认识，柳宗元和韩愈两个人的观点都运用了比喻论证的方法，读来风趣轻松。

［原文］

韩愈谓柳子曰：“若[①]知天之说乎？吾为子言天之说。今夫人有疾痛、倦辱、饥寒甚者，因[②]仰而呼天曰：‘残民者昌，佑民者殃！’又仰而呼天曰：‘何为使至此极戾[③]也？’若是者，举不能知天。夫果蓏[④]，饮食既坏，虫生之；人之血气败逆壅底，为痈疡（yōngyáng）、疣赘（yóu zhuì）、瘘痔[⑤]，虫生之；木朽而蝎（hé）[⑥]中，草腐而萤飞，是岂不以坏而后出耶？物坏，虫由之生；元气阴阳之坏[⑦]，人由之生。虫之生而物益坏，食啮（niè）之，攻穴之，虫之祸物也滋甚。其有能去之者，有功于物者也；繁

而息之者，物之仇也。人之坏元气阴阳也亦滋甚：垦原田，伐山林，凿泉以井饮，窾⑧墓以送死，而又穴为偃⑨溲，筑为墙垣、城郭、台榭、观游，疏为川渎(dú)、沟洫(xù)、陂(bēi)池⑩，燧木以燔(fán)⑪，革金以熔，陶甄琢磨，悴然⑫使天地万物不得其情，悻(xìng)悻冲冲⑬，攻残败挠而未尝息。其为祸元气阴阳也，不甚于虫之所为乎？吾意有能残斯人使日薄岁削，祸元气阴阳者滋少，是则有功于天地者也；繁而息之者，天地之仇也。今夫人举不能知天，故为是呼且怨也。吾意天闻其呼且怨，则有功者受赏必大矣，其祸焉者受罚亦大矣。子以吾言为何如？”

柳子曰：“子诚有激而为是耶？则信辩且美矣。吾能终其说。彼上而玄⑭者，世谓之天；下而黄者，世谓之地；浑然而中处者，世谓之元气；寒而暑者，世谓之阴阳。是虽大，无异果蓏、痈痔、草木也。假而有能去其攻穴者，是物也，其能有报乎？蕃而息之者，其能有怒乎？天地，大果蓏也；元气，大痈痔也；阴阳，大草木也，其乌⑮能赏功而罚祸乎？功者自功，祸者自祸，欲望其赏罚者大谬；呼而怨，欲望其哀且仁者，愈大谬矣。子而信子之仁义以游其内，生而死尔，乌置存亡得丧于果蓏、痈痔、草木耶？”

［注释］

①若：你。
②因：于是。
③戾：相逆、不合理。
④蓏：一种瓜类的果实。
⑤痈疡：脓疮。疣赘：肿瘤。
⑥蝎：木头中的蛀虫。
⑦元气：混沌之气。阴阳：化生万物的二气。
⑧窾：挖掘。
⑨偃：厕所。
⑩渎：小的水渠。沟洫：田地中间的水道。陂：池塘。
⑪燔：烧炼。
⑫悴然：委靡不振的样子。
⑬悻悻：愤怒的样子。冲冲：冲击振动。
⑭玄：黑中带红的颜色。
⑮乌：如何、怎么。

［译文］

韩愈对柳宗元这样讲：“关于天的学说你了解吗？我给你讲讲关于天的这部分学说吧。当人们碰到疾病、痛苦、劳累、饥寒等事情，在无法忍受的时候，就会把头仰起来对着苍天呼喊：‘虐待人民的人兴盛，保护人民的人遇险！’在这之后，又对天喊道：‘为什么把事理弄得如此得错乱不堪呢？’像上面所讲的情况，都是没有完全了解天的意愿。瓜果、食物腐烂之后，虫子就会从里面长出来；人的血气循环紊乱，就会有疮疖、肿瘤、瘘痔等毒疮，虫子就会在里面生长出来；树木腐烂了之后，里面就会有蛀虫生长出来，草腐烂了，就有萤火虫在上面盘旋，这些现象莫非不是由于自然界的事物受到毁损之后才有的吗？事物腐烂之后，虫子就会从中长出来；元气阴阳受到损坏，就有了人类。虫类的生长，让自然界中的事物不断地破坏，虫用牙齿吃东西，蛀成一个个洞穴，对事物的危害日益扩大。假使有能够赶走这些虫类的人，那他就是对自然有功的人；那么谁要是加速了虫类的生长，那就会成为自然的仇敌。人类对阴阳元气的损害是与日俱增的：开垦田地，开采树木，打挖水井，掘墓埋人，还要挖制厕所的坑，建造房屋、城池、楼宇、寺庙，梳理河道、沟池，钻木取火来烧，将金属融化，做成各种的陶器瓦器，刻制玉石，让天地万物都不能顺其自然地生长，完全改变了面貌，人们兴冲冲地干着这些，太过频繁地对它进行攻击和摧残，这种行动一直没有停止过。这些行为对元气阴阳带来的伤害，难道不比虫子造成的伤害大吗？在我看来，谁能够制止那些人，让他们减少这种破坏的行为，使得元气阴阳的损害逐渐减小，就是对天最大的功劳了；谁要是不断地助长这种破坏行动，那就是天地的敌人。现如今，人们根本不了解天的意愿，因此才有了那样的呼喊和抱怨。在我看来，在天听到他们的呼喊和抱怨的时候，对那些有功的人就会加以奖励，对那些祸害天地的人就会加以惩罚。在你看来，我所讲的这些对吗？”

柳宗元这样回答：“你一定是心中有感慨才这样说的吧？你刚才讲的确实是既强势辩驳又富有文采。但是，我可以从头到尾来讲其中的道理。那个在上面的黑色东西，人们将它称之为是天；下面那黄色的东西，人们将它称之为是地；充斥在天地中间的东西，人们将它称之为是元气；寒冷转为暑热的，人们将它称之为是阴阳。这些虽然是很大的东西，但是和瓜果、疮疖、草木是没有区别的。假如说有谁能够将那些钻洞的仇敌消灭，它们会来报答吗？繁衍并且让那些仇敌肆意生长，它们能够发怒吗？天地，就是大的瓜果；元气，就是大的疮疖；阴阳，就是大的草木，它们凭借什么赏赐功劳、惩罚罪恶呢？那些有功于天地的人按照自己的方式来对待大自然，同样的祸害天地元气的人也是按照自己的方式来对待大自然，想要得到天地的奖赏是十分荒谬的；呼喊和抱怨，想要从天地那里得到同情和恩赐，就更加荒唐了。假使你一直坚持你的仁义道德在天地间生存，那么从生到死坚持着就可以了，为什么要将存亡兴衰依托于瓜果、疮疖、草木呢？”

与友人论为文书

题解

本文作于柳宗元在永州之时。作者介绍了作文的两件难事，一是有独到的见解，二是了解文章的优劣，进而谈论了造成这两个困难的原因，即抄袭前人作品，断章取义，摘取辞藻，求一时之声誉。此文显示出柳宗元不抄写前人的独到之见，是一篇重要的文论。

［原文］

古今号文章为难，足下知其所以难乎？非谓比兴[1]之不足，恢拓之不远[2]，钻砺之不工[3]，颇颣[4]之不除也。得之为难，知之愈难耳。苟或得其高朗[5]，探其深赜(zé)[6]，虽有芜败，则为日月之蚀也，大圭之瑕也，曷足伤其明，黜[7]其宝哉？

且有孔氏以来，兹道大阐。家修人励，刓[8]精竭虑者，几千年矣。其间耗费简札，役用心神者，其可数乎？登文章之箓(lù)[9]，波及后代，越不过数十人耳。其余谁不欲争裂绮绣[10]，互攀日月，高视于万物之中，雄峙于百代之下乎？率皆纵臾(yǒng yú)[11]而不克，踯躅[12]而不进，力蹙(cù)势穷，吞志而没。故曰得之为难。

嗟乎！道之显晦[13]，幸不幸系焉；谈之辩讷[14]，升降系焉；鉴之颇正，好恶系焉；交之广狭，屈伸系焉。则彼卓然自得以奋其间者，合乎否乎？是未可知也。而又荣古陋今者，比肩叠迹。大抵生则不遇，死而垂声[15]者众焉。扬雄[16]没而《法言》大兴，马迁生[17]而《史记》未振。彼之二才，且犹若是，况乎未甚闻著者哉？固有文不传于后祀，声遂绝于天下者矣。故曰知之愈难。而为文之士，亦多渔猎[18]前作，戕[19]贼文史，抉其意，抽其华，置齿牙间，遇事蜂起，金声玉耀，诳聋瞽之人，徼一时之声。虽终沦弃，而其夺朱乱雅，为害已甚。是其所以难也。

间闻足下欲观仆文章，退发囊笥(sì)[20]，编其芜秽，心悸气动，交于

梦吐凤凰

刘歆《西京杂记·卷二》：扬雄"著《太玄经》，梦吐凤凰，集《玄》之上，顷而灭"。指的是扬雄文采华美。

胸中，未知孰胜，故久滞而不往也。今往仆所著赋、颂、碑、碣(jié)、文、记、议、论、书、序之文，凡四十八篇，合为一通，想令治书苍头吟讽之也。击辕拊缶㉑，必有所择，顾鉴视其何如耳，还以一字示褒贬焉。

［注释］

①比兴：我国古代诗歌创作中的两种表现方法。

②恢拓之不远：指生发的意境不开阔。

③工：精巧、工巧。

④颣：丝上的疙瘩。此处指文章中的毛病。

⑤高朗：指高明的见解。

⑥深赜：指精微深刻的道理。

⑦黜：降低、减损。

⑧刓：刻削。

⑨箓：簿籍。

⑩争裂绮绣：剪裁丝绸，即运用华丽的辞藻。绮绣，华丽的丝绸，此指代华丽的辞藻。

⑪纵臾：勉励去做的意思。

⑫踯躅：犹豫、徘徊不前。

⑬道：指作文章的处境。显晦：彰显和隐晦。

⑭讷：语言迟钝。

⑮垂声：即埋没声名。

⑯扬雄：字子云，西汉时期思想家、辞赋家。

⑰马迁生：即司马迁。

⑱渔猎：指抄袭。

⑲戕：损害、割裂。

⑳囊笥：装书用的袋子和箱子。

㉑拊：拍打。缶：瓦质的打击乐器。

[译文]

自古至今，人们都称写文章是一件很难的事情，您知道难在哪里吗？这并非是表现方法不完善，生发的意境不够远大开阔，雕琢磨砺的不够工巧细致，文句中的瑕疵没有清除干净。难的是写出独到的见解，而要了解文章的优劣就更加困难了。如果可以得到某些高明的指教，探索一些深刻的道理，即使文章中有些败笔，那也就好像是太阳月亮有时会出现的亏蚀、宝玉上面的污点，可是怎么会损害其光辉、降低其价值呢？

而且自从孔子以来，文章这门学问得到了很好的阐明。每家都在学习，人人互相劝勉，绞尽脑汁的思考，这种情况持续了大约有一千年时间了。在此期间，耗纸费墨，费尽心神的人，真是数不胜数。而在文坛上享有盛誉，恩泽后代的，不过几十个人罢了。剩下的人谁不想用如同锦绣一样的华丽辞藻，各自攀登如同日月一般的文坛高峰，凌驾于万物之上，称雄于千秋百代之后呢？但多数人是尽力而为，却没有做到，他们有的是徘徊不前，精疲力竭，处境困厄，一直到死也没有实现自己所向往的志向。因此说获得独到的见解是件非常困难的事情。

唉！大道是彰显还是隐晦，和人自身遭遇的好坏是密不可分的；擅长言辞还是言辞迟钝，和人的地位高低也密切相关；以正确或是片面的态度来评价人的文章，和人的爱憎情感倾向也密不可分；交往范围的广博还是狭窄，又和人的得志与否密切相关。那么那些有着独特的见解，能够在文坛上奋发有所作为之人，是否符合人们的口味呢？这也是难以预测的。更何况还有一些厚古薄今之人，总是层出不穷。一般来说，生前怀才不遇，死后却享有很高声誉之人有很多。扬雄死后，他的《法言》才在世上开始流行起来，司马迁活着的时候，人们并不重视《史记》。这两位有才学的人尚且如此，何况那些不怎么闻名的人呢？确实有文章没能在后代流传下去，名声被埋没的人。因此说了解文章优劣就更加困难了。而那些作文章的人，多数是抄袭、剽窃前人作品，割裂古代文史的发展脉络，断章取义，从中摘取华丽辞藻，挂在自己嘴边，遇到事情就会蜂拥而起，写出来的文章就好像是敲击金属的声音那样响亮，像宝玉那样有光彩，以此来欺骗那些聋子和瞎子，求得一时的声誉。尽管最终的结果是被埋没、抛弃，但是那种以假乱真的做法，却对世人造成了很大的伤害。这是造成上述两种困难的原因。

最近听说您想要看一看我的文章，回去将书箱打开，整理那些杂乱无章的作品，心情既紧张又激动，交集于心头，不知道选哪篇好，因此耽搁了很长时间，没有将文章送上。现在我将以前所写的赋、颂、碑、碣、文、记、议、论、书、序等文章，共四十八篇，合为一本，我想你会让管理书籍的奴仆阅读一下的。敲击车辕，拍打瓦制的打击乐器，想来也会有些值得采择之处，只看您如何来鉴定、品评它们了，还请您用文字表示出褒贬。

与吕恭[1]书

题解

本文作于柳宗元在永州之时，主要是对一个在父亲坟墓旁建房子守孝的人所得到的石刻文字这件事情的答复。柳宗元知道了吕恭想要将这件事情上奏皇上之后，提出了反对意见。柳宗元根据自己对书法的研究，对这个石刻提出种种质疑，比如石刻上的文字，所署的年号为“永嘉”，可上面的书法却是当时乡下人所写；石刻上的“永”字等，仿佛模仿王羲之写字用笔，这都是永嘉时期书法所没有的，这些证据有力地证明了这个石刻的虚假性。但是作者的口气非常委婉，并在结尾对其政绩大大加以赞扬。

［原文］

宗元白：元生[2]至，得弟书，甚善；诸所称道具之。元生又持部中[3]庐墓父者所得石书，模[4]其文示余，云若将闻于上[5]，余故恐而疑焉。

仆早好观古书[6]，家所蓄晋、魏时尺牍[7]甚具；又二十年来，遍观长安贵人好事者所蓄，殆无遗焉。以是善知书，虽未尝见名氏，亦望而识其时也。又文章之形状，古今特异。弟之精敏通达，夫岂不究于此？今视石文，署其年曰“永嘉[8]”，其书则今田野人所作也。虽支离其字犹不能近古。为其“永”字等，颇效王氏[9]变法，皆永嘉所未有。辞尤鄙近，若今所谓律诗[10]者，晋时盖未尝为此声，大谬妄矣！又言植松乌擢之怪[11]，而掘其土得石，尤不经，难信。或者得无奸为之乎？

且古之言“葬者，藏也”，“壤树之”，而君子以为议。况庐而居者，其足尚之哉？圣人有制度，有法令，过则为辟[12]。故立大中者不尚异，教人者欲其诚，是故恶夫饰且伪也。过制而不除丧[13]，宜庐于庭而矫于墓者，大中之罪人也。况又出怪物，诡神道，以奸大法，而因以为利乎？夫伪孝以奸利，诚仁者不忍擿过[14]，恐伤于教也。然使伪可为而利可冒，则教益坏。若然者，勿与知焉可也，伏而不出之可也。

以大夫之政良，而吾子赞焉，固无阙遗矣。作东郛(fú)[15]，改市廛(chán)[16]，

去比竹茨草之室，而埴土、大木、陶甄、梓匠之工备[17]，孽火不得作，化惰窳（yǔ）[18]之俗，绝偷浮之源，而条桑、浴种、深耕、易耨[19]之力用，宽徭、啬货、均赋之政起，其道美矣！于斯也，虑善善之过而莫之省，诚悫[20]之道少损，故敢私言之。夫以淮、济[21]之清，有玷焉若秋毫，固不为病，然而万一离娄子眇（miǎo）然睨（nì）之[22]，不若无者之快也。想默已其事，无出所置书，幸甚。宗元白。

［注释］

①吕恭：字敬叔，柳宗元的好友吕温的同父异母弟弟。

②元生：姓元的书生。

③部中：指所管辖的地域之中，即江南西道（今江西），当时吕恭以监察御史的官衔任军府参军。

④模：临摹。

⑤闻于上：即向皇上禀报。

⑥古书：古代人的书法作品。

⑦尺牍：即书信。

⑧永嘉：西晋怀帝司马炽的年号。

⑨王氏：指王羲之，东晋著名的书法家，字逸少，其书法兼采众家，独具风格。

⑩律诗：古代一种格律严谨的诗体，起源于南北朝时期，定型于唐代。

⑪植松：指在墓地种植松树。乌擢：即被乌鸦拔去。

⑫辟：歪门邪道。

⑬除丧：指解除守孝期间应该遵循的一些生活规则。

⑭擿过：揭发指责。

⑮郛：外城。

⑯廛：古代城市住宅。

⑰埴土：坚固的土，此处指砖瓦。

⑱堕窳：败坏的意思。

⑲易耨：间苗拔草。

⑳诚悫：诚恳谨慎。

㉑淮、济：指淮河、济水。

㉒离娄子：传说中目光最为敏锐之人。眇然：眯眼仔细看。睨：斜视。

王羲之

书圣王羲之，楷、行、草、飞白等体皆能。柳宗元认为石刻是伪造的，石刻上的“永”字等，颇有模仿王羲之写字用笔的变化之处，这是永嘉时期的书法所没有的。

[译文]

宗元上：元生来我这，送给我你给我写的信，这很好；凡是他所称赞之事信中都有详细明白的说明。元生就将你所管辖地区中那个在父亲坟墓旁边建房子守孝的人所得到的石刻文字，临摹了给我看，说你将会向皇上禀告此事，我因此感觉不安和疑惑。

早年我就喜欢观赏古代的书法作品，家中收藏有完备的晋、魏时期人所写的书信；而且二十年以来，长安城中那些喜爱书法的富贵人家中所藏的书法墨迹也都看遍了，几乎没有什么遗漏。因此还比较善于鉴定书法，即使没有看到作者的名字，看后也可以辨别出它是哪个时期的作品。再说文章的形式，古代和现代有很大不同。你是个非常精明聪慧、博闻多见之人，难道对此却未加考究吗？现在看这个石刻上面的文字，所署的年号是“永嘉”，而上面的书法却是现在的乡下人所写的。虽然把上面的文字弄得残缺不全，但还是不能接近古人。因为石刻上的“永”字等，颇有模仿王羲之写字用笔的变化之处，这都是永嘉时期的书法所没有的。而且其文辞很粗浅，如同现在所谓的律诗一样，西晋时期大概还没有这种诗律声调，这简直太荒谬了！又说是在墓旁栽上松树，被乌鸦拔掉了，于是在那里挖出了石刻，这种怪异的现象更是离奇，令人难以相信。莫非是在弄虚作假吧？

而且古人这样说“葬，是藏的意思”，“在墓地上种植树木以为标记”，有学识之人还对这种做法提出了批评。何况是在墓地旁边建造房子居住呢，这难道值得我们去赞扬吗？圣人已经规定了丧葬的制度，又颁布了一些法令，如果做得太过分，就是歪门邪道了。因此坚持中正之道的人不会崇尚怪异的行为，教化人的人希望人们诚实可信，因此对矫枉造作和弄虚作假的行为都非常厌恶。超过了规定的守孝制度还没有除孝，应该住在厅堂之中却故意住在墓地旁边，这就是中正之道的罪人。何况又伪造怪物，用鬼神来骗人，触犯了国家的法令，以牟取利益呢？伪装孝顺，却以不正当的手段去求取利益，这种事情，确实是讲究仁爱的人所不忍心去揭发指责的，唯恐会有伤于风化。但是如果弄虚作假之事也可以去做，利益可以靠欺骗来取得，那么道德教化就会败坏了。像这样的话，不去理睬它就可以了，将其掩盖而不让大家知道也是可以的。

因为大夫政治措施得当，又有你从中协助，本来是没有什么缺失遗漏之处的。兴建东面的外城，改建城市中的住宅，拆掉用竹子和茅草搭建的房子，准备了充足的瓦片、木头和足够多的泥瓦匠、木匠，这样建好之后，就不会发生火灾了。矫正败坏的风俗，斩断苟且偷安、游手好闲的根源所在，尽力于采桑、浸种、深耕、间苗、拔草等农活，施行减轻赋税徭役、节约开支、平均赋税等措施，这些做法都非常好。对于墓中石书这件事情，担心的是你会由于奖励好事太过分而未觉察，这样多少会损害诚实谨慎的原则，因此冒昧地私下说说。

像淮河、济水那样清澈见底的河流，有些好像微不足道的污点，这本来不算是什么毛病，但万一被离娄子那样目光敏锐的人眯着眼睛看到，就不如没有污点更痛快了。我猜想你也会暗中停止这件事情，不将所藏的墓中石刻公布出来，这就非常幸运了。宗元敬上。

答贡士沈起[1]书

题 解

本文作于柳宗元在长安之时。贡士沈起赠送给柳宗元五十篇诗歌，因此柳宗元作此书信答复。文中首先对沈起的赠送表示感谢，然后追叙了自己第一次读其作品《〈咏怀〉五篇》时的情景，“拊掌惬心，吟玩为娱”，作者将这件事告诉给别人，别人看后也感觉写得非常好，通过这个小小的事情，表达了他对沈起作品的称赞。文中还提到了若干作文的技巧，例如质文相互生发、高下丰约、文章的长短大小等。本篇文章简洁流畅，可读性很强。

[原文]

苍头至，得所来问，志气盈牍，博我以风赋比兴[2]之旨。仆之朴骙专鲁[3]，而当惠施、钟期[4]之位，深自恧[5]也。又览所著文，宏博中正，富我以琳琅珪璧之宝甚厚。仆之狭陋蚩鄙，而膺东阿、昭明之任[6]，又自惧也。乌可取识者欢笑，以为知己羞？进越高视，仆所不敢。然特枉将命，猬承厚贶，岂得固拒雅志默默而已哉！谨以所示，布露于闻人，罗列乎坐隅，使识者动目，闻者倾耳，儿于万一，用以为报也。

嗟乎！仆尝病兴寄之作，堙(yīn)郁于世，辞有枝叶，荡而成风，益用慨然。间岁，兴化里萧氏之庐，睹足下《咏怀》五篇，仆乃拊掌惬心，吟玩为娱。告之能者，诚亦响应。今乃有五十篇之赠，其数相什，其功相百。览者叹息，谓余知文。此又足下之赐也，幸甚幸甚！勉懋(mào)厥志，以取荣盛时。若夫古今相变之道，质文相生之本，高下丰约之所自，长短大小之所出，子之言云又何讯焉？

来使告遽，不获申尽，辄奉草具，以备还答。不悉。宗元白。

[注释]

①沈起：贞元十八年（802年），韩愈曾举荐了十位士人，其中有位叫沈杞，当年登第，疑“杞”即“起”。

②风赋比兴：儒家所说的六义中的四个。

③朴：朴实、质朴。騃：傻。专：独断专行。鲁：粗鲁。

④惠施、钟期：惠施对于庄子、钟期对于伯牙都是知音。

⑤恧：羞愧、惭愧。

⑥东阿：指曹植，字子建，曹操的第三个儿子，最初被封为东阿王。昭明：指梁昭明太子萧统，梁武帝之子，曾编有《文选》。这二人都善于作文论文。

曹植

曹植，字子建，曹操之子，曹丕之弟，封陈王。他的作品以诗的成就最高，其诗歌比较全面地反映了建安文学的成就和特色，有《曹子建集》。

[译文]

仆人来，你的来信已经收到，志气洋溢于字里行间，想要换取我风赋比兴的意旨。我质朴呆傻，独断专行，性格粗鲁，而你却让我处于惠施、钟期这样知音的地位之上，这让我深感惭愧。又看到您所作的文章，宏大渊博，恰当端正，给我送来了极其丰厚的琳琅圭璧等宝物。我生性狭隘呆笨，而让我承担曹植、萧统这样的论文者的责任，自己又感觉害怕。怎么能让认识的人欢笑，而让知己感到羞耻呢？进一步仰视，这是我所不敢做的。但是您委屈地命令我，还给我送来丰厚的礼物，我怎么能坚持推辞您的雅志，而不发一言呢？我恭敬地将您送给我的文章，到处向别人宣扬，摆放在座位一旁供人来取阅，使得认识您的人动目，听说您的人倾耳，虽然非常菲薄，也算是对您的报答了。

唉！我经常担忧表达兴寄之作被社会所埋没，而那些华而不实的文章却放纵成风，这更加令人感慨。一年之前，我在长安兴化里萧氏的家中，读了您的《咏怀》五篇，当时就拍手称好，感觉心满意足，吟诵把玩作为娱乐。并将其告诉那些能写诗作文之人，他们果然也都这样认为。现在您竟然赠送给我五十篇诗歌，数量是以前的十倍，功夫是以前的百倍。阅读过您诗篇的人感叹，都说我懂得如何作文章。这又是拜您所赐，感觉非常荣幸！希望您勉励您的志向，以达到创作的繁荣时期。至于自古而今相互变化的道理，质文相互生发的根本，高下丰约各自不同的来源，长短大小各自不同的出处，您已经说得非常明白清楚了，又何必问我呢？

您所派来的仆人很快就要回去了，来不及详细叙说，只好草草写下此回信，以备回答。不详细说了。宗元敬上。

送薛存义[1]之任序

题解

本文作于柳宗元在永州之时，是柳宗元为薛存义送别所作，以此来勉励后者。文中的观点非常新颖，作者认为，官吏抽取了百姓的赋税，就好像是受到了百姓的雇佣，应该公平地善待百姓，为百姓办事。

［原文］

河东薛存义将行，柳子载肉于俎[2]，崇酒于觞[3]，追而送之江之浒，饮食之。且告曰："凡吏于土者，若知其职乎？盖民之役，非以役民而已也。凡民之食于土者，出其十一佣乎吏，使司平于我也。今受其直怠其事者，天下皆然。岂惟怠之，又从而盗之。向使佣一夫于家，受若直，怠若事，又盗若货器，则必甚怒而黜罚之矣。以今天下多类此，而民莫敢肆其怒与黜罚者，何哉？势不同也。势不同而理同，如吾民何？有达于理者，得不恐而畏乎！"

存义假令零陵二年矣。蚤作而夜思，勤力而劳心，讼者平，赋者均，老弱无怀诈暴憎，其为不虚取直也的矣，其知恐而畏也审矣。

吾贱且辱，不得与考绩幽明[4]之说，于其往也，故赏以酒肉而重之以辞。

［注释］

①薛存义：河东人，曾任零陵县（今属湖南）代理县令，政绩卓著。

②柳子：自称。俎：古代祭祀之时盛食品的礼器，此处指盛肉的器具。

③觞：古代盛酒的器具。

④考绩幽明：考核官吏政绩的优劣，决定其升降。

［译文］

河东人薛存义就要离开这里了，我带上满酒与满肉，赶到江边去为他送行，请他饮酒吃肉。并且告诉他说："凡是在地方担任官吏之人，你知道他们的职责是什么吗？大概是为百姓办事的奴仆，而不是去奴役他们的百姓。凡是依靠耕种生活的百姓，从他们的收入中抽出十分之一来雇佣官吏，让官吏

可以公平地为百姓办事。而现在官吏拿了百姓的钱却没有尽忠职守，到处都是如此。他们岂止是不尽忠职守，还进而窃取百姓的财产。假如你家中雇佣有一名仆人，他接受了你的佣金，怠慢了你的工作，还偷盗你的物品，那么你肯定会非常气愤，肯定会撤掉他的差役，对他进行处罚。当今天下的官吏就好像这个仆人一样，但是百姓却不敢随意发怒，去撤掉他们的职位，去对他们进行处罚，这是为什么呢？情况不一样。可是情况不同，但是道理却是一样的，我们百姓如何忍受呢？凡是通情达理之人，怎么会不诚惶诚恐而有所顾忌呢？”

薛存义任零陵县代理县令已经有两年时间了。他每天一早起来工作，深夜还在考虑政务，全心全力地为百姓办事，诉讼得到公平的处理，缴纳租税得到同等对待，使人人心中都不怀有欺诈之心，没有外用强力的行为，他的确是没有白取报酬，实在是知道诚惶诚恐而有所顾忌了。

我的地位低微，又受到了贬谪，不能参与考核官吏政绩的优劣、决定升降的事情，所以在薛存义将要离开的时候，请他喝酒吃肉，并特地写下这篇文章。

送元十八山人南游序[1]

题解

柳宗元在永州的时候，元集虚曾来到此地，柳宗元对他的学问、道德非常欣赏，因此留他住了大约三十多天。后元集虚要离开永州到南方游历，因此柳宗元作了这篇序言为其送别。文中主要对元集虚的学说进行了称赞，他认为元集虚治学渊博而且可融会贯通为一个系统，并非站在一个学派立场上去指责其他学派，而是看到各个学派的相互融通之处，将以前那些有过歧义的学说加以集中，逐个进行比较，去除异议，留下相同的，融汇为一体，发挥了各种学说的长处，使其和孔子的学说殊途同归，都可以符合孔子学说的旨趣。另外柳宗元还对其为人加以称赞，认为他没有用学术追求去迎合世俗的眼光，而是有意于“守雌”者，即内心坚强、外表柔弱，不争夺名利之人。本文虽是对元集虚学说、人品的议论，但从其称赞的语气，可以看出作者对这种学说的认同，这对于了解柳宗元的思想也很有帮助。

[原文]

太史公[2]尝言：世之学孔氏[3]者，则黜老子[4]，学老子者，则黜孔氏，道不同不相为谋。余观老子，亦孔氏之异流也，不得以相抗，又

况杨、墨、申、商、刑名、纵横之说[5]，其迭相訾(zǐ)毁、抵捂而不合者，可胜言耶？然皆有以佐世。太史公没，其后有释氏[6]，固学者之所怪骇舛逆其尤者也。

今有河南[7]元生者，其人闳(hóng)旷而质直，物无以挫其志；其为学恢博而贯统，数无以踬[8]其道。悉取向之所以异者，通而同之，搜择融液，与道大适，咸伸其所长，而黜其奇邪[9]，要之与孔子同道，皆有以会其趣。而其器足以守之，其气足以行之。不以其道求合于世，常有意乎古之“守雌[10]”者。

老子

老子为道家学派的创始人。中国古代学派众多，代表有道家、儒家、墨家等等。柳宗元认为元集虚治学渊博并且能把各学派融会贯通为一个系统，并非站在一个学派立场上去指责其他学派。

及至是邦[11]，以余道穷多忧，而尝好斯文，留三旬有六日，陈其大方，勤以为谕，余始得其为人。今又将去余而南，历营道[12]，观九疑[13]，下漓水[14]，穷南越[15]，以临大海，则吾未知其还也。黄鹄一去，青冥无极，安得不冯丰隆[16]，愬蜚(fěi)廉[17]，以寄声于廖廓耶？

［注释］

①元十八：即元集虚，河南人，柳宗元非常欣赏他的学问、道德。山人：隐居不仕之人。

②太史公：司马迁，在汉武帝时期曾任太史令。

③孔氏：即孔子，儒家学派的创始人。

④黜：降职或罢免。老子：即李耳，又称为老聃，道家学派的创始人。

⑤杨：杨朱。墨：墨翟，墨家学派创始人。申：即申不害。商：商鞅。刑名：主张法制的学说。纵横：即合纵连横。战国时期七国争雄，主张六国联合抗拒秦国的称为“合纵”，主张六国事秦的称为“连横”。

⑥释氏：佛教的创始人是释迦牟尼，因此佛教又称为释氏。

⑦河南：唐代的河南府，治所在今河南洛阳西北。

⑧踬：被东西绊倒，此为阻碍的意思。

⑨邪：不正的意思。

⑩守雌：老子《道德经》中的词语，意思是内心坚强、外表柔弱，不和别人争夺名利。

⑪是邦：此处指永州。

⑫营道：汉代县名，即今湖南道县。

⑬九疑：即九疑山。

⑭漓水：即漓江，在今广西境内。

⑮南越：指广东、广西一带。

⑯冯：同“凭”，凭借。丰隆：古代神话中的雷神，后多用作雷的代称。

⑰愬：同“诉”，诉说、告诉。蜚廉：传说中风神的名字，代指风。

［译文］

孔子

孔子，儒家学派创始人，我国古代著名的思想家、教育家，相传有弟子三千，贤弟子七十二人。

司马迁曾说：世上学习儒家学说的人，就贬斥老子，学习老子学说的人，就贬斥儒家学说，观点、思想不同就不能相互切磋。我看老子的学说，也是儒家学说的不同流派，不应该互相指责对抗，何况杨朱、墨翟、申不害、商鞅以及主张法制、连横合纵学说的，他们互相抵毁、抵触而不相融合的地方，能够说得完吗？但是这些不同的学说都可以治理国家。司马迁去世之后，有了佛教，这是学者们感到最为怪异错乱的学说。

现在有位河南人元生，他为人宽厚旷达而朴实正直，世间的万事万物都不会使他的志向受到丝毫挫折；他治学渊博而且可融会贯通为一个系统，个人的命运也不会阻碍其学术追求。他把以前那些产生过歧义的学说加以集中，逐个进行比较，将有异议的除去，留下相同的，搜求选择，融汇为一体，和圣人之道基本上符合，发挥了各种学说的长处，而将其谬误之处剔除，使其和孔子的学说殊途同归，都可以符合孔子学说的旨趣。而且他的才干足以让自己的学问坚持下去，他的气魄也足够让自己的学问得到推行。他并没有拿自己的学术追求去迎合世俗的眼光，而是时常留心古代那种内心坚强、外表柔弱，不和别人争夺名利的人。

这次元生来到永州，因为我处境穷困不堪，忧愁烦闷，而又曾经喜爱他作的文章，就留他住了三十六天，他向我陈述了自己学说的观点，随时对我进行指点，我才有机会了解其为人。现在他又要离开我去南方了，经过营道，游览九疑山，沿着漓江而下，遍览广西、广东等地，一直到大海之滨，这样我就不知道他什么时候会回来。黄鹤一旦高飞入天，蓝天一望无际，我怎么能不向雷神和风神求助，将我对友人的这份思念传播到广阔的天空中去呢？

序棋

题解

本文作于柳宗元在永州之时。作者有感于人的贵贱和棋子有很多相似之处，因此作此文抒发感慨。文章首先对房直温和自己的两个弟弟玩棋的缘起和过程进行了详细的介绍。紧接着，作者以黑子、红子截然相反的命运为例，对当今世上将人区分贵贱的情况展开议论。作者看到房直温将棋子分为贵贱的时候，并不是根据棋子的好坏，而是正好在手边的就涂上颜色，而且定为高贵的棋子就永远是贵子，定为低贱的棋子就永远是贱子了，将人定为贵贱也是如此，亲近的就先得到重用，成为高贵之人了，并没有人去真正地区分好和坏。随之而来的是，获得显贵地位之人就趾高气扬、行为放荡，而那些处于卑贱地位的人，则是委靡不振、心神烦乱，命运相差悬殊。柳宗元在文章最后鲜明地指出自己是属于被涂成“黑色”的那一类人，对当时社会风气的不满可见一斑。

[原文]

房生直温[1]，与予二弟[2]游，皆好学。予病其确也[3]，思所以休息之者。得木局[4]，隆其中而规焉，其下方以直。置棋二十有四，贵者半，贱者半。贵曰上，贱曰下，咸自第一至十二。下者二乃敌一，用朱、墨以别焉。房于是取二毫如其第书之。既而抵戏[5]者二人，则视其贱者而贱之，贵者而贵之。其使之击触也，必先贱者，不得已而使贵者。则皆栗焉惛[6]焉，亦鲜克以中。其获也，得朱焉，则若有馀；得墨者，则若不足。

余谛（dì）睨之[7]，以思其始，则皆类也，房子一书之而轻重若是。适近其手而先焉，非能择其善而朱之，否而墨之也。然而上焉而上，下焉而下，贵焉而贵，贱焉而贱，其易彼而敬此，遂以远焉。然而若世之所以贵贱人者，有异房之贵贱兹棋者欤？无亦近而先之耳！有果能择其善否者欤？其敬而易者，亦从而动止矣，有敢议其善否者欤？其得于贵者，有不气扬而志荡者欤？其得于贱者，有不貌慢而心肆者欤？其所谓贵者，有敢轻而使之者欤？其所谓贱者，有敢避其使之击触者欤？彼朱而墨者，相去千万不啻[8]，有敢以二敌其一者欤？余墨

者徒也，观其始与末，有似棋者，故叙。

观棋

棋子的高贵低贱并不是依据棋子本身的质量，而是完全由房直温一人决定。由此作者想到了人的命运，然后对人生的不公平和不良的社会风气表达了自己的不满之情。

［注释］

①房生直温：书生房直温。生，书生。

②二弟：指柳宗元的两个弟弟宗直、宗一。

③病：此处为担心、忧虑之意。确：刚强、坚固。

④木局：木制棋盘。

⑤抵戏：两个人对局。

⑥惛：糊涂。

⑦谛：仔细。睨：斜视。

⑧不啻：不止。

［译文］

房直温和我的两个弟弟交往，他们都勤奋好学。我担心他们会用功过度，于是想要找一个可以让他们得到休息的方法。我找到一个木质的棋盘，使棋盘的中间隆起，两连平整。摆放棋子二十四枚，一半贵子，一半贱子。贵的叫作上等子，贱的叫作下等子，都是从第一摆放到第十二。两个下等子才抵上一个上等子，用红黑两种颜色加以区分。于是房直温拿来两只毛笔，按照棋子摆放的次序在上面涂上颜色。接着，两个人就开始下棋了，他们都轻视贱子，重视贵子。让棋子互相接触、撞击的时候必定会先用贱子，不得已的时候才用贵子。下棋时显得战战兢兢，如履薄冰，可以击中对方的时候很少。他们赢了对方棋子，得到红子的时候就会心满意足；得到黑子的，就感到非常遗憾。

我仔细看着他们对决，想到它们刚刚开始的时候，都是相同的棋子，房直温一涂上颜色就贵贱分明。正好在他手边的就先涂上颜色，并不会选择好的棋子才涂上红色、差的棋子就涂上黑色。然而将其定为上等的就是上等棋子了，定为下等的就成为下等棋子了，定为贵子的就成为高贵的棋子，定为贱子的就成为低贱的棋子，人们轻视那个而重视这个，于是上下、高贵就相差很远了。这样来看，如今世上将人定为贵贱的情况，和房直温将棋子分为贵贱的情况有什么不同呢？无非就是亲近的就先得到重用而已！有谁能够真正去区分好和坏呢？那种对某人尊重，对某人轻视的想法也就随之而来了，有谁敢去议论其好和坏呢？那些获得显贵地位之人，有谁不是趾高气扬而且行为放荡呢？那些处于卑贱地位的人，有谁不是委靡不振而且心神烦乱呢？那些所谓的高贵之人，有谁真的敢去使唤他们呢？那些被涂成红色和黑色的，相差何止千万倍，有谁敢用两个贵子去抵一个贱子呢？我属于被涂成“黑色”的那一类人，看到过人们遭遇贵和贱的始末，有很多和棋子有相似之处，因此作了此篇《序棋》。

序饮

题解

本文作于元和四年（809年），当时柳宗元在永州。文章记叙了自己和友人在溪边饮酒行令的热闹场景，大家高兴欢笑，气氛融洽。最后柳宗元归纳了此次的溪边饮酒和别人的不同之处，没有别人烦琐的礼节所以感到和乐，虽然是尽情任性却又相当地恭敬，氛围从容闲适，总之是养成了君子的旨趣，非常适宜。文章以“仁者乐山，智者乐水”作结，颇有雅趣。

［原文］

买小丘[①]，一日锄理[②]，二日洗涤，遂置酒溪石上。向之为记所谓牛马之饮者，离坐其背。实觞[③]而流之，接取以饮。乃置监史[④]而令曰：当饮者举筹[⑤]之十寸者三，逆而投之，能不洄于洑[⑥]，不止于坻(chí)[⑦]，不沉于底者，过不饮。而洄而止而沉者，饮如筹之数。既或投之，则旋眩滑汩，若舞若跃，速者迟者，去者留者，众皆据石注视，欢抃[⑧]以助其势。突然而逝，乃得无事。于是或一饮，或再饮。客有娄生图南[⑨]者，其投之也，一洄一止一沉，独三饮，众乃大笑欢甚。余病痞，不能食酒，至是醉焉。遂损益其令，以穷日夜而不知归。

吾闻昔之饮酒者，有揖让酬酢(zuò)百拜以为礼者，有叫号屡舞如沸如羹以为极者，有裸裎(chéng)袒裼以为达者，有资丝竹金石之乐以为和者，有以促数纠逖而为密者，今则举异是焉。故舍百拜而礼，无叫号而极，不袒裼(xī)而达，非金石而和，去纠逖而密。简而同，肆而恭，衎衎而从容，于以合山水之乐，成君子之心，宜也。作《序饮》以贻后之人。

［注释］

①小丘：在永州城郊西山。

饮酒

文章记叙了自己和友人在溪边自由自在地饮酒行令的热闹场景。

②锄理：指清理杂草。

③觞：盛酒的器皿。

④监史：指监督行酒令之人。

⑤筹：指筹签，行酒令所用。

⑥洑：漩涡。

⑦坻：指水中的小块陆地。

⑧抃：鼓掌。

⑨娄生图南：武则天时的侍中娄师德的后代，当时颇有文名，但科举考试多次也未考中，后来到永州，留在柳宗元那里三年。

[译文]

买下小丘之后，第一天清理杂草，第二天洗刷干净，然后在溪水边的大石头上放置酒和酒具。大家散坐在《小丘记》中所说的像一群牛马饮于溪水中的石群之上一样。将酒杯中斟满酒，然后将其放入水中让它流动，水边的人拿起酒杯饮酒。于是设置了人监督行酒令，他说：应该饮酒的人，举起三根十寸长的筹签，迎着溪水投进去，能够不进入漩涡之中的，不停滞在水中陆地上的，不沉入水底的人，就算是顺利通过，就可以不用饮酒。如果筹签落入漩涡之中，或是停滞在水中陆地之上，或沉入水底的人，就要按照筹签的数目喝酒。有人将筹签投入流水之后，筹签在湍急的水流中滑溜打转，好像是在跳舞一样，一会儿快，一会儿慢，一会儿流动，一会儿停止，所有人都扒住石头注视，非常高兴地拍手鼓掌，加油助乐。突然顺流漂走，就可以不用喝酒了。于是有的人饮酒一次，有的人饮酒两次。客人中有个叫娄图南的书生，他所投掷的筹签，一次流入了漩涡之中，一次停止在水中的陆地上，一次沉入了水底，唯独他饮酒三次，众人都大声欢笑。我患痞病，不可以多饮酒，此时已经醉了。于是将酒令增减，从早到晚，都顾不得回家。

我听说过去饮酒的人，有的相互拜谢敬酒，以保持礼节；有的大声地叫喊，舞蹈起来，乱纷纷的，以为尽兴尽情；有的脱光衣服，赤身裸体，以为旷达不羁；有的伴奏着各种管弦乐器，以为声音协和；有的相互靠近纠缠在一起，以为亲密；现在我们所做的和这些都不相同。所以放弃了互相拜谢以保持礼仪，没有大声叫喊以为尽兴尽情，没有赤身裸体而旷达，不用乐器伴奏而和谐，不去靠近纠缠而亲密。没有烦琐的礼节而感到和乐，尽情任性却相当恭敬，欢乐高兴，从容闲适，用符合孔子的“仁者乐山，智者乐水”的说法，以养成君子的旨趣，这是非常适宜的。因此作此篇《序饮》，留传给后代的人们。

馆驿使[1]壁记

题解

此文作于贞元二十年（804年），柳宗元当时在长安。柳宗元追溯了馆驿使的设置，并对驿站的设置、工作、监督等情况都进行了详细地介绍，最后引出本文的主题：贞元十九年（803年），由于南阳韩泰上奏皇上，才铸造成馆驿使印。

［原文］

凡万国之会，四夷之来，天下之道途毕出于邦畿(jī)之内。奉贡输赋，修职于王都者，入于近关，则皆重足错毂，以听有司之命；征令赐予，布政于下国者，出于甸服[2]，而后按行成列，以就诸侯之馆。故馆驿之制，于千里之内尤重。

自万年至于渭南[3]，其驿六，其蔽曰华州[4]，其关曰潼关[5]；自华而北界于栎(lì)阳[6]，其驿六，其蔽曰同州[7]，其关曰蒲津[8]；自灞(bà)而南至于蓝田[9]，其驿六，其蔽曰商州[10]，其关曰武关[11]；自长安至于盩厔(zhōu zhì)[12]，其驿十有一，其蔽曰洋州[13]，其关曰华阳[14]；自武功西至于好畤[15]，其驿三，其蔽曰凤翔府[16]，其关曰陇关[17]；自渭而北至于华原，其驿九，其蔽曰方州[18]；自咸阳而西至于奉天[19]，其驿六，其蔽曰邠州[20]。由四海之内，总而合之，以至于关；由关之内，束而会之，以至于王都。华人夷人往复而授馆者，旁午而至，传吏奉符而阅其数[21]，县吏执牍而书其物。告至告去之役，不绝于道；寓望迎劳之礼，无旷于日。而春秋朝陵之邑，皆有传馆。其饮饫饩(yù xì)馈，咸出于丰给；缮完筑复，必归于整顿。列其田租，布其货利，权其入而用其积，于是有出纳奇赢之数，勾会考校之政。

大历十四年，始命御史为之使，俾考其成，以质于尚书。季月之晦[22]，必合其簿书，以视其等列；而校其信宿，必称其制。有不当者，反之于官。尸其事者有劳焉，则复于天子而优升之。劳大者增其官，其次者降其调之数，又其次犹异其考绩。官有不职，则以告而罪之。

故月受俸二万于太府㉓，史五人，承符者二人，皆有食焉。

先是假废官之印而用之，贞元十九年，南阳韩泰告于上㉔，始铸使印而正其名。然其嗣当斯职，未尝有记之者。追而求之，盖数岁而往则失之矣。今余为之记，遂以韩氏为首。且曰修其职，故首之也。

[注释]

①馆驿使：唐代的官名。

②甸服：唐代京城五百里为一区划，共分为五服，千里为甸服。

③万年：地名，今陕西西安。渭南：地名，今属陕西省。

④华州：唐代州名，治所在今陕西华县。

⑤潼关：地名，今属陕西。

⑥栎阳：地名，今属陕西。

⑦同州：唐代州名，治所在今陕西大荔。

⑧蒲津：关名，在今陕西大荔东。

⑨灞：即灞河，在今陕西省中部地区。蓝田：蓝田县，在今陕西省。

⑩商州：唐代的州名，治所在今陕西商县。

⑪武关：关名，在今陕西丹凤县。

⑫盩厔：地名，在今陕西周至。

⑬洋州：唐代州名，在今陕西洋县。

⑭华阳：地名，在今陕西、四川、云南、贵州一带。

⑮武功：地名，在今陕西武功县西北。好畤：地名，今属陕西省。

⑯凤翔府：地名，今陕西凤翔一带。

⑰陇关：关名，即陇山关，在今陕西陇县。

⑱方州：唐代的州名，治所在今陕西黄陵县境内。

⑲咸阳：地名，今属陕西省。奉天：地名，今陕西省蒲城。

⑳邠州：唐代州名，治所在今陕西彬县一带。

㉑传吏：驿使。奉符：古人出入关隘必须合符而去。

㉒季月：每年度的末月。晦：农历每月的最后一天。

㉓太府：官名，掌管贡赋或库藏货物。

㉔南阳：地名，今属河南。韩泰：字安平，贞元二十年（804年）他和柳宗元同为监察御史。

[译文]

凡是各个诸侯国聚会，四周的邻国来拜访，通向天下的道路全都会从京城周围延伸出去。进贡的物品，输送的赋税、货币，或者是朝廷升迁任免的官吏，都要从最近的关口进入，车马、行人摩肩接踵，都必须服从官吏的安排；皇上的诏令赏赐，对诸侯国发布的政令，都需要从京城的甸服出发，随后按照原来的横行排成纵队，去到诸侯国的馆驿。因此，馆驿制度在此千里之内尤其重要。

从万年至渭南，设置有六个驿站，华州是它的屏障，潼关是其关隘；从华州往北到达栎阳，设置有六个驿站，它的屏障是同州，关隘是蒲津关；从灞河往南到蓝田，设置有六个驿站，商州是其屏障，武关是它的关隘；从长安至盩厔，设置有十一个驿站，洋州是其屏障，华阳是其关隘；从武功往西至好畤，设置了三个驿站，凤翔府是它的屏障，陇山关是它的关隘；从渭河往北至华原，设置有九个驿站，方州是它的屏障；从咸阳往西至奉天，设置有六个驿站，邠州是它的屏障。从全国各地来的人们汇集在一起，到达关隘；进入关隘之后，集中会合起来，达到京城。中外的宾客来来往往住在驿站之中，快到中午的时候，驿站的官吏来合符查验数额，县吏拿出板牍来登记物品。前来报道和离去的人络绎不绝，迎来送往的礼节一天也没有间断过。同时在春天和秋天朝拜祖陵的县中，都设置有传馆。那些宴饮馈赠的物品极其丰富，将房屋修缮等事务安排得非常妥当。规定他们的田租，按排他们的货物盈利，计算收支而积累消费，于是就有了收入发放财物情况的数额，并制定稽查考核的制度。

潼关

潼关地处陕西省关中平原东端，居中华十大名关第二位，历史悠久，闻名遐迩。

大历十四年（779 年），皇上开始任命御史来担任馆驿使，派遣他们来考察工作的成效，并会受到尚书的评审。在每个季度的最后一天，都会进行对账，看它们是否相同，并对连宿两夜的情况进行校订，看其是否确实符合规定。如果发现有不正确的，就要向上级汇报。对主管某方面有功的官吏，回复给皇上以便可以得到特别提升。功勋卓著的会得到升官，稍微逊色的会减少其升调的机会，更加差一些的还要更改他的政绩记录。官吏如果不合格，可以向上禀报给他们治罪。由此可以从太府中每月领取两万的俸禄，共有五位驿使，有两位承符者，都有份额。

馆驿使开始的时候要借用废官的印章，贞元十九年（803 年），南阳韩泰上奏皇上，才使馆驿使印铸造完成，使印正了名。但是那些后来承担这项工作的人，没有记录过。现在如果追查起来，大概几年以前就找不到了。今天我为此作记，就将韩大人作为开始。权且称其修订了职务，将其放在第一位吧！

岭南节度使飨军堂记①

题解

元和九年（814年），柳宗元任永州司马，当时御史大夫扶风公修建了飨军堂，柳宗元便为此事作记。文章从岭南节度使繁重的工作写起，对岭南节度使管辖的地域之广、管理事务人数之多进行了描绘，从而引出需要一个开阔的场所来馈赠犒赏、宴会飨军、欢迎军队凯旋等。然后写飨军堂建造成功之后开始使用的盛况，并引用春秋时宋国有名的大夫华元和汉代名将霍去病的事迹，来反衬扶风公高尚的德行，称赞之情溢于言表。

[原文]

唐制，岭南为五府[2]，府部州以十数。其大小之戎，号令之用，则听于节度使焉。其外大海多蛮夷，由流求、诃陵[3]，西抵大夏、康居[4]，环水而国以百数，则统于押蕃舶使焉。内之幅员万里，以执秩拱稽，时听教命；外之羁属数万里，以译言贽(zhì)宝，岁帅贡职。合二使之重，以治于广州，故宾军之事，宜无与较大。且宾有牲牢饔饩(yōng xì)，嘉乐好礼，以同远合疏；军有犒馈(kuì)宴飨，劳旋勤归，以群力一心。于是治也，闬闳(hànhóng)阶序[5]，不可与他邦类，必厚栋大梁，夷庭高门，然后可以上充于揖让，下周于步武。

今御史大夫扶风公廉广州[6]，且专二使[7]，增德以来远人，申威以修戎政。大飨宴合乐，从其丰盈。先是为堂于治城西北陬，其位，公北向，宾众南向，奏部伎于其西，视泉池于其东。隅奥庳侧，庭庑下陋，日未及晡，则赫炎当目，汗眩更起，而礼莫克终。故凡大宴飨、大宾旅，则寓于外垒，仪形不称。公于是始斥其制，为堂南面，横八楹，纵十楹，向宴之位，化为东序，西又如之。其外更衣之次，膳食之宇，列观以游目，偶亭以展声，弥望极顾，莫究其往。泉池之旧，增浚益植，以暇以息，如在林壑。问工焉取，则师舆是供；问役焉取，则蛮隶是征；问材焉取，则隙宇是迁。或益其阙，伐山浮海，农贾拱手，张目视具。

乃十月甲子克成，公命飨于新堂。幢牙茸纛，金节析羽，旆旗旟旞[8]，咸饰于下。鼓以鼖[9]晋，金以铎铙。公与监军使，肃上宾，延群僚，将校士吏，咸次于位。卉裳罽[10]衣，胡夷蜑蛮，睢盱就列者，千人以上。钘鼎体节，燔炮胾[11]炙，羽鳞狸互之物，沉泛醍盎之齐，均饫于卒士。兴王之舞，服夷之伎，揳击吹鼓之音，飞腾幻怪之容，寰观于远迩。礼成乐遍，以叙而贺，且曰："是邦临护之大，五人合之，非是堂之制不可以备物，非公之德不可以容众。旷于往初，肇自今兹，大和有人，以观远方，古之戎政，其曷用加此！"

华元，名大夫也，杀羊而御者不及[12]；霍去病，良将军也，余肉而士有饥色[13]。犹克称能，以垂到今。矧兹具美，其道不废，原访于金石，以永示后祀。遂相与来告，且乞辞。某让不获，乃刻于兹石云。

［注释］

①岭南：唐代十道之一，治所在今广州市。节度使：唐代官名，统管一道或数个州。

②五府：指广州、安南、桂管、邕管、容管。

③流求：古国名，即今琉球群岛，在台湾东北地区。诃陵：古南海国名。

④大夏：古国名，在今阿富汗北部一带。康居：古西域国名。

⑤闬：里门。闳：巷门。

⑥御史大夫：唐代官名，主管弹劾、纠察以及掌管图籍秘书。扶风公：指马揔，字会元，扶风人，元和八年（813年）为广州刺史、岭南节度使，后为淮西节度使。

⑦二使：岭南节度使兼任押蕃节度使。

⑧旆、旟、旞：都是旗帜的名称。

⑨鼖：大鼓。

⑩罽：毛织品。

⑪胾：大块的肉。

⑫"华元"三句：据《左传》记载，

霍去病

霍去病，西汉名将。柳宗元用华元和霍去病不能对士兵照顾周到的事，来反衬扶风公的高风亮节。

宋国的大夫华元抵抗郑国的入侵，在战前杀羊劳军的时候，遗漏了他的车夫，等到开战之后，车夫驾车奔向了敌军，宋国大败。

⑬“霍去病”三句：据《史记》记载，霍去病带兵打仗，回师之后，车里还有剩余的肉，士兵却面有饥色。

［译文］

唐代制度，岭南道管辖广州、安南、桂管、邕管、容管五个府，府下辖州有几十个。而各种军事行动，以及命令的传达，都要服从节度使的安排。岭南境外大海中有很多野蛮民族，从流求国、诃陵国，向西到达大厦国、康居国，环水建立国家的有数百个，而他们都要受到押藩舶使的统治管理。节度使管辖的地区有万里的疆域，负责到朝廷觐见皇上，定时听取朝廷的命令；境外管辖的属国有几万里，负责语言沟通，进献珍奇宝物，每年都要带领外国人去进贡。将这两位节度使的重任综合起来，在广州设置治所，因此宴请宾客、慰劳军队的礼节方面，没有比它更大的了。并且接待宾客必须有接待宾客的各种储备以及美好的音乐礼仪，来拉拢疏离的人；军事上也要有馈赠犒赏、宴会飨军、欢迎军队凯旋归来等一类事情，以能使大家团结一致。这样治所的建筑，就不可以和别的地方一样，必须用厚重粗壮的木梁，建立平坦的庭院和高大的门户，这样才能够上上下下都有足够的地方行使各种礼节。

现在御史大夫扶风公在广州巡查，并行使岭南节度使兼任押蕃节度使的权力，多实行仁政以使远方之人前来归附，彰显威望来整理军务。大规模地犒劳军队、宴请宾客以及合奏乐舞，都要做到尽可能丰盛。开始的时候在治所的西北角建造了大堂，位置是这样安排的，扶风公向北坐，众位宾客都是向南坐，在西面进行乐舞的表演，东面的泉水池可供观赏。角落深广且低洼，庭院和大堂也非常简陋寒酸，还没有到申时，太阳光就已经赫然地照射人的眼睛了，人们都会不停地流汗，头晕目眩，这样礼节就不能很好地得到完成。因此，凡是大规模宴请宾客和犒劳军队，只能在外面举行，这和礼仪很不相称。因此，扶风公开始进行重建，在南面建了一座堂，横向有八间宽，纵向有十间长，从前进行酒宴的地方变成了东阶，西面也是如此。另外更衣之处，做饭之处，用来观赏各种建筑的台榭，用来进行乐舞表演的成对的亭子，极目远望，不会看到尽头。在泉水池子的旧址上，重新疏通了水源，并种植了很多花草，以供大家休息娱乐，像是在树林深谷中一样。军队提供人力，征发了外族的奴隶为劳役，将闲置不用的房屋拆掉以提供材料。如果再不够，就从山中砍伐，从海中捞取，没有惊动当地的农民和商人，非常惊奇地看到房子就已经建造成功了。

十月甲子那一天，飨军堂盖成完工，扶风公下令在新堂犒赏军队。幢牙茸纛，金节析羽，旆旗旟旞等各种旗帜都陈列在下面。用鼖、晋等这样的大鼓来击鼓进军，用铎、铙等这样的乐器来鸣金收兵。扶风公和监军使让上宾

坐在尊位，邀请众位属僚，各级将领和士兵按照次序站在自己的位置上。穿着茅草和毛织品制成的衣裳的外族蛮夷人，仰视站在中间，也有一千人以上。在铏鼎中烹煮的野兽，用火烧烤的大块熟肉，山珍海味，飞禽走兽，各种各样的美酒，都可以让士兵们尽情享用。歌颂王室的舞蹈，抚顺蛮夷的技艺，吹奏打击的乐器，飞舞变动的容貌，远近客人都可以得到很好的观赏。礼节完成后，乐曲结束，众位宾客都来称颂扶风公的功绩并且祝贺他，说："守护的这块疆域范围非常广大，有各个机构的官吏统一管理，如果没有飨军堂这样大规模的地方就不可能完成礼仪，如果没有扶风公这样的德行就不会使得众多僚属和顺融洽。这样的功绩古来少有，到今天才得以看到。内部极其和睦就可以得到报效之人，这样就可以管理外族了，古代的军功政绩，没有超过这个的了！"

华元是宋国有名的大夫，在犒赏军队、杀羊分肉的时候没有照顾到驾车之人；霍去病是位出色的将领，他打仗回来的时候车中有很多剩余的肉，而士兵的脸上却露出饥饿的神色。这些人还被称之为有才干，并且名字一直流传到了今天。何况扶风公这种完美的功业，他的业绩一定不会荒废，希望可以将其刻在石碑之上，以便永远在后代中流传。大家就一起告诉我这个事情，并请我写一篇记。我的推辞没有获得批准，于是就写好了刻在了这块石碑之上。

柳州东亭记

题解

本文作于元和十二年（817年），当时柳宗元在柳州。

［原文］

出州南谯(qiáo)门，左行二十六步，有弃地在道南。南值江，西际垂杨传置[1]，东曰东馆。其内草木猥奥，有崖谷，倾亚缺圮(pǐ)。豕得以为囿[2]，蛇得以为薮，人莫能居。

至是，始命披刜蠲疏，树以竹箭松柽(chēng)桂桧柏杉。易为堂亭，峭为杠(gāng)梁。上下徊翔，前出两翼。凭空拒江，江化为湖。众山横环，嶛阔瀴(yīng)湾。当邑居之剧，而忘乎人间，斯亦奇矣。乃取馆之北宇，右辟之以为夕室；取传置之东宇，左辟之以为朝室；又北辟之以为阴

幽居

柳宗元被贬柳州之后，寄情于山水之间，于美景之中悠然自得。文中的柳宗元饶有情趣地在一块荒废的土地上，修建了一个可以让人忘记人间的世外桃源。

室；作屋于北墉[③]下以为阳室；作斯亭于中以为中室。朝室以夕居之，夕室以朝居之，中室日中而居之，阴室以违温风焉，阳室以违凄风焉。若无寒暑也，则朝夕复其号。

既成，作石于中室，书以告后之人，庶勿坏。元和十二年九月某日，柳宗元记。

［注释］

①垂杨：地名。传置：指驿站。

②豕：指野猪。囿：指野猪生活在此地。

③墉：高墙、城墙。

［译文］

走出柳州城南的谯门，往左走二十六步，路边有块荒废的土地。此处南面是江水，西面连接着垂杨驿站，东边叫作东馆。这块荒地草木茂盛幽深，有个崖谷，已经倾斜败坏。有野猪生活在这里，蛇也在此地横行，没有人可以在此居住。

我来之后，才让人砍伐掉杂草荒木，并种植上竹子、松树、柽树、桂树、桧树、柏树、杉树。在平坦的地方建造房屋亭子，在陡峭的地方架起桥梁。无论从上面还是下面都可以自由出入，前面伸出的建筑好像是翅膀一样，架空在江流之上，江流变成了湖泊。四周环绕着群山，非常开阔且幽深曲折。和城市中繁华的住宅形成了鲜明的对比，住在这里可以将人间忘记，这也是非常奇特的。于是将东馆北面的房屋，朝右开辟作为晚上居住的场所；将驿站东面的房屋，向左开辟作为早晨居住的场所；又开辟了一间北面的房屋；在北面的房子下建造了一间南屋；在中间建造了东亭作为中屋。应该早上居住的地方就晚上去住，应该晚上居住的地方就早上去住，中午时候住中屋，北面的屋子用来躲避温暖的南风，用南屋来躲避寒冷的北风。如果是在不冷也不热的时候，早晨就住在朝室，晚上住在夕室。

建成之后，在中室树立了一块石头，刻上此篇记以便告诫后来之人，应该不会对景物产生破坏。元和十二年（817年）九月某日，柳宗元记。

柳州复大云寺记

题解

本文作于元和十二年（817 年），柳宗元在柳州任刺史。柳宗元到任之后，发现当地的百姓非常迷信鬼神、巫术，患病也不看医生，而且滥杀禽畜，结果导致人口大量减少，很多田地荒芜，禽畜难以得到繁衍。针对这种情况，柳宗元主持修复了被焚毁约百年的大云佛寺，利用佛教戒杀生的思想，来教化百姓不要滥杀牲口。在修复寺庙的同时，还大量开垦荒地，种植竹木、蔬菜和稻谷，以发展生产，对于当时社会经济和文化的发展起到了积极的促进作用。

［原文］

越人信祥而易杀①，傲化而偭仁②。病且忧，则聚巫师，用鸡卜。始则杀小牲；不可，则杀中牲；又不可，则杀大牲；而又不可，则诀亲戚饬(chì)③死事，曰“神不置④我矣”，因不食，蔽面死。以故户易耗，田易荒，而畜字不孳。董之礼则顽，束之刑则逃，唯浮图事神而语大，可因而人焉，有以佐⑤教化。

柳州始以邦命置四寺，其三在水北，而大云寺在水南。水北环治城六百室，水南三百室。俄而水南火，大云寺焚而不复且百年。三百室之人失其所依归，复立神而杀焉。元和十年，刺史柳宗元始至，逐神于隐远而取其地。其傍有小僧舍，辟之广大，逵(kuí)达横术，北属之江。告于大府。取寺之故名，作大门，以字揭之。立东西序，崇佛庙，为学者居。会其徒而委之食。使击磬(pán)鼓钟，以严其道而传其言。而人始复去鬼息杀，而务趣于仁爱。病且忧，其有告焉而顺之，庶乎教夷之宜也。凡立屋大小若干楹，凡辟地南北东西若干亩，凡树木若干本，竹三万竿，圃百畦，田若干塍(chéng)。治事僧曰退思、曰令寰(huán)、曰道坚。后二年十月某日，寺皆复就。

［注释］

①越人：即柳州人。信祥：迷信神灵、巫术。

②傲：傲慢。化：教化。仁：仁义道德。

③饬：整饬、准备。

④置：弃置、抛弃。

⑤佐：辅佐。

［译文］

柳州一带的人，迷信鬼神、巫术而且滥杀牲畜，对待教化的态度非常傲慢而且不讲仁义。因为生病而愁苦的时候，就会请一些巫师来，聚集在一起，用鸡骨头来进行占卜。为了祭祀神灵，最初是杀些鸡鸭类的小动物；如果不灵验，就会宰杀猪羊一类的中等牲口；又不灵验，就会宰杀牛马一类的大牲口；如果再不灵验，病人就会和自己的亲人、朋友们诀别，交代准备后事，说“神灵抛弃我了”，于是就不吃不喝，用东西将脸遮盖上，等待死亡的到来。因此，人口数量非常容易减少，田地很容易荒芜，家养的牲畜也很难繁殖增加。用礼义道德来开导他们，他们却是顽固不化，用刑罚来惩罚约束他们，他们就会逃跑、躲避起来，只有佛教僧人既是侍奉神灵而又讲道德礼仪的，因此可以顺应当地百姓的心理而又合乎习俗的喜好，达到辅助教化的作用。

柳州当初奉朝廷之命建造了四座佛寺，其中有三座建在柳江的北边，只有大云寺是在江水的南边建造的。江北环绕着柳州城，那里有六百户人家居住，江南则有三百户人家。大云寺刚建成时间不长，江南发生了火灾，大云寺也就被烧毁了，过了大约百年一直也没有得到修葺。江南的三百户人家因而失去了精神依托，于是巫神、占卜、杀生的迷信活动又开始盛行起来。元和十年（815年），我作为刺史来到此地不久，就将当地人所崇拜的怪神都赶到了偏僻荒远的处所，将立神的处所进行了管理。这旁边恰好有一座僧人居住的小房舍，就在此基础之上扩建成了一座宽阔高大的寺庙，并且寺庙门前的道路纵横交错，四通八达，向北可以延伸连接到江边，还将扩建佛寺的事情报告给了桂管观察使府。为佛寺取名为大云寺，大门建造好后，在门额上书写上寺名作为标志。庙内建有东西两个厢房，还对寺庙的设施进行充实，作为学者居住的场所。会集了很多僧徒，并送食物给他们，让他们在寺内击磬敲钟，念唱佛经，以便显示佛教道义的尊严和传播佛教的教义。从此以后，当地百姓就将迷信鬼神、巫术的陋习抛弃了，也不再滥杀禽畜，而是开始趋向于讲究仁爱。人们生病之后，想要拜祭神灵的就让他们用恰当的方法去做，这对于教化当地百姓也许是一种好办法吧！修复大云寺的同时，还在此地建造了若干间房屋，开垦了若干亩荒地，栽种了若干棵树木，种了三万竿竹子，开辟上百畦菜地和若干块田地。掌管修寺事务的僧人是退思、令寰、道坚。两年之后的十月某日，寺庙就完全修复完成了。

詩稿

同刘二十八院长述旧言怀感时书事奉寄澧州张员外使君五十二韵之作其韵增至八十通赠二君子

题解

本诗作于元和七年（812 年）。唐代诗人作诗，十分讲究“制题”，这首诗的题目共有四十一个字，虽然很长，但奉和之作的题目必须要点明要旨。该诗的要旨全在题中显现出来：刘二十八、张员外二君子是所赠对象，而述旧、言怀、感时、书事，交代了所要吟咏的内容，稍加思索就会对全诗有一个比较清晰的印象。

这是一首长律。长律为律诗之一体，七律和五律都限定八句，超过八句者叫长律，亦称排律。长律一般都是五言诗，除首末两联不对外，中间各联都必须上下句对偶。其起止呼应与长篇古风同，任意铺排联句，多寡不拘，多至数十韵或百余韵。柳宗元的这首长律，长达八十韵，大气磅礴，飞转灵动，可谓排律中的佳作。

[原文]

弱岁游玄圃①，先容幸弃瑕②。
名劳长者记，文许后生夸。
鷃(yàn)翼尝披隼，蓬心类倚麻。
继酬天禄③署，俱尉甸侯家。
宪府初收迹，丹墀(chí)共拜嘉④。
分行参瑞兽⑤，传点乱宫鸦。
执简宁循枉，持书每去邪。
鸾凤标魏阙⑥，熊武负崇牙⑦。

瑞兽

瑞兽，即象征吉祥的动物，图中的麒麟、凤凰等都是中国的瑞兽。诗的前一部分写到了皇家藏书阁、丹墀、瑞兽、宫鸦等，是作者对自己在朝为官时辉煌岁月的回顾。

[注释]

①弱岁：男子弱冠之年，即诗人幼年、青少年时期。玄圃：原指传说中昆仑山顶的神仙居处，中有奇花异石。后来也指魏晋南北朝时洛阳、建康（今江苏南京市）宫中园名，时作讲经之处。

②先容：本意是先加修饰，后引申为事先为人介绍、推荐。瑕：玉上面的

斑点，这里比喻缺点或过失。

③天禄：汉代阁名，后亦称皇家藏书之所。

④丹墀：皇帝殿前石阶，涂上红色，叫作丹墀。拜嘉：拜谢赞美。

⑤瑞兽：象征吉祥之兽，如麒麟之类。

⑥魏阙：宫门上巍然高出的观楼，下面常悬挂法令，后用作朝廷的代称。

⑦熊武：原为熊虎，古代旗饰。唐人避高祖李渊的祖父李虎讳，改“虎”为“武”。崇牙：旌旗的齿状边饰。

［原文］

辨色①宜相顾，倾心自不哗。金炉仄(zè)流月，紫殿启晨霞。
未竟迁乔②乐，俄③成失路嗟。还如渡辽水，更似谪长沙。
别怨秦城④暮，途穷越岭斜。讼庭闲枳棘⑤，候吏⑥逐麋(mí)麚。
三载皇恩畅，千年圣历遐⑦。朝宗⑧延驾海，师役罢梁溠(zhà)⑨。

［注释］

①辨色：察看脸色。

②迁乔：比喻人的地位上升。

③俄：短时间。

④秦城：指长城。

棘

棘，酸枣树，落叶灌木，枝上有刺，种子可做药，也泛指有刺的草木。枳木与棘木这些丛生的灌木常被用来指代恶人或小人，有时也比喻艰难险恶的环境。柳宗元与张署入仕之后，就犹如踏上了荆棘之路。

⑤讼庭：即讼堂，旧时审理诉讼案件的场所。枳棘：原指枳木与棘木，因其多刺而称恶木，这里借指小人。

⑥候吏：即候人。古代掌管整治道路、稽查奸盗或迎送宾客的官员。

⑦圣历：指帝王的历数，国运。南朝梁刘勰《文心雕龙·时序》：“今圣历方兴，文思光被，海岳降神，才英秀发。”遐：长久。

⑧朝宗：原指古代诸侯春、夏朝见天子，后泛称臣下朝见帝王，也比喻小水流注大水。

⑨师役：指军队从事大规模劳作。梁溠：指作桥于溠水上。

［原文］

京邑搜贞干①，南宫步渥(wò)洼②。
世惟材是梓，人仰骥(jì)中骅(huá)③。

欻④刺苗入地，仍逾赣⑤石崖。礼容垂珌琫⑥，戍备响铚锻⑦。
宠即郎官⑧旧，威从太守加。建旟翻鸷鸟⑨，负弩⑩绕文蛇。
册府荣八命⑪，中闱盛六珈⑫。肯随胡质矫⑬，方恶马融⑭奢。

［注释］

①贞干：《易·乾》："贞者，事之干也。"孔颖达疏："言天能以中正之气成就万物使物皆得干济。"因以"贞干"喻支柱骨干，亦指能负重任、成大事的贤才。

②渥洼：水名，在今甘肃安西县境，传说产神马之处。后指代神马。

③骥、骅：好马，喻贤能。

④欻：忽然、迅速。

⑤赣：江西省的别称。

⑥珌琫：做装饰品用的佩刀。

⑦戍：军队防守。铚锻：头铠。

⑧郎官：指侍郎、郎中等职。秦代置郎中令为皇帝左右亲近的高级官员，属官执掌护卫陪从、随时建议等。隋分郎官为侍郎与郎。唐六部郎官郎中之外更置员外郎。

⑨建旟：古代冬季大阅，州里之长立旟旗以为标志，象征勇猛、敏捷。也指大将出镇。鸷鸟：凶猛的鸟。

⑩负弩：背负弓箭开路先行，古代迎接贵宾之礼。语出《史记·司马相如列传》："乃拜相如为中郎将建节往使……至蜀蜀太守以下郊迎县令负弩矢先驱。"

⑪册府：古时帝王藏书的地方，也指文坛、翰苑。八命：周代官爵分为九等级，称九命。其中八命为王之三公及州牧。《周礼·春官·典命》："王之三公八命。"

⑫中闱：后妃所居的内宫。六珈：古贵族妇女发簪上的玉饰。

⑬胡质：荆州刺史。矫：强壮、勇武。

⑭马融：东汉名将马援的从孙，东汉儒家学者，著名经学家，尤长于古文经学。

马

骥、骅都是千里马的名称。中国古代常用千里马代指有特殊才能的人。柳宗元器重正直的张署，便用大量的笔墨，以"贞干""材是梓""骥中骅""荣八命"为喻，对张署给予了充分的肯定。

［原文］

褒德符①新换，怀仁道并遮。俗嫌龙节②晚，朝讶介圭(guī)赊③。
禹贡输苞匦(guǐ)④，周官赋秉秅⑤。雄风吞七泽，异产控三巴⑥。
即事观农稼，因时展物华。秋原被兰叶，春渚涨桃花。
令肃军无扰，程悬市禁贳(shì)⑦。不应虞⑧竭泽，宁复叹栖苴⑨。

［注释］

①符：古代朝廷传达命令或征调兵将用的凭证。

②龙节：龙形符节，泛指奉王命出使者所持之节。《周礼·地官·掌节》："凡邦国之使节，山国用虎节，土国用人节，泽国用龙节。"

③介圭：一种上尖下方的玉。赊：远。

④禹贡：荆州所贡。匦：匣子。

⑤秉：古代容量单位，一秉合六十斛。秅：量词，古代计算禾束的单位，四百把为一秅。

⑥三巴：古地名，巴郡、巴东、巴西的合称，相当于今四川嘉陵江和綦江流域以东的大部分地区。

⑦程：法。贳：赊欠。

⑧虞：忧虑。

⑨栖苴：本指挂在树上的水草，这里指穷困窘迫的现实。

［原文］

蹀躞(dié xiè)驺(zōu)先驾①，笼铜②鼓报衙。
染毫东国素③，濡印锦溪砂。
货积舟难泊，人归山倍畲④。
吴歈工折柳⑤，楚舞旧传芭⑥。
隐几⑦松为曲，倾樽石作污。
寒初荣⑧橘柚，夏首荐⑨枇杷(pí pá)。
祀(sì)变荆巫祷，风移鲁妇髽⑩。
已闻施恺悌(kǎi tì)⑪，还睹正⑫奇邪。

折柳

折柳，古乐曲《折杨柳》的省称，多用以惜别怀远。

［注释］

①蹀躞：小步走路的样子。驺：古代贵族的骑马的侍从。

②笼铜：鼓声。

③染毫：濡墨挥笔，指作诗、文、书、画等。素：帛。

④畲：播种前，焚烧田地里的草木，用草木灰做肥料下种。

⑤吴歈：春秋时吴国的歌，后泛指吴地的歌。折柳：古乐曲《折杨柳》，多为怀念之作。

⑥楚舞：楚地之舞。传芭：古代南方祭祀时，舞者手执香草，相互传递。

⑦隐几：亦作“隐机”，靠着几案，伏在几案上。

⑧荣：草开花。

⑨荐：进献、祭献。

⑩髽：古代妇女服丧时用麻扎成的发髻。

⑪恺悌：亦作“恺弟”，指和乐平易。

⑫正：使动用法，使……归于合理。

［原文］

慕友惭连璧①，言姻喜附葭②。
沉埋全死地，流落半生涯。
入郡腰恒折，逢人手尽叉。
敢辞亲耻污，唯恐长疵瘕（cī jiǎ）③。
善幻④迷冰火，齐谐笑柏涂⑤。
东门牛屡饭，中散⑥虱空爬。
逸戏看猿斗，殊音辨马挝（zhuā）⑦。
渚行狐作孽，林宿鸟为蹉⑧。

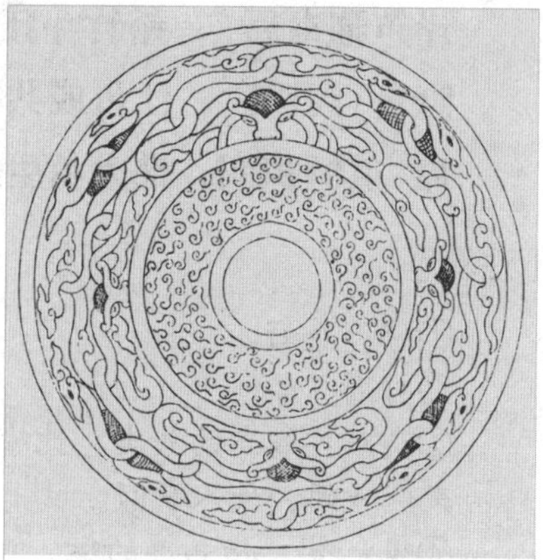

璧

璧，一般为玉制，也有用琉璃制的，通常呈扁圆形，中有圆孔，也有出廓璧，即在圆形轮廓外雕有龙形或其他形状的钮。璧常用来形容美好的事物。诗人的生活本来很美好，却在被贬之后半生流落天涯。

［注释］

①连璧：并连的两块璧玉，比喻并美的两物。

②附葭：《汉书·中山靖王刘胜传》：“今群臣非有葭莩之亲，鸿毛之重。”比喻攀附戚谊。

③疵瘕：腹中结块之疾。

④幻：变化。

⑤齐谐：人名，一说古书名。《庄子·逍遥游》：“齐谐者，志怪者也。”柏涂：汉东方朔性诙谐善解隐语，有郭舍人以“老柏涂”隐语问朔。朔曰：“老者人所敬也。柏者鬼之廷也。涂者渐洳径也。”事见《汉书·东方朔传》。后因以“柏涂”指诙谐的隐语。

⑥中散：中散大夫的省称。三国魏嵇康曾任中散大夫，世以“中散”称之。

⑦挝：古同“抓”，用指或爪挠。

⑧瘥：病。

［原文］

同病忧能老，新声厉似姱[①]。

岂知千仞坠，只为一毫差。

守道甘长绝，明心欲自刭[②]。

贮愁听夜雨，隔泪数残葩(pā)。

枭族音常聒[③]，豺群喙竞呀[④]。

岸芦翻毒蜃(shèn)[⑤]，谿竹斗狂犘[⑥]。

野鹜(wù)行看弋(yì)[⑦]，江鱼或共叉。

瘴[⑧]氛恒积润，讹火亟生煆[⑨]。

犘牛

作者用枭族、豺群、毒蜃、狂犘、瘴氛、讹火、喧蚁、怒蛙等渲染出自己生活的艰苦状况。

［注释］

①姱：美好。

②自刭：自刎。

③枭族：枭鸟的族类，比喻邪恶之辈。聒：声音吵闹，使人厌烦。

④喙：嘴，指鸟兽的嘴，也借指人的嘴。呀：张口的样子。

⑤蜃：蛤蜊。

⑥谿：同“溪”。犘：传说中古代生长在中国四川的一种大牛，重千斤。

⑦鹜：鸭子。弋：用带绳子的箭射鸟。

⑧瘴：热带山林中的湿热空气，从前认为是致人疾病的气。

⑨讹火：怪火。煆：火气盛。

［原文］

耳静烦喧蚁，魂惊怯怒蛙。风枝散陈叶，霜蔓綖[①]寒瓜。

雾密前山桂，冰枯曲沼蕸[②]。思乡比庄舄(xì)[③]，遁世遇眭(suī)夸[④]。

渔舍茨(cí)[⑤]荒草，村桥卧古槎(chá)[⑥]。御寒衾用罽(jì)[⑦]，挹(yì)水勺仍椰[⑧]。

窗蠹(dù)[⑨]惟潜蝎，甍(méng)[⑩]涎竟缀蜗。引泉开故窦[⑪]，护药插新笆。

［注释］

①綖：古通“线”。

②蕸：荷叶。

③庄舄：战国时越国人，也称越舄，仕于楚，病中思越而吟越声，见

《史记·张仪列传》。后以“庄舄越吟”指怀乡之咏与感伤之情。

④遇：一作“慕”。眭夸：赵郡高邑人，高尚不仕，寄情丘壑。

⑤茨：用茅或苇覆盖房子。

⑥槎：水中浮木。

⑦衾：被子。罽：用毛做成的毡子一类的东西。

⑧挹：舀，把液体盛出来。椰：椰树的果实。

⑨蠹：蛀蚀器物的虫子。

⑩甍：屋脊。

⑪窦：孔、洞。

思乡

柳宗元被贬到远离京城的穷乡僻壤，生活十分艰苦，他深深地怀念着自己的家乡，内心有着无限的感伤。

［原文］

树怪花因槲(hú)①，虫怜目待虾。骤歌喉易嗄(shà)②，饶醉鼻成皻(zhā)③。

曳捶牵羸马④，垂蓑牧艾豭⑤。已看能类鳖⑥，犹讶雉为鸦⑦。

谁采中原菽(shū)⑧，徒巾下泽车。俚⑨儿供苦笋，伧(cāng)父馈酸楂⑩。

劝策扶危杖，邀持当酒茶。道流征短褐⑪，禅客会袈裟⑫。

［注释］

①槲：落叶乔木或灌木，木材坚硬，叶可喂柞蚕，树皮可做染料，果实可入药。

②骤：急。嗄：嗓音嘶哑。

③饶：多。皻：古同“齇”，鼻子上的小红疱，俗称“酒糟鼻”。

④曳：牵引、拉。捶：敲打。羸：瘦弱。

⑤蓑：用草或棕毛做成的防雨器。艾豭：亦作“艾猳”，老公猪。

⑥能：古代称一种三足鳖。鳖：爬行动物，生活在水中，形状像龟，背甲上有软皮，无纹，肉可食，甲可入药，亦称“甲鱼”“团鱼”，有的地区称“鼋”，俗称“王八”。

⑦讶：古同“迓”，迎接。雉：鸟，善走，不能久飞，通称“野鸡”。雄的羽毛很美，尾长羽毛可做装饰品；雌的淡黄褐色，尾较短。鸦：古书上说的像野鸡的一种鸟。

⑧菽：豆的总称。

⑨俚：民间的、通俗的。

⑩伧：粗俗的、鄙贱的。馈：赠送。

⑪道流：道士之辈。征：召集。短褐：古代平民穿的粗布短衣。

⑫禅客：佛教语。禅家寺院，预择辩才，应白衣请说法时，使与说法者相为答问，谓之禅客，亦用以泛称参禅之僧。会：聚合、合拢、合在一起。袈裟：和尚披的法衣，由许多长方形布片拼缀而成。

[原文]

香饭舂菰(chōnggū)米①，珍蔬折五茄②。方期饮甘露③，更欲吸流霞④。

屋鼠从穿穴，林狙(jū)任攫(jué)拏⑤。春衫裁白纻(zhù)⑥，朝帽挂乌纱⑦。

屡叹恢恢⑧网，频摇肃肃罝⑨。衰荣因蓂(míng)荚⑩，盈缺几虾蟆⑪。

路识沟边柳，城闻陇上笳⑫。共思捐佩⑬处，千骑拥青緺⑭。

[注释]

①舂：把东西放在石臼或乳钵里捣掉皮壳或捣碎。菰米：菰之实，一名“雕胡米”，古为六谷之一。

②五茄：亦作“五加”。灌木，有刺或无刺，掌状复叶，夏开黄绿色花，核果球形，根皮和茎皮称五加皮，可入药，新叶亦可食用。因以五叶交加者为上品，故名。

③甘露：甜美的雨露。

④流霞：传说中天上神仙的饮料。

⑤狙：古书上说的一种猴子。攫拏：亦作“攫挐”，以爪相持。

⑥白纻：白衣。古代士人未得功名时所穿的衣服。

⑦乌纱：指古代官员所戴的乌纱帽。

⑧恢恢：宽阔广大。

⑨肃肃：形容网目细密。罝：捕捉兔子的网，也泛指捕鸟兽的网。

⑩蓂荚：古代传说中的瑞草，又名“历荚”。

⑪盈缺：盈亏变化。《礼记·礼运》：“播五行于四时和而后月生也。是以三五而盈，三五而阙。”后因以“盈缺”指月。虾蟆：蟾蜍。古时认为月中有兔或蟾蜍。

⑫陇：土埂。笳：古代北方民族的一种乐器，类似笛子。

⑬捐佩：抛弃玉佩。语本《楚辞·九歌·湘君》：“捐余玦兮江中，遗余佩兮醴浦。”

⑭青緺：青绶，佩系官印的青紫色丝带。

[诗解]

全诗可以分为三个部分：

第一部分，自开头至“紫殿启晨霞”，回忆与张署入仕以来的经历及同为监察御史的情况。情感中既流露出对那段峥嵘岁月的无限留恋，又满怀着无限的感伤。这部分很短，算是铺垫，不是诗人想要表达的重点。

村居

“俚儿供苦笋，伧父馈酸楂”，“劝策扶危杖，邀持当酒茶”，“香饭舂菰米，珍蔬折五茄”，“屋鼠从穿穴，林狙任攫拏”，柳宗元用大量的诗句细致地描绘了乡村的生活，他在恶劣的环境中体会到了普通老百姓生活中的纯朴之情。

第二部分，自“未竟迁乔乐”至“还睹正奇邪”，叙述张署初为郴州临武令以及迁为虔州、澧州刺史的经历和政绩。柳宗元是一位正直的官员，他所器重的同道自然也是这样的人。这里，他用大量的笔墨——或从礼制、仪容、士兵装束等方面进行侧面衬托，或以“贞干”“材是梓”“骥中骅”“荣八命”等进行正面颂扬，无论是从主观评价还是从客观事实，都对张署的形象给予了充分的赞美。但是，真正牵动读者心神的并不是这些，后面部分才是诗人发自心底最撕心裂肺的悲鸣。

自“慕友惭连璧”至结尾为第三部分，声泪俱下地记述了诗人贬谪之后的艰苦生活和忧愤心情。“沉埋全死地，流落半生涯”，高度概括了这一部分所叙写的主要内容。诗人少年得志，仕途坦荡，仅因参与永贞革新的一毫之失，从此被贬于永州，不得重用。他的理想抱负从此无法施展，一腔爱国忠君之情欲报无门。诗人通过一幅幅饱蕴深意的特写镜头，用枭族、豺群、毒蜃、狂麞、瘴氛、讹火、喧蚁、怒蛙等加以渲染，又用典型的艺术手法描写出自己的生活苦况。

就是在这样恶劣的条件下，诗人还表现出几分少有的豁达。他在百姓中间体会到了难得的纯朴之情：“俚儿供苦笋，伧父馈酸楂”，“劝策扶危杖，邀持当酒茶”，“香饭舂菰米，珍蔬折五茄”，这都是身处朝廷时无法得到的体验。他还尽量安慰自己不要灰心于一时的失势。虽然他“屡叹恢恢网，频摇肃肃罝”，可始终还抱着美好的愿望和倔强的态度。诗的结尾“共思捐佩处，千骑拥青緺”正表现出这种憧憬。诗人就是在这样一种矛盾的心境下，写出这首感人至深的长诗的。

［诗评］

虽少年已自成人，能取进士第，崭然见头角。众谓柳氏有子矣。其后以博学宏词授集贤殿正字……名声大振，一时皆慕与之交。诸公要人争欲令出我门下，交口荐誉之。

——韩愈《柳子厚墓志铭》

柳宗元少聪警绝众，尤精西汉诗骚，下笔构思，与古为侔，精裁密致，灿若珠贝。

——《旧唐书·柳宗元传》

《柳子厚同刘二十八述旧言情八十韵》，韵愈险，而词愈工，气愈胜，最为长律中奇作。称柳诗者，未有及之者也！

——金武祥《粟香随笔·三笔卷一》

弘农公以硕德伟材屈于诬枉左官三岁复为大僚天监昭明人心感悦宗元窜伏湘浦拜贺末由谨献诗五十韵以毕微志

题解

弘农公，即杨凭，字嗣仁，虢州弘农人，故称弘农公。柳宗元被贬于永州时，杨凭为潭州刺史、湖南观察史。永贞元年（805年）十一月，移江西观察史。元和二年（807年），由江西道入为京兆尹。元和四年（809年），“以贪污僭侈”罪贬为临贺尉，不久，迁杭州长史。元和七年（812年），遂王宥立为皇太子，大赦天下，杨凭入朝为太傅。

此诗是柳宗元五言长律中的佳作，也是他抒发离乡去国的感伤之情的典型篇章。此诗写于元和七年（812年），为贺岳父杨凭升迁而作。同样逢值大赦天下，岳父杨凭得以入朝任职，可自己却“不在量移之限”。此时的柳宗元已经忍过了八年的囚居生活，母妻俱亡、忠心不改，重返政坛的愿望，已变得更加渺茫。这首诗中所蕴含的忧愤、愁思之情，比前期更为浓烈。

［原文］

知命儒为贵[1]，时中圣所臧[2]。处心齐宠辱[3]，遇物任行藏[4]。
关识新安[5]地，封传临晋[6]乡。挺生推豹蔚[7]，遐步仰龙骧(xiāng)[8]。
干有千寻竦(sǒng)[9]，精闻百炼钢[10]。茂功期舜禹[11]，高韵状羲黄[12]。
足逸诗书囿(yòu)[13]，锋摇翰墨场。雅歌张仲[14]德，颂祝鲁侯昌[15]。

[注释]

①知命：认识天命或命运。《论语》："不知命，无以为君子也。"与后文"知天"义同。儒：春秋战国时代以孔子、孟子为代表的一个学派。

②时中：中庸之道。儒家谓立身行事，合乎时宜，无过与不及。《易·蒙》："蒙亨，以亨行，时中也。"孔颖达疏："谓居蒙之时，人皆愿亨，若以亨道行之，于时则得中也。"《礼记·中庸》："君子之中庸也，君子而时中。"孔颖达疏："谓喜怒不过节也。"臧：善、好。

③处心：犹居心、存心。齐：使动用法，使……同样。

④行藏：指出处或行止，常用以说明人物行止、踪迹和底细等。《论语》："用之则行，舍之则藏。"

⑤新安：地名。汉武帝元鼎三年（前114年）冬，楼船将军杨仆立了大功，从函谷关迁往新安。

⑥临晋：地名。杨朗两仕于秦，被封为临晋君（今陕西大荔一带）。杨仆、杨朗均为杨凭先辈。

⑦挺生：挺拔生长，亦谓杰出。《后汉书·西域传论》："灵圣之所降集，贤懿之所挺生。"南朝梁刘孝标《辩命论》："闻孔墨之挺生，谓英睿擅英响。"豹蔚：比喻君子、贤者风度姿容美好，也借指君子、贤者。《易·革》："君子豹变其文蔚也。"

⑧遐步：远行。龙骧：亦作"龙襄"，指晋大将龙骧将军王浚。《旧五代史·唐书·庄宗纪》："梁有龙骧、神威、拱宸等军皆武勇之士也。每一人铠仗费数十万装，以组绣，饰以金银，人望而畏之。"后泛指英勇的军队。

⑨干：躯干、身材。千寻：形容极高或极长。寻，古以八尺为一寻。竦：恭敬、肃敬。

⑩精闻：精炼博学。《三国志·魏书·钟会传》："及壮，有才数技艺，而博学，精炼名理，以夜续昼，由是获声誉。"百炼钢：亦作"百炼刚"，精炼的铁，比喻久经锻炼、意志坚强的人。

⑪茂功：丰功。舜禹：虞舜和夏禹的并称。

⑫高韵：高洁的气质。韵，气质。羲黄：伏羲与黄帝的并称。

⑬足逸：逸足，犹言捷足。傅毅《舞赋》："良骏逸足，跄捍凌越。"比喻才能

伏羲

诗句"高韵状羲黄"中的"羲"是指伏羲，传说中他是中华民族人文始祖，所处时代约为新石器时代早期，也是中国医药鼻祖之一。相传其人首蛇身，与其妹女娲成婚，生儿育女，成为人类的始祖，又说他是古代华夏部落的杰出首领，创制八卦，制成网罟教人们捕鱼打猎。

超逸的人。囿：借指诗书荟集之处。司马相如《上林赋》：“游于六艺之囿。”

⑭张仲：《毛传》：“（张）贤臣也，善父母为孝，善兄弟为友。”

⑮鲁侯：《鲁颂·闷宫序》：“闷宫，颂僖公能复周公之宇也。”昌：显达。

［原文］

宪府初腾价①，神州转耀铓②。右言盈简策③，左辖备条纲④。

响切晨趋佩⑤，烟浓近侍香。司仪六礼洽⑥，论将七兵扬⑦。

合乐来仪凤⑧，尊祠重饩(xì)羊⑨。卿材优柱石⑩，公器擅岩廊⑪。

峻节临衡峤(qiáo)⑫，和风满豫章⑬。人归父母⑭育，郡得股肱(gōng)⑮良。

［注释］

①宪府：御史台。腾价：身价上升。

②神州：中国。《史记》：“中国名赤县神州。”这里指京师。铓：光芒。

③右言：杨凭曾为起居舍人，居天子右侧记言，故称“右言”。盈：充满。简策：古代连接成册的竹简，泛指书籍。

④左辖：杨凭曾担任左司员外郎，辖制诸司，称“左辖”。条纲：条规纲纪。

⑤晨趋佩：早朝时佩戴环佩。

⑥司仪：报告典礼或大会的进行程序的人。六礼：古代的冠礼、婚礼、丧礼、祭礼、乡饮酒和乡射礼、相见礼。洽：谐和。

⑦论将：评论将领的才干。七兵：中兵、外兵、骑兵、别兵、都兵、左中兵、外中兵，并称“七兵”，受兵部尚书辖管。

⑧合乐：诸乐合奏。《仪礼·乡饮酒礼》：“乃合乐。”郑玄注：“谓歌乐与众声俱作。”贾公彦

观乡人射

诗句“司仪六礼洽”中的“六礼”，是指中国古代的冠礼、婚礼、丧礼、祭礼、乡饮酒和乡射礼、相见礼。孔子办学时的“六艺”顺序是“礼、乐、射、御、书、数”，把冷兵器时代最重要的单兵训练课目“射”“御”放在非常重要的地位。

疏："谓堂上有歌瑟，堂下有笙磬合奏此诗。"仪凤：凤在起舞，且有容仪。《书·益稷》："《箫韶》九成，凤凰来仪。"

⑨尊祠：尊崇祠祀。饩羊：古时用于祭祀的生羊。

⑩柱石：支撑建筑物的立柱和石基，借指肩负国家重要使命的人。

⑪公器：官家的器物，亦指持官家器物之人，这里比喻国家的有才能的人。擅：独揽、占有。岩廊：高峻的廊庙，这里比喻为朝廷。

⑫峻节：高尚的节操。衡峤：地名，今衡山。

⑬和风：温和的风。豫章：古书上记载的一种树名，有记载说即为今之樟树。

⑭父母：指杨凭身为父母官，爱民若子。

⑮股肱：大腿和胳膊，均为躯体的重要部分，引申为辅佐君主的大臣，又比喻左右辅助得力的人。

［原文］

细故谁留念[1]，烦言肯过防[2]。璧非真盗客[3]，金有误持郎[4]。

龟虎休前寄[5]，貂蝉冠旧行[6]。训刑方命吕[7]，理剧复推张[8]。

直用明销恶[9]，还将道胜刚[10]。敬逾齐国社[11]，恩比召南棠[12]。

希怨[13]犹逢怒，多容竟忤(wǔ)强[14]。火炎侵琬琰(wǎnyǎn)[15]，鹰击谬鸾(luán)凰[16]。

［注释］

①细故：琐事。留念：留恋、怀念。

②烦言：烦琐之言，这里指争执。过防：防范严密。《易·小过》："九三，弗过防之，从或戕之，凶。"王弼注："居下体之上，以阳当位，而不能先过防之，至令小者或过。"

③璧：平圆形中间有孔的玉，古代在典礼时用作礼器，亦可作饰物。真盗客：指张仪。《史记·张仪列传》："（仪）尝从楚相饮，已而楚相亡璧，门下意张仪，曰：'仪贫无行，必此盗相君之璧。'共执张仪，掠笞数百，不服，释之。"此句意为张仪没有盗璧，你也如他一样有待昭雪。

④误持郎：指直不疑。《史记·范石张叔列传》："直不疑者，南阳人也。为郎事文帝，其同舍有告归，误持同舍郎金去，已而金主觉，忘意不疑。不疑谢有之，卖金偿，而告归者来而归金，而前亡金郎者大惭，以此称为长者。"此句意为不疑并未偷金，你也像他一般蒙受冤枉。

⑤龟虎：印符。休前寄：去官之意。

⑥貂蝉冠：元代之前，皇帝近侍大臣官帽上均系貂尾、黄蝉。此句指杨凭曾任左散骑常侍。

⑦训刑：宣传、解释刑法。语本《书·吕刑序》："吕命穆王，训夏赎刑，作《吕刑》。"孔传："吕侯以穆王命作书，训畅夏禹赎刑之法，更从轻

凤凰

诗句“鹰击谬鸾凰”中的“鸾凰”指的是传说中凤凰一类的瑞鸟，常用来代指贤士、淑女。

以布告天下。”命吕：指杨凭任刑部侍郎。吕，指吕侯，郑国大臣，曾得郑穆王之命掌管训刑之法，作吕刑。

⑧理：处理。剧：繁难的政务。张：张敞，汉宣帝时名臣，治理有方，深得宣帝赏识。

⑨直用明销恶：此句意为刚正不阿，消除邪恶，大义凛然。销，消除。

⑩还将道胜刚：此句意为道德美好，柔韧谦和，又不缺乏刚强。

⑪敬：受人尊敬。逾：超过。齐国社：指齐国大臣石庆为相时，辅助齐王大治天下。石庆死后，立石相祠，为后人景仰。

⑫召南棠：《诗·召南甘棠序》：“甘棠，美召伯也。召伯之教，明于南国。”据史书记载：周召伯巡行乡邑时，曾在甘棠之下决讼，后人由是歌颂他。

⑬希怨：着意减少怨恨。《论语·公冶长》：“伯夷、叔齐不念旧恶，怨用希。”

⑭多容：做事多所宽容。忤：违逆、抵触。《新唐书·李义府传》：“凡忤意者，皆中伤之。”

⑮琬琰：琬、琰均为玉名。

⑯鹰击：古代武官名号，汉赵破奴曾为“鹰击司马”，见《史记·卫将军骠骑列传》。隋大业五年（609年）改“鹰扬副郎将”为“鹰击郎将”，见《隋书·百官志下》。这里比喻严酷凶悍。谬：错误、荒谬，这里是误伤之意。鸾凰：鸾与凤，皆瑞鸟名，常用以比喻贤士淑女。

［原文］

刻木[1]终难对，焚芝[2]未改芳。远迁逾桂岭，中徙滞余杭[3]。

顾土虽怀赵，知天讵(jù)畏匡(kuāng)[4]。论嫌齐物诞[5]，骚爱远游伤[6]。

丽泽周群品[7]，重明[8]照万方。斗间收紫气[9]，台上挂清光[10]。

福为深仁[11]集，妖从盛德禳(ráng)[12]。秦民啼畎(quǎn)亩[13]，周士舞康庄[14]。

［注释］

①刻木：本指在木质器物上雕刻。这里是狱吏的代称。《汉书·路温舒传》：“画地为狱，议不入；刻木为吏，期不对。”狱吏极端苛刻，因此连木

头做的假吏也不敢见，形容对狱吏的深恶痛绝。

②焚芝：《三国志·魏书·公孙度传》：“往来赂遗。”裴松之注引三国魏鱼豢《魏略》：“若苗秽害田，随风烈火，芝艾俱焚，安能白别乎？”后以“焚芝”比喻贤人遭难。

③滞余杭：指杨凭于元和四年（809年）贬谪为临贺尉，后又从临贺迁徙到杭州，任杭州长史。

④知天讵畏匡：出自《论语·子罕》：“子畏于匡，曰：‘文王既没，文不在兹乎？天之将丧斯文也，后死者不得与于斯文也；天之未丧斯文也，匡人其如予何？’”意思是孔子被匡地的人们所围困时，他说：“周文王死了以后，周代的礼乐文化不都体现在我的身上吗？上天如果想要消灭这种文化，那我就不可能掌握这种文化了；上天如果不消灭这种文化，那么匡人又能把我怎么样呢？”讵，表示反问，相当于“难道”之意。匡，春秋时地名，今河南长垣县。

“凤凰在笯兮”诗意图

屈原《楚辞·怀沙》诗句“凤凰在笯兮”诗意图。诗人因与屈原有相似的经历，所以更喜欢屈原诗中那感伤的情怀，而觉得庄子的《齐物论》有些怪诞。

⑤齐物：春秋战国时老庄学派的一种哲学思想，认为宇宙间一切事物，如生死寿夭、是非得失、物我有无，都应当同等看待。这一思想集中反映在庄子的《齐物论》中。诞：怪诞。

⑥骚：指屈原的《离骚》。远游：指屈原的《远游》。

⑦丽泽：比喻惠泽。周：遍及。群品：百官。

⑧重明：指日月。

⑨斗：北斗星。收：聚、合拢。紫气：紫色的霞气，古人以为瑞祥的征兆。

⑩台：三台，星名，又名泰阶。清光：清亮的光辉，多指月光、灯光之类。南朝齐谢朓《侍宴华光殿曲水》诗：“欢饫终日，清光欲暮。”

⑪深仁：仁义深厚。

⑫穰：扫除。

⑬畎亩：田地。畎，田间小沟。

⑭康庄：四通八达的大道。《尔雅·释宫》：“四达谓之衢，五达谓之康，六达谓之庄。”

[原文]

采绶①还垂艾，华簪更截肪②。
高居迁鼎邑③，遥傅好书王④。
碧树环金谷⑤，丹霞映上阳⑥。
留欢唱容与⑦，要⑧醉对清凉。
故友仍同里⑨，常僚每合堂⑩。
渊龙过许劭⑪，冰鲤吊王祥⑫。
玉漏天门静⑬，铜驼⑭御路荒。
涧瀍(chán)秋潋滟(liàn yàn)⑮，嵩少⑯暮微茫。

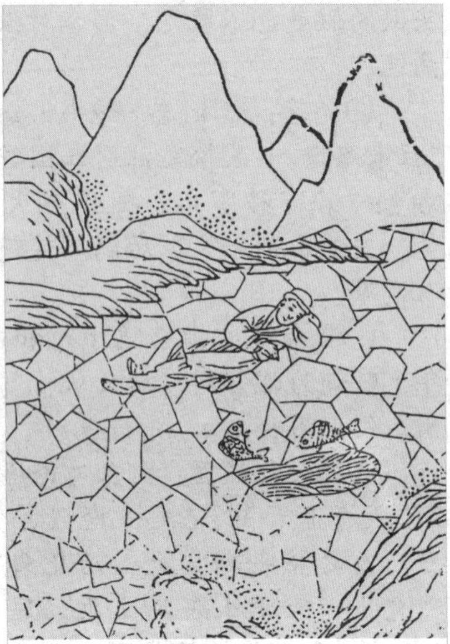

卧冰求鲤

诗句“冰鲤吊王祥”用的是孝子王祥卧冰求鲤的典故。晋朝的王祥，早年丧母，继母朱氏并不慈爱，常挑拨他们的父子关系。继母朱氏想吃鲤鱼，但因天寒河水冰冻，无法捕捉，王祥便赤身卧于冰上祷告，忽然间冰裂，从裂缝处跃出两尾鲤鱼，王祥很高兴地拿鱼回去给继母。

[注释]

①绶：一种丝质带子，古代常用来拴在印纽上，后用来拴勋章。

②华簪：华贵的簪子。古人用簪子把帽子别在头发上，华簪为贵官所用，故常用来指显贵的官职。陶潜《和郭主簿》：“此事真复乐，聊用忘华簪。”截肪：腰间那段脂肪。《文选·魏文帝·〈与钟大理书〉》：“白如截肪。”李善注引《通俗文》曰：“脂在腰曰肪。”

③鼎邑：《左传·桓公二年》：“武王克商迁九鼎于雒邑。”后遂以“鼎邑”指洛阳。

④遥傅好书王：从遥远的地方回来，担任喜欢读书的王子的太傅。傅，教导。

⑤金谷：金谷园，今河南洛阳西北。

⑥丹霞：红霞。上阳：上阳宫。

⑦容与：闲适自得的样子。陶潜《闲情赋》：“拥劳情而罔诉，步容与于南林。”

⑧要：古同“邀”，约请。

⑨里：古代一种居民组织，先秦以二十五家为里。这里指杨凭与往昔的朋友住在一起。

⑩常僚：常参官中之同僚。合堂：同处一堂。

⑪渊龙：渊潭的潜龙。许劭：字子将，汝南平舆人，与其兄许虔被汝南人称为“平舆二龙”。这里借指许孟容侍郎与许司业。

⑫王祥:《晋书·王祥传》:“祥性至孝……母常欲生鱼，时天寒冰冻，祥解衣将剖冰求之，冰忽自解，双鲤跃出。”这里借指王仲舒舍人。

⑬玉漏：古代一种分辨昼夜的玉器。天门：帝王宫殿大门。

⑭铜驼：铜制的骆驼，多置于宫门前殿之前。陆机《洛阳记》:“汉铸铜驼二枚，在宫之南四会道，夹路相对。”

⑮涧瀍：二水名，均流经今洛阳市境注入洛水。《书·洛诰》:“我乃卜涧水东、瀍水西惟洛食。”孔传:“又卜涧瀍之间南近洛吉。”后以代指洛阳。潋滟：形容波光荡漾。

⑯嵩少：嵩山和少山。

[原文]

遵渚徒云乐[1]，冲天自不遑[2]。降神终入辅[3]，种德会明敭[4]。

独弃伧人国[5]，难窥夫子墙[6]。通家殊孔李[7]，旧好即潘杨[8]。

世议排张挚[9]，时情弃仲翔[10]。不言缧绁(léi xiè)枉[11]，徒恨墨徽长[12]。

贾赋愁单阏[13]，邹书怯大梁[14]。炯心那自是[15]，昭世懒佯狂[16]。

鸣玉机[17]全息，怀沙[18]事不忘。恋恩[19]何敢死，垂泪对清湘[20]。

[注释]

①遵：沿着。渚：水中间的小块陆地。

②冲天：冲入蓝天，指情绪激越高亢。不遑：没有时间，来不及。

③降神：神灵降临。入辅：辅助朝廷。

④种德：布德，施恩德于人。敭：同“扬”。

⑤伧人国：这里指蛮荒之地永州。伧人，晋南北朝时南人对北人的蔑称。

⑥夫子墙:《论语·子法》:“子贡曰:‘夫人之墙数仞，不得其门而入不见宗庙之美，百官之富。’”本为子贡形容孔子学问道德之高，后以“夫子墙”比喻人之才德高不可攀。

⑦通家：指彼此世代交谊深厚、如同一家。殊：超过。孔李：孔子和老子。

⑧旧好：过去的交情。潘杨：即潘岳与杨肇。潘岳《怀旧赋》:“余十二而获见于父友东武戴候杨君。始见知名，遂申之以婚姻，而道元公嗣，知亦隆世亲之爱。”柳宗元与

贾谊

诗句“贾赋愁单阏”中的“贾”是指西汉初期著名的政治家和辞赋家贾谊。因年少有才，被汉文帝召为博士，不久升为太中大夫，受到汉文帝重用。诗人也希望自己能像贾谊那样因写赋作书受到重用。

杨凭的女儿结婚，故比以“潘杨”。

⑨世议：世人的评论。张挚：张释之子，字长公，官至大夫，后因事被罢免，终身不仕。

⑩时情：世情。仲翔：即三国时吴国将军虞翻，字仲翔。因屡次犯颜直谏，孙权不悦，再加上性格怪僻，时人谤毁者居多，因此隐居丹阳郡泾县。

⑪缧绁：捆绑犯人的绳索，借指监狱、囚禁。枉：冤屈。

⑫徒：白白地。墨徽：马缰绳。这里指作者被囚居在永州。

⑬单阏：岁阴名，卯年的别称。《尔雅·释天》：“（太岁）在卯曰单阏。”《史记·天官书》：“单阏岁，岁阴在卯、星居子。”汉代贾谊《鹏鸟赋》：“单阏之岁兮，四月孟夏，庚子日斜兮，鹏集予舍。”

⑭邹书怯大梁：据《史书》记载，齐人邹阳曾在大梁游玩，很多人嫉妒他的才华。其中有人就上书诬陷邹阳，梁孝王大怒，将他囚禁在大牢中。邹阳恐怕“死而负累”，从狱中上书，此后梁孝王待他为上宾。

⑮炯心：忠诚的心，光明的心地。那自是：如何是好。

⑯昭世：贤明的时代。懒：怠惰。佯狂：装疯。

⑰玉机：织布机的美称。

⑱怀沙：《史记·屈贾列传》：“（屈原）乃作《怀沙》之赋……于是怀石，遂自投汨罗以死。”

⑲恩：皇恩。

⑳清湘：清澈的湘水。

[诗解]

全诗共分四部分：

第一部分是从开篇至“公器擅岩廊”。这里运用了铺排、比喻等手法，淋漓尽致地赞扬了杨凭非凡的气质与卓越的才能。写杨凭从小就“推豹蔚”“仰龙骧”，“期舜禹”“状羲黄”，无论是任职御史台，左司员外郎、起居舍人，还是礼部郎中、兵部郎中，抑或是太常少卿，都堪当国家的“公器”、朝廷的“柱石”。

第二部分是从“峻节临衡峤”至“骚爱远游伤”。这节是写杨凭屈于诬枉，被贬为湖南、江西观察使时的情况。诗人饱含同情地深切赞美杨凭在被君主所弃、不受重用的情况下，始终恪于职守，尽心尽

秋思

同时遇到大赦天下，杨凭得以入朝任职，而自己却重返无望。作者空怀效忠之心和治国之才，在远离人烟的蛮夷之地忍了八年，等来的却是更加渺茫的希望。背井离乡、母妻双亡的他忧愤异常。

力，任劳任怨，不失为百姓的父母官，朝廷的“股肱”良臣。杨凭是个爱国忠臣，虽辗转迁徙，“刻木终难”，但还是“希怨”“未改芳”，时时“顾土怀赵”，系念着国家。杨凭的贬谪经历也正是诗人通过推己及人、设身处地之后的一种观照。

第三部分是从“丽泽周群品”到“种德会明歘”。终于，“重明照万方”，杨凭又在京师任职，从此“碧树环金谷，丹霞映上阳”“涧瀍秋潋滟，嵩少暮微茫”。这里，诗人极尽抒写之能事，对杨凭推崇备至。他将杨凭比作“琬琰”“鸾凰”。不仅如此，连杨凭结交的朋友也有张仲之“德”、鲁侯之“昌”、许劭之才、王祥之孝。

杨凭的苦没有白尝，风雨过后又见彩虹。这部分可谓全诗中最抢眼的高潮，是一波三折中的波峰。这里既有诗人无比的艳羡，又暗含着诗人无限的憧憬。这种憧憬很强烈，反衬出的后面的失落很让人痛苦难当。

杨凭虽遭受磨难，但终有重见光明的一天。而诗人自己呢？只能长吁短叹，装懒“佯狂”，在“伧人国”里继续忍受煎熬。

全诗的第四部分，记述了诗人无奈、怨愤的心情。即便在这样幽怨的心情之下，诗人仍然希望如杨凭一样能一飞冲天，如贾谊写赋、邹阳作书一样能重受皇恩，一鸣惊人。

这首诗深得屈原遗风。柳宗元也像屈原那样善用比喻、夸张、铺排、渲染，善于用典，长于抒怀、明志，尤其是长于“哀怨”。这首诗深切地表达出了诗人离乡去国的忧怨、对重受皇恩的期待以及关心国家的赤子之心。

［诗评］

唐人惟柳子厚深得骚学，退之、李观皆所不及。

——严羽《沧浪诗话》

柳州诗长于哀怨，得《骚》之余意。

——沈德潜《唐诗别裁》

柳州五言佳处在长篇，世徒赏其篇章，以配韦苏州，未为知言。

——吴汝纶《跋所书柳子厚诗》

酬韶州裴曹长使君寄道州吕八大使因以见示二十韵一首 并序

题解

这是一首唱和诗，却不是一般的应景之作，诗中寄寓着诗人无法排遣的愁肠。诗是写给两位友人的：一位是裴曹长，其名不详，“曹长”是官名，推测曾为京官，现在被贬到了韶州；一位是吕温，他因参与王叔文新政而被贬，与柳宗元可谓境遇相似。虽然裴曹长其人不详，但柳宗元此诗同时酬与裴、吕二人，说明裴曹长的被贬亦与王叔文的新政有关。此诗所描述的是柳、裴、吕三人的共同遭际，所抒发的也是三人的共同情怀。只因柳宗元被贬的官位最低，遭遇最惨，故而愁情也最深。

韶州幸以诗见及，往复奇丽，邈不可慕，用韵尤为高绝。余因拾其余韵酬焉。凡为韶州所用者置不取，其声律言数如之。

［原文］

金马尝齐入①，铜鱼亦共颁②。疑山看积翠③，浈水④想澄湾。
标榜同惊俗⑤，清明两照奸⑥。乘轺参孔仅⑦，按节服侯狦⑧。
贾傅⑨辞宁切，虞童发未鬑⑩。秉心方的的⑪，腾口任𠾱𠾱⑫。
圣理高悬象⑬，爰书降罚锾⑭。德风⑮流海外，和气满人寰⑯。
御魅恩犹贷⑰，思贤泪自潸⑱。在亡⑲均寂寞，零落间惸鳏⑳。

［注释］

①金马：据《史记·滑稽列传》载，金马门为官署门，因门旁有铜马而谓之金马门。后指朝廷或帝都，有时也借指翰林院。尝：曾经。

②铜鱼：《隋书·高祖纪》：“京官五品以上佩铜鱼符。”共颁：此处意指朝廷一同颁发官符，裴曹长和吕八大使同出为刺史。

③疑山：即九疑山。积翠：翠色重迭，形容草木繁茂。《文选·颜延之〈应诏观北湖田收诗〉》：“攒素既森蔼，积翠亦葱芊。”张铣注：“松柏重布，故云积翠。”

④浈水：据《元和郡县志·岭南道韶州》载：“曲江县：浈水在县东一里。”

⑤标榜：吹嘘、夸耀。惊俗：使世俗震惊。《新唐书·礼乐志十二》：

“天竺伎能自断手足，刺肠胃，高宗恶其惊俗，诏不令入中国。”

⑥照奸：查知奸邪。

⑦轺：由一匹马驾驶的轻便马车。参：旧指下级进见上级。孔仅：汉代官员，官至大司农，位列九卿。

⑧按节：持节。节，出使时所用的凭证。侯狮：即稽侯狮，匈奴王子，后即位为呼韩邪单于，称臣事汉。此处指吕八大使曾出使吐蕃，使吐蕃宾服。

⑨贾傅：即贾谊，曾为太子少傅，故称贾傅。

⑩鬓：发半白。

⑪秉心：持心。的的：清楚明白。

⑫腾口：张口放言。嘶嘶：争斗貌。

⑬圣理：即圣治，为避唐高宗李治的名讳而改称治为理。悬象：天象。多指日月星辰。《易·系辞上》作“县象”。

⑭爰书：古代记录囚犯的供词。罚锾：罚金。锾，六两曰锾，古代赎罪，用锾计算。

虞翻

诗句“虞童发未鬓”中的“虞童”指的是虞翻，三国时吴国人，少有才名，后触罪被贬，曾上书孙权说自己“形容枯悴，发白齿落”，此处是反用其意。

⑮德风：《论语·颜渊》：“君子之德风，小人之德草。草上之风必偃。”邢昺疏：“在上君子为政之德若风；在下小人从化之德如草。”后因称君子为政之德为德风。

⑯和气：和睦的感情。人寰：人间、人世。

⑰御魅：抵御魑魅之灾，这里指贬谪到边荒之地。贷：宽恕、饶恕。

⑱思贤：指思念同自己一样被贬的友人。潸：流泪。

⑲在亡：犹存殁，指生者和死者。

⑳零落：不景气，衰落。惸鳏：无兄弟为惸，老来无妻为鳏。

［原文］

风志[1]随忧尽，残肌触瘴痹(bì)[2]。月光摇浅濑[3]，风韵碎枯菅(jiān)[4]。

海俗[5]衣犹卉，山夷髻不鬟[6]。泥沙潜虺(huǐ)蜮[7]，榛莽斗豺獌[8]。

循省诚知惧[9]，安排只自憪[10]。食贫甘莽卤[11]，被褐谢斓斒[12]。

远物裁青罽(jì)[13]，时珍馔白鹇(xián)[14]。长捐楚客珮[15]，未赐大夫环[16]。

异政[17]徒云仰，高踪不可攀。空劳慰憔悴，妍唱剧妖娴[18]。

［注释］

①夙志：平素的志愿。

②瘵：患病。

③濑：从沙石上流过的急水。

④菅：多年生草本植物，多生于山坡草地，很坚韧，可做炊帚、刷子等，杆、叶可作造纸原料。

⑤海俗：南海岛夷的风俗。

⑥山夷：指永州土著。鬟：古代妇女梳的环形发髻。

⑦虺：毒蛇。蜮：传说中能含沙射影害人的水怪。

⑧榛莽：丛杂的草木。獌：狼的一种。

⑨循省：考察、省察。诚：实在、的确。

⑩安排：安置处理。憪：愉快。

⑪莽卤：粗疏、马虎。

⑫被褐：穿着粗布短袄，谓处境贫困。斓斒：颜色不纯。

⑬远物：远方所产的物品。《书·旅獒》："不宝远物，则远人格。"《周礼·夏官·怀方氏》："掌来远方之民，致方贡，致远物，而送逆之，达之以节。"郑玄注："远物，九州之外，无贡法而至者。"罽：用毛做成的毡子。

⑭时珍：应时的美味。白鹇：俗名银雉，似山鸡而白。

⑮楚客珮：《楚辞·湘君》："捐余玦兮江中，遗余珮兮澧浦。"王逸注云："屈原既放逐，常思念君，设欲远去，犹捐玦珮置于水涯，冀君求己，示有还意。"

⑯大夫：古代官名。西周以后的诸侯国中，国君下有卿、大夫十三级。大夫世袭，且有封地。后来大夫成为一般任官职者的称呼。环：圆环形玉饰寓含"返还"之意。

⑰异政：优异的政绩。

⑱妍唱：美妙的歌词、曲调。妖娴：指精巧雅致。

湘君与湘夫人

屈原《楚辞·湘君》诗意图。湘君把玦珮置于水涯，意味着屈原并不想离去，仍然希望君王把自己留下。诗人与屈原有相同的心意，他是那么无奈，但他渴望君王回心转意的赤诚之情又是那么强烈。

［诗解］

全诗分两大部分：

第一部分是从开篇到“腾口任嚬嚬”。这里追忆了三人当年“金马尝齐入”“铜鱼亦共颁”的荣耀以及携手同游的旧情。他们三人清正廉明，敢于直谏，忠心耿耿。柳宗元对友人及自己当年的所作所为，并无半点愧色，扪心自问，无愧苍天。对于贬谪的不公平待遇，诗人不敢由此直指君王，他把贬谪归罪于奸佞小人搬弄是非。

第二部分从“圣理高悬象”起到最后。这里，他强忍住对君王的不满，竟然还说了四句“违心”的话——“圣理高悬象，爰书降罚锾。德风流海外，和气满人寰。”可是，这不能说明诗人的虚伪。只要我们设身处地地想想，就会知道诗人是怀着多么无奈而又渴望君王回心转意的赤诚之情才说出这些话的。

这部分中，诗人饱含血泪地叙说了自己被贬于永州后的惨境——先说生活遭际的寂寞、零落，次说自己的心忧肌残、病魔缠身，再说蛮荒之地的鬼蜮虎狼之可怕、衣食之粗劣，最后才诉说新政的废弃、理想的破灭，将满腔的愁绪推向了高潮。

或许，柳宗元还抱着一线感动上苍、感动君王的希望吧！他反反复复地在诗中说这些，既是真情实感的流露，当然，也不可避免地希望总有一天，君王能体察到自己的一番苦心，召他回朝。

可是，每每想到这份希望，这份期待，他都倍感绝望与渺茫。所以，才会有了最后四句：“异政徒云仰，高踪不可攀。空劳慰憔悴，妍唱剧妖娴。”这里面既有无奈，又有不甘，还有自慰……总之，是很难说清的一种心情。

唱和诗大多为应景之作，可是柳宗元的唱和诗不仅绝无敷衍，而且饱含深情，可谓感人至深。

酬娄秀才将之淮南见赠之什

题解

娄秀才，即娄图南，是当时寓居永州的一位失意秀才。柳宗元被贬永州后交往的朋友中，娄图南是一个比较特别的人物，他是唐初侍中娄师德的后人。柳宗元在《送娄秀才游淮南将入道序》中说：“仆未冠，求仕进，闻娄君名甚熟，其所为歌诗，传咏都中。”可知，娄秀才早以诗文闻名于京都，后因看不惯官场黑暗，不愿参加科举考试，一直浪迹天涯，过着漂泊不定的生活，流落到永州后，与柳宗元过从甚密，成为挚友。从元和元年（806 年）到元和三年（808 年），柳宗元与娄图南一起游山玩水，论古道今，互相唱和，共同度过了一段难忘的时光。

美好的时光总是显得很短暂。娄图南即将远行，柳宗元的心中自然充满了无限的惆怅与依恋，因此，便有了这首感情真挚、哀婉深沉的五言古诗。

送别

诗人挚友娄图南即将远行，柳宗元满怀惆怅与依恋地写了这首诗来为他送别。一别之后，诗人只能在此天涯海角形影相吊，诗中流露出柳宗元对娄图南深深的依恋。

[原文]

远弃甘幽独[1]，谁云值故人[2]。
好音怜铩(shā)羽[3]，濡沫慰穷鳞[4]。
困志情惟旧，相知乐更新[5]。
浪游轻费日[6]，醉舞讵伤春[7]。
风月欢宁间[8]，星霜分益亲[9]。
已将名是患[10]，还用道[11]为邻。
机事齐飘瓦[12]，嫌猜比拾尘[13]。
高冠[14]余肯赋，长铗[15]子忘贫。
畹晚[16]惊移律，暌(kuí)携忽此辰[17]。
开颜时不再[18]，绊足去何因[19]。
海上销魂[20]别，天边吊影[21]身。
只应西涧水，寂寞但垂纶[22]。

[注释]

①幽独：静寂孤独。

②值：遇到、逢着。故人：旧友、老朋友。

③好音：悦耳的声音。铩羽：本指鸟的翅膀被摧残，这里比喻不得志的人。

④濡沫：用唾沫来湿润，比喻同处困境相互救助。语出《庄子·天运》："泉涸，鱼相与处于陆，相呴以湿，相濡以沫。"慰：使……心里安适。穷鳞：失水之鱼，比喻处在困境之人。

⑤相知：相互了解，知心。更新：使精神上焕然一新。

⑥浪游：漫游。费日：耗费时日。汉焦赣《易林·坎之鼎》："探巢捕鱼，耕田捕鳝，费日无功，右手空虚。"

⑦醉舞：犹狂舞。唐李白《邠歌行上新平长兄粲》："赵女长歌入彩云，燕姬醉舞娇红烛。"讵：岂、怎。伤春：旧指春日施刑不顺天时，故谓之伤春，后指因春天到来而引起忧伤、苦闷。

⑧风月：本指清风明月，后指男欢女爱。宁：岂、难道。间：间断。

⑨星霜：星辰一年一周转，每年遇寒而降霜，因以星霜指年岁。星辰霜露，这里指艰难辛苦。分：情分。益亲：更深。

⑩名：名声。患：祸害。

⑪道：指"道家"，春秋战国时期的一个学派，主要代表人物是老聃和

庄周。

⑫机事：机巧之事。《庄子·天地》：“吾闻之吾师，有机械者必有机事，有机事者必有机心。”齐：跟……一般平。飘瓦：比喻外来的祸患。

⑬嫌猜：猜疑、嫌忌。拾尘：据《吕氏春秋·任数》记载：孔子受困于陈、蔡之间。颜回找到米后烧火做饭，孔子看见颜回在甑中抓饭吃。饭熟后，颜回拿饭给孔子吃，孔子说：“我梦见先君吃完饭后再送给我吃。”颜回知道孔子误会了，就说：“刚才炭灰掉进甑中，我觉得丢掉可惜，所以捡出来吃了。”孔子听了笑着说：“所信者目矣，目犹不可信；所恃者心矣，而心不足恃。弟子记之。”后遂以“拾尘”喻误会致疑。

⑭高冠：高高的帽子。《楚辞·涉江》：“高余冠之岌岌兮，长余配之陆离。”屈原以“高冠”喻自己的高洁品质。

⑮长铗：指长剑。铗，剑柄。《战国策·齐策》记载：冯谖做了孟尝君的门客。孟尝君身边的人都看不起他，冯谖就弹着他的长剑唱道：“长铗归来乎，食无鱼。”孟尝君听说后满足了他的要求。他后来为孟尝君称相立下了大功。这里是说娄图南虽然像冯谖一样贫穷而能安然若素。

⑯畹晚：太阳偏西，日将暮。《楚辞·九辩》：“白日畹晚其将入兮，明月销铄而减毁。”朱熹集注：“畹晚，景昳也。”

⑰暌携：分离。忽此辰：忽然就在这个时候。

⑱开颜：露出微笑。这句感叹欢乐的时光将不会再有。

⑲绊足：绊住了脚，指有所拘束而不能施展才华。这句意为有所羁绊的岁月又怎么会离去呢？

⑳销魂：形容伤感到极点，若魂魄离散躯壳，也作“消魂”。

㉑吊影：对影自怜，喻孤独寂寞。南朝齐谢朓《拜中军记室辞隋王笺》：“轻舟反溯，吊影独留。”

㉒垂纶：垂钓。纶，钓丝。传说吕尚（姜太公）未出仕时曾隐居渭滨垂钓。后常以“垂纶”指隐居或退隐。

［诗解］

此诗分为三个部分：

第一部分是诗的前十句，从首句至“星霜分益亲”。这里追忆了诗人和娄秀才在永州相濡以沫的岁月。越是在困境中，这份友谊就显得越发珍贵。“好音怜铩羽，濡沫慰穷鳞”，二句流露出诗人对娄秀才的感激之情，诗人把自己看作是一个备受

姜子牙

姜子牙先后辅佐了六位周王，他出仕前曾隐居渭滨，以直钩不放鱼饵垂钓。

摧残、穷途末路的罪人，而故友的同情与慰藉，使他受伤的心多少得到一些宽慰。“困志情惟旧，相知乐更新”中的“乐”，有种苦中作乐的滋味——这是在患难中的相知之乐，是饱含辛酸的忧患之乐。

诗的第二部分是从“已将名是患”至“长铗子忘贫”。此六句抒写了诗人和娄秀才共同的志趣与追求。正是共同的高洁情操与不愿同流合污的孤傲，使他们互为知己。他们鄙视那些钩心斗角的“机事”与互相猜忌的小人；他们崇尚的是光明磊落、理想远大、矢志不渝的屈原与穷且志坚的冯谖。

诗的第三部分是诗的后八句。这里叙写了难舍难分的离别之情。分别的时刻就在眼前，诗人的心中充满了惆怅。朋友离去之后，还会有开怀欢笑的时刻吗？那些幽怨与痛苦将与何人排遣？诗人设想自己往后只能形单影只地过着孤寂的生活，流露出对朋友无限的依恋之情。

柳宗元的这首赠别诗，感情真挚、哀婉深沉，堪称赠别诗中的佳作。

[诗评]

柳宗元在永州写的诗中，不管什么题材的诗作，都饱含深情，不言悲而悲不自禁，表面写乐而出乐中有忧；语似质而意蕴深婉。

——王田葵《孤臣泪已尽，虚作断肠声》

酬娄秀才寓居开元寺早秋月夜病中见寄

题解

娄秀才，即娄图南，唐初侍中娄师德曾孙，颇有才华。娄虽有“宣风歌德”之才，却不屑进士。他认为为官者要么交结权贵，倚靠亲戚；要么出身豪门，吃山珍海味，骑宝马名车，以此来获得朋友的欢心；要么“坐高门，邀大车”，向权贵卑躬屈膝，“娇笑伪言”。而他认为自己不具备这些条件，于是遍游江南，来往于各寺庙间，以求入道之法，过着“居无室宇，出无僮御”的生活。

元和七年（812年），娄图南途经永州，寓居永州城南二里的开元寺。当时柳宗元心情抑郁，遇见娄便一见如故，常来开元寺与娄探讨佛理，聊以自慰。此诗为酬赠娄图南所作，写于元和十年（815年）秋。

[原文]

客有故园思①，潇湘②生夜愁。病依居士室③，梦绕羽人丘④。

味道怜知止⑤，遗名⑥得自求。壁空残月曙⑦，门掩候虫秋⑧。

谬委双金重[9]，难征杂佩酬[10]。碧霄无枉路[11]，徒此助离忧[12]。

［注释］

①客：指娄图南。何焯《义门读书记》："谓娄将入道也。"故园：对往日家园的称呼。

②潇湘：陶岳《零陵总记》："潇水在永州西三十步，（出）自道州营道县九疑山中。湘水在永州北十里，出自桂林阳海山中。至零陵北与潇水合。二水……自零陵合流谓之潇湘，故零陵亦有'潇湘'之称。"

离忧

娄图南常年飘零在外，愁绪日深。诗人作此诗宽慰了娄图南，同时也抒发了自己的羁旅之情。

③居士室：指娄图南所居开元寺的房舍。慧远《维摩义记》："居士有二：一、广积资产，居财之士，名为居士；二、在家修道，居家道士，名为居士。"当时，娄图南寓居开元寺修道，故称之为"居士"。

④羽人丘：传说中的羽人国。据《山海经》说："有羽人之国，不死之民，或人得道身生羽毛也……丹丘昼夜常明。"章士钊《柳文指要之部》卷二十五说："子厚尝作《梦归赋》，不梦则已，梦则思归，而娄梦羽人之丘，则其入道之志坚矣。"

⑤味道：揣摩、品味"中道"之说。《后汉书·申屠蟠传》："安贫乐潜，味道守真。"知止：指志达到了至善的境地。语本《礼记·大学》："大学之道……在止于至善。知止而后有定，定而后能静。"朱熹集注："止者，所当止之地，即至善之所在也。知之，则志有定向。"

⑥遗名：遗弃名位。

⑦壁空：形容家境贫寒，一无所有。残月：清晨出现的弯月；残缺不圆的弯月。曙：天刚亮。

⑧候虫秋：秋虫入室鸣叫。《诗经·豳风》："七月在野，八月在宇，九月在户，十月蟋蟀入我床下。"

⑨谬：错误的，这里是谦辞，承蒙的意思。双金："双南金"的略语，指优质黄金，这里比喻优秀的两篇诗文或两个人。

⑩征：诏请、寻求。杂佩：总称连缀在一起的各种佩玉。《诗·郑风·女曰鸡鸣》："知子之来之，杂佩以赠之。"毛传："杂佩者，珩、璜、琚

、瑀、冲牙之类。”这里喻指文章的变化句式。委金、酬珮，是指柳娄二人唱和应答之意。

⑪碧霄：蓝天。枉路：弯曲的道路。

⑫离忧：遭受忧愁。离，通“罹”，遭遇。《史记·屈原贾生列传》：“离骚者，犹离忧也。”

［诗解］

诗的前两句为全诗奠定了愁怨忧思的感情基调。娄图南常年飘零在外，羁旅生涯，难免不生愁绪，也暗示出了娄图南的部分病因。“病依居士室，梦绕羽人丘”，进一步剖析娄图南得病的主要原因。原来，娄图南被如何入道所困。诗的前四句，点明了题目，也为下文劝勉娄图南做了铺垫。

诗的五、六句为诗人劝勉之句。娄图南甘于清贫，乐于求道，文才“传咏都中”之名丧失殆尽，也无怨无悔。

“壁空残月曙，门掩候虫秋”两句，勾画出了一幅清幽愁伤的楚地秋夜图：月光下，寺院幽寂，寺门虚掩，石壁空空，秋虫“唧唧”。这两句历来被后来的诗人、学者所推崇。

诗的最后四句既是劝慰之语，又是抒怀之言。诗人自谦——娄图南委以双金，而诗人却难酬以杂珮。对娄一心只想羽人飞天，诗人郑重指出：世间并无碧天云霄的来去之路，求道的结果也只会是“徒此助离忧”。诗人奉劝娄不要借入道求仙避世。

全诗以“愁思”开头，以“离忧”结尾，不只安慰了娄图南的忧怀，也抒发了诗人自己的“愁思”“离忧”之情。

［诗评］

起有逸思，律中带古意。

——孙月峰《评点柳柳州集》

初秋夜坐赠吴武陵

题解

吴武陵，柳宗元在贬谪永州时最亲密的友人之一。《新唐书·文艺传》：“吴武陵，信州（今江西上饶）人。元和初擢进士第。……初，柳宗元谪永州，而武陵亦坐事流永州，宗元贤其人。”

此诗当作于元和三年（808 年）秋。理由有二：一、诗中“美人隔湘浦”句，说明其时吴武陵居住在潇水之西，柳宗元则居住在潇水之东城内。到元和五年（810

年），柳宗元迁居潇水之西愚溪，就不再与吴武陵有潇水之隔了。那么此诗应作于元和五年（810年）以前。二、诗中称吴武陵为“美人”，对他的琴艺和才干深表仰慕之情，似为初识其人时的口吻。吴武陵于元和三年（808年）初贬谪永州，故柳宗元与他初识应在元和三年（808年）。

［原文］

稍稍[①]雨侵竹，翻翻[②]鹊惊丛。
美人隔湘浦[③]，一夕生秋风。
积雾杳（yǎo）难极[④]，沧波浩无穷[⑤]。
相思岂云[⑥]远，即席莫与同[⑦]。
若人抱奇音[⑧]，朱弦缅枯桐[⑨]。
清商激西颢[⑩]，泛滟凌长空[⑪]。
自得本无作[⑫]，天成谅非功[⑬]。
希声闷大朴[⑭]，聋俗何由聪[⑮]。

潇湘夜雨

秋夜，潇湘细雨连绵，诗人在寂静的深夜独自静坐，他那思念亲人的孤寂、被贬谪后愁苦忧戚的心情展露无遗。

［注释］

①稍稍：萧森、阴晦。

②翻翻：翩翩，鸟飞轻疾的样子。

③美人：品德高尚的人、贤人，此指吴武陵。以美人喻指心中仰慕赞美之人，是《诗经》和《楚辞》向来的传统手法。湘浦：潇水边。湘，这儿实为潇水。浦，水边。

④积雾：浓重的雾气。杳：幽暗、深广。极：穷尽，这里指看到尽头。

⑤沧：水青苍色。浩：水大。

⑥云：谓、说。这里是说得上的意思。

⑦即席：就席，在座席上。莫与同：不能与他同坐。莫，没、不。

⑧若人：伊人、此人。若，此。抱：怀有。

⑨朱弦：即练朱弦，这里是指用练丝（即熟丝）制作的琴弦。《淮南子·泰族训》：“朱弦漏越。”高诱注：“朱弦，练丝。”缅：紧绷，这里指琴

弦紧紧地张在琴上。枯桐：焦枯的桐木，这里借指琴身。相传东汉蔡邕用烧焦了一截的桐木制琴，音甚美，故名焦桐，又叫焦尾琴。

⑩清商：商声，古代五音之一。古代以宫、商、角、徵、羽表示五阶声律，商音清越，故名清商。《韩非子·十过》："公曰：'清商固最悲乎？'师旷曰：'不如清徵。'"晋葛洪《抱朴子·畅玄》："夫五声八音，清商流徵，损聪者也。"唐杜甫《秋笛》诗："清商欲尽奏，奏苦血沾衣。"激：激扬，飞荡。西颢：秋天。古人以东南西北配春夏秋冬，西代表秋。又古人称西方为颢天。《吕氏春秋·有始》："西方曰颢天，其星胃、昴、毕。西方八月建酉，金之中也，金色白，故曰颢天。"

⑪泛滟：浮光闪动的样子。这里谓歌曲中宛转引长其声。凌：直冲向上。长空：宽广高远的天空。

⑫自得：自觉得意、开心。作：造作、做作。

⑬天成：合于自然，不借助人力，天然而成。谅：确实、真的。功：本领、能耐。

⑭希声：奇异的音响。閟：止、尽。大朴：原始质朴之大道。

⑮聋俗：愚昧不明事理的世俗之人。聋，听觉丧失或迟钝，喻愚昧无知。何由：由何、从何。聪：听觉灵敏，听得很清楚。

［诗解］

这首诗分为二层：

第一层为前八句，从开头至"即席莫与同"，写诗人对吴武陵的思念之情。凄雨侵竹，惊鸟翻飞，浓雾弥漫，烟波浩渺，勾勒出一片秋夜乍寒凄凉的景象。这一方面衬托出诗人被贬谪的愁苦、忧戚的心情，另一方面也暗示出朝廷的黑暗和政局的险恶。诗人和吴武陵可谓境遇相似。在这样的夜晚，诗人一方面感到愁苦寂寞、孤寒无援，另一方面也由此及彼地表达了对吴武陵的惺惺相惜和深切同情。

第二层为后面八句，诗人对吴武陵的琴艺和才华进行了高度的赞赏，对吴武陵的才华被埋没深表愤慨。

首先，诗人通过侧面描写吴武陵琴弦和琴身的华丽与名贵，为下面琴声的美妙做铺垫。然后，诗人又从正面描写琴音的飞扬激荡、划破天际，使读者仿佛置身其中，享受到琴声的高妙悠扬。"清商激西颢，泛滟凌长空"此二句又与秋天和潇江之景相得益彰。

其次，诗人由琴声转向演奏者吴武陵。这琴曲犹如天籁，却是吴武陵真情实感毫无雕饰的自然流露。吴武陵高远的志趣，令人惊叹的才华，由此不言而喻。

全诗最后两句，是写诗人为吴武陵的才华被埋没而深表愤嫉。像这样志向高洁的曲调，那些市侩庸俗的权贵们是无法听懂、也无法理解的。这里，柳宗元用辛辣的嘲讽表达了心中的愤慨，这既是为友人的不被赏识打抱不平，同时也抒发了自己的不满之气。

晨诣超师院读禅经

题解

这是一首抒情的五言古诗，约写于元和元年（806年）。当时，柳宗元住在永州龙兴寺。龙兴寺在城南，住持僧重巽坐禅于龙兴寺净土院，与住在龙兴寺西厢的柳宗元相邻。由于重巽是楚之南的“善言佛者”，故称其为“超师”。柳宗元于永州求佛道，主要是拜重巽为师。

诗中描绘了一幅晨读禅经图。柳宗元在贬谪永州之初，企图通过读禅经来求得精神的解脱，却不得要领。虽然他对禅经并不精通，可禅院的清幽，也使他得到了一点精神上的慰藉和满足。

［原文］

汲①井漱寒齿，清心拂尘服②。闲持贝叶书③，步出东斋④读。
真源了无取⑤，妄迹世所逐⑥。遗言冀可冥⑦，缮(shàn)性何由熟⑧？
道人庭宇静⑨，苔色连深竹⑩。日出雾露⑪余，青松如膏沐⑫。
澹(dàn)然⑬离言说，悟悦⑭心自足。

［注释］

①汲：从井里取水。

②清心：纯正之心。拂：抖动。尘服：沾染尘埃的衣服。

③贝叶书：指佛经，因古代印度用贝叶书写佛经而得名，又叫贝书。

④东斋：指净土院的东斋房。

⑤真源：本源、本性，这里指佛理“真如”之源。了：懂得、明白。无取：不取为已有。

⑥妄迹：迷信荒诞的事迹。世：世人。逐：追赶。

⑦遗言：前贤的遗训，这里指佛经所言。冀：希望。冥：深奥、深沉。

⑧缮性：涵养本性。《庄子·缮性》：“缮性于俗。”成玄英疏：“缮，治也；性，生也。”何由：怎能、因何。熟：精通而有成。

⑨道人：旧时对道士的尊称，这里指僧人重巽。庭宇：庭院。

⑩苔：隐花植物的一类，根、茎、叶的区别不明显，常贴在阴湿的地方生长。深竹：茂密的竹林。

⑪雾露：指雾。

⑫膏沐：原指古代妇女润发的油脂。《诗·卫风·伯兮》："自伯之东，首如飞蓬，岂无膏沐，谁适为容？"朱熹集传："膏，所以泽发者；沐，涤首去垢也。"此处指洗沐、润泽。

⑬澹然：宁静状，恬静、冲淡。

⑭悟悦：因了悟而喜悦。

晨诣禅寺

柳宗元对佛教的信奉为人们所熟知。尤其是被贬永州之后，他对佛教有了更深的领悟。他曾说："吾自幼好佛，求其道，积三十年，世之言者罕能通其说。于零陵，吾独有得焉。"柳诗中如《晨诣超师院读禅经》《禅堂》等作，都是借禅宗的观念来使自己达于"忘机"的境地。

[诗解]

诗的前四句为总起，用记叙的手法点明了时间、地点、事件：诗人清早起来，从净土院井里提水洗漱，然后拂去衣服上的灰尘，力求保持心灵的清静。"闲持贝叶书，步出东斋读"，是说作者手持佛经，走出东斋房朗朗诵读。虽然诗人对佛理并不精通，但从这里，分明可以看出他对佛法的虔诚。

接下来的四句，表达了诗人对玄妙佛理孜孜以求、却始终不得要领的苦闷。"真源了无取，妄迹世所逐"，表明了世人的偏见。"遗言冀可冥，缮性何由熟"，表达了佛理的难求。

"道人庭宇静，苔色连深竹。日出雾露余，青松如膏沐。"这四句极具特色：庭院深深，旭日东升，苍苔、竹林沾满雾露，青松经过滋润显得那样翠拔。诗人用简洁的笔墨点染出庭院的空幽，气象一新，令人赏心悦目。

全诗最后两句"澹然离言说，悟悦心自足"是说作者放下了佛经，融入到大自然当中，内心感到无比满足。"离言说"乃是禅之境界，禅宗教外别法，不应文字，直指人心。

全诗描写了这份习禅的心境，既不故作高深，又耐人寻味，真可谓"深入理窟，高出言外"。

［诗评］

道人庭宁静，苔色连深竹，盖远过“竹经通幽处，禅房花木深”。“日出雾露余，青松如膏沐”，予家旧有大松，偶见露洗而雾披，真如洗沐未干，染以翠色，然后知此语能传造化之妙。

——范温

“道人”以下言超师院之景，幽闲清净，游目赏心，反得雅趣也。

——章燮

赠江华长老

题 解

该诗是柳宗元写给一位江华县老和尚的赠诗。长老是对寺庙住持或德高年长之僧的尊称。诗中这位老和尚生性喜静，沉于佛事，佛理精熟，生活俭朴。

柳宗元的赠答诗，一般都是写给亲朋好友的。像本诗这样写给既非亲故、又无深交的一般僧侣，是少之又少。究其原因，大致有二：一是中唐时期佞佛成为朝野的风气。诗人多年居住在寺庙，被贬后心灵需要慰藉，感情也需寄托。习佛成为他南荒“系囚”生活中重要的一部分。其二是长老崇佛达到了诗人心中理想的境界：心无旁骛，对物质无所欲求。

总之，此诗不仅表现了诗人对长老的敬仰与羡慕，同时也反映出诗人当时旧痛难平的心情。

［原文］

老僧道机熟①，默语②心皆寂。去岁别春(chōng)陵③，沿流此投迹④。
室空无侍者⑤，巾屦(jù)⑥唯挂壁。一饭不愿余，跏趺(jiā fū)便终夕⑦。
风窗疏竹响，露井寒松滴。偶⑧即安居，满庭芳草积。

［注释］

①老僧：年老的和尚。道机：指出尘修道的灵机。熟：程度深。

②默语：沉默或言说。语出《易·系辞上》：“君子之道或出或处或默或语。”

③去岁：去年。春陵：地名，在今湖南宁远县柏家坪。

④沿流：顺流而下。投迹：举步前往投身。

⑤侍者：佛门中侍候长老的随从僧徒。

老僧参禅

禅的意境空明淡远，幽独、孤寂的诗人亦想获得一份心灵的宁静。

⑥屦：用麻、葛等制成的鞋。

⑦跏趺：佛教中修禅者的坐法。两足交叉置于左右股上称“全跏坐”，或单以左足押在右股上或单以右足押在左股上叫“半跏坐”。据佛经说跏趺可以减少妄念、集中思想。终夕：通宵、彻夜。

⑧偶：谐和。

[诗解]

全诗可分为三节：前四句为第一节，诗人概括介绍了老和尚，赞赏他“道机熟”“心皆寂”。中间四句则用白描的手法，着重反映了老和尚节俭的生活：老和尚不用徒弟服侍，家徒四壁，吃饭省俭，打坐终日。最后四句，诗人通过描写老和尚周围的静谧环境，衬托出老和尚不凡的修养。

全诗结构匀称，用笔简练，并没交代出长老的家世如何，缘何而遁入空门，乃至姓名、法号等等，诗人有意淡化这些元素，却恰恰突显了老和尚的形象。或许，诗人理想中的佛道真人，就是像老和尚这样修为的人吧！诗人羡慕、向往老和尚的心境，心中充满了无限的钦佩。

巽上人以竹间自采新茶见赠酬之以诗

题解

王国安先生在《柳宗元诗笺释》中认为，此诗作于元和二年（807年）春。“上人”是佛教中对有智、德、善行者的称呼，后用作对僧人的尊称。

柳宗元于永贞元年（805年）冬贬至永州，至则无处可居，只得寄居在永州龙兴寺，遂得以与僧人重巽相识结交。重巽赠柳宗元以新茶，柳宗元作诗回赠，应当是第二年春以后的事情。观此诗，柳宗元心情已较平静，又新茶当采于春天，因此，王国安先生的说法可信。

这首诗主要赞美了重巽所赠茶叶的奇妙功效，也表达了诗人对重巽的感激之情。

［原文］

芳丛翳(yì)湘竹①，零露凝清华②。复此雪山客③，晨朝掇灵芽④。
蒸烟俯石濑(lài)⑤，咫尺凌丹崖⑥。圆方丽奇色⑦，圭璧无纤瑕⑧。
呼儿爨(cuàn)金鼎⑨，余馥延幽遐⑩。涤虑发真照⑪，还源荡昏邪⑫。
犹同甘露饭⑬，佛事薰毗耶⑭。咄(duō)此蓬瀛(yíng)侣⑮，无乃贵流霞⑯。

［注释］

①芳丛：这里指芳香的茶树丛。翳：遮蔽、掩覆。湘竹：湘妃竹、斑竹。

②零露：降落的露水。《诗·郑风·野有蔓草》："野有蔓草，零露漙兮。"郑玄笺："零，落也。"清华：清雅美丽。

③复：又、再、更。雪山客：在雪山隐行修禅的佛祖。这里指山寺中的重巽上人。

④掇：拾取、采摘。灵芽：珍异的茶叶嫩芽。灵，神异的、美妙的。

⑤蒸烟：上升的云气。濑：湍急的水流。

⑥咫尺：距离很近。咫，古代八寸。凌：在……上方，覆压。丹崖：赭红色的山崖，这里其实就是指山崖，丹崖是古代诗文中的常用词藻。

⑦圆方：圆形的和方形的，这里指盛茶叶的竹器。丽：附着、附有。

⑧圭璧：古代帝王、诸侯在盛大典礼活动中所执的两种玉器，比喻人品美好。语出《诗经·卫风·淇奥》。这里指茶叶品质如同玉一样美好。纤瑕：细微的缺点、毛病。瑕，玉石上的疵点。

⑨爨：烧火做饭，这里指煎煮茶水。金：黄金，喻华贵。鼎：上古贵族所使用的一种炊具，多为礼器。

⑩余馥：留下的香气。余，剩下的、残留的。延：延伸开来，扩散。幽遐：幽深遥远的地方。遐，远。

⑪涤虑：净化心灵。涤，清洗。虑，心思、精神。发：使流露，显现出来。真照：真相、本性。

⑫还源：回到本源，恢复本性。源，水的源头，借指人的原初本性或本质。荡：清除，冲洗干净。昏邪：昏庸邪恶。昏，昏沉，神志不清。邪，邪气，影响身心的不正常因素。

⑬甘露饭：佛祖如来的斋饭，像甘露一样香甜。语出《维摩诘所说经》。

⑭佛事：佛教徒供奉佛祖的法事，这里指佛祖如来化缘来的斋饭，即上面所说的甘露饭。薰：通"熏"，指香气散发开来，使别的物体沾染了香气。毗耶：梵语，即毗耶离城，佛经中指古印度的一座大城市，为释迦牟

尼涅槃的地方。

⑮咄：叹词，犹“啧”，表示惊诧赞叹。这里用作动词，意思是对……发出赞叹声。蓬瀛侣：仙客的友伴，这里指香茶。蓬瀛，二座仙岛名，即蓬莱和瀛洲。

⑯无乃：或许、恐怕。贵：比较用法，即比……更珍贵。流霞：流动的红色云彩，后用作仙酒名。语出《论衡·道虚》。

［诗解］

此诗可分为前后两个部分：

前半部分为前八句，诗人主要从重巽采茶的角度赞美茶叶的精妙。

全诗开头两句说：这茶树生长在密密的斑竹林中，为清莹的雨露所滋润。“湘竹”二字既给茶叶赋予了美丽动人的神话色彩，又照应到诗题“竹间”二字。茶叶品质的好坏，直接与茶树的种类、采摘的时间、当地的气候等多种因素相关。茶树喜好阴凉湿润，古人认为竹下茶最佳。重巽所赠茶叶，正是所谓竹下茶。

禅堂高僧

柳宗元《禅堂》：“发地结青茅，团团抱虚白。山花落幽户，中有忘机客。涉有本非取，照空不待析。万籁俱缘生，杳然喧中寂。心境本同如，鸟飞无遗迹。”

富有经验的采茶者都知道，采茶时间最好是每年初春谷雨前后的新芽之时，若在清晨日出前带露采摘品质更高。诗中第三四句说重巽亲自“晨朝掇芽”，表现出重巽深懂茶道，正合采茶之法。当然，这里也饱含着重巽的一番良苦用心。采茶事小，情谊却深。柳宗元在此也正想表明内心的感激之情。诗中第五六句所说的“蒸烟”和“丹崖”，进一步表明了采茶的不易与茶叶的珍贵。第七句中诗人通过赞美盛装茶叶的器具，侧面又点出了重巽的细心与周到。

诗歌的第二部分具体描写了作者煎茶、品茶后的种种美妙感受。

首先，第十句“余馥延幽遐”赞美了茶香的持久悠长。然后，诗人近乎夸张地描述了茶香的神奇功效——“涤虑发真照，还源荡昏邪”。好茶的确有提神等功效，可是，“发真照”“荡昏邪”还是闻所未闻。诗人上升到佛学高度赞赏此茶，当然，也是想由此赞美重巽其人。

喝着重巽赠送的香茶，诗人感到精神上有所提升，飘飘然竟想起了如来佛祖与天外仙境……此诗名为写茶，实则记人。我们由此能够清晰地感受到诗人对重巽的敬仰与感激，这样含蓄的表达手法是值得我们所学习的。

零陵赠李卿元侍御简吴武陵[1]

题解

据何书置先生考证，吴武陵遇赦北还为元和七年（812 年）。理由是，据《新唐书·吴武陵传》中载，吴武陵北归后，淮西吴少阳欲邀之入幕，武陵不答。而据《新唐书·吴少阳传》，吴少阳卒于元和九年（814 年）九月，故知吴武陵北还在此之前。据柳宗元《小石潭记》《与杨京兆凭书》《与李睦州论服气书》《初秋夜坐赠吴武陵》诸诗文，元和六年（811 年）前吴武陵尚在永州。自元和六年（811 年）到元和九年（814 年），其间唯有元和七年（812 年）有过赦令，故知吴武陵北还之时应为元和七年（812 年）。那么柳宗元此诗应当为元和七年（812 年）吴武陵北还之后所作。

［原文］

理世固轻士，弃捐湘之湄(méi)[2]。阳光竟四溟[3]，敲石安所施[4]。
铩羽集枯干[5]，低昂互鸣悲。朔[6]云吐风寒，寂历穷秋时[7]。
君子尚容与[8]，小人守兢危[9]。惨凄日相视，离忧坐自滋[10]。
樽酒聊可酌[11]，放歌谅徒为[12]。惜无协律[13]者，窈眇弦吾诗[14]。

［注释］

①零陵：永州的旧名。李卿：李幼清，亦即李深源，又称李睦州。元侍御：元克己。简：信札，这里用作动词，寄赠书信。吴武陵：吴子松。

②弃捐：弃舍、遗弃，这里指不加任用。湄：水边。

③阳光：日光。竟：一作“竞”，满，这里是遍布的意思。溟：海。

④敲石：敲击石块以取火光。安：何、什么。施：为、用。

⑤铩羽：羽毛被摧残脱落。铩，伤残。集：群鸟停聚在树上。

⑥朔：北方。

⑦寂历：犹寂寥，冷寂空旷的样子。穷秋：深秋。穷，终尽、末了。

⑧尚：崇尚。容与：安逸自得的样子。

⑨守：保全。兢危：戒慎忧惧。兢，小心谨慎。危，畏惧、忧恐。

⑩离忧：忧愁、怨愤。坐：因、由于、为着。自：自然地。滋：生出、长。

⑪樽：盛酒器。聊：姑且。酌：斟酒。

⑫谅：确实、委实。徒：白白地。为：做事，这里指唱歌。

⑬协律：调整音律，使之和谐。

⑭窈眇：美妙。弦：琴弦，这里用作动词，用琴弹奏。

［诗解］

全诗分为两大部分：

前八句从宏观角度，借用景物描写概括出诗作的背景——太平世道横遭贬谪之苦，诗人与友人的心境可想而知。柳宗元感到身为臣子的微不足道，“阳光竟四溟，敲石安所施”深切地表达出了这种绝望。

在权贵们看来，当今世道太平，阳光普照，根本用不着革新多事、有所作为。可是，柳宗元认为权贵们嫉贤妒能，他们对人才进行无情的扼杀和摧残，这是令柳宗元深恶痛绝的。“理世固轻士，弃捐湘之湄。阳光竟四溟，敲石安所施”，这四句诗中，诗人用反语讥讽，“理”实为乱，“阳光”实为黑暗。

沽酒论文

身为并不愿遁世隐居的有志之士，却不得不过着无所事事的山林生活。诗人内心是抑郁不平的，但也只能靠与友人沽酒论文、聊以自慰。

接下来的部分中，柳宗元对那些政敌进行了正面攻击。“君子尚容与，小人守兢危”，直截了当地抒发了这种愤懑。想必友人吴武陵与诗人在此问题上也是深有共鸣的吧！

诗的最后四句，表达了诗人与这些遭贬才士饮酒赋诗、聊以自慰的无奈之情。为了发泄悲愤、排遣苦闷，遭贬的才士只能以酒消愁，借诗咏怀。即便这样，诗人也还是无法忘却这种痛苦。最后，他只能绝望地感慨道：“惜无协律者，窈眇弦吾诗”。

与浩初上人同看山寄京华亲故①

题解

柳宗元因参加了以失败告终的"永贞革新"，被贬为永州司马。十年之后，他又被分发到更遥远的边荒之地柳州，这首诗便是他任柳州刺史时所作。当时，他正当壮盛之年，"一斥不复，群飞刺天"（韩愈《祭柳子厚文》），政治上接二连三的沉重打击，使得他愤激不平，终年生活在忧危愁苦之中。《新唐书》本传说他："既窜斥，地又荒疠，因自放山泽间。其堙厄感郁，一寓诸文。"这首绝句中一连串的奇思异想，正是他那"堙厄感郁"心情的写照。

［原文］

海畔尖山似剑铓②，秋来处处割愁肠③。
若为化得身千亿④，散上峰头望故乡⑤。

［注释］

①与：同。浩初：诗人的朋友，潭州（今湖南长沙）人。上人：和尚的尊称。亲故：亲戚、故人。

②畔：边、侧。似：有如。剑铓：又作"剑芒"，指剑锋。

③秋：秋季。割：断。愁肠：因思乡而忧愁，有如肝肠寸断。这两句是说，海边的山峰如同锋利的剑芒，在这悲秋的季节，处处都感到它在刺痛我愁苦的心肠。

④若：假若。千亿：极言其多。

⑤散上：飘向。峰头：山峰的顶端。望：遥望。

登高望乡

政治上不断遭受到沉重的打击，柳宗元心情愤激不平，此刻，望故乡而不能归，只能透过奇异的想象倾述埋藏在心底的抑郁之情。

［诗解］

古人品评柳诗大都认为其诗"简古""澹泊"，可这只是柳诗意境风格的一个方面。柳宗元的这首绝句具有很强的艺术感染力：它像山洪陡发，瀑布奔流，激起跳动飞溅的波澜，发出凄厉激越的声响，给人魂悸魄动的震撼。诗人通过奇异的想象、独特的艺术构思，把埋藏在心底的抑郁之情深沉而又痛快地倾吐出来。

秋天，草木变衰，自然界一片荒凉。登山临水，触目伤怀，更使人百端交感，愁肠欲断。诗人从肠断这一意念出发，顿觉矗立在周围的崇山峻岭巉削陡峭。此刻，群山已化为无数利剑的锋芒，割断诗人的愁肠。

身在贬所，“望故乡”而不能归，当然是痛苦的。然而“悲歌可以当泣，远望可以当归”（古乐府《悲歌行》），诗人却又能从这份痛苦中得到某种满足。正是在这种矛盾心绪的支配下，他想象自己化身无数“散上峰头”。此时的群山已不再是割断他愁肠的利器，而是助他眺望故乡的阶石了。

诗题标明“寄京华亲故”。所谓“望故乡”而“寄京华亲故”，意在诉说自己悲苦的心情、迫切的归思，希望在朝旧交能够伸出援手，使他得以狐死首丘，不至于葬身瘴疠之地。

诏追赴都回寄零陵亲故

题 解

元和十年（815 年）正月，柳宗元自永州奉诏赴京，途中作此诗，回寄给在永州的亲朋好友，这首诗中寄托了诗人无比深沉的哀思。经过十年贬谪，诗人饱受人间至苦。对于少年得志的柳宗元来说，无论是从精神上还是从心理上，他都无法承受这样的打击。此番回京，诗人仍不乐观，当权者大多是他抨击过的政敌，柳宗元深知他们是不会轻易放过自己的，可毕竟这次又是承蒙皇恩得诏还朝，应该说，此时诗人的心情是颇为复杂的。

[原文]

每忆纤鳞游尺泽①，翻愁弱羽上丹霄②。
岸傍古堠(hòu)应无数③，次第行看别路遥④。

[注释]

①每忆：常想起。纤鳞：小鱼。尺泽：小水池。

②翻愁：愁绪翻滚，意为担忧。弱羽：无力的翅膀。丹霄：青云，比喻高位。

③堠：古代河岸记里程的土堡。《周书·韦孝宽传》：“一里置一土堠。”或云五里只堠，十里双堠。韩愈《路傍堠》诗：“堆堆路傍堠，一双复一只。”应：是。

④次第：挨着次序，一个接着一个。行看：复看、又看。别路：离别的道路。

［诗解］

诗的起句用比喻的手法写诗人被贬永州后的凄惨经历。“每忆纤鳞游尺泽”七个字的背后，尽是辛酸。我们读过柳宗元被贬永州期间的其他诗作之后再读此诗，会产生潸然泪下的心痛。

轻舟北上

柳宗元离长安虽然越来越近，而离他生活过十年的永州却越来越远。他一路北行，一路回望：潇湘一带，轻烟薄雾，别路依稀。

本来，得诏还朝是柳宗元十年来梦寐以求的结果，可此诗并未流露出诗人喜悦的迹象。相反，十年的贬谪经历，让他想起仕途惊惧难当。担心自己无力堪担重任，属过谦之辞。诗人真正担忧的是纷繁复杂的人事压力。他还无法顺应当时的潮流，违背自己的心愿，曲意逢迎权贵之徒，而这正是他深为忧患的地方。

诗的后二句实写眼前之景。诗人离永州越来越远，他一路北上，并没有极目北望，相反，却是一路回望。要知道永州饱含着他多少数不清的辛酸啊！诗人用简短而又平实的十四个字，勾起人们无限的联想，透露出他无尽的思绪。

离觞不醉至驿却寄相送诸公[1]

题解

元和十年（815年）正月，柳宗元奉诏回京，临行前永州亲友为他饯行。至驿站后他感慨万千，便写了这首七言绝句寄给他们。

［原文］

无限居人送独醒[2]，可怜寂寞到长亭[3]。

荆州不遇高阳侣④，一夜春寒满下厅⑤。

［注释］

①离觞：送别的酒。觞，古代喝酒用的酒杯。驿：驿站，古代来往官员及传递公文差役在中途歇宿、换马的馆舍。却寄：回寄，指到驿站后把诗回寄给永州送他的人。

②居人：指居住在永州的故旧。独醒：《楚辞·渔父》："屈原曰：'举世皆浊我独清，众人皆醉我独醒，是以见放。'"柳诗用其意，紧扣题中"离觞不醉"，以屈原自喻，言其头脑清醒，不与世俗同流。

③可怜：即可惜，这里引申为可悲、可叹。长亭：古时设在路旁供行人停息的亭舍。诗词中的长亭多指送别的地方。

④荆州：古州名，永州古属荆州。高阳：指汉高祖刘邦的谋士郦食其。他是陈留高阳（今河南杞县西南）人，见刘邦时自称"高阳狂士"。在楚汉战争中，他多次为刘邦出谋，并亲自劝说齐王田广归汉，使刘邦未经一战而得齐地七十余城。侣：伴侣。

⑤下厅：指客舍。这句说作者心事重重，夜晚春寒料峭，不能成眠。

［诗解］

这首诗突出了诗人"众人皆醉我独醒"的苦闷。首句"独醒"二字，紧扣诗题"离觞不醉"，并以屈原自喻，表明诗人头脑清醒，不与世俗同流。

这首诗的意象并不复杂——送别的长亭、料峭的春风、孤寒的夜晚，足以勾起人们的无限感慨。这里面比较令人费解的是"荆州不遇高阳侣"这一典故的取向。柳宗元在贬永州"系囚"期间，没有遇到的究竟是什么样的朋友呢？

长亭送别

被贬南方后，政治抱负不得实现的愤懑之情和失意之感长期萦绕在柳宗元的心怀，所以被召回京时诗人感慨万千。

从他写给亲朋好友的书信中，我们发现：早在元和初年（806年），柳宗元就曾先后给东川节度使严砺、荆南节度使赵宗儒、岭南节度使赵昌等写信献文，希望他们援引，但都无结果。元和四年（809年），他接到家庭世交、时任京兆尹的许孟容的来信。"得罪五年，未尝有故旧大臣以书见及者"，所以他欢欣鼓舞地给他回了一封千余字的长信。信的结尾，期盼许孟容设法改变柳宗元的处境，满纸乞怜之词。接着柳宗元又给萧俛、李建、裴埙、顾十郎等故旧写信求援，但都毫无结果。

这些说明：他在长达十年的贬谪生活中，一直没有遇到给他以援手的朋友。所以，尽管在他举诏赴京时有那么些故旧亲朋为他送行，他还是感到“可怜寂寞”。

在当时复杂的政治斗争中，在经过长达十年之久的贬抑之后，柳宗元清醒地意识到：要在政治上有所作为，得到朝廷重任，没有志同道合的朋友的援手，可谓寸步难行。所以，他在本应振作的时刻，反而一夜无眠，感到料峭的春寒包围着他，充溢于整个驿馆。

柳诗较少用典，这首诗虽不是古典诗词用典精当的范例，却使诗歌的意境更为深邃，内涵更加丰富，令人回味无穷。

同刘二十八哭吕衡州兼寄江陵李元二侍御[①]

题解

吕温和柳宗元是同乡，且吕温的继母出于柳氏，因此和柳宗元还是中表亲。吕温少年有为，有济世之志。柳宗元对他的抱负、才能、学问、文章都极推崇，他在《祭吕衡州温文》中说：“宗元幼虽好学，晚未闻道，洎乎获友君子，乃知适于中庸，削去邪杂，显陈真正，而为道不谬。”吕温于元和三年（808年）被贬为道州刺史，两年后又转衡州刺史。衡、道两州都与永州紧邻，时柳宗元被贬永州，自然与吕温交往较多。

元和六年（811年），时任衡州刺史的著名政治家、诗人吕温去世，年仅40岁。柳宗元失去了这样一位挚友，悲痛万分，于是便写下了这首诗追悼他。

[原文]

衡岳新摧天柱峰[②]，士林憔悴泣相逢。
只令文字传青简[③]，不使功名上景钟[④]。
三亩空留悬磬(qìng)室[⑤]，九原犹寄若堂封[⑥]。
遥想荆州人物论[⑦]，几回中夜惜元龙[⑧]。

[注释]

①刘二十八：即刘禹锡。吕衡州：即吕温，生前为衡州刺史，故称吕衡州。李元二侍御：指李景俭和元稹，当时同被贬在江陵。

②衡岳：南岳衡山。天柱峰：衡山群峰之一。

③青简：竹简，古时曾用竹片书写文章和典籍。

④景钟：大钟，有些古钟上刻有铭文，记载当时的某些大事和人物的功绩。

⑤三亩：即“三亩宅”。《淮南子·原道训》：“任一人之能不足以治三亩之宅也。”后以“三亩”指栖身之地。悬磬：室内空虚，只有梁椽，如同古代用作乐器的磬石只有一个人字形架子一样，古人常用以形容家中一无所有。

⑥九原：本为山名，在今山西新绛县北。相传春秋时晋国卿大夫的墓地在此，后世因此称墓地为九原。堂封：指坟墓。语出《礼记·檀弓》：“吾见封之若堂者也。”郑玄注：“封，筑土为垄。堂，形四方而高。”意思是把坟墓筑成高高的方形，像堂一样。此子夏述孔子论墓葬之言。故后以“堂封”指称坟墓。

⑦荆州人物论：据《三国志·魏书·陈登传》载，东汉末，荆州牧刘表曾与刘备、许汜谈论天下人物，刘备极力推崇陈登，时陈登已死。

⑧元龙：陈登的字。他曾任广陵太守，帮助曹操消灭吕布。

吕温

吕温，字和叔，一字化光，河中（今山西永济）人。唐贞元末进士，历任左拾遗、侍御史、户部员外郎等职，因曾被贬充衡州刺史，世称吕衡州。有《吕衡州集》十卷行世。

[诗解]

此诗气魄雄浑，意境苍凉，不失为悼亡诗的典范。

首句则不凡，诗人将吕温之死比作衡山天柱峰崩摧，突出吕温的享誉之高、影响之大。鲜明的意象，强烈地震撼着读者的心魄。

“士林憔悴泣相逢”直写众人的悲痛。柳宗元在《唐故衡州刺史东平吕君诔》中说：“君之卒，二州之人哭者数月”，“余居永州，在二州中间，其哀声交于南北，舟船之上下，必呱呱然，盖尝闻于古而睹于今也”。这些情景，都是柳宗元亲眼所见、亲耳所闻、铭之于心、记之于文的。这里并无半点溢美、夸张之矫饰，透露着诗人无限的痛惜之情。从众人的哀痛中，我们也能得知吕温生前的为人。作为一个封建时代的地方官吏，能如此深受人民爱戴，实属难得。

诗的颔联，高度赞扬了吕温的文章。在柳宗元看来，吕温的文章足以流传后世，可是，他的政治才华还远远没有得到施展。诗人慨叹吕温的生不逢时，同时也暗含着对自身遭遇的感喟。

颈联写吕温生前的清贫以及死后的凄凉。吕温为官清廉，品德高尚，家徒四壁、一无所有民众。即便是这样一个深受人民爱戴的好官，他死后也只能魂寄他乡。虽然当地民众出于对他的敬仰与爱戴，为他修筑了坟墓，但死后不能归葬故里，仍不免让人萌生凄凉之感。

尾联借用典故，抒写对吕温的怀念与叹惋。汉末刘表、刘备、许汜等人评论当世英雄豪杰，曾盛赞广陵太守陈登。陈登是颇有“扶世济民”之志、充满豪气与才华的人，不幸中年早逝。这里，诗人想象李、元二人在江陵谈论当世英豪时，也会怀念和推崇吕温，为之谈到深夜，如同当年刘备等人谈论天下英雄时推崇陈登一样。

此诗既表达了诗人对吕温的深切哀悼，同时也表现出对国家民族强烈的忧患意识。

[诗评]

本诗深沉悲凉，笔力千钧，正如钟嵘《诗品》评价《古诗十九首》所云:“文温以丽，意悲而远，惊心动魄，可谓几乎一字千金。”

重别梦得

题解

梦得是刘禹锡的字。元和九年(814年)，柳宗元和刘禹锡同时奉诏从各自的贬所永州、朗州回京。次年三月二人又分别被任为远离朝廷的柳州刺史和连州刺史，一同出京赴任，至衡阳分路。面对古道风烟，茫茫前程，二人无限感慨，相互赠诗惜别。《重别梦得》是柳宗元赠给刘禹锡三首诗中的一首。

[原文]

二十年来万事同，今朝歧路[①]忽西东。
皇恩若许归田去，晚岁当为邻舍翁[②]。

[注释]

①歧路：指离别分手处。北齐颜之推《颜氏家训·风操》:“别易会难，古人所重；江南饯道，下泣言离……北间风俗，不屑此事，歧路言离，欢笑分首。”

②晚岁：晚年。翁：老头儿。

［诗解］

这首诗临歧叙别，情意深长，表面上不着一“愁”字，但平静中却蕴蓄着深沉的激愤和无穷的感慨。

“二十年来万事同”，七个字精妙概括了柳宗元与刘禹锡二十多年来共同经历的宦海浮沉、人世沧桑。贞元九年（793 年），二人同时进士及第，踏上仕途，他们在永贞改革的政治舞台上“谋议唱和”、力革时弊，后来同时遭难，远谪边地。去国十年以后，二人又一同被召回京都，不久又再贬远荒。共同的政治理想与坎坷遭遇把他们的命运紧紧地联系在一起，他们之间的友情已非一般言语所能尽述的。刘禹锡能够深深理解柳宗元的这种悲哀，他在答诗中也抒发了同样的感慨，“弱冠同怀长者忧，临歧回想尽悠悠”。

“今朝歧路忽西东”，今朝临歧执手，倏忽之间又将各自东西，抚今追昔，往事不堪回首。“今朝”“忽”写出了诗人对最后一刻相聚的留恋，点出诗人对转瞬别离的惊心。“西东”着实令人心酸：由于是再度遭贬，诗人似乎已经预感到这次分别很难再有重逢的机会，他强忍悲痛，掩藏了这种不祥的预感。

“皇恩若许归田去，晚岁当为邻舍翁。”诗人故作旷达地与朋友相约：如果有一天皇帝开恩，准许他们归田隐居，那么他们一定要互为邻里，白发相守，共同度过晚年。此二句似与一般歌咏归隐的诗歌相同，但我们只要再看看《三赠刘员外》中，诗人又一次问刘禹锡“今日临歧别，何年待汝归”，就可以明白诗人与刘禹锡相约归田为邻的愿望中，蕴含着怎样的情感。诗人偏偏以这样的梦想来安慰分路的离愁，唯其如此，诗人那信誓旦旦的语气便更觉凄楚动人。

这首诗寓复杂的情绪和深沉的感慨于朴实无华的艺术形式之中，不言悲而悲不自禁，不言愤而愤意自现，语似质直而意蕴深婉，情似平淡而低徊郁结，堪称柳诗中的代表之作。

［诗评］

发纤秾于简古，寄至味于澹泊。

——苏轼《书黄子思诗集后》

登柳州城楼寄漳汀封连四州

题解

805 年，唐德宗李适死，太子李诵（顺宗）即位，改元“永贞”，重用王叔文、柳宗元等革新派人物。由于保守势力的反扑，仅五个月，“永贞革新”就遭到残酷镇压。王叔文、王伾被贬斥而死。革新派的主要成员柳宗元、刘禹锡等八人分别谪降为边远地区的司马，这就是历史上所说的“二王八司马”事件。直到唐宪宗元和十年（815

年）年初，柳宗元与韩泰、韩晔、陈谏、刘禹锡五人才奉诏进京。但当他们赶到长安时，朝廷又改变主意，竟把他们分别贬到更荒远的柳州、漳州、汀州、封州和连州为刺史。官职虽然比司马高了，可是地区却更为僻远，这实际上是政治迫害的继续。

在暮春三月的落花时节，柳宗元与他的同道刘禹锡又带着失望的心情一同离京赴任。这真是“十年憔悴到秦京，谁料翻为岭外行。”（《衡阳与梦得分路赠别》）他们一路上相互赠答了不少诗篇，在共同政治思想和生活遭遇的基础上，彼此的友谊更加深厚了。他们一直同行到衡阳（今湖南省衡阳市）才依依不舍地分别。

柳宗元到了柳州任所之后，心情郁闷。在夏季六月的一天，他登上柳州城楼，触景生情，想到朝廷的昏暗、战友的疏离，不由得愁情满怀，于是写下了这首七言律诗，寄给刘禹锡等四位同道。

［原文］

城上高楼接大荒①，海天愁思正茫茫②。
惊风乱飐(zhǎn)芙蓉水③，密雨斜侵薜(bì)荔墙④。
岭树重遮⑤千里目，江流曲似九回肠⑥。
共来百越文身地⑦，犹自音书滞一乡⑧。

［注释］

①接：目接、看见。大荒：广阔而荒凉的原野，也指边远荒漠之地。

②海天愁思：比喻愁思像海一样深，像天一样广。海天，海天相接，一望无际。茫茫：漫无边际。

③惊风：狂风。飐：风吹物体颤动。芙蓉水：即长满荷花的水面。芙蓉，莲（荷）的别名，这里指荷花。

④密雨：大雨。薜荔：又名木莲，一种缘墙树牵藤的蔓生香草。这两句写夏季急风骤雨中的近景，借美好的事物受到风雨的摧残，抒发对作者和友人屡遭不平待遇的愤懑之情。

⑤重遮：重重叠叠地遮蔽。

⑥江：指柳江，当时亦名浔水，蜿蜒曲折地绕城而流。九回肠：明喻柳江曲折，暗喻愁肠百结。司马迁《报任安书》中有

愁思

柳宗元到更偏远的柳州上任之后，郁悲难当，愁情满腹。

城楼远眺
诗人登上柳州城楼，满目是萧瑟凄凉的异乡风物，心中满是离京去国的深沉感慨、贬来荒域的抑郁情怀和对挚友的真挚思念。

“肠一日而九回”之句，梁简文帝《应全诗》中也有“望郡畿兮千里旷，悲遥夜兮九回肠”之句。柳宗元即取此意。这两句写远景，寓有去国离乡遥远，友人被重山远水阻隔，音书难通而产生无限愁苦之意。

⑦百越：亦称百粤。泛指古代岭南一带少数民族。文身：在身上刺花纹。古代越族人民有断发文身的习俗。

⑧犹自：仍然。音书：音讯、书信。滞：不流畅，阻隔。

［诗解］

诗的开头两句总起，写诗人登上城楼触景伤怀。“城上高楼接大荒”，此句起势高远，意境阔大，悲凉之气，笼罩全诗。诗人面对着辽阔的大荒野，不禁悲从中来，愁思万端：远谪永州，十年被弃，壮志未酬，好不容易得到召还，满怀希望地回到长安，以为政治理想又可实现了，谁知立足未定，又被贬逐到更僻远的柳州。“茫茫”，既是写“海天”的无边无际，同时，也是写“愁思”的无穷无尽。

诗的中间四句，就登楼所见景象，由近及远借景抒怀。

前两句“惊风乱飐芙蓉水，密雨斜侵薜荔墙”是近景。夏季水池里长满了娇艳美丽的荷花，可是狂风突起，肆意吹打，娇美的荷花被吹打得在水上东倒西歪，飘摇动荡。城墙上长满了芳香的薜荔，景色美丽，不料突遭密集的雨点猛烈斜打，备受摧残。“惊”“密”突出了狂风暴雨的肆虐。这两句表面上是写夏季疾风暴雨的景象，实际上是暗喻朝廷保守势力对革新派的打击和迫害。诗人用曲折的艺术表现手法，以自然景象暗喻人事，有含蓄蕴藉之妙。

“岭树重遮千里目，江流曲似九回肠”，此二句是远景。山上那重重树木，遮断了诗人的视线，使他望不到远隔千里的朋友，他黯然神伤，不得不把视线收回。当他俯视城外的柳江时，不禁又产生了“江流曲似九回肠”的悲哀。这里，诗人用回环曲折的江流比喻自己的愁肠百折，异常贴切。此句既照应了开头“海天愁思正茫茫”一句，又很自然地引发下文的慨叹。

诗的最后两句，直抒情怀，点明寄书寓意。诗人与刘禹锡等四位朋友，一同遭受贬逐，天各一方。由于地处偏远，道路不通，彼此音信阻隔，竟不能相互慰藉。诗人的悲凉之意，便不难得知了。

全诗构思细密，抒情深沉委婉、极富感染力，是一首情景浑融的佳作。

柳州二月榕叶落尽偶题

题解

这首诗写于诗人担任柳州刺史时，当时二月，地处南方温热地带的柳州早已是百花盛开，春色满园了。一场暴风雨洗劫了百花，这引发了他的一番感慨。

［原文］

宦情羁思共凄凄①，春半②如秋意转迷。
山城③过雨百花尽，榕④叶满庭莺乱啼。

［注释］

①宦情：做官的志趣、意愿。羁思：羁旅之思。凄凄：形容悲伤凄凉。

②春半：春季已过半。唐张若虚《春江花月夜》：“昨夜闲潭梦落花，可怜春半不还家。”

③山城：依山而筑的城市。北周庾信《奉和泛江》：“岸社多乔木，山城足回楼。”唐白居易《郡中》：“乡路音信断，山城日月迟。”

④榕：常绿乔木，有气根，树茎粗大，枝叶繁盛，产于广东、广西等省。

［诗解］

柳宗元的这首《偶题》，是一首物我双会、情境交融的作品。正如《文心雕龙·物色篇》所说，心因“物色之动”而摇，辞因“情以物迁”而发。诗人身为逐客，远在异乡，独立庭院，百感交集。他的诗笔“既随物以宛转”，“亦与心而徘徊”，眼中的花尽叶落之景与心中的凄黯迷惘之情融为一体。

诗的首句“宦情羁思共凄凄”，郁结了诗人心中无限的愁苦。他自二十六岁进入仕途，到四十七岁逝世，其间仅二十一年，却过了十四年的贬谪生活。联系他在去柳州途中写的“从此忧来非一事，岂容华发待流年”（《岭南江行》），以及在柳州写的“岭树重遮千里目，江流曲似九回肠”（《登柳州城楼》），“海畔尖山似剑铓，秋来处处割愁肠”（《与浩初上人同看山》）等诗句，就可以知

落叶满庭

诗人被贬的心绪未平，本想寄景排忧，却不料现实如此冷酷无情。春色满园时，偏遇风雨洗劫，百花零落。

道这一句所抒发的是何等的惆怅。诗人不用浓墨重彩的渲染，只用“凄凄”二字就足以表明一切，以平淡的笔墨来显示深厚的感情，所谓“厚积薄发”，正是柳宗元不少诗作的特点。

诗的第二句“春半如秋意转迷”，从诗的章法看，是一个承上启下的句子。句中的“意转迷”上承前一句，句中的“春半如秋”下启后两句。

诗的三、四两句“山城过雨百花尽，榕叶满庭莺乱啼”，是物象构成之境。当时的柳州还是“瘴疠之地”，风土人情不同于中原地区，诗人的孤寂无助之情显得更加强烈。阳春二月却见如秋之景，正说明了他内心的凄凉。落叶满庭的景象，自然更令他心意凄迷了。莺声“乱啼”，其实莺啼无所谓“乱”，只因听莺之人心烦意乱，所以别有感受。

这首诗之所以特别凄楚动人，在于诗人所怀之情不是一时的感慨，而是诗人郁积多年的愤激、苦闷随触即发的倾泻。王士禛有一组《秦淮杂诗》，第一首“年来肠断秣陵舟，梦绕秦淮水上楼。十日雨丝风片里，浓春烟景似残秋”，也是写“春半如秋”。但王诗所怀的情只是感怀往事的一点惆怅之情，所触的景只是风雨凄凄的江南习见之景，虽然也饶有风韵，不失为一首佳作，但在内涵和深度上是不能与柳诗抗衡的。

柳州城西北隅种柑树

题解

诗题点明此诗写于诗人贬官柳州时期，其内容是抒发种柑树的感想。

［原文］

手种黄柑[1]二百株，春来新叶遍城隅[2]。

方同楚客怜皇树[③]，不学荆门利木奴[④]。

几岁开花闻喷雪[⑤]，何人摘实见垂珠[⑥]。

若教坐待[⑦]成林日，滋味还堪养老夫[⑧]。

［注释］

①黄柑：果名，柑的一种。宋苏轼《峻灵王庙碑》："石峰之侧多荔枝、黄柑，得就食。"

②城隅：城角，多指城根偏僻空旷处。

③楚客：指屈原。屈原忠而被谤，身遭放逐，流落他乡故称"楚客"。皇树：《楚辞·九歌·橘颂》："后皇嘉树，橘徕服兮。"后以"皇树"为橘树的代称。

④利：从……中得到好处。木奴：《三国志·吴书·孙休传》："丹阳太守李衡"裴松之注引晋习凿齿《襄阳记》："（李衡）于武陵龙阳汜洲上作宅，种柑橘千株。临死敕儿曰：'汝母恶我治家，故穷如是。然吾州里有千头木奴，不责汝衣食，岁上一匹绢，亦可足用耳'……吴末衡柑橘成，岁得绢数千匹，家道殷足。"后因此称柑橘树为"木奴"。

⑤喷雪：形容白花怒绽。

⑥垂珠：悬挂的珠串。

⑦坐待：坐等。

⑧滋味：味道。堪：能、可以、足以。

［诗解］

"手种黄柑二百株，春来新叶遍城隅"。首句特别点明"手种"和株数，可见诗人对柑树的喜爱和重视；次句用"新"字来形容柑叶的嫩绿，用"遍"字来形容柑叶的繁盛。为什么诗人对柑橘树怀有如此深情呢？

"方同楚客怜皇树，不学荆州利木奴"，诗人对此作出了回答：原来，柳宗元爱柑橘主要是因为读"楚客"屈原的《橘颂》。屈原当年爱橘、怜橘，认为橘树具有"闭心自慎，终不过失"和"秉德无私"的品质，曾作颂以自勉。今天，诗人秉德无私，却远谪炎

独卧柑林

今日才发新叶，何日才能成林？诗人虽盼硕果累累的一天，却实不愿在柳州苍凉一生，但望乡归不得的无奈只能让诗人故作旷达。

荒，此情此心，对谁可表？或许，只有这些不会说话的柑橘树，才是自己的知音吧！诗人坚决与三国时丹阳太守李衡划清界限，表明自己为官正直。

接着，诗人从幼小的柑树，联想到将来它们开花结果的情景：“几岁开花闻喷雪，何人摘实见垂珠？”“几岁”“何人”都上承“怜”字来。因为“怜”之深，所以望之切。诗人用“喷雪”形容柑树开花，渲染出一种热闹的气氛；用“垂珠”形容累累硕果，展现了一个充满希望的前景。但这毕竟出于想象，现实中的诗人是如此孤寂无望，他不禁要问自己：这幼小的柑橘树究竟要过多久才能开花？将来由谁来摘它的果实？言外之意是：难道自己真的要在这里呆到柑橘开花结果的一天吗？

最后，诗人故作旷达地说：“若教坐待成林日，滋味还堪养老夫。”如果我们停留在表面理解这首诗作，难免要赞叹诗人的旷达，可是，结合柳宗元的其他诗作，我们不难想象对于柳宗元这样一个胸有块垒之气的志士来说，“坐待成林日”究竟是什么“滋味”。

应该说，这首诗的整个语调都是平缓的，而在平缓的语调后面，却隐藏着诗人一颗不平静的心。这是形成“外枯中膏，似淡而实美”的艺术风格的重要原因。

[诗评]

初如食橄榄，真味久愈在。

——欧阳修《欧阳文忠公集》卷二

结句自伤迁谪之久，恐见甘之成林也。而托词反平缓，故佳。

——姚鼐《唐宋诗举要》卷五

段九秀才处见亡友吕衡州书迹

题解

吕衡州，即吕温，字和叔，又字化光，贞元年间湖南观察史吕渭长子。贞元十年（794 年）考中博学宏词科，“与王叔文厚善，骤迁左拾遗，除侍御史”。贞元十九年（803 年），吕温得王叔文推荐任左拾遗，并成为王叔文“永贞革新”集团中的一员。第二年，吕温随御史中丞张荐出使吐蕃，留居一年有余。因而，当“永贞革新”失败后，“二王八司马”或遭杀戮或被贬僻地，唯独吕温不仅因外使得免，还缘例晋升户部员外郎。唐宪宗元和三年（808 年），吕温升任刑部郎中兼侍御史。因与御史中丞窦群、监察御史羊士谔等弹劾宰相李吉甫勾结术士惑乱朝政之事，先后被贬为均州刺史、道州刺史，一年后又改贬衡州刺史。在道州、衡州任上，吕温打击豪绅、惩治腐败，使二州上下焕然一新，政绩卓著。但在衡州仅一年有余便病逝任上。吕温生前与柳宗元交往密切，柳宗元跟他感情也很深。

段九秀才，即段弘古，与柳宗元、吕温友善，曾在吕温门下。吕温于元和六年（811 年）病逝。元和九年（814 年），经刘禹锡、柳宗元向永州刺史崔能推荐，段九秀才被邀请到永州。段被邀至永州时，柳宗元在段处见到吕温的遗墨，顿时触物伤怀，写下了这首绝句。

［原文］

交侣①平生意最亲，衡阳往事似分身②。
袖中忽见三行字③，拭泪相看是故人④。

［注释］

①交侣：交友。吴汝沦《柳州集点勘》："'侣'当作'吕'。"

②衡阳往事：指过去吕温任衡州刺史时治理政事。似分身：办事之多、办事之快，好像能分身一样，此言吕温生前为官勤勉。

③三行字：即书迹。

④故人：指吕温。

［诗解］

吕温和柳宗元的关系非同一般。他是柳宗元的表兄，更是柳宗元的知己。柳宗元在《祭吕衡州文》中说："海内甚广，知者几人？自朋友凋丧，志业殆绝，唯望化光，伸其宠略，震耀昌大，兴行于时，使斯人徒，知我所立。"吕温的逝世对柳宗元的打击相当大，这在他的诗文作品中多有体现。本诗首句就直接抒发了这份感人至深的情谊，一个"最"字为全诗奠定了浓厚的感情基调。

第二句中，诗人仅截取了吕温政治生涯的一个横断面，高度评价了他在治理州郡上的政绩。其实，"往事"一词，包含着无数更为丰富的内容，诗人想起的往事还有很多很多，那些都已深藏在他心中，一触即发。

昔日情怀

往事历历在目，故人却再不复还。漂泊远乡已让诗人幽独、孤寂，故人的早逝更增添对家乡、亲友的思念之情。

三、四二句最为感人。“三”字为虚指，表明字迹之少。睹物思人，何况见字如见人呢？诗人看见吕温的字迹，再也忍不住心中强烈的悲恸。堂堂七尺男儿竟顿时泪如雨下，这是怎样深厚的友情啊！此时吕温已去世三年，诗人还如此心绪难平，足见二人感情之深。回照首句一“最”字，可谓互为印证。

全诗语言平白、朴实、通俗易懂，背后蕴藉的感情真挚肺腑。可谓字字见血，句句含泪。

酬曹侍御过象县见寄①

题解

韩醇《诂训柳集》卷 42 云此诗作于元和十四年（819 年），不知何据。曹侍御路过象县时有诗寄赠柳宗元，因象县距柳州较近，所以柳宗元有可能是在柳州刺史任上。但旧注云破额山在今湖北省最东部黄梅县境内，而潇湘则属湖南。故前人于此亦多有怀疑。

另一种可能是：柳宗元此时在永州。曹路过象县时作诗寄给永州的柳宗元。永州是潇湘二水汇流之处，与象县相距颇远，正合“遥驻”之意，而且永州潇水中有白蘋洲，宗元欲采此蘋花寄潇湘怀人之意。

因为支持前一种说法的人较多，我们姑且按诗人于柳州作此诗赏析。

［原文］

破额山前碧玉流②，骚人遥驻木兰舟③。
春风无限潇湘意④，欲采蘋花⑤不自由。

［注释］

①酬……见寄：接受别人寄赠作品后，以作品答谢之。侍御：侍御史。象县：唐代属岭南道，蘋即今广西象州。此诗具体写作时间、地点不甚明了，却颇负盛名。

②破额山：象县沿江的山。碧玉流：形容江水澄明深湛，如碧玉之色，这里指流经柳州和象县的柳江。

③骚人：一般指文人墨客，此指曹侍御。木兰：属落叶乔木，古人以之为美木，文人常在文学作品中以之比喻美好的人或事物。这里称朋友所乘之船为木兰舟，是赞美之意。

④潇湘：湖南境内二水名。柳宗元《愚溪诗序》云：“余以愚触罪，谪潇水上。”这句说我在春风中感怀骚人，有无限潇湘之意。“潇湘意”是何意？应

该说既有怀友之意，也有迁谪之意。

⑤采蘋花：南朝柳恽《江南曲》："汀洲采白蘋，日暮江南春。洞庭有归客，潇湘逢故人。"《清一统志湖南永州府》："白蘋洲，在零陵西潇水中，洲长数十丈，水横流如峡，旧产白蘋最盛。"

木兰遥驻

"骚人"本可以一边赶他的路，一边看山看水，悦性怡情。如今却"遥驻"木兰舟于"碧玉流"之上，怀念起"万死投荒"、贬谪柳州的友人来，"遥驻"而不能过访，望"碧玉流"而兴叹，只有作诗来表达他的无限深情。

［诗解］

诗的首二句，诗人切题"曹侍御过象县见寄"，主要是从曹侍御赠诗的角度，抒发感激之情。作者称曹侍御为"骚人"，并且用"碧玉流""木兰舟"这样美好的环境和事物来烘托他，这里不无隐藏着厚彼薄己的隐痛。

诗的后二句，主要寄托"酬"的内容。这两句体现了柳宗元独有的特色。

"春风无限潇湘意"一句，使人产生无限联想。"潇湘"一带，乃是屈原行吟之地。作者不是把曹侍御称为"骚人"吗？把"潇湘"和"骚人"联系起来，那"无限意"就有了着落。

结句中的"欲采蘋花"，汲取了南朝柳恽《江南曲》的诗意。春风和暖，潇湘两岸，芳草丛生，蘋花盛开，朋友之间相互赠送白蘋花以寄托离别相思之情是多么自然的事情啊！可是，作者却无此自由。为什么呢？显然，这与诗人谪居的险恶处境有关。

这首诗语言简练，写景如画。从全篇看，特别是从结句看，比兴并用，虚实相生，能够唤起读者的许多联想。

［诗评］

山前水碧，侍御停舟于此，我之感春风而怀无限之思者，正欲采蘋潇湘，以图自献，乃拘于官守不自由也。

——唐汝询《唐诗解》

欲采蘋花相赠，尚牵制不能自由，何以为情乎？言外有欲以忠心献之于君而未由意，与《上萧翰林书》同意，而词特微婉。

——沈德潜《唐诗别裁》

法华寺石门精室三十韵

题解

法华寺，今名高山寺。唐代法华寺在明万历初毁于火，今所残存高山寺为清代道光年间重新改建的。石门精室，在东山南隅不远处，有岩名华严岩。明隆庆《永州府志》：“华严岩，在县南一里之郡学后，唐为石门精室。”因有绝壁在石栈两旁敞开，故名石门。石门精室遗址今已被毁。

此诗当作于元和元年（806年）春夏间。其依据有四：其一，法华寺西亭建于元和元年（806年）夏，此诗未提及法华寺西亭，时间当稍早。其二，诗中有“愿言怀名缁，东峰旦夕仰”之句，应是慕名而初次探访口气。其三，诗中又有“尤悦草木长”之句，应为春夏间景象。其四，据王昶《金石萃编》卷105柳宗直等华严岩题名，柳子等出游华严岩为元和元年（806年）三月八日。因此，这首诗是柳宗元到永州之后最早的记游诗之一。诗的篇幅较长，内容丰富，已明显地表现出柳宗元记游诗的独特风格和成就，值得我们高度重视。

[原文]

拘情病幽郁[1]，旷志寄高爽[2]。愿言怀名缁(zī)[3]，东峰旦夕仰[4]。

始欣云雨霁[5]，尤悦草木长。道同有爱弟，披拂恣心赏[6]。

松溪窈窕[7]入，石栈夤(yín)缘上[8]。萝葛绵层甍[9]，莓苔侵标榜[10]。

密林互对耸，绝壁俨[11]双敞。堑(qiàn)峭出蒙笼[12]，墟险临滉漾[13]。

[注释]

①拘情：被拘束的心情。病幽郁：由于深深的苦闷而成病。幽，深、暗。郁，郁结、苦闷。

②旷志：旷达的志趣，舒畅的情怀。旷，开阔、开朗。志，心情、精神。寄：依托、凭靠。高爽：天气明朗，空气流通。

③愿言：思念殷切。《诗·卫风·伯兮》：“愿言思伯，甘心首疾。”郑玄笺：“愿，念也。我念思伯，心不能已。”怀：怀念、想念。名缁：名僧。这里指石门精室长老和法华寺览照（觉照）。缁，黑色，因为和尚多为黑色僧服，故借指和尚。

④东峰：东山。因在永州城内最高处，又名高山。旦夕：早晨和晚上。仰：仰慕、向往。

⑤霁：雨雪、云雾消散。

⑥披拂：摆动、摇动、飘动。恣：尽情、随意。心赏：心情欢畅。

⑦窈窕：山水深远的样子。

⑧栈：阶梯、台阶。夤缘：攀附。夤，攀扯。缘，攀缘。

⑨萝茑：这里泛指藤蔓植物。萝，丝萝。茑，茑藤。绵：延伸。层甍：高高的屋脊。层，高。甍，屋栋、屋脊。

⑩莓苔：苔藓。莓，青苔。侵：侵蚀。标榜：题额，题写有字句的匾额。

⑪俨：整齐。

⑫堑：深沟，这里指山涧。出：出露、显露。蒙笼：即蒙茏，草木茂盛的样子。

⑬墟：丘、山。险：高险。滉瀁：形容水广阔无涯。

登山访寺

被贬的郁闷无法疏解，诗人便希望通过登山访寺来抒解。

［原文］

稍疑地脉断①，悠若天梯往②。结构罩群崖③，回环驱万象④。

小劫不逾瞬⑤，大千若在掌⑥。体空得化元⑦，观有遗细想⑧。

喧烦困蠛蠓(mièměng)⑨，跼蹐(jí)疲魍魉(wǎngliǎng)⑩。寸进谅何营⑪，寻直非所枉⑫。

探奇极遥瞩⑬，穷妙阅清响⑭。理会方在今⑮，神开庶殊曩(nǎng)⑯。

［注释］

①稍：甚、颇、极。疑：通“拟”，类似。地脉：大地的脉络。主要指山丘沟壑的起伏和走向。

②悠：轻飘。天梯：古人想象中的登天的阶梯。比喻高而险的山路。

③结构：构建。这里指建造的寺庙佛舍。罩：覆盖，在……之上。

④回环：环绕四周。驱：奔驰。这里指变化万端，给人以目不暇接的动感景象。万象：自然界的一切事物和景象。

⑤小劫：佛教的时间名词。指人寿从十岁增至八万岁，又从八万岁减至十岁，如此经过二十个往返为一小劫。《法华经·化城喻品》：“而诸佛法不现在前，如是一小劫，乃至十小劫，结跏趺坐，身心不动。”《隋书·经籍志四》：“末法已后，众生愚钝，无复佛教，而业行转恶，年寿渐短，经数百千载间，乃至朝生夕死，然后有大水、大火、大风之灾，一切除去之，而更立生人，又归纯朴，谓之小劫。每一小劫，则一佛出世。”逾：超过。

崇山峻岭

愉悦山水虽然让诗人愁怀稍解，但被贬蛮荒的悲凄岂能一夕得消？

瞬：眨眼之间。

⑥大千：佛教名词，又叫大千世界，三千大千世界，指广大无边的世界。佛教认为，以须弥山为中心，以铁围山为外郭，是一个小世界。一千个小世界合起来叫小千世界，一千个小千世界合起来叫中千世界，一千个中千世界合起来叫大千世界。大千世界中含有千的三次相乘，故又叫三千大千世界。在掌：在掌心之中，喻细小。

⑦体：体会、领悟。空：佛教词语，指超乎色相现实的境界。通俗地说，万事万物都非其本相，而是无相的，虚无的。故佛教又以不执著于色相为空。得：懂得。化元：即化于元。世界的一切都是从元气化生而来。化，生成、造化，指自然界生成万物的功能。元，本原、元气。

⑧有：佛教词语，指色相世界。通俗地说，就是指万事万物一时所呈现于外的形态。色相的千变万化会阻碍人们对佛教真谛的把握和理会，所以佛教又以执着于色相而不能看破为有。遗：抛弃。细想：各种琐屑的念头和欲望。

⑨困蠛蠓：被蚊蚋之类飞虫所困扰。蠛蠓，一种小飞虫，形类蚊蚋，喜欢乱飞。

⑩跼蹐：畏缩恐惧的样子。疲魍魉：被魍魉弄得疲惫不堪。魍魉，传说中山川的精怪。

⑪寸进：细微的进展。寸，一寸一寸地，喻细微。谅：委实、其实。营：求。

⑫寻直：八尺长的直立身躯。寻，八尺。非所枉：不是所随意弯曲的。枉，曲。

⑬极遥瞩：极目向远方望去。极，用尽。瞩，望。

⑭穷：穷究，寻求根源或尽头。阅清响：考察发出清妙声响的山泉。阅，考察。

⑮理会：对事理有所领悟。方：正好。

⑯神开：精神开朗。庶：很。殊曩：与往昔不一样。殊，异、不同。曩，往昔、先前。

［原文］

兹游苟不嗣①，浩气②竟谁养？

道异诚所希③，名宾匪余仗④。

超摅(shū)藉外奖⑤，俯默有内朗⑥。

鉴尔揖(yī)古风⑦，终焉乃吾党⑧。

潜躯委缰锁⑨，高步谢尘坱⑩。

蓄志⑪徒为劳，追踪将焉仿⑫？

淹留值颓暮⑬，眷恋睇遐壤⑭。

映日雁联轩⑮，翻云波泱漭⑯。

登高远眺

佛禅为诗人提供了宁静、淡远的意境，而“统合儒释”的思想又使诗人难忘对社会的关切。

［注释］

①兹：此，这样。苟：假如。嗣：连续。

②浩气：正大刚强之气，指雄阔的心胸和高远的精神。

③道：方式，这里指处世方式。希：盼望。

④名宾：名称是实际的外在之物。匪：通“非”，不是。仗：依靠、凭倚。

⑤超摅：腾跃。藉：借、凭借。奖：助、帮助。

⑥俯默：低首沉默。内朗：内心开朗。

⑦鉴尔揖古风：古代曾皙铿锵一声收住琴音，对孔子从容表明自己向往悠闲自在生活的志向，这样的风范令我拜服、敬仰。《论语·先进》：“……点，尔如何？鼓瑟希，鉴（一作铿）尔，舍瑟而作。对曰：‘异乎三子者之撰。’子曰：‘何伤乎？亦各言其志也。’曰：‘暮春者，春服既成，冠者五六人，童子六七人，浴乎沂，风乎舞雩，咏而归。’夫子喟然叹曰：‘吾与点也。’”鉴尔，即铿尔，弹奏琴瑟收尾时响亮划拨声。尔，词缀。揖古风，向古人的风范表示拜服、敬仰。揖，拱手礼，这里指敬服。

⑧终焉：始终。焉，词缀。吾党：我的同道人。党，同道而结合在一起的人群。

⑨潜躯：把自身潜隐起来。委：弃去、卸下。缰锁：缰绳、枷锁，这里指束缚。

⑩高步：犹高蹈，高蹈远行，这里指隐居避世。谢尘坱：辞别世俗社会。谢，辞别、离开。尘坱，尘埃，这里引申指俗世。

⑪蓄志：长期以来怀有某种志愿。

⑫追踪：追随古人的踪迹。焉：安、哪儿。仿：效仿、学习。

⑬淹留：停留。值：当、到。颓暮：衰老。

⑭睇：斜着眼看。遐壤：远方。遐，远。

⑮映日：在阳光的映照中。雁联轩：鸿雁连队高飞。轩，高，高飞。

⑯泱漭：水势浩瀚的样子。

［原文］

殊风纷已萃①，乡路悠且广②。羁木畏漂浮③，离旌(jīng)④倦摇荡。

昔人叹违志⑤，出处今已两⑥。何用期所归⑦，浮图⑧有遗像。

幽蹊(xī)不盈尺⑨，虚室有函丈⑩。微言信可传⑪，申旦稽吾颡(sǎng)⑫。

［注释］

①殊风：不同的风俗。殊，特别、不同。萃：聚集。

②乡路：指还乡之路。悠：远、长。

③羁木：木偶。因木偶受绳线的牵引，故名。畏漂浮：害怕漂浮在水上，不知将流到何处去。《战国策·齐策三》："土偶人曰：'今子东国之桃梗也，刻削以为人，降雨下，淄水至，流子而去，则子漂漂然将何所之也。'"

④离旌：离乡出征者的旗帜。

⑤违志：背离了自己的心愿，指曲己而求仕。

⑥出：外出入世、求仕。处：隐居、避世。两：分开为二。

⑦何用：用不着。期：期求。

⑧浮图：梵语音译，对佛或佛教徒的称呼，也专指和尚。也作"浮屠""佛图"。

⑨蹊：小路。盈：满。

⑩虚室：空室，这里指空寂的佛舍。函丈：包容一丈见方之地，即方丈，指佛寺长老或住持之室。函，包容。

⑪微言：精妙之言。微，精微、精妙。信：相信。

⑫申旦：自夜达旦，犹通宵。《楚辞·九章·思美人》："申旦以舒中情兮，志沉菀而莫达。"申，延伸，一直到。稽吾颡：我虔诚地顶礼膜拜。稽颡，跪拜时额头在地上停留一会儿。稽，停留。颡，额头。

［诗解］

全诗可分为四大部分：

第一部分为开头四句，点出诗人出游的原因。诗人自被贬以来，郁积着无尽的愁绪，这种心情无以排解，故想到借登山出游以抒"旷志"之怀。

第二部分从"始欣云雨霁"至"回环驱万象"。此段诗人写出游所见美景，表达了诗人愉悦山水的心情。天气放晴，万物生机勃勃，诗人同爱弟一同登山，感到无比开怀、畅快。诗人所见之景主要有两个特点：一是幽僻，二是高峻。幽僻既是写实，同时，又暗含被贬蛮荒的悲凄感受。高峻则是作者孤傲、清高个性的映照。

第三部分从“小劫不逾瞬”到“追踪将焉仿”。这里，柳宗元由登高远眺产生了无限感慨：既有对佛家境界的探索、领悟，又有对现实生活的感怀、议论。总之，诗人极力抛开烦恼、名利，希求真正体会到观游山水的意义。

第四部分则为最后十六句，写诗人天晚以后的所见所感。这段流露出诗人无比孤寂的心绪。首先是由天晚当归而引发的思乡之愁，然后是对前途无望的叹息，最后是希求皈依佛理以便解脱。

幽独怀乡

白日的美景已没入黑夜，诗人的幽寂怀乡之情油然而生。

全诗虽记游山水，却始终不离诗人的悲愤、幽怨。诗人也希望能够洒脱、超然，可一旦抒怀畅谈，就难免充满悲切之情。

游朝阳岩遂登西亭二十韵

题解

朝阳岩，在今永州芝山城西，位于潇水西岸。唐诗人元结比柳宗元来永州早四十年，他来永州游过朝阳岩并为之命名后，刺史窦泌为元结建了茅阁，即西亭。

柳宗元贬居永州后，常到此游览，借以排忧遣怨。此诗是元和元年（806年）柳宗元第一次游朝阳岩所作。

［原文］

谪弃殊隐沦[1]，登陟[2]非远郊。所怀缓伊郁[3]，讵欲肩夷巢[4]。
高岩瞰清江[5]，幽窟潜神蛟[6]。开旷延阳景[7]，回薄攒林梢[8]。

西亭构其巅⑨，反宇临呀庨⑩。背瞻⑪星辰兴，下见云雨交。

惜非吾乡土，得以荫菁茆（máo）⑫。羁贯去江介⑬，世仕尚函崤（xiáo）⑭。

故墅即沣（fēng）⑮川，数亩均肥硗（qiāo）⑯。台馆葺荒丘⑰，池塘疏沉坳（ào）⑱。

［注释］

①谪弃：谪置，因罪而徙置。殊：与……不同。隐沦：隐居。

②登陟：登上。

③缓：放松、松弛。伊郁：忧郁、幽怨。

④讵：岂、怎。肩：与……比肩。夷巢：伯夷和巢父的并称，用以指品行高洁的人。

⑤高岩：指朝阳岩。瞰：从高处往下看。清江：水色清澄的江。

⑥神蛟：古代传说中指以魔力兴风作浪的蛟龙。汉刘向《新序·善谋下》："夫神蛟济于渊，而凤鸟乘于风，圣人因于时。"

⑦开旷：指天地、场地等开阔旷大。阳景：阳光。

⑧回薄：盘旋回绕。攒：积聚。林梢：林木的尖端或末端。

⑨构其巅：建造在山巅上。

⑩反宇：屋檐突起的瓦头。呀庨：深广的太空。呀，太空。庨，深广的样子。

⑪瞻：往上或往前看。

⑫菁茆：即菁茅，一种香草，古代祭祀时用它漉酒去滓。

⑬羁贯：古时成童（即8岁以上）发式，女曰羁，男曰贯，后泛指童年。这里指诗人童年的时候。江介：江左。指长江下游以东之地。《文选·左思〈魏都赋〉》："况河冀之爽垲，与江介之湫湄。"吕向注："介，左也。"

⑭世仕：历来做官。尚：尊崇、注重。函崤：函谷关、崤山，泛指中原地区。

⑮沣：水名，在今陕西省。

⑯肥硗：肥沃。

⑰台馆：楼台、馆阁。葺：累积、重叠。

⑱疏：分散。沉坳：很深的坳泽。

临水缓忧

柳宗元来到偏远的永州，远离了政治文化中心，一种遭遗弃的感觉始终折磨着他。诗人被"弃"而来到偏远的永州，与伯夷、巢父洁身自好、隐居不仕的心境大相径庭，所以在永州附近登山临水，只求缓解一下忧郁的心情。

［原文］

会有圭组[1]恋，遂贻山林嘲[2]。薄躯信无庸[3]，锁屑剧斗筲[4]。
囚居固其宜[5]，厚羞久已包[6]。庭除植蓬艾[7]，隟牖(xì yǒu)悬蟏蛸(xiāoxiāo)[8]。
所赖山川客，扁舟枉长梢[9]。挹(yì)流敌清觞(shāng)[10]，掇野代嘉肴[11]。
适道有高言[12]，取乐非弦匏(páo)[13]。逍遥屏幽昧[14]，淡薄辞喧呶[15]。
晨鸡不余欺[16]，风雨闻嘐嘐[17]。再期永日[18]闲，提挈移中庖[19]。

［注释］

①圭组：印绶，借指官爵。圭，古代帝王、诸侯举行隆重仪式时所用的玉制礼器，形制大小因爵位及用途不同而异。组，古代佩印用组，引申为官印或做官的代称。

②贻：遗留、留给。山林：这里指代隐居山林的士人。嘲：嘲笑。

③薄躯：微贱的生命，谦辞。汉王粲《鹖赋》："令薄躯以免害，从孔鹤于园湄。"信：确实。无庸：无须，没有用。

④锁屑：即琐屑，烦细、细碎。剧：使……厉害。斗筲：筲，一种竹器，仅容一斗二升。因斗和筲都是很小的容器，比喻气量狭小和才识短浅。《论衡·定贤》："家贫无斗筲之储者，难责以交施矣。"《论语·子路》："斗筲之人，何足算也。"

游山论文

诗人在永州的岁月实乃孤独，只有友人来访才能给他增添生活乐趣。

⑤囚居：这里指诗人贬谪之后的生活。固：本、原来。宜：应该、应当。

⑥厚羞：这里指诗人蒙受的巨大耻辱。包：容纳。

⑦庭除：庭前阶下，庭院。蓬艾：蓬蒿与艾草，亦泛指丛生的杂草。

⑧隟牖：狭小的窗户。隟，同"隙"。牖，窗户。蟏蛸：虫名，长脚蛛，俗称"喜蛛"。

⑨扁舟：小船。枉：徒然、空、白。长梢：指船桨。

⑩挹：舀，把液体盛出来。敌：相当。觞：盛有酒的杯。

⑪掇：摘取、拾取。野：这里指野菜之类。代：代替。嘉肴：亦作"嘉殽"，美味的菜肴。《诗·小雅·正月》："彼有旨酒，又有嘉殽。"

⑫适道：归从道统。宋程颢《答横

渠张子厚先生书》："人之情各有所蔽，故不能适道。"高言：高妙之言。

⑬取乐：寻求欢乐，寻开心。弦匏：指乐器。琴瑟为弦，笙竽为匏。

⑭逍遥：自由自在，不受拘束。屏：除去、排除。幽昧：昏暗不明。《楚辞·离骚》："惟夫党人之偷乐兮，路幽昧以险隘。"王逸注："幽昧，不明也。"

⑮淡薄：冷淡、不亲密。喧呶：声音嘈杂刺耳。

⑯晨鸡：亦作"晨鷄"，报晓之雄鸡。三国魏阮籍《咏怀》之十四："晨鸡鸣高树，命驾起旋归。"不余欺：不欺骗我。

⑰喔喔：鸡鸣声，象声词。

⑱永日：从早到晚，整天。汉刘桢《公讌》诗："永日行游戏，欢乐犹未央。"

⑲提挈：扶持、帮助。中庖：家中的庖厨。

[诗解]

柳宗元这首五言古诗，以记游为题，从描绘眼前景物入手，继而写故乡之恋，往事之思，囚居之"趣"，运用心思缜密，蕴涵深远。他将个人遭遇与满怀忧愤融于山水之中，将深沉的忧思隐含在浅淡之间，细细吟咏，回味无穷。

对月怀乡

朝阳岩的景色宜人，幽居的生活虽然写意，但诗人对故乡的思恋也分毫未减。

诗歌前十四句抒写诗人登朝阳岩后的心境，描绘了朝阳岩及西亭的美景。首句一"弃"字，点出了诗人谪居的心情。他来这里登山临水，只求缓解一下忧郁的心情。正如他在《与李翰林建书》中所云，只是"闷即出游"而已。

这次来到朝阳岩，景色果真异常优美：位于潇水西岸、悬崖绝壁上的朝阳岩俯瞰着奔腾的江水，洞窟幽深，岩口开阔，温暖的阳光在树梢盘旋；岩顶的西亭檐牙高啄，气势不凡；亭后星光点点，亭下却是云雨交替。如此美景却使诗人情不自禁地发出了"惜非吾乡土"的感叹。眼前的美景虽然赏心悦目，但这毕竟不是自己的故乡啊！于是，诗歌自然而然地转写思乡述旧之情。

"羁贯去江介，世仕尚函崤。"唐德宗兴元元年（784 年），柳宗元曾随父亲移居夏口（今湖北武昌），"羁贯"句指的应该就是这次南迁，这时柳宗元十二岁。历来求仕都只在经济文化相对发达的中原地区，

所以柳宗元在十六岁那年回到了他出生、成长的地方——长安。当然，诗人追求的不是功名利禄，而是“利安元元”的政治理想。

然后，诗人又满怀留恋地描写了他在长安的故居：故居就在沣水边上，那里有肥沃的田地、宽敞的台阁馆舍、碧波荡漾的池塘。如此美好的故居怎能不令囚居蛮夷之地的柳宗元思念？

接着，诗人又回到了眼前现实，忍不住自嘲道：“会有圭组恋，遂贻山林嘲。薄躯信无庸，锁屑剧斗筲。”这自嘲里饱含着多少无奈与忧愤之情啊！

“囚居固其宜”自然也是自我解嘲。在诗人内心深处，并不认为自己是罪有应得，在《与许京兆孟容书》里，他曾那样执着地为自己辩解过。“厚羞久已包”怕也是诗人一时的宽解。从后面十年，乃至更长久的时间来看，诗人并没有真正包容这种羞辱。

最后的十四句，描写了诗人在永州的生活：院子里种植着蓬艾，狭小的窗户上结满了蜘蛛网。初到永州的柳宗元寄居龙兴寺，终日与僧人为邻，过着幽居生活，所幸常有一些喜好山水的客人来访，于是诗人常与他们结伴而行，登山临水，访寻名胜。他们饮清流、烹野菜，志趣相投，言谈高妙，醉舞欢歌，其乐融融。当诗人每天清晨听见鸡鸣的时候，竟萌生了希望这样的日子更多些，或者生出干脆把家厨也带来过过这种逍遥的生活的念头。

表面上看，诗人把自己的囚居生活写得充满乐趣，其实不然，他在《与李翰林书》中给自己的囚居生活打了个比方：譬如常年关在监狱里的囚徒，遇上好天气出来活动一下筋骨，在墙上摩擦搔痒，也感到很舒服，但这样的舒服也是能长久享受的吗？这才是诗人心灵的真实表白。

[诗评]

句中有余味，篇中有余意。

——姜夔

湘口馆潇湘二水所会

题解

潇湘，湘江与潇水的并称。这是一首写景诗。

[原文]

九疑浚倾奔[1]，临源委萦回[2]。会合属空旷[3]，泓澄停风雷[4]。

高馆轩霞表[⑤]，危楼临山隈wēi[⑥]。兹辰始澄霁jì[⑦]，纤云尽褰qiān开[⑧]。

天秋日正中，水碧无尘埃。杳杳渔父吟[⑨]，叫叫羁鸿哀[⑩]。

境胜岂不豫[⑪]，虑分固难裁[⑫]。升高欲自舒，弥使远念来[⑬]。

归流驶且广[⑭]，泛舟绝沿洄[⑮]。

[注释]

①九疑：《山海经·海内经》："南方苍梧之丘，苍梧之渊，其中有九嶷山，舜之所葬，在长沙零陵界中。"郭璞注："其山九谿皆相似，故云'九疑'。"浚：此处指水深。

②临源：山名，《百家注柳集》云："九疑、临源，潇湘所出。"萦回：回旋环绕。

③会合：聚集到一起。属：接连、连缀。空旷：视野开阔，无任何阻挡物。

④泓澄：水清而广。停风雷：波平涛息，水流转缓。

⑤高馆：高大的馆舍。轩霞表：高耸于云霄之外。轩，飞貌。

⑥危楼：高楼。山隈：山的弯曲处。

⑦兹辰：这个早晨。澄霁：天气清朗。

⑧纤云：微云、轻云。褰开：揭开。

⑨杳杳：幽远貌，渺茫。渔父：渔翁，捕鱼的老人。

⑩叫叫：远声。羁鸿：征鸿，即征雁。

⑪豫：欢乐。

⑫虑分：思绪纷乱。裁：自制。

⑬弥：更加。远念：对远方故乡的思念。

⑭归流：流入海的河流。谢朓《之宣城郡出新林浦向板桥》："江路西南永，归流东北骛。"李善注："《尚书大传》曰：大水小水东流归海也。"驶：快速行进。

⑮绝：断。沿洄：顺流而下曰沿，逆水而上曰洄。

潇湘之水

雨后初晴，碧水长天，但这仙境并不属于心系故乡的诗人，江上只闻默默哀吟。

[诗解]

山水诗是柳宗元最为擅长写的，此诗以简省的笔墨勾勒出开阔非凡的画卷：潇

水奔腾出九疑，临源湘水逶迤行。二水会合空旷处，水清流缓波涛平。江岸高馆耸云霄，更有危楼倚山隈。雨后初晴天色朗，纤云舒卷碧空尽。秋高气爽日正中，江天一色无纤尘。此十句开阖有度、动静结合、节奏时缓时急，犹如天上仙境，又似人间美景。让人读罢心驰神往，飘飘欲仙。

这首诗的前十句主要是实写眼前之景，后八句则是由景生情、借景抒怀。“杳杳渔父吟，叫叫羁鸿哀”，因为有了“羁鸿”的哀鸣作陪衬，“渔父”之“吟”便也有了悲音，这悲音其实并非来自渔父之口，而是发自诗人的心底。由“羁鸿”的哀鸣，诗人不能不想到自己被贬他乡、羁留穷乡僻壤的痛楚，因而再美妙的景色也不属于他，这景色不仅不能使他愉快起来，相反，他越想借它来排遣乡思，乡思反而越浓。

仙人的佳境诗人已没有心思欣赏，只好驾舟返程。然而，返程之路又在哪里呢？他所能回的“家”，与“羁所”同名，与“监狱”无异，他又何必急急忙忙地回到那“监狱”中呢？更为可怕的是，不回到那“监狱”他便无处可去。

诗歌结尾二句“归流驶且广，泛舟绝沿洄”，表达了诗人徘徊于江河之间，无处可依、岌岌可危的漂泊心境。

[诗评]

柳州于山水文字最有会心，幽细淡远，实兼陶谢之胜。

——汪森《韩柳诗选》

开旷之景，叙来如见，宛然一幅活画。

——近藤元粹《柳柳州诗集》卷三

登蒲州石矶望横江口潭岛深迥斜对香零山

题解

本诗所写香零山为永州八景之一，清代《一统志·湖南》卷云：“香零山在县东潇水中，山中所产草木，当春皆有香气。”香零山也因此而得名。

[原文]

隐忧倦永夜[1]，凌雾临江津[2]。猿鸣稍已疏[3]，登石娱清沦[4]。
日出洲渚[5]静，澄明晶无垠[6]。浮晖翻高禽[7]，沉景照文鳞[8]。
双江汇西奔[9]，诡怪潜坤珍[10]。孤山[11]乃北峙（zhì），森爽栖灵神[12]。

洄潭或动容[13]，岛屿疑摇振。陶埴[14]兹择土，蒲鱼[15]相与邻。

信[16]美非所安，羁心屡逡巡[17]。纠结良可解[18]，纡(yū)郁[19]亦已伸。

高歌返故室，自罔[20]非所欣。

江晨远眺

清幽孤静的景色，正映衬着诗人抑郁难解、曲折回环的心境。

[注释]

①隐忧：内心里的忧愁、忧痛。倦：疲乏。永夜：长夜、通宵。

②江津：江边渡口。

③猿：哺乳动物，与猴相似，比猴大，颊下没有囊，没有尾巴，猩猩、大猩猩、长臂猿等都是。疏：稀稀落落。

④清沦：微波。

⑤洲渚：水中小块陆地。

⑥澄明：清澈明洁。晶：皎洁明亮。无垠：广阔无边。

⑦浮晖翻高禽：此句意为日光下，鸟儿展翅高飞。

⑧文鳞：指鱼。

⑨双江：指潇湘二水。汇西奔：会合之后向西奔流。

⑩诡怪：诡谲奇怪。坤珍：指大地呈现出的符瑞。《后汉书·班固传下》：“于是圣皇乃握乾符，阐坤珍，披皇图，稽帝文。”李贤注：“乾符、坤珍谓天地符瑞也。”

⑪孤山：香零山。

⑫森爽：森疏而爽豁。灵神：神灵，指各类神。

⑬洄潭：急流回旋。或：也许。动容：脸上显露出受了感动的表情。

⑭陶埴：制陶的黏土。

⑮蒲鱼：此处指采蒲和捕鱼之人。蒲，蒲草，老可制席，嫩者可食。

⑯信：确实、真的。

⑰羁心：旅思。逡巡：因为有所顾虑而徘徊不前。汉贾谊《新书·过秦论上》：“逡巡而不敢进。”

⑱纠结：使陷入困惑或混乱状态。良：诚然、的确。

⑲纡郁：抑郁。

⑳罔：欺骗、蒙蔽。

［诗解］

此诗表达了诗人抑郁难解、曲折回环的心境。诗人所见之景也显得清幽孤静、跌宕起伏。

诗人从辗转难眠写起，待苦熬到黎明时分，来到河边。稀稀落落的猿声在山间回响，诗人登到山石之上，看见轻波流荡。这时，天色已渐明。

接着，诗人将游踪所至的胜景一一点出：洲渚上晶莹的银沙耀人眼目，飞鸟翱翔于头顶，游鱼身披彩鳞。远眺双江汇流西奔，回看北边“孤山乃北峙”。孤山上的树木令人神往，孤山下湍急的旋流让人心惊，被旋流包围的孤山让人觉得摇曳不定。从诗题看，诗人是“望”香零山，似乎并未登上它，但诗人所描写的感觉却又真真切切，仿佛身临其境才能感觉到的。

跟以往的记游诗一样，此诗最后直抒羁旅之忧怀，故作放达高歌而还，让人哀怜。

［诗评］

子厚此诗，远在灵运上。

——苏轼《东坡题跋》卷二

一题便抵一篇游记，妙在言简而曲折无穷，诗便是逐笔皴染而出。

——汪森《韩柳诗选》

南涧中题

题解

对“南涧”这一地名，历代注家认为“即柳记中石涧”。据何书置先生考证：“南涧是今杨梓街南面田洞中的涧水，它是由西而东注入潇水的。”

《南涧中题》颇具特色，是柳宗元的代表作之一。唐宪宗元和七年（812年）秋天，柳宗元游览永州南郊的袁家渴、石渠、石涧和西北郊的小石城山，写了著名的《永州八记》中的后四记——《袁家渴记》《石渠记》《石涧记》《小石城山记》。这首五言古诗《南涧中题》，也是他在同年秋天游览了石涧后所作。

［原文］

秋气集南涧①，独游亭午②时。回风一萧瑟③，林影久参差④。

始至若有得，稍深遂忘疲。羁禽响幽谷⑤，寒藻舞沦漪⑥。

去国魂已游[7]，怀人泪空垂。孤生易为感，失路少所宜[8]。

索寞[9]竟何事，徘徊只自知。谁为后来者，当与此心期[10]。

[注释]

①秋气：秋日凄清、肃杀之气。宋玉《九辩》："悲哉秋之为气也，萧瑟兮草木摇落而变衰。"南涧：即《石涧记》中所指的"石涧"。石涧地处永州之南，又称南涧。

②亭午：正午、中午。李白《古风》诗："大车飞扬尘，亭午暗阡陌。"

③回风：旋风。萧瑟：秋风吹拂树叶发出的声音。曹操《步出东门行》诗："秋风萧瑟，洪波涌起。"

④参差：长短不齐的样子。

⑤羁：束缚、拘束。《淮南子·氾论训》："乌鹊之巢可俯而探也，禽兽可羁而从也。"幽谷：幽静、深邃的山谷。

⑥寒藻：寒凉的水藻。沦漪：微波，水生微波。《诗·魏风·伐檀》："河水清且沦漪。"毛传："小风，水成纹转如轮也。"

⑦去国：此谓迁谪。魂已远：精神恍惚，魂不守舍。

⑧失路：放弃正道。扬雄《解嘲》："当途者入青云，失路者委沟渠。"少所宜：意谓幽居山水间正与我少年时代的意趣相投。

⑨索寞：枯寂没有生气，形容消沉的样子。冯延巳《鹊踏枝》词："休向尊前情索寞。"鲍照《拟行路难》："今日见我颜色衰，意中索寞与先异。"

⑩期：约会。《诗·鄘风·桑中》："期我乎桑中。"

秋水之畔

面对"萧瑟"的秋风、摇晃的林影，诗人似乎兴致渐高，忘了疲劳。这种含泪的笑，满是悲苦与无奈。更何况此时又听到幽深的山谷中传来禽鸟的哀鸣，见到漂浮的寒藻在涟漪中旋起，触物伤怀，寒从心生。

[诗解]

此诗以记游的笔调，写出了诗人被贬放逐后忧伤、寂寞的心情，大有《离骚》之风。

全诗分前后两部分：

前八句着重描写游历南涧所见景物。时方深秋，诗人独自来到南涧游览。涧中寂寞、肃杀之气独聚于此。虽日当正午，但秋风阵阵，林影稀疏，仍给人以萧瑟之感。诗人初到时若有所得，忘却了疲劳。

可随即忽闻失侣之禽鸣于幽谷，眼见涧中水藻在波面上荡漾，引起无限慨叹。

诗的后八句，着重抒写诗人的种种感慨。自迁谪离京以来，诗人时常神情恍惚，怀人不见泪空垂。政治上的失意，使诗人一蹶不振。如今处境索寞，竟成何事？于此徘徊，亦只自知。以后谁再迁谪来此，也许会理解诗人的这种心情吧！

南涧之游，本是为排解忧愁，不想所见景物，偏偏又勾起了他的苦闷和烦恼。刘辰翁品评“始至若有得，稍深遂忘疲”二句时认为：“精神在此十字，遂觉一篇苍然。”这首诗写得平淡简朴，而细细体会，韵味深长，可谓“平淡有思致”。

[诗评]

苏轼曾有评语说：“柳仪曹诗，忧中有乐，乐中有忧。”

——胡仔《苕溪渔隐丛话》前集引

柳子厚南迁后诗，清劲纡徐，大率类此。

——苏轼《东坡题跋》卷二《书柳子厚南涧诗》

苏轼称赞此诗“妙绝古今”，“熟视有奇趣”。

“秋气集南涧”，万感俱集，忽不自禁。发端有力。“羁禽响幽谷”一联，似缘上“风”字，直书即目，其实乃兴中之比也。羁禽哀鸣者，友声不可求，而断迁乔之望也，起下“怀人”句。寒藻独舞者，潜鱼不能依，而乖得性之乐也，起下“去国”句。

——何焯《义门读书记》

游石角过小岭至长乌村

题解

大致而言，柳宗元此诗亦为记游诗，其游踪所至较前面几首诗所到的距离都远，所以诗人用了“遐征”二字，有点征途漫漫的味道。据《湖南通志》卷十八《山川地理》篇载：“石角山在（零陵）县东北十里，山有小洞，极深远。连属十余小石峰，奇峭如画。”长乌村则较石角山更远，至少也得十几里山路，靠步行走来，自然也可称之为“遐征”了。但就此诗所描述的内容来看，游踪之远倒在其次，更重要的是心路历程的演变之远，写游踪也只是为自己的心理变化提供一个真实的注解。

[原文]

志适不期贵，道存岂偷生[1]。久忘上封事[2]，复笑升天行[3]。

窜逐宦湘浦[4]，摇心剧悬旌[5]。始惊陷世议[6]，终欲逃天刑[7]。
岁月杀忧栗[8]，慵疏寡将迎[9]。追游[10]疑所爱，且复舒吾情。
石角恣幽步[11]，长乌遂遐征[12]。磴(dèng)[13]回茂树断，景晏寒川明[14]。
旷望少行人，时闻田鹳[15]鸣。风篁(huáng)[16]冒水远，霜稻[17]侵山平。
稍[18]与人事间，益知身世轻。为农信可乐，居宠真虚荣。
乔木[19]馀故国，愿言果丹诚[20]。四支反田亩[21]，释志东皋(gāo)[22]耕。

［注释］

①偷生：苟且求活。
②封事：奏章。
③升天行：指求仙、学道之举。
④窜逐：放逐、流放。宦：在……做官。
⑤摇心：心忧不宁。悬旌：挂在空中随风飘荡的旌旗。
⑥陷：掉进，这里指横遭、身陷。世议：世人的评论。南朝宋鲍照《代白头吟》："人情贱恩旧，世议逐衰兴。"

访山游水

诗人常常寄情于山水之间，将政治上的失意融入寻访山水胜景的闲情雅趣之中。

⑦天刑：朝廷的惩罚。天，上天，这里指朝廷，皇上。
⑧忧栗：忧愁、恐惧。
⑨将迎：送迎，指人际交往、应承，也指逢迎、迎合。《庄子·知北游》："无有所将，无有所迎。"
⑩追游：寻胜而游。
⑪幽步：闲步。
⑫遐征：远行、远游。
⑬磴：石头、台阶。
⑭晏：天清无云。寒川：寒天的河流。南朝宋谢灵运《李感赋》："萋莱叶于枯木，起春波于寒川。"
⑮鹳：鸟，羽毛灰白色或黑色，嘴长而直，形似白鹤，生活在江、湖、池沼的近旁，捕食鱼虾等。
⑯风篁：风吹竹丛。篁，竹丛。
⑰霜稻：指晚稻。因霜后成熟，故称。
⑱稍：已、既。
⑲乔木：《孟子·梁惠王下》："所

谓故国者，非谓有乔木之谓也，有世臣之谓也。”

⑳丹诚：即赤诚。

㉑四支：即“四肢”。反：通“返”。

㉒东皋：潘岳《秋兴赋》：“耕东皋之沃壤兮”。李善注：“水田曰皋。东者，取其春意。”又，唐初王绩有战功，官至大乐丞，而自号东皋子，“挂冠归田，葛巾联牛，躬耕东皋”。

田园之趣

时光荏苒，诗人的愁怀终于淡去，田园的宁静、祥和给了诗人恬淡的心境。

［诗解］

这首记游诗表达了诗人惬意田园的心境，与以往记游诗的心境有很大不同。

诗人初贬永州时，其心境是那样地抑郁难伸、纠结难解，以至于在游潇湘二水相会处，游香零山时，再美的景色也激不起他的快意，勾起来的反而是他更多的故乡愁思。诗人在写这一首诗时的心境则大不相同，或许，正如诗人自己所言“岁月杀忧栗”。时间的流去可以洗去一切血痕，当然就更能洗去人的郁闷，而更重要的是，随着诗人生活阅历的加深，与下层百姓的多方接触，他看清了小我的“身世轻”，终于从个人荣辱的小圈子中跳了出来。

所以，诗人对景色的描写也更加质朴，“奇峭如画”的小石峰，只一笔带过，平常的田园景色反而浓墨重彩，这不是诗人的疏忽，更不是本末倒置，而是诗人的心境变化使然。

柳宗元此诗自然不能与韦应物的游览诗相提并论，甚至也不能与柳宗元自己其他的游览诗相提并论，因为此诗根本就不能当作游览诗读，而应将它看作是一篇心理自传。所以，要了解柳宗元的心路历程，不能不读此诗。

［诗评］

昔人论此诗，以为逼真韦左司游览诸作，予深不然之。子厚意志感慨已不如韦之恬淡，句调工致已不如韦之萧散，是本同道而异至，乌可谩议云乎？

——蒋之翘《柳集辑注》卷四十三

先用虚写，后用实叙，章法自变。

——汪森《韩柳诗选》

与崔策登西山

题解

这首赠诗写于元和七年（812 年）秋，与诗人的山水游记《始得西山宴游记》应是姊妹篇。一诗一文情怀相似，忧思相同，而且都未具体描写山的景色，而是抒发登临后幽古之思情。

这是赠给崔策的诗。崔策，字子符，柳宗元姐夫崔简的弟弟，属中表亲，当时就学于诗人。柳在《送崔子符罢举诗序》中说他：“少读经书，为文辞，本于孝悌，理道多容，以善别时，刚以知柔，进于有司，六选而不获。”诗人在诗中除了以“连袂”点题，结篇以一“幸”字收束，以表诗人的感激之情。通篇未涉及崔策，而是言事抒情明志。

［原文］

鹤鸣楚山静[1]，露白秋江晓[2]。连袂度危桥[3]，萦回出林杪[4]。
西岑[5]极远目，毫末皆可了[6]。重叠九疑[7]高，微茫洞庭小[8]。
迥穷两仪际[9]，高出万象[10]表。驰景泛颓波[11]，遥风递寒筱(xiǎo)[12]。
谪居安所习，稍厌从纷扰。生同胥靡[13]遗，寿等彭铿夭[14]。
蹇(jiǎn)连困颠踣(bó)[15]，愚蒙怯幽眇(miǎo)[16]。非令亲爱疏，谁使心神悄[17]。
偶兹遁[18]山水，得以观鱼鸟。吾子幸淹留，缓我愁肠绕。

鹤唳秋江

秋晨清露白鹤，一幅幽阔静谧的景色。

［注释］

①鹤鸣：《诗·小雅·鹤鸣序》：“诲宣王也。”郑玄笺：“教宣王求贤人之未仕者。”后以“鹤鸣”指贤者隐居之义。楚山：山名，即荆山。在湖北西部武当山东南汉江西岸，有抱玉岩，相传春秋楚人卞和得璞玉于此。

②晓：天明。

③连袂：即手拉着手。袂，衣袖。危：危险。

④杪：树的末梢。

⑤岑：小而高的山。

⑥毫末：毫毛的末端，比喻极其

细微。《老子》：“合抱之木，生于毫末；九层之台，起于累土。”了：知道。

⑦九疑：在永州南宁远境内，是舜帝归魂之所。舜南巡，“崩于苍梧之野，葬于江南九疑”（《史记·五帝本纪第一》）。

云绕峰顶

登山之途诗人满怀重受挫折、处境艰危的困苦心境，凌顶之后更发幽古之思情。诗人心中有期盼之光，更有悲愤和无奈之情。

⑧微茫：迷漫而模糊。洞庭：在湘北，是楚怀王放逐屈原的地方。屈原在《湘夫人》中写道，湘君迎候湘夫人，秋水伊人，望眼欲穿，看到的却是“袅袅兮秋风，洞庭波兮木叶下”，秋绪茫茫，忧从中来。

⑨迥穷：极尽很远很远的地方。迥，远。穷，尽。两仪：古指天地或阴阳。《易·系辞上》：“是故易有太极，是生两仪。”诗中指天地间。

⑩万象：宇宙间的一切。

⑪驰景：日光。颓波：向下流的水势。《水经注》：“又东，颓波泻涧，一丈有余。”

⑫筱：竹条。

⑬胥靡：又作“缉靡”，古代对一种奴隶的称谓，因被用绳索牵连着强迫劳动而得名。《庄子·庚桑楚》：“胥靡登高而不惧，遗死生也。”

⑭彭铿：同“彭亨”“膨脝”，腹胀大的样子。韩愈《城南联句》：“苦开腹彭亨。”孙伯野注：“苦开，乃破瓜瓠之苦者也。”夭：未成年的人死去。

⑮蹇连：如跛足的驴子行路艰难。蹇，跛足。《楚辞·七谏·谬谏》：“驾蹇驴而无策兮，有何路之能极？”又《易·蹇》：“六四，往蹇来连。”颠踣：犹颠踬、倾倒，引申为挫折。《抱朴子·百里》：“冒昧苟得，闇于自量者，虑中道之颠踬，不以驽茧服鸾衡。”

⑯愚蒙：愚昧不明。幽眇：精微深妙。韩愈《进学解》：“补苴罅漏，张皇幽眇。”

⑰悄：忧愁的样子。《诗·陈风·月出》：“劳心悄兮。”

⑱遁：隐、消失。

［诗解］

诗歌开篇，着笔高远，“鹤鸣楚山静，露白秋江晓”，秋晨清露白鹤，描绘出一幅幽阔静谧的景色。

接着，诗人以平淡的笔墨，叙述了登山的历程：“连袂度危桥，萦回出林杪。”愚溪上有木桥相连，桥之“危”，路之“萦回”，道出了诗人心怀恐惧、仕途艰危的复杂感情，与上联形成极大的反差。

待登上山顶极目远眺：“重叠九疑高，微茫洞庭小。迥穷两仪际，高出万象表。”这四句既是实写，又形成了一高一小、一明一暗的两组意象，使人联想，意味无穷。“重叠九疑高，微茫洞庭小”的背后，具有很深的政治寓意。“迥穷两仪际，高出万象表”，也可看成自况语，表现了诗人遗世独立，睥睨一切的情怀。诗中意与象、情与景、神与形相互交融。

诗人希望远处的风能给被谪贬的人带来好消息。贬谪七年了，诗人内心无时无刻不充满着痛苦。诗人把自己比作满肚子苦水的奴隶，他像个跛子一样害怕摔倒。面对“亲爱”者的疏远，他感到希望越发渺茫。

正是在这种处境下，诗人无可奈何地希求寄托山林聊舒羁心：“偶兹遁山水，得以观鱼鸟。”

刘熙载在《艺概》里说：“叙物以言情谓之赋，余谓《楚辞·九歌》最得此诀。”纵观全诗，离骚风韵，字字心血，却又真的做到了“岭渠直道当时事，不着心源傍古人”（《随园诗话》卷三）。

构法华寺西亭

题解

此诗当作于元和元年（806年）夏。柳宗元《法华寺西亭夜饮赋诗序》：“余既谪永州，以法华寺浮图之西临陂池丘陵，大江连山，其高可以上，其远可以望，遂伐木为亭，以临风雨，观物初，而游乎颢气之始。间岁，而元克己由柱下吏谪焉而来。无几何，以文从余者多萃焉。”可知法华寺西亭建于元克己谪永前二年。而元克己至永州不迟于元和三年（808年），推之，法华寺西亭建于元和元年（806年）。因为本诗中提及“菡萏溢嘉色”，故知作诗之时为夏天。

［原文］

窜身楚南极[1]，山水穷险艰[2]。步登最高寺，萧散任疏顽[3]。
西垂下斗绝[4]，欲似[5]窥人寰。反[6]如在幽谷，榛翳（yì）[7]不可攀。
命童恣披翦（jiǎn）[8]，葺宇横断山[9]。割如判清浊[10]，飘若升云间。
远岫（xiù）攒众顶[11]，澄江抱[12]清湾。夕照临轩堕[13]，栖鸟当[14]我还。
菡萏（hàndàn）溢嘉色[15]，筼筜（yúndāng）遗清斑[16]。神舒屏羁锁[17]，志适忘幽潺（chán）[18]。

弃逐久枯槁[19]，迨今始开颜[20]。赏心难久留，离念来相关。

北望间[21]亲爱，南瞻杂夷蛮[22]。置之勿复道[23]，且寄须臾闲[24]。

山行

柳宗元常于游山玩水中求乐，借诗文抒发愤世嫉俗、怀才不遇之情。

[注释]

①窜：逃匿，这里形容被放逐的狼狈。极：终极、尽头。

②山水：指环境。穷：极其。

③萧散：闲逸。任：任意、率性。疏：疏放、放诞。顽：顽劣、顽皮，不顺从。

④垂：通“陲”，边。斗：通“陡”。

⑤欲似：好像。欲，似。

⑥反：相反，指与从山上往下看相反，从山下往上看。

⑦榛翳：丛生的草木浓密覆掩。

⑧童：仆。恣：任意，尽力的。披翦：砍削。披，砍伐。翦，同“剪”，削。

⑨葺：盖房。宇：屋檐，这里指亭阁。横：横对着。

⑩割：切开、划开。判：分开、差别。清浊：天地。古代认为清气上升为天，浊气下降为地。

⑪岫：峰峦。攒：聚集、凑拢。顶：峰顶、山头。

⑫抱：环绕。

⑬临：对着。轩：窗。

⑭当：对着。

⑮菡萏：荷花。溢：流出。嘉：美好。

⑯筼筜：一种竹子，茎粗而节长，这里泛指竹子。遗清斑：留下了清晰的斑痕。指湘妃在竹枝上洒下血泪，化为竹上的斑痕。

⑰屏：除去。羁锁：羁绊、束缚。

⑱志适：心情安适。志，心理活动或思想。适，安宁、舒适。幽潺：忧愁。潺，通“僝”，愁苦、烦恼。

⑲弃逐：舍弃驱逐，放逐。枯槁：憔悴。

⑳迨：到。始：才。

㉑间：隔离。

㉒夷蛮：古代称少数民族，东方为夷，南方为蛮。这里泛指南方各种

西亭畅游

西亭之上，饱览风物，赏心悦目，算是诗人萧散无事时做了一件自己乐意做而且能够做的事，也表现出他不屈的抗争勇气和愤激的心情。

少数民族。

㉓置：放下。勿复道：不要再说了。

㉔寄：托、靠、凭借。须臾：片刻。

［诗解］

此诗可分为四个部分：

首四句写诗人遭贬后想通过出游聊以自慰。柳宗元被贬到永州，心情苦闷忧愤，感到境遇十分艰险。于是常出游以求排遣，更趁着萧散闲逸之时，更加放纵自己的疏顽之性。其实，柳宗元不是真的萧散，而是被剥夺了参与政事的权力，从而壮志难酬。柳宗元也不是真的疏顽，而是保守派打击、迫害他的借口、托词。柳宗元强压满腔怒火，故作轻松调侃，这表明了他丝毫不向恶势力屈服的倔强性格。

接下来的六句，是写东山的高峻和构建西亭。柳宗元构建西亭，是因为东山高峻，砍伐榛莽杂草之后，可以饱览风物，赏心悦目。一来算是萧散无事时做了一件自己乐意做而且能够做的事，二来证明自己确实生性疏顽，不思改过，反而变本加厉，孤傲山林，乐山乐水，表现出不屈的抗争勇气和愤激的心情。

然后，诗人抒发了建亭后所见美景的舒畅心情。写景从高而下，从远而近。在高峻的东山顶上仰天俯地，有遗世独立之感。远山凑拢，澄江怀抱，胸襟不由开阔、博大。夕照临轩，栖鸟飞还，菡萏艳色，斑竹清痕，清丽宁静的自然美景，令他陶醉。由于贬谪而枯槁的精神，到此时方才开颜。当然，这只是暂时的精神上的屏除和遗忘。

最后六句，写乡愁别情袭来，诗人强自宽慰，却愁上加愁。赏心乐事最忌孤寂，何况柳宗元又身处贬谪的现实之中，所以山水之乐只能暂忘心中郁垒，时间稍长，不由得又勾起了深切的乡愁离恨。结句倒颇有《古诗十九首》其一中“弃捐勿复道，努力加餐饭”的味道，可谓意味深长。

遭贬而心情压抑，出游以求解脱，陶醉美景而暂悦，勾起乡愁，强自宽解而其实未能，这是柳宗元山水诗最常见的结构方式和表达手法。此诗也证明了这一特点。

夏夜苦热登西楼

题解

这首诗写特定的生活环境中的特定感受、特定心态。诗人用极度夸张的手法，成功地借助于对炎炎夏夜的描绘，表现出心神不宁的情绪和无可名状的惆怅，锋芒直指唐王朝的虐民暴政，今天读来仍有不可低估的认识意义和审美价值。

［原文］

苦热中夜[1]起，登楼独褰(qiān)[2]衣。山泽凝暑气，星汉湛光辉[3]。
火晶[4]燥露滋，野静停风威。探汤汲阴井[5]，炀灶[6]开重扉。
凭阑[7]久彷徨，流汗不可挥。莫辩亭毒[8]意，仰诉旋与玑[9]。
谅非姑射子[10]，静胜安能希[11]？

［注释］

①中夜：半夜。《书·冏命》："怵惕惟厉，中夜以兴，思免厥愆。"孔传："言常悚惧惟危，夜半以起。"

②褰：撩起、披起。

③星汉：银河。三国魏曹操《步出夏门行·观沧海》："日月之行，若出其中；星汉粲烂，若出其里。"湛：古代宝剑名，世称湛卢。杜甫《大历三年出瞿塘峡久居夔府将适江陵》："朝士兼戎服，君王按湛卢。"

④火晶：日头像火一样。《晋书·天文志》上引王仲任云："夫日，火之精也。"卫元嵩《元包明夷》："晶冥炎潜。"注："晶，日也。"

⑤探汤：探试沸水。喻炙热。《列子·汤问》："日初出沧沧凉凉，及其日中如探汤。"汲：从井里打水。阴井：背阳之井。南朝梁任昉《述异记》卷下："甜溪水，其味如蜜，东方朔得以献武帝，

夏夜亭凉

炎炎夏夜，诗人辗转难眠，不由身登凉亭，暑气未消，无可名状的惆怅还是萦绕不已。

帝乃投于阴井中，井水遂甜而寒，洗浴则肌理柔滑。”

⑥炀灶：在灶前烤火。戴氏侗曰：“炀者，火旁烘物，以火气扬之也。”郭璞注：“江东呼火炽猛为炀。”引申为焚烧。

⑦凭阑：即“凭栏”，身倚阑干。

⑧亭毒：化育、养成。语出《老子》：“长之育之，亭之毒之。”王弼注：“亭，谓品其形；毒，谓成其质。”毕沅曰：“亭毒成熟，声义相近。”刘峻《辨命论》：“生之无亭毒之心，死之岂虔刘之志。”（见《文选》）李周翰注：“亭、毒，均养也。”

⑨璇、玑：古代称北斗星的第一星至第四星。天空北部有七星聚成斗形，故名北斗星。七星之名，一天枢，二天璇，三天玑，四天权，五玉衡，六开阳，七摇光。一至四为斗魁，五至七为斗柄。斗魁称为璇玑，斗柄称为玉衡。

⑩谅：料想。姑射子：姑射山上的神女。姑射，山名，亦名石孔山，在今山西临汾市西。《庄子·逍遥游》：“藐姑射之山，汾水之阳。”相传古时此山住着一个神人，皮肤白得如冰雪，姿态柔美。事见《庄子·逍遥游》：“藐姑射之山有神人居焉，肌肤若冰雪，淖约若处子。……大旱金石流，土山焦而不热。”

⑪静胜：以静取胜。语出《老子》：“静胜热。”希：希望。《广韵》卷一：“希，望也。”蒋之翘曰：“安能希，谓不可望也。”

民耕图

在这种暑气灼面的时刻，柳宗元仍心系万民。

［诗解］

全篇紧扣诗题，句句写“夏夜苦热”。

起首二句开门见山，交代时间、处所。永州属亚热带季风气候，夏日温度高且持续时间长。诗人半夜尚不能入睡，悄悄起身登西楼去乘凉。夜半如此，骄阳暴晒的白天，可想而知。简略几笔，就高度概括了夏天之热，生灵之苦。

“山泽凝暑气”四句是登西楼时之所见所感，极写赤日炎炎似火烧的环境。时值半夜，山泽还如蒸笼，凝聚着暑气；长天无云，银河里也闪耀着刺眼的光辉；太阳烈焰的烧烤，滋润万物生长的露水已无影无踪；四野宁静，没有一丝凉风。

“探汤汲阴井”四句是登西楼后的活动，极写诗人如在火炉中煎熬的苦况。炎热不可挡，诗人想方设法来解暑：取井水冲凉，开门扉纳凉，靠着栏杆乘凉。但是，井水却成了滚烫的开水，打开门灼焰扑面。

最后四句，诗人直抒胸臆：面对这种恶劣的环境、如此恶劣的气候，诗人简直难以呼吸。他抬头看见北斗，不禁向苍天提出质疑：长此下去，万物怎能生长？生灵怎能延续？诗人引用“姑射子”这一典故，自嘲自解：既然不能以静胜热，就只能无限怅恨了。

柳宗元生活在唐代由盛转衰的时期，统治阶级奢侈腐化，赋税、徭役日增，老百姓困苦不堪，形成了“贫者愈困饿死亡而莫之省，富者愈恣横侈泰而无所忌”（《答元饶州论政理书》）的局面。诗人在永州期间广泛地接触百姓，对民间疾苦有所了解，《捕蛇者说》一文就以毒蛇与赋敛作对比，深刻地揭露了唐王朝统治集团“苛政猛于虎”的黑暗现实。

诗人写夏夜酷热使人难以忍受，这不仅仅是一种自然现象，而且又暗示着一种严重的社会问题：唐王朝的暴政，使老百姓陷于水深火热之中。老百姓在死亡线上挣扎，还有什么“亭毒”可言？这种在比兴中巧寓象征的手法，大大地拓展了诗的内涵，又增强了艺术表达效果。

哭连州凌员外司马

题解

连州，今广东连县。凌员外司马，即凌准，柳宗元好友之一。凌准，字宗一，浙江富阳人，年轻的时候才华横溢，朝气勃勃，与柳宗元一起策划并参与了永贞元年（805年）由王叔文、王伾领导的“永贞革新”，是因王叔文事件被贬的著名八司马之一。当年，柳宗元贬永州（今湖南永州），凌准被贬连州（今广东连县）。凌准是八司马中最不幸的，贬连州后，他的母亲在杭州抚阳去世，紧接着他的两个弟弟先后死去，凌准忧思成疾，双目失明，最后死于桂阳佛市。

对他的不幸亡故，柳宗元写了《哭连州凌员外司马》一诗和《故连州员外司马凌君权厝志》一文，表示沉痛哀悼。在诗文中，他以情驭辞，深情地回顾了他们昔日的友谊，盛赞凌准的气节与才学，并对他“有道而不明于天下，离愍逢尤夭其生”的不幸遭遇和“盖棺未塞责，孤旐凝寒飔”的死后惨景非常同情。

[原文]

废逐人所弃，遂为鬼神欺[1]。才难不其然[2]，卒与大患[3]期。
凌人[4]古受氏，吴世夸雄姿。寂寞富春水[5]，英气[6]方在斯。
六学[7]诚一贯，精义[8]穷发挥。著书逾十年[9]，幽赜（zé）靡（mí）不推[10]。

天庭掞高文[11]，万字若波驰。记室[12]征西府，宏谋[13]耀其奇。

輶轩下东越[14]，列郡苏疲羸(léi)[15]。宛宛[16]凌江羽，来栖翰林枝[17]。

［注释］

①鬼神欺：凌准贬后，母丧，两弟相续死，已又丧其明以殁，灾难接踵而至，故称“鬼神欺”。

②才难：难得的人才。《论语·泰伯》：“才难，不其然乎！”不其然：不就是这样吗?

③大患：大的祸患、灾难。

④凌人：指富阳凌统。《三国志·吴书·凌统传》：“凌统字公绩，吴郡余杭人也。”凌统之后，富阳凌氏遽尔衰落，无有声望之人。

⑤富春水：浙江省中部河流。

⑥英气：英武、豪迈的气概。

⑦六学：指诗、书、礼、乐、易、春秋。

⑧精义：精辟的义理。

⑨著书逾十年：指凌准花了超过十年的时间著有《后汉春秋》二十万言、《六经解围人文集》八万言。

⑩幽赜：指书中疑难幽僻之处。《易·系辞》：“探赜索隐，钩深致远。”靡：无、没有。推：寻求、探索。

⑪天庭：宫廷。掞：舒展，铺张。高文：指优秀的诗文。

⑫记室：官名，东汉置，掌章表书记文檄。后世因之，或称记室督、记室参军等。

⑬宏谋：宏大深远的谋略。《南齐书·高帝纪上》：“宏谋霜照，秘筭云回，旌旆所临，一麾必捷。”

⑭輶轩：古代使臣的代称。东越：指浙东地区。

⑮列郡：诸君。苏：缓解、解除。疲羸：贫瘠之地。凌准后迁侍御史，为浙东廉使判官，抚循罢人，按验污吏，吏人敬爱，厥绩以懋，粹然而光。

⑯宛宛：《史记·司马相如传》：“宛

德政化民

凌准有着非凡的政治才能和高尚、正直的做人品格。他生前德政化民，惩治贪官污吏，公正廉明，官声很好。

宛黄龙，与德而升。”

⑰来栖翰林枝：《凌君权厝记》：“凌准治浙东有绩，声闻于上，召以为翰林学士。”

［原文］

孝文[①]留弓剑，中外方危疑[②]。抗声促遗诏，定命由陈辞[③]。

徒隶肃曹官[④]，征赋参有司[⑤]。出守乌江浒[⑥]，左迁[⑦]湟水湄。

高堂倾故国[⑧]，葬祭限囚羁[⑨]。仲叔继幽沦[⑩]，狂叫唯童儿。

一门既无主，焉用徒生为。举声但呼天，孰知神者谁。

泣尽目无见[⑪]，肾伤足不持。溘(kè)死委炎荒[⑫]，臧获守灵帷[⑬]。

［注释］

①孝文：德宗谥曰“德宗神武孝文皇帝”。

②中外：宫内与朝廷。危疑：怀疑、不信任、疑惧。《左传·僖公二十八年》：“仲尼曰：‘以臣召君，不可以训。’”晋杜预注：“变例以起大义，危疑之理，故特称仲尼以明之。”

③“抗声促遗诏”二句：指德宗崩，近臣秘议三日乃下遗诏，凌准独抗危词，以语同列王伾，画其不可者六七，乃以旦日发丧，六师万姓安其分。

④徒隶：狱中服役的犯人。《管子·轻重》：“今发徒隶而作之。”曹官：属官。

⑤征赋参有司：凌准入为尚书郎，仍以文章侍从，由本官参度支，调发出纳，奸吏衰止。

⑥乌江浒：和州。

⑦左迁：贬职。

⑧高堂：旧称父母为高堂。倾：这里指死、丧。故国：故乡、家乡。

⑨葬祭限囚羁：指凌准居母丧，不得归。

诗兴大发

凌准，字宗一，浙江富阳人，年轻的时候才华横溢，朝气勃勃，为柳宗元好友之一。

⑩仲叔：泛指兄弟。幽沦：沉沦、陷没，这里引申为死亡。

⑪泣尽目无见：意思是凌准极其悲伤，不能进食，哭泣过度，导致双目失明。

⑫溘死：忽然而死。屈原《离骚》："宁溘死而流亡兮。"炎荒：指南方炎热荒远之地。

⑬臧获：奴婢贱称。范文澜、蔡美彪等《中国通史》第一编第四章第十一节："墨家认为官无常贵，民无终贱，臧获（奴隶）也是人。"灵帷：悬挂于灵堂中的幕帐。也作"灵帏"。

［原文］

平生负国谴[1]，骇[2]骨非敢私。盖棺未塞责[3]，孤旐凝寒飔(sī)[4]。
念昔始相遇，腑肠[5]为君知。进身[6]齐选择，失路同瑕疵[7]。
本期济仁义[8]，今为众所嗤[9]。灭名竟不试[10]，世义安可支[11]。
恬[12]死百忧尽，苟生万虑滋[13]。顾余九逝魂[14]，与子各何之。
我歌诚自恸(tòng)，非独为君悲。

［注释］

①平生：终身、一生。负：遭受。

②骇：通"骸"。

③盖棺：指身故。塞责：做事不认真，敷衍了事。

④旐：一种黑色魂幡，出丧时用。飔：凉风。

⑤腑肠：肺腑衷肠。

⑥进身：指被录用和提升。

⑦失路：放弃正道，比喻不得志。瑕疵：指毛病。此二句是说两人当年共同受到提携做官，后来又一起遭受贬谪，受人诋毁。

⑧济：成就。仁义：宽厚、正直。

⑨嗤：讥笑。

⑩灭名：毁坏声名。《国语·越语下》："得时不成，反受其殃。失德灭名，流走死亡。"不试：不用，不被任用。《礼记·缁衣》："好贤如《缁衣》，恶恶如《巷伯》，则爵不渎而民作愿，刑不试而民咸服。"《论语·子罕》："吾不试，故艺。"何晏集解："试，用也。言孔子自云，我不见用故多技艺。"

⑪世义：人世间的情义。支：支撑。

⑫恬：安静、安然、坦然。

⑬滋：生出、长。

⑭九逝魂：《楚辞·九章·抽思》："惟郢路之辽远兮，魂一夕而九逝。"

［诗解］

这首哭别亡友诗共分四个部分：

第一部分，首起四句用点睛之笔大致概括了凌准的"才"与"命"。

第二部分，诗人通过凌准生前代表性的事件追忆了这位亡友。

首先，柳宗元介绍了凌准高贵的出身——他的祖先是尧、舜手下的掌水之官，他的前辈凌统是三国孙权的大将，功勋卓著，威震江东。

然后，诗人又称赞了凌准的才学。凌准是个学富五车的才子，他写了一首万言诗送给当时的丞相，得到赏识，后被提拔为崇文馆校书郎。诗中所讲的“天庭掞高文，万字若波驰”指的就是这件事。凌准还著有二十万言的《后汉春秋》、八万言的《六经解围人文集》。柳宗元称赞他“著书逾十年，幽赜靡不推”，并不是用虚言为死人溢美。

肝胆相照

柳宗元昔日年轻气盛、壮志凌云，想为天下人谋福利、成仁义。想不到，一腔热血、几年艰辛，竟成了天下小人的笑柄。

接下来，诗人具体列举了凌准生前的五大政绩。一是，建中初年，凌准在邠宁节度使府中（又称征西府），以金吾兵曹的身份任掌书记，受到普遍好评。二是，他出巡浙东以东廉判官的身份安抚老百姓，惩治贪官污吏，官声很好。三是，写他因为在浙东的政绩被皇上诏为翰林学士。四是，唐德宗死后，朝廷大臣都认为三天以后再发丧，而凌准此时挺身而出，认为天下无主，必使四方猜疑，有野心的人乘机作乱，应该立即将皇上驾崩的消息通告天下，另立新主，以安定天下。当时的重臣王伾听从他的意见，第二天发丧，结果验证凌准的意见是准确的。由于及时发丧，确立了新君，天下人心安定，有异志者也不敢妄动。五是，凌准在翰林院调度钱粮，公正廉明，使那些作奸犯科者、想从国家的钱财中捞一把的人被整肃。柳宗元通过介绍凌准的政德、政行、政绩，表现了他非凡的政治才能和高尚、正直的做人品格。

诗的第三部分，柳宗元表达了对凌准悲惨遭遇的深切同情。“永贞革新”失败后，凌准开始被贬到四川河州做刺史，与柳宗元一样，永贞元年（805年）九月他是在赴河州刺史任的路上，再次被降职，被贬到更僻远的广东连州做司马。在他被贬的途中，他的母亲经不起儿子远谪他乡的打击，因病而逝。紧接着，他的两个弟弟死亡，而朝廷的命令却是被贬之人不能回家送丧，必须按期到任。凌准为此痛不欲生，涕泪横流。他把眼睛哭瞎了，身体也病垮了，不久便一命归天。

可是，即便这样，天下的人都认为他是罪人、小人，连他的尸骸都不敢接

近。人虽然死了，连个公正的评价都没得到，只有孤零零的灵幡和凄冷的寒风陪伴着他的孤坟。柳宗元是在为好友鸣不平，是对共同的不公正的命运进行痛心疾首的谴责与不屈的抗争。

第四部分，柳宗元缅怀了二人肝胆相照的友谊。共同的理想与共同的遭遇将两人紧紧连到了一起。他们曾经年轻气盛、壮志凌云，想为天下人谋福利、成仁义。想不到一腔热血在几年艰辛之后，竟成了天下小人的笑柄。少年壮志和一生功名都化为泡影。

最后，柳宗元表达了生死异路，从此永诀的巨大悲伤。“恬死百忧尽，苟生万虑滋”，这是怎样质朴而又悲恸的哀鸣啊！告别自己同命的亡友，柳宗元为朋友悲，为自己悲，一颗孤心在泣血、战栗，这不仅是共同的命运产生的强烈共振，不仅是为过去的事情而感叹。柳宗元似乎是在凌准灵前长明灯的光焰里看到了自己同样不幸的未来。

夏初雨后寻愚溪

题解

在柳宗元所写的诗歌中，跟愚溪相关而又流传至今的达六首之多，如《溪居》《雨后晓行独至愚溪北池》《雨晴至江渡》《冉溪》《旦携谢山人至愚池》，以及这一首《夏初雨后寻愚溪》。另有涉及愚溪的文章五篇，即《愚溪对》《愚溪诗序》《钴鉧潭记》《钴鉧潭西小丘记》《至小丘西小石潭记》。此外，他还曾经写过以“丘泉沟池堂溪亭岛”为内容的“八愚诗”，可惜已经失传。

从现有的诗文看，其内容虽然都跟愚溪或多或少有所关联，但借景抒情，且思想脉络跟他个人经历、情感变化几乎完全相吻合的，还要数这首《夏初雨后寻愚溪》。

［原文］

悠悠雨初霁①，独绕清溪曲。引杖②试荒泉，解带③围新竹。

沉吟④亦何事？寂寞固所欲⑤。幸此息营营⑥，啸歌静炎燠（yù）⑦。

［注释］

①霁：指雨后或雪后转晴。

②引杖：持杖。《韩诗外传》卷八：“曾子有过，曾皙引杖击之。”

③解带：解开衣带。

④沉吟：沉思吟味。

⑤固所欲：本来就是我想要的。

⑥营营：奔走钻营。

⑦啸歌：长啸吟咏。炎燠：炎是指天气极热；燠也是指热。南朝齐谢朓《出下馆》诗："麦候始清和，凉雨销炎燠。"

［诗解］

诗的开头两句"悠悠雨初霁，独绕清溪曲"是说：久雨初晴，诗人独自来到清澈的小溪旁，顺着弯弯曲曲的溪岸行走。这里虽是写实，但也暗含着诗人对前半生经历的感慨——暗喻他前半生历经坎坷，最后来到了"愚溪"这块"世外桃源"。

雨后闲步

久雨初晴，诗人沿着溪岸散步，心情平和、恬静。

诗中三、四句"引杖试荒泉，解带围新竹"，是写他看到荒野中的清泉，忍不住举起手中的拐杖去试探深浅，并且将自己身上的带子解下，把那些倒伏的嫩竹捆扶起来。这里也似乎渗透着诗人这样的内心独白：虽然独自一人被贬到永州，可我并没有灰心丧气，我要利用手中的笔，去试探清泉的"深浅"，什么毁谤、诬陷与攻击，统统撇在了脑后。同时，还要对那些后学、晚辈之类的"嫩竹"，尽力给予关照与扶持。

诗中第五、六句"沉吟亦何事，寂寞固所欲"，是说诗人回顾从前：经常为了功名利禄之类的事情而沉吟不已，白白地浪费了许多光阴，现在想想，那些又有什么意义呢？于是，转而抒发"寂寞本所愿"的自我宽慰。

第七、八句"幸此息营营，啸歌静炎燠"中的"幸"字和"静"字，特别耐人寻味。"幸"字是"有幸、幸运"的意思。跟屈原以身殉国相比，跟元和元年（806年）被赐死于贬所的王叔文相比，自己还是非常"幸运"的人。"静"字可以看作全诗的"诗眼"。在柳宗元的眼中，愚溪是一个与自己拥有同样的品质、同样遭遇的知己。他与它对话，倾诉自己的情怀和不平，从而获得心理上的暂时平衡和安慰。他用一种平和、恬静的心态，来对待炎热的"天气"——自然环境和社会环境。

柳宗元刚到永州的那几年，还念念不忘功名和仕途，对自己无罪获贬谪而愤愤不平，对世事不公深感委屈，满腹牢骚，曾经幻想着自己能够像贾谊一样，有朝一日被皇帝突然想起，法外开恩，重新起用自己。随着岁月的流逝，永州山水的陶冶，以及纯朴民风的感染，加之赋闲日久，使他有了更多的时间去读书与思

考。原先那种急功近利的想法，逐渐地冷却下来，代之以清醒、成熟和稳重。

这首《夏初雨后寻愚溪》，跟作者同时期的许多诗文都有所不同。诗人格外豁达、乐观，他不再为自己的处境而烦恼，也不再为日后的前程而困扰，给人一种“解脱世俗尘网的束缚、超越人世间烦扰与困惑”的崭新风貌。或许，正是这种在困境中不屈不挠的人生态度，才使得困居“南荒”的十年，成了柳宗元生命里程中“崭新”的篇章，铸就了唐代文学史上的又一座丰碑。

游南亭夜还叙志七十韵

题解

这是柳宗元诗歌集中篇幅最长的作品之一。根据诗中提到的时间和事件，我们可以知道这首诗作于元和三年（808年）秋天，正是诗人被贬永州后的第三年。南亭是永州城南某处的亭台，其遗址所在至今未详。诗题为七十韵，但不知为何，本诗实际上只有六十九韵，即一百三十八句。

［原文］

夙抱丘壑(hè)尚①，率性恣游遨。中为吏役牵②，十祀(sì)空悁③劳。

外曲徇(xùn)尘辙④，私心寄英髦(máo)⑤。进乏廊庙器⑥，退非乡曲豪⑦。

天命斯不易，鬼责将安逃。屯(zhūn)难果见凌⑧，剥丧宜所遭⑨。

神明固浩浩⑩，众口徒嗷嗷⑪。投迹⑫山水地，放情咏《离骚》⑬。

［注释］

①夙：素有的，一直有的。尚：原意为社会上的风俗、习惯等，这里指愿望、向往、喜好。

②中：指人生半途之中。牵：羁绊，这里指被牵绊而脱不开身。

③祀：这是商朝对年的一种称呼，十祀即十年。悁：忧愁、忧郁。

④外曲：表面上身体委曲着，这里指为了遵守君臣之礼而屈身。外，指内心之外，即身体。徇：顺从、曲从。尘辙：世俗的道路，指社会中追求做官的风气。

⑤私心：即内心。寄：依托、随附。英髦：俊秀、杰出的人。

⑥廊庙器：指能肩负朝廷重任者。廊庙，借指朝廷。器，即才干。

⑦乡曲：乡里。曲，曲折处，角落，在此借指偏僻处。

⑧屯难：艰难。见凌：蒙受凌辱。见，被、蒙受。

⑨剥丧：伤亡、丧乱。此处的屯与剥皆为卦名。

⑩神明：即神灵，在这里指帝王的神圣贤明。固：通“故”，原本的意思。浩浩：广阔宽宏的样子。

⑪徒：白白地。嗷嗷：众声嘈杂。

⑫投迹：举步前往，投身。

⑬《离骚》：战国时代楚国大夫屈原的代表作。

［原文］

再怀曩岁期[1]，容与驰轻舠[2]。虚馆背山郭[3]，前轩面江皋(gāo)[4]。
重叠间浦溆(xù)[5]，逦迤(lǐ yǐ)驱岩嶅[6]。积翠浮澹滟(dànyàn)[7]，始疑负灵鳌[8]。
丛林留冲飙[9]，石砾(lì)[10]迎飞涛。旷朗天景霁[11]，樵苏[12]远相号。
澄潭涌沉鸥，半壁跳悬猱(náo)[13]。鹿鸣验食野，鱼乐知观濠[14]。

［注释］

①曩岁：早年、往年。曩，以往、从前、过去的。期：期望。

②容与：悠闲自得的样子。驰：本意赶着马快跑，在此指驾船。舠：小船。

③虚馆：寂静的馆舍。山郭：山城，或像城郭一样高陡的山。郭，外城、城墙。

④轩：栏杆。江皋：江岸。

⑤间：隔断、阻断。浦溆：水边。

⑥嶅：石山。

⑦积翠：指高出水面的绿岛。澹滟：水波纡缓、轻轻波动的样子。

⑧负：载。这里是被动用法，意为被……载起。灵鳌：神龟。鳌，海中的大龟。

⑨冲飙：急风、暴风。

⑩砾：小石子。

⑪天景：即天气。霁：雨雪停止，天气放晴。

⑫樵苏：打柴砍草的人。

⑬悬猱：指猿猴翻空时离开了山石或树枝。猱，古书上对猕猴的称呼。

⑭“鹿鸣验食野”二句：鹿群在野外吃草，互相鸣叫，从它们的叫声中可以证实它们十分友善。源自《诗经·小雅·鹿鸣》：“呦呦鹿鸣，食野之苹。”鱼

春景

诗人对自由自在的动物、安居乐业的人们以及美丽的景色进行了细致的描绘，一派和乐背后，却是诗人抑郁的心情。

儿很快乐，到水边去看看就能知道。《庄子·秋水》：“庄子与惠子游于濠梁之上，庄子曰：‘鲦鱼出游从容，是鱼之乐也。……吾知之濠上也。’”

［原文］

孤赏诚所悼[1]，暂欣良足褒[2]。留连俯棂(líng)槛[3]，注我壶中醪(láo)[4]。
朵颐进芰实[5]，擢(zhuó)手持蟹螯(aó)[6]。炊稻视爨鼎[7]，鲙(kuài)[8]鲜闻操刀。
野蔬盈顷筐[9]，颇杂池沼芼(máo)[10]。缅慕鼓枻翁[11]，啸咏哺其糟[12]。
退想於陵子[13]，三咽资李螬(cáo)[14]。斯道难为偕，沉忧安所韬。

［注释］

①诚：确实。悼：悲哀。
②暂：短暂的。良：很、特别。足：值得。
③棂槛：栏杆。
④注：注入、倒入。醪：浊酒。
⑤朵颐：指鼓动腮颊嚼东西的样子。芰：菱，俗称菱角。
⑥擢手：伸手。蟹螯：螃蟹的钳状脚。

乡景

诗人描述与众人野炊时的乐趣，暗示了自己回归田园的志向，只是远在他乡的诗人，最终也没有能摆脱那深沉的思乡之情和怀才不遇的那份苦闷。

⑦爨鼎：即烧热了的鼎。
⑧鲙：细切的鱼肉。
⑨顷筐：斜口筐，这里指箩筐之类竹器。
⑩芼：可食用的水草或野菜。
⑪缅慕：思念向往。鼓枻翁：划桨的渔翁。
⑫哺：吃。糟：酒渣。《楚辞·渔夫》：“渔夫曰：‘圣人不凝滞于物，而能与世推移。世人皆浊，何不淈其泥而扬其波？众人皆醉，何不哺其糟而啜其酾？何故深思高举，自令放为？’……渔夫莞尔而笑，鼓枻而去。”
⑬退想：后来想到，再想到。於陵子：战国时齐国著名的贤士陈仲子。他认为其兄不义，便去了楚国於陵。楚王想拜他为相，他却与妻子一起逃走，替别人浇园。
⑭三咽资李螬：据《孟子·滕文公下》中记载，陈仲子住在於陵时，

三天没吃东西。他看到井台上有一个李子，虫子已经吃了一大半了，但他只用三口就把李子吃了下去。

［原文］

曲渚怨鸿鹄①，环洲凋兰莽②。暮景回西岑③，北流逝滔滔。

徘徊遂④昏黑，远火明连艘⑤。木落寒山静，江空秋月高。

敛袂(mèi)戒还徒⑥，善游矜⑦所操。趣浅戢(jí)长枻⑧，乘深屏轻篙⑨。

旷望援深竿⑩，哀歌叩鸣艚(cáo)⑪。中川恣超忽⑫，漫⑬若翔且翱。

［注释］

①怨：哀，指哀叫、悲鸣。鸿鹄：天鹅。

②环：圆的。莽：花。

③景：在此指日光。岑：小而高的山。

④遂：终于。

⑤火：指渔船上的灯火。连艘：即连成一片的船。

⑥敛袂：整理衣袖，这是古人表示庄重敬服的礼仪。戒：通“诫”，告诫、提醒。

⑦矜：慎重、小心。

⑧趣：通“趋”，向、往。戢：收起。

⑨乘：乘车船，这里指驾船。屏：去掉。

⑩旷望：从开阔地向远处张望。援：执、持。

⑪鸣艚：行进中的船。

⑫中川：河中。超忽：轻快迅速的样子。

⑬漫：随意，这里指让小船随水漂行。

驾舟

诗人细细描绘了深夜驾舟的体会。人生如水上驾舟，会遇到很多意想不到的深浅宽急，必须小心行驶，否则真有可能舟翻人亡。

［原文］

淹泊遂所止①，野风自飕飕(sāo)②。涧急惊鳞奔，蹊③荒饥兽嗥(háo)。

入门守拘絷(zhí)④，凄戚增郁陶⑤。慕士⑥情未忘，怀人首徒搔⑦。

内顾乃无有⑧，德輶(yóu)甚鸿毛⑨。名窃久自欺，食浮固云叨⑩。

问牛悲衅钟⑪，说彘(zhì)惊临牢⑫。永遁刀笔吏⑬，宁期簿书曹⑭。

［注释］

①淹泊：停留。遂：顺着、遂着。

②飕飕：象声词，形容风声。

③蹊：小路。

思乡怀人

诗人怀念自己的家乡，想念自己的亲人，心情万分沉痛。

④拘絷：束缚、拘谨，指放逐期间的规定。

⑤郁陶：忧思积聚的样子。

⑥慕士：仰慕豪杰之士。

⑦怀人：怀念亲人。首徒搔：徒劳的抓挠着头皮，指苦思却毫无办法，心中忧思焦虑。

⑧内顾：在心中审视自己。乃：却。无有：没有，指自己没有才德。全诗自此句转入叙志。

⑨德輶甚鸿毛：此句源自“德輶如毛”，改成语意为德轻得像羽毛一样，引申为施行仁德并不困难，而在于其志向有否。輶，轻。甚，比……更……

⑩“名窃久自欺”二句：自己不是凭真实才德获得的名望，俸禄也太多了。云，称为。叨，通“饕”，贪食、贪婪。

⑪问牛悲衅钟：询问牛被牵到什么地方去，而后可怜它将被杀来衅钟。衅钟，古代杀牲口用血涂在钟上进行祭祀。见《孟子·梁惠王上》：“王坐于堂上，有牵牛而过堂下者。王见之，曰：‘牛何之？’对曰：‘将以衅钟。’王曰：‘舍之，吾不忍见其觳觫，若无罪而就死地。’”

⑫说彘惊临牢：来到猪栏因为猪怕死而感到惊异，于是就对猪进行威胁、劝说。见《庄子·达生》。说，劝说。彘，猪。牢，猪栏。

⑬刀笔吏：指在甲骨或竹木上刻字、写文案的官吏。

⑭簿书曹：掌管文书的官吏。簿书，公文。

[原文]

中兴遂群物[1]，裂壤分韃櫜[2]。岷凶[3]既云捕，吴虏亦已鏖(áo)[4]。

扞御盛方虎[5]，谟(mó)明富伊咎[6]。披山穷木禾，驾海逾蟠桃[7]。

重来越裳雉[8]，再返西旅獒(áo)[9]。左右抗槐棘[10]，纵横罗雁羔[11]。

三辟咸肆宥(yòu)[12]，众生均覆焘(tāo)[13]。安得奉皇灵[14]，在宥解天弢(tāo)。

[注释]

①中兴：指唐代经安史之乱后再次兴盛。遂群物：指顺利地生存、发展。遂，顺利。

②裂壤：分封土地。鞬橐：盛弓箭的器具，这里借指武将。

③岷凶：指剑南西川度支副使刘辟，在剑南西川节度史韦皋去世后，于元和元年（806年）正月叛乱。

④吴虏：指唐宪宗时反叛的镇海浙西节度使李锜。虏，是对敌人的轻蔑称呼。鏖：激烈的拼杀，这里指斩杀。

⑤扞御：抵御。方虎：周宣王时的著名战将。

⑥谟：谋略。富：比……多。伊：伊尹，商汤时著名宰辅。咎：咎繇，即皋陶，舜帝时著名贤臣。

⑦“披山穷木禾”二句：以开辟山路一直通到传说中木禾生长的昆仑山，统治海洋一直越过传说中生长蟠桃的东海岛屿，说明国家的版图西起昆仑，东到海上。

⑧越裳：周代海国名，在交趾以南。雉：野鸡，这里指越裳国进贡的白色野鸡。

⑨西旅：周代古国名，在葱岭西。獒：高大的猛犬，这是西域进贡的贡品。

⑩抗：并列。槐棘：指代众公卿。

⑪罗：分布。雁羔：指代卿大夫。

⑫三辟：泛指各种犯罪受刑的人。肆宥：宽赦罪人，此指大赦。

⑬覆焘：遮盖，比喻恩泽庇荫。

皋陶图

诗句“谟明富伊咎”中的“咎”指的是咎繇，即皋陶。皋陶，与尧、舜、禹同为“上古四圣”，是舜帝执政时期的士师，他还是“中国法律鼻祖”。

［原文］

归诚慰松梓，陈力开蓬蒿①。卜室有鄠(hù)杜②，名田占沣(fēng)涝③。
磻溪④近余基，阿城⑤连故濠。螟蛑(míngmóu)⑥愿亲燎(liáo)，荼(tú)堇(jǐn)⑦甘自薅(hāo)。
饥食期⑧农耕，寒衣俟蚕缫⑨。及骭足为温⑩，满腹宁复饕(tāo)⑪。
安将蒯(kuǎi)及菅(jiān)⑫，谁慕粱与膏⑬。弋(yì)林驱雀鷇⑭，渔泽从鳝鱽(qiū dāo)⑮。

［注释］

①陈力：用尽力气。蓬蒿：荒草丛，此指荒芜的田园。

②卜室：选地方定居。卜，选择。有：在。鄠杜：鄠县和杜陵，在长安附近。鄠县，今改为户县。杜陵，汉宣帝陵墓。

③名田：私人的田地。名，在此用作动词，使……归于名下。沣涝：

阿房宫

诗句“阿城连故濠”中的“阿”指秦始皇修建的阿房宫。诗人极力地夸赞了唐宪宗，是因为他仍希望自己能够有机会得到重用。诗人的内心里充满了苦苦的挣扎，读来让人悲怜。

沣水和涝水，皆为渭水支流。

④磻溪：渭水支流，相传为姜子牙垂钓处。

⑤阿城：阿房宫，秦代宫殿名，后来被项羽烧毁，故址在今陕西西安市长安区以西。

⑥螟蛑：农田里的一种害虫。

⑦荼堇：田中杂草。

⑧期：期待。

⑨寒衣：因为衣服单薄而寒冷。俟：等待。蚕缫：养蚕抽丝，此指纺织。

⑩及骭：衣服下摆达到小腿。骭，胫骨、小腿。为：算得上。

⑪宁：怎么。饕：贪食无厌。

⑫安：安于。将：享用。蒯及菅：蒯草、菅草，可用来编织。在此指粗糙的衣服、鞋等草织品。

⑬粱与膏：小米和肥美的肉，这里泛指美食。

⑭弋：射猎。雀鷃：麻雀和鹌鹑，这里泛指各种鸟类。

⑮从：追逐、追捕。鳝魛：江鳝和刀鱼，这里泛指各种鱼类。

［原文］

观象嘉素履[1]，陈《诗》谢《干旄(máo)》[2]。方托麋鹿群[3]，敢同骐骥槽？

处贱无溷(hùn)浊[4]，固穷匪淫慆[5]。踉跄辞束缚[6]，悦怿换[7]煎熬。

登年徒负版[8]，兴役趋代鼙[9]。目眩绝浑浑[10]，耳喧息嘈(cáo)嘈[11]。

兹焉毕余命[12]，富贵非吾曹[13]。长沙哀纠缠[14]，汉阴嗤桔槔(gāo)[15]。

［注释］

①观象：指占卜后察看卦象。素履：本意朴素的鞋子，在此指朴实无华、无灾无祸的卦。语出《易·履》：“素履往，无咎。”

②陈《诗》：讲述《诗经》。谢：辞谢，在此指不能讲，不会讲。《干旄》：《诗经·鄘风》中的一首诗歌，是赞美喜爱善道的大臣的。干旄，旌旗的一种，“干”，通“竿”，旄乃牦牛尾。

③方：正在。托：寄托，在其中。麋鹿：指山野草民。

④无：没有，在此引申为心中没有，也就是不在乎。溷浊：污秽。

⑤固穷：安于穷困。淫慆：过分享乐。

⑥踉跄：因脚步很急而走路不稳的样子。辞：别、离开。

⑦换：代替。

⑧登年：多年。登，盛、高、多的意思。徒：白白地、徒劳地。负版：背着国家的图籍，引申为带着官府的公文任状四处奔波。

⑨兴役：运用大批人力。趋：快步走。伐鼛：击鼓。鼛，一种长鼓，古代官府用来鼓动役事的工具。

⑩绝：断开，在此指看不到。浑浑：混浊纷乱的样子，指代混浊的世俗情景。

桔槔

桔槔，俗称“吊杆”，是一种原始的井上汲水工具。

⑪喧：闹，在此指耳膜失聪。息：停息，在此指听不到。嘈嘈：众声杂乱的样子，指代纷乱的世俗声音。

⑫兹：这样。毕：结束、了结。余命：余下的生命，残生。

⑬吾曹：我们这班人。曹，班、辈、批。

⑭长沙哀纠缠：贾谊因祸福无常，就像纠结缠绕在一起的绳索一样而感到悲哀。语出《史记·屈原贾谊列传》：“贾生既以谪居长沙，长沙卑湿，自以为寿不得长，伤悼之，乃为赋以自广。其辞曰：‘……夫祸之与福兮，何异纠缠。’”缠，绳索。

⑮汉阴嗤桔槔：汉阴丈人以为机械将会诱发人们投机取巧的心思而鄙视桔槔，事见《庄子·天地》。桔槔，古代一种从井中汲水的器具。

［原文］

苟伸击壤情①，机事息秋毫②。海雾多蓊（wěng）郁③，越风饶腥臊④。
宁唯迫魑魅（chī mèi）⑤，所惧齐焄藨⑥。知罃怀褚中⑦，范叔恋绨（tí）袍⑧。
伊人不可期⑨，慷慨徒忉忉（dāo）⑩。

［注释］

①苟：假如。伸：伸张、发扬。击壤：古代一种游戏，玩者以手中土石块抛击若干步外地上的土石块，击中者胜。相传尧帝时有一老人边玩击

壤边唱歌，歌词是：“日出而作，日入而息，凿井而饮，耕田而食，帝何于我哉？”后来这个故事就成为歌颂太平盛世的典故。这里所谓的击壤情，就是指包含着向往上古质朴无诈、逍遥自在、无与国事的道家思想的社会风情。

②机事：机巧的心事。息：消除。秋毫：秋天时细长的兽毛，喻细微的事物。

③蓊郁：树木茂盛的样子。

④饶：多。腥臊：鱼类和鸟兽发出的那种难闻的气味，鱼为腥，鸟兽为臊。

⑤宁：岂、难道。迫：威胁、强迫。魑魅：山神鬼怪，相传由山林异气所生，专门害人。

⑥齐：一样。焄蒿：香气散发，这里比喻死亡。焄，香气。蒿，通蒿，气体蒸发。

⑦知罃怀褚中：知罃怀念别人的救援之情。知罃是晋国将领，与楚作战时被俘，两国交换战俘时被放归。事出《左传·成公三年》：“知罃之在楚也，郑贾人有将置诸褚中以出。既谋之，未行，而楚人归之。贾人如晋，知罃善视之，如实出己。”褚，袋子。

⑧范叔恋绨袍：范雎顾念故人所赠绨袍的情谊。《史记·范雎蔡泽列传》载，范雎曾受辱于魏中大夫须贾，逃至秦国而为相。后须贾出使秦国，范雎乔装穿破衣去见须贾。须贾可怜他，留他饮食，并送他一件丝袍。不久须贾知道范雎竟然是秦国丞相，大惊请罪。范雎因为须贾送他袍子，就宽宏大量地赦免了他。恋，眷顾、顾念。绨，光滑厚实的丝织品。

⑨伊：此、这种。期：期望。

⑩忉忉：忧愁烦恼的样子。

[诗解]

本诗前半段描写“游南亭夜还”，后半段则是“叙志”，这两部分通过遭贬和出游联系起来。诗人因遭到贬谪，竟然实现了多年来游玩山水的愿望，于是便将悲痛强压于自嘲与自我安慰之中，借助游山玩水来排遣抑郁。但诗人终究还是不能实现归乡的心愿，他只能将悲苦转化为向皇帝的求救之辞，因绝望而苦恼不堪。

第一部分“游南亭夜还”分三层来写。

第一层自开头至“放情”句。这一层是说，早年爱好山水的夙愿由于官务的牵绊而耽搁了整整十年，后来因为自己能力不行遭受贬谪，却来到了山水胜地，实现了自己的愿望。这时柳宗元的心中虽然悲愤，但却还是有所慰藉的。柳宗元被贬，真正的原因是朝廷权贵对当时革新派的仇视和摧残，但诗人在诗中却将其归结为自己的不才、天命、鬼责、卦辞、神明等等，这些都是其愤愤不平之辞，在他的内心深处，则以屈原自比。

第二层自“再怀”句起，至“沉忧”句，重点描写了在南亭所见的美景和众人野炊时的情趣。写景时，诗人突出了山川的幽静和动物们的自由自在，这种幽静流露出他内心深处的孤独与愁苦，而自在则反衬了他现在无奈的拘谨。写野炊的情趣，则是想要暗示自己回归田园的志向，突出其个性的正直和品德的清高。

第三层自“曲渚”句起，至“怀人”句，描写乘舟夜还的感受。其间主要突出了对于驾舟的体会和进入住处房门后的忧郁。对于操舟，柳宗元十分小心，还提出了按照水的深浅宽急采用不同的办法。实际上，他是在用驾舟来比喻人生的道路要仔细正确地走好。被贬永州初期，柳宗元的心情一直很沉痛、压抑，所以一进门就感到拘束郁闷，勾起了对亲友们的思念。

第二部分“叙志”，分四层来写。

第一层自“内顾”句起，至“宁期”句，再一次说到自己的无才无德，不堪为官而获罪，这实际上是诗人对自己遭贬原因的自解与自嘲，正与本诗的开头遥相呼应。

第二层自“中兴”句起，至“在宥”句，这一层极力歌颂朝廷的中兴景象，希望以此得到皇上的宽赦。当时宪宗即位后，朝廷确实有所振兴，柳宗元尽力歌颂中兴景象，当然有自己的私心，但他并没有过分阿谀奉承。渴望从政施展才华，也是柳宗元希望遇赦复出的重要原因，但革新派的政治根基不牢且又树敌太多，更重要的是由于革新涉及皇位继承的问题，宪宗对柳宗元等人很难原谅，所以柳宗元的希望显得很不现实，既可笑又可悲。

第三层自“归诚”句起，至“悦怿”句，诗人写了自己如果能归返故里则将安心务农，过平淡的田园生活。这里突出了他自耕自足的低微要求和安分思想。一方面显出柳宗元的清高，另一方面也透露出他遭受打击后的心灰意冷。这一层与第一部分第二层所写的野炊情趣相关联。

第四层自“登年”句起，至结尾，诗人写了自己所处环境的凶险，可能会丧命，期盼有人救援，然而，他自己也明白这是不切实际的，诗人于是绝望了。在这里写到了南蛮的凶险，与第一部分第一层投迹山水相照应，又与第一部分第二层写景的心情相衬，一乐一悲，皆由贬谪而起。蒙恩遇赦的希望渺茫，就连回家务农的最低要求也很难实现，于是诗人陷入了极度的痛苦、矛盾和怨愤中不能自拔。

图书在版编目(CIP)数据

图解柳宗元集 / 柳宗元著,崇贤书院释译. —合肥:黄山书社,2015.11

(经典传家系列丛书)

ISBN 978-7-5461-5324-7

Ⅰ.①图… Ⅱ.①柳… ②崇… Ⅲ.①唐诗-诗集 ②古典散文-散文集-中国-唐代
Ⅳ.①I214.232

中国版本图书馆 CIP 数据核字(2015)第 292222 号

出 品 人　任耕耘
总 策 划　任耕耘　李　克
选题策划　汤吟菲　白剑峰
项目统筹　刘　春
责任编辑　程　景
装帧设计　未　氓
责任印制　戚　帅
出版发行　时代出版传媒股份有限公司(http://www.press-mart.com)
　　　　　黄山书社(http://www.hspress.cn)
地址邮编　合肥市政务文化新区翡翠路 1118 号出版传媒广场 7 层　230071
印　　刷　安徽新华印刷股份有限公司
版　　次　2016 年 3 月第 1 版
印　　次　2016 年 3 月第 1 次印刷
开　　本　700mm×1000mm　1/16
字　　数　375 千
印　　张　24
书　　号　ISBN 978-7-5461-5324-7
定　　价　29.80 元

服务热线　0551-63533706

销售热线　0551-63533761

官方直营书店(http://hsssbook.taobao.com)